Pendragon®

Buch I: Das Abenteuer um d
Schwert im Stein

Ein SoloQuest-Abenteuer für Pendragon, 6te Edition

Greg Stafford

Chaosium Inc.®

Pendragon

Pendragon Starter-Set Buch I: Das Abenteuer um das Schwert im Stein

Ein SoloQuest®-Abenteuer

Autoren: David Larkins, mit Greg Stafford

Herausgeber: Jeff Richard

Produktreihenredaktion Pendragon: David Larkins

Design & Layout: Simeon Cogswell

Lektorat & Korrektorat: Roberto Mandrioli, David Zeeman und Keith Mageau

Lizenzierung: Daria Pilarczyk

Titelillustration: Andrey Fetisov

Innenillustrationen: Mathilde Marlot, Mark Smylie

Heraldik: Katrin Dirim

Design Bordüren, Marginalien & grafische Elemente: Simeon Cogswell, Kalin Kadiev, & Ash Stellmach

Spieletests und Feedback: Todd Gardiner, Roberto Mandrioli, Veli-Matti Pelkonen, David Zeeman

Typografie: Dieses Buch ist in IM FELL, Herb, Gothicus und Garamond Premier Pro von Adobe Fonts gesetzt. Die Seitenleiste und andere Überschriften sind in Basteleur gesetzt, die von Keussel für Velvetyne Type Foundry entworfen wurde.

Deutsche Version: Philipp Baas, Jessica Dillmann, Kai Großkordt, Thomas Michalski

Ulisses Spiele: Zoe Adamietz, Philipp Baas, Mirko Bader, Myriel Balzer, Steffen Brand, Leamon Crafton, Carlos Diaz, Jessica Dillmann, Cora Elsässer, Frauke Forster, Daniel Friedrich, Ingo Grauel, Christof Grobelski, Kai Großkordt, Nikolai Hoch, David Hofmann, Jan Hulverscheidt, Philipp Jerulank, Mat-thias Kalupner, Johannes Kaub, Nele Klumpe, Christian Lonsing, Thomas Michalski, Carolina Möbis, Janine Modler, Vincent Modler, Carsten Moos, Felix Pietsch, Markus Plötz, Annika Richter, Thomas Römer, Nadine Schäkel, Ulrich-Alexander Schmidt, Leon Schuster, Alex Spohr, Viktoria Umbach, Hannah van den Höövel, Jan Wagner, Noah Weisgerber, Anton Weste, Christopher Weule

ULISSES SPIELE

CHAOSIUM INC.

Inhaltsverzeichnis

Nummerierte Passagen der Queste

SoloQuest

Tauche ein in das *Abenteuer um das Schwert im Stein*, das in der fantastischen Welt von Greg Staffords **Pendragon**-Rollenspiel angesiedelt ist. Obwohl du **Pendragon** normalerweise mit einem oder mehreren Freunden spielst, brauchst du für dieses Abenteuer nur einen Bleistift, einige Würfel und deinen Verstand.

Du spielst die Rolle eines Pagen, der im Haushalt eines freundlichen, alternden Ritters namens Sir Ector dient. Sein Landgut liegt in der Wildnis des heutigen Wales, in einem kleinen Königreich namens Penllyn. Pagen sind Jungen und Mädchen im Alter zwischen sieben und vierzehn Jahren, die das höfische Leben erlernen, indem sie die Älteren beobachten und für sie niedere Arbeiten erledigen. Nachdem sie als Pagen gedient haben, werden die meisten Mädchen zu Zofen der Edeldamen, aber einige schlagen auch einen martialischen Pfad ein und können Knappen werden. Jungen werden fast immer zu Knappen ernannt, obwohl die Kümmerlinge und Drittgeborenen der Familie manchmal zur Priesterschaft geschickt werden. Jetzt, da du vierzehn bist, gehörst du zu den Pagen am Hof, die davon träumen, bald zum Knappen eines großen und edlen Ritters zu werden.

Sir Ector hat zwei Knappen in seinen Diensten, seine Söhne Kay und Artus. Die Ernennung zum Knappen erfolgt auf dem Schlachtfeld, während sie

„Und als die Mette und die erste Messe vorbei waren, sah man auf dem Kirchhof, dem Hochaltar gegenüber, einen großen viereckigen Stein, der wie ein Marmorblock war; und in seiner Mitte war etwas wie ein stählerner Amboss, etwa einen Fuß hoch, und darin stak ein blankes Schwert …"

*—Malory, **König Arthur und die Ritter der Tafelrunde**, Erstes Buch, V. Kapitel*

Für Spieler & die Spielleitung

Dieses Abenteuer dient als Einführung in die Welt von **Pendragon** und die Spielmechanik. Es kann von Spielern und der Spielleitung gleichermaßen gelesen werden.

Es bereitet außerdem die Ereignisse des ersten Szenarios „Das Abenteuer des Schwertturniers" in *Buch III* vor und bietet einen alternativen Blickwinkel auf einen der Schlüsselmomente dieses Szenarios.

dienen. Wer von sich überzeugt ist, vielversprechend scheint und die richtigen Verbindungen hat, kann zum Ritter werden. Die meisten bleiben auch nach dem 21. Lebensjahr noch Knappen und werden Edelknechte genannt, um anzuzeigen, dass sie nicht im Dienst eines bestimmten Ritters stehen. Kay ist ein tüchtiger Knappe, mutig und frech, der bald seinen Ritterschlag erhalten soll (woran er jeden, der ihm zuhört, nur allzu gerne erinnert). Sir Ector sagt, dass Britannien in den kommenden Jahren viele weitere Ritter mit starken Waffenarmen wie dem von Kay brauchen wird.

Denn es sind wahrlich finstere Zeiten. Das Land ist in Anarchie und Verzweiflung versunken. Der letzte Hochkönig von Britannien, Aurelius Ambrosius, starb vor dreißig Jahren. Sein Bruder Uther regierte danach fünfzehn Jahre lang vom mächtigen Königreich Logres aus, erlangte aber nie den begehrten Titel des Hochkönigs. Er starb zusammen mit den meisten Adligen von Logres an einem schicksalhaften Abend, allesamt Opfer eines üblen sächsischen Verrats.

Das war vor vierzehn Jahren, als du noch im Bauch deiner Mutter lagst. Abgesehen von dieser kurzen, gesegneten Zeit hast du nie eine gänzlich friedliche Welt kennengelernt. Überfälle des Bergvolks im kymrischen Landesinneren, Grenzscharmützel mit benachbarten Kleinkönigreichen und irische Seeräuber vom Meer machen deinem Land zu schaffen, vor allem in den letzten Jahren; Logres, so heißt es, könnte jederzeit von sächsischen Invasoren erobert werden, da seine Kriegsherren zu sehr damit beschäftigt sind, untereinander zu streiten, um eine wirksame Verteidigung gegen die Barbaren aufzubauen.

Britannien schreit nach einem neuen Hochkönig, nach der Rückkehr von Stärke, Einigkeit und Stabilität.

Aber hier in Penllyn, auf Sir Ectors Anwesen, scheinen diese Sorgen weit weg zu sein. Ein frischer Herbstwind zerzaust dein Haar, als du aus der Halle des Herrenhauses kommst und Artus und Kay siehst, die sich für das Stechpuppentraining bereit machen. Wenn du dich ihnen doch nur anschließen könntest!

Einleitung

Lies die folgenden Abschnitte, um dich zu orientieren, und beginne dann mit der ersten nummerierten Passage, von der aus du den Aufforderungen zu anderen nummerierten Textpassagen folgst. Manchmal wirst du angewiesen, Würfelwürfe abzulegen, sowohl für deinen eigenen Charakter als auch manchmal im Namen eines anderen. Die Ergebnisse dieser Würfe führen dich ebenfalls zu weiteren nummerierten Passagen.

Durch eine Kombination aus Entscheidung und Glück wirst du schließlich das Ende des Abenteuers erreichen. Wenn du dort angekommen bist, durchläufst du ein Punktesystem, um herauszufinden, welche Art von Ritter du letztendlich wirst – vom wandernden Söldner, der sein Schwert in den Dienst des Meistbietenden stellt, bis hin zum gerechten Ritter der legendären Tafelrunde!

Eine andere Zeit, eine andere Welt

Pendragon spielt in einer mythischen Version des mittelalterlichen Britannien. Es ist Greg Staffords einzigartige Synthese aus jahrhundertealten Artussagen, einer Vision der Geschichte, die von mittelalterlichen Gelehrten und Troubadouren, von Sir Thomas Malory und Edmund Spenser, von romantischen Schriftstellern wie Tennyson und von zeitgenössischen Visionen aus der Populärliteratur und dem Kino beeinflusst ist. All diese Geschichten haben zu diesem legendären Spiel-Setting beigetragen.

Stell dir nun vor, wir schreiben das Jahr 509 unseres Herrn.

Britannien ist eine große, grüne Insel, die von stürmischen Meeren umtost wird und aus fünf geografischen Regionen besteht: Der Norden jenseits des Hadrianswalls, Cambria und Cornwall im Westen bzw. Süden, Cumbria in der Mitte und Logres im Südosten. Einige kleinere Inseln liegen vor der Küste, und die große Insel Irland liegt im Westen. Britannien ist durchzogen von vielen schiffbaren Flüssen und Strömen, und an seinen Küsten gibt es zahlreiche schöne, natürliche Häfen.

Ein großer Teil des Landes ist hügelig und mit dichten, uralten Wäldern bedeckt, von denen es in einigen spuken soll. Tödliche Bestien, wie die wilden britischen Löwen und Panther, haben die Wälder zu gefährlichen Umgebungen gemacht, selbst dort, wo bröckelnde alte Römerstraßen sie kreuzen. Tiefer in den Wäldern und Sümpfen hausen Drachen, deren gelegentliche Angriffe schreckliche Verwüstungen in den umliegenden Siedlungen anrichten. Andere Teile des Waldes sind als Jagdgebiete für Könige und ihre Gefolgsleute reserviert, die Ungeheuer eher bekämpfen, als dass sie sie fürchten.

Die Menschen in Britannien bezeichnen sich selbst als eine von fünf verschiedenen Kulturen – Kymrisch, Irisch, Piktisch, Römisch oder Sächsisch – und haben sich in viele kleine, sich bekriegende Königreiche aufgeteilt; einige, wie Penllyn, sind nicht größer als ein Tal. Das mächtigste von ihnen ist das Königreich von Logres. Es nimmt den größten Teil des südöstlichen Britanniens ein und umfasst drei der größten verbliebenen römischen Städte. Jetzt, in diesen dunklen Zeiten, dringen Feinde von allen Seiten auf Logres ein, seine Kriegsherren wetteifern um die Vorherrschaft, und seine wenigen Verbündeten fürchten seinen bevorstehenden Zusammenbruch.

Pendragons Britannien ist ein Land der Abenteuer und Gefahren, der berechnenden Fürsten und ehrgeizigen Edeldamen, der großen Leidenschaften und glorreichen Taten, der geheimnisvollen Burgen und seltsamen, verborgenen Königreiche und der wilden Bestien, die in schattigen grünen Wäldern lauern. Es ist ein sagenhaftes Reich, das darauf wartet, von dir erkundet zu werden.

Wie man Pendragon spielt

Es gibt nur zwei Arten von Würfeln, die in **Pendragon** verwendet werden: Den zwanzigseitigen (W20) und den sechsseitigen (W6). Du verwendest den W20, um Aktionen abzuhandeln und die Moral und den Glauben deines Charakters in Zeiten der Not zu testen. Der W6 wird am häufigsten verwendet, um den Schaden im Kampf zu bestimmen. Selten muss auch ein W3 geworfen werden. Hierzu wirfst du einen sechsseitigen Würfel und behandelst die Ergebnisse von 1–2 als 1, 3–4 als 2 und 5–6 als 3.

Die Geschichten von König Artus und seinen Rittern und Edeldamen sind voll von Charakteren, die von ihren Leidenschaften verzehrt und von ihren Gefühlen zum Guten und zum Schlechten getrieben werden. Im Laufe dieses Abenteuers und später, wenn du **Pendragon** mit deinen Freunden spielst, wirst du feststellen, dass die Persönlichkeit deines Charakters die Erzählung manchmal in überraschende Richtungen treibt. Es macht also viel Spaß, wenn du versuchst, dich selbst aus den Schwierigkeiten zu befreien, die du dir selbst eingebrockt hast!

Damit ist die zentrale Frage angesprochen, die dem gesamten Spielgeschehen von **Pendragon** zugrunde liegt: Herauszufinden, was für ein Ritter du wirklich bist.

Ruhm und Ehre

Das Maß für alle Ritter sind ihre Werte für *Ruhm* und *Ehre*.

Ruhm ist das Maß für die Bekanntheit und die Berühmtheit eines Ritters. Er steigt nur mit der Zeit und ist nicht an den moralischen Charakter des Ritters gebunden – Ritter wie Sir Agravaine oder Sir Breuse sans Pitie sind berüchtigt für ihre verkommenen Persönlichkeiten und ihr fragwürdiges Verhalten, aber beide erreichen hohe Werte für Ruhm.

Die Ehre hingegen kann im Laufe des Lebens eines Ritters stark schwanken und hängt von seinem Verhalten ab. Manche Handlungen erhöhen die Ehre, viele andere verringern sie. Ehre ist ein kostbares Gut und muss streng gehütet werden, denn wenn die Ehre eines Ritters zu stark sinkt, verliert er seinen Status und seinen Platz in der Gesellschaft!

In diesem Abenteuer wirst du die Handlungen notieren, die dir normalerweise Ruhm einbringen würden, wenn du ein Ritter wärst, sowie deinen Ehre-Wert. Das tust du, indem du die Kästchen neben den angegebenen Fertigkeiten, Persönlichkeitsmerkmalen und Leidenschaften ankreuzt. Jedes Kästchen darf nur einmal markiert werden – wenn du schon früher im Abenteuer eine Markierung gesetzt hast, ignoriere einfach alle weiteren Anweisungen zum Markieren dieses Kästchens. Nach Abschluss des Abenteuers findest du eine Anleitung, wie du die Ergebnisse deiner Markierungen zusammenrechnen und herausfinden kannst, was für ein Ritter dein junger Charakter einmal werden wird!

Schaden austeilen und einstecken

Wie bereits erwähnt, wirfst du mehrere sechsseitige Würfel, um zu bestimmen, wie viel Schaden im Kampf verursacht wird. Manchmal addierst du eine bestimmte Zahl zu der Gesamtsumme hinzu (z. B. würfelst du 2W6+4, wenn du mit einem Kampfstab kämpfst); manchmal (z. B. wenn du einen Hieb ausführst) wendest du einfach eine bestimmte Anzahl von Schadenspunkten an (normalerweise zwischen 4–5, abhängig von deiner Größe und Stärke).

Rüstung schützt vor Schaden, aber alles, was diese übersteigt, wird von den Trefferpunkten des Charakters abgezogen. Sobald die Trefferpunkte unter die Bewusstlos-Schwelle des Charakters fallen, ist der Charakter handlungsunfähig; wenn die Trefferpunkte jemals auf null oder weniger fallen, stirbt der Charakter!

Auch wenn der Kampf nicht im Mittelpunkt dieses Szenarios steht, gibt es bestimmte Pfade, die in Kämpfen münden. In solchen Fällen musst du sowohl deine eigenen Trefferpunkte als auch die deines Kontrahenten im Auge behalten und auch alle Würfelwürfe für deinen Kontrahenten ablegen.

Dein Charakter

In diesem Szenario findest du einen Charakterbogen (nebenan). Dies ist eine vereinfachte Version des Standard-Charakterbogens für **Pendragon**, der deinen Charakter als 14-jährigen Pagen darstellt, der kurz davor steht, ein Knappe zu werden. Du hast ein Leben lang aktive und passive Unterweisungen in den Traditionen deiner kymrischen Kultur, der christlichen Religion und den Pflichten von Rittern und Adligen genossen.

In den folgenden Abschnitten erfährst du, wie du deinen Charakterbogen ausfüllst und spielbereit machst.

Gib deinem Charakter einen Namen. Er oder sie kann jedes beliebige Geschlecht haben; alle Kinder des Adels dienen als Pagen, und einige Mädchen entscheiden sich dann für eine Laufbahn als Knappen und schließlich als Ritter. Wenn du Schwierigkeiten hast, einen Namen zu finden, denke an Beispiele aus der Literatur oder Geschichte. Einige Vorschläge sind:

Aeddan (*m*), *Adwen* (*w*), *Brian* (*m*), *Briant* (*w*), *Caradoc* (*m*), *Collwen* (*w*), *Eleri* (*w*), *Eric* (*m*), *Geriant* (*m*), *Graid* (*m*), *Gwen* (*w*), *Heledd* (*w*), *Hugh* (*m*), *Iain* (*m*), *Indeg* (*w*), *Madog* (*m*), *Meleri* (*w*), *Morien* (*m*), *Nai* (*m*), *Nia* (*w*), *Owain* (*m*), *Padern* (*m*), *Pridwyn* (*w*), *Rhun* (*m*), *Tathan* (*m*), *Tydfil* (*w*)

Charakteristika

Die Charakteristika sind deine körperlichen Eigenschaften. Du hast keine namhaften Stärken oder Schwächen. Wie diese im Spiel funktionieren, wird durch die Ereignisse im Szenario erklärt, aber beachte, dass sie auch deine Abgeleiteten Charakteristika wie Trefferpunkte, Bewegungsrate und so weiter bestimmen.

Persönlichkeitsmerkmale

Als Nächstes schauen wir uns die Persönlichkeitsmerkmale an (oft einfach *Merkmale* genannt). Sie bestimmen die Handlungen deines Charakters und leiten ihn. Alle Merkmale gibt es in Paaren, mit zwei Werten, die jeweils zusammen 20 ergeben. Die Werte werden auf beiden Seiten eines Schrägstrichs (/) vermerkt, zum Beispiel 13/7. Wenn ein Merkmal ansteigt, sinkt das andere um den gleichen Betrag: 14/6, 15/5 und so weiter. Ein Charakter neigt dazu, nach dem Merkmal mit dem höheren Wert zu handeln.

Die **fettgedruckten** Persönlichkeitsmerkmale werden als „Religiöse Merkmale" bezeichnet und stehen für die Werte, die deiner Religion am wichtigsten sind. Andere Merkmale (die mit einem Stern (*) gekennzeichnet sind) sind für Ritter besonders wichtig.

Du kannst jetzt die Werte deiner Merkmale anpassen. Alle Merkmale beginnen mit einem Grundwert von 10. Deine Religiösen Merkmale erhalten jeweils einen Bonus von +3 Punkten (denke daran, dass dadurch auch das entgegengesetzte Merkmal um 3 Punkte reduziert wird!). Dein Merkmal Tapfer beginnt bei 15.

Wähle nun ein Merkmal und setze es auf 16. Das ist dein Berühmtes Merkmal – wofür du unter Gleichaltrigen bekannt bist.

Schließlich verteilst du 6 Punkte auf beliebige andere Merkmale. Kein anderes Merkmal darf über 15 Punkte steigen, aber es steht dir frei, alle deine Punkte in ein Merkmal zu stecken, solange es unter 16 bleibt.

Name

Charakteristika

GRO	GES	STR	KON	AUS
12	12	12	15	12

Grundschaden	4W6
Handgemenge-Schaden	4
Heilungsrate	3
Bewusstlos	7
Bewegung	17

Trefferpunkte (Max 27)

Notizen

Fertigkeiten

- ☐ Achtsamkeit (5)
- ☐ Höfische Sitten (7)
- ☐ Intrigen (7)
- ☐ Jagd (5)
- ☐ Erste Hilfe (6)
- ☐ Redekunst (7)
- ☐ Religion (5)
- ☐ Volksweisheit (7)

Kampffertigkeiten

- ☐ Beidhand-Schaftwaffe (6)
- ☐ Handgemenge (6)
- ☐ Reitkunst (6)
- ☐ Schwert (6)
- ☐ Speer (6)
- ☐ Sturmangriff (6)

Leidenschaften

☐ Ehre	15
☐ Gastfreundschaft	15
☐ Liebe (Familie)	15
☐ Treueschwur (Lehnsherr)	15

Merkmale

☐ **Bescheiden***	Stolz ☐
☐ Besonnen	Waghalsig ☐
☐ Ehrlich	Falsch ☐
☐ **Fromm**	Weltlich ☐
☐ Gerecht	Willkürlich ☐
☐ **Gnädig***	Grausam ☐
☐ Grosszügig*	Selbstsüchtig ☐
☐ **Keusch**	Lüstern ☐
☐ **Massvoll**	Schwelgerisch ☐
☐ **Nachsichtig**	Rachsüchtig ☐
☐ Tapfer*	Feige ☐
☐ Tatkräftig*	Faul ☐
☐ Vertrauend	Misstrauisch ☐

Wenn du zum Beispiel einen Stolzen Charakter spielen möchtest, kannst du alle 6 Punkte auf dieses Merkmal verteilen, was den +3-Bonus für Bescheiden ausgleicht und dir einen Gesamtwert von 7 für Bescheiden und 13 für Stolz gibt.

Wenn du deine Punkte verteilt hast, trage deine endgültigen Werte für die Merkmale ein und denke daran, dass die Summe aller Merkmalpaare immer je 20 ergeben muss.

Leidenschaften

Wenn du mit deinen Merkmalen fertig bist, gehst du zu den Leidenschaften über. Leidenschaften sind intensive Überzeugungen, die dich inspirieren und eine Fertigkeit oder ein Merkmal für eine kurze Zeit verstärken können. Leidenschaften sind besonders im Kampf oder bei schwierigen Aufgaben nützlich. Während Merkmale deine Persönlichkeit repräsentieren, stehen Leidenschaften für die Werte, die deinem Charakter besonders am Herzen liegen.

Die wichtigste Leidenschaft ist die Ehre, und diese beginnt mit einem Wert von 15.

Es gibt noch viele andere Leidenschaften, darunter Bewunderung, Ergebenheit, Hass, Stand und Ritterlichkeit. Für die Zwecke deines Charakters konzentrieren wir uns neben der Ehre auf drei weitere: Gastfreundschaft, Liebe (Familie) und Treueschwur (Lehnsherr). Auch diese beginnen jeweils mit einem Wert von 15.

Für Definitionen der Persönlichkeitsmerkmale und Leidenschaften siehe **„Kapitel 3: Merkmale und Leidenschaften“** in *Buch II.*

Fertigkeiten

Der letzte Schritt zur Vorbereitung deines Charakters ist die Zuweisung von Punkten für deine Fertigkeiten. Dies sind die Fertigkeiten, mit denen dein Charakter im Spiel große Taten vollbringen kann. Jede Fertigkeit hat einen Standardwert, der auf dem Charakterbogen in Klammern steht. Diese Werte können auf verschiedene Weise erhöht werden, wie im Folgenden beschrieben wird.

Da du ein Kymrischer Ritter in Ausbildung bist, erhöhst du deine Fertigkeiten Höfische Sitten, Reitkunst und Sturmangriff um 3.

Jede Familie hat ein bestimmtes angeborenes Talent für eine bestimmte Fertigkeit. Wirf 1W6 und ziehe *Tabelle 1: Ausgewählte Familienattribute* zu Rate, um herauszufinden, wo dein natürliches Talent liegt, und erhöhe dann die angegebene Fertigkeit um +3.

Tabelle 1: Ausgewählte Familienattribute

1W6	Attribut	+3-Bonus auf Fertigkeit
1	Scharfe Augen	Achtsamkeit
2	Wohlerzogen	Höfische Sitten
3	Scharfsinnig	Intrigen
4	Wortgewandt	Redekunst
5	Jedermann	Volksweisheit
6	Wahl des Spielers	Eine beliebige der oben genannten Fertigkeiten

Verteile nun 10 Punkte auf deine Fertigkeiten mit den unten aufgeführten Beschränkungen. Diese zusätzlichen persönlichen Fertigkeiten zeigen, worauf du deine Zeit und Aufmerksamkeit verwendet hast, während du am Hof aufgewachsen bist. Wie bei den Leidenschaften sind nicht alle Fertigkeiten in jedem Szenario nützlich! Einige Fertigkeiten, die nur für Ritter nützlich sind (z. B. Verwaltung), sind auf diesem Charakterbogen nicht enthalten. Definitionen zu den einzelnen Fertigkeiten findest du in **„Kapitel 4: Fertigkeiten“** in *Buch II.*

Fertigkeitsbeschränkungen

Wenn du diese Punkte verteilst, musst du diese Regeln beachten:

- Keine Fertigkeit darf über 15 gesteigert werden
- Keine Fertigkeit mit einem Startwert von 0 darf gesteigert werden
- Die folgenden Fertigkeiten dürfen nicht über den Wert des Charakteristikums Aussehen (AUS) zum Zeitpunkt der Charaktererschaffung erhöht werden: Höfische Sitten, Volksweisheit, Intrigen und Redekunst

Boni aus deinen Kymrischen Fertigkeitsmodifikatoren und Familienattributen können die Werte der Fertigkeiten über die oben genannten Beschränkungen hinaus erhöhen.

Das Abenteuer um das Schwert im Stein

1

Sir Ectors Herrenhaus wurde auf den Ruinen einer alten Hügelfeste im Land Penllyn erbaut. Die Halle, Sir Ectors Wohnsitz, ist ein prächtiges zweistöckiges Steingebäude mit einem Eingang im zweiten Stock. An diesem schönen Herbsttag, als die Ernte eingebracht ist und die Luft kühler wird, genießt du mit deiner Freundin und Pagin Alis eine kurze Pause von deinen Pflichten. Ihr beide sitzt in der Nähe der warmen Feuerstelle und spielt ein improvisiertes Damespiel mit Flusskieseln, als die Tür zur Halle auffliegt.

Herein kommt dein Freund Artus, Kays jüngerer Bruder, und seine feinen Gesichtszüge strahlen vor Aufregung. Er lächelt euch beide an.

„Kay will Stechpuppenübungen machen, und ich habe ihn gefragt, ob ihr mitmachen könnt, und er hat ja gesagt!“

Du springst auf die Füße. Als Page ist es dir eigentlich nicht erlaubt, dich mit den Knappen in Kampffertigkeiten zu üben. Kay, der dienstälteste Knappe des Hauses, muss heute großmütig sein. Das Damespiel vergessen, laufen du und Alis mit Artus nach draußen.

Gehe zu 2.

2

Der Ritter ist vor allem ein berittener Krieger, der auf dem Schlachtfeld am furchterregendsten ist, wenn als Teil eines Sturmangriffs auf den Feind zu reitet. Gegen diese unaufhaltsame Macht können nur wenige Feinde bestehen.

Es braucht jahrelange Übung, um zu lernen, wie man sein Pferd in die Schlacht reitet. Man muss in vollem Galopp reiten, einen schweren Schild in der einen und einen langen, wackeligen Stock in der anderen Hand umklammern und dabei das Gleichgewicht und die Kontrolle über das Pferd lange genug behalten, um einen wirkungsvollen Treffer gegen ein Ziel zu landen ... ohne anschließend zu stürzen!

Knappen üben das Zielen mit der Lanze mit einem Gerät namens Stechpuppe. Stechpuppen gibt es in unterschiedlichen Konstruktionen, von einfach bis aufwendig; Sir Ectors Stechpuppe ist eher die erste Variante, aber sie erfüllt ihren Zweck gut genug: An einem Querbalken auf einem Pfosten hängt eine eiserne Scheibe in der Größe des Gesichts eines Mannes. Der Abstand zum Boden kann angepasst werden, aber normalerweise wird sie an dem ungefähren Punkt aufgehängt, an dem ein präziser Treffer einen Ritter wahrscheinlich aus dem Sattel heben würde. So wie die Puppe, mit der Kay heute übt.

Die Idee ist, einen Sturmangriff mit einer Lanze auszuführen und zu versuchen, einen direkten Treffer auf die Scheibe zu landen, die so geformt ist, dass nur bei einem Treffer in die Mitte ein gongartiges Klirren ertönt.

Das Richtige tun

Pendragon konfrontiert Spieler oft mit Dilemmata, die mit ihren Persönlichkeitsmerkmalen ausgetragen werden. Die Merkmale auf der linken Seite der Spalte auf deinem Charakterbogen gelten als die eher „positiven" für Ritter aus Britanniens vorherrschender Kultur und Religion. Nach diesen Merkmalen zu handeln, gilt als angemessen für einen guten kymrischen christlichen Ritter, ist aber nicht zwangsläufig immer das Richtige. Ein Verhalten, das im Moment vorteilhaft erscheint, kann später mit einem versteckten Preis verbunden sein; umgekehrt können manche Opfer ganz umsonst erbracht werden.

Merkmale mit einem Wert von 16 oder höher (so genannte Berühmte Merkmale) zwingen dich oft dazu, dich in Übereinstimmung mit diesem Merkmal zu verhalten, es sei denn, du würfelst unter dem gegenteiligen Merkmal. Es kann auch vorkommen, dass du gegen ein oder zwei Merkmale würfeln willst oder sollst, um eine Aktion zu bestimmen, z. B. einen Tapfer-Wurf, um einem furchterregenden Ungeheuer gegenüberzutreten, oder einen Wurf auf Maßvoll und Schwelgerisch, um herauszufinden, ob du bei einem Festmahl zu viel schlemmst. Wenn du im Laufe der Zeit nach einem bestimmten Merkmal handelst, erhöht sich dessen Wert, so dass du in Zukunft noch mehr danach handeln wirst.

Als du auf den obersten Treppenabsatz außerhalb der Halle läufst, siehst du, dass Kay die Stechpuppe aufgestellt und einen kleinen Stapel Turnierlanzen mitgebracht hat – ihre normalerweise tödlichen Spitzen wurden mit einem Stoffbündel abgestumpft. Deine Begeisterung trübt sich, als du siehst, dass er auch ein mechanisches Steckenpferd mitgebracht hat: Ein vierrädriges Gefährt mit einem Sattel darauf, das von zwei Personen gezogen werden muss, um Schwung und Geschwindigkeit zu erreichen.

Kay scheint deine Enttäuschung zu bemerken, als du die Treppe hinuntersteigst.

„Was? Dachtest du, ich würde Bishop dafür rausholen?" Bishop ist der Name von Sir Ectors Streitross, einem edlen Tier, das schon viele Gefechte gesehen hat und die Narben trägt, die es beweisen. „Immerhin hat der Welpe mir versprochen, mir im Gegenzug für diesen Gefallen zwei Wochen lang die Arbeit abzunehmen."

Artus schaut beschämt drein. Offensichtlich wollte er nicht, dass Kay diesen Teil der Abmachung erwähnt. Als älterer Knappe von siebzehn Wintern hat Artus schon viele Verpflichtungen. Kays Aufgaben zu übernehmen, bedeutet lange Stunden und schmerzende Glieder.

In einer Situation wie dieser, in der du nicht genau weißt, wie du am besten reagieren sollst, kannst du dich mithilfe deiner Merkmale orientieren. Solange das Merkmal niedriger als 16 ist, kannst du immer frei entscheiden, wie du handeln willst. Doch schauen wir diesmal, was die Würfel zu sagen haben. Dies ist ein sogenannter Entscheidungswurf, bei dem du gegen zwei (normalerweise gegenteilige) Merkmale würfelst.

In der Regel ist es offensichtlich, gegen welche Merkmale du würfeln musst, wenn du dich mit ihren Definitionen vertraut gemacht hast. In diesem Fall solltest du dich an den Merkmalen Gerecht und Willkürlich orientieren. Jemand mit einem hohen Wert in Gerecht hat einen objektiven Sinn für Recht und Unrecht entwickelt, während eine Willkürliche Person ihre Gefühle von ihren eigenen Vorurteilen oder Interessen beeinflussen lässt.

Nimm einen W20 und wirf zuerst gegen den Wert deines Gerecht-Merkmals. Wenn du gleich oder weniger als den Wert würfelst, gilt dies als Erfolg mit diesem Merkmal. Wenn du genau den Wert des Merkmals würfelst, nennt man das einen kritischer Erfolg, während ein Wurf von 20 als Patzer bezeichnet wird.

Wenn du einen kritischen Erfolg gewürfelt hast, vermerkst du mit einem Haken eine Markierung neben Gerecht auf deinem Charakterbogen; wenn du bei dem Wurf einen Patzer hast, vermerkst du stattdessen eine Markierung neben Willkürlich, da ein Patzer in einem Merkmal automatisch als Erfolg in dem gegenteiligen gewertet wird. Wenn du bei deinem Wurf gegen Gerecht gescheitert bist, führe einen zweiten Wurf gegen Willkürlich durch. Wie bei Gerecht gilt auch hier, dass ein kritischer Erfolg eine Markierung für Willkürlich und ein Patzer eine Markierung für das andere Merkmal gewährt und als erfolgreicher Gerecht-Wurf gewertet wird.

Wenn du bei beiden Würfen gescheitert bist, musst du dich zwischen den beiden entscheiden.

Wenn du dich für Gerecht entscheidest oder erfolgreich warst, gehe zu **3**.

Wenn du dich für Willkürlich entscheidest oder erfolgreich warst, gehe zu **4**.

3

Kay ist sieben Jahre älter und bringt mindestens 24 Pfund mehr als du auf die Waage, aber du hast das Gefühl, dass du etwas sagen musst.

„Wenn das auf Kosten von Artus geht, der all deine Arbeit für dich erledigt, Kay, dann will ich das nicht." Du spürst, wie deine Augen aufblitzen und dein Herz in deiner Brust pocht. Du würdest nichts lieber tun, als dich an der Stechpuppe zu versuchen, aber nicht auf Kosten deines Freundes.

Alles ist für einen Moment still. Du siehst, dass Alis aus der Halle gekommen ist und die ganze Szene vom Treppenabsatz aus beobachtet, was deine Wangen knallrot werden lässt. Kays Gesicht trägt einen Ausdruck völliger Verwirrung.

„Gut", sagt er schließlich mit einem Achselzucken. Für einen kurzen Moment glaubst du, dass du dieses Patt gewonnen hast. „Ich schätze, es ist dir nicht so wichtig, wie der Welpe gesagt hat. Trotzdem wäre es eine Schande, die Stechpuppe umsonst aufgebaut zu haben. Ich werde ein paar Runden mit der Lanze drehen, und du und der Welpe könnt mich ziehen."

Gehe zu **6**.

4

Kay ist älter und viel größer als du. Du kennst sein Temperament gut und weißt, dass es ihn wütend machen könnte, wenn du jetzt etwas sagst. Du willst auf keinen Fall riskieren, diese Gelegenheit zu verpassen, also schweigst du. Außerdem ist Alis aus der Halle gekommen und beobachtet dich aufmerksam vom Treppenabsatz aus. Es wäre eine Schande, sie zu enttäuschen.

„Gut, bringen wir es hinter uns", sagt Kay, während er eine Lanze hebt und sie dir überreicht. „Steig in den Sattel, der Welpe und ich ziehen dich."

*Gehe zu **5**.*

5

Die Lanze, gedrechselt aus feinem Eschenholz, ist mehr als doppelt so lang wie du, und du musst sie gegen das hölzerne Steckenpferd lehnen, um in den Sattel zu klettern. Als du sie aufnimmst und das Gewicht in deinen Händen spürst, richtest du deine Augen auf das Stechpuppenziel.

Artus und Kay lachen, als sie die Seile aufheben, die vorne am Pferd befestigt sind – sie sind beide an die Feinheiten der Reitkunst und des Trainings mit der Lanze gewöhnt, deshalb ist das alles für sie eine Eselei. Aber du nimmst es ernst. Du hörst, wie dir Alis etwas Aufmunterndes zuruft, während die beiden Knappen zu ziehen beginnen und sich das Pferd mit einem Ruck in Bewegung setzt.

Die kleinen hölzernen Räder hüpfen über den unebenen Rasen, und du hast alle Hände voll zu tun, dich überhaupt im Sattel zu halten. Du bewegst dich jetzt schnell, und die Stechpuppe kommt immer näher! Du beginnst deine Lanze zu senken, was dein Gleichgewicht kippen lässt. Du kannst nicht glauben, wie sehr die Spitze umherschwingt. Und dann ...

Führe einen Vergleichslosen Sturmangriff-Wurf aus, um zu sehen, wie gut du dich schlägst. Dazu würfelst du 1W20 und schaust, ob das Ergebnis unter oder gleich deiner Fertigkeit Sturmangriff ist, so wie du es bei deinem Merkmalswurf vorhin getan hast. Denke daran, dass ein Ergebnis, das dem genauen Wert deiner Fertigkeit Sturmangriff entspricht, ein kritischer Erfolg ist, während ein Ergebnis von 20 ein Patzer ist.

*Würfelst du einen kritischen Erfolg, gehe zu **7**.*

*Würfelst du einen Erfolg, gehe zu **8**.*

*Würfelst du einen Fehlschlag, gehe zu **9**.*

*Würfelst du einen Patzer, gehe zu **10**.*

6

Du kannst nicht anders, als dich niedergeschlagen zu fühlen. Artus bemerkt deinen Blick, als ihr beide nach vorne zum Steckenpferd geht, und schenkt dir ein aufmunterndes Lächeln. Du kannst sehen, dass er dankbar ist, dass du deine Überzeugungen verteidigt hast, was deine Laune hebt.

„Keine Sorge", sagt er. „Bevor du dich versiehst, wirst du diese Übung so oft machen, dass du dir wünschen wirst, die Stechpuppe wäre nie gebaut worden!"

Indem du eine gerechte Entscheidung entgegen deines eigenen Interesses triffst, verdienst du dir eine Markierung für Ehre.

Kay hüpft auf den Rücken des Steckenpferdes, woraufhin sich dessen Beine bedenklich beugen. Er schwingt die zwölf Fuß lange Lanze, die aus einem einzigen Stück Eschenholz gefertigt ist, als wäre sie ein Stock.

„Wohlan, Pferdchen! Auf geht's!" Er tut so, als würde er dem Pferd die Sporen geben, und Artus lacht. Vom Treppenabsatz aus ruft Alis euch etwas Aufmunterndes zu. Deine Lederschuhe graben sich in die unebene Grasnarbe, während du kräftig ziehst. Selbst mit Artus' Hilfe wird das ein hartes Stück Arbeit werden!

Lege einen Vergleichslosen STR-Wurf ab, um zu sehen, wie du dich schlägst. Dazu würfelst du 1W20 und schaust, ob das Ergebnis unter oder gleich deinem STR-Charakteristikum ist, so wie du es bei deinem Merkmalswurf vorhin getan hast. Denke daran, dass ein Ergebnis, das dem genauen Wert deiner STR entspricht, ein kritischer Erfolg ist, während ein Ergebnis von 20 ein Patzer ist.

*Würfelst du einen kritischen Erfolg, gehe zu **13**.*

*Würfelst du einen Erfolg, gehe zu **14**.*

*Würfelst du einen Fehlschlag, gehe zu **15**.*

*Würfelst du einen Patzer, gehe zu **16**.*

7

Dein Griff um die Lanze wird fester, und plötzlich fühlt sich die Stange wie eine Verlängerung deines eigenen Arms an. Du spürst genau, wie du dein Gewicht und deine Position verlagern musst, um die mit Stoff bedeckte Spitze der Lanze ... genau ... so zu platzieren!

Die Eisenscheibe klingt in deinen Ohren so laut wie eine Kirchenglocke. Du hörst Artus und Alis Freudenschreie ausstoßen, und sogar Kay lässt ein beeindrucktes Grunzen vernehmen, was ihm gar nicht ähnlich sieht. Du hast einen tiefen Eindruck bei deinen Mitlehrlingen hinterlassen.

*Vermerke eine Markierung neben deiner Fertigkeit Sturmangriff und gehe zu **17**.*

8

Obwohl die mit Stoff bedeckte Spitze der Lanze weiter schwankt, während du deinem Ziel immer näherkommst, verlagerst du deinen Arm, um das auszugleichen. Mit einem dumpfen Klirren trifft die Lanze die Eisenscheibe an der Kante und lässt sie wild herumwirbeln.

Zuerst bist du enttäuscht, aber als du vom Steckenpferd absteigst, siehst du, wie Artus dich anstrahlt, und sogar Kay nickt dir knapp zu. „Keine leichte Aufgabe für jemanden, der keine Übung darin hat", sagt er.

*Vermerke eine Markierung neben deiner Fertigkeit Sturmangriff und gehe zu **17**.*

9

So sehr du dich auch bemühst, du bekommst die Lanze nicht unter Kontrolle! Sie bewegt sich wie aus eigener Kraft, und du siehst machtlos zu, wie die mit Stoff bedeckte Spitze nur Luft durchstößt. Die Scheibe dreht sich träge in der Brise, die durch dein Vorübersausen entsteht.

„So ein Pech!", ruft Alis vom Treppenabsatz her, aber Kay lacht.

„Glück und Pech haben damit nichts zu tun!", gluckst er. „Es ist eine Prüfung des Könnens", fährt er fort und legt dir eine kräftige Hand auf die Schulter, „das du nicht hast!" Er wirft den Kopf zurück und lacht über seinen eigenen Witz.

Gehe zu **17**.

10

Es ist schlimmer, als du dir je vorstellen konntest! Du kannst die eigenwillige Lanze nicht kontrollieren und kannst dich kaum auf dem Steckenpferd halten, geschweige denn, dass du die Hoffnung hast, dein Ziel zu treffen. Dann treffen die Vorderräder auf eine Vertiefung in der Grasnarbe, und du taumelst vorwärts …

Würfle gegen deine Reitkunst-Fertigkeit.

Würfelst du einen Erfolg, gehe zu **11**.

Würfelst du einen Fehlschlag, gehe zu **12**.

11

Die mit Stoff bedeckte Spitze der Lanze schlägt auf dem Boden auf, und mit einem durchdringenden Krachen zerbricht der Eschenholzschaft! Das Steckenpferd kommt abrupt zum Stillstand, und Kay ist sofort bei dir und zerrt dich schimpfend aus dem Sattel.

„Das war eine von Sir Ectors Lanzen! Was glaubst du, was du da tust? Warte nur, bis ich es ihm sage!"

Artus ist nun ebenfalls da, schiebt sich dazwischen und versucht, seinen Bruder zu beruhigen, aber es scheint wenig zu nützen.

Wurde ein einfacher Erfolg für Reitkunst gewürfelt, wurdest du von fliegenden Splittern der zerschmetterten Lanze getroffen. Wirf 1W6 und ziehe das Ergebnis von deinen Trefferpunkten ab. Ein kritischer Erfolg wiederum hat keinen Schaden verursacht.

Gehe zu **17**.

12

Die mit Stoff gepolsterte Spitze der Lanze schlägt in einem Winkel auf den Boden auf, der die ganze Kraft zurück in den Schaft und in deinen Körper leitet. Augenblicklich wirst du rückwärts aus dem Sattel geschleudert! Für einen Moment steht die Welt Kopf, der Wind rauscht in seinen Ohren und dann schlägst du hart auf dem Boden auf. Während du verzweifelt versuchst, wieder auf die Beine zu kommen, hörst du irgendwo durch das Klingeln in deinen Ohren Alis' Aufschrei, Artus' besorgten Ruf und Kays Gelächter.

Wenn dein Wurf auf Reitkunst fehlschlägt, verletzt du dich bei dem Sturz. Wirf 2W6 und ziehe die Summe von deinen Trefferpunkten ab.

Gehe zu **17**.

Wenn du einen Reitkunst-Patzer gewürfelt hast, bist du in einem ungünstigen Winkel auf dem Boden aufgeschlagen und hast möglicherweise schwere Verletzungen erlitten. Nimm 3W6 Schaden durch den Sturz!

Wenn du 15 oder mehr Punkte Schaden genommen hast, hast du eine Schwere Verwundung erlitten! Dadurch wirst du geschwächt und verpasst den nächsten Abschnitt des Abenteuers. Es dauert ein paar Wochen, bis die Verletzung verheilt ist. Bis dahin hat der Winter eingesetzt und du kannst dich auf ein neues Abenteuer begeben! Stelle die vollen Trefferpunkte deines Charakters wieder her und gehe zu **74**.

13

Während du dich nach vorne lehnst und spürst, wie sich das Seil über deiner Schulter strafft, denkst du an Kay und wie er seinen Bruder gedemütigt hat, wie er ihn immer Welpe nennt, statt bei seinem christlichen Namen. Dein Blut kocht und du entdeckst eine Quelle der Stärke, von der du nicht wusstest, dass du sie besitzt.

Du ziehst so stark, dass du, ehe du dich versiehst, mit voller Geschwindigkeit vorwärts rennst und das Steckenpferd hinter dir her rattert! Dann hörst du Kay alarmiert aufschreien. Als du zurückblickst, siehst du ihn ausgestreckt auf dem Boden liegen, blinzelnd und atemlos.

Artus und Alis lachen sich kaputt, aber als er aufsteht, sagt dir Kays Gesicht, dass du vielleicht besser weiterrennen solltest ...

Gehe zu **17**.

14

Du setzt alles daran, das Pferd zu ziehen, und trotz des unebenen Untergrunds und Kays Masse gelingt es dir und Artus, das Pferd auf eine ordentliche Geschwindigkeit zu bringen. Du kannst die mit Stoff bedeckte Spitze der Lanze über deinem Kopf nach vorne ragen sehen und hast den grotesken Gedanken, dass das der Anblick ist, der sich wohl allen Schlachtrössern im Kampf bietet ...

Dann schlägt die Lanze ein und die Metallscheibe zeigt an, dass sie perfekt getroffen hat. Das Pferd hält langsam an und Kay springt ab.

„So wird's gemacht, Kinder", sagt er und geht davon, während er dir und Artus das Aufräumen überlässt.

Gehe zu **17**.

15

Das Gras ist noch nass vom Morgentau, und Kays Masse ist für das arme Steckenpferd zu viel. So sehr du dich auch bemühst, deine Ledersohlen gleiten ein paar Mal aus und das Pferd zuppelt kaum vorwärts.

„Oh, ich glaube, wir müssen den alten Klepper auf die Weide schicken!", sagt Kay aus dem Sattel. „Vorwärts! Los!"

Dein Gesicht brennt vor Demütigung.

Wie fühlst du dich dabei? Würfle auf Bescheiden gegen Stolz – du darfst wählen, was du zuerst würfelst. Wenn der erste Wurf ein Erfolg ist, würfelst du nicht für das zweite Merkmal. Setze eine Markierung neben dem erfolgreichen Merkmal, falls einer der Würfe gelungen ist.

Gehe zu **17**.

16

Das Gras, noch nass vom Morgentau, fühlt sich unter deinen Ledersohlen wie Eis an. Du rutschst aus, und nur durch Artus' heroische Anstrengung kommt das Steckenpferd überhaupt vorwärts. Dann spürst du entsetzt, wie dein Fuß unter dir wegrutscht und du vorwärts auf den Boden kippst!

Noch schlimmer ist, dass das Pferd jetzt genug Schwung hat, um weiter vorwärtszurollen, und bevor irgendjemand etwas tun kann, rollt es direkt über dein Bein. Du heulst vor Schmerz auf, während Kay deine Ungeschicktheit verflucht, aber zu seiner Ehrenrettung ist er der erste an deiner Seite, um sich zu vergewissern, dass du nicht zu schwer verletzt bist.

Wirf 1W6 und ziehe das Ergebnis von deinen Trefferpunkten ab, dann gehe zu **17**.

17

Ohne Vorwarnung wird die Luft von einem Hornstoß zerrissen. Eure kleinlichen Sorgen und Streitereien zerplatzen wie eine Seifenblase, als ihr euch alle umdreht und den Gutsherrn, Sir Ector, aus dem Dorf Caer Gai heraufreiten seht. Sein Hausritter, Sir Jonas, reitet hinter ihm.

Die meisten Ritter in Britannien dienen im Haushalt eines Lehnsherrn, daher ihre Bezeichnung „Hausritter". Man nennt sie auch Junggesellenritter (*„bachelor knight"*, von „bas chevalier") – niedere Ritter. Trotzdem gehören sie dem Adel an, und wenn man ihren Rang erreicht, gehört man zu einer exklusiven Gruppe von Kriegern, die geschworen haben, diejenigen zu verteidigen, die sich nicht selbst verteidigen können, und die ihre Schwerter in den Dienst eines Edelmannes oder einer Edelfrau stellen.

Sir Ector, ein Ritter fortgeschrittenen Alters, scheint guter Laune zu sein. Er zügelt sein Pferd in der Nähe der Stelle, an der ihr geübt habt, und steigt ab.

„Ich habe die Nachricht erhalten, dass unser König Mawan und sein Hofstaat uns in zwei Tagen besuchen und die Andreasnacht bei uns verbringen werden. Morgen gehen wir auf Wildschweinjagd – der König muss mit einem großen Fest empfangen werden, wenn er hier eintrifft!"

Das Stechpuppentraining ist vorbei. Eine Wildschweinjagd ist immer ein Ereignis, das die Unterstützung des gesamten Haushalts erfordert, und du, Alis, Kay und Artus beeilen sich, Ector in die Halle zu folgen und zu erfahren, was von euch erwartet wird.

Gehe zu **18**.

18

Heute ist es noch eine Woche bis zur Andreasnacht, und der Morgen dämmert kühl und grau. Du erhebst dich von deinem gewohnten „Bett" – einem weichen Strohhaufen in der Ecke der Halle, den du mit den anderen Pagen teilst – und hilfst den Knappen dabei, das Herdfeuer zu schüren und andere Aufgaben zu erledigen.

Sir Ector ist ebenfalls auf den Beinen und bereitet sich in Absprache mit Sir Jonas auf die Jagd vor. Die Jagd ist Ectors Lieblingssport, und er beschäftigt einen Jäger, eine knorrige alte Gestalt namens Glyn, der ihm dabei hilft.

Glyn ist im Morgengrauen zusammen mit Dai, dem Hundejungen, in der Halle bereits auf den Beinen, um die anstehenden Aufgaben des Tages zu besprechen. In Anbetracht der Jahreszeit sind sich alle einig, dass Wildschweine die wahrscheinlichste Beute sein werden, aber sie werden es nicht sicher wissen, bis sie die Spuren sehen.

Die Jagd, so hast du erfahren, hat ihr eigenes Lexikon, mit Wörtern wie „Ausmachen", „Losung", „Annehmen" und so weiter. Obwohl du schon viele Jagdgesellschaften von Ectors Halle hast aufbrechen sehen, ist dies das erste Mal, dass du selbst zu einer eingeladen wirst, und dein Magen ist viel zu unruhig, um sich für das Brot und das kleine Bier zu interessieren, die es zum Frühstück gibt.

Die Vorbereitungen sind getroffen und die Jagdgesellschaft versammelt sich vor der Halle. Die Ritter und Knappen sind in ihre Gambesons gekleidet, dick gesteppte Stoffrüstungen, die einen gewissen Schutz gegen die Tiere der Wildnis bieten. Jeder von ihnen trägt einen speziellen Speer, eine sogenannte Saufeder, mit einem langen, scharfen Eisenkopf und einem stabilen metallenen Querstange, die etwa achtzehn Zoll unter dem Schaft angebracht ist und verhindern soll, dass das Wildschwein den Speer entlangläuft und den Jäger aufspießt. Sir Ector hat am Lagerfeuer von Gefährten erzählt, die durch Wildschweine und ihre rasiermesserscharfen Hauer ums Leben gekommen sind, und dir gefriert das Blut in den Adern, als du dir vorstellst, was nötig wäre, um solch ein wildes Tier zu erlegen.

Du gehst neben Dai, der alle Hände voll zu tun hat, die Meute der bellenden Jagdhunde des Anwesens zu bändigen. An deiner anderen Seite läuft Arawn, der große zottelige Cú, oder Wolfshund, der bei allen in Ectors Haushalt sehr beliebt ist. Er ist so groß wie du, aber so sanft wie ein Schaf. Seine Anwesenheit beruhigt dich, denn er ist so mutig und treu wie jeder edle Ritter.

Die Luft ist frisch vom Regen der letzten Nacht, und während ihr das Tal durchquert, brechen die Wolken auf und lassen goldenes Sonnenlicht hindurch. Im Osten siehst du goldene Strahlen, die sich auf der Oberfläche des Llyn Tegid spiegeln, des mächtigen Sees, der das Quellgebiet des Flusses Dee bildet. Man sagt, dass unter seinen Wellen eine versunkene Stadt liege und dass man in manchen Nächten die Lichter der Gebäude in der Tiefe sehen könne (zumindest hat Kay das immer behauptet. Du und Artus habt euch ein paar Mal hinausgeschlichen, aber bis jetzt nie etwas gesehen). Abgesehen von den verstreuten Weilern und Dörfern und den Acker- und Weideflächen auf Sir Ectors Landgut besteht der größte Teil des Tals aus lichtem Wald, und nun macht ihr euch auf den Weg zu einem solchen Waldstück.

Glyn und seine Gehilfen aus Caer Gai haben sich mit etwas Vorsprung auf den Weg gemacht und nun siehst du, wie sie sich nähern, die „Losung" (die Exkremente) eines Ebers in ihren Jagdhörnern tragend.

Gehe zu **19**.

19

Sir Ector steigt ab und berät sich mit Glyn dem Jäger über die beste Vorgehensweise, den Standort des Wildschweinverstecks und so weiter. Vorfreude erfüllt die Luft.

Kay kommt auf dich zu. Du siehst, dass er ein Wurststück in der Hand hält; er reißt es mit den Zähnen auseinander und bietet dir eine Hälfte an. „Du solltest was essen. Jagden können den ganzen Tag dauern." Kay hat durchaus seine Momente des Mitgefühls.

Während du isst, erklärt er dir die verschiedenen Rufe des Jagdhorns – wie es benutzt wird, um die Hunde zu versammeln, den anderen Jägern Signale zu geben und das Erlegen der Beute zu verkünden, und noch vieles mehr. Jeder Ritter und Knappe trägt ein Horn bei sich, denn die Jagden erstrecken sich oft über große Entfernungen, und man kann leicht getrennt werden. Auch Artus ist während des Gesprächs zu Kay herübergeschlendert und hört ihm auf einen Speer gelehnt zu.

„Du solltest in der Nähe von mir und Sir Ector bleiben", sagt Kay. „Wenn wir getrennt werden, hör einfach auf unseren Ruf. Sobald wir das Wildschwein erlegt haben, hilfst du, es zurück in die Halle zu bringen."

In diesem Moment gibt Glyn das Signal zum Aufbruch – die erste Phase der Jagd, in der das Tier „ausgemacht" wird, beginnt. Die Hunde machen einen gewaltigen Lärm und reißen Dai fast von den Füßen, als sie ihn auf den Wald zu zerren. Die Ritter sitzen auf, und auch Kay und Artus eilen zu ihren Pferden, bevor Artus anhält, sich umdreht und dir seinen Speer überreicht.

„Falls du in Schwierigkeiten gerätst", sagt er mit grimmigem Gesicht. Du spürst eine Welle der Dankbarkeit über dich kommen. Er ist nicht so raffiniert wie die Saufedern der Ritter, aber besser als nichts!

Den Speer umklammernd, verfällst du in einen Trab und hältst Schritt, während die Ritter auf den Wald zu kantern.

Erfolg und Fehlschlag

Komm zu dieser Seite zurück, wenn du vergessen hast, was die verschiedenen Ergebnisse der Würfel bedeuten.

In **Pendragon** gibt es zwei Arten von Würfen – Vergleichslose Würfe und Vergleichswürfe.

Vergleichslose Würfe sind ein einzelner W20-Wurf gegen eines deiner Attribute. Dein Wurf ist dabei entweder ein Erfolg oder ein Fehlschlag. Wenn du genau den Wert des Attributs würfelst, ist das ein kritischer Erfolg. Wenn du eine 20 würfelst, ist das ein Patzer (es sei denn, dein Attribut ist auch 20!).

Bei Vergleichswürfen werfen du und ein Kontrahent je einen eigenen W20 gegen jeweils ein bestimmtes Attribut. Jeder dieser Würfe wird genauso gelesen wie ein Vergleichsloser Wurf; dann werden die Ergebnisse verglichen:

- Wenn du Erfolg hast und dein Kontrahent einen Fehlschlag, oder wenn ihr beide Erfolg habt, aber der Wert deines Wurfs höher ist, ist das ein Sieg.
- Wenn dein Gegner Erfolg hat und du einen Fehlschlag hast, ist das eine Niederlage.
- Wenn du Erfolg hast, aber das Ergebnis des Würfels deines Gegners höher ist als deines, ist das ein Teilerfolg.
- Wenn ihr beide einen Fehlschlag habt, ist das ein Beiderseitiger Fehlschlag.
- Wenn ihr beide das gleiche Ergebnis würfelt oder beide einen kritischen Erfolg erzielt, ist das ein Unentschieden.

Schon bald befindest du dich zwischen den Bäumen, die toten Blätter des Herbstes rascheln leise unter deinen Schuhen. Das Gestrüpp und die Äste sind hier nicht so dicht, und du behältst die Ritter im Auge, die mit Hunden und Jägern an der Spitze voranreiten.

Es dauert nicht lange, bis du Glyns Horn ertönen hörst – die Beute ist gefunden, und die Jagd geht los! Du siehst tiefer im Wald Anzeichen für eine Bewegung und wendest dich in diese Richtung, während dein Atem in deiner Kehle rasselt und in großen weißen Wolken hervorstößt.

Weitere Hornstöße, jetzt von mehreren Jägern. Hundegebell und -geheul, das zwischen den Bäumen widerhallt. Die Rufe verlieren sich in der Ferne. Du schaust dich um. Du bist ganz allein …

Lege einen Vergleichswurf mit deiner Fertigkeit Jagd gegen die Fertigkeit Meiden des Wildschweins von 10 ab. Du versuchst, sowohl mit deinem eigenen Wurf (Jagd) erfolgreich zu sein als auch besser zu würfeln als das Wildschwein, sollte es mit seinem Meiden-Wurf Erfolg haben. Das nennt man einen Sieg. Wenn sowohl du als auch das Wildschwein erfolgreich sind, aber es besser würfelt als du, dann ist das ein Teilerfolg. Wenn du deinen Wurf nicht schaffst und das Wildschwein erfolgreich ist, ist das eine Niederlage. Wenn ihr beide mit euren Würfen scheitert, ist das ein Beiderseitiger Fehlschlag. Und wenn du eine 20 würfelst, hast du deinen Wurf verpatzt!

Für diesen Vergleichswurf gibt es keine Nachteile, wenn du einen Fehlschlag oder eine Niederlag bei deinem Fertigkeitswurf versagst oder verlierst, abgesehen von den einfachen Konsequenzen des Versagens – aber das ist nicht immer der Fall!

Würfelst du einen kritischen Erfolg, markiere Jagd und gehe zu **20**.

Wenn du den Wurf gewinnst, markiere Jagd, während du auf eine Lichtung stolperst und einem wütenden Wildschwein gegenüberstehst! Gehe zu **35**.

Wenn du einen Teilerfolg erzielst, gehe zu **37**.

Würfelst du einen Fehlschlag oder den Wurf verlierst, gehe zu **39**.

Würfelst du einen Patzer, gehe zu **46**.

20

Du betrittst eine Lichtung, die von goldblättrigen Maulbeerbäumen umgeben ist. Dann siehst du es: Im Schutz eines der großen Bäume starrt dich ein Paar hasserfüllter Schweinsaugen an! Ein fürchterliches Schnauben lässt die Blätter und deine Knie erzittern, und dann – ohne weitere Vorrede – kommt ein riesiger Eber, so groß wie du selbst, herausgestürmt! Seine klingenartigen Hauer schimmern selbst im düsteren Wald und sehen aus, als könnten sie dich mit einem einzigen Schwung ausweiden.

Lege einen Wurf gegen dein Merkmal Tapfer ab. Dies ist ein verpflichtender Entscheidungswurf, den jeder Charakter in einer solchen Situation ablegen muss, unabhängig davon, wie tapfer er sein mag!

Würfelst du einen Erfolg, gehe zu **21**.

Würfelst du einen Fehlschlag, würfle gegen dein Merkmal Feige.

Würfelst du einen Erfolg, gehe zu **22**.

Würfelst du einen Fehlschlag, gehe zu **34**.

21

Wie aus einem Instinkt heraus senkst du die Spitze deines Speers in Richtung des anstürmenden Ebers und stemmst das hintere Ende mit deinem rechten Fuß in die Erde. Einen halben Herzschlag später prallt die Bestie gegen dich!

Fahre mit deinem Kampfwurf fort. Lege dazu einen Vergleichswurf ab: deine Fertigkeit Speer gegen den Sturmangriff des Ebers von 15. Wenn du im vorherigen Abschnitt einen kritischen Erfolg mit deinem Merkmal Tapfer erzielt hast, addiere nur für diesen Wurf +5 auf deine Fertigkeit Speer. Der Verlierer erleidet Schaden!

Würfelst du einen kritischen Erfolg, gehe zu **23**.

Wenn du den Wurf gewinnst, gehe zu **24**.

Würfelst du einen Teilerfolg, gehe zu **25**.

Verlierst du den Wurf, gehe zu **26**.

Würfelst du einen Patzer, gehe zu **27**.

Wenn sowohl du als auch der Eber einen Fehlschlag würfeln, gehe zu **31**.

Würfelt der Eber einen kritischen Erfolg und du nicht, gehe zu **32**.

Wenn du und der Eber ein Unentschieden würfeln (also das gleiche Ergebnis erzielt haben), gehe zu **33**.

22

Du erstarrst vor Angst, unfähig, dich zu bewegen oder zu verteidigen. Einen halben Herzschlag später ist der Eber über dir!

Der Eber legt jetzt einen Vergleichslosen Attackenwurf mit seiner Fertigkeit Hauer von 15 gegen dich ab. Wenn er einen Erfolg würfelt, erleidest du 5W6 Schaden, oder sogar 9W6, wenn der Wurf ein kritischer Erfolg war! Dein gepolsterter Aketon bietet magere 2 Punkte Rüstungsschutz: Ziehe 2 Punkte von dem Schaden ab, der dir zugefügt wurde, und ziehe dann die Differenz von deinen Trefferpunkten ab.

Wenn du mehr als 15 Punkte Schaden erlitten hast oder deine Trefferpunkte kleiner oder gleich deinem Bewusstlos-Wert von 7 sind und nicht schlimmer als –2 Trefferpunkte, dann wirst du später besinnungslos und fiebrig aufgefunden und zurück in die Halle gebracht, wo du dich die nächsten Wochen von deinen Verletzungen erholst. Stelle deinen Charakter auf volle Trefferpunkte wieder her und gehe zu **74**.

(Aufgrund der Funktionsweise der Fertigkeit Erste Hilfe können Charaktere auch dann überleben, wenn sie nur noch 0 Trefferpunkte oder weniger haben, was normalerweise bedeutet, dass sie im Sterben liegen.)

Wenn du nur noch –2 oder weniger Trefferpunkte hast, endet dein Abenteuer leider durch die Hauer und trampelnden Klauen eines Ebers. Tapferkeit ist kein Ersatz für Können mit der Waffe. (Manche Verwundungen sind zu schwer, als dass Erste Hilfe sie versorgen könnte. Charaktere, die über die Fähigkeit zur Heilung hinaus verletzt werden, sind Tot.)

Ansonsten gehe zu **35**.

23

Der Speer trifft den Eber direkt in die Backen und dringt tief ein! Dies ist wahrlich ein wirkungsvoller Treffer.

Würfelst du im Kampf einen kritischen Erfolg, verursachst du zusätzlichen Schaden. Manche Waffen, wie der Speer, erhöhen unter bestimmten Umständen auch die Anzahl der Schadenswürfel, die du wirfst.

Dein normaler Waffenschaden beträgt zum Beispiel 4W6, aber weil du Zeit hattest, deinen Speer gegen einen angreifenden Kontrahenten in den Boden zu rammen, kannst du tatsächlich dessen Schaden gegen ihn wenden! In diesem Fall richtet ein Eber normalerweise 5W6 Schaden an, also würfelst du nun genau das.

Als Nächstes addierst du 2W6, weil du den Speer beidhändig führst, und dann 4W6 für den kritischen Treffer.

Wirf 11W6 und zähle die Ergebnisse der Würfel zusammen. Das ist der Schaden, den du verursachst!

Gehe zu **28**.

Modifikatoren & kritische Boni

Wenn du in **Pendragon** aufgefordert wirst, eine Zahl zu addieren oder abzuziehen, wendest du diesen Modifikator meistens auf den Wert eines Attributs (Charakteristikum, Merkmal, Leidenschaft oder Fertigkeit) an. Wenn du also angewiesen wirst, „würfle gegen Jagd mit einem Modifikator von +5", erhöhst du den Wert deiner Fertigkeit Jagd und würfelst gegen diesen.

Wenn deine Fertigkeit Jagd zum Beispiel normalerweise 12 beträgt und du einen Modifikator von +5 hast, wird deine Fertigkeit Jagd für diesen Wurf effektiv zu 17.

Kein Attribut darf jemals über 20 steigen. Wenn der Modifikator den Wert über 20 anheben würde, nimm die Differenz des Wertes über 20 und wende sie als positiven Modifikator auf deinen Wurf an. Dieser Modifikator für Würfelwürfe wird kritischer Bonus genannt.

Wäre der Modifikator auf Jagd zum Beispiel +10 gewesen, betrüge deine effektive Fertigkeit 22. Da der Maximalwert der Fertigkeit 20 ist, nehmen wir die überschüssigen 2 Punkte und wenden sie als kritischen Bonus auf den Wurf an: Du würfelst eine 13 und addierst 2, woraufhin dein Endergebnis 15 ist.

Der kritische Bonus bewirkt zwei Dinge: Er macht es wahrscheinlicher, dass du einen Gegner bei einem Vergleichswurf schlägst, und erhöht die Chancen auf einen kritischen Erfolg, denn jedes Gesamtergebnis, das 20 oder mehr beträgt, wenn dein Wert für die Fertigkeit 20 beträgt, gilt als kritischer Erfolg.

Bei einem kritischen Bonus von +2 erhöht sich zum Beispiel die Spanne der Würfelergebnisse, die einen kritischen Erfolg anzeigen, auf 18-20. Das heißt, du würfelst einen kritischen Erfolg bei einer 18 oder höher, statt nur bei einer 20.

24

Der Speer trifft den Eber in die fleischige Schulter, der Schaft verbiegt sich gefährlich, aber er bricht nicht.

Dein normaler Waffenschaden beträgt zum Beispiel 4W6, aber weil du Zeit hattest, deinen Speer gegen einen angreifenden Kontrahenten in den Boden zu rammen, kannst du tatsächlich dessen Schaden gegen ihn wenden! In diesem Fall richtet ein Eber normalerweise 5W6 Schaden an, also würfelst du nun genau das.

Als Nächstes addierst du 2W6, weil du den Speer beidhändig führst.

Wirf 7W6 und zähle die Ergebnisse der Würfel zusammen. Das ist der Schaden, den du verursachst!

Gehe zu **28**.

25

Die Speerspitze streift nur die zähe Haut des Ebers. Du hast kaum einen Moment, um die Schwere deines Fehlers zu erkennen, bevor er sich auf dich stürzt!

Im Kampf kann ein Teilerfolg manchmal einen besonderen Vorteil bringen. Wenn du zum Beispiel einen Schild oder eine Paradewaffe wie ein Schwert bereithältst, erhältst du einige zusätzliche Punkte Rüstungsschutz.

Das ist heute leider nicht der Fall. Gehe zu **29***, um herauszufinden, wie viel Schaden du nimmst.*

26

Du siehst bestürzt zu, wie der Eber deiner Speerspitze geschickt ausweicht. Du hast kaum Gelegenheit, um die Schwere deines Fehlers zu begreifen, bevor er sich auf dich stürzt!

Gehe zu **29***, um herauszufinden, wie viel Schaden du nimmst.*

27

Der Schwung des Ebers ist zu groß! Er stößt deine Waffe zur Seite und zerbricht den Schaft wie einen Zweig unter seinen donnernden Klauen. Dann stößt es mit der Wucht eines rollenden Felsblocks mit dir zusammen.

Gehe zu **29***, um herauszufinden, wie viel Schaden du nimmst.*

28

Der Eber hat eine von Natur aus zähe Haut, viel zäher als die eines Menschen.

Der Pelz des Wildschweins gewährt ihm 5 Punkte Rüstungsschutz: Ziehe 5 von deiner Schadenssumme ab und ziehe dann die Differenz von den Trefferpunkten des Ebers von insgesamt 31 ab. Wenn du zum Beispiel 25 Schadenspunkte gewürfelt hast, gewährt das Fell des Ebers 5 Punkte Schutz, so dass nur 20 Schadenspunkte durchkommen.

Normalerweise reicht es aus, die Trefferpunkte eines Kontrahenten unter seine Bewusstlos-Schwelle zu senken oder ihm mit einem einzigen Schlag mehr Schaden zuzufügen, als sein KON-Wert beträgt, um ihn aufzuhalten.

Wenn du mehr als 25 Punkte Schaden (entsprechend der KON des Ebers) verursacht oder das Wildschwein auf 8 oder weniger Trefferpunkte (seinen Wert für Bewusstlosigkeit) reduziert hast, gehe zu **30**.

Wenn du nichts von beidem getan hast, gehe zu **35**.

Wenn du zu diesem Abschnitt gekommen bist, weil du ein Unentschieden gegen den Wurf des Ebers erzielt hast, gehe zurück zu **33**.

29

Du wurdest von dem Sturmangriff des Ebers getroffen, der beim Aufprall Knochen zerschmettern und Fleisch zerreißen kann.

Wirf 5W6, um zu bestimmen, wie viel Schaden er verursacht. Wenn der Eber einen kritischen Erfolg erzielt hat, füge +4W6 zu den geworfenen Würfeln hinzu. Dein gepolsterter Aketon bietet magere 2 Punkte Rüstungsschutz: Ziehe 2 Punkte von dem Schaden ab, der dir zugefügt wurde, und ziehe dann die Differenz von deinen Trefferpunkten ab.

Wenn du mehr als 15 Punkte Schaden erlitten hast oder deine Trefferpunkte kleiner oder gleich deinem Wert für Bewusstlosigkeit von 7 sind und nicht schlimmer als –2 Trefferpunkte, dann wirst du später besinnungslos und fiebrig aufgefunden und zurück in die Halle gebracht, wo du dich die nächsten Wochen von deinen Verletzungen erholst. Stelle deinen Charakter auf volle Trefferpunkte wieder her und gehe zu **74**.

(Aufgrund der Funktionsweise der Fertigkeit Erste Hilfe können Charaktere auch dann überleben, wenn sie nur noch 0 Trefferpunkte oder weniger haben, was normalerweise bedeutet, dass sie im Sterben liegen.)

Wenn du nur noch –2 oder weniger Trefferpunkte hast, endet dein Abenteuer leider durch die Hauer und trampelnden Klauen eines Ebers. Tapferkeit ist kein Ersatz für Können mit der Waffe.

(Manche Verwundungen sind zu schwer, als dass Erste Hilfe sie versorgen könnte. Charaktere, die über die Fähigkeit zur Heilung hinaus verletzt werden, sind Tot.)

Ansonsten gehe zu **35**.

30

Eigentlich müsste der Eber tot sein, aber zu deinem Entsetzen siehst du, wie er am Ende deines Speers weiterkämpft. Da dieser Waffe das Parierelement der Saufeder fehlt, drückt sich die Kreatur nach vorne und treibt sich den Speer immer tiefer ins Fleisch, während sie versucht, dich mit ihren Hauern aufzuschlitzen. Den Schaft zu umklammern, ist alles, was du tun kannst, um sie in Schach zu halten. Deine Arme zittern vor Anstrengung. Es scheint, als müsstest du durch deinen bereits erschlagenen Feindes sterben …

Und dann, wie aus dem Nichts: ein wieherndes Pferd und ein Aufblitzen von Stahl! Das Wildschwein bricht zusammen, sein Kopf ist fast vollständig abgetrennt. Du blickst auf. Es ist kein anderer als Sir Ector, das Schwert in der Hand, im Gegenlicht des sonnenbeschienenen Waldes. Sein erschrockener Blick verwandelt sich schnell in einen feierlichen.

„Gut gemacht! Gut gemacht, in der Tat!“, ruft Sir Ector, springt aus dem Sattel und schließt dich in eine rippenbrechende Umarmung. Kay reitet heran und starrt ungläubig auf den Kadaver hinab.

„Bei allen Heiligen!“, ruft er aus.

„Ja, in der Tat!“, sagt Ector. „Ich würde sagen, alle Heiligen waren heute auf deiner Seite!“, sagt er und zerzaust dein Haar.

Markiere deine Ehre und gehe zu **53**.

31

Der Eber ist fast über dir, als du die Augen schließt und dich auf den Aufprall vorbereitest, der nie kommt. Stattdessen spürst du, wie das Tier an dir vorbeirauscht, du fühlst seinen heißen, stinkenden Atem und wie der Boden unter seinem Ansturm bebt. Irgendwie, ob absichtlich oder nicht, ist die Bestie im letzten Moment ausgewichen!

Gehe zu **35**.

32

Nichts hätte dich auf die schiere Gewalt des Ansturms dieser Bestie vorbereiten können. Dein Speer wird beiseite gefegt wie ein bloßer Zweig, das Tier prallt gegen dich und du hörst Rippen unter dem Aufprall knacken.

Gehe zu **29***, um herauszufinden, wie viel Schaden du erlitten hast; denke daran, +4W6 zu der Summe zu addieren, weil der Eber einen kritischen Erfolg hatte.*

33

Alles passiert im Bruchteil einer Sekunde: Du siehst, wie dein Speer eindringt und sich die Spitze tief in das Fleisch des Tieres bohrt, aber einen Sekundenbruchteil später stürzt sich der Eber auch schon auf dich!

Bei einem Unentschieden im Kampf fügen sich beide Kämpfer ihre regulären Schadens-Werte ohne weitere Modifikatoren gegenseitig zu.

Da du deinen Speer in den Boden rammst, nutzt du den Schwung des Ebers gegen ihn. Wirf 7W6 und zähle sie zusammen, dann gehe zu **28***, um zu bestimmen, wie schwer du ihn verwundet hast. Wenn du das getan hast, kehre zu diesem Eintrag zurück.*

Würfe 5W6, um festzustellen, wie viel Schaden der Eber verursacht hat. Wenn es ein kritischer Erfolg war, addiere +4W6 zu den gewürfelten Werten. Dein gepolsterter Aketon bietet magere 2 Punkte Rüstungsschutz: Ziehe 2 Punkte von dem Schaden ab, der dir zugefügt wurde, und ziehe dann die Differenz von deinen Trefferpunkten ab.

Wenn du mehr als 15 Punkte Schaden erlitten hast oder deine Trefferpunkte kleiner oder gleich deinem Wert für Bewusstlosigkeit von 7 sind und nicht schlimmer als –2 Trefferpunkte, dann wirst du später besinnungslos und fiebrig aufgefunden und zurück in die Halle gebracht, wo du dich die nächsten Wochen von deinen Verletzungen erholst. Stelle deinen Charakter auf volle Trefferpunkte wieder her und gehe zu **74**.

(Aufgrund der Funktionsweise der Fertigkeit Erste Hilfe können Charaktere auch dann überleben, wenn sie nur noch 0 Trefferpunkte oder weniger haben, was normalerweise bedeutet, dass sie im Sterben liegen.)

Wenn du nur noch –2 oder weniger Trefferpunkte hast, endet dein Abenteuer leider durch die Hauer und trampelnden Hufe eines Ebers. Tapferkeit ist kein Ersatz für Können mit der Waffe.

(Manche Verwundungen sind zu schwer, als dass Erste Hilfe sie versorgen könnte. Charaktere, die über die Fähigkeit zur Heilung hinaus verletzt werden, sind Tot.)

Ansonsten gehe zu **35**.

34

Wenn du eine Probe zwischen zwei Merkmalen oder Leidenschaften ablegst, kannst du es manchmal nach einem ersten Fehlschlag noch einmal versuchen.

Wenn du weiter gegen den Eber kämpfen willst, würfelst du erneut auf Tapfer. Würfelst du einen Erfolg, fängst du dich (nach kurzem Zögern): Gehe zu **21**.

Willst du fliehen oder scheitert dein zweiter Tapfer-Wurf, ziehst du dich tief in die weglosen, dichten Wälder zurück, indem du zu **46** *gehst.*

35

Alles ist totenstill geworden. Der Eber umkreist die Lichtung und mustert dich. Du hältst deinen Speer in Verteidigungsstellung, während du dich drehst und auf die Bewegung des Wildschweins reagierst. Das Blut rauscht dir in den Ohren, und dein Atem kommt in rasenden Atemzügen. Du hoffst, dass das Wildschwein einfach davonläuft, aber stattdessen bleibt es stehen. Es scharrt mit den Klauen auf dem Boden, senkt die Schnauze, schwenkt seine Hauer und schnaubt vor Wut. Es will dich zuerst töten.

Dann ertönt ein lautes, kehliges Bellen und Arawn, der Wolfshund, springt auf die Lichtung! Im Nu ist er über dem Eber, seine großen Zähne zerreißen das graue Fell und öffnen purpurne Rinnsale. Der Eber wirbelt herum und versucht, Arawn zu erreichen. Du schreist auf, aber der Lärm der galoppierenden Hufe übertönt dich.

Sir Ector und Kay reiten zu beiden Seiten an dir vorbei, und schnell schließen sich mit ihren Saufedern Arawn an, das Tier zu beharken. Wieder und wieder treiben sie die großen Speerklingen in das Fleisch des Ebers, bis er schließlich unter dem Angriff zusammenbricht.

Als Kay das Signal für *Sau tot* bläst, steigt Sir Ector ab und kommt zu dir geeilt, um nach dir zu sehen. Arawn erreicht dich zuerst und bedeckt dein Gesicht mit schmierigen Hundeküssen.

Wenn du von dem Eber verwundet wurdest, gehe zu **36**.

Ansonsten gehe zu **53**.

36

Sir Ector untersucht deine Verletzungen, einen besorgten Blick auf seinen wettergegerbten Zügen.

Die Heilung in **Pendragon** *geht in der Regel langsam voran. Wann immer du Trefferpunkte verlierst, erhältst du jede Woche eine Anzahl zurück, die deiner Heilungsrate entspricht, bis du wieder deine Ausgangssumme erreicht hast.*

Den Verlust von Trefferpunkten im Kampf vermerkst du als einzelne Verwundungen. Jede Verwundung kannst du mit der Fertigkeit Erste Hilfe versorgen. Pro Verwundung wird nur ein Wurf abgelegt. Wenn der Wurf misslingt, musst du dich auf natürliche (oder magische) Heilung verlassen. Ist der Wurf erfolgreich, darfst du sofort Trefferpunkte in Höhe deiner Heilungsrate wiederherstellen, und wenn der Wurf ein kritischer Erfolg ist, darfst du zusätzlich 3 Punkte dazugeben! (Du kannst natürlich nicht mehr Trefferpunkte zurückgewinnen, als du durch die Verletzung verloren hast.)

Sir Ector legt jetzt einen Vergleichslosen Wurf auf Erste Hilfe für deine Verwundung durch den Eber ab. Sein Wert für die Fertigkeit beträgt 12. Wenn er Erfolg hat, stellst du die entsprechende Anzahl an Trefferpunkten wieder her (3 oder 6, je nach Art des Erfolgs). Wenn er einen Patzer würfelt, verlierst du weitere 1W3 Trefferpunkte!

Wenn deine Trefferpunkte jetzt gleich oder weniger als dein Bewusstlos-Wert von 7 sind, verlierst du durch den Schmerz von Ectors Patzer das Bewusstsein. Du wirst zurück in die Halle gebracht, wo du dich die nächsten Wochen von deinen Verletzungen erholst. Stelle deinen Charakter auf volle Trefferpunkte wieder her und gehe zu **74**.

Wenn du noch bei Bewusstsein bist, gehe zu **53**.

37

Du bist dir sicher, dass das Wildschwein und die Jagdgesellschaft in der Nähe sein müssen, aber du bist auf eine fast undurchdringliche Mauer aus Brombeeren und Maulbeerbäumen gestoßen. Vielleicht schaffst du es ja, dich hindurchzuwinden …

Würfle gegen deine Fertigkeit Aufmerksamkeit, um einen Pfad durch das Gestrüpp zu finden.

Würfelst du einen kritischen Erfolg, entdeckst du einen Wildpfad und folgst ihm bis zu einer Lichtung. Gehe zu **20**.

Würfelst du einen Erfolg, glaubst du, dass du dich entweder durch die Brombeeren winden kannst (mit einem erfolgreichen GES-Wurf) oder dir deinen Weg mit roher Kraft hindurch bahnen kannst (mit einem erfolgreichen STR-Wurf). Wähle, gegen welches Charakteristikum du würfeln möchtest. Würfelst du einen Erfolg, kommst du tatsächlich durch das Gebüsch – nur um auf der anderen Seite auf der Lichtung dem Eber gegenüberzustehen! Gehe zu **35**.

Würfelst du einen Fehlschlag, konntest du keinen Weg hindurch finden und musst umkehren. Gehe zu **39**.

Würfelst du einen Patzer, gehe zu **38**.

38

Dein vermeintlicher Pfad führt dich nur in ein Dickicht aus scharfen Brombeeren, die dich aufkratzen und 1W6 Punkte Schaden verursachen! Zum Glück bietet dir dein gepolsterter Aketon einen gewissen Schutz: Verringere den gewürfelten Schaden um 2 Punkte. Wenn dadurch der gewürfelte Betrag auf 0 oder weniger reduziert wird, erleidest du überhaupt keinen Schaden.

Du kehrst um und versuchst, einen anderen Pfad zu finden, aber ohne Erfolg. Bald merkst du, dass du dich hoffnungslos verlaufen hast.

Gehe zu **46**.

39

Du wanderst gefühlte Stunden durch den Wald. Der Tag wird lang. Von Zeit zu Zeit hörst du den fernen Ruf eines Jagdhorns und wendest dich in die vermeintlich richtige Richtung, aber dann ertönt ein weiterer Ruf aus einer ganz anderen Richtung.

Du verzweifelst schon daran, jemals aus dem Wald herauszufinden, als sich dir plötzlich ein bemerkenswerter Anblick bietet: Ein großer moosbewachsener Felsen ragt aus einer Klippe heraus. Unter dem Überhang kauert eine windschiefe Hütte, deren Bretter grün vom Moos sind. Ein zerlumpter Vorhang aus Hanfstoff hängt im Türrahmen. Es ist niemand zu sehen.

Möchtest du die Hütte untersuchen? Wenn ja, gehe zu **40**.

Wenn du den Weg zurückgehst, den du gekommen bist, würfle auf Jagd:

Würfelst du einen Erfolg, vernimmst du den Klang von Jagdhörnern und folgst ihnen zu einer Lichtung, wo Sir Ector und Kay den Eber erlegt haben. Gehe zu **53**.

Würfelst du einen Fehlschlag, gehe zu **46** *und wandere tiefer in den Wald …*

40

Du schiebst den Lumpenvorhang beiseite und betrittst die Hütte. In der Ecke liegt ein Strohhaufen, der jemandem als Bettstatt zu dienen scheint, und die einzigen anderen Möbelstücke sind ein dreibeiniger Hocker und ein kleiner Schrank, beide grob geschnitzt. Das Gestein des Felsüberhangs bildet die Decke und drei Wände.

In der hinteren Wand siehst du einen Höhleneingang und kannst gerade noch das Flackern einer schwachen Flamme in den dunklen Tiefen erkennen. Der Klang eines Gesangs ist ebenfalls zu hören.

Würfe auf Religion, und wenn du Erfolg hast, gehe zu **41**.

Wenn du den Wurf für Religion nicht schaffst, kannst du entscheiden, ob du weitergehen möchtest. Wenn ja, gehe zu **42**.

Andernfalls darfst du die Hütte verlassen und den Weg zurückgehen, den du gekommen bist, indem du erneut auf Jagd würfelst:

Würfelst du einen Erfolg, vernimmst du den Klang von Jagdhörnern und folgst ihnen zu einer Lichtung, wo Sir Ector und Kay das Wildschwein erlegt haben. Gehe zu **53**.

Würfelst du einen Fehlschlag, gehe zu **46** *und wandere tiefer in den Wald …*

41

Nachdem du ein paar Minuten zugehört hast, erkennst du den Gesang. Jemand rezitiert Lobgesänge, Gebete der Bewunderung, auf Latein. Du hast von frommen Einsiedlern gehört, die manchmal ein Leben in geheiligter Einsamkeit in den Wäldern führen, und das muss einer dieser Männer sein!

Wenn du die Höhle betreten und den Einsiedler suchen möchtest, gehe zu **42**.

Ansonsten verlasse die Hütte, um den Weg zurückzugehen, den du gekommen bist, und würfle erneut auf Jagd.

Würfelst du einen Erfolg, gehe zu **37** *und versuche erneut, deinen Weg durch den Brombeerstrauch zu finden.*

Würfelst du einen Fehlschlag, gehe zu **46** *und wandere tiefer in den Wald …*

42

Der Höhlengang ist eng und verwinkelt und fast stockdunkel. Nur das Licht der Kerzen des Eremiten in der Kammer voraus spendet ein wenig Licht.

Du kommst in eine behelfsmäßige Kapelle. Die Kammer hat die Form eines Bienenstocks, und Wasser tropft aus Rissen in der Decke auf den steinigen Boden. Gegenüber steht ein grober Altar, der mit Bildern von Christus am Kreuz, den Aposteln und der Jungfrau Maria geschmückt ist. Viele kleine Kerzen aus Bienenwachs brennen in den Ecken und auf den Geländern des Altars.

Davor kniet ein zerlumpter Mann mit gesenktem Kopf. Er flüstert und wiegt sich dabei hin und her, verloren in heiliger Trance. Trotz der einfachen Umgebung scheint der Raum mit einem jenseitigen Gefühl erfüllt zu sein; die Luft scheint hier dichter, fast süßlich.

Wähle entweder zwischen deinen Merkmalen Fromm und Weltlich oder würfle gegen sie. Wenn du würfelst, darfst du wählen, gegen welches du zuerst würfelst. Würfle nicht gegen das zweite Merkmal, wenn du mit dem ersten erfolgreich bist. Ein kritischer Erfolg bedeutet, dass du eine Markierung neben dem Merkmal vermerkst.

Wenn du mit Fromm erfolgreich bist, markiere das Merkmal und gehe zu **43**.

Wenn du mit Weltlich erfolgreich bist, markiere das Merkmal und gehe zu **44**.

Wenn keiner der beiden Würfe erfolgreich ist, musst du wählen, wie du handeln willst (sprich, wenn du dich Fromm fühlst, gehe zu **43***; wenn du dich Weltlich fühlst, gehe zu* **44***).*

43

Du kniest nieder, faltest deine Hände zum Gebet und lauschst dem Einsiedler, wie er die Liturgie beendet. Wie die meisten Mitglieder des Adels besuchst du die Kirche nur an den großen Feiertagen und kennst dich mit den Buchstaben nicht aus. Aber du fühlst dich vom Moment mitgerissen und meditierst über dem Bildnis Christi, das vom Altar auf dich herabschaut, bis der Einsiedler zum Schluss kommt.

Mit dem letzten „Amen" steht er auf und wendet sich lächelnd dir zu.

Gehe zu **45**.

44

Wie die meisten Mitglieder des Adels gehst du nur selten in die Kirche, nur an den großen Feiertagen und ohne das geschriebene Wort der Bibel zu kennen. Da du nicht weißt, wie lange er noch weitermurmeln will, räusperst du dich laut. „Entschuldige ..."

Der Einsiedler fährt mit seinen Gebeten fort. „Hallo?", rufst du, erhältst aber keine Antwort. Frustriert stapfst du aus der Hütte.

Würfle auf Jagd:

Würfelst du einen Erfolg, vernimmst du den Klang von Jagdhörnern und folgst ihnen zu einer Lichtung, wo Sir Ector und Kay den Eber erlegt haben. Gehe zu **53**.

Würfelst du einen Fehlschlag, gehe zu **46** *und wandere tiefer in den Wald ...*

45

„Was führt dich in meine bescheidene Kapelle, mein Kind?", fragt er. Er ist ein älterer Mann mit einem struppigen Haarschopf und einem buschigen Bart. Irgendetwas an seinem Auftreten erinnert dich jedoch an Sir Ector.

Du erzählst ihm von deinem Missgeschick im Wald und davon, dass du von deiner Gruppe getrennt wurdest.

Der Einsiedler hört dir verständnisvoll zu, nimmt dann eine kleine Kerze, bläst den Rest aus und führt dich zurück in seine Zelle.

„Ich kann dich auf den richtigen Pfad bringen", sagt er mit einem Augenzwinkern, „aber erst, nachdem wir dir etwas zu essen besorgt und deine Wunden versorgt haben."

Er bittet dich, auf dem einsamen Hocker Platz zu nehmen, dann geht er fort und kehrt nach einer Viertelstunde mit einem kleinen Korb voll frisch gepflücktem Grünzeug zurück. „Ich habe ein kleines Gartenbeet in der Nähe des Baches", erklärt er. Zu seiner Ernte gehören Petersilie, Salat und Brunnenkresse, die er in einer Holzschüssel vermischt. Er hat auch eine Kalebasse (Flaschenkürbis) mit frischem Bachwasser dabei, die er dir anbietet.

„Du solltest auch etwas Brot haben", sagt er und öffnet seine Schranktür, um einen halb verspeisten Laib herauszuholen. Deine Augen blicken jedoch auf etwas anderes. In dem Schrank liegen ein leicht verrostetes Ringpanzerhemd und ein Schwert in seiner Scheide. Der Einsiedler bemerkt deinen Blick.

„In der Tat war ich einst ein Ritter, ähnlich wie dein Herr Sir Ector. Ich besaß viele Ländereien und hatte eine schöne Frau, die mich mit zwölf Söhnen segnete." Er hält inne. Du denkst, er ist den Tränen nahe, aber er fasst sich und fährt fort. „Ich habe alle meine Söhne in nur wenigen Jahren verloren. Die Vier Reiter besuchten meinen Herd wieder und wieder. Als mein Jüngster, mein Letzter, als ich ihn verlor ... verlor ich mich selbst. Ich nahm Abschied von meinen Sinnen und lebte als wilder Mann in den Wäldern für ... Monate? Jahre?

Endlich fand ich dank der Gnade des Herrn meinen Verstand wieder. Ich sah eine Vision tief im Wald. Einen silbernen Hirsch. Zwischen seinem großen Geweih eine leuchtende Erscheinung: Ein Gral, bedeckt mit schimmerndem Samit. Ich erkannte mich selbst wieder und wusste, dass die verbleibenden Jahre meines Lebens der heiligen Kontemplation hier draußen in der Wildnis gewidmet werden sollten."

Der Einsiedler holt tief Luft und lächelt dich wieder an. „Alles aufgegessen? Gut. Lass mich dir den Rückweg zeigen."

Dank der Wegbeschreibung des Einsiedlers gehst du in die richtige Richtung und hörst schon bald das Signal für *Sau tot*, das in ein Horn geblasen wird – das Wildschwein wurde erlegt!

Gehe zu **53**.

46

Während du durch den nebelverhangenen Wald wanderst, kannst du dir nur in einem Punkt sicher sein: Du bist nicht annähernd dort, wo du sein solltest.

Keine Vögel singen hier; keine Hasen flüchten, wenn du dich näherst. Nur endlose Bäume, wohin du dich auch wendest. Der Tag wird lang, und ein kalter Nebel steigt auf, der langsam deine Beinkleider und deine Tunika durchnässt. Doch endlich siehst du das Sonnenlicht! Du gehst darauf zu, dankbar für die frische Luft und die Chance, dich zu orientieren.

Doch als du dich einer kleinen Lichtung im Wald näherst, stellen sich dir die Nackenaare auf. Du bleibst am Rand stehen und bemerkst den Ring aus Fliegenpilzen, der die Lichtung umgibt, und einen kleinen Erdhügel in der Mitte.

Würfle auf Volksweisheit.

Würfelst du einen Erfolg, gehe zu **47**.

Würfelst du einen Fehlschlag, gehe zu **48**.

47

Du erinnerst dich an dein altes Kindermädchen, eine freundliche Frau aus dem Dorf auf dem Anwesen deiner Eltern, die dir Geschichten über das Gute Volk erzählte. Dass es in unserer Welt bestimmte Orte gibt, an denen sie von ihrem Reich mit Leichtigkeit herübertreten können, und dass diejenigen, die ihnen auf die andere Seite folgen, manchmal nie wieder gesehen werden. Dass es bestimmte Zaubersprüche und Schutzdinge gibt, um sich ihrer Aufmerksamkeit zu entziehen, und dass man niemals ein Geschenk von ihnen annehmen darf. Schon allein, wenn man mit ihnen spricht, lädt man das Unheil auf sich.

Vorgewarnt, gehe zu **48**.

48

Die Lichtung sieht in der Nachmittagssonne so harmlos aus, fast einladend.

Wagst du es, sie zu betreten?

Wenn ja, markiere dein Merkmal Waghalsig und gehe zu **49**.

Wenn du dich entscheidest, umzukehren, findest du schließlich Sir Ector und Kay, die Jagdbeute tot zu ihren Füßen. Gehe zu **53**.

49

Kaum hast du den Ring aus Fliegenpilzen überquert, bricht auf der Lichtung lautes Gelächter und Geschnatter aus. Winzige, geflügelte Wesen, nicht viel größer als ein Spatz, tanzen und tummeln sich um den Hügel in der Mitte des Rings. Die Luft scheint von einem funkelnden, kristallinen Licht erfüllt zu sein, das du vorher nicht bemerkt hast, und die Blätter an den Bäumen um dich herum wirken viel lebendiger – es scheint fast so, als würden die Bäume selbst zusammen mit dem kleinen Volk lachen.

Die Wesen bemerken dich sofort, aber sie scheinen nicht beunruhigt zu sein, obwohl du viel größer bist als sie. Eines von ihnen flattert sogar zu dir hinauf und streckt dir seine zarte Hand entgegen.

„Du siehst müde aus", sagt er und seine Stimme klingt fröhlich. „Nimm das Geschenk unserer Gastfreundschaft an. Nimm meine Hand."

Wenn du dich durch einen erfolgreichen Wurf auf Volksweisheit an die Erzählungen deiner Amme erinnerst und dich mit einem Schutz versehen willst, gehe zu **51**.

Ansonsten würfelst du Vertrauend gegen Misstrauisch.

Wenn du mit Vertrauend erfolgreich bist, nimmst du das Angebot der Fee an. Markiere das Merkmal und gehe zu **50**.

Wenn du mit Misstrauisch erfolgreich bist, lehnst du höflich ab. Markiere das Merkmal und gehe zu **52**.

50

Du nimmst die Hand des Elfs und er führt dich auf die Lichtung, zu dem Hügel in deren Mitte. Während du gehst, spürst du, wie du kleiner und kleiner wirst, bis du schließlich genauso winzig bist wie er!

Jahre später, Als du endlich wieder aus dem Wald auftauchst, nicht einen Tag älter als damals, als du hineingegangen bist, stellen die Einwohner von Kays Festung (wie Caer Gai inzwischen genannt wird) erstaunt fest, dass du der junge Page bist, der während einer Jagd verschwand, „als der alte Sir Ector noch lebte!"

Du erinnerst dich nur an wenig von deiner Zeit beim Guten Volk, und das, woran du dich erinnern kannst, würdest du lieber vergessen.

Dein Abenteuer endet hier. Gehe zu **134**, *um deinen Punktestand zusammenzuzählen.*

51

In deinem Kopf rasen die Erinnerungen an das, was dir deine Amme erzählt hat, aber die meisten Stationen, an die du denkst – Salz, Kirchenglocken, Johanniskraut – sind natürlich nirgends zu finden. Dann erinnerst du dich an auf links gedrehte Kleidung!

Schnell ziehst du einen deiner Lederhandschuhe aus, kehrst das Innere nach außen und ziehst ihn wieder an. Der flatternde Elf scheint sofort verwirrt und reagiert, als wärst du verschwunden! Dann, mit einem lauten Knall in den Ohren, stehst du ganz plötzlich allein auf einer trostlosen Wiese. Die Blätter sind wieder trist und größtenteils tot, das Sonnenlicht fahl.

Du bekreuzigst dich vorsichtshalber und rennst von der Lichtung fort. Kurz darauf macht dein Herz einen Satz, als du endlich den Klang eines Jagdhorns und das Heulen von Hunden hörst. Du wendest dich in die Richtung der Laute und bist zuversichtlich, dass du bald wieder mit dem Rest der Jagdgesellschaft vereint sein wirst.

Gehe zu **53**.

52

Du kennst dich mit den Regeln der Höflichkeit aus und entschuldigst dich nach Kräften, warum du gehen musst, aber das scheint die kleinen Wesen nur zu verärgern. Wie ein Schwarm wütender Bienen erheben sie sich in die Luft, summend und schnatternd, und ihre Gesichter verwandeln sich in die schrecklichsten Fratzen.

Du stolperst zurück, aber sie stürzen sich auf dich!

Du drehst dich um und rennst, stolpernd und mit den Armen rudernd. Du rennst und rennst und rennst, lange nachdem ihr wütendes Brummen hinter dir verklungen ist.

Und dann hörst du es: das Signal eines Jagdhorns, das *Sau tot* verkündet. Das Wildschwein ist erlegt, und jetzt weißt du, wohin du gehen musst!

Gehe zu **53**.

53

Der Eber liegt am Boden, sein Blut ist in den laubbedeckten Boden gesickert. Das Bellen und Winseln der Hunde bildet einen Chor im Hintergrund, aber sie wissen, dass sie sich zurückhalten müssen, denn ihre Belohnung wird nicht lange auf sich warten lassen.

Sir Ector nimmt eine dicke, scharfe Klinge und beginnt mit dem „Aufbrechen" des Tieres, indem er es zuerst ausweidet und dann in vier Teile und den Kopf zerlegt. Ein Teil der Innereien des Ebers wird nun den Hunden vorgeworfen, während andere für das bevorstehende Festmahl beiseitegelegt werden.

Kay bläst eine komplexe Tonfolge auf seinem Horn, um das Ende der Jagd zu signalisieren. Die Stimmung ist ausgelassen und es wird viel gelacht und gesungen, während die Teile für den Transport zurück in die Halle eingesammelt werden. Du und Artus hieven eine Stange zwischen euch, an der das Hinterteil des Ebers hängt.

Ihr kommt daheim in Sir Ectors Halle an, als die Sonne beginnt, sich dem Horizont zuzuneigen und ein kühler Westwind aufkommt, der große graue Wolken über den Himmel bläst.

In der Halle lodert das Herdfeuer und du, Kay und Artus wärmt euch die Hände und strahlt euch gegenseitig an.

„Wascht euch, wascht euch!", bellt Sir Ector. „Keine Zeit zum Trödeln – morgen kommt der König und es gibt viel zu tun!"

Gehe zu **54**.

54

Der Morgen bricht unter lückenhaften Regenwolken an und du willst dich nur noch unter deine Bärenfelldecke kuscheln und deine schmerzenden Muskeln ausruhen.

Würfle Tatkräftig gegen Faul. Wenn du bei Tatkräftig erfolgreich bist, markiere das Merkmal und stehe trotz deiner Müdigkeit auf. Wenn du bei Faul erfolgreich bist, markiere stattdessen dieses Merkmal; erst Kays Ermahnungen, die dich lautstark als Faulpelz beschuldigen, treiben dich aus dem Bett.

Egal, wie das Ergebnis ausfällt, du bist bald wieder bei der Arbeit und kümmerst dich um deine morgendlichen Aufgaben.

Als du zur Sext (Mittagsstunde) in die Halle zurückkehrst, findest du den Haushalt vor, der die Tische aufstellt und die Halle für das große Festmahl herrichtet. Es gibt eine hohe Tafel, an der der König und Sir Ector mit ihren bevorzugten Gästen sitzen werden, und zwei weitere Tische, die senkrecht dazu stehen und somit eine grobe U-Form bilden.

Gehe zu **55**.

55

Während das Wildschweinfleisch an einem Spieß brät und die Halle mit seinem köstlichen Duft erfüllt, hilfst du Kay und Artus dabei, die Böcke und Bänke aufzustellen und frisches Stroh auf dem Boden auszulegen. Dann holt Kay, dem die Schlüssel seines Vaters anvertraut wurden, das Silber und die feine Wäsche aus dem Schließfach in Ectors Solar, und ihr drei richtet das Service her.

Sir Jonas ist unterdessen damit beschäftigt, die Anrichte vorzubereiten, einen Beistelltisch, auf dem die Speisen für die Präsentation bei Tisch vorbereitet werden. Mit ritueller Sorgfalt stellt er die Zinnpokale, Wasserkrüge und Trinkbecher bereit. Er stellt auch den Aumbry auf, einen besonderen Schrank, in dem Sir Ectors feinste Platten für alle zu bewundern sind. Diese goldenen Teller, die kunstvoll mit Perlen und Steinen besetzt sind, sind viel zu wertvoll, um nur zum Essen verwendet zu werden!

Du schaust zu, wie Ectors Wandteppiche, die ein letztes Mal vor dem Wintereinbruch nach draußen gebracht und aufgefrischt wurden, wieder aufgehängt werden. Sie zeigen Szenen der Jagd, der Schlacht, des Werbens und von den schönen Dingen des Lebens. Du hast diese Wandteppiche im Laufe der Jahre oft studiert, denn sie bergen das Versprechen auf das Leben, das vor dir liegt: ein Leben voller Ehre, Ruhm und Tapferkeit.

Deine Träumerei wird von Artus unterbrochen, der in die Halle platzt.

„Der König kommt!“

Gehe zu **56**.

56

König Mawan von Penllyn ist ein junger Mann mit dunklem Haar, stahlblauen Augen und einem struppigen Bart, der gerade dicht genug ist, um sein Kinn zu bedecken. Er ist typisch für die Könige dieser Gegend; mehr ein Stammeshäuptling und Kriegsherr als alles andere. Er ist mit einem kleinen Gefolge von Rittern, Kriegern, Ladies, Zofen, Dienern und Pferdeknechten gekommen, die alle schnell den Saal füllen.

Als Sir Ector den König unter den Klängen einer Trompetenfanfare in den Saal führt und ihm Rosenwasser zum Waschen seiner Hände und seines Gesichts anbietet, fällt dein Blick auf das auffälligste Mitglied des königlichen Gefolges: Einen schmutzigen, in Ziegenfelle gekleideten Jungen – ein Hirte dem Anschein nach. Er fängt deinen Blick ein, zwinkert dir zu und verschwindet dann im Gedränge.

Deine Aufmerksamkeit wird von Sir Jonas auf sich gezogen, der als Offizier die Lebensmittel, Felder und Herden des Anwesens beaufsichtigt und als Ectors Verwalter dient. Er verteilt die Aufgaben für die Pagen und Knappen.

Würfle auf Höfische Sitten. Wenn dein Faul-Merkmal vorhin erfolgreich war, liegt deine Fertigkeit bei –5, weil Kay dich einen Faulpelz genannt hat.

Würfelst du einen Erfolg, markiere die Fertigkeit und gehe zu **57**.

Würfelst du einen Fehlschlag, gehe zu **58**.

57

Deine Laune steigt, als Sir Jonas dir sagt, dass er denkt, dass du nun genug über Höflichkeit gelernt hast, um bei Tisch zu dienen!

Du stehst daneben, während andere Pagen das Essen aus der Küche holen und auf der Anrichte abstellen. Der gebratene Eberkopf, dessen Maul mit den kleinen rostroten Äpfeln aus Penllyn gefüllt wurde, ist das Herzstück der hohen Tafel.

Deine Aufgabe ist es, Hypocras zuzubereiten und zu servieren, einen heißen Gewürzwein, der in den kälteren Monaten beliebt ist. Du hast das schon einmal für Sir Ector zur Weihnachtszeit übernommen und gehst deiner neuen Pflicht mit geübter Leichtigkeit nach.

Nachdem du einen Krug gefüllt hast, gehst du zu den Rittern und Edeldamen, die dich damit beschäftigt halten, ihre Becher zu füllen. Der Duft des Essens, das bereits auf dem Tisch steht, ist berauschend, und dein Magen knurrt unwillkürlich. Du weißt, dass du bis nach dem Festmahl auf deine Portion warten musst, aber das ist ein schwacher Trost, während dein Blick über gebratenes Wildschwein in Ingwersoße, Markfrikadellen, Fleischpasteten (in Form von Sir Ectors Wappen), Neunaugen in Soße, Puddingtörtchen, Mandelomeletts, Kräuterfrikadellen, Käsescheiben und Haslet – die gebratenen Eingeweide und Genitalien des Ebers – schweift.

Du brauchst eine Ablenkung von all dem Essen!

Möchtest du versuchen, die Adligen vom Hofe König Mawans zu beeindrucken? Gehe zu **64**.

Oder ziehst du es vor, das Gespräch an der hohen Tafel zu belauschen? Wenn ja, gehe zu **69**.

58

Sir Jonas mustert dich von oben bis unten. „Küchendienst, würde ich sagen“, bemerkt er abschätzig.

Küchendienst! Das war schon immer dein Schicksal, und du weißt, dass es jede Menge heiße, schweißtreibende, undankbare Arbeit bedeutet, während du von Rhys, Sir Ectors unsympathischem Koch, angeblafft wirst.

Du überlässt Kay und Artus das Servieren bei Tisch und begibst dich in die Küche, die sich im Erdgeschoss befindet und durch die steinerne Außenwand abgetrennt ist, um im Falle eines Unfalls die Ausbreitung eines Feuers zu verhindern.

Du findest Rhys und seine Küchenjungen bei der Arbeit vor, wo sie sich um eine Vielzahl von blubbernden Töpfen kümmern. Du und Alis sollen die fertigen Teller in die Halle bringen und auf die Anrichte stellen. Wie aufs Stichwort fängt Rhys an, dir Befehle zuzuschreien:

„Pass auf, dass du deine schmutzigen kleinen Finger nicht auch noch da hineinsteckst!“, bellt er, während du dir einen Servierteller (ein großes Tablett) auf die Schulter hievst.

Geschickt eilst du die Treppe aus der Küche hinauf, Alis vor dir, aber ein schalkhafter Gedanke lässt dich innehalten. Du weißt, dass du vor dem Ende des Festes nichts von diesem Essen abbekommen wirst, bis es kalt und geronnen ist. Vielleicht solltest du dir heimlich einen kleinen Bissen des leckeren Wildschweinfleisches mit Soße gönnen?

Würfle auf deine Merkmale Maßvoll gegen Schwelgerisch. Wenn du beim ersten Wurf erfolgreich bist, brauchst du beim zweiten nicht zu würfeln.

Wenn du mit Maßvoll erfolgreich bist, widerstehst du der Versuchung. Markiere das Merkmal und gehe zu **59**.

Wenn du stattdessen mit Schwelgerisch erfolgreich bist, naschst du. Markiere das Merkmal und gehe zu **60**.

Wenn keiner der beiden Würfe erfolgreich ist, darfst du selbst entscheiden, aber du bekommst keine Erfahrungsmarkierung.

59

Du schüttelst den Schalk ab und arbeitest weiter. Immerhin ist das hier ein königliches Festmahl! Keine Zeit zum Herumalbern.

Tatsächlich verdoppelst du deine Anstrengungen und stellst sicher, dass du deine Teller zur Anrichte bringst, solange sie noch kochend heiß sind.

Du beobachtest, wie Sir Jonas an der hohen Tafel serviert und dem König und seinem Herrn die feinsten Fleischstücke und die obere Kruste des frisch gebackenen Petersilienbrotes präsentiert. Als er fertig ist, kommt er auf dich zu.

„Du hast dich gut geschlagen. Ich habe dich wohl falsch eingeschätzt.“

Gehe zu **57**.

60

Diesmal gewinnt der Schalk, du stibitzt ein saftiges Stück Wildschweinfleisch und steckst es dir in den Mund. Bei dem köstlichen Geschmack fallen dir die Augen zu, aber das Vergnügen ist nur von kurzer Dauer – Essen stehlen und gleichzeitig Treppen zu steigen, während du obendrein einen schweren Servierteller balancierst, scheint deinen Gleichgewichtssinn und deine Koordination zu überfordern!

Lege einen Vergleichslosen GES-Wurf ab.

Würfelst du einen Fehlschlag, gehe zu **61**.

Würfelst du einen Erfolg, gehe zu **62**.

61

Mit einem Ruck und schnell aufsteigender Panik verlierst du auf der Treppe das Gleichgewicht. Um nicht rückwärts in deinen sicheren Tod zu stürzen, wirbelst du mit deinen Armen wie eine panische Windmühle. Zum Glück gelingt es dir, dich an der Wand festzuhalten und dich zu stabilisieren. Dummerweise kracht der Servierteller mit einem gewaltigen Scheppern zu Boden und bespritzt dich mit Soße und Fett.

Rhys stürmt die Treppe herauf, schneller als ein Fuchs, der sich ein Kaninchen holt.

„Du ungeschickter Tölpel!“, brüllt er und verpasst dir ein paar Ohrfeigen. Dann kommt Sir Jonas von der Halle heruntergerannt und mischt sich in den Streit ein.

„Kannst du nicht einen einfachen Servierteller tragen?“ Wenigstens trennt er dich von Rhys, der wirkt, als wäre er kurz davor, dich zu erschlagen. „Geh und miste die Ställe aus und kümmere dich um die Pferde des Königs! Du wirst heute Nacht auf dem Heuboden schlafen, das versichere ich dir!“

Gehe zu **63**.

62

Du gewinnst dein Gleichgewicht zurück und beeilst dich, um Alis einzuholen, wobei du versuchst, so unschuldig wie möglich auszusehen. Das war ganz schön knapp!

Gehe zu **59**.

63

Du verbringst die nächsten Stunden damit, die Ställe in Ordnung zu bringen und dich um die Pferde zu kümmern. Zum Glück hatten du und Artus sie schon am Morgen ausgemistet, um die Ankunft des Königs vorzubereiten, also gibt es nicht mehr viel zu tun.

Während die kühle Nacht hereinbricht, kletterst du auf den Heuboden und richtest dir deine Lagerstatt ein. Es ist eigentlich ganz angenehm hier oben, aufgeheizt durch die Körperwärme der Tiere, und du fängst gerade an, einzudämmern, als du durch das Aufschlagen der Stalltür und lautes, trunkenes Gelächter wachgerüttelt wirst.

Ein Blick über den Rand des Dachbodens zeigt dir, wie ein Ritter und eine Dame aus dem Gefolge des Königs lachend hereinkommen. Es ist klar, dass sie in Weinlaune sind und ein wenig Privatsphäre suchen. Dein Gesicht errötet vor Verlegenheit, aber sie scheinen dich nicht bemerkt zu haben.

„Sagt mir, Sir Caradoc“, sagt die Dame in einem halb neckischen Ton, „wollt Ihr wirklich das Turnier in Londinium gewinnen, wie Ihr vorhin in der Halle geprahlt habt?“

„Seid vorsichtig, wen Ihr verspottet, Mylady!“, erwidert Caradoc in gespielt verletztem Ton, „Ihr wisst nur zu gut, dass ich, sollte ich das Turnier gewinnen, zum Hochkönig von Britannien gekrönt werde!“

„Ihr seid genauso gut wie jeder andere!“, sagt sie lachend, während sie ihn für einen Kuss zu sich heranzieht.

Gehe zu **74**.

64

Du gibst dir alle Mühe und versuchst, auf die Bedürfnisse jedes Ritters und jeder Dame einzugehen, während du lächelst, dich verbeugst und plauderst, wenn es angebracht ist.

Lege einen Vergleichslosen Wurf auf dein AUS-Charakteristikum ab. Aussehen misst nicht nur deine körperliche Erscheinung, sondern auch den Eindruck, den du durch deinen natürlichen Charme und Witz auf andere machst … oder eben nicht!

Würfelst du einen kritischen Erfolg, gehe zu **65**.

Würfelst du einen Erfolg, gehe zu **66**.

Würfelst du einen Fehlschlag, gehe zu **67**.

Würfelst du einen Patzer, gehe zu **68**.

65

Auch wenn von einem Tischdiener normalerweise erwartet wird, dass er unsichtbar bleibt, außer wenn er gebraucht wird, kannst du nicht anders, als die Aufmerksamkeit auf dich zu lenken – aus den richtigen Gründen. Mit deinen witzigen Sprüchen und deiner sprühenden Begeisterung verwickelst du dich schon bald in Gespräche an der hohen Tafel, und einer der Frauen in König Mawans Gefolge scheinst du es besonders angetan zu haben.

„Sir Ector“, sagt sie und ihre Augen funkeln in gutmütigem Scherz, „ich hoffe, Ihr werdet diesen jungen Pagen bald zum Ritter schlagen.“

„Warum das, Lady Meleri?“, fragt Ector.

„Ich brauche immer noch einen Streiter, der meine Gunst beim Londinium-Turnier trägt!“

Die hohe Tafel bricht in Gelächter aus.

„Komm her, junger Page“, sagt Meleri mit freundlichem Blick. „Eines Tages, da bin ich mir sicher, wirst du tatsächlich in einem Turnier kämpfen, und vielleicht wird dir dann eine Dame ihre Gunst schenken.“ Sie zieht ein besticktes Halstuch aus ihrem Ärmel. „Du trägst es um deinen Arm, so“, sagt sie und bindet es um deinen rechten Bizeps. „Und so fällt jede Ehre, die du auf dem Feld erlangst, der holden Dame zu.“

Ein weiterer Ritter am Tisch meldet sich zu Wort. „Eine Schande, dass Euer Page nicht am Turnier teilnehmen darf, Sir Ector. Wer weiß? Ihr könntet den zukünftigen Hochkönig von Britannien in Eurem Haushalt haben!“

„Nun, Kay wird bis dahin zum Ritter geschlagen sein“, sagt Ector und scheint den Scherz ernst zu nehmen, „es gibt also noch Hoffnung. Solange nur irgendjemand das Turnier gewinnt, bin ich glücklich.“

Vermerke die „Gunst von Lady Meleri“ auf deinem Charakterbogen und gehe zu **74**.

66

„Du da! Mein Becher trocknet aus.“

Du eilst mit einem Krug herbei, um den Kelch des Ritters wieder aufzufüllen. Er ist einer von König Mawans Männern und dir fremd. Während du einschenkst, spürst du, dass er dich mustert.

„Bist du ein Page oder ein Knappe dieses Hauses?“, fragt er.

„Ein Page, Sir.“

„Aber ich nehme an, du wirst bald zum Knappen ernannt?“

Du nickst.

„Sehr gut. Du hast eine gute Haltung an dir. Sir Ector macht seinem Haus alle Ehre. Man sagt, Kay wird ein guter Ritter werden. Ich nehme an, er wird im Turnier kämpfen.“

Du wirfst dem Ritter einen leeren Blick zu.

„Das Turnier! Sicherlich weißt du davon. Jeder Ritter in Britannien wird daran teilnehmen, so heißt es zumindest. Und wer würde das nicht, frage ich dich? Der Preis für den Sieg ist nur die Ernennung zum neuen Hochkönig von Britannien!“

Du kehrst zur Anrichte zurück, um deinen Krug aufzufüllen und überlegst. Nicht zu fassen: Kay, der Hochkönig von Britannien! Was für eine Welt! Du lachst in dich hinein, während du dich wieder an den Tisch setzt.

Gehe zu **74**.

67

Der Hypocras ist beliebt – ein bisschen zu beliebt, wie es scheint. Die Feiernden am Tisch wollen alle, dass ihre Becher nachgefüllt werden, und sie wollen alle, dass du ihnen zuerst einschenkst. Das ist zu viel. Mitten beim Einschenken zerrt ein anderer Ritter an deinem Ärmel, und etwas Glühwein spritzt über die Röcke einer Dame. Sie schreit erschrocken auf und Sir Jonas ist zur Stelle wie ein Falke und zieht dich weg, während er sich bei der Dame entschuldigt.

Gehe zu **63**.

68

Sir Ector ruft nach mehr Hypocras. „Schau her“, sagst du zu Artus, während du zur hohen Tafel gehst.

Leider kommst du dort nie an. Deine Füße verraten dich und du stolperst! Du schaffst es, nicht auf deinem Gesicht zu landen, aber zu deinem Entsetzen siehst du hilflos zu, wie dir der Krug aus den Fingern fliegt und auf dem Boden zerschellt. Die ganze Halle verstummt und du spürst, wie du rot anläufst, während alle Augen sich auf dich richten.

„Du kommst mit mir“, zischt die Stimme von Sir Jonas in dein Ohr.

Er führt dich von der Halle zum Haupttor. „Geh die Ställe ausmisten und mach dir nicht die Mühe, vor dem Morgen zurückzukommen.“

Gehe zu **63**.

69

Während du dich zwischen den Feiernden bewegst, tust du dein Bestes, um unsichtbar zu bleiben. Das wird natürlich von einem Pagen erwartet, der bei Tisch dient, aber es erlaubt dir auch, die Gespräche der verschiedenen Herren und Damen mitanzuhören. Die meisten Gespräche scheinen sich um ein bevorstehendes Ereignis in Londinium zu drehen.

Lege einen Wurf auf Intrigen ab, um herauszufinden, was du aufschnappst.

Würfelst du einen kritischen Erfolg, gehe zu **70**.

Würfelst du einen Erfolg, gehe zu **71**.

Würfelst du einen Fehlschlag, gehe zu **72**.

Würfelst du einen Patzer, gehe zu **73**.

70

„Sir Ector, werdet Ihr im Turnier in Londinium kämpfen?“

„Ah, ja, aber ich habe keine Ambitionen, Hochkönig zu werden.“

„Aber Euer Sohn Kay wird bis dahin seinen Ritterschlag haben, oder? Wird er kämpfen?“

„Wenn er es wünscht.“

„Solange er König Lot aus dem Weg geht. Lot begehrt die Krone mehr als alles andere, habe ich gehört.“

„All dieser Ärger um ein Turnier, nur weil das Oberste Kollegium sich nicht entscheiden kann.“

„Nun, es gibt immer noch das Schwert im Hof von St. Paul’s. Das, das im Stein steckt …“

„Ich habe gehört, es wäre ein Amboss.“

„Nun, was auch immer es ist, bisher hat es noch keiner herausziehen können. Ich glaube, es ist nur ein teuflischer Streich des alten Merlin …“

Gehe zu **74**.

71

„Sir Ector, werdet Ihr im Turnier in Londinium kämpfen?“

„Ah, nein. Ich hege keine Ambitionen, Hochkönig zu werden.“

„Aber Euer Sohn Kay wird bis dahin seinen Ritterschlag haben, oder? Wird er kämpfen?“

„Wenn er es wünscht.“

„Solange er König Lot aus dem Weg geht. Lot begehrt die Krone mehr als alles andere, habe ich gehört.“

Gehe zu **74**.

72

„Sir Ector, werdet Ihr im Turnier in Londinium kämpfen?“

Deine Gedanken schweifen ab, als Sir Ector antwortet. Turnier? Ist das nicht ein Turnier, bei dem Ritter so tun, als würden sie gegeneinander kämpfen? Na ja, sei’s drum. Londinium ist so weit weg, dass es genauso gut Rom oder Jerusalem sein könnte.

Gehe zu **74**.

73

Es wird viel darüber geredet, dass in Londinium zur Weihnachtszeit ein Hochkönig gekrönt werden soll, aber du hast keinen Kopf für Politik, und das meiste davon bedeutet dir wenig.

Doch es wäre schön, wieder einen Hochkönig zu haben, denkst du …

Gehe zu **74**.

74

Es ist jetzt einen Monat her, seit du mit Sir Ector, Sir Kay und Artus von zu Hause weggegangen bist, und die ganze Zeit über hast du kalten Wind, Regen und Schneegestöber ertragen und warst nass, kalt und beklommen. Du hast oft an zu Hause gedacht und von der Wärme des Kamins und guter Gesellschaft geträumt. Alis hat dir das Versprechen abgenommen, ihr von all den Sehenswürdigkeiten in Londinium zu erzählen, also kannst du dich wenigstens darauf freuen, wenn du zurückkommst.

Eure Reise begann auf dem rauen Pfad, der dem Lauf des Flusses Dee aus Penllyn heraus zur Stadt der Legionen folgt. Ihr habt euch nicht lange in der blühenden Hafenstadt mit ihren Händlern und Reisenden aus aller Welt aufgehalten (so schien es dir jedenfalls), bevor ihr euch auf der alten Römerstraße nach Südosten zum Königreich Cameliard wendet. An der Burg Carohaise begebt ihr euch nach Süden und betretet das große Königreich Logres, überquert die Chiltern-Hügel und durchquert die römischen Städte Corinium und Silchester. Der letzte Teil der Reise war beunruhigend, wie ein Ritt durch Feindesland, dank der ständigen Bedrohung durch sächsische Wegelagerer in dieser Region – seit der Niederlage König Nanteleods von Escavalon in der Schlacht von Netley Marsh vor zwei Jahren sind die sächsischen Könige der Südostküste immer dreister geworden.

Sir Ector hat während eurer Reise viel über die aktuelle politische Lage erzählt. Du konntest in Erfahrung bringen, dass die zerstrittenen Kriegsherren Britanniens dazu verdammt sind, einer nach dem anderen vor den ehrgeizigen Sachsen zu fallen und dass das Land dringend einen Anführer braucht, der alle vereinen kann. Nanteleod war die letzte und beste Hoffnung auf jemanden, der dies mit Waffengewalt erreichen konnte. Nun soll in gegenseitigem Einvernehmen ein Turnier in der alten Hauptstadt Londinium stattfinden, das an der Grenze der sächsischen Königreiche liegt. Der Sieger, so wurde vereinbart, wird zum Hochkönig ernannt und soll die Sachsen in die Schranken weisen.

In der letzten Nacht hast du in den Ställen von Burg Staines genächtigt, wo du zu deiner Überraschung feststellen musstest, dass der Verwalter im Dienste von Sir Ulfius, dem berühmten Herzog des Tals, selbst ein Sachse ist! Ector erklärte dir, dass die Sachsen in der Grafschaft Berroc seit langem mit den Kymren, deinem Volk, verbündet sind.

„Es sind die Könige und Kriegsherren, Sachsen wie Kymren, die so viel Leid über unsere Länder bringen", sagte er seufzend und starrte in das Herdfeuer der großen Halle in Staines. Du und Artus habt aufmerksam zugehört. „Die Sachsen haben ihre eigene Art von Hochkönig, den sie Bretwalda nennen. Ihre Könige bekämpfen sich untereinander genauso wie sie uns bekämpfen. Und unsere eigenen Grafen und Herzöge, Erben unserer hochmütigen kymrischen und römischen Traditionen, belagern einander gegenseitig in ihren Burgen oder entreißen denjenigen den Thron, die zu schwach sind, um ihre Ansprüche durchzusetzen. Jeder ringt um den Preis, und wofür? Macht und Reichtum. Das ist alles, was sie wollen!"

Gehe zu **75**.

75

Heute Morgen wart ihr bereits unterwegs, als die Sonne aufging, und der Tag dämmerte kalt, aber klar über frostbedeckte, brachliegende Felder und Wälder. Um die Mittagszeit erblickst du Londinium, das an der mächtigen Themse liegt. Londinium ist die größte Stadt in ganz Britannien und beeindruckt mit ihren starken römischen Mauern und den unzähligen Dächern, Türmen und Kirchturmspitzen sowie der prächtigen Basilika von St. Paul's.

„Wie können so viele Menschen so nah beieinander wohnen?", fragt Artus verwundert und verleiht damit deinen Gedanken eine Stimme.

Sehr viele Römerstraßen münden in Londoninum. Die, auf der ihr euch befindet, die Watling Street, bildet die nördliche Grenze des Geländes, das für das große Neujahrsturnier abgesteckt wurde. Du siehst eine wahre Stadt aus bunten Zelten, in denen viele der Ritter und Lords untergebracht sind, die am morgigen Tag kämpfen werden. Die Aufregung in der Luft ist greifbar.

Die Watling Street passiert die Stadtmauern am Newgate, das – trotz seines Namens – Jahrhunderte alt ist. Als du das Tor passierst, bemerkst du eine Nische an der Spitze des Torbogens: Ein geschnitztes Relief, das den trojanischen Helden Corineus darstellt, der den Riesen Gogmagog besiegt. Sir

Kay erhält seine Sporen

Kay hat sein großes Ziel in der Andreasnacht erreicht. So hat es sich zugetragen:

König Mawan stellte sich in Sir Ectors Halle auf, gekleidet in seinen schönsten Umhang und Waffenrock, sein Hofstaat hinter ihm versammelt. Du, Artus und der Rest des Hofs stellten sich neben Sir Ector auf, der fast genauso nervös aussah wie Kay.

Der Mann der Stunde stand blass und entschlossen in voller Rüstung da. An seinem linken Arm trug er einen Schild, während er im rechten Arm seinen Helm hielt. Er trug weder Schwert noch Sporen.

Der König rief Kay herbei. Kay reichte seinem Vater Helm und Schild und trat vor.

„Mein Volk, ich freue mich so sehr, an diesem heiligen Tage hier zu sein, um einen so würdigen jungen Mann in die Reihen des ruhmreichen Ritterstandes aufnehmen zu können. Knappe, nenn mir deinen Namen."

„Kay, Sire."

„Bist du vor mir erschienen, von deinen Sünden befreit und bereit, ein neues Leben anzunehmen?"

„Das bin ich."

„So nimm denn dies, den letzten Schlag, den du jemals erleiden sollst, ohne dich zu wehren."

Damit verpasste König Mawan Kay einen harten Schlag auf die Kinnlade. Das Geräusch hallte durch die Halle, und du sahst, wie sich eine von Kays Fäusten zu ballen begann, bevor er sich beherrschte.

„Knie vor mir nieder, Kay."

Als Kay sich niederkniete, trat Sir Jonas mit einem Schwert in einer Scheide vor.

„Erkennst du mich als deinen wahren und rechtmäßigen Lehnsherrn an?"

„Ja, Sire."

„Gelobst du mir Lehnstreue und schwörst du mir dein Schwert, um mir für alle Zeit zu dienen?"

„Ich schwöre es."

Mawan entblößte das Schwert und berührte mit der Klinge jede von Kays Schultern.

„Dann ernenne ich dich zu Sir Kay und gebe dir dieses Schwert, auf dass du es in meinem Namen führest. Erhebt Euch, Herr Ritter."

Der König schnallte Sir Kay sein Schwert um seine Taille, während Artus – jetzt Sir Kays Knappe – vortrat, um seine Sporen anzubringen. Dann gab ihm Sir Ector den Schild und den Helm zurück.

Sir Kay wandte sich dem Rest der Halle zu, und alle jubelten. Danach demonstrierte er sein Können, indem er in voller Montur in den Sattel seines Streitrosses sprang, ohne Steigbügel oder Zügel zu benutzen. Das Ganze wurde mit einem weiteren wunderbaren Festmahl gekrönt.

Es gab noch eine weitere Veränderung an diesem Tag: Da Kay nicht länger ein Knappe war, brauchte Sir Ector einen neuen, und so wurdest auch du befördert!

Ector hat dir diese Geschichte während eurer Reise erzählt, und du denkst daran, dass Britannien seit der Ankunft von Brutus und seinen Trojanern viele Wellen von „Invasoren" von jenseits des Meeres gesehen hat.

Du wirst aus deinen Träumereien gerissen, als du die Straße hinter dem Tor erblickst. Gebäude, die bis zu drei Stockwerke hoch sind, drängen sich auf beiden Seiten, und auf der Straße selbst tummeln sich Männer, Frauen, Kinder, Pferde, Esel, Hunde und Schweine in einem großen Tumult aus Gedränge, Geschrei, Gequietsche und Gebrüll.

„Kay, kümmere dich um eine Unterkunft, guter Junge", sagt Ector, der selbst ein bisschen überwältigt zu sein scheint. „Wir werden im Hof von St. Paul's auf dich warten, gleich da vorne."

Ector muss dich kaum auf den Standort der berühmten Kathedrale hinweisen, denn sie ist mit Abstand das größte Bauwerk der Stadt und stellt sogar die Zitadelle des White Tower und Lud's Castle in den Schatten, die beiden großen römischen Steinfestungen am Ufer der Themse.

Sir Kay und Artus führen ihre Rösser vorsichtig durch das Gedränge, während du und Ector auf die Kathedrale zureiten.

Sobald du den Hof betrittst, scheinen der Lärm und das Chaos der Stadt zu verblassen. Du steigst ab, dankbar für die Gelegenheit, deine schmerzenden Muskeln zu dehnen, und beginnst dann, die Pferde zu versorgen.

Kaum hast du mit deinen Aufgaben begonnen, ruft dich Sir Ector zu einer Art Denkmal, das direkt vor den massiven Eingangstoren der Kathedrale errichtet wurde.

Als du näherkommst, siehst du ein seltsames Wunderwerk: Einen großen Steinblock, auf dem ein Amboss thront. In den Amboss ist ein Schwert getrieben, das noch immer hell im Sonnenschein funkelt. Sir Ector streicht ein bisschen Schnee auf der Schattenseite des Blocks fort und zeigt auf einige in den Fels gehauene Buchstaben.

Wie die meisten Angehörigen der ritterlichen Klasse hast du keine klerikale Ausbildung und kennst die Buchstaben nicht. Sir Ector übrigens auch nicht, aber er hat gehört, wie andere von den Worten der Inschrift erzählt haben:

„Da steht so etwas wie: ‚Nur der wahre König vermag mich herausziehen' oder so etwas in der Art. Viele Ritter, darunter die besten des Landes, haben es versucht, aber alle sagen, dass es sich nicht im Geringsten rührt.“

Wenn du Sir Ector ermutigst, zu versuchen, das Schwert herauszuziehen, gehe zu **76**.

Wenn du selbst versuchen willst, das Schwert herauszuziehen, gehe zu **77**.

76

Sir Ector lehnt deinen Vorschlag ab.

„Nein, ich nicht“, sagt er. „Ein so niederer Ritter wie ich, Hochkönig von Britannien? Ich glaube nicht!“ Er gluckst. „Ah! Da kommt Kay.“

Du hast heute eine wichtige Lektion gelernt. Markiere dein Merkmal Bescheiden und gehe zu **78**.

77

Während Sir Ector hinüber schlendert, um die Reliefs an den Türflügeln der Kathedrale zu betrachten, näherst du dich dem Schwert im Stein. Du schaust dich kurz um und greifst nach dem Heft. Der weiße Ledergriff fühlt sich kalt in deinen Händen an. Du ziehst so fest du kannst – aber es stimmt, was Ector gesagt hat; es fühlt sich an, als wäre das Schwert mit dem großen Eisenblock des Ambosses verschmolzen.

Das war ganz schön anmaßend von dir! Markiere dein Merkmal Stolz und gehe zu **78**.

78

Sir Kay betritt den Innenhof.

„Ich habe ein Gasthaus gefunden, das noch ein Zimmer frei hat – das letzte in Londinium, behauptet die alte Hexe, die den Laden betreibt! Vater, ich glaube, jeder Ritter in Britannien ist zu diesem Turnier gekommen!“

Kays Augen leuchten vor Aufregung, und da die Bestürzung über die Stadt langsam nachlässt, kannst du verstehen, warum. Abgesehen von Rom und Jerusalem muss Londinium die größte Stadt der Welt sein! Die Aufregung ist ansteckend.

Du hilfst dabei, eure Reittiere durch die Straßen zu den Ställen des Gasthauses zu führen, lädst das Gepäck ab, stallst sie ein und meldest bei Sir Ector vor dem Gasthaus Vollzug.

„Ich nehme an, du willst die Stadt sehen?“, fragt er. „Nimm dir den Nachmittag, um die Stadt zu erkunden, aber pass auf, dass du zum Abendessen wieder zurück bist!“ Du kannst dein Glück kaum fassen, als er dir zwei Silberpennys überreicht. „Nur für den Fall, dass du ein Andenken findest“, sagt er mit einem Augenzwinkern.

Du hast ein paar Stunden Zeit für dich in einer der großen Hauptstädte der Welt. Was würdest du gerne tun?

Um das Turniergelände außerhalb der Stadtmauern zu erkunden, gehe zu **91**.

Wenn du lieber erst ein bisschen durch die Straßen schlendern möchtest, gehe zu **79**.

79

Die Stadt winkt! Wohin als nächstes?

Besuche die Zitadelle des White Tower: gehe zu **80**.

Besuche den Dowgate Market: gehe zu **81**.

Schlendere durch das Jüdische Viertel der Stadt: gehe zu **84**.

Besuche das Feld von Pen Bran außerhalb der Mauern, wo der Kopf eines Gottes begraben liegt: gehe zu **87**.

Wenn du bereits zwei dieser Orte besucht hast, gehe zu **90**.

80

Die großen Kalksteinmauern des White Tower wachen über die östlichen Zugänge der Stadt. Diese Zitadelle aus römischer Zeit übertrifft alle Burgen und Hallen, die du bisher gesehen hast.

Sir Ector hat dir von diesem Ort erzählt. Vor den Römern wurde er der Weiße Hügel genannt. Brutus der Trojaner wurde hier begraben. Als später die Römer nach Britannien kamen, erklärte der Kaiser, dass für die Stadt Londinium genau die gleichen Gesetze gelten sollten wie unter dem vorherigen König und dass er niemandem gestatten würde, ihr oder ihren Bewohnern Schaden zuzufügen. Um ihre Loyalität weiter zu gewinnen, ließ er den White Tower errichten, der seine Garnison beherbergen und als letzter Zufluchtsort dienen sollte. Berühmt ist er für die großen Raben, die hier leben, angeblich, bis die Insel an Eindringlinge fällt. Gerade jetzt siehst du einige über den Türmen kreisen.

Während du gaffend dastehst, wirst du fast von etwas Schwerem umgeworfen, das dich von hinten trifft.

„Aus dem Weg, du Narr!“, brüllt dich ein Wachtmeister an, dessen Gesicht rot vor Wut ist. „Was denkst du dir dabei, mitten auf einer belebten Straße herumzustehen? Willst du überfahren werden?“

Er scheucht dich mit einem Schwall übler Flüche davon, während sich ein Rudel streunender Hunde an deine Fersen heftet und wütend bellt.

Markiere Besonnen und gehe zu **89**.

81

Dowgate, auch Watergate genannt, ist der wichtigste Handelshafen an der Themse. Schiffe, Boote und Flöße drängen sich an den Pieren, um ihre Waren ein- und auszuladen. Verkäufer und Händler bieten an unzähligen Ständen und in Zelten alles feil, was das Herz begehrt. Vielleicht findest du hier ein Andenken, das du Alis mitbringen kannst?

Auch im Winter fließt der Handel in und aus Londinium so frei wie die Themse. Du schlenderst zwischen den Ständen umher, lässt den Duft der Gewürze aus dem fernen Arabien und

des gebratenen Fleisches der Lebensmittelhändler auf dich wirken und bestaunst die Stapel feiner Waren, die ausgestellt werden, als dir ein warziger, alter Mann in schmutzigen, stinkenden Lumpen den Weg versperrt. Seine wässrigen Augen scheinen direkt durch dich hindurch in deine Seele zu starren. Er lächelt und entblößt dabei eine Reihe schiefer Zähne, während er sich auf seinen Gehstock stützt. Er kommt dir irgendwie bekannt vor.

„Hast du etwas Geld für einen armen alten Bettler übrig, Meister?", erkundigt er sich, und der schale Geruch seines Atems umweht dich.

Dem Bettler einen Silberpenny geben? Gehe zu **82**.

Die Bitte ignorieren und an dem Bettler vorbeigehen? Gehe zu **83**.

82

Du greifst in die Geldbörse, die an deinem Gürtel hängt, um einen Penny herauszuholen – nur um festzustellen, dass da nichts darinnen ist! Irgendwann, während du über den Markt geschlendert bist, muss sich ein langfingriger Dieb mit deinem Geld davongemacht haben!

Der Bettler kichert über deine Bestürzung. „Du scheinst ein bisschen von meinem Glück zu haben, junger Herr", sagt er. „Aber verzweifle nicht! Glück findet man oft dort, wo man es am wenigsten vermutet." Bevor du reagieren kannst, greift er hinter dein Ohr und zieht einen alten römischen Goldsolidus hervor! „Behalte ihn, gib ihn nicht aus, und du wirst zu einem Vielfachen seines Wertes gelangen."

Du fängst an, deinen Dank zu stammeln, als du von dem Ruf einer Schankwirtin unterbrochen wirst: „Halt dich von dem Kind fern, Merlin, du alter Kauz!", sagt sie und stürmt zwischen euch. „Wir brauchen hier keine deiner Teufelszauber, nein, wir brauchen sie *nicht*!"

Der „Bettler" nimmt den Angriff des Schankfrau mit Humor, zupft nur an seiner Stirnlocke und geht lachend davon. Und dann fällt es dir auf: Das war derselbe Mann, der König Mawans Gruppe begleitet hat, obwohl er damals als einfacher Ziegenhirte unterwegs war!

Deine Absichten waren gut, und du wurdest über deine kühnsten Erwartungen hinaus belohnt! Markiere Großzügig und gehe zu **89**.

83

Du versuchst so gut es geht, dem durchdringenden Blick des Bettlers auszuweichen, schiebst dich an ihm vorbei und verschwindest so schnell wie möglich in der Menge.

„Verflucht seist du! Du hast nicht einmal einen Penny für einen alten Mann übrig? Möge der Teufel dir deine Daumen nehmen!"

Die farbenfrohen Flüche des Bettlers verfolgen dich den ganzen Weg vom Markt fort und erregen zahlreiche vorwurfsvolle Blicke.

Markiere Selbstsüchtig und gehe zu **89**.

84

Londinium ist in der Tat eine kosmopolitische Stadt. Sir Ector erwähnte, dass die Stadt sogar ein eigenes Jüdisches Viertel hat, und du willst dich nun selbst davon zu überzeugen.

Während du durch die ruhigen Straßen des Viertels gehst, wird dir klar, dass deine halbherzigen Erwartungen, hier in Londinium eine Art Stück des Heiligen Landes zu sehen, jämmerlich naiv waren. Hier sieht es aus wie im Rest der Stadt, vielleicht ein bisschen wohlhabender als in anderen Vierteln, aber ansonsten unauffällig. Die Menschen auf der Straße sprechen die gleiche Sprache wie du, tragen die gleiche Kleidung wie du und scheinen insgesamt alle recht genauso zu sein wie du.

Während du all das auf dich wirken lässt, erschreckst du durch das Platschen von Wasser direkt neben dir: seifiges Badewasser! Als du aufblickst, siehst du das Gesicht einer jungen Frau, die entsetzt auf dich herabschaut.

Ein paar Augenblicke später kommt sie aus dem Haus gestürmt. „Ich kann mich nicht genug entschuldigen!", sagt sie voll aufrichtiger Reue. „Wie kann ich das nur wieder gut machen?"

Wähle zwischen oder würfle auf Nachsichtig und Rachsüchtig. Du kannst wählen, worauf du zuerst würfelst. Wenn du mit dem ersten Wurf erfolgreich bist, brauchst du den zweiten nicht abzulegen.

Wenn du Nachsicht wählst oder damit erfolgreich bist, markiere das Merkmal und gehe zu **85**.

Wenn du Rachsüchtig wählst oder damit erfolgreich bist, markiere das Merkmal und gehe zu **86**.

Wenn keiner der beiden Würfe erfolgreich ist, darfst du entscheiden, wie du handeln möchtest.

85

Du versicherst ihr, dass es keinen Grund gibt, sich über eine solche Lappalie aufzuregen, aber das Mädchen – das sich dir als Joiette vorstellt – besteht darauf, dich hereinzubitten. „Mein Vater hat uns gerade zum Mittagsmahl gerufen, und ich bestehe darauf, dass du mit uns das Brot brichst."

Trotz deiner Proteste führt dich Joiette in das Stadthaus, wo du ihren Vater Samuel und ihre drei Geschwister triffst. Eine Stunde später verlässt du das Haus mit einem köstlichen Essen im Bauch und versprichst, dass du sie besuchen kommst, wenn du wieder in der Stadt bist.

Markiere das Merkmal Gastfreundschaft und gehe zu **89**.

86

Du weißt, dass Unfälle passieren können, besonders hier in der Stadt, aber ... etwas von dem benutzten Badewasser ist in deinen Mund gespritzt! Uäh!

Du spuckst der jungen Dame vor die Füße und stürmst davon, die dir mit Tränen in den Augen hinterherschaut.

Gehe zu **89**.

87

Auf deiner Reise sprach Sir Ector kurz von einem Feld außerhalb der Stadtmauern namens Pen Bran. „Die Druiden und Heiden sagen, dass dort der Kopf des alten Gottes Bran begraben liegt", sagte er und wirkte unbehaglich bei dem, was er offensichtlich für fast schon blasphemisches Gerede hielt.

Während der Reise sprach er nicht mehr davon, aber du hast dir vorgenommen, selbst einen Blick darauf zu werfen, wenn möglich.

Du passierst das Kloster der Heiligen Dreieinigkeit und das Aldgate. Ein vorbeikommender Ackerbauer weist dir die richtige Richtung, und bald stehst du auf einer kleinen Wiese. Die Zinnen des White Tower blicken von Süden auf dich herab und Rabenschwärme kreisen über der alten Zitadelle.

Es gibt nichts Bemerkenswertes an diesem Ort. Hättest du nicht davon gehört, wärst du nie auf die Idee gekommen, dass dieses Feld etwas Besonderes sein könnte.

Du bist aber nicht der Einzige hier. Durch die kühle Luft hörst du das Klimpern einer Harfe, klar und lieblich. Als du dich umschaust, siehst du einen Mann im frühen mittleren Alter unter den Ästen einer kleinen Eiche am Rande des Feldes sitzen. Er trägt einen feinen Wollmantel, der in einem Karomuster gewebt ist, und scheint in die Melodie vertieft zu sein, die er auf seiner Schoßharfe zupft.

Wenn du dich dem Mann nähern möchtest, gehe zu **88**.

Wenn du dich zurück in die Stadt begeben möchtest, gehe zu **89**.

88

Du gehst auf den Mann zu, der aufblickt, als du näherkommst, obwohl er nicht aufhört zu spielen. Er wirkt freundlich und lädt dich ein, dich neben ihn zu setzen.

Die Melodie ändert sich und der Mann beginnt, ein eindringliches Klagelied zu singen. Sein Lied erzählt von Bran, dem Herrscher der heidnischen Unterwelt, dessen Leben voller Wunder war, der sich aber sein größtes Wunder für seinen Tod aufsparte.

In seinem letzten Gefecht wurde Bran tödlich verwundet, aber statt zu verzweifeln, gab er seinen Freunden seltsame Anweisungen: Sie sollten ihm den Kopf abschlagen und ihn außerhalb von Londinium vergraben. Er prophezeite, dass keine Eindringlinge Britannien schaden könnten, solange sein Kopf dort begraben bliebe.

So enthaupteten ihn seine Freunde und setzten seinen Kopf wie einen Ehrengast auf einen Tisch.

Sieben Jahre lang unterhielt der wundersame Kopf sie mit Liedern, Geschichten und Rätseln, und sie merkten nicht, wie die Zeit verging, weshalb sie Brans Bitte nicht nachkamen. Dann erlangten seine sechs Gefährten ihre Sinne wieder. Wie befohlen, begruben sie Brans Kopf außerhalb von Londinium, wo er bis heute liegt.

Wenn du dem Barden als Dank für seine Leistung einen deiner Silberpennys geben willst, markiere dein Merkmal Großzügig.

Am Ende seines Liedes steht der Mann auf, nickt dir freundlich zu und geht über das Pen Bran, um auf der anderen Seite durch eine Reihe von Weißdornbäumen zu verschwinden.

Markiere Volksweisheit und gehe zu **89**.

89

Die Stadt winkt. Willst du sie weiter auskundschaften? Vergiss nicht, dass du pünktlich zum Abendessen zurück sein musst!

Wenn ja, gehe zurück zu **79**. *Wenn du schon einmal hier warst, markiere dein Merkmal Waghalsig.*

Ansonsten gehe zu **91**, *um dir das Turniergelände anzuschauen.*

90

Die Schatten werden länger, und du merkst mit einem mulmigen Gefühl, dass du zu lange auf den Straßen verweilt hast!

Du eilst zurück zum Gasthaus und findest Sir Ector im Gemeinschaftsraum mit Sir Kay und Artus, die gerade ihr Abendessen beenden.

„Du hast dich wohl verlaufen, wie? Unpünktlichkeit wird von mir nicht gern gesehen. Wir machen uns auf, um über das Turniergelände zu schlendern, aber du bleibst ohne Abendessen hier und kümmerst dich darum, dass unsere Ringpanzer gereinigt und für die morgigen Veranstaltungen vorbereitet werden. Wenn du damit fertig bist, kannst du uns auf dem Turniergelände treffen, wenn wir bis dahin nicht schon zurück sind."

Das Essen auszulassen ist der schlimmste Teil der Bestrafung; sowohl Ector als auch Kay halten ihre Rüstungen in Ordnung, und es gibt wenig zu tun, was die Reinigung der Harnische angeht. Du betrachtest die Panzer, die jeweils aus unzähligen kleinen Kettengliedern bestehen. Du nimmst dir vor, ein besserer Knappe für Sir Ector zu sein und dir so das Recht zu verdienen, eines Tages deine eigene Rüstung zu tragen.

Schließlich machst du dich im Eiltempo auf den Weg zum Turnierplatz. Zwischen Newgate und Ludgate hat sich ein Dorf aus Zelten gebildet, und hier erwartest du deine Gruppe zu finden.

Gehe zu **93**.

91

Im Osten von Londinium selbst, zwischen Watling Street und Fleet Street, wurde ein großes Gebiet mit unbestellten Feldern für das große Neujahrsturnier abgesteckt.

Das Konzept eines „Turniers" war auf der Reise hierher Gegenstand vieler Diskussionen zwischen Sir Ector und Sir Kay. Es ist etwas Neues, etwas Unbekanntes, und so ist Sir Ector natürlich misstrauisch. „Das ist nur so eine fränkische Sache! Ein Brauch vom Kontinent!", schnaubt er spöttisch. „Kein Ersatz für eine richtige Schlacht. Man benutzt stumpfe Waffen, weißt du! Wo ist da die Herausforderung?"

„Wir benutzen auch stumpfe Waffen, wenn wir zu Hause üben", entgegnete Kay. „Ich freue mich eher auf die Gelegenheit, gegen einige der größten Ritter Britanniens anzutreten, ohne Leib und Leben riskieren zu müssen. Das klingt nach einem Riesenspaß! Außerdem hat es viel von richtigem Gehaue – zu viel, wenn du mich fragst. Diese Turniere, wenn sie sich durchsetzen, könnten eine gute Möglichkeit für uns sein, unsere Aggressionen abzubauen, ohne ständig in den Krieg zu ziehen."

Als ihr jetzt über das Gelände geht, entdeckst du einige interessante Sehenswürdigkeiten, die du erkunden kannst.

Beim Blick auf die Zelte fallen dir mehrere bekannte Standarten auf, die an den Zeltstangen hängen – vielleicht begegnest du ja einem berühmten Ritter, wenn du durch die Gänge gehst?

Dann gibt es noch den Markt, wo du Verkaufsstände und eine Art von Darbietung ausmachen kannst. Den Schreien und Anfeuerungsrufen sowie dem Bellen großer Hunde nach zu urteilen, könnte man meinen, es handele sich um eine Stierhatz ...

Zu guter Letzt entdeckst du einen Pferch, in dem sich Knappen mit Stöcken bewaffnet haben. Wenn du es nicht besser wüsstest, würdest du sagen, dass gleich ein Kampf ausbrechen wird!

Gehe zu **92**.

92

Wohin möchtest du gehen?

Um zwischen den Zelten der Ritter spazieren zu gehen, gehe zu **93**.

Um dir den Markt und die Tierkämpfe anzuschauen, gehe zu **96**.

Um zu sehen, was bei den Knappen im Pferch vor sich geht, gehe zu **103**.

Wenn du eine Verletzung erlitten hast und behandelt werden musst, gehe zu **120**.

Wenn du für den Tag genug gesehen hast, gehe zu **121**.

93

Die Zeltstadt beherbergt den Überfluss an Rittern und ihrem Gefolge, die in der Stadt keine Unterkunft mehr finden konnten. Reihenweise bunte Zelte und Pavillons, von winzig bis palastartig, bilden ein wahres Labyrinth, das von martialischen Männern und Frauen bevölkert wird. An jedem Zeltmast flattern Wimpel mit dem Wappen des Ritters, der es bewohnt.

Knappen eilen im Auftrag ihrer Herren hin und her. Ritter sitzen vor ihren Zelten, plaudern mit Landsleuten, klimpern auf ihren Harfen oder vertreiben sich die Zeit mit Geschicklichkeitsspielen.

Du bleibst vor einem großen Zelt stehen, das in den Farben Gelb und Blau gehalten ist und das du als die Heraldik des Grafen von Salisbury identifizierst. Ein Ritter tritt aus dem Zelt, und obwohl du merkst, dass du den Weg versperrst, kannst du nicht anders, als die Person anzustarren.

Obwohl dir bewusst ist, dass Frauen Ritter werden können, sind sie in deiner Heimat fast unbekannt. Aber hier ist eine leibhaftige Rittersfrau! Sie ist offensichtlich eine Veteranin, die viele Jahre lang gekämpft hat. Ihr stählernes Haar gleicht fast dem Eisen ihrer Rüstung, ihre Hände sind rau und schwielig, und du entdeckst ein paar kleine, aber tiefe Narben in ihrem Gesicht.

Hinter ihr folgt ein junger Mann, etwa in Artus' Alter, aber als Ritter gekleidet. Er ist fast das Gegenstück der anderen, mit frischem Gesicht und ohne Makel. Dennoch teilt er ihre martialische Haltung, und sie fühlen sich sichtlich wohl miteinander. Es ist auch intuitiv offensichtlich, dass er ihr gesellschaftlicher Vorgesetzter ist.

Wenn du mit dem Mann reden möchtest, gehe zu **94**.

Wenn du mit der Frau reden möchtest, gehe zu **95**.

Wenn du ihnen aus dem Weg gehen möchtest, gehe zu **92**.

94

Du entschuldigst dich bei dem jungen Mann dafür, dass du ihm in die Quere gekommen bist.

„Mach dir nichts daraus, Kind", sagt der junge Mann. „Ich glaube, wir sind uns im Moment alle gegenseitig im Weg." Er schaut sich in den überfüllten Gängen um, bevor er wieder zu dir hinunterblickt. „Ich bin Sir Robert, Graf von Salisbury. Wer bist du, und wem dienst du?", fragt er mit einem freundlichen Lächeln.

Du sagst es ihm und fragst dann, ob er vorhat, im Turnier zu kämpfen.

„Sicherlich! Ich werde mein Bestes geben, auch wenn ich meine Chancen auf einen Erfolg als gering einschätze. Solange wir nur einen König bekommen, werde ich zufrieden sein. Unser Land blutet ohne ihn."

Robert erzählt dir ein bisschen von seiner Grafschaft, die eng an das sächsische Königreich Wessex grenzt und seit dem Tod seines Vaters Roderick vor 15 Jahren von Überfällen und erdrückenden Tributzahlungen geplagt wird. „Meine Mutter kam so gut es ging zurecht, mit der tatkräftigen Hilfe ihres Ritterrates – darunter auch Dame Aspara hier – aber letztes Jahr, nach der Schlacht von Netley Marsh, bestand ich darauf, mein Geburtsrecht als Graf anzunehmen, auch wenn es keinen König gibt, der mich krönt!"

Er bellt ein kurzes, höhnisches Lachen.

Wenn du mit Dame Aspara sprechen möchtest, gehe zur **95**.

Ansonsten gehe zu **92**.

95

Du schenkst der Rittersfrau eine höflichen Verbeugung.

„Ein gut erzogener junger Knappe!", sagt sie. „Du könntest ein paar anderen hier etwas über Höflichkeit beibringen."

„Mit deinen Methoden, Dame Aspara?", fragt ihr junger Begleiter und zwinkert. „Ich spüre immer noch den Schmerz deiner Rute in meinem Nacken!"

Sie schnaubt spöttisch. „Für Euren Vater war es gut genug, und für Euch auch!"

„Unsinn – Ihr habt an der Seite meines Vaters gekämpft. Ihr habt ihn nie unterrichtet."

„Nein, aber wir haben uns trotzdem viel über den Umgang mit Schwert und Lanze beigebracht und darüber, was es bedeutet, ein Ritter zu sein. Die Lektionen, die Striemen und Narben verursachen, bleiben meist länger bestehen als die, die es nicht tun."

„Damit habt Ihr wohl recht, schätze ich!"

Bevor du dich zügeln kannst, platzt du mit einer Frage heraus: „Ihr habt also unter König Uther gedient?"

Asparas Gesicht wird grimmig. „Zwei Königen, um genau zu sein. Zuerst schwor ich mein Schwert auf König Aurelius, den Pendragon; mögen die Heiligen ihn bewahren. Und seinem Bruder Uther, ja."

Du spürst, dass du ein heikles Thema angesprochen hast, aber sie lächelt dich an, um zu zeigen, dass sie dir nicht böse ist.

„Ich nehme meinen Dienst sehr ernst. Ich bin eine Nachfahrin der Amazonen, weißt du. Meine Vorfahren dienten den Römern in Cornwall und der Bretagne, und ich führe ihre Tradition fort und ehre ihr Andenken mit jedem Wort und jeder Tat."

Wenn du bereits mit Dame Asparas Begleiter gesprochen hast oder dies nicht möchtest, gehe zu **92**.

Wenn du mit Dame Asparas Begleiter sprechen möchtest, gehe zu **94**.

96

Während du dich zwischen den Marktständen bewegst, hörst du wildes Gebell, wütendes Gebrüll und aufgeregtes Gejohle, das auf einen Stierkampf hindeutet. Du kennst diese Wettkämpfe vom Hörensagen, hast aber selbst noch nie einen gesehen. Du weißt, dass ein Stier mit einer Kette gesichert wird und eine Meute von Alaunts – mastiffähnlichen Kampfhunden – auf ihn gehetzt wird, bis er vor Blutverlust zusammenbricht. Es werden Wetten abgeschlossen, wie lange der Stier überleben wird, wie viele Hunde verletzt oder getötet werden und andere grausige Ungewissheiten.

Es ist vielleicht eine Gnade, dass die dicht gedrängte Schar von Bauern dir die Sicht auf die Szene versperrt, wenn die schrecklichen Laute, die aus dem Inneren der Manege kommen, ein Hinweis darauf sind.

Während du lauschst, siehst du ein vertrautes Gesicht aus der Menge auf dich zukommen: Es ist Artus! Er kämpft mit den Tränen.

„Es ist furchtbar!“, ruft er, als er auf dich zugeht. „Der Stier, die Hunde ... Eine Jagd ist eine Sache, aber das ist ein Gemetzel!“

Dir kommt eine Idee, wie du ein bisschen Unfug anrichten und die Dinge vielleicht wieder in Ordnung bringen kannst – du könntest für eine Ablenkung sorgen, damit Artus zurückschleichen und den Stier von seiner Kette befreien kann. Das würde die Hatz beenden, könnte aber auch viel Unheil anrichten.

Wenn du diesen durchtriebenen Plan in die Tat umsetzen willst, gehe zu **97**.

Wenn du dich stattdessen angewidert abwendest und den Markt verlässt, gehe zu **92**.

97

Während Artus zurück in die Menge schlüpft, um sich in Position zu bringen, kletterst du auf ein großes Fass Bier und räusperst dich.

Um die Aufmerksamkeit des Publikums zu erregen, musst du einen Wurf auf Redekunst bestehen. Bevor du den Wurf ablegst, darfst du einen Wurf auf ein Merkmal Gnädig ablegen: Bei einem Erfolg gibt es eine Markierung, aber bei einem kritischen Erfolg markierst du das Merkmal und addierst obendrein +5 auf deine Redekunst, bevor du würfelst. (Obwohl Merkmale nicht in gleichem Maße wie Leidenschaften inspirieren, kann ein kritischer Erfolg im richtigen Moment einen kleinen Bonus verleihen, so wie hier.)

Wenn du in Redekunst Erfolg hast, gehe zu **98**.

Würfelst du einen Fehlschlag, gehe zu **99**.

98

Du weißt, dass es etwas wirklich Aufregendes braucht, um diese Leute von ihrem Blutsport abzulenken, und die Idee ist schnell geboren.

„He! He! Der Lord Bürgermeister entbietet seine Grüße und erlässt folgende Ankündigung: Bis auf weiteres sind alle Wettkämpfe, bei denen Tier gegen Tier oder Tier gegen Mensch antritt, in einem Umkreis von acht Meilen um die Stadtmauern verboten!“

Wie du gehofft hattest, zieht deine kleine Rede die meiste Aufmerksamkeit der Menge auf sich, aber du merkst sehr schnell, dass du dich verkalkuliert hast, als du das Meer von wütenden Gesichtern siehst, die zu dir aufschauen. Viele fangen an, dich zu beschimpfen, und einige schleudern auch vom Boden aufgesammelte Mistklumpen in deine Richtung.

Dann bricht das Chaos aus, als Artus die Kette des Stiers von ihrem Pfosten löst und das Tier in seiner Raserei in die Menge stürzt! Jetzt heißt es, jeder für sich!

Dein Blut erstarrt zu Eis, als sich die Menge zerstreut und du siehst, dass der Ochse direkt auf dich zustürmt!

Lege einen Vergleichswurf mit deiner Bewegungsrate gegen die Fertigkeit Sturmangriff des Stiers von 10 ab.

Wenn du den Wurf gewinnst oder ein Unentschieden erreichst, gehe zu **100**.

Verlierst du den Wurf, gehe zu **101**.

Würfelst du einen Patzer oder würfelt der Stier einen kritischen Erfolg, gehe zu **102**.

99

Die Menge ist zu sehr von dem Spektakel gefesselt und ignoriert dich. Artus gelingt es nicht, an die Kette heranzukommen. Artus wirkt aufgebracht und bittet darum, eine Weile allein gelassen zu werden.

Gehe zu **92**.

100

Der Stier schmettert in das Fass, auf dem du stehst, aber du bist bereits abgesprungen und hast dich an die Markise geklammert. Zum Glück trägt sie dein Gewicht lange genug, damit der Stier und die Hunde an dir vorbeistürmen können.

Als Wachtmeister und Ritter herbeieilen, macht ihr euch rar.

Gehe zu **92**.

101

Der Stier schmettert in das Fass unter deinen Füßen, bevor du die Gelegenheit hast, aus dem Weg zu springen. Im nächsten Moment gerät alles ins Schleudern, als du über den Rücken des Stiers geworfen wirst. Du landest hart auf dem Boden, aber dein pochendes Herz zwingt dich im Nu wieder auf die Beine. Noch mehr Schreie vom Markt und das Geräusch umstürzender Ständen zeugen von dem anhaltenden Chaos, das auszulösen du geholfen hast.

Als Wachtmeister und Ritter herbeieilen, macht ihr euch rar.

Nimm 2W6 Punkte Schaden und gehe zu **92**.

102

Der Stier schmettert in das Fass unter deinen Füßen, bevor du die Gelegenheit hast, aus dem Weg zu springen. Leider wirst du durch den Aufprall nach hinten geschleudert, und im nächsten Moment siehst du den Stier auf dich zukommen!

Du erleidest 7W6 Schaden, als du von dem Stier niedergetrampelt wirst.

Wenn du es irgendwie schaffst, eine Schwere Verwundung oder Bewusstlosigkeit zu vermeiden, suche die Behandlung durch einen Barbier auf und gehe zu **120**.

Wenn du getötet, handlungsunfähig oder bewusstlos wirst, endet dein Abenteuer hier. Gehe zu **134**, *um deinen Punktestand zusammenzuzählen.*

103

Als du dich dem Pferch näherst, siehst du viele Ritter, die sich um den Zaun versammelt haben und die Knappen im Innern lachend anfeuern. Du zupfst an dem gepanzerten Ärmel eines Ritters in der Nähe und fragst, was hier vor sich geht.

„Hm? Das ist doch der Buhurt! Eine Gelegenheit für Knappen, sich mit Stöcken zu verprügeln. Du solltest mitmachen!“

Wenn du dich lieber nicht verprügeln lassen willst, markiere Besonnen und gehe zurück zu **92**.

Ansonsten markierst du Waghalsig und gehst zu **104**.

104

Du rennst zum Gasthaus, schnappst dir deinen Gambeson und deinen Helm und legst sie an, während du zurück zum Turnierplatz eilst. Als du dort ankommst, ist der Buhurt schon im Gange.

Du kletterst über den Zaun, und ein Ritter reicht dir einen Kampfstab. Kaum hast du dich umgedreht, um dich dem Feld zu stellen, kommt ein viel älterer, größerer Knappe direkt auf dich zu, seinen Stab hoch erhoben!

Der Kampfstab ist eine vielseitige Waffe und funktioniert anders als andere, denn du kannst dir aussuchen, mit welcher Fertigkeit du ihn im Kampf einsetzen willst. Du kannst ihn wie einen Speer führen, indem du mit der Spitze stechende Bewegungen ausführst wie mit einem Schwert, indem du ein Ende mit beiden Händen festhältst, oder als Beidhand-Schaftwaffe, bei der deine Hände etwa je ein Viertel des Abstands von jedem Ende entfernt sind. Wie du sie führst, bestimmt, gegen welche Fertigkeit du würfelst (wie angegeben) und wie viel Schaden du verursachst. Du kannst den Griff zwischen den Kampfrunden wechseln, wenn du willst, ohne dass du dafür Nachteile erhältst.

Der Speer-Griff eignet sich am besten, wenn du einen Schild benutzt, den du hier nicht hast, und deshalb macht es wenig Sinn, diesen Griff heute zu verwenden. Der Schwert-Griff ist am besten geeignet, um den meisten Schaden anzurichten, und der Beidhand-Schaftwaffe-Griff ist am besten geeignet, um eine Balance zwischen Schaden und Schutz zu finden.

Gehe zu **105**.

105

Kämpfe werden in eine Reihe von Kampfrunden unterteilt. Jede Runde ist eine kurze, elastische Zeiteinheit – im Grunde die Zeit, die du brauchst, um eine Aktion im Nahkampf zu überdenken und auszuführen. Die Nahkampfrunden werden so lange fortgesetzt, bis alle Beteiligten den Kampf beendet haben, entweder durch Kampfunfähigkeit, Tod, Kapitulation oder Flucht.

Wenn du dich für einen Griff entschieden hast, lege einen Vergleichswurf gegen die entsprechende Fertigkeit ab, abhängig von deinem Griff, gegen die Schwert-Fertigkeit deines Kontrahenten von 10 (denn das ist der Griff, den er gewählt hat und während des gesamten Kampfes nutzen wird).

Würfelst du einen kritischen Erfolg (und dein Gegner nicht), markiere deine Fertigkeit und gehe zu **106**.

Wenn du den Wurf gewinnst, gehe zu **107**.

Wenn ihr beide erfolgreich würfelt und ein Unentschieden erzielt, gehe zu **108**.

Würfelst du einen Teilerfolg, gehe zu **109**.

Verlierst du den Wurf, gehe zu **110**.

Würfelst du einen Patzer, gehe zu **111**.

Wenn dein Gegner einen kritischen Treffer erzielt (und du nicht), gehe zu **117**.

Wenn ihr beide versagt, gehe zu **118**.

106

Dein Kampfstab trifft sein Ziel mit einem ordentlichen, knochenbrechenden Hieb! Dein Kontrahent schreit vor Schreck und Schmerz auf. Die Menge der Ritter bricht in Jubel aus!

Dein Schaden hängt von der Fertigkeit ab, die du in dieser Kampfrunde eingesetzt hast: Bei Speer verursachst du deinen Handgemengeschaden, bei Schwert Handgemengeschaden +2W6 und bei einer Beidhand-Schaftwaffe Handgemengeschaden +1W6.

Weil dies ein kritischer Handgemenge-Erfolg ist, füge vor dem Wurf +2W6 zu deinen Schadenswürfeln hinzu.

Gedämpfte Schläge

Du kannst die Wucht deines Hiebs zurückhalten, indem du weniger Schadenswürfel wirfst. Diese Entscheidung musst du treffen, bevor du gegen deine Waffenfertigkeit würfelst. Bonusschadenswürfel aus kritischen Erfolgen dürfen nicht gedämpft werden.

Notiere die Anzahl der Kampfrunden, in denen du Gedämpfte Schläge genutzt und Schadenswürfel zurückgehalten hast, da diese am Ende des Abenteuers in dein Ergebnis einfließen.

Beachte, dass sich dein Kontrahent in diesem Kampf nie dafür entscheiden wird, Gedämpfte Schläge zu nutzen.

Dein Gegner trägt einen Gambeson und einen offenen Helm, die ihm 5 Punkte Rüstungsschutz verleihen. Wenn er mit seinem Fertigkeitswurf Erfolg hat, erhält er außerdem 2 Punkte Paradeschutz.

Ziehe seine Gesamtwerte für Rüstungs- und Paradeschutz von deinem gewürfelten Schaden ab und reduziere dann seine Trefferpunkte um die Differenz. Er beginnt mit 30 Trefferpunkten, hat einen Wert für Schwere Verwundungen von 15 und einen Bewusstlos-Wert von 8. Denke daran, dass der Kampf zu Ende ist, wenn er mehr Schaden als seine Schwelle für Schwere Verwundungen erleidet oder seine Trefferpunkte unter seinen Bewusstlos-Wert fallen.

Ist er tot? Gehe zu **112**.

Ist er bewusstlos oder kampfunfähig? Gehe zu **113**.

Hat er die Hälfte oder weniger Trefferpunkte übrig? Gehe zu **119**.

Andernfalls kehre zu **105** *zurück und kämpfe eine weitere Runde, es sei denn, du willst aufgeben, dann gehe zu* **114**.

107

Es gelingt dir, dich an der Verteidigung deines Kontrahenten vorbeizuschlängeln und zu treffen! Der Knappe grunzt vor Schmerz auf.

Dein Schaden hängt von der Fertigkeit ab, die du in dieser Kampfrunde eingesetzt hast: Bei Speer verursachst du deinen Handgemengeschaden, bei Schwert Handgemengeschaden +2W6 und bei einer Beidhand-Schaftwaffe Handgemengeschaden +1W6.

Dein Gegner trägt einen Gambeson und einen offenen Helm, die ihm 5 Punkte Rüstungsschutz verleihen. Wenn er mit seinem Fertigkeitswurf Erfolg hat, erhält er außerdem 2 Punkte Paradeschutz.

Ziehe seine Gesamtwerte für Rüstungs- und Paradeschutz von deinem gewürfelten Schaden ab und reduziere dann seine Trefferpunkte um die Differenz. Er beginnt mit 30 Trefferpunkten, hat einen Wert für Schwere

Verwundungen von 15 und einen Bewusstlos-Wert von 8. Denke daran, dass der Kampf zu Ende ist, wenn er mehr Schaden als seine Schwelle für Schwere Verwundungen erleidet oder seine Trefferpunkte unter seinen Bewusstlos-Wert fallen.

Ist er tot? Gehe zu **112**.

Ist er bewusstlos oder kampfunfähig? Gehe zu **113**.

Hat er die Hälfte oder weniger Trefferpunkte übrig? Gehe zu **119**.

Andernfalls kehre zu **105** *zurück und kämpfe eine weitere Runde, es sei denn, du willst aufgeben, dann gehe zu* **114**. *Wenn du weniger als die Hälfte deiner Gesamttrefferpunkte hast und dich entscheidest, weiterzukämpfen, markiere dein Merkmal Waghalsig.*

108

Du siehst eine Gelegenheit und nutzt sie, entblößt dich jedoch für seinen Konter. Noch während dein Schlag trifft, spürst du die Wucht des Kampfstabs deines Kontrahenten!

Bei erfolgreichen unentschiedenen Würfen (einschließlich unentschiedener kritischer Erfolge) erleidet ihr beide Schaden. Nur der Schutzwert der Rüstung gilt für die Reduzierung des Schadens. Der Paradeschutz gilt nicht.

Dein Schaden hängt von der Fertigkeit ab, die du in dieser Kampfrunde eingesetzt hast: Bei Speer verursachst du deinen Handgemengeschaden, bei Schwert Handgemengeschaden +2W6 und bei einer Beidhand-Schaftwaffe Handgemengeschaden +1W6.

Dein Kontrahent fügt dir mit seinem Hieb 2W6+5 Schaden zu.

Du und dein Kontrahent tragt beide einen Gambeson und einen offenen Helm, was euch beiden 5 Punkte Rüstungsschutz verleiht.

Ziehe seinen Rüstungsschutzwert von deinem gewürfelten Schaden ab, reduziere dann seine Trefferpunkte um die Differenz, würfle seinen Schaden und tue dasselbe für deinen eigenen Rüstungsschutz. Er beginnt mit 30 Trefferpunkten, hat einen Wert für Schwere Verwundungen von 15 und einen Bewusstlos-Wert von 8. Denke daran, dass der Kampf zu Ende ist, wenn er mehr Schaden als seine Schwelle für Schwere Verwundungen erleidet oder seine Trefferpunkte unter seinen Bewusstlos-Wert fallen.

Ist er tot? Gehe zu **112**.

Ist er bewusstlos? Gehe zu **113**.

Sind deine Trefferpunkte unter deinem Bewusstlos-Wert? Gehe zu **115**.

Hast du eine Schwere Verwundung erlitten oder liegen deine Trefferpunkte bei null oder darunter? Gehe zu **116**.

Andernfalls kehre zu **105** *zurück und kämpfe eine weitere Runde, es sei denn, du willst aufgeben, dann gehe zu* **114**.

109

Du blockst und konterst die meisten Schläge deines Gegners, aber einer geht im letzten Moment an deiner Verteidigung vorbei. Zum Glück lenkst du einen Teil der Wucht des Schlags mit deinem Stab ab.

Dein Gegner fügt dir mit seinem Hieb 2W6+5 Schaden zu.

Du trägst einen Gambeson und einen offenen Helm, die dir 5 Punkte Rüstungsschutz verleihen. Wenn du deinen Stab mit der Fertigkeit Beidhand-Schaftwaffe führst, darfst du 4 Punkte Paradeschutz addieren; wenn du stattdessen die Fertigkeit Schwert benutzt, darfst du 2 Punkte Paradeschutz addieren (die Fertigkeit Speer bietet unter keinen Umständen Paradeschutz).

Ziehe deine Gesamtwerte für Rüstungs- und Paradeschutz von seinem gewürfelten Schaden ab und reduziere dann deine Trefferpunkte um die Differenz. Denke daran, dass der Kampf vorbei ist, wenn du mehr Schaden als deine Schwelle für Schwere Verwundungen erleidest oder deine Trefferpunkte unter deinen Bewusstlos-Wert fallen.

Sind deine Trefferpunkte unter deinem Bewusstlos-Wert? Gehe zu **115**.

Hast du eine Schwere Verwundung erlitten oder liegen deine Trefferpunkte bei null oder darunter? Gehe zu **116**.

Andernfalls kehre zu **105** *zurück und kämpfe eine weitere Runde, es sei denn, du willst aufgeben, dann gehe zu* **114**. *Wenn du weniger als die Hälfte deiner Gesamttrefferpunkte hast und dich entscheidest, weiterzukämpfen, markiere dein Merkmal Waghalsig.*

110

Dein Gegner ist zu schnell für dich und schafft es, dich mit einem kräftigen Hieb zu treffen, bevor du ihn abwehren kannst.

Dein Gegner fügt dir mit seinem Hieb 2W6+5 Schaden zu.

Du trägst einen Gambeson und einen offenen Helm, die dir 5 Punkte Rüstungsschutz verleihen.

Ziehe deine Gesamtwerte für Rüstungs- und Paradeschutz von seinem gewürfelten Schaden ab und reduziere dann deine Trefferpunkte um die Differenz. Denke daran, dass der Kampf vorbei ist, wenn du mehr Schaden als deine Schwelle für Schwere Verwundungen erleidest oder deine Trefferpunkte unter deinen Bewusstlos-Wert fallen.

Sind deine Trefferpunkte unter deinem Bewusstlos-Wert? Gehe zu **115**.

Hast du eine Schwere Verwundung erlitten, oder liegen deine Trefferpunkte bei null oder darunter? Gehe zu **116**.

Andernfalls kehre zu **105** *zurück und kämpfe eine weitere Runde, es sei denn, du willst aufgeben, dann gehe zu* **114**. *Wenn du weniger als die Hälfte deiner Gesamttrefferpunkte hast und dich entscheidest, weiterzukämpfen, markiere dein Merkmal Waghalsig.*

111

Du holst zu einem wilden Schlag gegen deinen Gegner aus und entblößt dich weit für den Gegenschlag. Schlimmer noch, dein Kontrahent stampft dabei auf deinen Stab und zerbricht ihn in zwei Teile! Die Menge jubelt über deine Demütigung!

Wenn dein Kontrahent Erfolg hat, fügt er dir mit seinem Hieb auch 2W6+5 Schaden zu.

Du trägst einen Gambeson und einen offenen Helm, die dir 5 Punkte Rüstungsschutz verleihen.

Ziehe deine Gesamtwerte für Rüstungs- und Paradeschutz von seinem gewürfelten Schaden ab und reduziere dann deine Trefferpunkte um die Differenz. Denke daran, dass der Kampf vorbei ist, wenn du mehr Schaden als deine Schwelle für Schwere Verwundungen erleidest oder deine Trefferpunkte unter deinen Bewusstlos-Wert fallen.

Sind deine Trefferpunkte unter deinem Bewusstlos-Wert? Gehe zu **115**.

Hast du eine Schwere Verwundung erlitten, oder liegen deine Trefferpunkte bei null oder darunter? Gehe zu **116**.

Ansonsten disqualifiziert dich der Verlust deiner Waffe aus dem Buhurt. Verlasse das Feld und kehre zu **92** *zurück.*

112

Dein Gegner fällt unter deinem Angriff wie ein Sack Steine um und bleibt auf dem Feld liegen. Was mit Jubel beginnt, wird schnell ernst, als du die sich schnell ausbreitende Blutlache siehst, die in den Boden unter ihm sickert. Der Ritter des Knappen springt über den Zaun, wirft einen Blick auf seinen Schützling und hebt ihn liebevoll auf – vielleicht können die Barbiere ihn noch retten.

Wenn die Trefferpunkte deines Kontrahenten zwischen 0 und –2 liegen, ist sein Leben gerettet! Wenn er –3, –4 oder –5 Trefferpunkte hat, wirf 1W20; bei einem Ergebnis von 20 (ein kritischer Erfolg für den Barbier) ist er gerettet.

Andernfalls stirbt er. Notiere dir, ob dein Kontrahent überlebt hat oder gestorben ist, dann verlasse das Feld und gehe zu **92**.

113

Dein letzter Schlag trifft deinen Gegner an der Schläfe. Seine Augen rollen zurück in ihre Höhlen und er bricht zusammen. Du bist siegreich! Die Menge staunt über deine Kampfkraft!

Möchtest du weitermachen? Wenn dies dein erster Sieg ist, hast du Zeit, gegen einen weiteren Kontrahenten zu kämpfen, bevor der Buhurt endet. Kehre zu **105** *zurück und beginne einen neuen Kampf. Diesmal kämpfst du gegen einen Gegner, der seinen Stab als Beidhand-Schaftwaffe mit einer Fertigkeit von 10 einsetzt. Er hat 24 Trefferpunkte, einen Bewusstlos-Wert von 6 und einen Wert für Schwere Verwundungen von 12. Er trägt einen Nasalhelm und einen Gambeson, die ihm 6 Punkte Rüstungsschutz verleihen, und verursacht 1W6+4 Punkte Schaden. Denke auch daran, dass sein Griff ihm 4 Punkte Paradeschutz bei einem Teilerfolg verleiht.*

Wenn du bereits gegen zwei Kontrahenten gekämpft hast oder das Feld verlassen möchtest, gib deine Waffe ab und gehe zu **92**.

114

Das hier ist mehr als eine freundschaftliche Übung! Das ist kein Buhurt; es ist eine Schlägerei! Blut und das Geräusch von brechenden Zähnen erfüllen deine Ohren. Du weißt, dass es keine Schande ist, sich zu ergeben, und lässt deinen Stab fallen, aber bevor du „Ich gebe auf!" rufen kannst, hat dein Kontrahent schon zum Schlag ausgeholt. Zeit, sich zu ducken!

Lege einen Vergleichswurf mit deiner Bewegungsrate gegen die Waffenfertigkeit deines Gegners ab.

Wenn du den Wurf gewinnst, tauchst du unter dem Hieb weg. Dein Gegner entschuldigt sich. Wenn du noch mehr als die Hälfte deiner Trefferpunkte hast, markiere dein Merkmal Feige. Gehe zu **92**.

Verlierst du den Wurf oder erzielst ein Unentschieden, fügt dein Kontrahent dir 2W6+5 Punkte Schaden zu (oder 6W6+5, wenn er einen kritischen Erfolg erzielt hat!). Dein Kontrahent entschuldigt sich überschwänglich, während er sich vergewissert, dass es dir gut geht.

Sind deine Trefferpunkte unter deinem Bewusstlos-Wert? Gehe zu **115**.

Hast du eine Schwere Verwundung erlitten oder liegen deine Trefferpunkte bei null oder darunter? Gehe zu **116**.

Andernfalls kehre zu **105** *zurück und kämpfe eine weitere Runde, es sei denn, du willst wieder aufgeben. In diesem Fall kannst du auf dieser Passage bleiben und dein Glück versuchen. Wenn du weniger als die Hälfte deiner Gesamttrefferpunkte hast und dich entscheidest, weiterzukämpfen, markiere dein Merkmal Waghalsig.*

115

Krach! Dein Gegner trifft. Da ist ein kurzes Aufblitzen von Schmerz und dann nur Dunkelheit. Du wirst sauber bewusstlos geschlagen und vom Feld geschleift, wo du mit einem Spritzer Wasser ins Gesicht wiederbelebt wirst.

Nach einer derartigen Prügel solltest du vielleicht einen Barbier aufsuchen, um dich behandeln zu lassen …

Gehe zu **92**.

116

Schmerzen, wie du sie noch nie erlebt hast, das Geräusch von etwas, das in deinem Körper knackt, und dann Vergessen.

Du wirst in besorgniserregendem Zustand vom Feld getragen. Ritter rufen um Hilfe und eine gerade vorbeikommende Edelfrau kommt herbei. Zum Glück besitzt sie die Gabe der Heilung, so dass du vielleicht gerade so überlebst ...

Wenn deine Trefferpunkte zwischen 0 und –5 liegen, besteht noch Hoffnung für dich. Lege einen Wurf gegen die Fertigkeit Erste Hilfe der Edelfrau von 20 ab. Bei einem Erfolg stellst du 3 Trefferpunkte wieder her (das entspricht deiner Heilungsrate). Bei einem kritischen Erfolg stellst du 6 Trefferpunkte wieder her. Wenn du jetzt bei 1 Trefferpunkt oder mehr bist, hast du überlebt! Leider bist du zu angeschlagen, um das Abenteuer fortzusetzen. Gehe zu **133***, um deinen Punktestand zusammenzuzählen.*

Wenn die Edelfrau deine Trefferpunkte nicht wiederherstellen konnte, stirbst du vor den Mauern von Londinium; deine Rolle in der Geschichte endet hier.

117

Mit einem meisterhaften Schlag trifft dein Gegner einen besonders weichen und verletzlichen Teil deines Körpers, und ein erschreckendes, knirschendes Geräusch ist zu hören, während der Schmerz an der Stelle des Aufpralls aufflammt.

Dein Kontrahent fügt dir mit seinem kritischen Treffer satte 6W6+4 Punkte Schaden zu!

Ziehe deinen Rüstungsschutzwert von seinem gewürfelten Schaden ab und reduziere dann deine Trefferpunkte um die Differenz. Wenn dein Wurf erfolgreich war und du deinen Stab mit der Fertigkeit Beidhand-Schaftwaffe führst, darfst du 4 Punkte Paradeschutz anwenden; wenn du stattdessen die Fertigkeit Schwert benutzt, darfst du 2 Punkte Paradeschutz anwenden (die Fertigkeit Speer bietet unter keinen Umständen Paradeschutz).

Denke daran, dass der Kampf zu Ende ist, wenn du mehr Schaden als deine Schwelle für Schwere Verwundungen erleidest oder deine Trefferpunkte unter deinen Bewusstlos-Wert fallen.

Sind deine Trefferpunkte unter deinem Bewusstlos-Wert? Gehe zu **115***.*

Hast du eine Schwere Verwundung erlitten oder liegen deine Trefferpunkte bei null oder darunter? Gehe zu **116***.*

Andernfalls kehre zu **105** *zurück und kämpfe eine weitere Runde, es sei denn, du willst aufgeben, dann gehe zu* **114***. Wenn du weniger als die Hälfte deiner Gesamttrefferpunkte hast und dich entscheidest, weiterzukämpfen, markiere dein Merkmal Waghalsig.*

118

Mit einem Wirbel von krachenden Schlägen wehrt ihr euch gegenseitig ab. Du umkreist ihn, suchst nach einer neuen Öffnung und schöpfst dabei neuen Atem.

Gehe zu **105***.*

119

Du hast deinen Gegner schwer verwundet. Er wirft seinen Stab hin! „Ich gebe auf!“, ruft er aus.

Möchtest du weitermachen? Wenn dies dein erster Sieg ist, hast du Zeit, gegen einen weiteren Kontrahenten zu kämpfen, bevor der Buhurt endet. Kehre zu **105** *zurück und beginne einen neuen Kampf. Diesmal kämpfst du gegen einen Gegner, der seinen Stab als Beidhand-Schaftwaffe mit einer Fertigkeit von 10 einsetzt. Er hat 24 Trefferpunkte, einen Bewusstlos-Wert von 6 und einen Wert für Schwere Verwundungen von 12. Er trägt einen Nasalhelm und einen Gambeson, die ihm 6 Punkte Rüstungsschutz verleihen, und verursacht 1W6+4 Punkte Schaden. Denke auch daran, dass sein Griff ihm 4 Punkte Paradeschutz bei einem Teilerfolg verleiht.*

Wenn du bereits gegen zwei Kontrahenten gekämpft hast oder das Feld verlassen möchtest, gib deine Waffe ab und gehe zu **92***.*

120

Humpelnd und mit schmerzverzerrtem Gesicht suchst du ein Zelt in der Nähe des Ludgate auf. Als du unter der bemalten Schindel hindurchgehst, auf der eine Schlange mit einem Kopf an jedem Ende abgebildet ist, die sich um einen Stab windet und sich selbst beißt, findest du den Barbier, der gerade einen Ritter bandagiert, der sich bei seinen Übungen gestochen hat.

„Setz dich, ich bin gleich bei dir“, sagt der Barbier, ohne aufzusehen.

Die Minuten vergehen wie Stunden, aber schließlich schlurft der alte Mann zu dir herüber und fängt an, mit einer Kupfersonde an deinen Verwundungen herumzustochern, während er die ganze Zeit vor sich hinmurmelt. Sein Atem riecht stark nach Knoblauch. Du lenkst dich von den Schmerzen ab, indem du dich auf seine weißen Schnurrbarthaare konzentrierst.

Er schlurft wieder davon und beginnt, in seinem schweren Marmormörser einen Brei zu mahlen. Auf dem Tisch neben ihm liegen frisch geschliffene Messer, Sägen und Bohrer, die grimmigen Werkzeuge seines Handwerks.

Du wirst ohnmächtig.

Der Barbier hat die Fertigkeit Erste Hilfe mit einem Wert von 18. Lege in seinem Namen für jede deiner Verwundungen einen Wurf ab. Bei einem Erfolg stellst du eine Anzahl von Trefferpunkten wieder her, die deiner Heilungsrate entspricht; ein kritischer Erfolg stellt deine Heilungsrate plus 3 Punkte wieder her. Ein Patzer verschlimmert die Verwundung und bewirkt, dass du zusätzlich 1W3 Trefferpunkte verlierst. Jede Verwundung darf nur einmal behandelt werden.

Sobald du fertig bist, gehe zu **92***.*

121

Der Tag, der so früh begann und so voller Wunder war, holt dich nun endlich ein. Mit belebten Sinnen machst du dich auf den Weg zurück zum Gasthaus und schläfst am Fußende von Sir Ectors Bett ein. Morgen beginnt das eigentliche Turnier. Am Ende des Tages wird Britannien einen neuen Hochkönig haben!

Gehe zu **122**.

122

Der Tag bricht bewölkt und kalt an, aber die Stadt ist schon auf den Beinen, um die schwache Sonne zu begrüßen, so groß ist die Aufregung vor dem Neujahrsturnier. Dein Morgen im Gasthaus ist voller Betriebsamkeit: Du sammelst die Ausrüstung zusammen, die für den Turnierkampf gebraucht wird, hilfst Sir Ector bei der Vorbereitung seiner Rüstung, seines Helms und seines Schilds, fütterst sein Streitross und bereitest es in den Ställen vor ... Das und unzählige andere Aufgaben lassen dich ununterbrochen umher rennen, bis sich die Sonne über die Dächer erhebt.

Artus hat es genauso eilig, seine Pflichten für Sir Kay zu erfüllen, und so seid ihr beide erleichtert, als ihr eure Runtziden besteigt und euch hinter euren Rittern einreiht. Ihr tauscht ein Lächeln aus und lasst eure Aufregung der Begeisterung weichen.

Auf dem Weg informiert euch Sir Ector:

„Wir werden in zwei Gruppen eingeteilt, die Roten Ritter und die Blauen Ritter, und wir werden eine Scheinschlacht, ein *Gestampfe*, austragen. Ritter erhalten Punkte für große Taten auf dem Schlachtfeld, z. B. wenn sie einen Kontrahenten vom Pferd stoßen, einen Feind gefangen nehmen oder sogar eine besonders aufregende Darbietung kriegerischen Könnens zeigen. Der Lord Bürgermeister von Londinium selbst und die Gildenmeister der Stadt agieren als Schiedsrichter und führen Buch über unsere Leistungen. Am Ende des Tages wird der Ritter mit den meisten Punkten zum Ritter der Ehre erklärt – und in diesem Fall zum neuen Hochkönig von Britannien!

Als Knappen reitet ihr mit uns aufs Feld, aber ihr dürft euch nicht am Kampf beteiligen. Eure Aufgabe ist es, euch zurückzuhalten und nach Möglichkeiten zu suchen, uns zu helfen – eine gebrochene Lanze zu ersetzen, uns vom Feld zu ziehen, wenn wir das Bewusstsein verlieren, oder Gefangene, die wir machen, zurück zum Aufmarschbereich zu eskortieren, der unser Ende des Feldes darstellt."

Dein Kopf schwirrt bei all den Regeln und neuen Pflichten, aber du bist entschlossen, es Sir Ector recht zu machen.

Auf dem Turnierplatz hat sich ein großes, lärmendes Gedränge um die Tische gebildet, an denen gehetzte Herolde überreizte Ritter ihren Kohorten zuweisen. Ector und Kay steigen ab und nehmen ihren Platz im hinteren Teil des Gedränges ein, als du bemerkst, dass Ector sein Schwert nicht dabeihat. Du schnappst es dir von seinem Streitross und eilst nach vorne, um ihm zu helfen, es um seine dicke Taille zu schnallen. Er grunzt zustimmend.

„Welpe, bring mir mein Schwert", sagt Kay geistesabwesend. Artus wird blass.

„Ich ... ich ... habe es im Gasthaus vergessen, Kay!"

Kays Gesicht färbt sich vor Wut purpurrot.

„Oh, Artus!", sagt Ector missbilligend. „Schnell jetzt, sei ein guter Junge. Geh zurück und hol es, oder dein Bruder wird auf dem Feld ohne sein Schwert sein!"

Artus rennt los wie ein Pfeil und verspricht, im Handumdrehen mit dem Schwert zurück zu sein.

Minuten vergehen. Ector und Kay nennen den Herolden ihre Namen und werden den Roten Rittern zugeteilt. Kay schaut sich immer wieder mit mörderischem Blick nach Artus um.

„Was hält diesen unaufmerksamen Dummkopf nur auf?" Er dreht sich zu dir um. „Geh und finde den Welpen und bring ihn mit meinem Schwert zurück, oder ich schwöre ..."

Das musst du dir nicht zweimal sagen lassen.

Gehe zu **123**.

123

Der größte Teil von Londinium ist beim Turnier, und du läufst durch Newgate und die leeren Straßen der Stadt. Es ist wirklich ziemlich unheimlich. Die Stadt, die heute Morgen noch so voller Menschen war, ist jetzt so still wie ein Friedhof.

Dein Herz schlägt dir bis zum Hals, als du das Gasthaus erreichst. Du findest Artus, aber er sitzt an der Eingangstür, den Kopf auf seinen gefalteten Knien. Er sieht auf, als du dich ihm näherst, und du bemerkst, dass seine Augen rotgerändert sind.

„Sie haben das Gasthaus versperrt!", jammert er und schlägt mit der Faust gegen die Tür. „Alle sind auf dem Turnier! Ich kann Kays Schwert nicht holen! Oh, was soll ich nur tun?"

Dein Verstand rast und mehrere Lösungen fallen dir ein. Du könntest versuchen, in das Gasthaus einzubrechen. Es handelt sich um einen Notfall, und der Herbergsvater würde dir sicher einen kleinen Diebstahl verzeihen, um Kays Schwert zu holen. Doch dann fällt dir plötzlich ein, dass es noch ein anderes Schwert gibt, das niemand benutzt, nämlich das im Hof der Kathedrale!

Wenn du in das Gasthaus einbrechen willst, um Kays Schwert zu holen, gehe zu **124**.

Wenn du Artus von dem Schwert im Stein erzählen willst, gehe zu **125**.

Wenn du das Schwert aus dem Stein selbst holen willst, gehe zu **126**.

124

Du sagst Artus, dass er warten soll und du Kays Schwert mit allen Mitteln holen wirst. *Alle* Mittel hast du zwar nicht, aber du hast deinen treuen Dolch. Du gehst eine schmutzige Gasse hinunter, springst über eine niedrige Mauer und findest dich im dunklen Hinterhof des Gasthauses wieder. Obwohl die Vordertür fest verschlossen ist, lässt sich der Riegel der Hintertür mit etwas geschickter Messerarbeit leicht beiseiteschieben.

Für diesen Einbruch musst du allerdings dein Merkmal Falsch mit einer Markierung versehen.

Du betrittst die warme Stube des Gasthauses und machst dich auf den Weg zu Kays Truhe. Du hast Glück, denn Kay hat heute Morgen in seiner Eile vergessen, sie abzuschließen. Darin findest du sein Schwert, das noch in der Scheide steckt.

Als du wieder auf die Straße kommst, schaust du dich um, aber von Artus fehlt jede Spur. Du warst kaum einen Moment weg, aber er ist nirgends zu sehen.

Dann hörst du einen Schrei, der von der Straße in Richtung der Kathedrale von St. Paul's herüberhallt. Du siehst Artus die Gasse herauf trotten, mit einem breiten Grinsen im Gesicht und einem glänzenden Schwert in der Hand!

„Wo hast du …", willst du fragen, aber Artus hält nicht inne, um zu plaudern.

„Komm schon!", ruft er. „Wenn wir rennen, können wir es zurückschaffen, bevor das Gestampfe losgeht!"

Gehe zu **128**.

125

Du ziehst Artus auf die Füße.

„Sir Ector hat mir noch ein anderes Schwert gezeigt, unten im Hof von St. Paul's, aber …"

Du wolltest gerade sagen: „… es steckte in einem Amboss", aber bevor du deinen Satz beenden kannst, stürmt Artus die leere Straße hinunter in Richtung der Kathedrale. „Das wird er schon noch früh genug merken", sagst du zu dir selbst, während du ihm hinterherläufst.

Du kommst gerade noch rechtzeitig am Hoftor an, um zu sehen, wie Artus mit ausgestreckter Hand auf das Schwert im Stein zugeht.

Es beginnt sanft zu schneien.

Gehe zu **127**.

126

Artus ist verzweifelt. Du musst unbedingt das Schwert für ihn zurückholen!

Du sagst Artus, dass du gleich wieder zurück bist, und marschierst hinunter in den Hof von St. Paul's. Dort findest du das Schwert an seinem seltsamen Ehrenplatz, die kalte Wintersonne spiegelt sich auf seinem Stahl.

Während du deine Hände aneinander reibst und deinen Nacken lockerst, trittst du näher heran. Sicher braucht es nicht mehr als ein bisschen Kraft. Wenn man bedenkt, dass jemand ein perfektes Schwert verschwendet hat, um diese geschmacklose Touristenattraktion zu errichten, pah!

Markiere Stolz, weil du es besser zu wissen glaubst!

Du legst deine Hand auf den Griff, stemmst deine Füße auf und ziehst – ohne Erfolg. Es rührt sich nicht.

Du kletterst den Stein halb hinauf und versuchst, das Schwert zu bewegen, indem du beide Hände unter die Parierstange legst – aber du schaffst es nur, die Seite deiner linken Hand an der Klinge aufzuschneiden, während du ziehst. Es ist immer noch scharf, auch nach all den Jahren!

„Was machst du da?" Die Stimme ist die von Artus. Du siehst ihn mit einem fragenden Gesichtsausdruck am Hoftor stehen.

Du erzählst ihm, dass du dieses Schwert am Tag zuvor mit Sir Ector gesehen hast. „Ich dachte, wenn ich es herausziehen könnte, könntest du es Kay geben."

Artus strahlt. „Hier, lass es mich mal versuchen."

Du weißt, dass er großzügig ist und dich vor einer Blamage bewahren will, aber du trittst zur Seite und lässt ihn näherkommen.

Es beginnt sanft zu schneien.

Gehe zu **127**.

127

Du beobachtest, wie er an den Stein herantritt, die Hand ausstreckt und sie leicht um den Griff des Schwertes schließt. Ein Geräusch von schabendem Stahl auf Metall ertönt und dein Mund bleibt offenstehen, als Artus das Schwert wie aus einer geölten Scheide aus dem Amboss zieht!

Artus' Gesicht verzieht sich zu einem breiten Grinsen, und er strahlt dich an. „Du hast meine Haut gerettet, ganz eindeutig!", sagt er und setzt sich wieder in Bewegung, dieses Mal zurück zum Turniergelände.

Du folgst ihm stumm und schockiert. Irgendjemand muss es doch gelockert haben …

Gehe zu **128**.

128

Als ihr wieder auf dem Turnierplatz ankommt, siehst du Sir Kay am Feldrand auf und ab gehen; die meisten Ritter sind bereits auf dem Feld und der Klang der jubelnden Menschenmenge erfüllt deine Ohren. Das Gestampfe hat begonnen!

„Warum in Jesu Namen habt ihr so lange gebraucht?", brüllt er. Im nächsten Moment bemerkt er das Schwert in Artus' Hand. „Und wessen Schwert ist das?"

„Ich habe es gefunden, Kay!", sagt Artus nach Atem ringend. „Es ist ein gutes Schwert, versprochen!"

Kay nimmt es in die Hand und schwingt es ein paar Mal, wobei er trotz seiner Wut beeindruckt aussieht.

Bevor er jedoch etwas sagen kann, reitet Sir Ector heran und springt praktisch von seinem Pferd. „Kay! Woher hast du das Schwert?" Seine Augen sind groß vor Erstaunen.

„Ich habe es gefunden, Vater", sagt Kay, ohne zu zögern.

„Du hast es gefunden?", fragt Ector etwas ungläubig.

„Nun, nein ... er war es." Kay zeigt auf Artus, und Ector nimmt seinen jüngsten Sohn an den Schultern und sieht ihm direkt in die Augen.

„Stimmt es, was Kay gesagt hat, mein Sohn?", fragt Ector, seine Stimme heiser vor Emotion.

„Ja, Vater! Bitte seid ihm nicht böse! Das ist alles meine Schuld! Ich habe das Schwert vom Hof von St. Paul's gestohlen! Ich werde es sofort zurückbringen, wenn Ihr mich nur lasst!"

Artus' Protestrufe erregen die Aufmerksamkeit mehrerer Ritter in der Nähe, die sich selbst noch nicht in das Gestampfe angeschlossen haben. Einer von ihnen, ein älterer Mann von königlichem Aussehen, der das Wappen von Cameliard auf seinem Waffenrock trägt, eilt heran.

„Was war das? Er hat es herausgezogen? Das Schwert? Das Schwert aus dem Stein?"

Andere greifen den Ruf schnell auf.

„Das Schwert! Er hat das Schwert aus dem Stein gezogen!"

Gehe zu **129**.

129

Die Nachricht verbreitet sich wie ein Lauffeuer über gereifte Weizenfelder.

„Ich kann es nicht glauben!"

„Das muss ich mit eigenen Augen sehen!"

„Er soll es noch einmal herausziehen!"

„Auf zum Kirchhof!"

Dann versinkt alles im Durcheinander. Eine Menschenmenge strömt vom Turnierplatz fort in Richtung Stadt. Sir Ector wirft Artus auf den Rücken seines nervösen Runtziden.

„Reite zu St. Paul's und steck das Schwert zurück, Junge! Bring es zurück!", sagt Ector, die Augen voller Furcht. „Das tust du am besten auch", ruft Ector dir zu, „damit du nicht niedergetrampelt wirst! Spring auf!"

Du schwingst dich hinter Artus in den Sattel und reihst dich in die Menge der Ritter ein, die durch das Newgate strömt. Zum Glück könnt ihr mit eurem Vorsprung dem größten Teil der Menge entgehen.

Gehe zu **130**.

130

Lärmende Scharen von Pferden, Gemeinen, Geistlichen, Rittern, Knappen, Lords und Ladys bevölkern St. Paul's Kirchhof und umringen die Stufen der Kathedrale in einem weiten Bogen. Zum Glück haben du und Artus es gerade noch rechtzeitig geschafft, bevor sie ankamen. Du steigst ab und gehst mit Artus auf den Amboss und den Stein zu.

Ein einzelnes Horn ertönt. Die Menge wird plötzlich still, als du siehst, wie zwei verhutzelte alte Männer aus dem Pfarrhaus zum oberen Ende der Kathedraltreppe hinter dem Amboss und dem Stein geführt werden. Der eine trägt eine vergoldete Bischofssoutane, der andere ein zerlumptes, schmutziges Gewand.

„Es ist der Erzbischof! Der heilige Dubricus!", schreit jemand aus der Menge.

„*Ave Sanctus Dubricus! Ave!*", ruft eine fromme römische Edelfrau mit gefalteten Händen.

Der alte Mann lächelt freundlich und vollführt das Zeichen des Kreuzes in der Luft. Dutzende von Menschen fallen auf die Knie, um den Segen zu empfangen.

„Und das ist Merlin, der Erzdruide von Britannien, der da neben ihm steht! Warum ist *er* hier?", fragt Sir Ector mit gequältem Blick, als er dich und Artus schließlich einholt, dicht gefolgt von Sir Kay. Du bemerkst, dass Merlin und Ector sich bedeutungsschwere Blicke zuwerfen.

Dann, unter den Augen der Menge, steckt Artus das Schwert zurück. Mit einem metallischen Zischen gleitet es zurück in seinen Schlitz im Amboss. Er tritt zurück und beobachtet, wie sich der Hof mit noch mehr Rittern füllt, die frisch aus dem Gestampfe des Turniers kommen. Viele triefen vor Schweiß, und einige zeigen kleinere Verwundungen.

Artus wirkt neben dem Schwert im Stein auf einmal sehr jung.

Ein mächtiger Mann, von kräftiger Statur und arrogantem Aussehen, springt aus dem Sattel. Du kennst diesen Mann vom Hörensagen: Es ist König Lot von Lothian, einer der größten Krieger in ganz Britannien.

Er stößt Artus zur Seite.

„Wenn sich dieses Ding rührt, dann für mich!", verkündet er der Menge.

„Lot! Lot! Lot!", rufen seine Hausritter anfeuernd.

Er packt das Heft mit beiden gepanzerten Händen und setzt seine ganze bärenhafte Kraft ein, aber das Schwert bewegt sich nicht. Er versucht es erneut, ohne Erfolg, und sein Gesicht ist jetzt rot vor Anstrengung und Frustration.

„Lass es den Jungen versuchen!", schreit jemand (war es Merlin?), und dann rufen viele andere zustimmend.

„Ja, der Junge soll es versuchen!"

Lot starrt Artus mit wütenden Augen an und tritt zur Seite, um sich wieder seinen Rittern anzuschließen.

Sir Ector, der jetzt neben Artus steht, nickt ihm zu, und Artus legt eine Hand sanft auf das Schwert und zieht es mit Leichtigkeit aus dem Amboss. Die Menge – Adlige und Gemeine gleichermaßen – erschrickt. Dann schiebt er es wieder an seinen Platz.

Ein anderer Ritter steigt ab und ruft: „Ich bin an der Reihe! Ich, König Uriens von Gorre, werde das Schwert ziehen!" und drängt sich an den Felsen heran. Wie Lot vor ihm packt Uriens das Schwert und zerrt, zieht und versucht, es mit seiner ganzen gepanzerten Schulter freizubekommen, aber das Schwert rührt sich nicht.

Als Uriens entnervt davongeht, tritt der Junge wieder vor und zieht das Schwert mühelos heraus.

„Der Hochkönig!", schreit jemand. „Er ist der Hochkönig! Es ist die Prophezeiung!"

„Der Junge hat das Schwert herausgezogen!", ruft König Leodegrance in die Menge. „Dieser Junge ist der *Pendragon*!"

Ein paar Leute in der Menge sinken auf die Knie.

„Nicht, solange ich lebe!", schreit Lot, der sein eigenes Schwert zieht und auf Artus zuhält. Seine Leibwächter steigen ab und formieren sich ein paar Schritte hinter ihm.

Du warst derjenige, der Artus beim ersten Mal das Schwert ziehen sah. Jetzt siehst du Lot mit Mordlust in den Augen auf ihn zukommen. Du weißt, dass es das Richtige ist, für Artus' Verteidigung einzutreten, aber kannst du in diesem Moment der Entscheidung den Mut aufbringen?

Lege einen Wurf auf Tapfer gegen Feige ab.

Wenn du mit Tapfer erfolgreich bist, markiere das Merkmal und gehe zu **131**.

Wenn du mit Feige erfolgreich bist, markiere das Merkmal und gehe zu **132**.

Wenn keiner der beiden Würfe erfolgreich ist, darfst du selbst über dein Handeln entscheiden.

131

„Haltet ein!", rufst du mit ausgebreiteten Armen und stellst dich zwischen König Lot und Artus. Lot bleibt stehen und richtet seinen wütenden Blick auf dich. Du schluckst schwer, dann fährst du fort:

„Ich habe gesehen, wie Artus – dieser Junge hier – das Schwert das erste Mal gezogen hat. Keiner von Euch konnte es ziehen, als Ihr es versucht habt. Er ist unser neuer König!"

Lot macht zwei Schritte auf dich zu, holt mit seiner gepanzerten linken Hand aus und bringt dir 6 Punkte Schaden bei! Es ist, als würdest du von einem Felsbrocken getroffen. Du spürst, wie deine Backenzähne knacken und fällst zu Boden, während Blut aus einer Wunde an deiner Wange strömt.

Der Schlag entfacht die Leidenschaften aller Versammelten, und plötzlich bricht ein furchtbares Handgemenge aus, bei dem Ritter aus vielen verschiedenen Königreichen auf die Stufen der Kathedrale zustürmen. Durch einen schmerzhaften roten Schleier siehst du, wie Artus die Klinge noch einmal zieht, und es scheint dir, als würde der Stahl in einem seltsamen Geisterlicht aufblitzen. Dann stemmt sich Artus gegen den Amboss und verteidigt sich gegen Lot!

Gehe zu **133**.

132

Artus schaut dich an, seine Augen bitten verzweifelt um deine Hilfe, aber du bist wie erstarrt.

In diesem Moment spornt ein tapferer Ritter, der noch beritten ist, sein Pferd an und versperrt König Lots Vormarsch. Ein Klirren von Stahl ist zu hören, als Lot zuschlägt und den Schild des Ritters hart trifft, der trotz der stumpfen Schneide vor Schreck und Schmerz aufstöhnt.

Der Schlag entfacht die Leidenschaften aller Versammelten, und plötzlich bricht ein furchtbares Handgemenge aus, bei dem Ritter aus vielen verschiedenen Königreichen auf die Stufen der Kathedrale zustürmen. Du siehst, wie Artus noch einmal die Klinge zieht, diesmal um sich gegen einen von Lots Rittern zu verteidigen!

Gehe zu **133**.

133

Jetzt drängen sich König Leodegrance und seine Männer sowie ein halbes Dutzend anderer Könige und viele, viele Ritter zwischen König Lot und Artus.

„Der Junge hat das Schwert herausgezogen!", sagt Leodegrance, „er ist von Rechts wegen der Pendragon von Britannien!"

„Kein bartloser Junge soll jemals mein König sein!", schreit König Lot.

„Meiner auch nicht", sagt jemand. „Meiner auch nicht!", ertönen weitere Stimmen.

„Ich sage, er ist mein König!", ruft Leodegrance, der plötzlich vor Artus niederkniet und ihm sein Schwert hinhält. Artus, dem die Tränen übers Gesicht laufen, nimmt es sanft entgegen und sagt mit seltsam reifer Miene: „Da ich also König bin, nehme ich Euer Angebot an."

Lot, der sieht, dass er und seine Männer umzingelt und in der Unterzahl sind, wirft sein stumpfes Schwert mit einem Klirren zu Boden. „Ich werde mit einem Schwert zurückkommen, das mich nicht im Stich lässt", sagt er zähnefletschend und springt auf sein Pferd. Seine Wachen machen kehrt und geben ihren Pferden die Sporen, so dass sie die in der Menge Verbliebenen fast niedertrampeln. Andere tun das Gleiche, und ein vorwurfsvolles Raunen rollt durch die Menge, während sie abziehen.

„Es lebe König Artus!", schreit Sir Ector und reckt sein Schwert in die Höhe.

„Der Welpe?", ruft Sir Kay und blickt erstaunt drein.

„Es lebe König Artus!", schallt es durch die Menge, und jetzt stimmt auch Kay ein: „Es lebe König Artus!" Und wieder:

„ES LEBE KÖNIG ARTUS!"

Du schaust auf, um Erzbischof Dubricus auf den Stufen der Kathedrale zu sehen, wie er Merlin zuwinkt und lächelt, welcher das Lächeln erwidert und sich verneigt. Merlin schaut plötzlich in deine Richtung, zwinkert dir zu und verschwindet dann in der Menge.

Du schüttelst erstaunt den Kopf über die jubelnde Menge, die Artus nun auf ihre Schultern gehoben hat. Es sieht so aus, als ob dein lieber Freund Artus, mit dem du eine Bank geteilt, Ställe ausgemistet und Rüstungen poliert hast, nun der Hochkönig von Britannien ist!

Aber was wird dein Schicksal sein, junger Knappe?

Wenn du den Stier erfolgreich befreit hast, versucht hast, das Schwert für Artus aus dem Stein zu ziehen, oder Artus gegen König Lot verteidigt hast, gehe zu **135**.

Trifft nichts davon zu, hast du sieben Jahre Dienst an der Seite Sir Ectors vor dir, und mit der Zeit wirst du vielleicht zum Ritter geschlagen. Deine Taten während dieses Abenteuers sind Vorzeichen für deine Zukunft:

Was für ein Ritter willst du sein?

Gehe zu **134**.

134

Du hast eine, wenn auch kleine, Rolle bei der Geburt einer neuen Ära gespielt. Der Knabenkönig, wie Artus bald genannt werden wird, hat viele Herausforderungen vor sich, aber seine Herrschaft wird Britannien – und die Welt – für immer prägen.

Gehe die Aufgaben in **Tabelle 2: Geschichtsbelohnungen** *für die Geschichte durch, zähle deine positiven und negativen Punkte zusammen und vergleiche sie dann mit den Summen in* **Tabelle 3: Was für ein Ritter bist du?**. *Deine endgültige Punktzahl bestimmt, wie weit du in der ritterlichen Hierarchie aufsteigen wirst. (Wenn du während des Abenteuers gestorben bist, kannst du trotzdem deine Punkte zählen – Vermächtnisse sind ein wichtiger Teil der Spielerfahrung von* **Pendragon**, *und du kannst an deiner Gesamtpunktzahl ablesen, wie gern man sich deiner erinnert.)*

135

„Wir müssen dich wohl erst zum Ritter schlagen“, sagt Sir Ector zu Artus inmitten des Gedränges und Getümmels. Artus nickt langsam, als ihm alles langsam klar wird, und wendet sich dann dir zu.

„Und ich brauche einen Knappen, dem ich vertrauen kann“, sagt er mit einem Blitzen in den Augen. Ihr grinst euch gegenseitig an.

Du hast sieben Jahre Dienst als Knappe des Königs vor dir, und vielleicht wirst du bald zum Ritter geschlagen werden. Deine Taten während dieses Abenteuers sind Vorzeichen für deine Zukunft:

Was für ein Ritter willst du sein?

Gehe zu **134**.

Tabelle 2: Geschichtsbelohnungen

Belohnung	Aktion
+2	Für jede Markierung einer Fertigkeit
+3	Für jede Markierung einer Leidenschaft
+2	Für jede Markierung eines Ritterlichen Merkmals
+1	Für jede Markierung eines weiteren Merkmals (außer wie unten angegeben)
+2	Wenn du den Eber eigenhändig erlegt hast
+3	Wenn eine Edelfrau dir ihre Gunst schenkte
+1	Wenn ihr den Stier befreit habt
+1	Für jede Runde, in der du im Buhurt Gedämpfte Schläge genutzt hast
+1	Für jeden besiegten Kontrahenten im Buhurt
+2	Wenn du Artus von dem Schwert im Stein erzählt hast
+3	Wenn du vor Artus versucht hast, das Schwert aus dem Stein zu ziehen
+3	Wenn du Artus im Angesicht des Zorns von König Lot verteidigt hast
+5	Wenn König Artus dich zu seinem Knappen ernannt hat
–5	Wenn du in den Ländern des Guten Volkes verweilt hast
–1	Für jede Markierung eines gegenteiligen Merkmals zu einem religiösen oder Ritterlichen Merkmal
–1	Wenn du nach dem Auskundschaften der Stadt verspätet zu Sir Ector zurückgekehrt bist
–1	Wenn dein Kontrahent im Buhurt gestorben ist
–1	Wenn du in das Gasthaus eingebrochen bist, um Kays Schwert zu holen
–1	Wenn du untätig geblieben bist, als König Lot Artus angegriffen hat

Tabelle 3: Was für ein Ritter bist du?

Punkte	Rang
Weniger als 0	**Edelknecht:** Du erreichst nie den Rang eines Ritters und verbringst den Rest deines Lebens im Dienst an besseren Leuten als du.
0-6	**Hausritter:** Du wirst von Sir Ector (oder König Artus) zum Ritter geschlagen und verbringst dein Leben als Leibwächter und Vertrauter in seinem Dienst.
7–12	**Lehnsritter:** Du wirst von Sir Ector (oder König Artus) zum Ritter geschlagen und erhältst zur Belohnung für deine Treue und deine Dienste ein eigenes Landgut.
13–18	**Bannerherr:** Du wirst von Sir Ector (oder König Artus) zum Ritter geschlagen und heiratest mit der Zeit gut und wirst zum wohlhabenden Herrn mehrerer weitläufiger Ländereien.
Mehr als 18	**Ritter der Tafelrunde:** Du wirst von Sir Ector (oder König Artus) zum Ritter geschlagen und hast eine großartige Karriere. Du gehörst zu den Ersten, die vom König persönlich eingeladen werden, seinem angesehenen martialischen Orden, den Rittern der Tafelrunde, beizutreten, und das schon nach wenigen Jahren. Dein Name ist dazu bestimmt, in die Geschichte einzugehen!

Ben Wyvis
PIKTENSTÄMME
ESCOCE
BUCHAN
Loch Ness
STLICHE INSELN
Ben Macdhui
PICT TRIBES
Ben Nevis
Ben Lawers
DER NORDEN
BENOIC
LONG ISLES
Wald von Kaledonien
Loch Lomond
Stirling
LOTHIAN
Alclud
Jungfernburg (Din Eidyn)
Fl. Tweed
STRANGORRE
Bein an Tuirc
GORRE
Cheviot-Hügel

Pendragon

Buch II: Das Sagenhafte Reich

Pendragon 6. Edition: Regeln & Setting

Pendragon

Pendragon Starter-Set Buch II: Regeln

Autor: Greg Stafford

Entwicklung: David Larkins, Veli-Matti Pelkonen, und David Zeeman

Redakteure: Jeff Richard und Rick Meints

Produktreihenredaktion Pendragon: David Larkins

Design & Layout: Simeon Cogswell

Lektorat & Korrektorat: Roberto Mandrioli, David Zeppelin Roberto Mandrioli, David Zeeman und Keith Mageau

Lizenzierung: Daria Pilarczyk

Titelillustration: Andrey Fetisov

Innenillustrationen: Andrey Fetisov, Lisa Free, Eric Hotz, Eleonor Piteira, Mark Smylie, Austin Winstead

Kartographie: Francesca Baerald, Matt Ryan

Heraldik: Katrin Dirim

Design Bordüren, Marginalien & grafische Elemente: Simeon Cogswell, Kalin Kadiev, & Ash Stellmach

Typografie: Dieses Buch ist in IM FELL, Herb, Gothicus & Garamond Premier Pro von Adobe Fonts gesetzt. Die Seitenleiste und andere Überschriften sind in Basteleur gesetzt, die von Keussel für Velvetyne Type Foundry entworfen wurde.

Kommentare und Beiträge zu dieser Edition: Ellie Akers, Cedric Alesandre, Jeff Erwin, Scott Hall, Matthijs Krijger, Sven Lugar, Kurt Over, Robert G. Schroeder, Nick Tolimieri, Gintaras Valiulis, Malcolm Wolter

Originalmaterial von: David Larkins und Roderick Robertson (Schlachten), Gintaras Valiulis, David Zeeman und David Larkins (Handgemenge), Ellie Akers (Pferde), Malcolm Wolter (Rausch), Matthijs Krijger (Verrückt werden, Turniere)

Spieltester für diese Edition: Aaron Gorfein, Adam Hubbard, Alex Drusts, Alexander Bjursell, Alexander Marcus, Alisha Hammer, Anne Valentino, Brian Hammer, Brian Leonard, Camden Jansen, Cedric Alexandre, Charles Espinoza, Craig Kellner, David Schimpff, David Zeeman, Desiree Valdez, Fergie, Jacob Hilker, Jade McLellan, Joseph Quesnel, Kalin Kadiev, Kenny Stewart, Nathan Isaak, Rainy McDonald, Ryan Vodden, Santiago McDonald, Scott Akers, Sean Musgrave, Søren Hjorth, Steve Fontaine, Suzanne Stafford, Sven Lugar, Tim Leonard, Tom Salas, Vivienne Zimmerman, Wayne Coburn, Zechariah W. Cline, Zev Trubowitch

Deutsche Version: Philipp Baas, Jessica Dillmann, Kai Großkordt, Thomas Michalski

Ulisses Spiele: Zoe Adamietz, Philipp Baas, Mirko Bader, Myriel Balzer, Steffen Brand, Leamon Crafton, Carlos Diaz, Jessica Dillmann, Cora Elsässer, Frauke Forster, Daniel Friedrich, Ingo Grauel, Christof Grobelski, Kai Großkordt, Nikolai Hoch, David Hofmann, Jan Hulverscheidt, Philipp Jerulank, Mat-thias Kalupner, Johannes Kaub, Nele Klumpe, Christian Lonsing, Thomas Michalski, Carolina Möbis, Janine Modler, Vincent Modler, Carsten Moos, Felix Pietsch, Markus Plötz, Annika Richter, Thomas Römer, Nadine Schäkel, Ulrich-Alexander Schmidt, Leon Schuster, Alex Spohr, Viktoria Umbach, Hannah van den Höövel, Jan Wagner, Noah Weisgerber, Anton Weste, Christopher Weule

Inhalt

Tabellen

Kapitel 1

Eine andere Welt, eine andere Zeit

Pendragon ist ein unverwechselbares Rollenspiel. Die Regeln sind fokussiert und fügen sich in ein einfaches System ein, das ein einzigartiges Spielerlebnis fördert. Die Spielwelt mag anfangs seltsam erscheinen, aber du brauchst nur die Regeln des Ritterstandes zu kennen und du wirst so bewandert sein wie die Helden von einst.

Dies ist eine andere Welt.

Das mittelalterliche Britannien, wie es in der alten Literatur erscheint, war ein düsterer, gewalttätiger und grausamer Ort mit überholten Verhaltensnormen. Es war eine bewusste Entscheidung, das Spiel in dieser Welt anzusiedeln, denn neben den dunklen Untertönen gibt es dort auch die Hoffnung auf eine bessere Zukunft.

In der Kampagne stellt die Spielleitung den rauen Hintergrund als die Realität dar, in der sich die Charaktere bewegen. Zu Beginn ist die Welt gnadenlos und brutal. Die Ritter der Spieler können sich entscheiden, weiter diesen unaufgeklärten Zeiten der Geschichte zu fröhnen – für diese Art von Verhalten werden sie nicht bestraft, aber sie werden auch nicht belohnt. Allerdings haben sie auch die Wahl, sich dem Kampf um eine bessere Welt anzuschließen. Ihre Taten können als leuchtendes Beispiel für außergewöhnliches Verhalten stehen, das die alten Pfade verlässt und den Weg in ein besseres Morgen bereitet.

In der Geschichte von König Artus geht es um den Kampf für ein besseres Leben. Mit seinen treuen Rittern verwirklicht er den Traum von einer besseren Welt, und im Verlauf des Spiels wird dieser heroische Einsatz thematisiert. Große Belohnungen winken denjenigen, die sich für die Glorie des Königreichs einsetzen.

König Artus verändert die Welt, zwar langsam, aber im Allgemeinen zum Besseren. Blutrünstige Kriegsherren, selbstsüchtige Zauberer und sogar die Natur selbst in Form von verwunschenen Wäldern und lebensfeindlichen Einöden verschwören sich gegen diesen Wandel. Die Ritter der Spieler sind ein wichtiger Bestandteil des Kampfes für die Verbesserung Britanniens.

Britannien
in der Zeit von
Artus
Pendragon
DER NORDEN
CUMBRIA
CAMBRIA
LOGRES
CORNWALL
Irland
Deutsches Meer
Britisches Meer
Königreiche Frankreichs

Für Spieler & Spielleitung

Spieler, Spielerinnen und die Spielleitung können dieses Buch gleichermaßen lesen. Es bietet einen Überblick über die Sitten und das Landrecht, die Erwartungen und die Rolle der Ritter in der Gesellschaft, die Bedeutung von Ruhm und Ehre, die Funktionsweise von Merkmalen und Leidenschaften im Spiel und die zentralen Spielmechanismen des Kampfes sowie das Abhandeln von Aufgaben, Winterphase und Solo-Szenarien.

Die Neuerungen im Leben der Frauen und des einfachen Volkes sind ein Zeichen von Artus' Bemühungen. Die Damen machen im Laufe seiner Herrschaft sowohl gesellschaftlich als auch rechtlich große Fortschritte. Frauen können Ritter werden, wenn sie es wünschen, erhalten die Macht, sich ihre Ehemänner selbst auszusuchen, und können, egal ob Ritter oder Edelfrau, schließlich die ihnen zustehenden Ländereien erben und ohne Vormund für sie sorgen. Die Bürgerlichen gehören zu den ersten Unterstützern König Artus', und er gründet sogar ein Parlament, um ihnen einen Platz zu geben, an dem sie ihre Macht neben dem Klerus und den Lords ausüben können.

Die Spielleitung entscheidet, wie sehr der Widerstand dem Wandel im Wege steht. Du kannst dich natürlich dafür entscheiden, in einem Fantasiereich zu spielen, das besser ist als unsere moderne Welt und in dem Anstand, Gerechtigkeit und guter Willen allgegenwärtig sind. Doch dies verändert die Geschichten hinter den Abenteuern und ihre Bedeutung erheblich. Es empfiehlt sich, wenn die Welt zunächst mittelalterlich, reaktionär und veränderungsunwillig ist, dann aber unter dem Einfluss der Ritter der Spieler und ihrer Verbündeten an Artus' Hof, die daran arbeiten, ein strahlendes Reich zu erschaffen, langsam nachgibt.

Bräuche des Reiches

Das arturische Britannien ist eine Feudalgesellschaft, in der Rechte und Autorität gemäß uralten Bräuchen und geschriebenem Gesetz vom König ausgehen.

Die Regierungsform der Artusgesellschaft, mit den gesellschaftlichen Klassen, den Sitten und das geltende Rechts wird Feudalismus genannt. Der König kontrolliert die Regierung mit Hilfe seines Hofstaats und der Sheriffs, die über die Bürger wachen, während der Klerus für das geistige Wohl aller sorgt. Die sozialen Klassen folgen einer Hierarchie, die aus dem König, seinen Baronen, Rittern und schließlich den Bauern an ihrem Fundament besteht. Die Bräuche sind uralte, mündlich überlieferte Traditionen, die die besonderen Rechte jeder Klasse schützen, während das Gesetz des Königs dafür sorgt, dass diese Regeln eingehalten und Verstöße geahndet werden.

Der Schwur der Ritterlichkeit

Nachdem Artus im Jahr 511 das Konzept der Ritterlichkeit verkündet hat, legen alle Ritter den folgenden Eid ab, um der Welt ihr Ideal zu verkünden:

„Ich [Name] schwöre hiermit, die Witwe, die Waise und den Armen zu schützen; einen besiegten und wehrlosen Gegner nicht zu töten; mich nicht an einem falschen Urteil oder Verrat zu beteiligen oder mich zurückzuziehen, so es nicht verhindert werden kann; einer Lady niemals einen schlechten Rat zu geben; einem Mitmenschen in Not zu helfen, wenn es möglich ist."

Alles gehört dem König. Alle Rechte leiten sich von ihm ab. Einen Teil seiner Rechte und Pflichten hat er auf seine Lords verteilt, die wiederum einige Herrschaftsrechte an ihre Ritter weitergeben können. Alle Verpflichtungen sind persönlich und hängen von der Beziehung zwischen einem Lord und seinem Gefolgsmann ab. Die Gefolgsleute schwören, dem Lord zu folgen und sind sodann als Vasallen dieses Lords bekannt.

Der Lord sichert sich die Treue seiner Gefolgsleute, indem er ihnen Land schenkt, also einen Vorzug (*beneficium*), das wertvollste Gut im Reich. Gold zu erhalten ist eine geringere Ehre, denn mit Gold kann man selbst einen Bauern bestechen. Eine Übertragung von Land aber ist heilig.

Solange der Grundbesitzer seinen Verpflichtungen nachkommt, gehören die Erträge rechtmäßig ihm, und niemand kann sie ihm von Rechts wegen wegnehmen. In der Regel besteht die Pflicht eines Ritters darin, vierzig Tage im Jahr loyal an den Feldzügen seines Lords teilzunehmen und ihn in wichtigen Angelegenheiten zu beraten. Im Gegenzug schuldet der Lord dem Vasallen Schutz, Versorgung und Lebensunterhalt. Es besteht also eine ungleiche, aber gegenseitige Verpflichtung zwischen Lehnsherr und Vasall.

Verletzt der Ritter seinen geleisteten Treueeid, kann er das Land verlieren, das dann an den Lehnsherrn zurückfällt. Typische Gründe dafür, dass Land an den Lord zurückfällt, sind: Verrat, Versäumnis, den Lord zu unterstützen, oder das Fehlen eines Erben, wenn der Vasall stirbt.

Die Rangfolge der Lehnsleute beginnt mit den Personen, die dem König am nächsten sind, sei es in Freundschaft als auch an Wohlstand. In **Pendragon** sind dies die britischen Könige außerhalb Logres, die Adligen und Reichsbeamten. Diese Lords ernennen ihrerseits ihre eigenen Vasallen. Ritter sind die

vorletzte Klasse adliger Vasallen, wobei Knappen, Ritter in Ausbildung und Junker als eine einzige Klasse unter den Rittern gelten. Ritter können ihr Land vom König, einem hohen Lord, einem Baron oder sogar von einem ranghöheren Ritter, dem Bannerherrn, erhalten.

Kirchliche Beamte und Klöster stützen sich ebenfalls auf Landschenkungen und halten ihre Besitztümer als Vasallen des Königs, allerdings in einer ganz besonderen Beziehung. Bischöfe und Äbte sind königliche Vasallen mit dem Titel eines Barons und haben ihre eigenen Ritter, die sie beschützen, aber abgesehen von Hochverrat liegen alle anderen Belange außerhalb der königlichen Autorität und untersteht allein ihrem Kirchenrecht.

Einfach nur ein Amt in der Kirche zu bekleiden ist keine Garantie für moralisches Verhalten.

Ritter

Die Ritter der Spieler beginnen als junge Erwachsene, die gerade kurz vor der Verwirklichung ihres Lebensziels stehen, den Eid auf die Ritterwürde zu

Alle beginnen das Spiel an der Schwelle zum Ritterstand.

leisten, oder es gerade erreicht haben. Jeder Ritter ist eine immens mächtige und privilegierte Person in einer Welt, in der die meisten Menschen unterdrückte Gemeine sind, deren Vorfahren vor langer Zeit ihre Freiheit gegen Sicherheit eingetauscht haben. Ritter sind ihre Beschützer und haben die heilige Pflicht, ihr Leben für andere einzusetzen – oder es sogar zu opfern.

Ritter werden in Privilegien hineingeboren, Gemeine in die Knechtschaft. Niemand stellt das in Frage. Jeder gehorcht. Ritter leben von der Arbeit der einfachen Leute und sind zwar völlig abhängig von dieser Arbeit, aber sie kommen ihr nicht näher, als die Bürger herumzukommandieren und dafür zu sorgen, dass sie hart arbeiten. Der Brauch verbietet es Rittern, zu arbeiten, sei es in der Landwirtschaft oder im Handel, und sie riskieren, ihren Status zu verlieren, wenn sie es doch tun.

Ritter sind Krieger, deren einzige Pflicht es ist, ihre Lehnsherren, Bürger, Geistliche und Edelfrauen zu beschützen. Ritter besitzen Rüstungen, Waffen und starke Pferde, um ihre gefährliche Aufgabe zu erfüllen. Sie leben in gut geschützten Burgen oder Hallen. Sie essen gut, mit viel Fleisch auf dem Tisch, und trinken Wein oder Ale. Sie leben nach einem Ehrenkodex, der ihr gesamtes Handeln bestimmt und dessen Missachtung sie von ihrem Adelsstand auf den eines einfachen Menschen zurückwerfen würde.

Ritter sind nicht völlig frei. Sie müssen sich an Sitte und Gesetz halten. Vor allem aber ist jeder Ritter ehrenhaft verpflichtet, seinem Lehnsherrn zu gehorchen, einem ranghöheren Lord, der diese Bräuche und Gesetze für seine Untergebenen auslegt. Wer seinem Lehnsherrn nicht gehorcht, zerstört die Ehre des Ritters. Es ist gefährlich, dem Lehnsherrn zu widersprechen, selbst wenn er ein abscheuliches Verbrechen angeordnet hat. Die oberste Pflicht eines Ritters ist es, seinem Lord tadellos zu gehorchen, und wiegt sogar schwerer als der Schutz der Schwachen. Zu Beginn von Artus' Herrschaft richten böse Lords und ihre pflichtbewussten Ritter viel Unheil im Land an; der Knabenkönig beginnt, diese Dynamik zu verändern, indem er die Ritterlichkeit und die Idee einführt, dass Ritter und Lords immer danach streben müssen, das Gute für die Gesellschaft als Ganzes zu tun.

Das Maß eines Ritters

Das Maß für die Großartigkeit eines Ritters ist sein Ruhm, eine Kombination aus Renommee, Ansehen, Prestige, Stellung, Berühmtheit und Verrufenheit. Er offenbart das Ausmaß der gesammelten Taten eines Ritters. Nichts ist für einen Ritter wichtig, wenn es nicht zu seinem Ruhm beiträgt.

Ehre ist ein Maß für die Qualitäten eines Ritters: seine Integrität, Zuverlässigkeit, sein Anstand und seine Moral. Ruhm ohne Ehre ist der Maßstab für einen schlechten Ritter.

Nur Ritter und andere Kämpfer haben Ruhm, und nur Ritter, Lords und Ladys haben Ehre.

Weibliche Ritter

Ritter in **Pendragon** können jedem Geschlecht angehören.

In **Pendragon** ist „Ritter" ein geschlechtsneutraler Begriff für Frauen und Männer, die sich einer Zeremonie des Ritterschlags unterzogen und sich einem Leben an den Waffen verschrieben haben. Wenn im Text nur ein bestimmtes Geschlecht gemeint ist, sorgen die geschlechtsspezifischen Begriffe „männlicher Ritter" oder „weiblicher Ritter" für Klarheit. Die korrekte Anrede für einen weiblichen Ritter lautet „Dame", was dem „Sir" für einen männlichen Ritter entspricht. Dame Briant ist also ein Ritter mit allen Rechten und Pflichten eines Ritters.

Die Rechte eines weiblichen Ritters gehen über das bloße Kämpfen hinaus. Ihre Rolle umfasst alle Privilegien des Ritterstandes: Sie ist das Oberhaupt ihres Haushalts und ihrer Familie, erbt den Familiennamen, Waffen und Rüstungen und hat das Recht, diese an ihre Erbin oder ihren Erben weiterzugeben. Wenn sie einen männlichen Ritter heiratet, behalten beide ihre ritterlichen Rechte und teilen sich die Pflichten so, wie sie oder ihr Lehnsherr es für richtig halten.

Auch andere geschlechtsspezifische Fragen können aufkommen, je nachdem, wie Spielleitung und Spieler die gesellschaflichen und geschlechtsspezifischen Rollen in ihrer Version von Artus' Britannien gestalten wollen. Die wichtigste Regel ist, dass sich alle am Tisch wohlfühlen und Spaß haben.

*Weibliche Ritter waren schon immer Teil der Spielerfahrung von **Pendragon**. Es liegt bei jeder Spielgruppe, zu entscheiden, wie häufig sie in ihrer Version von Artus' Britannien vorkommen. Es wird davon ausgegangen, dass etwa ein Ritter aus zwanzig eine Frau ist, wenngleich dies je nach Region und Königreich variiert.*

Was Ritter tun

Nachfolgend findest du eine kurze Beschreibung der Hauptaufgaben von Rittern als Kämpfer und des alltäglichen, weltlichen Lebens von Hausrittern, der üblichen Art des Spieler-Ritters.

Verantwortlichkeiten

Jeder Ritter hat drei Aufgaben: *Auxilium*, *Consilium* und Fürsorge.

Auxilium, die erste Verantwortung eines Ritters, ist es, ein Soldat für seinen Lord zu sein und jedem Befehl zu gehorchen. Der treue Ritter muss sein Schwert in der Schlacht und auf der Queste schwingen und dem Tod ohne Feigheit ins Auge blicken. Der Ritter muss Truppen bereitstellen, wenn sein Lord nach ihnen ruft, und alle anderen militärischen Pflichten erfüllen, die sein Lord von ihm verlangt.

Consilium, die zweite Verantwortung, verpflichtet den Ritter, seine Person in den Dienst seines Lords zu stellen. Das kann auf Wunsch des Lords in Form von Ratschlägen geschehen, als persönliche Wache, den Platz als Geisel anstatt des Lords einzunehmen oder seine Kinder als Knappen zur Ausbildung an den Hof des Lords zu schicken.

Fürsorge, die dritte Verantwortung, deckt die finanziellen Verpflichtungen des Ritters gegenüber seinem Lehnsherrn ab, vor allem in Form von Lösegeldzahlungen im Falle einer Gefangennahme. Andere Hilfen sind zum Beispiel die Beteiligung an den Kosten für den Ritterschlag des Erstgeborenen oder für die Hochzeit des Lords.

Die Pflicht zum Gehorsam kann nicht genug betont werden. Wenn der Lehnsherr einem Ritter befiehlt, etwas zu tun, muss der Ritter aufs Wort parieren. Dies ist ein wesentlicher Teil der feudalen Bindung. Ritter, die einem bösen Lord verpflichtet sind, tun böse Dinge, aber ironischerweise tun sie das, weil sie gute, loyale, gehorsame Ritter sind. Wenn ihr Lord stirbt, sind sie natürlich von ihren Eiden befreit und können ein gewisses Maß an Erleichterung empfinden – wenn nicht, sind sie genauso niederträchtig wie ihr Lord!

Während sich König Artus' Wohlwollen über das Königreich ausbreitet, gehört es auch zu den Aufgaben eines Ritters, alle nicht-kämpfenden Frauen, die Schwachen und Machtlosen (einschließlich der Gemeinen) und die Kirche zu schützen. Diese neuen Pflichten sind eine persönliche Entscheidung und keine feste Vorschrift.

Alltägliches Leben

Der Tagesablauf in einer Burg oder einem Rittergut folgt den Zyklen der Natur. Jeder steht bei Sonnenaufgang auf, wäscht sich, kleidet sich an und – wenn er gläubig ist – betet. Das Frühstück folgt am Vormittag.

Zuerst räumen alle die große Halle von Decken und anderen persönlichen Gegenständen frei. Die Diener stellen die Bretter, auf denen die Ritter letzte Nacht geschlafen haben, auf Böcke und bilden lange Reihen, deren vordere Enden senkrecht zu dem erhöhten Podest an der Vorderseite der Halle stehen, auf dem der Lord sitzt. Sie holen Bänke von den Seiten des Saals und stellen sie zu beiden Seiten der Tische auf. Die Sitzordnung ist festgelegt, wobei die am meisten Geehrten ganz vorne an der hohen Tafel sitzen.

Die Offiziere der Burg kommen aus ihren Privatquartieren und nehmen an der Hohen Tafel Platz. Der letzte, der eintritt, ist der Lord. Wenn der Burgherr verheiratet ist, kann seine Gemahlin an seiner Seite sein; bei einer Adligen ist ihr weibliches Personal unter den anderen Bediensteten zu finden.

Normalerweise fällt Knappen oder dem Küchenpersonal die Aufgabe zu, die Ritter zu bedienen. Ein Ritter bringt sein eigenes Essmesser mit. Wenn es Suppe gibt, teilen die Diener auch Löffel aus. Gabeln gibt es noch nicht. Während des Essens unterhalten sich die Menschen in gemütlicher Runde und besprechen Pläne für den Tag. Danach räumen die Diener die Halle auf und stellen die Böcke und Bretter zur Seite.

Morgendliche Geschäftigkeit kehrt ein, wenn der Lord oder die Offiziere den Rittern ihre Pflichten für den Tag mitteilen. Zu den täglichen Aufgaben eines Ritters gehören unter anderem: Bewachung des Lehnsherrn, Patrouille reiten, Wache stehen, Waffen- und Kampfübungen, vom Pferd aus jagen, sich um seine Pferde kümmern, jemanden zu einem entfernten Ort begleiten, seinen Knappen unterrichten und ausbilden und alles andere, was der Lord von dem Ritter verlangt.

Ein Ritter hat nur wenig Freizeit, aber er kann zwischen seinen Aufgaben oder wenn er etwas tut, das nicht seine ganze Aufmerksamkeit erfordert, ein paar Augenblicke für Gespräche, Klatsch und Nachrichten von Besuchern am Hof erübrigen.

Um die Mittagszeit wird eine leichte Mahlzeit serviert; dann folgt eine Pause, in der die dienstfreien Ritter schlafen, Spiele spielen oder anderen privaten Aktivitäten nachgehen können. Am Nachmittag werden dann erneut Aufgaben verteilt, ähnlich wie am Morgen.

Am späten Nachmittag findet das Abendessen statt. Die Diener decken wieder die Tische und bringen das Essen, das in der Mitte des Tisches steht. Zur Verpflegung eines Ritters gehören bei jeder Mahlzeit Fleisch, ein ausgehöhlter Laib knusprigen Brotes als Schüssel (oder ein „Teller" aus altem Brot), Käse und vielleicht etwas Gemüse. Das Braten des Fleisches erfolgt nach verschiedenen Rezepten, die sich der örtlichen Nahrungsmittel bedienen, um ein schmackhaftes Mahl zuzubereiten. Zum Nachtisch gibt es Obst und süße Leckereien. Ale ist das übliche Getränk, während der Lehnsherr und die bevorzugten Berater Wein bekommen.

Nach Sonnenuntergang sorgen Fackeln oder Binsenlichter für Licht. In Privatquartieren können Kerzen die Fackeln ersetzen, aber diese sind teuer und für die allgemeine Beleuchtung ungeeignet. Ritter bewahren strohgefüllte Matratzen und Decken zusammengerollt neben ihren persönlichen Truhen auf, die in den Ecken des Raumes aufgereiht sind.

Ein weiterer Tag geht zu Ende.

Kapitel 2 Das Spielsystem

Pendragon verwendet eine Regelmechanik für alle Herausforderungen und einen andere Mechanik, um den erlittenen und erhaltenen Schaden zu bestimmen.

Konzepte

Bevor wir auf die Spielregeln eingehen, müssen wir über die Grundkonzepte und die Terminologie sprechen.

Würfel

Pendragon verwendet zwei Arten von Würfeln: die üblichen Sechsseiter und die bekannten Zwanzigseiter. Sechsseitige Würfel bestimmen den Schaden und erzeugen bestimmte zufällige Ergebnisse. Ein zwanzigseitiger Würfel bestimmt den Erfolg oder Misserfolg für alle Attributswürfe. Beide können Ergebnisse auf Zufallstabellen liefern. Idealerweise wirfst du alle benötigten Würfel gleichzeitig.

*Um **Pendragon** zu spielen, brauchst du mindestens einen zwanzigseitigen Würfel und ein halbes Dutzend sechsseitiger Würfel.*

Hier folgen einige Standardbegriffe und Schreibweisen, die die Verwendung von Würfeln im Spiel beschreiben:

- W bezeichnet die Anzahl und Art der zu werfenden Würfel. Die Zahl links des „W“ gibt an, welche Anzahl Würfel geworfen wird; die Zahl rechts daneben, wie viele Seiten der Würfel hat. „5W6“ bedeutet also einen Wurf mit fünf sechsseitigen Würfeln.
- 1W20 steht für einen einzelnen zwanzigseitigen Würfel.
- 1W3 steht für den Wurf eines sechsseitigen Würfels, wobei 1–2 als 1, 3–4 als 2 und 5–6 als 3 zählen.
- +*x* gibt eine Zahl (x) an, die zum Würfelergebnis addiert wird, z. B. +2 auf den Schaden eines Schwertes. In diesem Fall wird das Schaden-Charakteristikum eines Charakters mit einem Schwert als 5W6+2 geschrieben.

Attribute

Attribute quantifizieren die Eigenschaften eines Charakters. Charakteristika, Merkmale, Leidenschaften, Fertigkeiten, Ruhm sowie Rüstungs-, Parade- und

Schildschutz sind allesamt Attribute. Jedes hat einen numerischen Wert.

Wert

Jede Zahl, die ein Attribut quantifiziert, wird als dessen Wert bezeichnet. Zum Beispiel hat die Fertigkeit Höfische Sitten eines Ritters einen *Wert* von 6; die Summe der *Werte* eines Merkmalpaares beträgt immer 20. Ein Wert kann im Laufe der Zeit steigen oder fallen oder einen Modifikator für einen einzelnen Wurf verleihen. Werte werden neben jedem Attribut vermerkt (z. B. Tapfer 16, Schwert 15, usw.). Werte werden verwendet, um das Ergebnis von Vergleichs- und Vergleichslosen Würfen zu bestimmen.

Zahlen runden

Werte und Würfelergebnisse werden immer auf die nächste ganze Zahl gerundet.

Du „würfelst" immer auf ein Attribut. Wenn du Erfolg hast, „markierst" du es, indem du daneben ein Häkchen auf deinem Charakterbogen vermerkst.

Würfeln und Markieren

Es ist wichtig, den Unterschied zwischen den Wörtern „Wurf" bzw. „würfeln" und „(Erfahrungs-)Markierung" zu verstehen, denn sie haben im Spiel jeweils eine bestimmte Bedeutung.

Würfeln bedeutet, den oder die vorgesehenen Würfel zu werfen, um eine zufällige Zahl zu erhalten.

Markieren bedeutet, eine Erfahrungsmarkierung in Form eines Häkchens das Kästchen neben dem angegebenen Attribut auf dem Charakterbogen zu setzen. Markierungen dienen als Erinnerung daran, in der Winterphase zu prüfen, ob sich das Attribut verbessert.

Die Spielleitung könnte zum Beispiel sagen: „Würfle auf dein Merkmal Keusch, und wenn du Erfolg hast, markiere es."

Erfolg und Fehlschlag

In **Pendragon** *ist es immer besser, so hoch zu würfeln wie möglich, ohne seinen Zielwert zu überschreiten, ein Konzept, das dem Kartenspiel Blackjack ähnelt.*

Eine einzige Methode wird verwendet, um den Erfolg oder Misserfolg einer beliebigen Aktion im Spiel zu bestimmen, egal ob ein Ritter auf einem Pferd reitet, gegen einen Feind kämpft, eine Geliebte verführt, einen Kraftakt versucht oder seine eigenen Tugenden auf die Probe stellt.

Die meisten Dinge, die ein Charakter tut, sind automatisch erfolgreich. Der Spieler sagt der Spielleitung einfach, was seine Charakter tut, z. B. „Mein Ritter geht den Gang zum Thron hinauf" oder „Ich reite aus der Burg zu meinem Gutshof". Ebenso kann die Spielleitung eine beliebige Menge Aktionen ausführen, ohne dass ein Wurf nötig ist.

Allerdings versucht sich ein Charakter manchmal an Handlungen, die Können, Disziplin oder Talent erfordern oder auf die eine äußere Kraft einwirkt und die deshalb vielleicht nicht gelingen. In solchen kritischen Momenten müssen die Spielleitung oder die Spieler Würfe für ihre Charaktere ablegen, um Erfolg oder Fehlschlag zu bestimmen. Würfe sind auch immer dann erforderlich, wenn ein Charakter

versucht, etwas unter Stress zu tun, oder anderweitig unüberlegt handelt.

Vergleichsloser Wurf

Vergleichslose Würfe kommen vor, wenn ein Charakter seine eigenen Fähigkeiten erproben muss, aber mit diesen Fähigkeiten nicht mit jemand anderem wetteifert. Der Spieler oder die Spielleitung würfelt mit einem einzelnen zwanzigseitigen Würfel direkt gegen den entsprechenden Wert des Attributs des Charakters.

> ***Beispiel:*** *Sir Clarion bemüht sich, die Quelle des Raschelns in den Bäumen zu ergründen. Das erfordert den Einsatz seiner Fertigkeit Aufmerksamkeit. Sir Clarions Spieler legt einen Wurf auf Aufmerksamkeit ab und erhält eine 12, die höher ist als sein Wert von 5, also scheitert er. Ohne Vorwarnung (da Sir Clarion ihn nicht gehört hat) schwingt sich ein Bandit auf einer Ranke von einem Baum herunter und versucht, den Ritter von seinem Pferd zu reißen.*

Erfolg

Ein Erfolg tritt ein, wenn das gewürfelte Ergebnis kleiner ist als der Wert des gewürfelten Attributs.

Wenn die Spielleitung einen Wurf verlangt und das Ergebnis ein Erfolg ist, der für einen Charakter oder das Abenteuer von großer Bedeutung ist, kann die Spielleitung eine Erfahrungsmarkierung für das geprüfte Attribut vergeben. Wenn ein Spieler einfach nur sagt, dass er einen Wurf ablegen möchte, ist das nicht automatisch ein Grund für eine Erfolgsprobe.

Kritischer Erfolg

Ein kritischer Erfolg, oder „Krit", ist, wenn ein Wurf genau dem Wert des Attributs entspricht. Beispielsweise ist ein Wurf von 17 für einen Charakter mit Sturmangriff 17 ein kritischer Erfolg. Der Charakter hat mit einem kritischen Erfolg den ultimativen Erfolg erzielt und erhält einige zusätzliche Vorzüge über einen bloßen Erfolg hinaus.

Vergleiche den Wurf immer mit dem endgültigen, modifizierten Wert des Attributs. Sagen wir, eine Fertigkeit mit einem Wert von 6 erhält z. B. einen Modifikator von +5, was einen letztendlichen Wert

Vergleichslose Würfe erzeugen eines von vier Ergebnissen – kritischer Erfolg, Erfolg, Fehlschlag oder Patzer.

Vergleichswürfe erzeugen eines von vier Ergebnissen – Sieg, Niederlage, Teilerfolg oder Unentschieden.

von 11 ergibt. Ein Würfelergebnis von 11 wird nun als Kritisch gewertet, während ein Ergebnis von 6 (ansonsten ein Krit) als normaler Erfolg zählt.

Fehlschlag

Ein Fehlschlag liegt vor, wenn der gewürfelte Wert größer ist als der Wert des geprüften Attributs. Die beabsichtigte Aktion ist nicht erfolgreich, das Merkmal oder die Leidenschaft werden nicht markiert.

Patzer

Ein Patzer tritt immer dann ein, wenn ein Charakter eine natürliche 20 würfelt, es sei denn, der Wert des Attributs beträgt 20 (in diesem Fall wird ein Ergebnis von 20 zu einem kritischen Erfolg). Bei einem Attribut von 20 besteht keine Chance auf einen Patzer.

Ein Patzer ist ein katastrophales Missgeschick, das zum Beispiel dazu führt, dass du im Kampf eine Waffe fallen lässt oder zerbrichst oder mitten in einer romantischen Ballade hustest oder fluchst. Die Spielleitung beschreibt die Auswirkungen eines verpatzten Wurfs anhand der Richtlinien in den folgenden Kapiteln.

Ein Patzer ist kein Grund für die Spielleitung, den Spielern ununterbrochen Kummer zu bereiten. Die Spielleitung, die darauf besteht, dass jeder Patzer eine große Katastrophe bedeutet, wird das Spiel bald für alle verderben.

Vergleichswurf

Vergleichswürfe laufen genauso ab wie Vergleichslose Würfe, aber der Spieler muss seinen Wurf mit dem Ergebnis eines anderen Wurfs vergleichen, entweder mit einem festen Wert oder einem Attribut des Kontrahenten. Um zu gewinnen, muss der Spieler mit seinem eigenen Wurf erfolgreich sein, aber auch eine höhere Zahl als der gegnerische Spieler oder Spielleitung würfeln. Ein häufiges Beispiel für einen Vergleichswurf ist der Nahkampf.

Der Vergleichswurf kann entweder zu einem Sieger und einem Verlierer, einem Unentschieden, einem Sieger und einem Teilerfolg oder einer beiderseitigen Niederlage führen.

> ***Beispiel:*** *Um das vorherige Szenario fortzuführen: Sir Clarion bleibt im Sattel und bemerkt einen weiteren Banditen, der zu Pferd angestürmt kommt, und zieht sein Schwert. Es kommt zu einem Kampf; der Bandit hat Schwert 12 und Sir Clarion hat Schwert 15. In der ersten Runde würfelt der Bandit eine 13 und scheitert, aber Sir Clarion gelingt es mit einem Wurf von 1. Sir Clarion ist der Sieger und fügt dem Banditen Schaden zu.*
>
> *In der nächsten Runde wirft Sir Clarion eine 12, der Bandit eine 11. Diesmal haben beide Erfolg, aber Sir Clarion gewinnt, da*

sein Wurf höher ist. Der Bandit, obwohl er in dieser Runde verliert, hat einen Teilerfolg, und sein Schild gewährt ihm Schutz.

Sieg

Wenn du ein Würfelergebnis erzielst, der gleich oder kleiner ist als dein Attributswert und höher als der Wurf deines Kontrahenten, bist du der Sieger des Vergleichswurfs.

Ein kritischer Erfolg schlägt jedes andere Ergebnis in einem Vergleichswurf und garantiert einen Sieg (oder zumindest ein Unentschieden). Das gilt selbst dann, wenn ein Charakter mit einem Attribut von 1 eine 1 würfelt, denn alle kritischen Erfolge sind gleichwertig und besser als ein Erfolg.

Niederlage

Würfelst du einen größeren Wert als dein Attribut, bist du der Verlierer des Vergleichswurfs. Es ist möglich, dass beide beteiligten Parteien verlieren (beiderseitiger Fehlschlag).

Teilerfolg

Ein Teilerfolg tritt ein, wenn ein Wurf erfolgreich (sprich, niedriger als der Wert des Attributs), aber auch niedriger als der Wurf des Kontrahenten ist. Die Charaktere haben in der Regel einen kleinen Vorteil durch einen Teilerfolg.

Unentschieden

Zu einem Unentschieden kommt es, wenn beide Kontrahenten erfolgreich sind und genau die gleiche Zahl würfeln. Der Wert eines kritischen Erfolgs wird nie gezählt – alle kritischen Erfolge sind gleichwertig; wenn also beide Seiten Krits sind, ist es ein Unentschieden.

Wenn beide Würfe erfolgreich sind (kritisch oder nicht), ist es unmöglich, den Sieger zu ermitteln. Die Kontrahenten können es in der nächsten Runde erneut versuchen oder andere Aktionen wählen.

Ein Unentschieden im Kampf bedeutet, dass beide Kämpfer treffen, mit einigen Sonderanwendungen und Ausnahmen. Siehe **Kapitel 7: Kampf**, wo du weitere Informationen findest.

Modifikatoren

Modifikatoren sind temporäre Boni oder Abzüge auf Attribute. Ein Bonus hebt die Werte an, während ein Abzug Werte senkt. Modifikatoren werden den Spielern verliehen oder von ihnen gefordert, abhängig von der Situation im Spiel. Die Spielleitung kann nach eigenem Ermessen Boni oder Abzüge gewähren oder verweigern.

Boni und Abzüge werden immer zu den Werten der Attribute addiert oder von ihnen abgezogen. Ein Würfelwurf wird nur dann modifiziert, wenn ein kritischer Bonus angewendet wird (siehe **„Werte größer als 20“** auf S. 12).

Modifikatoren für Merkmale und Leidenschaften

Merkmale und Leidenschaften können modifiziert werden, wenn die aktuelle Situation das normale Verhalten oder den emotionalen Zustand eines Charakters beeinflusst. Zum Beispiel kann ein Charakter, der seit Tagen nichts gegessen hat, einen Modifikator von –10 auf Maßvoll bekommen, wenn er einen verlockenden Happen von einer seltsamen Hexe im Wald angeboten bekommt. Denke daran, dass alle Modifikatoren für Merkmale reflexiv sind: Im obigen Beispiel würde ein Modifikator von +10 auf Schwelgerisch den Modifikator von –10 auf Maßvoll ausgleichen.

Charakteristikum-Modifikatoren

Manchmal kann der Wert eines Charakteristikums einen Modifikator erhalten. In der Regel geschieht dies in Form eines Abzugs aufgrund einer äußeren Einschränkung, die den Charakter beeinträchtigt.

Schadensmodifikatoren

Modifikatoren für das Charakteristikum Schaden verändern die Anzahl der Schadenspunkte, die einem Charakter zugefügt werden, indem sie Würfel zu der gewürfelten Zahl hinzufügen oder von ihr abziehen.

Zahlreiche einzelne Waffen verleihen spezielle Schadensmodifikatoren aufgrund ihrer Größe oder der Art des Schutzes des Kontrahenten. Siehe **Kapitel 7: Waffen**, um mehr zu erfahren.

Fertigkeitsmodifikatoren

Modifikatoren können die Fertigkeit eines Charakters an eine bestimmte Situation anpassen. Fertigkeitsmodifikatoren machen Aktionen schwieriger oder leichter. Die meisten Kampfmodifikatoren sind Fertigkeitsmodifikatoren, die auf Waffenarten, der Position der Kämpfer usw. basieren. Fertigkeitsmodifikatoren beeinflussen den Fertigkeitswert eines Charakters.

> ***Beispiel:*** *In demselben Waldabenteuer, das auf den vorherigen Seiten beschrieben wurde, ist Sir Clarion zum Beispiel wachsam und versucht erneut, mit seiner Fertigkeit Aufmerksamkeit von 10 einen Hinterhalt zu entdecken. Dieses Mal gibt der Spieler an, dass Sir Clarion jeden Baum in der Nähe des Weges sorgfältig nach Banditen absucht, bevor er darunter hindurchgeht. Die Spielleitung gewährt Sir Clarion einen Modifikator von +5 auf seinen Wert für Aufmerksamkeit, weil die Baumkronen in der Tat ein beliebter Hinterhalt für die örtliche Räuberbande sind. Die Spielleitung sagt der Spielerin, dass Clarion langsamer reisen muss, um so vorsichtig zu sein.*

Wenige Augenblicke später würfelt die Spielleitung für Sir Clarion und erhält eine 15, ein kritischer Erfolg (angesichts des Modifikators von +5). Sir Clarion entdeckt etwa hundert Yards vor sich zwei Banditen, die in einem Baum lauern, und verlässt leise den Weg, um sie zu umgehen, bevor sie ihn sehen. Die Spielleitung entscheidet, der Fertigkeit Aufmerksamkeit des Ritters eine Erfahrungsmarkierung zuzugestehen.

Reflexive Modifikatoren

Ein Reflexiver Modifikator wirkt sich auf beide Werte in einem Vergleichswurf aus, indem er einen Bonus auf den einen und zugleich einen Abzug auf den anderen Wert verleiht. Zum Beispiel erhält ein berittener Ritter einen Bonus von +5, wenn er einen Kontrahenten zu Fuß angreift; der Fußsoldat wiederum erhält einen Abzug von –5, wenn er gegen einen berittenen Kontrahenten kämpft. Dieser Reflexive Modifikator wird als +5/–5 geschrieben.

Reflexive Modifikatoren und andere Modifikatoren können addiert werden und heben sich manchmal gegenseitig auf.

Werte, die größer als 20 sind

Mit Ausnahme der Charakteristika darf kein Wert eines Attributs jemals 20 überschreiten. Situationsbedingte Modifikatoren oder Verbesserungen während der Winterphase können jedoch den effektiven Wert eines Attributs auf mehr als 20 erhöhen.

Alle Punkte in einem Attribut, die über 20 liegen, werden zum kritischen Bonus. Dieser Bonus wird als (+x) angezeigt. Der x-Wert wird immer zum Ergebnis eines entsprechenden Würfelwurfs addiert. Ein modifizierter Wurf, der den Wert 20 erreicht oder überschreitet, gilt als kritischer Erfolg.

Ein Ritter mit Schwert 20 (+4) hat zum Beispiel einen kritischen Bonus von +4. Wenn der Spieler eine 16 würfelt, wird das Endergebnis als 16+4 = 20 modifiziert; ein kritischer Erfolg. Der kritische Bonus erhöht also die Wahrscheinlichkeit, einen kritischen Erfolg zu würfeln, denn im obigen Fall erzielt der Ritter bei jedem Wurf für diesen Fertigkeitswurf, der größer oder gleich 16 ist, einen kritischen Erfolg.

Der kritische Bonus erhöht auch die Wahrscheinlichkeit, einen Vergleichswurf zu gewinnen, selbst wenn der Wurf kein kritischer Erfolg ist, denn es ist immer besser, höher zu würfeln als dein Kontrahent.

Denke daran: Alle kritischen Würfe sind gleichwertig. Auch wenn der modifizierte Wert des Wurfs größer als 20 ist, ist sein Ergebnis einfach ein kritischer Erfolg. Wenn der modifizierte Wurf eines Spieler-Ritters 21 und der seines Kontrahent 30 beträgt, zählen beide als kritische Erfolge, und zwei kritische Vergleichswürfe sind immer ein Unentschieden.

Attributsmodifikatoren oder Inspiration durch Leidenschaften können einen temporären kritischen Bonus erzeugen. Wenn ein Modifikator einen Wert über 20 anhebt, wandle die Differenz zu 20 in einen kritischen Bonus um. Wenn deine Fertigkeit Schwert zum Beispiel normalerweise 18 beträgt und du einen Modifikator von +5 durch einen Höhenvorteil erhältst, ergibt das 23 (5 plus 18). Die Differenz zwischen 23 und 20 wird dann zu einem kritischen Bonus von +3 auf Schwert, solange der Höhenvorteil gilt.

Werte kleiner als 1

Ein Wert für ein Attribut kann vorübergehend auf Null oder weniger reduziert werden. **Pendragon** verwendet keine negativen Werte, auch wenn ein Modifikator den Wert auf eine negative Zahl reduzieren würde. Stattdessen wird der Wert des Attributs einfach als Null gezählt; ein Wurf von 20 gilt wie üblich als Patzer.

Unter diesen Umständen muss der Charakter trotzdem würfeln. Ein Fehlschlag ist automatisch. Allerdings erhöht sich der Bereich der Würfelergebnisse, die einen Patzer anzeigen, um einen Punkt für jeden Punkt unter Null.

Ein Charakter mit einer Tanz-Fertigkeit von 3 erleidet beispielsweise einen Modifikator von –5. Obwohl der Gesamtwert mathematisch gesehen –2 wäre, wird er effektiv als Null gezählt, aber sein Patzer-Bereich wird nun um zwei Punkte erhöht und beträgt somit 18–20.

Wenn Abzüge den Wert eines Attributs unter Null reduzieren, wird es wahrscheinlicher, dass der Charakter einen Patzer erleidet, als einfach nur zu scheitern.

Erfahrung

Einer der aufregendsten Aspekte des Rollenspiels ist es, zu beobachten, wie Charaktere wachsen und sich im Laufe der Zeit entwickeln. In **Pendragon** werden die Charaktere durch Erfahrungsmarkierungen, die sie während der Abenteuer und durch Übung in der Winterphase sammeln, mächtiger und geschickter.

Erfahrungsmarkierungen

Neben jedem Merkmal, jeder Leidenschaft und jeder Fertigkeit ist ein Kästchen (☐) abgedruckt. Der Spieler markiert das Kästchen nach Ermessen der Spielleitung, oder immer dann, wenn er einen kritischen Erfolg würfelt.

Die Markierung erinnert den Spieler daran, in der Winterphase einen Erfahrungswurf abzulegen, um zu ermitteln, ob sein Charakter etwas gelernt hat. Siehe **Kapitel 11: Die Winterphase**, um mehr zu erfahren.

Erfahrungsmarkierungen bekommt man nicht automatisch, wenn ein Wurf erfolgreich ist. Das Recht, eine Erfahrungsmarkierung zu gewähren oder zu

Charaktere erhalten Erfahrungsmarkierungen, wenn sie kritische Erfolge, Patzer oder bedeutende Erfolge würfeln. Die Spielleitung kann jederzeit Markierungen vergeben, auch ohne Würfe.

verweigern, ist eine der wichtigsten Befugnisse der Spielleitung.

Der Ritter eines Spielers sollte jedoch eine Markierung für ein Attribut erhalten, wenn:

- er einen kritischen Erfolg erzielt. Wenn die Charaktere ihr Bestes geben, ist Dazulernen wahrscheinlich.
- er unter bedeutenden Umständen einen Erfolg erzielt.
- er einen Patzer würfelt. Es ist eine menschliche Eigenschaft, aus unseren größten Fehlern zu lernen.

Die Spielleitung kann auch Markierungen als Reaktion auf Aktionen der Spieler gewähren. Nicht alle Markierungen sind das Ergebnis eines Würfelwurfs.

Sir Avalloc ist zum Beispiel in Lady Done verliebt und kündigt an, dass er ihr zu Ehren ein Liebeslied komponieren wird. Sir Avallocs Spieler schreibt ein pfiffiges Lied und trägt es tatsächlich vor der Gruppe seiner Mitspieler vor. Die Spielleitung entscheidet, dass Sir Avalloc erfolgreich ist und sagt, dass der Spieler eine Markierung für die Fertigkeit Komponieren erhält. Beachte, dass hier kein Wurf nötig war, sondern nur die Kreativität des Spielers und die Zustimmung der Spielleitung.

Markierungen für Merkmale und Leidenschaften

Gelegentlich mag die Spielleitung einen Spieler auffordern, ein Merkmal oder eine Leidenschaft seines Charakters zu markieren, ohne einen Wurf abgelegt zu haben. Das bedeutet, dass der Charakter bedeutsames Verhalten in Übereinstimmung mit dem Merkmal oder der Leidenschaft gezeigt hat. Um dies zu erhalten, ist es nicht notwendig, dass andere dieses Verhalten gesehen haben.

Charakteristika

Fünf Charakteristika bemessen die physischen Qualitäten jedes Charakters. Mehrere Abgeleitete Charakteristika werden aus verschiedenen Kombinationen der fünf Charakteristika berechnet.

Größe (GRO): Bemisst die relative Größe und das Gewicht eines Charakters im Vergleich zu anderen. Dies ist auch der Schwellenwert für das Abgeleitete Charakteristikum Niederschlag; siehe **„Niederschlag bestimmen“** auf S. 35.

Geschicklichkeit (GES): Bemisst die Beweglichkeit und Flinkheit eines Charakters. GES hält einen Charakter aufrecht oder im Sattel und kommt zum

Einsatz, wenn die Möglichkeit eines Niederschlags im Kampf besteht.

Stärke (STR): Bemisst die körperliche Kraft eines Charakters und seine Fähigkeit, Gewalt oder Druck auf ein Objekt auszuüben. STR bestimmt die Abgeleiteten Charakteristika Waffenschaden (eine Anzahl sechsseitiger Würfel, die STR+GRO geteilt durch sechs entspricht) und Handgemengeschaden (eine pauschale Zahl, die STR+GRO geteilt durch sechs entspricht) sowie die Bewegungsrate (gleich STR+GES geteilt durch zwei, plus fünf).

Konstitution (KON): Bemisst Gesundheit und Vitalität. KON ist wichtig, um zu bestimmen, wie viel Prügel du einstecken kannst und wie schnell du dich erholst. Das Abgeleitete Charakteristikum Schwere Verwundungen entspricht deinem KON-Wert; deine Gesamttrefferpunkte sind gleich KON+GRO, und dein Bewusstlos-Schwellenwert entspricht den Gesamttrefferpunkten geteilt durch vier. Schließlich ist deine Heilungsrate gleich deinem KON-Wert geteilt durch fünf.

Aussehen (AUS): Bemisst den natürlichen Charme, die Präsenz und die körperliche Attraktivität des Charakters. Als solche ruft sie oft starke Reaktionen bei Menschen hervor, ganz automatisch und unbewusst. Die Spielleitung kann auch darauf würfeln, um den Eindruck eines Charakters auf andere zu beurteilen.

Verwendung von Charakteristika im Spiel

Die Abgeleiteten Charakteristika sind: Niederschlag (GRO), Schw. Verwundung (KON), Waffenschaden ([STR + GRO]/6), Handgemengeschaden ([STR + GRO]/6), Heilungsrate (KON/5), Bewegungsrate ([STR + GRO/2] + 5), Gesamttrefferpunkte (KON+GRO) und Bewusstlos (Gesamt-TP/4).

Charakteristika haben bei **Pendragon** zahlreiche Verwendungszwecke. Meistens ist ihre Anwendung subtil oder nicht sofort offensichtlich, doch von Zeit zu Zeit müssen die Charaktere ihre rohen Fähigkeiten auf die Probe stellen. Zu diesem Zweck würfeln sie gegen ein entsprechendes Charakteristikum. In der Regel handelt es sich bei Charakteristikum-Würfen um einfache Würfe, bei denen kritische Erfolge oder Patzer keine zusätzlichen Auswirkungen haben. Charakteristikum-Würfe enthalten manchmal einen Modifikator, meist aufgrund von Umgebungsfaktoren.

Der Ruhmwurf

Gelegentlich kann die Spielleitung die Spieler-Ritter auffordern, einen Ruhm-Wurf abzulegen. Dabei handelt es sich um einen Wurf gegen den Ruhm des Charakters geteilt durch 1.000 (auf die nächste ganze Zahl aufgerundet). Wenn ein Charakter zum Beispiel 3.755 Ruhm hat, muss er 4 oder weniger würfeln (3.755/1.000 = 3,755, aufgerundet auf 4), um erfolgreich zu sein.

Es ist jederzeit möglich, zwei Ritter einen gegensätzlichen Ruhm-Wurf machen zu lassen, um eine kleine gesellschaftliche Pattsituation zu lösen.

Bewegung

Bewegung und Aktionen werden im Sinne schneller Handhabung und Einfachheit abstrahiert. Verschiedene Situationen erfordern unterschiedliche Herangehensweisen an die Frage der Bewegung und Geschwindigkeit im Spiel. Die Spielleitung muss bereit sein, bestimmte Situationen zu regeln, indem sie Vergleichswürfe für die Bewegungsrate fordert.

Bewegungsrate

ie durchschnittliche Bewegungsrate für Menschen beträgt 16, also 1.6 Yards/Sekunde oder 3.2 Meilen pro Stunde.

Bei einigen Kampfaktionen wird der Bewegungsrate-Wert bei einem Vergleichswurf gegen die Aktion eines Kontrahenten verwendet.

Knappen

Pendragon erlaubt es den Spielern, Nebenfiguren in ihrem Gefolge zu kontrollieren und zu befehligen. Reiche Ritter können ganze Haushalte mit Hintergrundcharakteren und Anhängern befehligen, aber wirklich alle außer den ärmsten Rittern haben einen Gefolgsmann: ihren treuen Knappen!

Ein Teil der Pflicht eines Ritters ist es, junge Adlige im Umgang mit Waffen, höfischem Verhalten und den anderen Wissensgebieten auszubilden, die notwendig sind, um den Titel eines Ritters zu tragen. Pagen werden im Alter von vierzehn Jahren zu Knappen ernannt und treten dann in den Dienst eines Ritters.

Die Fertigkeit Knappe

Ritter der Spieler können gelegentlich ihren eigenen Knappen dazu auffordern, einen Knappenwurf für übliche dienstbare Tätigkeiten (Lager aufschlagen, Pferde versorgen, Rüstung reinigen usw.) und für kampfbezogene Aufgaben abzulegen. Im Kampf wird ein Knappenwurf zum Beispiel für die Aktion **„Knappen rufen“** verwendet (siehe S. 37).

Wenn die Spielleitung entscheidet, dass der Knappe einen bestimmten Fertigkeitswert braucht (meistens für die Fertigkeiten Aufmerksamkeit, Schlacht, Sturmangriff, Höfische Sitten, Erste Hilfe, Reitkunst, Jagd, Identifikation, Schwert oder eine andere Waffenfertigkeit), entspricht der Standardwert dem aktuellen Alter des Knappen minus 11.

Kapitel 3

Merkmale & Leidenschaften

Das System der Merkmale und Leidenschaften hilft dabei, eine der zentralen Fragen des Spiels zu beantworten: Was für ein Ritter bist du? König Artus' Epos ist eine Geschichte voller Persönlichkeiten und Heldentaten in einem enormen Rahmen. Jeder, dessen Namen man sich erinnert, ist sowohl für seine Taten als auch für seine Gefühle bekannt. Kein großer Held ist einfach nur ein zweidimensionaler Scherenschnitt, dessen Geschichte nur aus hohen Punktzahlen und Listen von Ereignissen besteht. Jeder Mensch brennt für etwas.

Merkmale und Leidenschaften sind die Attribute, die die Persönlichkeit in **Pendragon** darstellen. Zusammen bieten diese beiden Attributsgruppen Orientierungshilfen für das Spielen von Charakteren, die sich von ihrem Spieler stark unterscheiden können. Außerdem unterscheiden sie die Charaktere durch ihre Verhaltensweisen deutlich voneinander.

Merkmale and Leidenschaften definieren jeden Charakter und tragen dazu bei, Ritter voneinander zu unterscheiden.

Merkmale und Leidenschaften quantifizieren, beeinflussen und diktieren manchmal das Verhalten von Charakteren. Sie erleichtern dem Spieler auch die Aufgabe des Rollenspiels, indem sie ihm Richtlinien dafür geben, wie der Ritter des Spielers handelt, gehandelt hat und wahrscheinlich auch weiterhin handeln wird. Jeder hat einen numerischen Wert und der Spieler würfelt gegen diese Werte, um sein Verhalten zu bestimmen.

Merkmale

Merkmale spiegeln die Persönlichkeit eines Charakters wider. Sie definieren seine Gefühle und bestimmen sein Verhalten. Ein Charakter kann behaupten, zu glauben, was er will, aber Behauptungen haben keinen Einfluss auf sein Verhalten. Zum Beispiel kann jeder sagen: „Ich bin der tapferste Ritter der Welt", aber wenn er vor einer Konfrontation davonläuft, offenbart er seine wahre Eigenschaft – sein Merkmal Feige.

Alle Charaktere haben dreizehn gegensätzliche Merkmalpaare. Die Summe der Merkmalpaare muss immer 20 ergeben. Wenn ein Merkmal ansteigt, nimmt das andere um den gleichen Betrag ab – ein endloses Tauziehen zwischen „Tugend" und „Laster" (wie es die Menschen in Britannien definieren).

Merkmalstufen

Die Werte von Merkmalen werden in vier Stufen eingeteilt: Unbesungen, Normal, Berühmt und Erhaben.

Ein Unbesungenes Merkmal hat einen Wert von 0–4. Ein Charakter ist nie für ein solches Merkmal bekannt, und es definiert nicht seine Persönlichkeit. Im Gegenteil, das gegenteilige Merkmal ist berühmt und wichtig für die Persönlichkeit des Charakters.

Ein Normales Merkmal hat einen Wert von 5–15. Das Merkmal mit dem größeren Wert ist das dominante Verhalten und das mit dem kleineren Wert ist das untergeordnete. Wenn beide Werte des Merkmalpaares 10 betragen, ist weder das eine noch das andere dominant oder untergeordnet.

Ein Berühmtes Merkmal hat einen Wert von 16–20. Ein Charakter ist für ein solches Merkmal bekannt, zumindest in seinem Heimatland. Wenn ein Verhalten gefordert wird, wird das Berühmte Merkmal immer zuerst ausgelöst.

Ein Erhabenes Merkmal hat einen Wert von 20 plus einen Krit-Bonus, zum Beispiel 20 (+2). Sein Gegenteil ist 0. Ein solches Merkmal definiert die Persönlichkeit eines Charakters vollständig, und der Charakter ist überall dafür bekannt. Ein Charakter mit einem Erhabenen Merkmal kann nie anders handeln.

Merkmal-Werte unterteilen sich in vier Kategorien:

- *Unbesungen (0–4)*
- *Normal (5–15)*
- *Berühmt (16–20)*
- *Erhaben (20+x)*

Der Wurf auf ein Merkmal, der einen kritischen Erfolg oder einen Patzer erzielt, kann einen Bonus von +5 auf einen darauffolgenden Fertigkeits- oder Leidenschaftswurf verleihen.

Merkmalswürfe

Während eines Szenarios können Ereignisse eintreten, die einen Charakter dazu bewegen, auf die eine oder andere Weise zu handeln, oder die Spielleitung kann einen Wurf gegen ein entsprechendes Merkmal verlangen oder anordnen. Meistens sagt der Spieler einfach, was sein Charakter tun soll, und er tut es, wobei er möglicherweise von seiner Spielleitung eine Erfahrungsmarkierung erhält.

Manchmal hat aber auch das eingefahrene Verhalten Vorrang vor der bewussten Absicht. Wir alle haben schon erlebt, dass wir etwas getan haben, ohne nachzudenken, und ein Merkmalswurf spiegelt dieses Verhalten wider.

Ergebnisse von Merkmalswürfen

Die Spielleitung kann Modifikatoren anwenden, um die Anforderungen oder den Druck der Situation zu berücksichtigen. Wenn der Charakter über Normale Merkmale verfügt, darf er sie in beliebiger Reihenfolge würfeln. Berühmte oder Erhabene Merkmale hingegen müssen immer zuerst gewürfelt werden, und ein unmodifiziertes Erhabenes Merkmal schlägt nie fehl.

- **Kritischer Erfolg:** Der Charakter handelt stark in Übereinstimmung mit dem Merkmal und erhält eine Erfahrungsmarkierung. Die Spielleitung kann einen entsprechenden Modifikator von +5 auf einen nachfolgenden Fertigkeits- oder Leidenschaftswurf gewähren.
- **Erfolg:** Der Charakter handelt im Einklang mit dem Merkmal. Die Spielleitung vergibt nur dann eine Erfahrungsmarkierung, wenn die Handlung in irgendeiner Weise für die Geschichte oder die Charaktere von Bedeutung ist.

- **Fehlschlag:** Der Spieler würfelt erneut, dieses Mal für das gegenteilige Merkmal, angepasst durch eventuelle Modifikatoren. Ist auch dieser Wurf ein Fehlschlag, handelt der Charakter so, wie es der Spieler wünscht.
- **Patzer:** Der Charakter wird von dem gegenteiligen Merkmal beeinflusst und handelt stark in Übereinstimmung mit diesem und erhält eine Erfahrungsmarkierung dafür. Die Spielleitung kann einen entsprechenden Modifikator von +5 auf einen nachfolgenden Fertigkeits- oder Leidenschaftswurf gewähren.

Merkmalswürfe werden genutzt, um Entscheidungen zu treffen, jemandes Charakterstärke zu testen, Hinweise zu liefern, andere Charaktere zu beeinflussen oder moralische Konflikte zu lösen.

Modifikatoren für Merkmale

Modifikatoren können den Wert eines Merkmals beeinflussen. Viele kleine und schreckliche Kreaturen verursachen zum Beispiel einen negativen Modifikator auf Tapfer. Diese Modifikatoren können dazu führen, dass ein Erhabenes Merkmal unter 20 fällt; in diesem Fall wird ein Merkmalswurf abgelegt.

Merkmalswürfe im Spiel

Merkmale können auf drei grundlegende Arten ins Spiel kommen, die im Folgenden beschrieben werden: Entscheidungswürfe, Probenwürfe und Spielhinweiswürfe.

Entscheidungswürfe

Die meisten Merkmalswürfe helfen bei der Entscheidung über das Verhalten eines Charakters. Normale Merkmale (5–15) bieten die größte Handlungsfreiheit. Die Spielleitung kann jederzeit einen Wurf für ein Normales Merkmal verlangen, um das Verhalten des Charakters zu bestimmen. Der Spieler wählt aus, welche Seite des Merkmalpaares er zuerst prüft, und sein Charakter verhält sich entsprechend dem Ergebnis.

Ritter der Spieler folgen immer ihrem Berühmten Merkmal, ohne dass ein Wurf nötig ist. Wenn ein Spieler jedoch möchte, dass sein Charakter entgegen seines Berühmten Merkmals handelt, oder die Spielleitung das Gefühl hat, dass der Spieler dies tut, muss der Spieler zuerst einen Wurf auf das Berühmte Merkmal ablegen. Nur bei einem Fehlschlag darf er das gegenteilige Unbesungene Merkmal prüfen, damit der Spieler-Ritter die Chance hat, frei zu handeln.

Ein Erhabenes Merkmal bietet keine Wahl, weil der Wert des gegenteiligen Merkmals 0 ist. Charaktere handeln immer gemäß ihren Erhabenen Merkmalen.

Probenwürfe

Arturische Abenteuer sind voll von wundersamen Prüfungen, die Ritter und Damen herausfordern und ihre Tugenden auf die Probe stellen. Manche Umstände, die oft mit übernatürlichen Kräften zu tun haben, erfordern Merkmalswürfe, weil es sich um besondere Prüfungen moralischer oder spiritueller Natur handelt. In diesem Fall muss der Charakter einen Vergleichslosen Wurf gegen ein bestimmtes Merkmal ablegen. Ein Erfolg sichert die moralische oder spirituelle Belohnung, ein Fehlschlag die Folgen davon, diese nicht zu erreichen.

Einige Proben sind einfacher, wie zum Beispiel ein Wurf auf Schwelgerisch, um zu sehen, ob ein Charakter bei einem Festmahl betrunken wird. Oft sind die Konsequenzen für einen Fehlschlag in den Regeln oder im Szenario festgelegt, wie zum Beispiel bei der Trunkenheit.

Spielhinweiswürfe

Die Spielleitung kann die Spieler auffordern, Merkmalswürfe durchzuführen. Sie könnte zum Beispiel sagen: „Misstrauische Charaktere bekommen hier einen Wurf.“ Unter solchen Umständen führt ein Erfolg beim Merkmalswurf zu einer Erfahrungsmarkierung. Der Spieler sollte dann seinen Charakter entsprechend spielen. Ein kritischer Erfolg bedeutet, dass der Ritter stark nach dem Merkmal handeln sollte.

Bei einem Fehlschlag wird immer ein Wurf auf das gegenteilige Merkmal durchgeführt. Wenn im obigen Beispiel der Misstrauisch-Wurf scheitert, wird ein Vertrauend-Wurf versucht. Wenn beide Würfe fehlschlagen, kann der Spieler wählen, wie er handeln möchte.

Definitionen der Merkmale

Bei den folgenden Definitionen solltest du daran denken, dass Merkmalpaare ein ganzes Spektrum an Handlungen oder Gefühlen abdecken. Manchmal ist es für Charaktere mit Normalen Werten irreführend, Handlungen über Merkmale zu definieren. Ein Charakter mit Gnädig/Grausam auf 8/12 ist nicht wirklich grausam, auch wenn es sein dominantes Merkmal ist.

Bescheiden/Stolz

Dieses Merkmalpaar bemisst, wie wichtig eine Person sich selbst im Vergleich zu anderen nimmt.

Besonnen/Waghalsig

Dieses Merkmalpaar bemisst, wie gründlich eine Person nachdenkt, bevor sie handelt.

Ehrlich/Falsch

Dieses Merkmalpaar misst die subjektive Sicht einer Person auf die Wahrheit und wie sehr sie bereit ist, diese für ihre eigenen Bedürfnisse zurechtzubiegen.

Fromm/Weltlich

Dieses Merkmalpaar bemisst die Einstellung eines Charakters gegenüber der unsichtbaren Welt und seinen Glauben daran.

Weltlich sollte nicht mit Schwelgerisch verwechselt werden; die beiden gehen zwar oft Hand in Hand, sind aber nicht dasselbe. Ein weltlicher Charakter braucht nicht nach exzessiven Vergnügungen zu streben, sondern hat eine eher moderate Einstellung zum Leben.

Gerecht/Willkürlich
Dieses Merkmalpaar bemisst die subjektive Auffassung eines Charakters von Fairness.

Gnädig/Grausam
Dieses Merkmalpaar bemisst den angeborenen Sinn für (oder Mangel an) Rücksicht eines Charakters für seine Mitmenschen.

Großzügig/Selbstsüchtig
Dieses Merkmalpaar misst die Bereitschaft, mit anderen zu teilen oder nicht zu teilen.

Keusch/Lüstern
Dieses Merkmalpaar misst eine Reihe von Einstellungen zu fleischlicher Lust und romantischer Treue.

Es ist wichtig zu wissen, dass ein Fehlschlag bei einem Keusch-Wurf oder ein Erfolg bei Lüstern keine Handlung, sondern ein Gefühl bezeichnet.

Maßvoll/Schwelgerisch
Dieses Merkmalpaar bemisst den Appetit eines Charakters auf gutes Essen und Trinken.

Nachsichtig/Rachsüchtig
Rache ist der akzeptierte Weg zur Gerechtigkeit im finsteren Mittelalter. König Artus versucht, die Rache durch rechtmäßige Gerichte zu ersetzen, aber dazu muss man bereit sein, sich zu beteiligen. Nachsichtig/Rachsüchtig bemisst die Bandbreite dieser starken Gefühle.

Tapfer/Feige
Dieses Merkmalpaar bemisst, wie mutig und kühn ein Charakter in Zeiten extremer Bedrängnis sein kann.

Alle Ritter müssen Tapfer sein.

Tatkräftig/Faul
Dieses Merkmalpaar misst eine Reihe von Gefühlen und Verhaltensweisen, die mit Aktivität und Inaktivität zu tun haben.

Vertrauend/Misstrauisch
Dieses Merkmalpaar bemisst den Grad der Vertrauensseligkeit einer Person hinsichtlich der Beweggründe und Absichten anderer.

Religiöse Tugenden
Im Britannien Arturs gibt es viele Religionen, und jede Religion hält sich an eine Reihe von Werten, die für ihren Glauben und ihre Lehren von zentraler Bedeutung sind.

Pendragon ordnet die Tugenden den verschiedenen Religionen wie folgt zu:

- **Christlich:** Keusch, Nachsichtig, Gnädig, Bescheiden, Fromm, Maßvoll
- **Heidnisch:** Tatkräftig, Großzügig, Ehrlich, Lüstern, Stolz, Fromm
- **Wotanisch:** Großzügig, Schwelgerisch, Stolz, Waghalsig, Tapfer, Weltlich

Leidenschaften
Die Artusgeschichten sind voller intensiver Gefühle, von denen viele ungezügelt sind. Schöne Frauen treiben Männer zu unglaublichen und unerhörten Handlungen, um ihre Liebe zu beweisen. Familienfehden verwandeln ansonsten gesunde Männer in wilde Rächer. Ein idealistischer junger König kämpft gegen alle Widrigkeiten um die Verbreitung seiner Vision von einer besseren Welt.

Leidenschaften gewähren temporäre Modifikatoren auf Fertigkeiten und Eigenschaften, aber niemals auf Charakteristika oder andere Leidenschaften.

Leidenschaftsstufen
Leidenschaften gibt es auf einem Spektrum von niedrig bis hoch. Eine Leidenschaft muss aber nicht unbedingt einen hohen Wert haben, um bedeutend zu sein. Auch eine Leidenschaft mit einem niedrigeren Wert spiegelt starke Gefühle wider. Genau wie bei den Merkmalen gibt es auch bei den Leidenschaften vier Stufen: Unbesungen, Normal, Berühmt und Erhaben.

- Eine unbesungene Leidenschaft hat einen Wert zwischen 1 und 4.
- Eine normale Leidenschaft hat einen Wert zwischen 5 und 15.
- Eine Berühmte Leidenschaft hat einen Wert zwischen 16 und 20.
- Eine Erhabene Leidenschaft hat einen Wert von 20 plus einen kritischen Bonus.

Leidenschaft-Werte unterteilen sich in vier Kategorien:

- *Unbesungen (0–4)*
- *Normal (5–15)*
- *Berühmt (16–20)*
- *Erhaben (20+x)*

Leidenschaften beschwören
Eine Leidenschaft zu beschwören, ist eine hervorragende Möglichkeit, die Spannung eines Szenarios zu erhöhen, denn sie kann zu übermenschlichen Handlungen anspornen. Ein erfolgreicher Leidenschaftswurf inspiriert oder bewegt den Ritter des Spielers und verleiht ihm einen hohen temporären Bonus auf eine seiner Fertigkeiten oder Eigenschaften.

Allerdings können Leidenschaftswürfe auch riskant sein. Ein Fehlschlag oder Patzer kann einen Ritter in verschiedene unangenehme Gemütszustände versetzen, darunter Melancholie und Wahnsinn.

Ein Charakter darf je einmal pro Tag würfeln, um eine Leidenschaft zu beschwören.

Die Spielleitung kann jederzeit einen Leidenschaftswurf verlangen, möglicherweise mit einem Modifikator für die jeweilige Situation. Dieser Wurf wird wie jeder andere Vergleichslose Wurf behandelt.

Charaktere dürfen Leidenschaften nur unter diesen Umständen freiwillig beschwören:

- Wenn ein Ritter des Spielers dem Objekt seiner Leidenschaft begegnet. Der Spieler kann sich entscheiden, ob er den Wurf durchführen möchte oder nicht, wenn er eine Normale Leidenschaftsstufe hat. Wenn die Stufe Berühmt oder Erhaben ist, muss der Spieler den Wurf versuchen und bei Erfolg in Einklang mit der Situation und der jeweiligen Leidenschaft handeln.
- Ein Spieler kann darum bitten, in einer Krise einen Leidenschaftswurf abzulegen. Die Spielleitung entscheidet, ob dies angemessen ist.
- Ein Spieler kann um einen Leidenschaftswurf bitten, wenn er versucht, das Objekt der Leidenschaft zu beeindrucken, zu verteidigen oder zu vernichten.

Leidenschaften dürfen auch eingesetzt werden, um Handlungen zu beeinflussen, die dem Temperament des Charakters entsprechen, oder um einen inneren Konflikt zu lösen. In den folgenden Abschnitten erfährst du weitere Details. Für diese Arten von Würfen gilt die Grenze von einmal pro Tag nicht.

Der Leidenschaftswurf

Leidenschaften sind oft ein Quell großen und anhaltenden Herzschmerzes für Charaktere und lösen Krisen des Glaubens oder der Verpflichtung aus.

Die meisten Leidenschaftswürfe sind Vergleichslos. Würfle auf die Leidenschaft und konsultiere *Tabelle 3.1: Ergebnisse von Vergleichslosen Leidenschaftswürfen.*

Jede Leidenschaft kann nur einmal pro Tag beschworen werden, um einen Bonus zu verleihen.

Table 3.1: Ergebnisse von Vergleichslosen Leidenschaftswürfen

Ergebnis	Wirkung
Kritisch	Bewegt; erhalte eine Markierung für die Leidenschaft
Erfolg	Inspiriert; erhalte eine Markierung für die Leidenschaft
Fehlschlag	Leidenschaftskrise
Patzer	Verliere 1 Punkt in der Leidenschaft

Leidenschaftsergebnisse

- **Bewegt:** Ein vorübergehender Bonus von +10 auf eine Fertigkeit oder ein Merkmal nach Wahl des Spielers. Die Dauer variiert, dauert aber so lange, bis die Situation, die den Leidenschaftswurf ausgelöst hat, endet. Bei einem Zweikampf zwischen zwei Rittern hält der Bonus zum Beispiel so lange an, bis einer von ihnen tot ist, bewusstlos geschlagen wird oder sich ergibt. In einer Schlacht hält der Bonus auf die Waffenfertigkeit (oder eine andere Fertigkeit) einen Schlachtzug lang an. Ein Leidenschaftsbonus kann eine Reihe von aufeinanderfolgenden Erste Hilfe- oder Heilkunst-Würfen modifizieren, die aus einem einzigen Kampf oder einer anderen Quelle von Trauma resultieren.
- **Inspiriert:** Ein vorübergehender Bonus von +5 auf eine einzelne Fertigkeit oder Eigenschaft, die der Spieler auswählt, solange die Situation anhält (wie oben).
- **Leidenschaftskrise:** Siehe Details unten
- **Verliere von 1 Punkt in der Leidenschaft:** Der Charakter verliert automatisch 1 Punkt in seiner Leidenschaft, da er seine Überzeugungen in Frage stellt. Die Spielleitung kann auch eine Leidenschaftskrise auslösen, wenn die Umstände es erfordern, wie unten beschrieben.

Leidenschaftskrise

Ein misslungener oder verpatzter Wurf auf *Tabelle 3.1: Ergebnisse von Vergleichslosen Leidenschaftswürfen* ist eine Möglichkeit, eine Leidenschaftskrise auszulösen.

Eine Leidenschaftskrise kann auch auftreten, wenn ein Charakter Inspiriert oder Bewegt ist und spektakulär an der Aufgabe scheitert oder wenn klar wird, dass die Quelle der Leidenschaft nicht mehr existiert oder der Charakter nie wieder Zugang zu der Quelle haben wird. Die Spielleitung muss festlegen, wann solche Ereignisse eine Leidenschaftskrise auslösen können.

Ungeachtet der Ursache muss ein Charakter, der eine Leidenschaftskrise erleidet, einen Vergleichslosen Wurf gegen die Leidenschaft ablegen, die die Krise ausgelöst hat, und einen der unten angegebenen Modifikatoren anwenden, um zu sehen, ob der Charakter sich ein Leiden zuzieht.

- **Kritischer Erfolg:** Der Charakter wird wahnsinnig und scheidet aus dem Spiel aus.
- **Erfolg:** Der Charakter wird Melancholisch
- **Fehlschlag:** Keine Wirkung
- **Patzer:** Verliere 1 Punkt in der Leidenschaft

Modifikatoren für die Leidenschaft:

- **Der Charakter hat seine Aufgabe nicht erfüllt, während er Inspiriert war:** +0
- **Der Ritter hat seine Aufgabe nicht erfüllt, während er Bewegt war:** +5
- **Der Charakter ist gerade von der Leidenschaft Inspiriert:** +5
- **Die Ursache der Leidenschaftskrise ist auf die eigene Handlung oder Untätigkeit zurückzuführen:** +10
- **Der Charakter ist aktuell von der Leidenschaft Bewegt:** +10

Die Dauer eines Melancholie- oder Wahnsinns-Leidens hängt wie folgt von der Stufe der unmodifizierten Leidenschaft des Charakters ab:

- **Unbesungen (1–4):** Melancholisch für 1W6 Stunden; Wahnsinnig für eine Woche
- **Gemein (5–15):** Melancholisch für einen Tag; Wahnsinnig für 1W6 Wochen
- **Berühmt (16–20):** Melancholisch für 1W6 Tage; Wahnsinnig für 1W6 Monate
- **Erhaben (20+):** Melancholisch für 1W6 Wochen; Wahnsinnig für 1W6 Jahre

Melancholie und Wahnsinn können geheilt werden, bevor ihre Dauer verstrichen ist. Siehe **„Leiden"** auf S. 23 für weitere Informationen zu diesen Zuständen.

Die Leidenschaften

In den folgenden Abschnitten wird jede der Leidenschaften, mit Ausnahme der Ehre, im Detail beschrieben: Ihre Rolle in der größeren Welt von **Pendragon** und ihre Auswirkungen auf die Charaktere, die sie hegen.

Leidenschaften der Fidelitas

Das Feudalsystem wird durch *Fidelitas* – persönliche Treue – zusammengehalten.

Treueschwur (Lehnsherr)

Der Treueschwur ist die höchste Form der Loyalität.

Der Akt des Treueschwur wird vollzogen, wenn ein Ritter einem Lord seinen Dienst als Mitglied seines Haushalts anlobt oder wenn er von seinem Lord ein Erblehen erhält, was eine große Ehre ist.

Die Verletzung des Treueschwurs wird härter bestraft als jede andere Treue-Leidenschaft – die Verweigerung führt zum Verlust der Ehre.

Die Leidenschaft Treueschwur kann dann beschworen werden, wenn der Lehnsherr oder die Familie eines Ritters bedroht wird, wenn sich jemand in eine Tat einmischt, die im Namen des Lehnsherrn ausgeführt wird, oder wenn die Ehre des Lehnsherrn angezweifelt wird.

Mannestreue (Lehnsherr)
Mannestreue ist ein Eid der Treue. Lehnsherren, Ritter und sogar einige Gemeine verwenden die Mannestreue als eine Art „Standard-Feudalvertrag." Lords leisten den Eid gegenüber ihrem König, Ritter gegenüber ihren Lehnsherren und Söldner und Berufstätige, wie Verwalter und Schreiber, schwören ihn gegenüber einem Lord. Ein Charakter kann mehreren Lehnsherren die Mannestreue schwören, sei es im Austausch gegen Landbesitz, die Mitgliedschaft in einer Organisation oder ähnliche Versprechen.

Die Mannestreue ist dem Treueschwur unterlegen und wird ignoriert, wenn beide in Konflikt miteinander geraten.

Eine Mannestreue-Leidenschaft kann beschworen werden, wenn ein Lord, dem man Lehenstreue schuldet, bedroht wird oder wenn sich jemand in eine Tat einmischt, die im Namen des Lords ausgeführt wird.

Loyalität (Gefährten)
Freunde entwickeln ein Band der Treue und Zuneigung füreinander. Personen, die zusammenarbeiten, dieselben Ideale hegen oder sich gegenseitig das Leben retten, können diese Leidenschaft entwickeln.

Diese Leidenschaft kann sich auf jede Gruppe von nicht miteinander verwandten Personen beziehen, wie etwa die Gruppe von Rittern der Spieler. Die Namen der Mitglieder der Gruppe sollten aufgeschrieben werden, um die Mitgliedschaft zu dokumentieren. Die Leidenschaft kann immer dann beschworen werden, wenn einer der aufgelisteten Gefährten bedroht wird, in Gefahr schwebt oder in der Schlacht an ihrer Seite ist.

Loyalität (König)
Ritter können ihrem König die Loyalität halten, auch wenn er nicht ihr Lehnsherr ist. Wenn sie natürlich Land direkt von einem König halten, ist er zugleich auch ihr Lehnsherr. In diesem Fall leisten sie ihm Treueschwur oder Mannestreue

Die Leidenschaft Loyalität (König) kann beschworen werden, wenn der König oder die Familie eines Ritters bedroht wird, wenn sich jemand in eine Tat einmischt, die im Namen des Königs ausgeführt wird, oder wenn die Ehre des Königs angezweifelt wird.

Leidenschaften der Fervor
Liebe und Hass sind Gegensätze, aber beide sind ein Ausdruck von *Fervor*, einem intensiven, anhaltenden Gefühl der Inbrunst.

Hass (Person oder Gruppe)
Hass ist ein bitteres Gift. Eine Hass-Leidenschaft zu haben bedeutet, dass der Charakter jemanden verabscheut, ihm misstraut, ihn verachtet und sich ihm gegenüber überlegen fühlt.

Ein Charakter kann diese Leidenschaft beschwören, wenn er mit der Person oder Gruppe konfrontiert wird, die er hasst. Ein direkter Kontakt ist nicht notwendig – das bloße Wissen um die Nähe reicht aus.

Liebe (Familie)
Die Spielleitung und die Spieler entscheiden gemeinsam, wie eng oder weit die Familie des Charakters definiert wird, basierend auf seinem Werdegang und der Geschichte der Kampagne. Ein Charakter kann die Leidenschaft Liebe (Familie) beschwören, wenn die Familie oder ein Mitglied in Gefahr ist oder der Ausgang eines Ereignisses, wie z. B. einer Invasion oder einer Schlacht, die Familie in Gefahr bringen würde.

Liebe (Person)
Ein Charakter beschwört die Leidenschaft Liebe immer dann, wenn die Person, der sie gilt, in Gefahr ist. Die Leidenschaft kann auch beschworen werden, wenn der Ausgang einer bestimmten Schlacht oder eines ähnlichen Ereignisses das Objekt in Gefahr bringen kann.

Leidenschaften der Adoratio

Die *Adoratio* auszudrücken bedeutet, eine Person oder eine Gottheit anzubeten oder ihr Ehrfurcht entgegenzubringen. Minne ist ein fester Glaube, der alle weltlichen Beweggründe übersteigt.

Minne (Geliebte)

Minne ist die keusche Leidenschaft der *fin'amor*. Der Ritter als Liebender entwickelt überwältigende Gefühle der Zuneigung, Bewunderung und Ehrfurcht für die Geliebte, die seine Aufmerksamkeit, Demut und seinen Gehorsam fordert. Es ist Liebe um der Liebe willen, rein und unverfälscht durch die Bande der Ehe und eine unerschütterliche Quelle der Inspiration.

Die Leidenschaft der Minne hat zwei enorme Vorteile: Minne gewährt einen Fertigkeitsbonus von +10, unabhängig von Inspiration oder Leidenschaft, denn so groß ist die Macht der Wahren Liebe; zweitens kann der/die Liebende einmal am Tag versuchen, diese Leidenschaft zu beschwören, egal wann und aus welchem Grund. Diese Vorteile haben jedoch ihren Preis; siehe **„Kummer“** auf S. 24.

Ergebenheit (Gottheit)

Die Leidenschaft Ergebenheit (Gottheit) ist ein Maß für den Glauben an ein übernatürliches Wesen oder eine Gruppe von Wesen (einen Geist, eine Gottheit oder mehrere Gottheiten). Es ist ein tiefer Glaube, der aber kein Wissen über das Wesen oder die Gruppe vermittelt und auch keine Wunderkräfte verleiht.

Sie kann jedoch erst dann zu Zwecken der Inspiration beschworen werden, wenn sich der Charakter als Religiöser Ritter qualifiziert – ein Ideal, das außerhalb des Rahmens des hier vorgestellten Materials liegt.

Leidenschaften der Civilitas

Die Höflichkeit bezieht sich auf soziale Verpflichtungen, die ungeschriebenen Sitten der *Civilitas*, die die Gesellschaft zusammenhalten und eine funktionierende Zivilisation schaffen. Diese Leidenschaften legen fest, wie man sich richtig und angemessen verhält.

Ritterlichkeit

Die Ritterlichkeit ist die Überzeugung, dass die Starken die Schwachen beschützen sollten und dass Ritter mit Ehre gegenüber Ladies, Gemeinen und anderen Rittern handeln müssen. König Artus fördert diesen Glauben schon früh in seiner Herrschaft, und seine Ritter der Tafelrunde machen ihn durch ihre vielen berühmten Taten populär. Es ist einer der wichtigsten zivilisatorischen Einflüsse, die Artus' Herrschaft so herausragend machen.

Der Spieler kann diese Leidenschaft jederzeit beschwören, indem er einfach den Wunsch seines Charakters erklärt, ritterlich zu sein, aber er kann die Leidenschaft nicht für die Zwecke der Inspiration heranziehen, bis der Charakter sich als Galanter Ritter qualifiziert. Wie im Falle des Religiösen Ritters liegt auch dieses Ideal außerhalb des Rahmens dieses *Starter-Sets.*

Gastfreundschaft

Die Gastfreundschaft ist der Glaube an die soziale Verpflichtung, Besuchern Essen, Unterkunft und Sicherheit zu bieten, ohne dafür eine Bezahlung zu erwarten. Ungeachtet seines Standes ist jemandes Haus unantastbar.

Die Leidenschaft der Gastfreundschaft wird von der geschädigten Partei beschworen, wenn ein Gastgeber oder ein Gast die Gastfreundschaft bricht oder wenn ein Ritter Zeuge eines Verstoßes gegen die Gastfreundschaft durch jemanden wird. Ein Ritter kann die Gastfreundschaft nicht beschwören, weil sein Haus von außen angegriffen wird, aber wenn jemand, der in seine Halle eingeladen wurde, eine Waffe zieht, dann ist es angemessen, die Leidenschaft der Gastfreundschaft zu beschwören. Auch wenn ein Gast von seinem Gastgeber angegriffen wird, kann er die Leidenschaft der Gastfreundschaft beschwören.

Stand

In der Zeit von König Artus bleiben die sozialen Klassen erhalten, aber die Brutalität nimmt ab, während sich die Ritterlichkeit im Land verbreitet. Aber selbst dann werden die Gemeinen nicht als Gleiche behandelt. Der Glaube an Klassenunterschiede ist in der feudalen Welt allgegenwärtig, und so teilen alle Anfangscharaktere diese Allgemeine Leidenschaft.

Ungezügelte Leidenschaften

Gemeine fauchen und knurren einander an, wenn sie wütend sind, und heulen und flennen, wenn sie traurig sind. Ritter lieben ihre Waffenbrüder und -schwestern, lachen ausgelassen miteinander und weinen, wenn ein guter Mensch stirbt. König Artus fällt von seinem Thron auf den Boden und schüttelt sich vor Lachen, wenn sich bei Hofe eine Foperei ereignet. Er tobt, wenn ein fremder König ihn oder sein Königreich beleidigt. Er weint, wenn seine Ritter auf die Queste nach dem Heiligen Gral ausziehen, weil er fürchtet, dass er diese edlen Krieger nie wieder zusammen sehen wird. Offene Zurschaustellung von Leidenschaften ist normal. Die Menschen schämen sich nicht, ihre Gefühle zu zeigen.

Leiden

Leiden sind Zustände, die durch bestimmte misslungene Leidenschaftswürfe hervorgerufen werden. Sie alle können geheilt werden.

Drei häufige Leiden können Spieler-Ritter betreffen.

Wahnsinn

Ein Wahnsinniger Charakter scheidet aus dem Spiel aus. Ein Ritter wirft typischerweise seine Waffen fort, reißt sich die Rüstung und vielleicht auch die Kleidung vom Leib und rennt dann in die Wildnis, wobei er nach Möglichkeit jeden menschlichen Kontakt vermeidet. Der Spieler muss den Charakterbogen bei der Spielleitung abgeben, die ihn zu einem späteren Zeitpunkt zurückgibt.

Ruhm

Ein Charakter, der Wahnsinn erleidet, erhält 100 Ruhm, wenn er ein Jahr oder länger andauert. Ansonsten erhält er 25 Ruhm.

Wahnsinn heilen

Die Spielleitung kann jederzeit entscheiden, dass ein Charakter zurückkehrt. Sie muss dem Spieler nur den Charakterbogen zurückgeben und ihm mitteilen, dass der Charakter aus seinem Wahnsinn erwacht ist, und den Ort nennen, an dem er seine Verstand wiedererlangt hat.

Die Spielleitung kann die Attribute des Charakters nach eigenem Ermessen ändern, um die Geschehnisse während des Wahnsinns widerzuspiegeln.

Ein perfekter Zeitpunkt für dieses Vorgehen ist, wenn der aktive Charakter des Spielers getötet, aus dem Dienst genommen oder selbst Wahnsinnig wird. Der ehemals Wahnsinnige Charakter kann wieder ins Spiel kommen.

Melancholie

Melancholie ist ein depressiver Gefühlszustand.

Ein Melancholischer Charakter erleidet –5 auf alle Würfe auf Fertigkeiten und Leidenschaften.

Ruhm

Ein Charakter, der in Melancholie verfällt, erhält 10 Ruhm.

In Melancholie verfallen

Die Auswirkungen der Melancholie treten nicht sofort ein, wenn der Charakter aktiv an einer lebensgefährlichen Aktivität beteiligt ist. Sie tritt stattdessen in Kraft, nachdem die Aktivität, die sie verursacht hat, beendet ist.

Die Dauer der Melancholie variiert (siehe S. 20). Dieser Wert gibt die Anzahl der Tage der Melancholie *und* den „festen Vergleichswert" gegen eine Heilung an.

Melancholie heilen

Ritter können durch eine Intervention auf zweierlei Arten von Melancholie geheilt werden:

1. *Wohlwollende Heilung.* Eine wohlwollende Intervention erfordert, dass jeder, für den das Opfer eine Liebe–, Loyalität- oder Minne-Leidenschaft hat, oder jemand, der eine dieser Leidenschaften für den Charakter hegt, einen Vergleichswurf dieser Leidenschaft gegen den festen Vergleichswert des Melancholie-Wertes ablegt (siehe oben).

Wenn der sich bemühende Heiler erfolgreich ist und einen höheren Wurf als den festen Vergleichswert erzielt, wird die Melancholie sofort aufgehoben. Wenn der Wurf ein Teilerfolg ist, wird ihr Wert um 1 Punkt verringert, und der Versuch kann am nächsten Tag erneut unternommen werden.

Scheitert der Heiler mit seinem Vergleichswurf (z. B. wenn er einen Fehlschlag hat oder wenn er erfolgreich ist und unter dem festen Vergleichswert würfelt), konsultiere den Abschnitt Unfreundliche Heilung.

2. *Unfreundliche Heilung.* Eine unfreundliche Heilung kann auf eine von zwei Arten erfolgen. Erstens, wenn jemand den Melancholischen Ritter angreift, taucht dieser rechtzeitig daraus auf, um sich zu verteidigen, woraufhin ein Kampf stattfindet, bis der Angreifer flieht oder stirbt. Zweitens, wenn eine wohlwollende Heilung fehlschlägt, erwacht der Melancholische Ritter daraus und greift denjenigen an, der bei dem Versuch versagt hat. Die Konfrontation dauert so lange, bis der bemühte Heiler flieht oder bis der Charakter Schaden erleidet.

Kummer

Kummer ist ein üblicher Zustand für einen Liebenden. Der Ritter bläst Trübsal und verflucht seine törichten Gefühle.

Der Charakter erleidet einen Modifikator von–2 auf alle Fertigkeiten und Leidenschaften, bis der Kummer überwunden ist.

Ruhm

Ein Charakter, der Bekümmert wird, erhält 10 Ruhm.

Bekümmert werden

Ein Liebender wird immer dann beklommen, wird Bekümmert, wenn ihm ein Wurf auf eine Minne-Leidenschaft misslingt. Wird die Minne-Leidenschaft in der Abwesenheit des Geliebten beschworen, und nachdem die Inspiration verklungen ist, verfällt der Charakter automatisch in den Kummer. Wenn der Charakter durch einen Kritischen Erfolg Bewegt wurde, wird er stattdessen Melancholisch. Diese Leiden können auf die übliche Art und Weise geheilt werden oder dadurch, dass sie den Geliebten sehen oder auch nur seine Stimme hören.

Dauer

Der Kummer endet entweder sieben Tage nach dem folgenden Sonntag oder wenn er durch Intervention geheilt wird.

Kummer heilen

Für eine erfolgreiche Intervention muss eine andere Person den Bekümmerten Ritter mit einem erfolgreichen Vergleichswurf seiner eigenen Fertigkeit oder Leidenschaft gegen die Leidenschaft, die den Kummer verursacht hat, stören. Geeignete Fertigkeiten sind Intrigen oder Redekunst. Mögliche Merkmale sind Gnädig und Vertrauend. Mögliche Leidenschaften sind Pflicht (Vasallen), Treueschwur, Loyalität (Gefährten) und Ritterlichkeit.

Wenn die Intervention fehlschlägt, gerät der Bekümmert-Ritter in Rage und greift die andere Person an, bis der eine oder andere überwältigt ist. Instinktiv setzt der Ritter Handgemenge gegen Freunde und seine Waffe gegen Feinde oder Fremde ein. Der Bekümmerte Ritter oder die andere Partei werden überwältigt, wenn sie entweder mit einem Festhalten festgenagelt werden (siehe **„Folgeaktionen"** auf S. 41) oder Schaden erleiden.

Kapitel 4 Fertigkeiten

Fertigkeiten sind eine Möglichkeit, Handlungen zu bewerten, die Charaktere im Spiel versuchen können. Tätigkeiten wie Essen, Gehen und Reden laufen automatisch ab und erfordern keine Fertigkeitswürfe. Für Fertigkeiten wird ein Wurf benötigt, weil sie Handlungen beschreiben, die eine gewisse Wahrscheinlichkeit des Fehlschlags in sich bergen.

Ein Fertigkeitswurf wird erforderlich, wenn eine Aktion ein Wettkampf ist, wenn der Charakter unter Stress steht, von Adligen beobachtet wird, etwas verstecken will und so weiter. Von einem Ritter oder einer Dame kann nicht erwartet werden, dass sie alle oder auch nur die meisten der möglichen Fertigkeiten beherrschen.

Behalte Fertigkeitswürfe Situationen vor, in denen Erolg oder Fehlschlag einen bedeutsamen Unterschied für die Geschichte machen.

Ergebnisse von Fertigkeitswürfen

- **Kritischer Erfolg:** Der Charakter führt die beabsichtigte Aktion aus und erhält eine Erfahrungsmarkierung für die Fertigkeit. Die Spielleitung kann einen positiven Modifikator für darauffolgende Würfe auf relevante Merkmale, Leidenschaften oder Fertigkeiten gewähren.
- **Erfolg:** Der Charakter führt die beabsichtigte Aktion aus. Eine Erfahrungsmarkierung sollte nur dann vergeben werden, wenn das Ergebnis des Wurfs für die Geschichte oder die Charaktere von Bedeutung ist, was im Ermessen der Spielleitung liegt.
- **Fehlschlag:** Der Charakter scheitert an der beabsichtigten Aktion.
- **Patzer:** Der Charakter scheitert an der beabsichtigten Aktion, erhält aber eine Erfahrungsmarkierung für die Fertigkeit. Die Spielleitung kann einen negativen Modifikator für darauffolgende Würfe auf relevante Merkmale, Leidenschaften oder Fertigkeiten anwenden.

Ruhm durch Fertigkeiten

Fertigkeiten gewähren Ruhm, wenn sie an bedeutenden, öffentlichen Schauplätzen zum Einsatz kommen werden. Ein Erfolg ohne Zeugen zählt nicht. Manche Fertigkeiten gewähren Ruhm nur unter bestimmten Umständen, z. B. wenn Erste Hilfe eingesetzt wird,

um einen Charakter wieder zum Leben zu erwecken oder um einen Adligen hohen Ranges zu retten. Der Ruhm für einen erfolgreichen Fertigkeitswurf entspricht 10 Punkten oder dem AUS-Charakteristikum des Charakters, wenn es sich um eine Höfische Fertigkeit handelt. Kritisch erfolgreiche Würfe verdoppeln diesen Betrag.

Der Spielleitung steht es natürlich frei, Ruhm für jeden Wurf auf eine Fertigkeit zu vergeben, der auf außergewöhnliche Umstände zurückzuführen ist.

Fertigkeitsgruppen

Fertigkeiten werden grob in Gruppen zusammengefasst, die auf dem Beruf des Charakters und dem Schauplatz des Szenarios basieren. Die Gruppen überschneiden sich und teilen sich einige Fertigkeiten.

Kampffertigkeiten

Wenn ein Charakter kämpft, setzt er Kampffertigkeiten ein. Waffenfertigkeiten sind eine Art von Kampffertigkeit und beziehen sich auf die verwendeten Waffen. In **Kapitel 7: Waffen & Rüstung** findest du weitere Informationen zu diesen Fertigkeiten. Die Kampffertigkeiten, die keine Waffenfertigkeiten sind, beziehen sich auf das Inszenieren von Kämpfen und das Reiten von Schlachtrössern und anderen Reittieren.

Höfische Fertigkeiten

Diese Fertigkeiten werden am häufigsten in höfischen Umgebungen verwendet, in denen die Charaktere mit Adligen auf eine raffinierte und entschieden nicht feindselige Weise umgehen müssen.

Ritterliche Fertigkeiten

Bestimmte Fertigkeiten werden für den Ritterstand vorausgesetzt. Nur wenige Ritter beherrschen sie alle. Die meisten dienen dazu, Menschen ausfindig zu machen, zu identifizieren und auf möglichst höfliche Art und Weise zu töten.

Überlebensfertigkeiten

Wenn es deinem Charakter Freude macht, durch winterliche Hochmoore zu stapfen, sich hoffnungslos in den tiefen Wäldern zu verirren oder auf schlammigen Weiden inmitten von blökenden Schafherden festzusitzen, können diese Fertigkeiten hilfreich sein.

Beschreibung der Fertigkeiten

Jede Fertigkeit und ihre Verwendung im Spiel wird in den folgenden Abschnitten ausführlich erklärt. Wenn eine Fertigkeit normalerweise Ruhm gewährt, ist dies ebenfalls vermerkt.

Aufmerksamkeit
Ritterlich, Überleben
Nutze diese Fertigkeit, wenn ein Ritter auf ein Geräusch lauscht, versucht, etwas Verstecktes zu entdecken oder etwas Ungewöhnliches bemerkt. Diese Fertigkeit bemisst die Achtsamkeit des Charakters für seine unmittelbare Umgebung, indem er seine fünf physischen Sinne und einen geheimnisvollen „sechsten Sinn" nutzt.

Belesenheit (Art)
Höfisch
Nutze diese Fertigkeit, um Latein, Ogham, sächsische Runen oder piktische Symbole zu lesen und zu schreiben. Jedes davon ist jeweils eine eigene Fertigkeit.

Erste Hilfe
Ritterlich, Überleben
Erste Hilfe ist sofortige medizinische Hilfe.

In **Kapitel 9: Verletzungen & Gesundheit** erfährst du, wie Erste Hilfe bei Verwundungen funktioniert.

Falknerei
Höfisch
Falken und Habichte sind darauf trainiert, Vögel und andere kleine Beutetiere zu jagen. Die Falknerei ist der Sport von Kaisern und Königen. Erfolge in der Falknerei können dazu führen, dass Lords und Ladies auf dich aufmerksam werden. Eine gute Leistung kann dir bei Hofe Modifikatoren für zukünftige Würfe auf Höfische Sitten und Liebelei gewähren.

Gesang
Höfisch
Der Klang singender Stimmen erfreut alle Zuhörerinnen und Zuhörer, ob in der Kirche, bei Hofe oder für eine Geliebten auf einer warmen Sommerwiese.

Heilkunst
Nicht-Ritterlich
Heilkunst ist das heikle Können, die fast Toten am Leben zu erhalten. Es ist jedoch nicht die Pflicht eines Ritters, diese Fertigkeit zu erlernen, und durch den Brauch ist es ihnen verboten.

Höfische Sitten
Höfisch, Ritterlich
Höfische Sitten sind das Wissen über die Kultur, die Gesetze und die Bräuche der Adelsklasse. Dazu gehören höfische Umgangsformen. Würfe auf Höfische Sitten sind nützlich, um sich die Anerkennung von Lords und Ladies zu verdienen.

Identifikation
Höfisch, Ritterlich
Die Fertigkeit Identifikation steht für die Fähigkeit, bestimmte Standesgenossen unter den Adligen zu erkennen. Dabei handelt es sich um eine relativ große Gruppe von Menschen. Mit der Fertigkeit Identifikation kannst du die Identität einer Person feststellen und dich an Einzelheiten ihres Leumunds erinnern.

Ein erfolgreicher Wurf auf Identifikation gewährt auch Grundwissen über die verschiedenen Herrscherfamilien und wichtigsten Persönlichkeiten Britanniens. Wende den Wurf jeweils auf eine bestimmte Frage an, z. B. „Regiert der König von Gomeret jetzt Norgales?" oder „Mit wem sind die Orkney-Brüder derzeit verfeindet?"

Schließlich kann ein Ritter mit einem erfolgreichen Wurf zur Identifikation die Identität eines anderen Ritters allein anhand seines Wappens ermitteln.

Identifikation wird benutzt, um andere Adelige anhand ihrer Heraldik zu erkken, und vermittelt auch Grundlagenwissen über die wichtigen Familien Britanniens..

Instrumentenspiel (Instrument)
Höfisch
Charaktere können die drei edlen Instrumente spielen: Quinterne, Harfe und Laute.

Intrigen
Höfisch
Intrigen ist die Fertigkeit, Geheimnisse am Hof zu erfahren. Es ist das Können, Dinge herauszufinden, indem man weiß, wen, wann, was, wo und wie man fragen muss.

In manchen Fällen kann der Intrigant Vergleichswürfe gegen einen anderen Intriganten ablegen müssen, vor allem, wenn man ihn für einen Spion hält.

Jagd
Ritterlich, Überleben
Um die Ergebnisse einer gewöhnlichen Jagd zu ermitteln, würfelst du einfach auf Jagd gegen den Meiden-Wert des Beutetiers. Die Fertigkeit Jagd kann auch dazu dienen, Spuren zu folgen, durch die Wildnis zu reisen und die eigene Spur zu verbergen, um Verfolger abzuschütteln.

Komponieren
Höfisch
Bevor ein Charakter andere unterhält, kann er einen Wurf auf Komponieren ablegen, um einen Modifikator für die Fertigkeit Redekunst, Instrumentenspiel oder Gesang zu erhalten. Ein erfolgreicher Wurf auf

Komponieren gewährt einen Modifikator von +5, ein kritischer Erfolg von +10. Für einen Fehlschlag gibt es keine Abzüge, aber ein Patzer überzeugt den Charakter davon, dass er ein Meisterwerk geschrieben hat, das in Wirklichkeit ganz furchtbar ist; das Stück verleiht einen Modifikator von −10 auf nachfolgende Darbietungen.

Liebelei

Höfisch

Liebelei ist eine Fertigkeit, die eine Kombination aus Worten, Tonlage, Mimik, Bewegungen, Gesten und Haltung verwendet, um charmant zu wirken oder jemand anderes mit Lust zu entflammen. Sie wird eingesetzt, um das Interesse einer Person zu gewinnen, aber sie kann auch einfach nur dazu dienen, zu schmeicheln, zu unterhalten oder zu erfreuen.

Redekunst

Höfisch

Redekunst ist die Fertigkeit, eine andere Person oder Gruppe verbal zu beeinflussen, Emotionen zu wecken oder Meinungen zu ändern. Je nach Bedarf kann sie argumentativ, überredend oder schmeichelnd sein.

Wenn die Redekunst darauf abzielt, jemanden zu überzeugen, ist dies immer ein Vergleichswurf. Die Person oder die Personen, die sich widersetzen, können jedes geeignete Merkmal verwenden, wie Bescheiden, Ehrlich, Misstrauisch oder vielleicht sogar Tapfer.

Reitkunst

Kampf, Ritterlich

Die feudale Gesellschaft ist eine von Pferden geprägte. Pferde sind von zentraler Bedeutung und entscheidend für die Existenz eines Ritters.

Nur schwierige Situationen wie das Springen über Gräben und Hecken, bei Rennen und Verfolgungsjagden, bei der Pferdepflege, beim Zurücklegen langer Strecken in hohem Tempo oder beim Reiten im Damensattel im Trab, Galopp oder Schritt erfordern Würfe in der Reitkunst.

Religion (Art)

Höfisch

Diese Fertigkeit gibt an, wie viel ein Charakter über den Glauben, die Riten, den heiligen Kalender und die Praktiken einer bestimmten Religion weiß. Die Fertigkeit Religion steht nicht für den Glauben. Die Merkmale Fromm/Weltlich und die Leidenschaft Ergebenheit bemessen dies.

Die Fertigkeit Religion bewirkt nie magische oder wundersame Ereignisse, aber sie kann wie Volksweisheit eingesetzt werden, um Wissen über Feen und (für den christlichen Glauben) Unholde zu erlangen, wenn man ihnen begegnet.

Schlacht

Kampf, Ritterlich

Schlacht ist das Wissen und die Fähigkeit, einen großen militärischen Konflikt zu führen und, wenn man allein ist, zu überleben, sowie das Wissen über die Kriegsführung im Allgemeinen.

Spielen

Höfisch

Die Fertigkeit Spielen ermöglicht es, verschiedene Spiele effektiv und souverän zu spielen, egal ob im Wettbewerb oder zur Unterhaltung.

Tanz

Höfisch

Höfische Tänze werden in der Regel in Gruppen getanzt, wobei die Tänzerinnen und Tänzer ihre Hände und Arme verschränken, ihre Partnerinnen und Partner hin und her schwingen und versuchen, Zusammenstöße mit anderen zu vermeiden. Die Tanzmusik variiert in Tempo und Dauer.

Verwaltung

Überleben

Verwaltung bezeichnet Kenntnis der Landbewirtschaftung – die Fähigkeit, einen Hof oder einen ähnlichen Betrieb zu planen, zu verwalten und zu beaufsichtigen –, die von Rittern normalerweise nicht erwartet wird. Man kann sie auch nutzen, um die relative Qualität von Land und Siedlungen zu erkennen und die Verteidigung lokaler Befestigungen gegen Angriffe zu organisieren.

Volksweisheit

Überleben

Volksweisheit ist das Wissen über die Kultur, die Gesetze und die Bräuche des einfachen Volks. Volksweisheit hilft dabei, herauszufinden, was die Gemeinen tun oder wie sie sich fühlen.

Wenn Charaktere auf Feen treffen, kann ein Wurf auf Volksweisheit durchgeführt werden, um herauszufinden, ob sie sich an Geschichten aus dem Kinderzimmer oder an Lügengeschichten erinnern, die am Herd erzählt werden.

In Anhang B *dieses Starter-Sets findest du die detaillierte Regeln für Schlachten, um Massengefechte durchzuspielen.*

Verwaltung ist nur wichtig für Ritter mit Landbesitz, die ihre Ländereien selbst führen möchten. Ladies sind oft in Verwaltung geübt.

Kapitel 5
Ruhm & Ehre

Gute Ritter und Damen streben danach, mehr zu werden als sie sind.

Ehre ist der Gradmesser für Verhalten und Qualität der Ritter der Spieler. Sie offenbart, inwieweit sie die Werte der feudalen Gesellschaft aufrechterhalten. Ruhm spricht von den Taten, die die Ritter der Spieler vollbringen. Er ist die Linse, durch die die Welt sie wahrnimmt, das Erbe, das sie an ihre Kinder weitergeben, und der Pfad zur Unsterblichkeit.

Ehre und Ruhm werden durch die Erfüllung von Idealen und das Erreichen hehrer Ziele erlangt.

Ehre

Ehre ist das Maß für die Integrität, den Anstand und die Moral eines Ritters. Sie ist die Grundlage für persönliches und gesellschaftliches Verhalten, das erwartet wird und tugendhaft ist. Ehre ist jedem Adligen angeboren und innewohnend. Sie ist automatisch, so tief verwurzelt, dass sie fast etwas Unbewusstes ist. Jeder Adlige geht ganz selbstverständlich davon aus, dass andere Adlige Ehre haben, bis das Gegenteil bewiesen ist. Es ist das eigene Selbstwertgefühl und der Respekt, den andere einem entgegenbringen. Sie ist die treibende Kraft hinter allen Lords, Rittern, Damen, Knappen und Edelknechten. Ehre hebt den Adel von allen anderen ab. Kirchenleute brauchen keine Ehre, denn sie sollen die Interessen von Gott und der Kirche über ihre eigenen stellen. Gemeine brauchen keine Ehre, denn sie haben schon genug Schwierigkeiten damit, am Leben zu bleiben.

Ehre hält die gesellschaftlichen Normen und Erwartungen aufrecht. Die Treue zum Lord, die Liebe zur Familie, das Festhalten an Klassenregeln und Vorurteilen und die Aufrechterhaltung des allgemeinen Brauchs der Gastfreundschaft sind allesamt gesellschaftliche Normen. Gegen diese Normen zu verstoßen, wäre unehrenhaft.

Die Ehre verlangt, dass sich die Mitglieder einer Gruppe gegenseitig Respekt erweisen und in einer vorgeschriebenen Weise miteinander umgehen. Es ist unehrenhaft für einen Ritter, einen anderen der Feigheit zu bezichtigen, weil Mut eine Voraussetzung für den Ritterstand ist. Handlungen, die nicht den Erwartungen entsprechen, entsprechen nicht der Ehre.

Ehre beinhaltet einen persönlichen Kodex der Integrität, des Stolzes und der Würde, der, wenn er in Frage gestellt wird, eine Reaktion verlangt. Es steht dem Einzelnen frei, einige zusätzliche Aspekte der Ehre zu bestimmen, die nicht mit dem allgemeinen gesellschaftlichen Konsens zusammenhängen.

Ein Ritter mag seines Landes, seines Reichtums, seines Lords und seiner Familie beraubt und sein Ruhm angezweifelt werden, er mag sogar ohne Pferd und Schwert sein und in einen düsteren Kerker gesperrt werden; aber wenn seine Ehre intakt ist, ist er immer noch grundsätzlich würdig. Ruhm ohne Ehre ist die Definition eines unwürdigen Schurken.

Ohne Ehre ist ein Schwur nichts wert; ohne sie kann man dem geschworenen Wort nicht trauen. Es ist zwar denkbar, dass ein Ritter betrügt und hintergeht und trotzdem sein eigenes Ehrgefühl bewahrt, solange der Eid des Ritterstandes nicht gebrochen wird, aber das wäre äußerst schwierig.

Ehre gewinnen

Um eine Erfahrungsmarkierung für Ehre zu erhalten, muss der Ritter eine ehrenvolle Tat vollbringen, die über seine üblichen Pflichten hinausgeht. Solche Taten sind in der Regel Ausdruck der Merkmale oder Leidenschaften eines Charakters, und deshalb folgt die Markierung für Ehre auf einen erfolgreichen Wurf auf ein Merkmal oder eine Leidenschaft, der/die auch zu einer Markierung für dieses Merkmal oder diese Leidenschaft führt. Die Spielleitung kann die Spieler über diese Möglichkeiten informieren, oder die Spieler können fragen, ob eine Markierung angemessen ist.

Ein paar Taten, die eine Markierung für Ehre verleihen können, sind z. B. einem Feind Gnade gewähren, obwohl er nicht darum gebeten hat (Nachsichtig), eine rechtmäßige Entscheidung gegen dein eigenes Interesse zu treffen (Gerecht), den Frieden in der Halle eines Lords zu bewahren (Gastfreundschaft) oder die Ordnung im Angesicht eines feindlichen Mobs aufrechtzuerhalten (Stand).

Wie Ruhm stellt auch Ehre das öffentliche Gesicht dar. Eine im Geheimen begangene Tat, die Ehre einbringen oder kosten würde, zieht keine tatsächlichen Veränderungen nach sich, bis die Tat öffentlich bekannt wird.

Verlust der Ehre

Es ist viel einfacher, Ehre zu verlieren, als sie sich zu verdienen. Sobald ein Ritter weniger als 5 Ehre hat, verliert er seinen Titel und wird aus der Adelsgesellschaft verstoßen.

Es ist unmöglich, alles zu quantifizieren, was dazu führen kann, dass Charaktere Ehre verlieren, aber mit der Zeit entwickelt die Spielleitung dafür ein intuitives Gefühl. Es folgen Beispiele, die bei dieser Entwicklung helfen.

Ehre erfordert es, dass Ritter das Verhalten anderer überwachen. Unehrenhafte Handlungen ohne Folgen zu billigen, kostet jeden Zeugen der Tat Ehre.

Verteidigen der Ehre

Ritter der Spieler müssen ihre Ehre verteidigen. Wann immer jemand die Ehre eines Charakters oder eine tief empfundene persönliche Tugend öffentlich in Frage stellt, anzweifelt oder beleidigt, muss gehandelt werden, sonst sinkt die Ehre. Ein vermeintlich ritterlicher Charakter kann zum Beispiel seine Ehre verlieren, wenn jemand seine Tapferkeit in Frage stellt, denn Tapferkeit ist ein ritterliches Merkmal. Ebenso muss ein Ritter, der sich der Religiosität verschrieben hat, seine religiösen Tugenden verteidigen. Bei einer Beleidigung einer dieser Tugenden nicht zu handeln, führt zum Verlust von Ehre.

Ein Ritter muss auch die Ehre seiner Familie, seines Lehnsherrn und seines Königs verteidigen, denn einen Angriff auf die Ehre des Lehnsherrn ist eine Attacke auf seine eigene. Wenn ein Ritter zum Beispiel einem Lehnsherrn Treueschwüre oder Mannestreue erwiesen hat und jemand diesen Lehnsherrn öffentlich beschuldigt, bei Festen zu geizen, beleidigt er auch die eigene Ehre des Ritters. Der Ritter muss handeln, sonst kann er Ehre verlieren.

Wenn ein Ritter seine Ehre verteidigen muss, kann er versuchen, seine Ehre so einzusetzen, als wäre sie eine Leidenschaft, um einen Bonus auf eine Fertigkeit zu erhalten. Siehe **„Leidenschaften beschwören“** auf S. 18.

Durch Merkmale & Leidenschaften

So wie man durch seine Merkmale und Leidenschaften Ehre gewinnen kann, so kann man sie auch verlieren, wenn man ihnen zuwiderhandelt.

Wenn es zu einem Verstoß kommt, bittet die Spielleitung den Spieler, einen Wurf gegen ein Merkmal oder eine Leidenschaft abzulegen, das/die der Handlung entgegensteht, wie es im Szenariotext steht oder im Ermessen der Spielleitung liegt. Ist der Wurf *erfolgreich*, verlierst du sofort die angegebene Menge an Ehre und erhältst eine Erfahrungsmarkierung für das gegenteilige Merkmal.

Ein Heidnischer Ritter mit hohem Lüstern-Wert verliert also eher Ehre, wenn seine Männlichkeit in Frage gestellt wird, als ein Christlicher Ritter mit Keusch.

Durch Untätigkeit

Ein Ritter verliert seine Ehre, wenn er die im vorherigen Abschnitt beschriebenen unehrenhaften Taten anderer ignoriert.

Andere Leidenschaften provozieren Handlungen, die zu einem Verlust von Ehre führen, wenn man ihnen nicht nachgeht. Wenn zum Beispiel die Familie eines Ritters beleidigt wird, muss der Ritter handeln. Wenn sein Bruder getötet wird, muss der Ritter den Tod rächen oder er verliert seine Ehre. „Rache“ kann eine Blutfehde oder eine einfache, gerechte Abrechnung sein.

Nicht so zu handeln, führt zum Verlust von 1 Ehre.

Durch Schande

Ein Ritter verliert Ehre, wenn er ein Gelübde nicht erfüllt oder einen Eid bricht. Die Spielleitung entscheidet, wie viel Ehre abgezogen wird (in der Regel zwischen 1 und 5 Punkten, je nach Schwere des Verstoßes gegen ein Gelübde oder des Eidbruchs und dem Ansehen des Ritters).

Wenn man eine formale Herausforderung oder einen ehrenhaften Kampf verliert, um die Ehre des Ritters oder eines anderen zu verteidigen, verliert man 1 Punkt Ehre.

Durch das Töten eines Gefangenen

Ein Ritter, der einen Ritter tötet, der sich ergeben hat, verliert 5 Punkte Ehre. Wenn der Mörder die Leidenschaft Ritterlichkeit hat, verliert er stattdessen 10 Punkte.

Schmachvolle Entehrung

Es gibt Taten, die so abscheulich sind, dass sie einen sofortigen Verlust von 10 Punkten Ehre und in bestimmten Fällen auch andere Strafen rechtfertigen – bis hin zum Tod! Dies sind Verbrechen gegen den König, die Gesellschaft oder die natürliche Ordnung der Dinge wie Einbruch, Tötung außerhalb des ehrenhaften Kampfes, Vergewaltigung, Rebellion und Zauberei.

Ruhm

Das Ziel des Spiels ist es, Ruhm zu erlangen.

Ruhm ist das Maß der Bekanntheit, die man für seine Taten erhält. Nur Adlige erlangen Ruhm.

Ruhm kann erhöht, aber niemals verringert werden. Schlechtes Verhalten führt zum Verlust von Ehre, aber nicht von Ruhm. Tatsächlich erhöht *erfolgreiches* schlechtes Verhalten den Ruhm genauso sicher wie erfolgreiches gutes Verhalten.

Ruhm erfordert öffentliche Akklamation. Taten, die im Verborgenen geschehen oder unbeobachtet und unangekündigt bleiben, bringen keinen Ruhm.

Ruhm entscheidet über den Vorrang, wenn andere Faktoren gleichwertig sind. Ruhm hebt jedoch nicht die übliche Rangordnung auf. Ein Graf mit 3.000 Ruhm genießt Vorrang vor einem Freiherrn mit 5.000 Ruhm; Freiherren stehen immer über den Rittern und so weiter.

Für je 1.000 angesammelte Ruhmpunkte erhalten Ritter eine Prestigebelohnung. Siehe **„Schritt 4: Prestigebelohnung“** auf S. 65.

Je ruhmreicher du bist, desto wahrscheinlicher ist es, dass das Volk von dir gehört hat und dich oder deine Heraldik erkennt. Für je 1.000 Punkte Ruhm, die ein Charakter besitzt, erhält ein Wurf auf die Fertigkeit Identifikation, um den Charakter zu kennen, um +1 erhöht.

Ruhm bringt gesellschaftliche Anerkennung, eine Vorrangstellung und Berühmtheit mit sich. Ritter verdienen sich Prestigebelohnungen, indem sie Ruhm ansammeln.

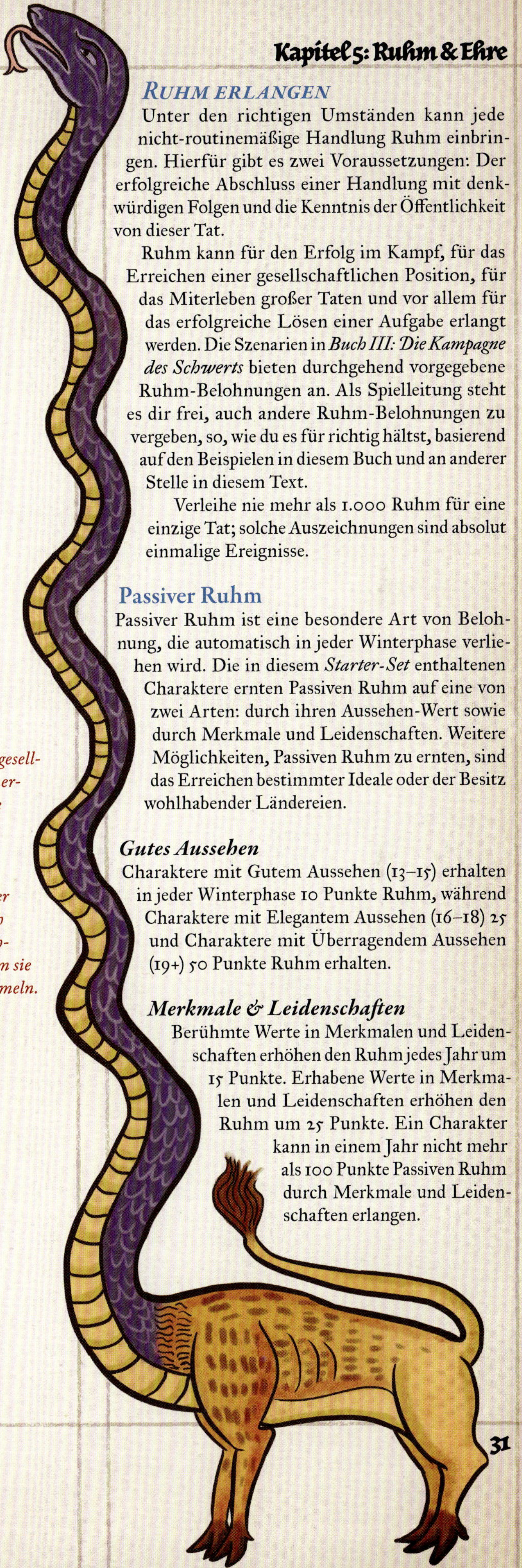

Ruhm erlangen

Unter den richtigen Umständen kann jede nicht-routinemäßige Handlung Ruhm einbringen. Hierfür gibt es zwei Voraussetzungen: Der erfolgreiche Abschluss einer Handlung mit denkwürdigen Folgen und die Kenntnis der Öffentlichkeit von dieser Tat.

Ruhm kann für den Erfolg im Kampf, für das Erreichen einer gesellschaftlichen Position, für das Miterleben großer Taten und vor allem für das erfolgreiche Lösen einer Aufgabe erlangt werden. Die Szenarien in *Buch III: Die Kampagne des Schwerts* bieten durchgehend vorgegebene Ruhm-Belohnungen an. Als Spielleitung steht es dir frei, auch andere Ruhm-Belohnungen zu vergeben, so, wie du es für richtig hältst, basierend auf den Beispielen in diesem Buch und an anderer Stelle in diesem Text.

Verleihe nie mehr als 1.000 Ruhm für eine einzige Tat; solche Auszeichnungen sind absolut einmalige Ereignisse.

Passiver Ruhm

Passiver Ruhm ist eine besondere Art von Belohnung, die automatisch in jeder Winterphase verliehen wird. Die in diesem *Starter-Set* enthaltenen Charaktere ernten Passiven Ruhm auf eine von zwei Arten: durch ihren Aussehen-Wert sowie durch Merkmale und Leidenschaften. Weitere Möglichkeiten, Passiven Ruhm zu ernten, sind das Erreichen bestimmter Ideale oder der Besitz wohlhabender Ländereien.

Gutes Aussehen

Charaktere mit Gutem Aussehen (13–15) erhalten in jeder Winterphase 10 Punkte Ruhm, während Charaktere mit Elegantem Aussehen (16–18) 25 und Charaktere mit Überragendem Aussehen (19+) 50 Punkte Ruhm erhalten.

Merkmale & Leidenschaften

Berühmte Werte in Merkmalen und Leidenschaften erhöhen den Ruhm jedes Jahr um 15 Punkte. Erhabene Werte in Merkmalen und Leidenschaften erhöhen den Ruhm um 25 Punkte. Ein Charakter kann in einem Jahr nicht mehr als 100 Punkte Passiven Ruhm durch Merkmale und Leidenschaften erlangen.

Kapitel 6
Kampf

Geschichte, Minne und Legende sind sich allesamt einig, dass der Kampf die Hauptaufgabe eines Ritters ist. Die üblichen Feinde eines Ritters sind andere Ritter – ehrenhafte Gegner und adelig wie sie selbst –, Feinde wie eindringende Sachsen oder Pikten, Jagdtiere wie Wildschweine, Löwen oder Bären, sowie Feenwesen wie Oger, Riesen oder Drachen.

Kampf & Rollenspiel

Kämpfe der einen oder anderen Art sind vielleicht die häufigsten Aktivitäten in **Pendragon**. Aber in diesem Spiel können Kämpfe auch Rollenspiel beinhalten. Die besten Kämpfe sind die, die ein Ziel haben, besonders in der Schlacht oder im Abenteuer. Ritter kämpfen aus Gründen, die weit über die kruden Belange von skrupellosen Söldnern und plündernden Sachsen hinausgehen. Ritter können in seltenen Fällen sogar den Kampf verweigern, wenn es die Treue gebietet. Pomp und Inszenierung sind ebenfalls Teil des ritterlichen Kampfes, wenngleich Blut ohne Ritual oder Vorspiel vergossen werden kann, wenn Charaktere Waghalsig oder Bewegt sind.

Stelle dir vor, du triffst als dein Charakter einen jungen Ritter, dessen Vater der verhasste Feind deines Vaters ist. Forderst du den Ritter heraus, weil du weißt, dass sein einziges Verbrechen seine Blutlinie ist? Wenn du kämpfst, planst du einen Kampf bis zum Tod? Nimmst du nach dem Kampf und in der Annahme, dass du siegreich bist, die Kapitulation des Jungen ritterlich an oder verspottest du ihn, bevor du ihn tötest? Die besten Spielerfahrungen mit **Pendragon** greifen diese emotionalen und intellektuellen Entscheidungen während des Kampfes auf. Deshalb sind die folgenden Kampfregeln relativ einfach und flexibel. Der Spielleitung steht es frei, weitere Details hinzuzufügen, die ihren persönlichen Vorlieben entsprechen.

In Kampfsituationen können Ritter Liebe, Ehre oder andere mächtige Leidenschaften beschwören, die sie zu Größe und übermenschlicher Fertigkeit inspirieren.

Tabelle 6.1: Ergebnisse von Kampfaktionen

Ergebnis der Kampffertigkeit des Charakters	Ergebnis der Kampffertigkeit des Kontrahenten				
	Kritischer Erfolg	**Erfolg:**	**Teilerfolg:**	**Fehlschlag**	**Patzer:**
Kritischer Erfolg	**Unentschieden:** Beide erleiden Schaden abzüglich ihres Rüstungs- und Schild-/Paradeschutzwertes	–	**Charakter gewinnt:** Kontrahent erleidet +4W6 Schaden abzüglich des Rüstungs- und Schild-/Paradeschutzwertes	**Charakter gewinnt:** Kontrahent erleidet +4W6 Schaden abzüglich des Rüstungsschutzwertes (kein Schild/Parade)	**Charakter gewinnt:** Kontrahent erleidet +4W6 Schaden abzüglich des Rüstungsschutzwertes (kein Schild/Parade) und lässt die Waffe fallen/zerbricht sie
Erfolg	–	**Unentschieden:** Beide erleiden Schaden abzüglich ihres Rüstungs- und Schild-/Paradeschutzwertes	**Charakter gewinnt:** Kontrahent erleidet Schaden abzüglich des Rüstungs- und Schild-/Paradeschutzwertes	**Charakter gewinnt:** Kontrahent erleidet Schaden abzüglich des Rüstungsschutzwertes (kein Schild/Parade)	**Charakter gewinnt:** Kontrahent erleidet Schaden abzüglich des Rüstungsschutzwertes (kein Schild/Parade) und lässt die Waffe fallen/zerbricht sie
Teil-erfolg	**Kontrahent gewinnt:** Charakter erleidet +4W6 Schaden abzüglich des Rüstungs- und Schild-/Paradeschutzwertes	**Kontrahent gewinnt:** Charakter erleidet Schaden abzüglich des Rüstungs- und Schild-/Paradeschutzwertes	–	–	–
Fehl-schlag	**Kontrahent gewinnt:** Charakter erleidet +4W6 Schaden abzüglich des Rüstungsschutzwertes (kein Schild/Parade)	**Kontrahent gewinnt:** Charakter erleidet Schaden abzüglich des Rüstungsschutzwertes (kein Schild/Parade)	–	**Beide Kämpfer verlieren:** Keiner erleidet Schaden	**Beide Kämpfer verlieren:** Keiner von beiden erleidet Schaden; Kontrahent lässt die Waffe fallen/zerbricht sie
Patzer	**Kontrahent gewinnt:** Charakter erleidet +4W6 Schaden abzüglich des Rüstungsschutzwertes (kein Schild/Parade) und lässt die Waffe fallen/zerbricht sie	**Kontrahent gewinnt:** Charakter erleidet Schaden abzüglich des Rüstungsschutzwertes (kein Schild/Parade) und lässt die Waffe fallen/zerbricht sie	–	**Beide Kämpfer verlieren:** Keiner erleidet Schaden; Charakter lässt Waffe fallen/zerbricht sie	**Beide Kämpfer verlieren:** Keiner von beiden erleidet Schaden; beide lassen die Waffe fallen/zerbrechen sie

Jeder sagt seine Aktionen zu Beginn jeder Kampfrunde an.

Die Kampfrunde

Das grundlegende Zeiteinheit für Einzel- oder Kleingruppenkämpfe ist die Kampfrunde. Das ist eine kurze, flexible Zeiteinheit – im Grunde die Zeit, die benötigt wird, um eine Aktion im Nahkampf zu beschließen und durchzuführen. Die Kampfrunden werden so lange fortgesetzt, bis alle Beteiligten den Kampf beendet haben, entweder durch Kampfunfähigkeit, Tod, Kapitulation oder Flucht.

Ablauf einer Kampfrunde

Jedes Mal, wenn es zu einem persönlichen Kampf kommt, folgen beide Kämpfer in jeder Runde gleichzeitig diesem Ablauf:

1. Kampfaktionen ansagen
2. Kampfaktionen abhandeln
3. Ergebnis des Siegers
4. Ergebnis des Verlierers
5. Kampfbewegung

Schritt Eins: Kampfaktionen ansagen

Die Spieler geben zu Beginn jeder Runde ihre Kampfaktionen bekannt. Jeder Charakter ist auf eine Kampfaktion pro Runde begrenzt.

In diesem ersten Schritt geben alle Ritter der Spieler und Figuren der Spielleitung an, was sie in dieser Runde zu tun beabsichtigen, einschließlich der Waffe, die sie führen, falls vorhanden, und nennen Angriffsziele und Kontrahenten.

Die Charaktere können in einer Runde kämpfen oder etwas anderes tun, wie unter „Kampfaktionen" weiter hinten aufgeführt.

Kämpfer, die sich innerhalb eines Yards voneinander befinden, sind automatisch „gebunden" und müssen sich nicht bewegen, um zu kämpfen. Andernfalls muss die Bewegung in Schritt Fünf stattfinden, bevor der Kampf in den folgenden Runden entschieden werden kann.

Wenn das Timing wichtig ist (z. B. wenn der Kontrahent seinen Speer pflanzen will und der Charakter einen Berittenen Sturmangriff ausführen will), handle kollidierende Ansagen mit GES-Vergleichswürfen ab. Der Gewinner darf dann in Schritt Zwei seine Aktion zuerst ausführen.

Schritt Zwei: Kampfaktionen abhandeln

Die Kämpfer handeln nun alle Kampfaktionen ab, die im vorherigen Schritt angesagt wurden.

Wenn die Aktion eine Fertigkeit oder eine Kampffertigkeit beinhaltet, wird sie jetzt abgehandelt. Charaktere können entweder kämpfen *oder* sich bewegen, aber nicht beides. Berittene Sturmangriffe sind eine Ausnahme von dieser Regel.

Wenn es zum Kampf kommt, legen beide Kämpfer Vergleichswürfe auf ihre jeweiligen modifizierten Kampffertigkeiten ab und ziehen *Tabelle 6.1: Ergebnisse von Kampfaktionen* zu Rate, um das Ergebnis zu ermitteln.

Schritt 3: Ergebnis des Siegers

Der Sieger wirft eine Anzahl von Würfeln, die seinem Charakteristikum Schaden entspricht (oder dem Schaden seines Pferdes, wenn er mit einer Lanze oder einem Speer anstürmt), modifiziert durch seine Waffenart und seinen Griff (ein-/beidhändig), falls der Griff zur Anwendung kommt. Ein kritischer Erfolg addiert für diese Runde +4W6 auf das Charakteristikum Schaden. Wenn der Sieger einen bedeutenden Erfolg erzielt hat (z. B. einen kritischen Erfolg, einen Erfolg gegen einen bemerkenswerten Kontrahenten oder einen, der die Geschichte entscheidend voranbringt), darf er mit Zustimmung der Spielleitung auch eine Erfahrungsmarkierung für die verwendete Waffe erhalten.

Schritt Vier: Ergebnis des Verlierers

Der Verlierer erleidet den Schaden des Gewinners und prüft auf Niederschlag, fallengelassene/zerbrochene Waffe und Rüstungs-, Schild- und Paradeschutz (in dieser Reihenfolge).

Niederschlag bestimmen

Wenn ein Charakter einen Hieb erleidet, sei es durch eine Waffe im Kampf oder durch eine andere Quelle (z. B. wenn er gegen einen Ast reitet), wird der Grundschaden – also der Schaden, der zugefügt wird, bevor die Rüstung des Opfers, stumpfe Turnierwaffen oder andere Faktoren ihn reduzieren, mit dem Niederschlagswert verglichen, der durch das Charakteristikum GRO angegeben wird.

- Wenn der Schaden des Siegers größer ist als der Niederschlag des Verlierers, legt der Spieler einen Vergleichslosen GES-Wurf ab. Wenn ein Charakter oder ein Kontrahent in einer Runde mehrere Niederschläge erleidet, erfordert jeder davon seinen eigenen GES-Wurf.
  - **Kritisch oder Erfolg:** Der Verlierer bleibt ohne Abzüge auf den Beinen oder hält sich im Sattel.
  - **Fehlschlag oder Patzer:** Der Verlierer wird niedergeschlagen. Er beginnt die nächste Runde auf dem Boden. Wenn er beritten war, erleidet er 1W6 Schaden durch den Sturz und lässt seine Waffe fallen.
- Wenn der Schaden größer ist als der doppelte Niederschlag-Wert des Verlierers, wird dieser automatisch niedergeschlagen. Wenn er beritten war, fällt er und erleidet 1W6 Schaden und lässt seine Waffe fallen.

Fallengelassene oder zerbrochene Waffe

Ein Verlierer, der seinen Vergleichswurf verpatzt, lässt sein Schwert fallen oder zerbricht seine Nicht-Schwert-Waffe; bei einem Unentschieden zerbrechen Schwerter auch alle Nicht-Schwert-Waffen außer Dolchen. Der unglückliche Charakter muss die nächste Runde unbewaffnet beginnen.

Ein Schwert zerbricht jede Waffe, einschließlich eines anderen Schwertes, wenn der Verlierer einen Patzer und der Gewinner einen kritischen Erfolg würfelt.

Rüstungs-, Schild- und Paradeschutz

Rüstung und Schilde absorbieren Schaden, Paraden blockieren ihn. Ungeachtet dessen wird all das als Schutzwert ausgedrückt.

Der tatsächliche Schaden, den der Verlierer erleidet, ist die Differenz zwischen dem Gesamtschaden des Gewinners und dem Rüstungsschutzwert des Verlierers.

Wenn der Verlierer einen Teilerfolg gewürfelt hat, kann er auch den Schild- *oder* Paradeschutzwert seines Schildes/seiner Waffe anwenden.

Addiere alle deine Rüstungsschutzwerte zusammen und addiere Schild- und/ oder Paradeschutz, wenn du einen Erfolg erzielt hast

Schaden

Schreibe die Anzahl der erlittenen Schadenspunkte nach Abzug des Schutzwerts in den Abschnitt Verwundungen auf dem Charakterbogen und ziehe sie von den Gesamttrefferpunkten ab. Achte darauf, jede Verwundung einzeln zu notieren, da Erste Hilfe auf jede einzelne angewendet wird. Prüfe stets, welche Art von Verwundung zugefügt wurde (Leichte, Schwere oder Tödliche).

Wenn der tatsächliche Schaden der KON des Verlierers entspricht oder diese übersteigt, erleidet der Verlierer eine Schwere Verwundung und wird bewusstlos. Er ist kampfunfähig, bis er Erste Hilfe erhalten und, falls er unter diese Schwelle gefallen ist, seine aktuellen Trefferpunkte über sein Bewusstlos-Charakteristikum anhebt.

Wenn die aktuellen Trefferpunkte des Verlierers, nachdem er Schaden genommen hat, *unter* den Wert seines Bewusstlos-Charakteristikums fallen, wird er bewusstlos. Er ist aus dem Kampf, bis er Erste Hilfe erhalten und diese seine aktuellen Trefferpunkte gleich oder höher als seinen Bewusstlos-Wert erhöht hat.

Wenn die Trefferpunkte eines Charakters auf 0 oder weniger fallen, ist er Tödlich Verwundet und stirbt, wenn er nicht schnell gerettet wird.

Ein Trefferpunktverlust in Höhe der KON oder mehr verursacht eine Schwere Verwundung.

Charaktere scheiden aus dem Kampf aus, wenn ihre Trefferpunkte unter ihren Bewusstlos-Wert fallen.

Abgesehen von Sturmangriffen erfolgen alle Bewegungen am Ende der Kampfrunde.

Schritt Fünf: Kampfbewegung

Charaktere, die in dieser Runde eine andere Bewegung als einen Sturmangriff angesagt haben, bewegen sich jetzt gleichzeitig eine Anzahl von Yards bis zu dem Wert ihrer Bewegungsrate.

Nahkampfdistanzen

Die Nahkampfdistanzen hängen von den Positionen der Kämpfer und ihren Waffen ab. Manche Aktionen erfordern anhaltenden Körperkontakt, manche Waffen sind nur im Nahkampf wirksam, und manche Waffen sind so lang, dass sie auch außerhalb der normalen Nahkampfdistanzen wirksam sind.

Distanzen werden als eine von fünf qualitativen Kategorien angegeben: Kontakt, Nah, Normal, Lang und Fernwaffen.

Charaktere können bei der Ansage ihrer Aktion angeben, auf welche Distanz sie ihren Kontrahenten attackieren wollen; andernfalls geht die Entfernung standardmäßig von Normal aus. Wenn die gewünschte Distanz zwischen den Charakteren unterschiedlich ist, wird die tatsächliche Entfernung als die längere der beiden gezählt. Ein Charakter, der sich auf eine geringere Distanz heranbewegen möchte, muss zuerst seinen Kampfaktion-Vergleichswurf gewinnen, woraufhin er sich während **Schritt Fünf: Kampfbewegung** näher heranbewegen kann.

Kontakt

Der Charakter berührt oder packt den Kontrahenten.

Nah

Der Charakter befindet sich auf Armeslänge zu seinem Kontrahenten. Einige Waffen können nur auf Nahe Distanz eingesetzt werden. Dolche, Fäuste, Klauen und Reißzähne sind alles Beispiele für Nahdistanzwaffen.

Normal

Der Nahkampf findet normalerweise in einem Abstand von etwa einem Yard statt. Die meisten Waffen sind jenseits von zwei Yards unwirksam. In diesem Fall gelten die Kämpfer als nicht gebunden.

Lang

Einige Waffen erlauben den Einsatz auf Lange Distanz (etwa zwei Yards). Langdistanzwaffen sind immer beidhändig, aber nicht alle Beidhandwaffen sind Langdistanzwaffen.

Ein Charakter, der eine Langwaffe gegen einen Kontrahenten mit einem anderen Waffenart einsetzt, erhält einen Modifikator von +5 auf seine Waffenfertigkeit, der seine vorteilhafte Reichweite darstellt. (Beachte, dass dies den Abzug von –5 für den Kampf zu Fuß gegen einen berittenen Gegner aufhebt.) Langdistanzwaffen sind in Kämpfen auf Nahe oder Kontaktdistanz unwirksam.

Fernkampfdistanzen

Fernwaffenreichweiten sind Kurz (bis zu 30 Yards), Mittel (31 bis 100 Yards) oder Lang (101 bis 200 Yards).

Kampfaktionen

Eine Kampfaktion kann alles sein, was ein Charakter während einer Kampfrunde tun möchte.

Aktionsarten

- **Handlung:** Eine Nicht-Kampfaktion, die verwendet wird, um den Kampf zu beeinflussen, ohne dem Kontrahenten Schaden zuzufügen.
- **Handgemenge:** Eine Kampfaktion, die verwendet wird, um einem Kontrahenten auf Kontakt- oder Nahdistanz Schaden zuzufügen oder ihn zu beeinflussen.
- **Kampf:** Eine Aktion, die dazu dient, einem Kontrahenten auf Nahdistanz oder größere Distanz Schaden zuzufügen oder ihn zu beeinflussen.
- **Gespräch:** Eine Nicht-Kampf-Aktion, die dazu dient, Informationen zu übermitteln.
- **Folgeaktion:** Eine Aktion, die durch eine erfolgreiche Ringen-Aktion ausgelöst wird.

Der Knappenwurf

Kritisch: Der Knappe reagiert und führt die gewünschte Aktion in dieser Runde aus.

Erfolg: Der Knappe reagiert und führt die gewünschte Handlung in der nächsten Runde aus.

Fehlschlag: Der Knappe handelt nicht; der Charakter darf ihn in der nächsten Runde erneut rufen.

Patzer: Der Knappe ist nirgendwo zu sehen; er kann später wieder auftauchen, je nach Maßgabe der Spielleitung.

Aktionsliste

Dies sind die häufigsten Aktionen in Nahkampfsituationen.

Beritten, unberitten

- Attacke
- Entwaffnen
- Gedämpfte Schläge
- Haken schlagen
- Knappen rufen
- Verteidigen
- Waghalsige Attacke
- Zurückziehen

Ausschließlich unberitten

- Ausweichen
- Speer pflanzen

Ausschließlich beritten

- Berittener Sturmangriff
- Niedertrampeln
- Ross lenken

Handgemenge

- Attacke mit bloßen Händen (Beritten, Unberitten)
- Freikämpfen (Unberitten)
- Rammen (Unberitten)
- Ringen (Beritten, Unberitten)

Aktionsdefinitionen

Nachfolgend findest du die Definitionen für jede der Kampfaktionen aus der vorangegangenen Liste, mit Ausnahme der Handgemenge-Aktionen. Handgemenge wird später erklärt, ab S. 41. Da Bögen und Armbrüste auf dem Schlachtfeld von vielen als unrühmliche Waffen angesehen werden, werden Fernkampfaktionen in einem eigenen Abschnitt ab S. 43.

Wenn ein Ergebnis der Aktion von den oben definierten Ergebnissen abweicht, wird es unter der Unterüberschrift „Ergebnisse“ vermerkt; wenn ein Ergebnis dort nicht definiert oder modifiziert ist, nimm an, dass es Standard ist.

Attacke (Kampf)

Beritten, Unberitten

Die Attacke ist die häufigste Aktion. Beritten oder zu Fuß versucht der Charakter, dem Kontrahenten mit einer beliebigen Waffenfertigkeit Schaden zuzufügen.

Distanz: Nah, Normal, Lang, Fernwaffen
Wettkampf: Waffenfertigkeit gg. Aktion des Kontrahenten

Ausweichen (Handlung)

Unberitten

Beim Ausweichen wirft sich der Charakter rücksichtslos zur Seite, ohne sich darum zu kümmern, wie er landet, um keinen Schaden zu nehmen.

Ein einzelner Wurf des Charakters wird gegen die Würfe aller Kontrahenten ausgeführt und verzichtet auf den üblichen Abzug, wenn er mehr als einem Kontrahenten gegenübersteht (siehe **„Mehrere Kontrahenten“** auf S. 43).

Charaktere können auf beliebige Distanz gegen jede Form von Nahkampfattacke(n) ausweichen, müssen aber auf den Beinen (dürfen also weder beritten noch niedergeschlagen) sein.

Distanz: Beliebige Nahkampfdistanz
Wettkampf: Bewegungsrate des Charakters gg. Aktion des Kontrahenten

Ergebnisse

Kritisch: Der Charakter schafft es, sich zu ducken, zu winden und auf die Füße zu springen: Er vermeidet jeglichen Schaden, fügt auch keinen Schaden zu und beginnt die nächste Runde kampfbereit.

Sieg: Die Person vermeidet in dieser Runde Schaden und fügt sich selbst keinen Schaden zu. Sie beginnen die nächste Runde auf dem Boden, aber immer noch mit der Waffe in der Hand.

Patzer: Der Charakter fällt und beginnt die nächste Runde auf dem Boden, nachdem er seine Waffe fallen gelassen hat.

Berittener Sturmangriff (Kampf)

Beritten

Bei einem Berittenen Sturmangriff wird eine Waffe im vollen Galopp eingesetzt, um einen Kontrahenten zu treffen.

Um diese Aktion auszuführen, muss der Charakter ein Pferd mit Kampfausbildung reiten, das Sturmangriffsschaden verursachen kann und zu Beginn der Kampfrunde nicht gebunden ist. Der Sturmangriff muss auf einen bestimmten Kontrahenten gerichtet sein. Der Charakter kann jede Waffe als Teil seines Sturmangriffs verwenden, solange sie keinen Handgemengeschaden verursacht, aber Speere und Lanzen erhalten besondere Boni.

Siehe **„Kampf zu Pferde"** später in diesem Kapitel für weitere Details zum Kampf aus dem Sattel.

Distanz: Spezial. Der Charakter und der Kontrahent müssen mindestens sechs Yards voneinander entfernt sein, damit das Pferd bzw. die Pferde in einer geraden Linie vom Stillstand in den Galopp übergehen können.
Wettkampf: Sturmangriff gg. Aktion des Kontrahenten; erhalte einen Bonus von +5, wenn du mit einem/r eingelegten Speer oder Lanze bewaffnet bist (d. h. wenn der hintere Teil des Schafts zwischen dem rechten Arm und dem Körper eingeklemmt ist), gegen jeden, der nicht mit einer Langdistanzwaffe bewaffnet ist. Für jede andere Waffe als eine Lanze oder einen Speer ist deine effektive Sturmangriff-Fertigkeit der niedrigere Wert von entweder Sturmangriff oder der relevanten Waffenfertigkeit (wenn beispielsweise du einen Berittenen Sturmangriff mit einer Axt ausführst und deine Fertigkeit Schaftwaffe 12 und deine Fertigkeit Sturmangriff 18 beträgt, wird deine effektive Sturmangriff-Fertigkeit auf 12 reduziert). Unabhängig von der Waffe ist der Wert deiner effektiven Sturmangriff-Fertigkeit nie höher als der Wert deiner Reitkunst-Fertigkeit.

Eine Lanze beim Berittenen Sturmangriff einzusetzen, ist die beste Wahl, aber andere Waffen können stattdessen ebenfalls genutzt werden.

Ergebnisse

Erfolg: Der Charakter trifft das Ziel und fügt ihm entweder seinen eigenen Waffenschaden +1W6 oder den Sturmangriff-Schaden seines Pferdes zu, wenn er mit einer Lanze oder einem Speer bewaffnet ist. In keinem Fall (außer einem kritischen Erfolg) darf die Anzahl der gewürfelten Schadenswürfel den Sturmangriff-Schaden des Pferdes übersteigen. Wie immer erhöht ein kritischer Erfolg den Schaden um +4W6.
Teilerfolg: Ein Speer, eine Lanze oder eine andere Schaftwaffe bricht.
Unentschieden: Ein Speer, eine Lanze oder eine andere Schaftwaffe zerbricht. Bei einem Unentschieden zwischen zwei kritischen Erfolgen prallen die Pferde aufeinander und fügen dem anderen Pferd ihren jeweiligen Sturmschaden zu.
Patzer: Wenn du ein Schwert trägst, wird es fallen gelassen. Schaftwaffen zerbrechen. Wenn du einen Speer oder eine Lanze einsetzt, bricht nicht nur die Waffe, sondern es passiert auch ein weiteres Unglück; würfle auf Reitkunst und konsultiere *Tabelle 6.2: Patzer beim Berittenen Sturmangriff mit Lanze.*

Gelegenheiten für Sturmangriffe

In einem großen Nahkampf mit vielen Kontrahenten kannst du, sobald der Kampf begonnen hat, wie folgt vorgehen, um festzustellen, ob sich verfügbare Ziele für einen Kämpfer bieten, der zu Beginn der Kampfrunde nicht gebunden ist.

Wirf 1W6:

- **1-3:** Darf einen Sturmangriff gegen einen beliebigen Kontrahenten ausführen. Wenn der Kontrahent ebenfalls auf einem Pferd mit Kampfausbildung sitzt, würfelst du erneut, um zu sehen, ob der Kontrahent ebenfalls einen Sturmangriff ausführt.
- **4-6:** Keine Gelegenheit zum Sturmangriff. Die Kontrahenten sind zu nah, zu sehr mit anderen beschäftigt oder es gibt keinen freien Weg.

Wenn sich keine Gelegenheit zum Sturmangriff bietet, kann der Charakter mit seiner Waffe in den normalen Nahkampf gehen.

Entwaffnen (Handlung)

Beritten, Unberitten

Eine Entwaffnen-Aktion ist ein Versuch, die Waffe des Kontrahenten oder einen anderen Gegenstand aus seinem Griff zu schlagen. Versuche, dem Kontrahenten eine Waffe zu entreißen oder zu ergreifen, werden stattdessen mit der Aktion Ringen ausgeführt.

Distanz: Nah, Normal
Wettkampf: Waffenfertigkeit gg. Aktion des Kontrahenten

Ergebnisse

Kritisch: Der Kontrahent verliert den Griff um die Waffe oder den Gegenstand, der dann außer Reichweite fliegt oder vor den Füßen des Charakters landet, je nachdem, was der Charakter bevorzugt.
Sieg: Der Kontrahent lässt die Waffe oder den Gegenstand in Reichweite fallen und kann sie/ihn in der folgenden Runde als Nicht-Kampfaktion aufheben. Wenn mehr als ein Charakter versucht, die Waffe aufzuheben, handle dies mit einem GES-Vergleichswurf ab.

Tabelle 6.2: Patzer beim Berittenen Sturmangriff mit Lanze

Reitkunst Wurf	Wirkung
Kritischer Erfolg	Lanze gebrochen; keine weiteren negativen Auswirkungen
Erfolg	Lanze gebrochen; Charakter wird von fliegenden Splittern mit 1W6 Schaden getroffen (kein Rüstungsschutz)
Fehlschlag: Misserfolg	Die Spitze gräbt sich in die Erde und wirft den Charakter aus dem Sattel; die Lanze bricht und der Charakter erleidet 2W6 Schaden (kein Rüstungsschutz)
Patzer	Die Spitze gräbt sich in die Erde und bringt sowohl den Charakter als auch das Pferd zu Fall; die Lanze bricht und der Charakter erleidet 3W6 Schaden (kein Rüstungsschutz)

Gedämpfte Schläge (Kampf)

Beritten, Unberitten

Indem der Ritter diese Aktion anstelle einer Attacke ausführt, reduziert er absichtlich die volle Wucht seines Schlages. Du kannst entweder eine bestimmte Anzahl von Würfeln von deinem normalen Schaden zurückhalten oder die flache Seite Klinge oder den Knauf deiner Waffe einsetzen, um den halben normalen Schaden zu verursachen, was auch den Gegner entehrt (der am Ende des Kampfes 1 Punkt Ehre verliert, wenn jeder treffende Schlag mit der flachen Klinge ausgeführt wurde). Beim Ansagen muss die genaue Methode und die Höhe der Reduzierung angegeben werden.

Schaden kann nur bei einem normalen Angriff zurückgehalten werden; niemals bei einem Berittenen Sturmangriff oder beim Einsatz von Wurf- oder Fernwaffen.

Distanz: Nah, Normal, Lang
Wettkampf: Waffenfertigkeit gg. Aktion des Kontrahenten.

Haken schlagen (Handlung)

Beritten, Unberitten

Haken schlagen ist eine ausweichende Aktion, die während der Bewegung eingesetzt wird und nur gegen Fernangriffe wirksam ist. Ein Kämpfer, der keine Rüstung trägt, erhält einen Bonus von +5 auf diese Aktion.

Distanz: Fernwaffen
Wettkampf: Der Charakter legt vor dem Fernangriff einen Vergleichslosen Wurf auf seine Bewegungsrate ab.

Ergebnisse

Kritisch: Der Kontrahent erleidet einen Modifikator von –10 auf seine Fernwaffen-Fertigkeit und der Charakter bewegt sich in dieser Runde bis zur vollen Bewegungsrate.
Erfolg: Der Kontrahent erleidet einen Modifikator von –5 auf seine Fernwaffen-Fertigkeit, und der Charakter bewegt sich in dieser Runde bis zur Hälfte seiner Bewegungsrate.
Fehlschlag: Kein Modifikator auf die Fertigkeit des Kontrahenten und der Charakter bewegt sich in dieser Runde bis zur Hälfte seiner Bewegungsrate.
Patzer: Kein Modifikator auf die Fertigkeit des Kontrahenten, und der Charakter stolpert und verliert in dieser Runde seine gesamte Bewegungsrate.

Knappen rufen (Gespräch)

Beritten, Unberitten

Knappen bleiben in der Nähe ihrer Ritter, bereit, auf jeden Befehl zu antworten. Allerdings sind sie nicht immer nah genug, um sofort zu helfen, und es kann einige Zeit dauern, bis sie den Ritter erreichen, je nach dem Ergebnis des Knappenwurfs (siehe **„Die Fertigkeit Knappe“** auf S. 14).

Der Charakter muss erklären, warum er den Knappen ruft. Normalerweise geht es dabei um eine von drei gewünschten Aktionen:

- **Erste Hilfe:** Der Knappe versucht, eine oder mehrere Verwundungen zu heilen.
- **Neue Waffe:** Der Knappe bringt eine von seinem Ritter geforderte Waffe, mit der er sich wiederbewaffnet.
- **Frisches Pferd:** Der Knappe bringt dem Ritter ein frisches Pferd zum Aufsitzen.

Das bloße Rufen des Knappen führt nicht sofort zu der gewünschte Aktion. Bei Erster Hilfe muss der Knappe den verletzten Ritter zunächst aus dem Kampf ziehen und dann mehrere (1W6) Minuten lang behandeln, wobei er ihm vielleicht teilweise die Rüstung abnimmt. Das Besteigen eines Pferdes dauert in der Regel eine Kampfrunde, ebenso wie das Wiederbewaffnen mit einer Waffe.

Distanz:
In Hörweite

Wettkampf: Keiner – der Ritter ruft nach seinem Knappen. Lege einen Knappenwurf ab, also einen Vergleichslosen Wurf mit der Fertigkeit Knappe als Zielwert.

Niedertrampeln (Kampf)

Beritten

Reiter von Pferden mit Kampfausbildung können versuchen, ihr Ross einzusetzen, um am Boden liegende Kontrahenten innerhalb ihrer Bewegungsweite niederzutrampeln. Allerdings treten Pferde ungern auf Gegenstände, und es ist schwierig, sie dazu zu bewegen, was den Höhenvorteil des Reiters aufhebt (obwohl der Kontrahent trotzdem einen Abzug erleidet).

Distanz: Normal
Wettkampf: Reitkunst gg. Aktion des Kontrahenten –5

Ergebnisse

Sieg: Der Kontrahent erleidet eine Verwundung, wobei der normale (nicht Sturmangriff-) Schaden des Pferdes angewendet wird (siehe *Tabelle* 8.1: *Streitrösser*).

Ross lenken (Handlung)

Beritten

Es kann vorkommen, dass ein Charakter sein Reittier erst unter Kontrolle bringen muss, bevor er eine andere Aktion durchführen kann. Siehe **„Pferde im Kampf kontrollieren“** auf S. 54, wo du mehr erfährst.

Wettkampf: Wurf auf Reitkunst (–5 für Pferde ohne Kampfausbildung; Abzug in Höhe der Trefferpunkte, die das Pferd aufgrund von Verwundungen verloren hat)

Speer pflanzen (Kampf)

Unberitten

Die Aktion Speer pflanzen dient dazu, einen erklärten oder potenziellen Sturmangriff zu kontern. Der Charakter setzt das Ende des Speers auf oder rammt es in den Boden und hält es in einem Winkel fest, der auf den Kontrahenten oder sein Reittier (im Falle eines Berittenen Sturmangriffs) gerichtet ist. Der Speer kann ein- oder beidhändig geführt werden; Charaktere, die ihn einhändig nutzen, können auch ihren Schild zum Schutz verwenden, sofern sie einen haben, während ein beidhändiger Griff +2W6 zum Schaden hinzufügt.

Diese Aktion funktioniert nur gegen einen Kontrahenten, der die Fertigkeit Sturmangriff einsetzt. Ansonsten gilt sie als einfacher Angriff.

Distanz: Lang
Wettkampf: Fertigkeit Speer gg. Aktion des Kontrahenten

Ergebnisse

Sieg: Der Charakter trifft den angreifenden Kontrahenten oder sein Reittier. Würfle und wende den Schaden des Kontrahenten (oder des Reittiers) an, nicht deinen eigenen! Wenn deine Waffe einen Schadensbonus hat (z. B. wenn du einen Speer beidhändig führst), füge diesen ebenfalls hinzu.

Im Angesicht überwältigender Widrigkeiten ist es nicht unehrenhaft, sich zurückzuziehen, um den Kampf an einem anderen Tag fortzusetzen!

Verteidigen (Handlung)

Beritten, Unberitten

Der Charakter verzichtet darauf, seinem Kontrahenten Schaden zuzufügen, um sich selbst zu schützen.

Distanz: Beliebige Nahkampfdistanz
Wettkampf: Waffenfertigkeit +10 gg. Aktion des Kontrahenten

Ergebnisse

Sieg oder Unentschieden: Der Charakter nimmt keinen Schaden, fügt dem Kontrahent aber auch keinen Schaden zu.

Waghalsige Attacke (Kampf)

Beritten, Unberitten

Bei einer Waghalsigen Attacke schlägt der Charakter alle Vorsicht in den Wind und stürzt sich wild und ohne Deckung auf seinen Kontrahenten. Dafür gibt es immer eine Probe auf das Merkmal Waghalsig. Berühmt Waghalsige Charaktere nutzen diese Aktion immer, um anzugreifen, es sei denn, Besonnen gewinnt in einem Vergleichswurf gegen Waghalsig. Charaktere mit einem Erhabenen Wert in Waghalsig müssen diese Option für alle ihre Attacken wählen.

Wählt ein Charakter Waghalsige Attacke und sein Kontrahent wählt Verteidigen (oder umgekehrt), heben sich die beiden Aktionen gegenseitig auf, und der Kampf wird normal abgehandelt.

Distanz: Nah, Normal, Lang
Kampf: Waffenfertigkeit gg. Aktion des Kontrahenten; wenn der Kontrahent auf eine Waffenfertigkeit würfelt, erhält er einen Bonus von +5. Keiner der Kämpfer darf unter irgendwelchen Umständen Schild-/Paradeschutz anwenden.

Ergebnisse

Sieg: Der Charakter verursacht +2W6 Schaden, oder +6W6 bei einem kritischen Erfolg.

Zurückziehen (Handlung)

Beritten, Unberitten

Mit dieser Aktion kannst du dich aus dem Nahkampf zurückziehen. Sie funktioniert ähnlich wie das Ausweichen, indem sie Schaden negiert und selbst keinen zufügt, aber den Charakter auch aus dem Kampf herausführt.

Distanz: Beliebige Nahkampfdistanz
Wettkampf: Bewegungsrate gg. Aktion des Kontrahenten; wenn der Charakter beritten ist, verwende die Bewegungsrate des Pferdes.

Tabelle 6.3: Folgeaktionen

Aktion	Der Schaden muss den Schwellenwert des Kontrahenten übersteigen in:	Ergebnis	Ringen aufrechterhalten?
Entwaffnen	Waffenfertigkeit	Kontrahent lässt Waffe fallen	J
Festhalten	STR	Kontrahent festgenagelt	J
Hochheben	GRO	Kontrahent in die Luft gehoben	J
Waffe abnehmen	Waffenfertigkeit + ½ STR	Charakter nimmt Kontrahenten die Waffe ab	N
Umreißen	GES	Kontrahent wird mit dem Charakter zu Boden gerungen und festgenagelt; wenn er beritten war, erleidet er beim Sturz 1W6 Schaden	J
Zu Boden schleudern	GRO	Kontrahent muss zuerst in die Luft gehoben werden; er wird auf den Boden geschleudert und erleidet 1W6 Schaden, wenn er zu Fuß ist, oder 2W6 Schaden, wenn er auf einem Pferd sitzt	N

Ergebnisse

Sieg: Der Charakter erleidet keinen Schaden und wird nicht mehr attackiert.

Patzer: Der Charakter stürzt und beginnt in der nächsten Runde auf dem Boden; wenn er beritten ist, fällt er von seinem Pferd und erleidet 1W6 Schaden.

Handgemenge

Die Fertigkeit Handgemenge kommt bei **Pendragon** immer dann zum Einsatz, wenn ein Charakter entweder unbewaffnet oder nur mit einer improvisierten Waffe (wie einem Musikinstrument) oder einer kleinen Waffe (wie einem Messer oder Dolch) bewaffnet kämpfen will oder muss.

Handgemenge verursacht immer den Handgemengeschaden des Charakters, wenngleich die Waffe oder der Gegenstand in der Hand diesen modifizieren kann.

Neben dem Hauen und Stechen deckt Handgemenge im Kampf auch fortgeschrittenere Möglichkeiten wie Ringen, Rammen und Freikämpfen ab, die im Folgenden beschrieben werden.

Attacke mit bloßen Händen (Handgemenge)

Beritten, Unberitten

Dies funktioniert identisch mit der Kampfaktion Attacke, nutzt aber die Fertigkeit Handgemenge statt einer bestimmten Waffenfertigkeit. Nutze diese Aktion auch, um mit einem Dolch oder einer improvisierten Waffe anzugreifen. Unbewaffnete Angriffe können entweder ein Fausthieb oder eine Ohrfeige sein. Ein Fausthieb ist ein Schlag mit der geballten Faust, eine Ohrfeige mit der offenen Hand.

Distanz: Kontakt oder Nah
Wettkampf: Handgemenge gg. Aktion des Kontrahenten

Ergebnisse

Sieg: Der Charakter verursacht Handgemengeschaden für einen Fausthieb oder eine improvisierte Waffe oder halben Handgemengeschaden für eine Ohrfeige; ein kritischer Erfolg fügt in beiden Fällen +2W6 Schaden hinzu.

Patzer: Der Charakter stolpert: Abzug von −5 auf jede Aktion in der nächsten Runde.

Freikämpfen (Handlung)

Unberitten

Wenn ein Charakter festgenagelt ist, kann er in den folgenden Runden versuchen, zu entkommen. Der Ablauf funktioniert ähnlich wie beim Ringen und Folgeaktionen: Führe einen Vergleichswurf mit deinem Handgemenge −10 gegen das Handgemenge deines Kontrahenten +10 durch.

Wenn du siegst, würfelst du „Schaden" und versuchst, die STR des ringenden Kontrahenten zu schlagen. Wenn du verlierst, kann der Kontrahent wie üblich versuchen, eine Folgeaktion auszuführen.

Greifen (Handgemenge)

Beritten, Unberitten

Ringen ist normalerweise ein beidhändiger Versuch, einen Kontrahenten festzuhalten oder einen Gegenstand (z. B. eine Waffe) aus seinem Griff zu reißen. Ringen kann auch einhändig versucht werden, allerdings mit einem Abzug von −5 auf die Fertigkeit.

Distanz: Kontakt oder Nah
Wettkampf: Handgemenge gg. Aktion des Kontrahenten. Wenn du siegst, wähle eine Folgeaktion aus *Tabelle 6.3: Folgeaktionen.*

Folgeaktionen

Alle Folgeaktionen nutzen das gleiche Verfahren, um Erfolg oder Fehlschlag zu bestimmen.

Wirf die üblichen Schadenswürfel des Charakters (addiere +2W6 für einen kritischen Erfolg) und vergleiche die Summe mit dem entsprechenden Charakteristikum oder der Fertigkeit des Kontrahenten, wie in *Tabelle 6.3: Folgeaktionen* angegeben. Der gewürfelte Gesamtschadenswert muss den Schwellenwert

übersteigen, damit die Aktion wirksam wird. Wenn der Gesamtwert gleich oder kleiner als der Zielwert ist, gibt es keine Wirkung.

Der gewürfelte „Schaden“ ignoriert jeden Rüstungsschutz. Normalerweise verursacht er jedoch keinen wirklichen Schaden an sich. Die Folgeaktion kann auf andere Weise Schaden verursachen (z. B. einen Kontrahenten vom Pferd werfen). Die Ausnahme von dieser Regel: Wenn der gewürfelte Schaden dem doppelten Schwellenwert entspricht, fügt der Charakter seinen Handgemengeschaden zu und ignoriert den normalen Rüstungsschutz.

> ***Beispiel:*** *Nach einem erfolgreichen Ringen möchte Dame Tamura die Folgeaktion Festhalten anwenden. Das bedeutet, dass sie ihre Schadenswürfel in Höhe von 5W6 werfen muss, um die STR ihres Kontrahenten von 13 zu schlagen. Sie hat Glück und würfelt 28! Da dies den Schwellenwert von 26 (das Doppelte der STR des Kontrahenten) übersteigt, fügt Dame Tamuras Festhalten zusätzlich zu den üblichen Effekten eines erfolgreichen Festhaltens 5 Punkte Schaden zu (das entspricht ihrem Wert für Handgemengeschaden)!*

Rammen (Handgemenge)

Unberitten

Dies ist die subtile Kunst, seine Masse mit Geschwindigkeit in einen Kontrahenten zu schmettern, um ihn umzuwerfen. Charaktere können diese Handgemenge-Aktion nur ausführen, wenn beide Kämpfer zu Fuß unterwegs sind.

Beachte, dass Charaktere mit der richtigen Waffe, die einen Rammenden aus großer Entfernung auf sich zukommen sehen, mit der Aktion Speer pflanzen reagieren können!

Distanz: Als Ausnahme zu anderen Handmenge-Aktionen können Charaktere Rammen aus Naher, Normaler oder aus Langer Distanz versuchen. Ein Rammen auf Nah hat einen Abzug von –5, während ein Rammen auf Lange Distanz einen Bonus von +5 verleiht. Wenn du bei deiner Rammen-Aktion einen Schild einsetzt, erhältst du ebenfalls einen Bonus von +5 auf deine Fertigkeit.
Wettkampf: Fertigkeit Handgemenge gg. Aktion des Kontrahenten.

Ergebnisse

Sieg: Wirf Schaden wie üblich (einschließlich +4W6 Schaden für einen kritischen Erfolg), aber wende

Handgemengeschaden nur als Verwundung an (Rüstung schützt wie üblich). Wenn der gewürfelte Gesamtschaden größer ist als die GRO des Kontrahenten, gehen sowohl der Kontrahent als auch der Charakter zu Boden. Wenn der gewürfelte Schaden mehr als das Doppelte der gegnerischen GRO beträgt, wird nur der Kontrahent zu Boden geschmettert.

Kampfmodifikatoren

Manchmal verleihen die Umstände Kämpfern Boni oder Abzüge. Wenn du gegen einen einzelnen Kontrahenten kämpfst, gelten immer alle Kampfmodifikatoren. Bei mehreren Kontrahenten können unterschiedliche Modifikatoren angewendet werden, abhängig von der spezifischen Situation der Kontrahenten.

Alle Modifikatoren sind kumulativ.

Höhenvorteil

Wenn ein Charakter mit einem Höhenvorteil kämpft, wie z. B. ein Reiter gegen einen Fußknecht oder ein Ritter auf einem Wall, der jemanden angreift, der diesen erklimmt, gilt ein Reflexiver Modifikator von +5/–5 zugunsten des Charakters mit dem Höhenvorteil. Wie immer, wenn Kontrahenten durch mehr als einen Yard (in diesem Fall durch die Höhe) getrennt sind, sind sie zu weit voneinander entfernt, um einander im Nahkampf zu binden.

Langdistanzwaffen heben diesen Abzug auf, wenn du gegen einen Kontrahenten kämpfst, der keine eigene Langdistanzwaffe hat. Ein berittener Kämpfer, der eine beliebige Waffe außer einem Speer einsetzt, kann einen Kontrahenten, der am Boden liegt, nicht treffen.

Fernattacken profitieren nicht vom Höhenvorteil-Modifikator.

Mehrere Kontrahenten

Ein Charakter kann mehreren Kontrahenten auf einmal gegenüberstehen. Drei unberittene Charaktere können einen berittenen oder unberittenen Kontrahenten angreifen, während zwei berittene Charaktere einen berittenen oder unberittenen Kontrahenten angreifen können, einfach weil die Pferde mehr Platz einnehmen. Der Charakter muss gegen jedes Ziel dieselbe Aktion ausführen und wendet den Modifikator für Mehrere Kontrahenten für jede Kampfaktion gegen einen Kontrahenten an.

Modifikator für Mehrere Kontrahenten

Bei jeder Kampfaktion gegen mehrere Kontrahenten erleidet der Charakter nach dem ersten Kontrahenten einen kumulativen Abzug auf seine Fertigkeit von –5 pro Kontrahent. Wenn du also gegen zwei Kontrahenten kämpfst, wird jede Aktion mit einem Abzug von –5 belegt, bei drei Kontrahenten mit –10. Jede Aktion wird wie üblich und separat abgehandelt.

Der Modifikator für Mehrere Kontrahenten kann durch Aktionen wie Verteidigen, Ausweichen und Zurückziehen sowie Inspiration durch Leidenschaften ausgeglichen werden.

Ein Charakter kann jedoch entscheiden, einen oder mehrere Kontrahenten zu ignorieren. In einem solchen Fall erhalten die ignorierten Kontrahenten jeweils eine Vergleichslose Aktion gegen ihren Kontrahenten, aber der Charakter erleidet keinen Modifikator von –5 durch diesen Kontrahenten.

Kampf zu Pferde

Pendragon handelt in erster Linie vom Leben berittener Ritter und verwendet daher einige Regeln, die speziell für den Kampf zu Pferde gelten.

Reitkunstgrenzen

Die Fertigkeit Reitkunst beschränkt den anwendbaren Grundwert aller Waffenfertigkeiten, die beim Reiten eingesetzt werden. *Alle Modifikatoren aus Kampf, Leidenschaften usw. gelten weiterhin und können den Wert der Waffenfertigkeit über den Wert der Reitkunst hinaus erhöhen.*

Sir Evrain hat zum Beispiel eine Schwert-Fertigkeit von 17, aber seine Reitkunst beträgt lediglich 15. Wenn er also sein Schwert zu Pferd einsetzt, beträgt seine Schwert-Fertigkeit effektiv 15. In dieser Kampfrunde kämpft er jedoch gegen einen Feind zu Fuß, und als berittener Kämpfer erhält Evrain einen Modifikator von +5. Dieser wird zu seiner effektiven Schwert-Fertigkeit von 15 addiert, so dass er am Ende eine Schwert-Fertigkeit von 20 gegen diesen Kontrahenten hat.

Berittener Niederschlag

Beritten gelten die üblichen Niederschlag-Regeln: Wenn der Gesamtschaden die GRO übersteigt, würfle auf GES, um im Sattel zu bleiben. Schaden, der die doppelte GRO des Charakters übersteigt, bedeutet, dass er automatisch vom Pferd gestoßen wird.

Ein Sturz aus dem Sattel verursacht 1W6 Punkte Schaden (siehe **„Sturzschaden“** auf S. 58–59).

Fernkampfwaffen

Ritter setzen keine Fernkampfwaffen gegen andere Ritter ein, weil dies als feige gilt. Der ehrenhafte Ritter muss nahe genug sein, um seinem Kontrahenten in die Augen zu sehen. Ritter erhalten eine Markierung für Feige und verlieren 1 Punkt Ehre, wenn sie im Zweikampf einen Bogen oder eine Armbrust gegen einen anderen Ritter einsetzen. Allerdings setzen Ritter in einer belagerten Garnison oft Armbrüste gegen einen angreifenden Feind ein, ohne dabei Tapferkeit oder Ehre zu verlieren. Ritter verwenden regelmäßig Bögen zur Jagd oder zum Sport.

Ritter der Spieler sollten keinen Ruhm für den Einsatz einer Fernkampfwaffe ernten, es sei denn, es ist in irgendeiner Weise bedeutsam für die Geschichte oder den Charakter, was im Ermessen der Spielleitung liegt.

Tabelle 6.4: Annäherungsdistanz

		Reichweite pro Schuss (in Yards)		
	Tempo	Kurz (bis zu 30)	Mittel (31–100)	Lang (101–200)
Ritter	Gehen	2	4	6
	Traben	1	2	4
	Rennen	1	1	2
Pferd	Gehen	2	4	6
	Trott	1	1	2
	Kanter	1	1	2
	Galopp	1	1	1

Fernkampfaktionen

Charaktere, die mit Fernkampfwaffen ausgestattet sind, können eine geeignete Kampfaktion für die Runde wählen, solange sie ansonsten nicht gebunden sind.

Fernkampfattacke (Kampf)

Die Aktion Fernkampfattacke wird für alle Fernkampffertigkeiten (Bogen, Armbrust oder Wurfwaffe) verwendet. Charaktere müssen immer ein einzelnes Ziel angreifen.

Mit Ausnahme des Langbogens und des Kriegsbogens können Fernkampfattacken entweder beritten oder unberitten ausgeführt werden.

Distanz: Fernwaffen
Wettkampf: Vergleichslose Fernkampfwaffenfertigkeit

Ergebnisse

Fernwaffen haben ihre eigenen Schadenswerte.

Ein erfolgreicher Wurf auf eine Fernkampfwaffen Fertigkeit fügt dem Gegner den Waffenschaden zu (+4W6 für einen kritischen Erfolg).

Schnellfeuer (Kampf)

Die Aktion Schnellfeuer erlaubt es einem Charakter, der mit einem Bogen oder einer wurfbereiten Wurfwaffe bewaffnet ist, zwei Pfeile oder Waffen pro Aktion zu verschießen/werfen, aber jeweils nur mit der Hälfte des Wertes seiner üblichen Waffenfertigkeit. Ansonsten funktioniert sie genauso wie die Aktion Fernkampfattacke.

Modifikatoren

Wie auch beim Nahkampf wirken sich Modifikatoren auf die Fertigkeiten im Fernkampf aus. Anders als im Nahkampf sind die Effekte nicht immer kumulativ. Die Spielleitung muss die Deckung des Ziels, die Geschossreichweite, die Position des Ziels und das Wetter berücksichtigen, wenn sie Modifikatoren auf einen Fernkampfangriff anwenden.

Deckung

Unberittene Ziele hinter Deckung sind schwerer zu treffen: Leicht (–5), Mittel (–10) oder Wesentlich (–15).

Fernkampfdistanzen

Fernkampfwaffen verfügen über drei Distanzen: Kurz (bis zu 30 Yards), Mittel (31–100 Yards) und Lang (101–200 Yards). Bei Mittlerer Reichweite gibt es einen Abzug von –5 auf die Waffenfertigkeit, bei Langer Reichweite einen Abzug von –10.

Durch Schilde geschützte Ziele

Ein Kontrahent mit einem Schild, der sich bewusst ist, dass er angegriffen wird, erschwert die Fertigkeit des Bogenschützen um den Fernkampf-Modifikator des Schildes.

Schild- und Paradeschutz gelten ansonsten nicht gegen Fernkampfattacken.

Sonstige Überlegungen

Das Schlachtfeld ist ein chaotischer und verwirrender Ort, und weitere unerwartete Komplikationen müssen berücksichtigt werden.

Entfernung

Tabelle 6.4: Annäherungsdistanz gibt an, wie viele Kampfrunden es braucht, um den jeweiligen Distanzabschnitt zu überwinden. Haken schlagende Angreifer verwenden immer die Gehen-Bewegungsrate.

Berittene Ziele

Wenn Fernkampfwaffen ein berittenes Ziel treffen, wirf 1W6, um zu sehen, ob sie das Pferd oder den Reiter treffen. Ein Ergebnis von 1–4 zeigt an, dass das Reittier getroffen wurde, während 5–6 auf den Reiter verweist.

Kapitel 7

Waffen & Rüstung

Gehen Ritter zum Angriff über, tragen sie normalerweise Speere in der rechten Hand, Schilde in der linken, Schwerter gegürtet an der linken Hüfte, Dolche an der rechten und eine zweite Einhand-Nahkampfwaffe an ihren Sätteln befestigt.

Während sie auf der Straße unterwegs sind oder in friedlichen Gegenden jagen, sind Ritter in der Regel ungepanzert oder tragen nur einen Aketon oder einen Gambeson. Sie tragen nach wie vor ihre Schwerter an der linken und einen Dolch an der rechten Hüfte. Ein zusätzliches Schwert und andere Waffen werden auf ein Lastentier gepackt, wobei die Rüstung und der Schild vom Schlachtross getragen werden, das vom Knappen geführt wird.

Ritter setzen im Kampf eine Vielzahl von Waffen ein, die aber jeweils unter eine von neun Ritterlichen Fertigkeiten fallen. Fünf davon werden im Nahkampf eingesetzt (Sturmangriff, Schaftwaffe, Speer, Schwert, Beidhand-Schaftwaffe), eine im Handgemenge (Handgemenge) und drei im Kampf mit Fernkampfwaffen (Bogen, Armbrust, Wurfwaffe). Jede Waffe hat ihre eigenen Vor- und Nachteile. Ein erfahrener Ritter sollte mehrere Kampffertigkeiten haben und mehrere Waffen für verschiedene Arten des Kampfes tragen.

Die folgenden Abschnitte beschreiben die Nahkampf-, Handgemenge- und Fernkampfwaffen, die Charakteren zur Verfügung stehen.

Jede Waffenfertigkeit umfasst eine Reihe spezifischer Arten von Waffen.

Nahkampfwaffen

Jede Nahkampf-Waffenfertigkeit umfasst eine Reihe von verwandten (wenn auch manchmal unterschiedlichen) Waffenarten. Charaktere kämpfen mit allen Waffen einer Waffenfertigkeit mit gleichem Geschick. Ein Charakter kann zum Beispiel mit einer Streitaxt in den Kampf ziehen und in der Mitte des Kampfes auf einen Streitkolben wechseln; beide nutzen die Fertigkeit Schaftwaffe. Wenn er dann aber ein Schwert ergreift, würde er mit der Fertigkeit Schwert fortfahren, solange er diese Waffe führt.

Die Nahkampfwaffen in diesem Kapitel werden nach verschiedenen Kriterien beschrieben.

- **Waffe:** Die übliche Bezeichnung der Waffe und eine kurze Beschreibung.
- **Waffenfertigkeit:** Die Waffenfertigkeit, die zum Einsatz kommt: Sturmangriff, Schwert, Speer, Einhand- bzw. Beidhand-Schaftwaffe, Flegel oder Handgemenge.
- **Zu Fuß oder Beritten:** Legt fest, ob die Waffe unberitten, beritten oder für beides benutzt werden kann.
- **Schaden:** Manche Waffen verwenden die Attribute des Charakters für den Schaden, andere seinen Handgemengeschaden. Der Bonusschaden, den die Waffe verursacht (falls vorhanden), und der dafür nötige Auslöser (falls vorhanden) werden hier ebenfalls vermerkt.
- **Vorteil:** Manche Waffen sind effektiver gegen andere Arten von Waffen oder Rüstungen oder bieten einen anderen Kampfvorteil.
- **Nachteil:** Ebenso sind einige Waffen im Kampf gegen andere Arten von Waffen weniger effektiv oder schränken den Charakter auf sonstige Weise ein.

Nahkampfwaffen werden in *Tabelle 7.1: Nahkampf- und Handgemenge-Waffen* aufgelistet.

Sturmangriff

Diese Waffenfertigkeit wird nur angewendet, wenn der Ritter beritten ist und sich mit ausreichender Geschwindigkeit bewegt, um die Aktion Berittener Sturmangriff auszuführen (siehe **„Kampfaktionen“** auf S. 38–39). Der Wert dieser Fertigkeit ersetzt den entsprechenden Wert der Waffenfertigkeit der Waffe, die während des Sturmangriffs geführt wird.

Der Sturmangriff darf nie für Attacken mit bloßen Händen oder mit Waffen verwendet werden, die normalerweise die Fertigkeit Handgemenge verwenden oder Handgemengeschaden verursachen.

Ein Sturmangriff mit einer Langdistanzwaffe gegen einen Kontrahenten ohne Langdistanzwaffe gewährt einen Bonus von +5 auf die Fertigkeit.

Schwert

Die Fertigkeit Schwert deckt jede Langklingenwaffe ab, die entweder mit einer oder mit beiden Händen geführt wird. Das Schwert hat weder übermäßige Stärken noch Schwächen und ist die effektivste Waffe im Kampf und ein Symbol des Ritterstands.

Speer

Gilt für alle langstieligen Stichwaffen, die für den Nahkampf bestimmt sind und mit einer oder zwei Händen geführt werden. Speere sind sehr vielseitig, aber auch zerbrechlicher als Schwerter – alle Speere brechen bei einem Patzer oder bei einem Unentschieden gegen einen schwerttragenden Kontrahenten. Speere und Wurfspieße können mit der Fertigkeit Wurfwaffen (siehe unten) auch für Fernkampfattacken eingesetzt werden.

Schaftwaffe

Wird verwendet, wenn ein Ritter die meisten Schaftwaffen (Äxte, Streitkolben, Hämmer) mit einer Hand führt. Schaftwaffen bieten je nach Typ eine Reihe von unterschiedlichen Vorteilen. Wie andere Nicht-Schwert-Waffen brechen sie bei einem Unentschiedenen Wurf gegen einen schwerttragenden Kontrahenten sowie bei einem Patzer.

Eine Anmerkung zu Äxten

Wenn du eine Axt führst und einem Gegner mit einem Schild gegenüberstehst, wird der Schildschutzwert des Kontrahenten um 1W6 verringert. Wenn das Ergebnis auf dem W6 dem Schildschutzwert entspricht oder ihn übersteigt, wird zusätzlich der Schild darüber zerstört!

Beidhand-Schaftwaffe

Diese Waffenfertigkeit gilt für alle Arten von Schaftwaffen, die normalerweise mit zwei Händen geführt werden: Beidhändige Äxte, Hämmer und Streitkolben sowie Stangenwaffen. Wie bei ihren kleineren Vettern unterscheiden sich die Vorteile zwischen den

Paradeschutz

Schwerter und einige Einhand- und Beidhandwaffen bieten einen gewissen Rüstungsschutz, wenn sie ohne Schild geführt werden. Dies wird in der Waffenbeschreibung als „Parade + x“ angegeben, wobei der Wert für x zwischen 2 und 4 rangiert.

Dieser Paradeschutzwert funktioniert genauso wie der eines Schildes: Ein Teilerfolg löst den Bonus auf den Rüstungsschutz aus. Der Charakter kann nicht sowohl Schildschutz als auch Paradeschutz gegen dieselbe Attacke anwenden.

Charaktere können anstelle eines Schildes eine Zweitwaffe in der freien Hand führen. Diese Zweitwaffe gewährt +2 Punkte Paradeschutz bzw. +1, wenn der Charakter ein Schwert in der Haupthand führt, zusätzlich zu dem Paradeschutz, den die Hauptwaffe bietet. Die Zweitwaffe darf nicht offensiv eingesetzt werden.

Dominante Hand

Alle Ritter und andere Kämpfer lernen, mit ihrer rechten Hand zu kämpfen. Sogar Menschen, die von Natur aus Linkshänder sind, werden auf diese Weise ausgebildet. Der Grund dafür ist, dass sie oft in enger Formation mit anderen kämpfen müssen und ein einzelner Linkshänder den Vorteil der Formation zunichte macht.

verschiedenen Arten von Beidhand-Schaftwaffen, aber zusätzlich zu ihrer Chance, bei einem Patzer oder Unentschieden zu zerbrechen, darf der Ritter mit einer Beidhand-Schaftwaffe keinen Schild zur Verteidigung benutzen.

Handgemenge

Diese Waffenfertigkeit ist ein weit gefasster Begriff, der sich auf Handgreiflichkeiten, Ringen, den Einsatz von Messern, Dolchen und anderen Gegenständen auf Nahe oder Kontakt-Distanz bezieht (siehe **„Nahkampfdistanz“** auf S. 36), sowie die Handgemenge-Kampfaktionen ab S. 41.

Fernkampfwaffen

Es gibt drei Arten von Bögen und eine Art von Armbrüsten, sowie eine Vielzahl von Wurfwaffen, die Charaktere als Fernkampfwaffen einsetzen können.

Abgesehen von der Armbrust beruhen alle Fernkampfwaffen auf der Muskelkraft des Charakters, der sie einsetzt, und das Schaden-Charakteristikum des Charakters bestimmt ihren Schaden. Nur ausgebildete (nicht-ritterliche) Bogenschützen würfeln ihren vollen Charakteristikum-Schaden, wenn sie einen Bogen benutzen; alle anderen werfen einen Würfel weniger als ihr normales Schaden-Charakteristikum, wie in *Tabelle 7.2: Fern- und Wurfwaffen* angegeben.

Fernkampfwaffen werden etwas anders beschrieben als Nahkampfwaffen.

- **Waffe:** Die übliche Bezeichnung der Waffe und eine kurze Beschreibung.
- **Waffenfertigkeit:** Die Waffenfertigkeit, die beim Einsatz der Waffe genutzt wird: Bogen, Armbrust, Wurfwaffe.
- **Beritten/Unberitten:** Legt fest, ob die Waffe unberitten, beritten oder für beides benutzt werden kann.
- **Schaden:** Die meisten Fernkampfwaffen haben eine eigenen Schadenswert, der normalerweise vom Waffenschaden des Charakters und als negative Anzahl an W6 ausgedrückt wird. Wenn ein Charakter also normalerweise 5W6 Schaden verursacht und einen Bogen einsetzt, der einen Schaden von –1W6 hat, verursacht ein von diesem Bogen abgefeuerter Pfeil 4W6 Schaden. Professionelle Bogenschützen, die von Kindesbeinen an ausgebildet werden, sind in der Lage, effektiver zu schießen und verursachen +1W6 Schaden über den Grundwert der Waffe hinaus. Ritter erhalten diese Art von Ausbildung jedoch nicht.
- **Reichweite:** Wie weit die Fernkampfwaffe schießen kann (siehe **„Fernwaffendistanzen“** auf S. 44).
- **Schussrate:** Wie oft die Fernkampfwaffe während einer Kampfrunde eingesetzt werden darf.

Bogen

Diese Waffenfertigkeit bestimmt die Fähigkeit eines Charakters im Umgang mit dem Bogen, einer Fernkampfwaffe, die normalerweise aus Holz oder Horn hergestellt wird und normalerweise von Bauern für die Jagd und von Fußknechten im Krieg eingesetzt wird. Ritter nutzen Bögen normalerweise nicht im Kampf, obwohl sie sie oft für die Jagd verwenden.

Wurfwaffe

Diese Waffenfertigkeit deckt den Gebrauch aller Wurfwaffen ab, von leichten Speeren und Wurfspießen bis hin zu Dolchen und Äxten oder sogar Steinen!

Eine Anmerkung zu Speeren

Charaktere können einen Speer, der für den Nahkampf entwickelt wurde, als Fernwaffe schleudern, allerdings nicht so effektiv wie einen Wurfspieß: Die Reichweite ist begrenzt und der Werfer erleidet einen Abzug von –5 auf seine Fertigkeit.

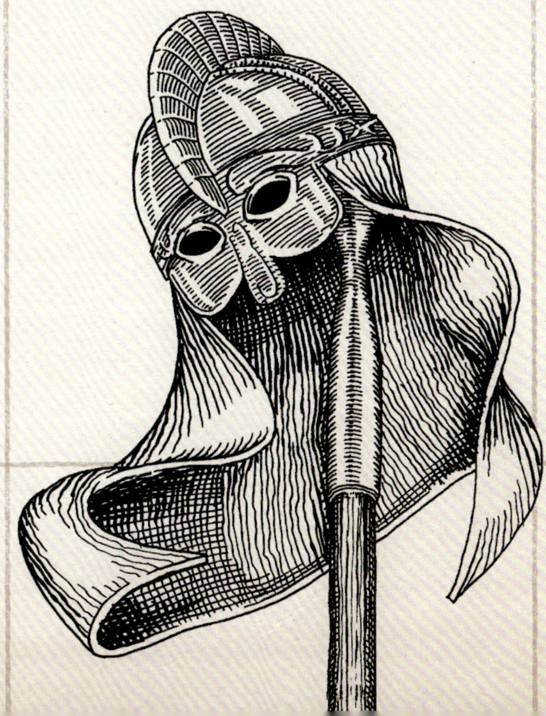

Tabelle 7.1: Nahkampf- und Handgemenge-Waffen

Waffe	Waffen-fertigkeit	Beritten/ Unberitten	Schaden	Vorteil	Nachteil
Dolch	Handgemenge	Beides	Handgemenge + 2W6	—	—
Großaxt	Beidhand-Schaftwaffe	Unberitten	Waffenschaden des Charakters +2W6	Reduziere Schildschutzwert um 1W6	kein Schild; wird bei Patzer oder durch ein Schwert bei Unentschieden zerbrochen
Groß-streit-kolben	Beidhand-Schaftwaffe	Unberitten	Waffenschaden des Charakters +2W6	Schaden +3W6 gg. Ringpanzer	kein Schild; wird bei Patzer oder durch ein Schwert bei Unentschieden zerbrochen
Kampfstab	Beidhand-Schaftwaffe, Speer oder Schwert	Unberitten	Handgemenge (Speer); Handgemenge +2W6 (Schwert); Handgemenge +1W6 (Beidhand-Schaftwaffe)	Parade + 2 (Schwert) oder +4 (Beidhand-Schaftwaffe)	Kein Schild bei Verwendung mit Schwert oder Beidhand-Schaftwaffe; wird bei Patzer oder durch ein Schwert bei Unentschieden zerbrochen
Keule	Beidhand-Schaftwaffe	Unberitten	Handgemenge +2W6	—	kein Schild; wird bei Patzer oder durch ein Schwert bei Unentschieden zerbrochen
Knüppel	Schaftwaffe	Beides	Handgemenge +1W6	—	wird durch ein Schwert bei Unentschieden zerbrochen
Kriegsbeil	Schaftwaffe	Unberitten	Handgemenge +2W6	—	Nur Kontakt oder Nah; durch ein Schwert bei Unentschieden zerbrochen
Lanze	Sturmangriff	Beritten	Sturmschaden des Pferdes	Langdistanzwaffe	wird durch ein Unentschieden, einen Patzer oder einen Teilerfolg zerbrochen
Lanze, Turnier-	Sturmangriff	Beritten	Sturmschaden des Pferdes	Langdistanzwaffe	Abgestumpfte Spitze verursacht abgeschwächten Schaden; bricht bei einem erfolgreiche, ungeradem Fertigkeittswurf
Ritter-schwert	Schwert	Beides	Waffenschaden des Charakters	Parade +3; zerbricht andere Waffenarten bei Unentschieden	—
Sachs	Handgemenge	Unberitten	Handgemenge + 2W6	Parade + 1	wird durch ein Schwert bei Unentschieden zerbrochen
Speer	Speer	Beides	Waffenschaden des Charakters	Langdistanzwaffe; Schaden +2W6 wenn beidhändig	Kein Schild bei Verwendung mit Beidhand-Schaftwaffe; wird bei Patzer oder durch ein Schwert bei Unentschieden zerbrochen
Streitaxt	Schaftwaffe	Beides	Waffenschaden des Charakters	Reduziere Schildschutzwert um 1W6	wird bei Patzer oder durch ein Schwert bei Unentschieden zerbrochen
Streit-hammer	Beidhand-Schaftwaffe	Unberitten	Waffenschaden des Charakters +2W6	—	Kein Schild; wird bei Patzer oder durch ein Schwert bei Unentschieden zerbrochen
Streit-kolben	Schaftwaffe	Beides	Waffenschaden des Charakters	Schaden +1W6 gg. Ringpanzer	wird bei Patzer oder durch ein Schwert bei Unentschieden zerbrochen
Wurfspieß	Speer	Beides	Handgemenge +1W6	—	wird durch Schwerter und Patzer zerbrochen

Tabelle 7.2: Schuss- und Wurfwaffen

Waffe	Waffen-fertigkeit	Beritten/ Unberitten	Schaden	Reich-weite	Schussrate
Armbrust, Leichte	Armbrust	Beides	1W6+10	Mittel	1 Bolzen pro Runde
Dolch	Wurfwaffe	Beides	Handgemenge	Kurz	1 Dolch pro Runde
Einfacher Bogen	Bogen	Beides	Waffenschaden des Charakters –1W6[1]	Mittel	1 Pfeil pro Runde
Kriegsbeil	Wurfwaffe	Beides	Waffenschaden des Charakters –1W6 (normaler Schaden vs. Gegner mit Schilden)	Kurz	1 Kriegsbeil pro Runde
Kriegsbogen	Bogen	Unberitten	Waffenschaden des Charakters –1W6[2]	Lang	1 Pfeil pro Runde
Langbogen	Bogen	Unberitten	Waffenschaden des Charakters –1W6[3]	Lang	1 Pfeil pro Runde
Speer	Wurfwaffe[4]	Beides	Waffenschaden des Charakters –1W6	Kurz	1 Speer pro Runde
Wurfspieß	Wurfwaffe	Beides	Waffenschaden des Charakters –1W6	Mittel	1 Wurfspieß pro Runde

1 maximal 3W6 Schaden
2 maximal 5W6 Schaden
3 maximal 4W6 Schaden
4 –5 auf Waffenfertigkeit

Rüstung

Der Schutz, den Rüstungen und Schilde bieten, wird durch den Rüstungsschutzwert ausgedrückt, wobei eine höhere Zahl für eine bessere Rüstung steht. Wenn eine Waffe einen Charakter trifft, der eine Rüstung trägt, wird der Rüstungsschutzwert von dem verursachten Schaden abgezogen. Siehe **„Rüstungs-, Schild- und Paradeschutz"** auf S. 35.

Rüstung verstärken

Eine Rüstung korrekt anzulegen, ist keine einfache Sache. Es gibt Schnürungen zu binden, Polsterungen auszurichten und verschiedene Einzelteile miteinander zu verbinden. Und was noch wichtiger ist: Um effizient zu sein, braucht man Hilfe – dafür sind Knappen da!

Alle Rüstungsschutz-Werte sind „kumulativ", d. h. alle Rüstungsschutz-Punkte, die ein Ritter trägt, werden addiert und als voller Rüstungsschutz des Charakters behandelt. Es ist also möglich, teilweise gerüstet in den Kampf zu ziehen.

Um deinen Gesamt-Rüstungsschutz zu erhalten, addiere die Werte aller getragenen Rüstungsteile zusammen.

Rüstungsarten

Es gibt zwei Arten von Rüstungen, die in der Zeit, die in diesem Buch behandelt wird, getragen werden: Stoffrüstung und Ringpanzer. Einige Waffen richten mehr Schaden an, je nachdem, welche Art von Rüstung der Gegner trägt.

Stoffrüstung

Stoffrüstung besteht aus Lagen von Leinen und manchmal auch Wolle, die zusammengenäht werden. Sie hat oft eine Füllung zwischen den Lagen, die aus Wolle, Leder oder sogar Heu bestehen kann.

Ringpanzer

Der Ringpanzer besteht aus Tausenden von Metallringen oder kleinen Platten, die mit einem darunter liegenden Stoff verbunden oder vernietet sind und ein schützendes Netz bilden. Ringpanzer sind anfällig für Wuchtwaffen, die dem Träger zusätzlichen Schaden zufügen.

Helm

Die Kategorie Helm umfasst alle Arten von Kopfbedeckungen. Helme enthalten immer eine Bundhaube aus Ringgeflecht.

Äussere Schutzkleidung

Die Kleidung wird normalerweise über der Rüstung getragen, um diese vor dem Wetter zu schützen. Ritter tragen oft ihr Wappen darauf, daher der Begriff

„gewappnet." Nichts davon bietet ihnen Schutz, weder als Rüstung noch als Polsterung; die Unterschiede liegen vor allem in ihrem Schnitt und ihrem Aussehen.

Waffenrock

Ein Waffenrock ist lang, bedeckt den Träger von den Schultern bis zu den Füßen und hat unten Schlitze, um das Reiten zu ermöglichen. Die Ärmellänge ist variabel.

Tappert

Ein Tappert ist in der Regel ärmellos, besteht aus zwei Teilen Stoff, vorne und hinten, mit einem Loch für den Kopf, und ist an den Seiten geschlossen.

Die Schmiede des Rüstungsmachers

Dieser Abschnitt beschreibt alle Arten von Rüstungen, die den Rittern zu Beginn von Artus' Herrschaft zur Verfügung standen.

Aketon

Ein Aketon ist eine flexible Körperpolsterung aus dickem, mehrlagigem, gestepptem Stoff und Wolle, die unter Ringpanzern und anderen Vorgängern der Plattenpanzer getragen wird. Er ist entweder vorne offen und wird entweder geschnürt oder zugeknöpft oder über den Kopf gezogen. Er ist so lang wie die Rüstung, die darüber getragen wird, und ist für berittene Truppen an den Seiten geschlitzt, mit langen oder kurzen Ärmeln und ohne Zier.

Brünne

Eine Brünne (auch Haubert oder leichtes Panzerhemd genannt) ist ein Ringpanzer, der den Oberkörper bis zur Mitte des Oberschenkels und die Arme von den Schultern bis über den Ellbogen bedeckt.

Gambeson

Diese Schutzkleidung ähnelt dem Aketon, besteht aber aus viel dickerem, mehrlagigem, gestepptem Stoff und Wolle. Sie wird von Fußknechten oder von Rittern bei der Jagd auf Bären, Wildschweine oder andere gefährliche Tiere getragen. Er ist nicht zum Tragen mit anderen Rüstungsteilen gedacht und kann an der Außenseite verziert sein.

Ringpanzer

Der Ringpanzer ist eine Rüstung, die den Rumpf und die Beine des Ritters bis zu den Knien oder länger bedeckt. Er ist vom Schritt abwärts geschlitzt, damit er auf dem Pferderücken getragen werden kann. Er verfügt über Ärmel und wird normalerweise mit einem Nasalhelm und einer metallenen Bundhaube getragen.

Ringpanzer, Erweitert

Der erweiterte Ringpanzer ist der übliche Ringpanzer, ergänzt durch Ringpanzerhandschuhe, angepasste Beinkleider (Ringpanzerbeinlinge) und Ringpanzerschienen an den Oberarmen sowie Beinschienen aus gekochtem Leder über den Schienbeinen und Armschienen an den Unterarmen zum Schutz der Gleidmaßen.

„Kettenhemd"

Der Ringpanzer wird in Geschichten und Erzählungen gern Kettenhemd oder Kettenpanzer genannt, aber das sind moderne und technisch inkorrekte Begriffe, die erfunden wurden, um verschiedene Arten von Rüstungen in Gemälden und an Skulpturen zu beschreiben. Für die Ritter in Britannien gibt es diese Bezeichnungen nicht.

Die Helmschau

Köpfe sind extrem verwundbar und erfordern einen eigenen Rüstungsgegenstand für das Überleben im Kampf. Helme sind innen gepolstert, entweder mit einer weichen Panzerkappe oder mit eingepassten Leder- oder Stoffteilen, die zum Schutz mit Tierhaaren gestopft sind. Die meisten frühen Helme haben einen zusätzlichen Schutz in Form einer Ringpanzerhaube, deren Schutz in den angegebenen Rüstungswerten berücksichtigt wird.

Tabelle 7.3: Helme

Einzelteil	Rüstungsschutz-Wert
Offener Helm	1
Nasalhelm	2
Nasalhelm, Erweitert	3

Nasalhelm

Dies ist der Standardhelm für Ritter. Er deckt den Kopf von der Spitze bis über die Ohren und ist leicht konisch. Ein dünner Metallsteg reicht nach unten und schützt die Nase des Trägers. Ein Kinnriemen sichert ihn.

Erweiterter Nasalhelm

An einem normalen Nasalhelm können zusätzliche Teile zu erhöhtem Schutz angebracht sein. Dazu gehören Wangenklappen, ein kurzer Nackenschutz aus Ringgeflecht, Eisenringe zum Schutz der Augen, oder sogar eine vollständige Gesichtsplatte.

Dieser Helm gilt als geschlossen, d. h. der Träger erleidet einen Abzug von –5 für Würfe auf Aufmerksamkeit und andere können den Träger nicht an seinen Gesichtszügen erkennen.

Tabelle 7.4: Rüstung

Gegenstand	Rüstung Art	Rüstungsschutz Wert	Polsterung
Aketon	Stoff	2	Keine
Gambeson	Stoff	4	Keine
Brünne	Ring	4	Aketon
Ringpanzer	Ring	6	Aketon
Ringpanzer, Erweitert	Ring	7	Aketon

Tabelle 7.5: Schilde

Schild	Rüstungs-schutzwert	Fernkampf-modifikator	Nachteile	Hinweise
Mandelschild	6	–10	Abzug auf Fertigkeiten, wenn beritten	–2 auf Waffenfertigkeit bei berittenem Einsatz, mit Ausnahme von Sturmangriff
Rundschild	6	–10	Abzug auf Fertigkeiten, wenn beritten	–2 auf Waffenfertigkeit bei berittenem Einsatz
Einfacher Schild	6	–5	bricht durch einen kritischen Erfolg des Kontrahenten	—

Mandelschilde wurden eigens dafür entworfen, um sowohl groß zu sein als auch gemeinsam mit einer Lanze beim Reiten eingesetzt zu werden.

Offener Helm

Auch Topfhelm oder Kesselhelm genannt (je nach Ausführung), ist ein offener Helm der einfachste und billigste Helm, der oben rund ist. Er ist bei Fußknechten und armen Rittern verbreitet.

Schilde

Schilde werden in Verbindung mit Einhand-Waffen eingesetzt. Die Verwendung von Schilden erfordert keine eigene Fertigkeit.

Mandelschilde sind die Standardschilde der Ritter.

Wie an anderer Stelle erklärt, verleihen Schilde ihren Rüstungsschutzwert, wenn der Verlierer einen Teilerfolg im Kampf erzielt. Ein Fehlschlag bedeutet, dass der Treffer am Schild vorbeigeht und dieser keinen Schutz bietet.

Wenn ein Charakter beritten ist und ein Gegner sein Pferd angreift, kann der Charakter den Schildschutzwert stattdessen auf sein Pferd anwenden, wenn er einen Teilerfolg erzielt.

Mandelschild (Gross)

Ein Mandelschild ist lang und tropfenförmig und hat entweder eine abgerundete oder eine flache Spitze. Er ist schwer, wird mit einem Handgriff und einer Unterarmstütze festgehalten, hat aber auch einen Riemen, der vom Schild über die rechte Schulter des Ritters und dann zurück zum Schild führt.

Wenn der Mandelschild zusammen mit einem Speer oder einer Lanze in einem Berittenen Sturmangriff eingesetzt wird, ignoriert er den üblichen Abzug von –2 auf die Waffenfertigkeit für große Schilde.

Rundschild (Gross)

Ein Rundschild wird von Infanterie und nicht-ritterlichen Truppen verwendet. Der übliche Schild, der von Sachsen und anderen germanischen Völkern vom Festland getragen wird, wird an einem zentralen Griff festgehalten, der sich hinter einem dicken Metallbuckel befindet.

Einfacher Schild (Mittel)

Arme Infanteristen verwenden einfache Schilde. Diese haben die Größe eines Rundschildes, sind aber nicht so gut verarbeitet. Sie werden auf die gleiche Weise getragen.

Wendet ein einfacher Schild seinen Schildschutzwert gegen einen kritischen Erfolg an, zerschmettert der Treffer den Schild und macht ihn ab diesem Zeitpunkt unbrauchbar.

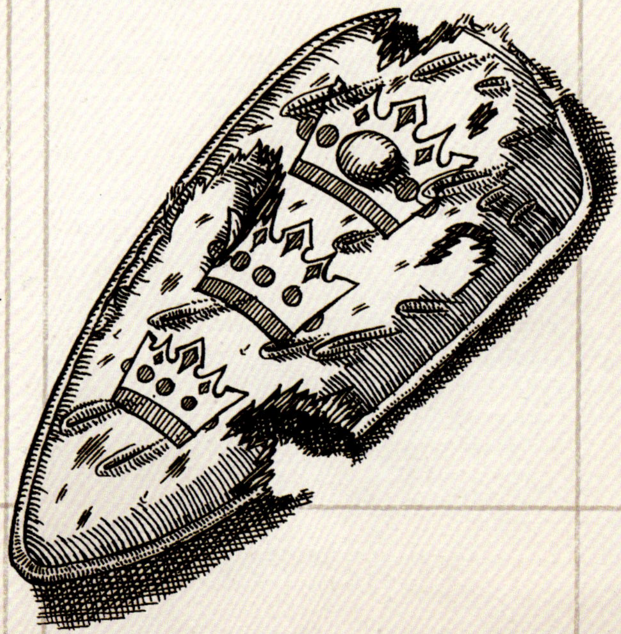

Kapitel 8
Pferde

Historisch ist die mittelalterliche Adelsgesellschaft eine Pferdekultur. Jeder Adlige weiß, wie man reitet und wie man seine Pferde pflegt. Ein Ritter hat normalerweise mindestens vier Pferde: Sein Kampfross, Reitpferde für sich und seinen Knappen und ein Lastentier, das als Packpferd dient. Einige Pferde können eine Rüstung tragen.

Ein Pferd ist ein wertvoller und gut gepflegter Besitz. Nachlässiger Umgang deutet auf Charakterschwäche hin. Alle Pferde brauchen Hufbeschlag, regelmäßige Pflege, Hufinspektion und -trimmen, Untersuchung auf Verletzungen oder wunde Stellen und eine angemessene Fütterung. Ein Kampfross kann nicht nur von Gras und Heu leben. Es bekommt regelmäßig etwa zehn Pfund Getreide als Futter, vorzugsweise Hafer oder Gerste von bester Qualität, sowie zehn Pfund Heu pro Tag. Manchmal wird das Getreide durch „Pferdebrot" ersetzt, das aus gebackenen Bohnen und Erbsen besteht. Es benötigt etwa zehn Gallonen Wasser pro Tag. Wenn ein Pferd krank ist, braucht es einen guten Hufschmied, der es pflegt.

Der Ritter und sein Pferd gehen eine enge Bindung ein, die über bloßen Nutzen hinausgeht.

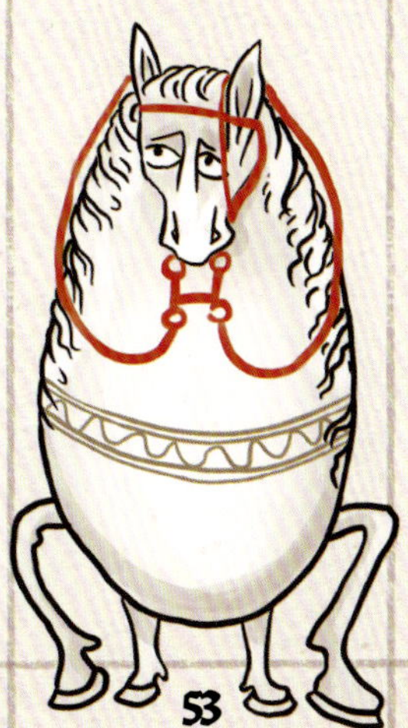

Richtig zu reiten ist weder einfach noch intuitiv, und Ritter lernen es früh, noch bevor sie zum Knappen ernannt werden. Die Kontrolle über das Pferd hängt von einer Kombination aus Haltung, Bewegung, Händen, Beinen, Sporen und Absicht des Reiters ab. Zügel sind im Kampf hilfreich, aber nicht notwendig, so dass der berittene Ritter auch einhändig oder im Notfall sogar beidhändig kämpfen kann. Steigbügel sind eigentlich auch zweitrangig, und ein guter Reiter kann jede Aktion außer einem Berittenen Sturmangriff auch ohne sie durchführen. Außerdem haben Pferde ihre eigenen Persönlichkeiten, und Reiter müssen mit ihnen üben, um ein effizientes Gespann zu werden.

Arten von Pferden

Pferde werden nach der Art der Arbeit klassifiziert, die sie verrichten, nicht nach ihrer Rasse.

Tabelle 8.1: Streitrösser

Art	Schaden Normal	Schaden Sturmangriff	Bewegung	Natürliche Rüstung	GRO	GES	STR	KON	TP	Anmerkungen
Irisches Hobby	2W6	4W6	18	5	30	15	26	12	42	—
Streitross, klein	3W6	5W6	15	4	32	13	30	12	44	Kann Polsterung tragen
Streitross, normal	3W6	6W6	16	5	40	13	32	15	55	Kann Vollpolsterung oder Halb- und Vollgambeson tragen
Streitross, groß	4W6	7W6	17	6	43	13	35	15	58	Kann Vollpolsterung oder Halb- und Vollgambeson tragen. Seltene Rasse

Tabelle 8.2: Reitpferde

Art	Schaden	Bewegung	Natürliche Rüstung	GRO	GES	STR	KON	TP
Runtzid	3W6	16	4	36	12	32	18	56
Renner	2W6	20	5	35	16	31	15	50
Renner, Araber	3W6	23	4	33	20	30	15	48
Dales-, Irisches oder Kymrisches Pony	2W6	14	4	25	17	21	20	45

Tabelle 8.3: Arbeitspferde

Art	Schaden	Bewegung	Natürliche Rüstung	GRO	GES	STR	KON	TP	Hinweise
Lastentier	3W6	14	3	30	12	30	16	46	Packtier
Esel	3W6	12	3	26	18	30	15	41	Packtier

Streitross: Der Oberbegriff für ein Kriegsross mit Kampfausbildung; mittlere Größe, 15.2 Handbreit.

Renner: Leicht, schnell und stark; ideal für die Verfolgung.

Hobby oder Hob: Groß (13–14 Handbreit), leicht, schnell und wendig; ein Pferd mit Kampfausbildung, das von Plänklern eingesetzt wird (daher auch der Name *Hobilare*).

Runtzid: Ein Allzweck-Reitpferd.

Lastentier: Jede Art von Packpferd oder Pony, das etwa 200 Pfund tragen kann.

Pferde mit Kampfausbildung

Alle Schlachtrösser müssen für den Kampf ausgebildet sein, damit sie den Schrecken des Kampfes standhalten. Jedes gewöhnliche Pferd wird bei Blutgeruch, Angstrufen, Kampfschreien und dem Schmerz einer Verwundung Reißaus nehmen. Es stürmt nicht direkt auf etwas zu und trampelt auch nicht auf einem Lebewesen herum.

Von solch schrecklichen Eindrücken bestürmt zu werden und trotzdem dem Reiter zu gehorchen, ist eine seltene Auszeichnung, denn nur eines von hundert Pferden ist in der Lage, seine Ausbildung zu beenden. Außerdem muss das Pferd darauf trainiert werden, auf die ständigen Gewichtsverlagerungen des Reiters zu reagieren, ohne Zügel zu gehorchen und den Unterschied zwischen den Bewegungskommandos des Reiters und seinen Gewichtsverlagerungen durch den Waffengebrauch zu erkennen. Die zusätzlichen Kosten für ein Schlachtross ergeben sich aus der umfangreichen Ausbildung, die notwendig ist, und der relativen Seltenheit geeigneter Pferde.

Pferde ohne Kampfausbildung

Um ein nicht für den Kampf ausgebildetes Pferd im Kampf zu reiten, muss der Reiter jede Runde die Aktion Ross lenken ausführen, bevor er eine andere Aktion durchführen kann. Außerdem reagieren Pferde ohne Kampfausbildung sehr schlecht auf Verwundungen. Mehr dazu im folgenden Abschnitt.

Pferde im Kampf kontrollieren

Wenn ein Charakter ein nicht für den Kampf ausgebildetes Pferd in den Kampf reitet, muss der Spieler zu Beginn jeder Kampfrunde eine Aktion Ross lenken (siehe S. 37–38) mit einem Modifikator von –5 ausführen. Bei einem Erfolg ist das Pferd unter Kontrolle, und der Reiter darf in dieser Kampfrunde eine weitere Aktion versuchen; bei einem kritischen Erfolg bleibt das Pferd für den Rest des Kampfes unter Kontrolle, es sei denn, es wird verwundet (siehe unten). Ein

TABELLE 8.4: PFERDERÜSTUNG

ART	WERT DER RÜSTUNGSPUNKTE	BENÖTIGTE STR DES PFERDES	HINWEISE
Schabracke, offen	0	Beliebig	Dekorativ
Schabracke, Halb-	0	Beliebig	Dekorativ
Schabracke, Voll-	0	Beliebig	Wetterschutz, dekorativ
Polsterung, Voll-	1	30	Kann von Streitross, klein und größer getragen werden
Gambeson, Halb-	2	34	Kann von Streitrossen und Größeren getragen werden
Gambeson, Voll-	4	34	Kann von Streitrossen und Größeren getragen werden

misslungener Wurf bedeutet, dass der Charakter in dieser Kampfrunde keine weitere Aktion unternehmen darf, und ein Patzer bedeutet, dass der Charakter abgeworfen wird.

Wenn am Ende einer Kampfrunde ein Pferd *irgendeiner* Art fünf oder mehr Schadenspunkte durch eine oder mehrere Verwundungen erleidet, prüfe, ob Verletzungseffekte verursacht werden. Diese sind dieselben wie bei Menschen und können das Tier außer Gefecht setzen oder töten. Vorausgesetzt, das Pferd ist ansonsten in Ordnung, führe zu Beginn der nächsten Kampfrunde einen Vergleichslosen Wurf auf Reitkunst mit einem Abzug in Höhe der Gesamttrefferpunkte aus, die das Pferd in diesem Kampf verloren hat. Die Ergebnisse sind die gleichen wie oben, mit der Ausnahme, dass sich ein Pferd mit Kampfausbildung bei einem Erfolg oder kritischen Erfolg für den Rest des Kampfes beruhigt (oder bis es erneut verwundet wird). Andernfalls legst du jede Runde weitere Würfe für Reitkunst mit demselben Abzug ab, bevor du eine weitere Kampfaktion unternimmst.

Pferdearten-Tabellen

Die Tabellen hier enthalten alle Attribute, die zur Darstellung der häufigsten Pferderassen in Britannien benötigt werden.

- **Art**: Funktion des Tieres, wie nebenan
- **Normaler Schaden:** Schaden, den das Pferd anrichten würde, wenn es auf ein Opfer tritt oder mit den Hufen ausschlägt (beachte, dass in Panik fast jedes Pferd Schaden anrichten kann)
- **Sturmangriff-Schaden:** Schaden, den ein mit Speer oder Lanze bewaffneter Reiter mit einer erfolgreichen Beritten-Sturmangriff-Aktion verursacht
- **Bewegung:** Die Gehen-Bewegungsrate des Pferdes
- **Natürliche Rüstung:** Die Haut des Pferdes wird mit zunehmender Größe immer dicker, und auch die Muskelmasse trägt zum Schutz bei
- **GRO, GES, STR, KON:** Charakteristika, wie bei Menschen
- **Hinweise:** Verschiedene Fakten

Pferderüstung

Pferde sind von großer Bedeutung und hohem Wert, und Ritter schützen sie mit Rüstungen, wenn sie es sich persönlich leisten können (auch Hausritter bekommen sie nicht automatisch von ihren Lehnsherren).

Die verschiedenen Arten des Pferdeschutzes werden in *Tabelle 8.4: Pferderüstung* beschrieben.

- **Schabracke:** Keine wirkliche Rüstung; dies ist eine leichte Decke aus Stoff, die nicht gepolstert sein muss und meist eine helle Farbe, ein Muster oder ein Wappen aufweist.
- **Voll:** Deckt das Pferd abgesehen von den Unterschenkeln komplett ab
- **Halb:** Deckt die vordere Hälfte des Pferdes vom Sattel an ab.
- **Offen:** Schabracken können offen sein und nur die Hinterhand vollständig bedecken, mit breiten Riemen vorne

Kapitel 9

Verletzungen & Gesundheit

In der Artusliteratur erleiden Ritter im Kampf oft schwere blutende Verwundungen. Manchmal ignorieren sie sie und taumeln weiter, um ihre Aufgaben zu erfüllen. Ein anderes Mal liegen sie mit Fieber im Bett, müssen lange gepflegt werden und sich erholen, oder sie schmachten allein in schmutzigen, krankheitsverseuchten Kerkern.

In **Pendragon** haben Verletzungen Gewicht. Ein Ritter ist ein Krieger, und ein Großteil der Spielhandlung besteht darin, Schaden auszuteilen und einzustecken. Die folgenden Regeln legen fest, dass Kämpfe realistisch und furchterregend, niemals zufällig oder routinemäßig ablaufen und dass die Folgen von Gewalt betont werden sollen.

Ritter tragen mit Stolz ihre Narben, wenn sie ihre vielen Verwundungen überleben.

Kämpfe sind schnell und tödlich. Aus diesem Grund brauchen Ritter hohe Tapfer-Werte!

Gesundheitszustände

Ein Charakter in **Pendragon** ist entweder Gesund oder Geschwächt. Der Einfachheit halber gibt es keinen Mittelweg. Ein Charakter kann eine vernünftige Anzahl von Trefferpunkten haben und trotzdem Geschwächt sein, oder er kann nur ein paar Trefferpunkte über Bewusstlos haben und trotzdem Gesund sein. Das Kästchen Geschwächt unter dem Abschnitt **„Aktuelle Trefferpunkte“** auf dem Charakterbogen wird immer dann angekreuzt, wenn ein Ritter Geschwächt wird; ein nicht angekreuztes Kästchen bedeutet, dass der Ritter Gesund ist.

Gesunde Individuen bedürfen keiner Pflege. Der Charakter gilt als Gesund, auch wenn er nicht die vollen Trefferpunkte hat; Ritter sind darauf trainiert, mit kleineren Verletzungen zu leben. Die Verletzungen von Gesunden heilen wöchentlich mit der Heilungsrate (siehe **„Heilung & Erholung“** auf S. 60).

Auch wenn ein verletzter Charakter Gesund ist, führt übermäßige Anstrengung zu einer Verschlimmerung, die pro Ereignis und nicht pro Woche behandelt wird. Siehe **„Verschlimmerung“** auf S. 58.

Geschwächte Personen sind nicht in der Lage, richtig für sich selbst zu sorgen. Sie brauchen Ruhe,

Ritter können aus diversen Gründen Geschwächt werden. Wie der Bewusstlos-Schwellenwert ist dies oft für die Selbsterhaltung des Charakters von Vorteil!

und Aktivität kann ihren Zustand verschlimmern, wenn niemand sie versorgt. Diese Zuwendung wird *Heilkunst* genannt, die einfache mittelalterliche Version der Krankenpflege.

Das Kästchen „Geschwächt" wird angekreuzt, wenn:

1. Trefferpunkte unter das Bewusstlos-Charakteristikum fallen.
2. eine Schwere Verwundung erlitten wird.
3. eine Tödliche Verwundung erlitten (und überlebt) wird.
4. ein verpatzter Erste-Hilfe-Wurf erlitten wird.
5. eine Krankheit aufgrund von schlechten Bedingungen oder anderen Ursachen erlitten wird. Dies umfasst auch vergiftete Charaktere.

Das Kästchen Geschwächt bleibt angekreuzt, bis der Charakter mindestens einen erfolgreichen Wurf für Heilkunst erhält und mindestens die Hälfte seiner Gesamttrefferpunkte wiedererlangt. Danach gilt der Status des Charakters als Gesund.

Schaden erleiden

Der Trefferpunkte-Wert gibt die Fähigkeit eines Charakters an, Schaden zu absorbieren. Charaktere verlieren Trefferpunkte auf viele Arten. Manche Arten von Schaden verursachen klaffende Verwundungen, während andere nicht so sichtbar sind. Trage die Trefferpunkte in das Feld „Aktuelle Trefferpunkte" auf dem Charakterbogen ein. Darunter befindet sich ein Feld mit der Überschrift „Verwundungen", in das du den Schaden jeder Verwundung eintragen kannst.

Verwundungen

Alle Verwundungen verursachen den Verlust von Trefferpunkten, aber nicht alle Trefferpunktverluste gehen auf Verwundungen zurück.

Eine Verwundung wird jedes Mal eingetragen, wenn ein Charakter durch Waffen, Stürze oder herabstürzende Gegenstände Schaden erleidet. Der Spieler trägt diese Zahl als Verwundung auf dem Charakterbogen ein und zieht den entsprechenden Betrag von den Trefferpunkten des Ritters ab. Achte darauf, jede Schadenssumme separat zu notieren, da die Fertigkeit Erste Hilfe auf jede Wunde unabhängig voneinander angewendet wird. Manche Verwundungen sind schlimmer als andere. Es gibt die folgenden drei Arten von Verwundungen.

Leichte Verwundungen

Eine Verwundung, die weniger Schaden verursacht als der Wert des Charakteristikums Schwere Verwundung (der gleich KON ist), ist eine Leichte Verwundung. Sie kennzeichnet Prellungen, Schnitte, Risse oder Einstiche, die zwar sehr schmerzhaft sind, aber nicht sofort behindern. Mehrere Leichte Verwundungen können jedoch die aktuellen Trefferpunkte unter das Bewusstlos-Charakteristikum fallen lassen.

Hunwulf erleidet eine Schwere Verwundung

Hunwulf der Rote, ein riesiger, fetter alter Ritter (GRO 18, KON 9, Tapfer 17, Trefferpunkte 27, Bewusstlos 7, Schwere Verwundungen 9), ist zu alt und ungesund, um noch gut zu kämpfen. Selbst eine Verwundung mit 9 Punkten ist für ihn eine Schwere Verwundung, da seine Konstitution nur mittelmäßig ist. Trotzdem würden viele lieber schnell in einem Kampf sterben, als bettlägerig zu bleiben. Sir Hunwulf fordert Sir Clarion wegen eines kleinen Streits zum tödlichen Kampf heraus.

Hunwulf stürzt sich voreilig in den Kampf und erleidet in der ersten Kampfrunde nach Abzug seines Rüstungsschutzes 9 Punkte Schaden: genau das Minimum für eine Schwere Verwundung. Sein Spieler kreuzt das Kästchen Geschwächt an.

Sir Hunwulf fällt sofort bewusstlos um, und sein Spieler würfelt einmal auf *Tabelle 9.1: Charakteristikum-Verlust*. Ein Ergebnis von „2" bedeutet, dass Sir Hunwulfs GES sofort um 1 Punkt sinkt.

Wenn Sir Hunwulf wieder zu sich kommt, muss er sich mittels Heilkunst behandeln lassen, wenn er weiteren Schaden durch seinen Geschwächt-Zustand vermeiden will.

Schwere Verwundungen

Eine Schwere Verwundung liegt vor, wenn der Schaden durch einen einzelnen Hieb größer oder gleich dem Wert des Charakteristikums Schwere Verwundung ist. Charaktere können diesen Schaden nicht abschütteln. Beispiele sind eine Gehirnerschütterung, zerschmetterte oder gebrochene Knochen, starke Blutungen oder verletzte innere Organe. Eine Schwere Verwundung hat mehrere negative Folgen:

1. Der Charakter wird sofort bewusstlos. Siehe **„Bewusstlos"** auf S. 59.
2. Das Kästchen Geschwächt muss angekreuzt werden.
3. Der Charakter muss einen Wurf auf der *Tabelle 9.1: Charakteristikum-Verlust* ablegen, um die dauerhaften Auswirkungen der Schweren Verwundung zu ermitteln, falls sie sich ergibt. Er verliert sofort 1 Punkt des angegebenen Charakteristikums und muss außerdem sofort alle relevanten Abgeleiteten Charakteristika neu berechnen (siehe S. 14).
4. Wird nach dem Erleiden einer Schweren Verwundung und vor deren vollständiger Heilung weiterer Aktivität nachgegangen, tritt ebenfalls eine Verschlimmerung ein. Unter **„Verschlimmerung"** auf der nächsten Seite findest du weitere Erklärungen.

Tabelle 9.1: Charakteristikum-Verlust

1W6	Merkmal
1	GRO
2	GES
3	STR
4	KON
5	AUS
6	Keines

Tödliche Verwundungen

Der Schaden eines einzelnen Hiebs, der größer oder gleich dem Charakteristikum Gesamt-Trefferpunkte ist, tötet einen Charakter normalerweise. Dies ist eine schreckliche Verletzung: ein gebrochener Schädel, eine durchtrennte Arterie, durchbohrte innere Organe oder sogar eine abgehackte Gliedmaße. Der Charakter ist bewusstlos und handlungsunfähig. Er kann aber trotzdem überleben, wenn bestimmte Kriterien erfüllt sind:

1. Jemand muss innerhalb einer Stunde erfolgreich Erste Hilfe leisten, sonst stirbt der Charakter, und selbst dann ist eine Genesung fraglich. Die Erste Hilfe muss so viele verlorene Trefferpunkte wiederherstellen, dass der Charakter mindestens einen Trefferpunkt über Null hat. Heilkunst kann erst dann helfen, wenn der Charakter nicht mehr in unmittelbarer Gefahr schwebt.
2. Der Spieler kreuzt das Kästchen Geschwächt an. Der Charakter ist bewusstlos (oder kaum bei Bewusstsein) und seine Zukunft hängt in der Schwebe.
3. Wenn der Charakter auf diese Weise wiederhergestellt wird, erleidet er drei Würfe auf *Tabelle 9.1: Charakteristikum-Verlust,* um die schweren dauerhaften Auswirkungen der Tödlichen Verwundung zu bestimmen. Der Spieler muss die Abgeleiteten Charakteristika sofort neu berechnen, wenn es zu Charakteristikum-Verlusten kommt, wenngleich die aktuellen Trefferpunkte nicht sinken.

Verschlimmerung

Verschlimmerung bedeutet, einen Zustand durch Aktivität zu verschlimmern, während man krank oder verletzt ist. Während eines Szenarios kann ein verletzter Charakter beschließen (oder die Situation kann ihn dazu zwingen), sein Krankenbett für mehrere Tage zu verlassen, sich dann auszuruhen, dann viele Meilen zu reiten und sich dann wieder auszuruhen. Unter solchen Umständen kommen die Regeln für Verschlimmerung ins Spiel.

Jedes Mal, wenn ein Charakter seine Verletzungen verschlimmert, zieht er 1 oder mehr Punkte Schaden von den aktuellen Trefferpunkten ab, aber es wird keine Verwundung eingetragen. Ein Punkt ist der übliche Verlust, aber Charaktere können nach dem Ermessen der Spielleitung bis zu 3 Punkte durch extrem heftige oder anhaltende Aktivitäten (wie Kämpfe auf Leben und Tod) erleiden. Erste Hilfe kann Verschlimmerung nicht heilen oder reduzieren.

Der aktuelle Gesundheitszustand, das Ausmaß der Verletzungen sowie die Dauer und Intensität der Aktivität sind wichtige Faktoren bei der Bestimmung der Verschlimmerung. Siehe *Tabelle 9.3: Aktivität und Verschlimmerung.* Eine Verschlimmerung ist für alle verletzten Charaktere, ob Gesund oder Geschwächt, möglich, wenn sie nach dem Ermessen der Spielleitung einer anstrengenden Aktivität nachgehen.

Verschlimmerung kann zurätzlich zu Verschlechterung wirken, aber Heilkunst oder ein anderer Würfelwurf kann die Verschlimmerung nicht aufhalten.

Diese Regeln sollen der Spielleitung einen gewissen Spielraum lassen, wenn es darum geht, die Handlungen von verletzten Charakteren zu beurteilen. Spieler, die die Gesundheit ihres Charakters riskieren wollen, indem sie Aktionen ausführen, während sie verwundet oder geschwächt sind, können dies tun, allerdings mit realistischen Konsequenzen. Manchmal kann in Pendragon eine Aktion wichtiger sein als das Leben: Vielleicht will ein Charakter einen Bruder rächen oder eine wichtige Nachricht überbringen, auch wenn das bedeutet, dass er verwundet reiten oder kämpfen muss.

Verschlechterung

Verletzungen oder Krankheiten können eher schlimmer als besser werden, wenn sich niemand richtig um einen verwundeten Charakter kümmert. Blutverlust, Dehydrierung, böse Geister, weitere Krankheiten und mehr können diesen Gesundheitsverlust verursachen. Verschlechterung verursacht 1W6 Schaden pro Woche. Es wird keine Verwundung verzeichnet und Erste Hilfe kann nicht helfen.

Verschlechterung betrifft nur Geschwächte, die in dieser Woche keinen erfolgreichen Wurf für Heilkunst erhalten. Es ist nur ein Wurf für Heilkunst pro Woche erlaubt, wobei die Verschlechterung bei einem Fehlschlag oder Patzer eintritt.

Sturzschaden

Ein Sturz aus einer Höhe von weniger als zwei Yards verursacht keinen Schaden. Ein Sturz aus zwei Yards verursacht 1W6 Schaden. Danach verursachen alle weiteren zwei Yards je +1W6 Schaden, bis zu einem Maximum von 16W6. Wenn du zum Beispiel von einem Pferd fällst, verursacht ein Sturz von zwei Yards 1W6 Schaden. Ein Sturz aus sechs Yards, wie von einem Hausdach, verursacht 3W6. Ein Sturz aus

vierzig Yards, wie vom höchsten Turm eines Burgfrieds, sollte rein rechnerisch 20W6 verursachen, ist aber auf 16W6 begrenzt.

Tabelle 9.2: Sturzschaden

Yards	Schaden
Weniger als 2	Keine
2-3	1W6
4–5	2W6
6-7	4W6
8-9	8W6
10 oder mehr	16W6

Umstände können den Schaden verändern. Wenn ein bockendes Pferd einen Charakter abwirft, erhält er zum Beispiel 2W6 Schaden.

Die Rüstung absorbiert in diesem Fall keinen Sturzschaden, da der Aufprall und die verdrehten Glieder die Schadensursachen sind.

Bewusstlos

Ein Charakter wird ohnmächtig, wenn seine Trefferpunkte unter den Wert des Bewusstlos-Charakteristikums sinken oder wenn er eine Schwere Verwundung erleidet. Er geht zu Boden oder rutscht von seinem Pferd. Wenn ein Charakter bewusstlos wird, muss der Spieler sofort das Kästchen Geschwächt auf dem Charakterbogen ankreuzen.

Ein bewusstloser Charakter kann kurze Phasen der Klarheit haben. Mit Zustimmung der Spielleitung darf er leise sprechen. Er kann zum Beispiel langsam ein Testament diktieren, um göttlichen Beistand beten oder einen Angreifer in einem schwachen Flüsterton beschreiben. In Malory etwa gibt es eine Passage, in der sich zwei Opfer unterhalten, während sie „bewusstlos" sind und im Sterben liegen.

Dem Tode nahe

Ein Charakter mit null oder negativen Trefferpunkten, aus irgendeinem Grund oder einer Kombination von Gründen (Krankheit, Ertrinken, Verwundungen, Verschlechterung, usw.) steht auf der Schwelle des Todes. Kurz nachdem der Schaden zugefügt wurde, kann Erste Hilfe den Tod lange genug hinauszögern, damit die Heilung stattfinden kann. Der Charakter stirbt, wenn er nicht bis Mitternacht des Tages, an dem er verwundet wurde, wieder positive Trefferpunkte hat. Selbst wenn er überlebt, braucht er auf jeden Fall eine Behandlung mittels Heilkunst.

Tabelle 9.3: Aktivität & Verschlimmerung

Aktivitätsstufe	Wirkung
Keine Aktivität	Ruhen, vernünftig essen oder schlafen. Keine Verschlimmerung – der beste Weg, um sich zu erholen.
Leichte Aktivität	Kurze Strecken gehen, zu viel essen, ein Gespräch führen oder kurze Briefe schreiben. Keine Verschlimmerung, auch nicht für Geschwächte, es sei denn, die Aktivität wird übertrieben.
Mäßige Aktivität	Längere Strecken gehen, auf einem Pferd reiten (auch wenn es nur ein paar Minuten sind), feiern, tanzen, der Minne nachgehen oder sich streiten. Verschlimmerung ist für Geschwächte nach Wahl der Spielleitung möglich.
Anstrengende Aktivität	Kämpfen, rennen, klettern, eine beträchtliche Strecke zu Pferd oder zu Fuß zurücklegen (oder sogar in einer Sänfte, wenn die Spielleitung es so bestimmt). Verschlimmerung ist für Geschwächte gewiss und für Gesunde möglich, die eine Reihe kleiner Verwundungen erlitten haben oder unterhalb der Hälfte ihrer Gesamttrefferpunkte stehen.

Das Heilen von Wunden und erlittenem Schaden ist bei **Pendragon** *ein langwieriger Prozess.*

Heilung & Erholung

Charaktere heilen von Verletzungen nur durch natürliche Heilung, die Fertigkeiten Heilkunst und Erste Hilfe und manchmal durch Magie oder Wunder.

Wenn ein Charakter verletzt ist, erfolgt die Heilung mit jeder Woche Spielzeit. In allen Fällen findet die Heilung üblicherweise am Sonntagmittag statt. Wenn verletzte Charaktere darauf bestehen, aktiv zu werden, anstatt sich auszuruhen, muss eine Verschlimmerung des Schadens in Kauf genommen werden.

Heilkunst

Heilkunst wird auf Geschwächte Charaktere angewendet, um die Verschlechterung aufzuhalten. Ein erfolgreicher Heilkunst-Wurf bedeutet, dass die Verschlechterung nicht eintritt. Ein Patient darf nur einen Wurf für Heilkunst pro Woche erhalten. Der Einfachheit halber sollte der Wurf am Sonntagmittag erfolgen, wenn normalerweise auch die natürliche Heilung stattfindet. Wenn der Wurf ein Fehlschlag oder Patzer ist, tritt die daraus resultierende Verschlechterung erst in der folgenden Woche ein.

Ergebnisse von Heilkunst

- **Kritisch:** Es tritt keine Verschlechterung ein, und die natürliche Heilungsrate wird zu den aktuellen Trefferpunkten addiert
- **Erfolg:** Es tritt keine Verschlechterung ein.
- **Fehlschlag:** Verschlechterung tritt ein
- **Patzer:** Verschlechterung tritt ein, und 1W6 Trefferpunkte gehen verloren

Erste Hilfe

Erste Hilfe ist eine Notfallbehandlung auf dem Schlachtfeld, die verwundeten Charakteren sofort verlorene Trefferpunkte zurückgeben kann. Erste Hilfe versucht, Blutungen zu stoppen, Schmutz zu entfernen, böse Geister davon abzuhalten, in die Wunde einzudringen, und so weiter. Sie funktioniert je Verwundung. Wenn ein Versuch der Ersten Hilfe fehlschlägt, kann niemand mehr einen weiteren Versuch für dieselbe Verweundung unternehmen. Wenn jemand eine Erste Hilfe erfolgreiche auf Schwere Verwundungen oder Tödliche Verwundungen anwendet, wirkt sich das nicht auf den Geschwächt-Zustand des Ritters aus.

Charaktere können Erste Hilfe an sich selbst mit einem Modifikator von –10 auf ihre Fertigkeit versuchen. Mit Erlaubnis der Spielleitung kann ein Knappe Erste Hilfe leisten, wenn keine anderen Ritter eines Spielers anwesend sind.

Ergebnisse von Erster Hilfe

- **Kritisch:** Der Charakter erhält Trefferpunkte in Höhe seiner doppelten Heilungsrate zurück.
- **Erfolg:** Der Charakter erhält Trefferpunkte in Höhe seiner Heilungsrate zurück.
- **Fehlschlag:** Keine Verbesserung.
- **Patzer:** Der Charakter verliert 1W3 Trefferpunkte direkt von den aktuellen Trefferpunkten (es wird keine neue Verwundungszahl vermerkt). Der Zustand des Charakters hat sich verschlechtert und die Wunde ist nun von bösen Geistern befallen, blutet erneut oder hat sich anderweitig verschlimmert. Die Person wird Geschwächt.

Natürliche Heilung

Natürliche Heilung stellt Trefferpunkte in Höhe des Charakteristikums Heilungsrate wieder her, wobei die Schwere der Aktivität des Charakters während der Woche diesen Prozess beeinflusst. Aufgrund von Schaden, der durch Verschlechterung und Verschlimmerung verursacht wird, kann das Ergebnis eines einwöchigen Zyklus von Ruhe und Aktivität Null geheilte Trefferpunkte oder sogar ein Verlust von Trefferpunkten sein. Heilkunst kann die Verschlechterung aufhalten, aber nur Untätigkeit kann einen übermäßig aktiven Charakter vor einer Verschlimmerung seiner Krankheit oder Verletzungen bewahren.

Kapitel 10
Reichtum & Schätze

Kühne Ritter interessieren sich nur selten für die Verwaltung ihrer Güter, und nur wenige würden sich mit der Buchhaltung belasten. Die meisten Adligen verlassen sich dabei auf andere. Ritter genießen die Früchte der Arbeit ihrer Bauern und geben ihr Geld großzügig aus. Das Einzige, wofür Ritter sich diesbezüglich interessieren, ist, wie viel sie zur Verfügung haben.

Schätze sind tragbarer Reichtum: Münzen, goldene Pokale, silberne Teller, Diamantringe, goldene Armbänder, kupferbeschlagene Holztruhen, Glasbecher, Wandteppiche, Throne, Tische, Stühle und schicke Kleidung – all das sind Beispiele für tragbaren Reichtum und repräsentieren die Art von Schätzen, die Ritter auf Abenteuern finden können.

Münzgeld & Wert

Münzen kommen dem gemeinen Bürger und nicht-adligen Rittern nur selten unter, und die Leute bezahlen einander oft mit Naturalien in einem Tauschsystem. Es gibt jedoch eine Wertäquivalenz zwischen Tauschwaren und Geld. So entspricht das Jahreseinkommen eines Lehnsritters durch seine Bauern 10 Libra („£10"), die nicht in Münzen, sondern in Form von Fleisch, Eiern, Gerste, Hafer, sonstigen Lebensmitteln und Arbeitskraft erhoben werden.

Zwei Arten von Münzen kommen in **Pendragon** vor: Das Librum (Pfund) und der Denarius (Penny). Es gibt noch verschiedene weitere historische Münzen, aber der Einfachheit halber ignorieren wir Schilling, Sovereigns, Half-Sovereigns, Mark, Nobel, Crowns, Halfcrowns, Florins, Dreipence, Groschen, halbe Pennys und Viertelpennys.

Libra (Einzahl *Librum*), abgekürzt als *£*, sind Goldmünzen. £1 = 240 d.

Denarii (Einzahl *Denarius*), abgekürzt *d*, sind Silbermünzen. Sie sind etwa halb so groß wie ein modernes 10-Cent-Stück. Die Menschen halbierten oder brachen sie für Kleingeld oft in Hälften oder Viertel. 1 d. = £1/240.

Libra (£) werden auch (und viel häufiger) als Rechnungseinheit verwendet. Ein tatsächliches goldenes Librum bekommen Hausritter nur selten zu Gesicht. Soweit Bargeld überhaupt den Besitzer wechselt, geschieht dies meist in Form von Silberdenaren.

Ein Librum reicht aus, um eine bäuerliche Familie ein Jahr lang zu ernähren, einschließlich Nahrung, Ausrüstung und Unterkunft, den jährlichen Unterhalt für einen Knappen und zwei Pferde, ein Festmahl für dreißig Adlige; ein Festmahl für hundert Gemeine, ein einfaches Grab in der Familiengrabstätte eines Adligen, einen Zierteich oder den jährlichen Unterhalt für einen Gelehrten.

Ein Denarius ist die Mahlzeit eines Ritters, drei Armbrustbolzen oder die Kosten für einen Mönch, der einem ungebildeten Ritter einen Brief vorliest.

Quellen für Schätze

Wenngleich Land die begehrteste Form des Reichtums ist, gibt es auch andere Möglichkeiten, Einkommen zu erzielen, wobei Lösegeld die häufigste ist.

Lösegeld

Gefangen genommene Ritter können ihre Freiheit erlangen, indem sie an den Entführer ein Lösegeld zahlen. Ritter bieten zum Teil Lösegelder, um ihre Mitritter zu motivieren, ihr Leben zu verschonen. Normalerweise sind es ihre Lords, Vasallen oder Familien, die sie auslösen, denn das gehört dazu, wenn man ein Ritter ist.

Gefangene bieten interessante Möglichkeiten für das Rollenspiel. Zwischen Geiselnehmer und Gefangenem entsteht oft Wohlwollen – schließlich ist der Ritterstand ein gegenseitiges Band. Ein Ritter, der vor der Gefangennahme verletzt wird, kann von einer Lady aus dem Haushalt des Geiselnehmers gepflegt werden, was eine Gelegenheit für eine Liebelei oder sogar die Möglichkeit für eine Minne-Leidenschaft bietet.

Bedenke, dass Ritter es allgemein eher vorziehen, sich zu ergeben und Lösegelder zu zahlen, als bis zum Tode zu kämpfen. Hass-Leidenschaften, unehrenhafte Gegner und Kontrahenten, die keine Lösegelder anerkennen, sorgen für deutlich tödlichere Kämpfe. Für die Ritter der Spieler sollte die Aussicht auf ein mögliches, fettes Lösegeld für einen ergriffenen Feind in den meisten Fällen einen Anlass zur Gnade darstellen.

Lösegeld zahlen

Gefangene Ritter zahlen Lösegeld, um ihre Freiheit zu erkaufen. Herrscher zahlen Lösegeld für ihre Hausritter. Söldnerritter müssen ihr eigenes Lösegeld zahlen, ansonsten zahlen ihre Familien. Ritter mit Landbesitz und Adlige erheben Lösegeld von ihren Vasallen, Freisassen, Leibeigenen und Gemeinen.

Lösegeld teilen

Oft sind mehrere Personen an einer Gefangennahme beteiligt und teilen sich das Lösegeld. Die Aufteilung wird den Rittern der Spieler überlassen. Wenn Spielleitercharaktere geholfen haben, steht auch ihnen ein Anteil zu.

Lösegeld eintreiben

Die Zahlung erfolgt nicht automatisch. Gefangene Feinde bleiben gefangen, bis jemand das Lösegeld bezahlt. Manche Fänger halten ihre Gefangenen in Ketten, in einem Kerker oder lassen ihnen die Freiheit, in ihrer Burg herumzuwandern. Es ist sogar möglich, sie auf ihr Ehrenwort hin freizulassen, um nach Hause zu gehen und das Geld aufzubringen, um dann mit dem Lösegeld zurückzukehren; andernfalls müssen sie innerhalb eines Jahres und eines Tages in die Gefangenschaft zurückkehren. Die Spielleitung bestimmt, ob der Gefangene ehrenhaft, verräterisch oder ein Dieb ist.

Beute

Ritter kämpfen sowohl um Beute als auch um Ruhm. Die Beträge, die in einem Szenario angegeben sind, werden in tragbaren Wertgegenständen ausgedrückt, meistens in Münzen und anderen Schätzen.

Beute teilen

Kämpferinnen und Kämpfer müssen immer einen Teil ihrer Beute an ihren Anführer abgeben. Bei Rittern mit einem Lehnsherrn ist dieser Anführer derjenige, der den Ritter auf dem Feld befehligt, normalerweise ein Offizier. Bei Söldnern ist das der Hauptmann der Kompanie.

Der Einfachheit halber zeigen die Werte der Beute in **Pendragon** den Nettobetrag an, den Ritter von Spielern erhalten, nachdem sie mit ihren Lords und Anführern geteilt haben. Ritter von Spielern müssen die Beute also nur unter sich selbst aufteilen, wie sie es für richtig halten, zu gleichen Teilen oder entsprechend ihrer Anstrengung, ihrem Rang oder ihrem Risiko.

Wie du deinen Reichtum verwendest

Ritter gehen nicht einkaufen.

Allerdings legt jeder Ritter Wert auf Reichtum. Mit Reichtum gehen Macht und Einfluss einher. Mit Reichtum kann man sich Gefallen erkaufen; er hüllt den Ritter und seinen Haushalt in teure Stoffe, Gold und Juwelen und andere standesgemäße Ausstaffierung. Sie können Waffen, Rüstungen, Pferde und andere Ausrüstungsgegenstände verschenken oder empfangen. Am wichtigsten ist jedoch, dass Reichtum Sicherheit vor Hunger und Entbehrungen bietet.

Kapitel 11
Die Winterphase

Militärische Kampagnen im Winter sind selten. In Britannien gibt es zwar keinen starken Schneefall oder großflächige Vereisung, aber das Wetter ist trotzdem kalt und nass. Vor allem Straßen, Wege und Pfade, die nicht von den Römern stammen, verwandeln sich in einen schlammigen Morast. Niemand begibt sich nach draußen, wenn es nicht unbedingt nötig ist.

Aber der Winter ist auch eine Zeit des Trainings und des Studiums, der Vergnügungen und des Klatsches. Im Spiel aktualisieren die Spieler ihre Charaktere, um die Erfahrungen des vergangenen Jahres widerzuspiegeln. Dies tun sie nach dem Ende eines jeden Abenteuers, während der *Winterphase*.

Ablauf

Das hier vorgestellte System ist eine vereinfachte Version der Standard-Winterphase aus dem Grundregelwerk.

Je besser man in einer Fertigkeit wird, oder je extremer ein Merkmal oder eine Leidenschaft, desto unwahrscheinlicher wird es, diese durch Erfahrungsmarkierungen zu erhöhen.

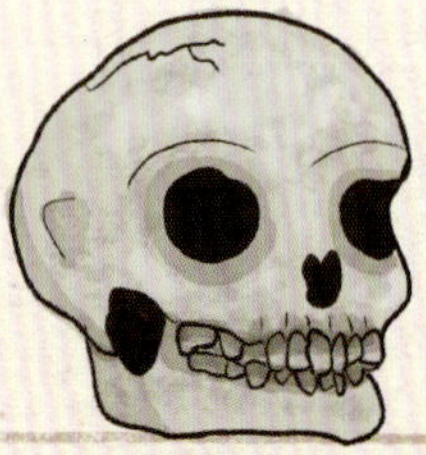

Der grundlegende Ablauf umfasst diese Schritte:

1. Erfahrungswürfe
2. Training und Übung
3. Ruhm ernten
4. Prestigebelohnung

Schritt 1. Erfahrungswürfe

Wirf einmal 1W20 für jede Erfahrungsmarkierung. Wenn das gewürfelte Ergebnis größer ist als der aktuelle Wert, hat der Charakter aus seiner Erfahrung gelernt und erhöht diesen Wert um einen Punkt.

Sobald für ein markiertes Attribut gewürfelt wurde, entferne die Markierung.

Schritt 2: Training & Übung

Der Spieler darf *eine* der folgenden Verbesserungen wählen.

Ein Persönlichkeitsmerkmal ändern

Du kannst einem Merkmal einen Punkt hinzufügen und sein Gegenteil um den gleichen Betrag verringern (bis zu einem effektiven Mindestwert von 1).

Eine Leidenschaft ändern

Du kannst einer beliebigen Leidenschaft einen Punkt hinzufügen oder von ihr abziehen.

Ein Charakteristikum ändern

Spieler dürfen entweder STR, GES, KON oder AUS um einen Punkt erhöhen.

Fertigkeiten bis zu 15 trainieren

Füge 6 Punkte zu einer beliebigen Anzahl von Fertigkeiten unter 15 in beliebiger Kombination hinzu – alle Punkte können zu einer einzelnen Fertigkeit hinzugefügt, auf zwei Fertigkeiten aufgeteilt oder auf mehrere verteilt werden –, solange ihre Werte nicht über 15 steigen.

Eine Fertigkeit bis zu 20 trainieren

Erhöhe *eine einzelne* Fertigkeit über 15 um einen Punkt, bis zu einem Maximalwert von 20. Keine Fertigkeit darf auf diese Weise einen kritischen Bonus erhalten oder diesen erhöhen.

Schritt 3: Ruhm ernten

Zähle alle Ruhmpunkte zusammen, die du dir in diesem Jahr verdient hast. Vermerke die Summe unter „Geschichte & Ereignisse", dann addiere sie zum aktuellen Gesamtruhm.

Passiver Ruhm

Passiver Ruhm entsteht durch bestimmte jährliche Richtwerte, wie auf S. 31 erklärt.

Ruhm aus einmaligen Ehrungen

Wenn die Person im letzten Jahr eine besondere Ehre oder Ambition erlangt hat, vermerke sie.

Schritt 4: Prestigebelohnung

Für je volle 1.000 Punkte Ruhm erhält der Ritter des Spielers eine Prestigebelohnung. Notiere die Belohnung auf deinem Charakterbogen.

Prestigebelohnungen können wie folgt verwendet werden:

- Um ein beliebiges Attribut um einen Punkt zu erhöhen. Für die Erhöhung gelten keine Einschränkungen, es gibt keine Nachteile und sie kann den kritischen Bonus für Fertigkeiten über 20 erhöhen. Achte darauf, Abgeleitete Charakteristika neu zu berechnen, wenn sich ein entsprechendes Charakteristikum erhöht.
- Um den Wert einer Leidenschaft um 1 Punkt zu senken.

Damit ist ein weiteres Jahr im Leben eines Ritters abgeschlossen!

GARLOTH
GORRE
Cheviot-Hügel
Wartburg des Schmerzes
Der Wall
Carduel
Wald von Deleable
Fl. Tyne
Tarn Wadling
Fl. Eden
Durham
CAMBENET
NOHAUT
MALAHAUT
Appleby
Fl. Tees
Yorkshire-Sümpfe
Fl. Lune
Berge von Pennine
Catterick
Fl. Ure
CUMBRIA
Tal von Pickering
Ripon
Fl. Dubglass
Fl. Derwent
DEIRA
Wald von Deira
DIE WILDNIS
Wald der Gefahren
Fl. Wharfe
Eburacum
Fl. Ribble
MARIS
Fl. Humber
Fl. Aire
ROESTOC
Doncaster
PASE
Conisbrough
Kingerby
Pase
Der Gipfel
LINDEN
AMANS
Wirral
Wald von Arroy
Lincoln
See von Rostheme
BEDEGRAINE
NORGALES
Stadt der Legionen
Wald von Bedegraine
Newark
CHESHIRE
Fl. Dee
CAMELIARD
Bedegraine
Sleaford
HILL TRIBES
Nottingham
Belvoir
Lonazep
Fl. Trent
Llyn Tegid
LONA

Pendragon®

Buch III: Die Kampagne des Schwertes

Eine Einführungskampagne für Pendragon, 6. Edition

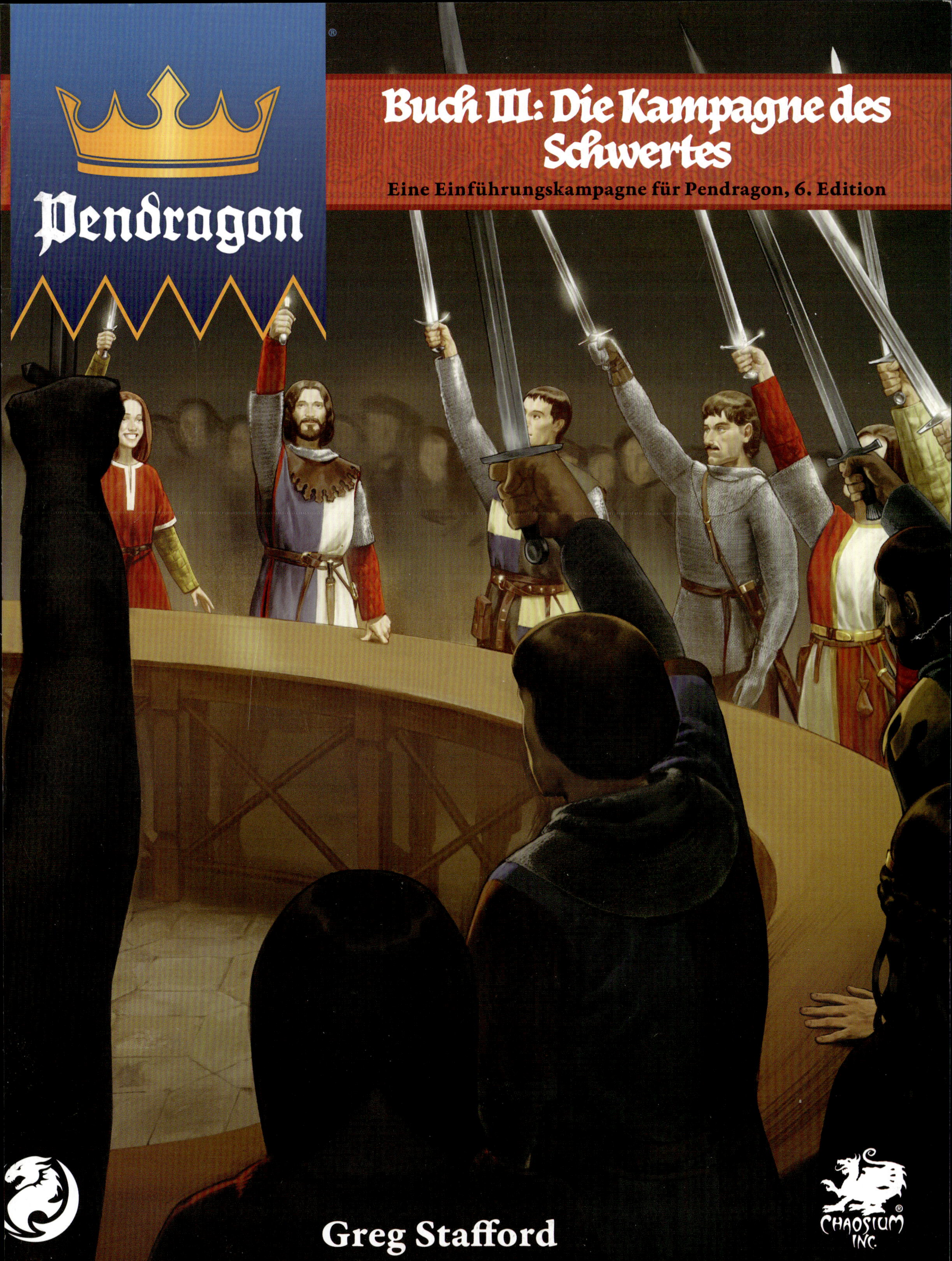

Greg Stafford

Chaosium Inc.

Pendragon

Pendragon Starter-Set Buch III: Die Kampagne des Schwerts:

Autoren: Greg Stafford und David Larkins

Entwicklung: David Larkins, Veli-Matti Pelkonen, und David Zeeman

Redaktion: Jeff Richard

Produktreihenredaktion Pendragon: David Larkins

Design & Layout: Simeon Cogswell

Lektorat & Korrektorat: Roberto Mandrioli Roberto Mandrioli, David Zeeman und Keith Mageau

Lizenzierung: Daria Pilarczyk

Titelillustration: Andrey Fetisov

Innenillustrationen: Andrey Fetisov, Lisa Free, Eric Hotz, Eleonor Piteira, Mark Smylie, Dimitar Stoyanov, Austin Winstead

Kartographie: Francesca Baerald

Heraldik: Katrin Dirim

Design Bordüren, Marginalien & grafische Elemente: Simeon Cogswell, Kalin Kadiev, & Ash Stellmach

Typografie: Dieses Buch ist in IM FELL, Herb, Gothicus & Garamond Premier Pro von Adobe Fonts gesetzt. Die Seitenleiste und andere Überschriften sind in Basteleur gesetzt, die von Keussel für Velvetyne Type Foundry entworfen wurde.

Kommentare und Beiträge zu dieser Edition: Ellie Akers, Cedric Alesandre, Jeff Erwin, Scott Hall, Matthijs Krijger, Sven Lugar, Kurt Over, Robert G. Schroeder, Nick Tolimieri, Gintaras Valiulis, Malcolm Wolter

Originalmaterial von: David Larkins und Roderick Robertson (Schlachten), Gintaras Valiulis, David Zeeman und David Larkins (Handgemenge), Ellie Akers (Pferde), Malcolm Wolter (Rausch), Matthijs Krijger (Verrückt werden, Turniere)

Spieltester für diese Edition: Aaron Gorfein, Adam Hubbard, Alex Drusts, Alexander Bjursell, Alexander Marcus, Alisha Hammer, Anne Valentino, Brian Hammer, Cedric Alexandre, Craig Kellner, David Schimpff, David Zeeman, Desiree Valdez, Fergie, Jade McLellan, Kenny Stewart, Rainy McDonald, Ryan Vodden, Santiago McDonald, Sean Musgrave, Søren Hjorth, Steve Fontaine, Suzanne Stafford, Sven Lugar, Tim Leonard, Tom Salas, Wayne Coburn, Zechariah W. Cline, Zev Trubowitch

Deutsche Version: Philipp Baas, Jessica Dillmann, Kai Großkordt, Thomas Michalski

Ulisses Spiele: Zoe Adamietz, Philipp Baas, Mirko Bader, Myriel Balzer, Steffen Brand, Leamon Crafton, Carlos Diaz, Jessica Dillmann, Cora Elsässer, Frauke Forster, Daniel Friedrich, Ingo Grauel, Christof Grobelski, Kai Großkordt, Nikolai Hoch, David Hofmann, Jan Hulverscheidt, Philipp Jerulank, Mat-thias Kalupner, Johannes Kaub, Nele Klumpe, Christian Lonsing, Thomas Michalski, Carolina Möbis, Janine Modler, Vincent Modler, Carsten Moos, Felix Pietsch, Markus Plötz, Annika Richter, Thomas Römer, Nadine Schäkel, Ulrich-Alexander Schmidt, Leon Schuster, Alex Spohr, Viktoria Umbach, Hannah van den Höövel, Jan Wagner, Noah Weisgerber, Anton Weste, Christopher Weule

ULISSES SPIELE

CHAOSIUM INC.

Inhalt

Einleitung

Spieler können mit diesem Buch *Die Kampagne des Schwerts* bestreiten, eine Sammlung von Szenarien, die sie in die turbulenten Anfangsjahre von König Artus' Herrschaft versetzen: Vom Ziehen des Schwertes aus dem Stein über den verzweifelten Kampf des Knabenkönigs gegen die Könige des Nordens, die ihm die Krone streitig machen wollten, bis hin zur Übergabe des legendärsten Schwertes der Welt.

Jedes Szenario ist so gestaltet, dass es das Hauptabenteuer für das jeweilige Spieljahr darstellt. Weitere Ereignisse ergeben sich im Laufe des Spiels. Als Spielleitung ist es deine Aufgabe, diese Ereignisse mit der Haupterzählung zu verweben. Halte nach Möglichkeiten Ausschau, Spielleiter-Charakteren im Leben der Ritter der Spieler Gewicht zu verleihen. Habt Spaß und scheut euch nicht davor, ab und zu vom Skript abzuweichen!

Wenn du diese Szenarien leitest, kann sich jeder am Tisch ein gutes Bild von der Spielerfahrung mit **Pendragon** machen: Der jährliche Rhythmus von Abenteuern und Training, das Verstreichen der Zeit, die Art und Weise, wie die Legenden lebendig werden, und wie die Charaktere sich in diese einfügen. Die Ereignisse der Szenarien führen Stück für Stück in die Konzepte des Ritterlebens ein – Ruhm, Ehre, Ritterlichkeit. Hier hast du die Möglichkeit, alle grundlegenden mechanischen Systeme des Spiels zu nutzen: Merkmals- und Leidenschaftswürfe, Vergleichs- und Vergleichslose Fertigkeitswürfe, Zweikämpfe, Turniere und Schlachten, die Winterphase und so weiter.

Jedes Szenario beginnt mit einem kurzen Überblick darüber, was in Artus' Britannien sonst noch so passiert. Nutze als Spielleitung diese Ereignisse, um deiner Kampagne die Atmosphäre einer lebendigen Welt zu verleihen, oder sogar als Grundlage für selbst entworfene Szenarien, falls du in diesem Jahr mehr Material brauchst, um es deinen Spielern zu präsentieren.

Die Kampagne des Schwerts soll dich und deine Gruppe mit genügend Material für mehrere Spielsitzungen versorgen und als solide Grundlage für eine viel längere Kampagne dienen, die auf den

„EIEP“

„Es ist euer Pendragon“ ist der Schlüssel zu diesem Spiel. Es gibt der Spielleitung die ausdrückliche Erlaubnis, Elemente des Systems und der Spielwelt nach Belieben abzuändern, aber es signalisiert auch, dass jedes Spiel anders sein wird. Die Handlungen der Spieler und die Vorlieben der Spielleitung verändern Charaktere, Ereignisse und Interpretationen des Wie und Was. Jedes Spiel wird sich auch durch die Mischung der Einflüsse unterscheiden. **Pendragon** verwendet Malory als Hauptquelle, aber aus Literatur, Kino, Fernsehen und Comics kommen weitere Charaktere und Ideen hinzu. Wenn die heidnischen und feministischen Untertöne von Bradleys *Die Nebel von Avalon* die Haupteinflüsse auf deine Kampagne sind, wird sich das Spiel anders anfühlen als eine Kampagne, die vor der quasi-historischen Kulisse von Cornwells *Die Artus-Chroniken* spielt, und beide werden sich von einer Kampagne unterscheiden, die Elemente aus beiden Werken verwendet. Jede Kampagne reiht sich in die jahrtausendealte Tradition ein, die Geschichte König Artus' mit originellen Ergänzungen und Abwandlungen zu erzählen, die den Geschmack und die Interessen des Publikums widerspiegeln.

EIEP gilt auch für Regelmechaniken. Fühl dich frei, jede Regel zu ändern, die du möchtest. Der Schlüssel ist Konsistenz. Wenn du Details der Spielwelt oder der Mechanik änderst, solltest du dies mit Bedacht und Sorgfalt tun. Im Idealfall haben die Änderungen einen Grund und werden im Laufe der Kampagne fair für alle angewendet.

Denke daran, dass das Ziel ist, Spaß zu haben. So zieht nun also aus und habt Spaß!

Pendragon-Grundregelbüchern sowie auf Szenarien wie *Der Graue Ritter* und *Die Große Pendragon-Kampagne* basiert.

Die Autoren haben die Szenarien mit Blick auf die in diesem Set enthaltenen vorgefertigten Charaktere entworfen, aber jede Gruppe von Charakteren kann sie bestreiten. Spielleiterinnen und Spielleiter, die diese Szenarien für erfahrenere Gruppen von Charakteren verwenden, möchten vielleicht das Können und die Tödlichkeit einiger Gegner anpassen.

Nur für die Spielleitung

Nur die Spielleitung sollte dieses Buch benutzen. Es beschreibt einen mehrjährigen Abenteuerbogen zusammen mit einer Mini-Kampagnen-Chronologie. Angehende Spieler sollten den Inhalt nicht lesen, denn das verdirbt den Spaß am Spielen und Erkunden.

Wenn du zum ersten Mal Spielleitung bist, lies dir das erste Szenario in diesem Buch durch, versammle deine Spieler, lass jeden einen der Charakterbögen aus dem *Starter-Set* auswählen und beginne das Abenteuer!

Die Szenarien in diesem Buch leiten

Als Spielleitung ist es deine Aufgabe, deinen Spielern sowohl das System als auch die Welt vorzustellen. Bedenke, dass es sich hier um eine Einführungskampagne handelt, die nicht nur dazu dient, den Spielern die Spielregeln beizubringen, sondern sie auch mit der mittelalterlichen Welt von König Artus vertraut zu machen, die oft ganz anders ist als das, was wir aus der zeitgenössischen Belletristik, den visuellen Medien und anderen Rollenspielen kennen.

Durch den Tutorial-Charakter dieser Szenarien stehen viele weitergehende Ergebnisse bereits fest. Standardmäßig geht es darum, zu messen, wie und wie gut die Ritter der Spieler bei ihrer Beteiligung an diesen Ereignissen abschneiden. Nehmen sie die Herausforderung an und werden als Helden gefeiert oder brauchen sie die Hilfe der Spielleitung, um das Chaos, das sie angerichtet haben, zu beseitigen? Der Ruhm wächst, die Ehre steigt und fällt – der Spaß an der Geschichte liegt nicht so sehr im Ziel, sondern in der Reise.

Doch nichts hält dich, die Spielleitung, davon ab, von der vorgeschlagenen Erzählung abzuweichen, wenn du auf die Handlungen der Spieler oder deine eigenen Vorlieben oder Interpretationen reagierst. Denk an die Grundsätze des EIEP! Wenn du eine längere **Pendragon**-Kampagne durchspielst, ergeben sich darauf automatisch größere Änderungen in der größeren Erzählung. König Artus genießt immer ein gewisses Maß an Handlungsimmunität, aber ansonsten ist jede andere Figur der Saga Freiwild. Fühle dich durch die auf den folgenden Seiten beschriebenen Ereignisse also nicht eingeengt, aber denke immer an die Hauptfunktion dieser Szenarien – Spaß zu haben!

Spiele diese Kampagne mit den vorgefertigten Charakteren aus dem Starter-Set *oder auch mit Charakteren, die mittels der Grundregeln erstellt wurden.*

Konzentriere dich auf die Entscheidungen der Ritter der Spieler innerhalb der größeren Struktur der Kampagne und sei bereit, Anpassungen an Handlung und Charakteren vorzunehmen.

Die literarische Zeitlinie

Sir Thomas Malorys Buch *König Arthur und die Ritter der Tafelrunde* ist die wichtigste Textquelle für einen Großteil der Zeitleiste der **Pendragon**-Kampagne. Die Ereignisse in *Die Kampagne des Schwerts* orientieren sich an frühen Teilen dieses Werkes; Wenn die Spielleitung mehr Hintergrund und Details erfahren möchte, kann sie sich ein Exemplar besorgen und es selbst lesen. Chaosium veröffentlicht eine Ausgabe mit Kommentaren von Greg Stafford und John Matthews, aber für die Unglücklichen, die kein Exemplar erwerben können, gibt es auch viele andere Versionen in gedruckter Form und online, die alle unterschiedliche Ansätze zur „Übersetzung" von Malorys archaischem Englisch haben. Such dir die Version, die am besten zu dir passt, und stürz dich hinein!

Sitzungen, Szenarien und Kampagnen

Eine Sitzung ist, wenn eine Gruppe von Spielern zusammenkommt, um das Spiel zu spielen. Wann eine Sitzung stattfindet und wie lange sie dauert, hängt ganz von der Spielleitung und den Spielern ab. Das Spiel geht davon aus, dass die meisten Sitzungen wöchentlich stattfinden, und die Spielleitung bereitet sich darauf vor, dass die Sitzung drei bis vier Stunden dauert.

Ein Szenario ist eine Geschichte, die beschreibt, was während der Spielsitzung(en) passieren kann und die durch die Handlungen der Spieler gestaltet wird. Ein Szenario kann eine zusammenhängende Reihe von Abenteuern, Festen, Kämpfen, Schlachten, Questen, Turnieren und anderen ritterlichen Aktivitäten sein. Um das Ende eines Szenarios zu definieren, solltest du daran denken, dass die Ereignisse eine Art Abschluss finden sollten, wenn auch nur vorübergehend. Szenarien können eine ganze Spielsitzung oder mehr in Anspruch nehmen, oder es können mehrere kürzere Szenarien innerhalb einer einzigen Spielsitzung unterkommen. Das Spiel strebt ein durchschnittliches Tempo von einem Szenario pro Spieljahr an, aber es ist in Ordnung, wenn deine Gruppe mehrere Sitzungen braucht, um jedes Szenario durchzuspielen.

Eine Kampagne ist eine Reihe von chronologisch ablaufenden Szenarien mit denselben Rittern der Spieler und anderen wiederkehrenden Charakteren, während derer die Charaktere Abenteuer erleben, altern und Ruhm und (vielleicht) Ehre sammeln. In Kampagnen haben Handlungen Konsequenzen. Eltern ziehen sich zurück oder sterben, und ihre Kinder nehmen die Familienwappen auf und tragen sie im Dienste des Königs weiter.

Es gibt mehrere Gründe, warum das Spiel ein Szenario pro Jahr empfiehlt:

- Ein großer Teil der Zeit eines Ritters gehört nicht ihm selbst. Ausbildung, Pflichten gegenüber dem eigenen Lord und die Bedürfnisse der Familie haben Vorrang vor dem Streben nach persönlichem Ruhm. Auch die Reisezeiten sind sehr gemächlich. Die Schönwetterperiode und die freie Zeit, die in einem typischen Jahr in Britannien zur Verfügung stehen, reichen nur für ein einziges Szenario. Es kann sein, dass einige Jahre vergehen, ohne dass für einige Charaktere überhaupt ein Szenario eintritt.
- Ruhm ist das Ziel des Spiels. Da Ruhm erst im Laufe der Zeit geerntet wird und die eigenen Heldentaten Teil der heroischen Legende werden, muss die Zeit zügig vergehen. Ruhm, der sich aus der öffentlichen Anerkennung ergibt, bringt nur in der Winterphase des Spiels Vorzüge, nicht am unmittelbaren Ende der glorreichen Ereignisse.
- Charaktere erhalten Ruhm im Laufe eines Jahres für ihre normalen Aktivitäten, nicht nur für Kämpfe und Abenteuer.
- Zunächst verbessern sich **Pendragon**-Charaktere schnell und altern langsam durch den Lauf der Jahre. Von Jahr zu Jahr werden die Charaktere durch Ruhm, Erfahrung und Training deutlich besser. Das Altern an sich schwächt die Charaktere nicht unbedingt.
- Auch wenn *Die Kampagne des Schwerts* nicht auf die Verwaltung der Familie oder des Anwesens eingeht, können diese einen wichtigen Teil der längerfristigen **Pendragon**-Kampagnen ausmachen. Indem man ein Szenario auf ein Spieljahr begrenzt, werden Nachkommen und Erben schneller erwachsen, Ländereien wachsen und gedeihen (oder verfallen ...) und neue Generationen Charakteren treten in die Kampagne ein, um das Erbe ihrer Familie fortzuführen.

Die Zeit verfolgen

Zeit wird in Monaten und Jahren gemessen. Obwohl sich die zwölf Monate kaum verändert haben, ist die Art und Weise, wie man sich den Verlauf eines Jahres vorstellt, seit der Zeit von König Artus eine andere.

Der julianische Kalender ist das Standardmaß für die Jahre. Jedes Jahr endet mit der Winterphase.

Die Spielleitung kann versucht sein, mehr Abenteuer in einem Spieljahr unterzubringen, aber in allen Fällen tritt die Verbesserung von Charakteren erst am Ende des Jahres ein, sonst werden sie zu schnell zu stark.

Schnelle Erzählzeit

Die Schnelle Erzählzeit verkürzt die Zeit im Spiel. Die Spielleitung sagt: „Ihr braucht zwölf Tage, um dorthin zu kommen" oder „Ihr sucht eine Woche lang den Wald ab, und nichts passiert." Andere Beispiele Kann man sich leicht vorstellen.

„Es dauert zwanzig Tage, bis du wieder vollständig geheilt bist."

„Der Sturm hält zwei Tage an."

„Ihr wartet zwei Wochen, bis die feindliche Flotte auftaucht."

„Den ganzen Sommer über passiert nichts Ungewöhnliches."

Szenariozeit

Die Szenariozeit gibt es in zwei Arten: die Erzählzeit und die Echtzeit.

Die Spielleitung verwendet die Erzählzeit in Form von Stunden und Minuten. Sie beschreibt, was vor sich geht, indem sie sagt: „Es dauert fünf Minuten, bis du bei ihnen ankommst", oder „Du musst hier eine Stunde warten, wirst du etwas tun?" oder „Der Riese wird dich in einer Minute erreichen, also mach dich schnell bereit."

Echtzeit gibt es in Szenarien, in denen die Spieler in ihrer Rolle sprechen oder auf andere Weise das „Hier und Jetzt" der Spielhandlung ausspielen.

Ein Spieler sagt: „Mein Ritter geht los, um sich zu dem Höfling zu gesellen, der gerade spricht", oder: „Ich möchte den König etwas fragen, bevor ich aufbreche", oder: „Ich werde mit dem Herold sprechen, um zu versuchen, Zugang zum Herzog zu bekommen."

Das Abenteuer des Schwertturniers

Jahr 510

In diesem Szenario werden die Ritter der Spiele Teil der Ereignisse um einen namenlosen Knappen aus dem Hinterland, der ganz unerwartet die Last eines ganzen Reiches auf seinen Schultern trägt. Als ehrgeizige, landlose Ritter bietet sich den Charakteren die einmalige Gelegenheit, den so genannten Knabenkönig gegen die Kriegsherren zu unterstützen, die ihn in ihrem wahnsinnigen Streben nach Macht vernichten würden. So können sie sich im Gegenzug sein Vertrauen und seine Gunst sowie einen Platz im Haushalt eines seiner wichtigsten Verbündeten verdienen.

„Das Abenteuer des Schwertturniers“ bietet viele Möglichkeiten für individuelles Rollenspiel und die Entwicklung von Charakteren, aber sei dir bewusst, dass sich einige Szenen mit wenig bis gar keiner Beteiligung der Charaktere abspielen sollen. Solche Szenen kommen in regelmäßigen Abständen in den folgenden Szenarien vor. Diese Szenen sind dazu gedacht, Gelegenheiten für spätere Abenteuer zu schaffen oder den Rittern der Spieler einen Einblick in das Wesen bestimmter Charaktere, die aktuelle politische Situation in Britannien oder andere Details der Spielwelt zu gewähren. Gib dich deinem inneren Geschichtenerzähler hin, während du die Szene vor dem inneren Auge der Spieler skizzierst, aber halte dich nicht zu lange auf! Bringe die Dinge zu dem Punkt, an dem die Ritter der Spieler wieder selbst Entscheidungen treffen können.

Nutze die ersten Szenen des Abenteuers, wie z. B. den Turnierkampf und die Begegnungen in der Stadt, um den Spielern die Spielmechanik zu demonstrieren und ihnen die manchmal brutale und unbarmherzige Natur des Spiels zu vermitteln. Denke daran, dass dies ein Spiel mit Konsequenzen ist. Entscheidungen, die jetzt getroffen werden, können sich auf den Rest der Kampagne auswirken; Feinde und Liebhaber, die man in diesem Jahr kennenlernt, können für den Rest des Lebens Teil der Geschichte des Ritters sein – und sogar zu seinem tragischen Ende führen!

Es liegt im Ermessen der Spielleitung, wie schonungslos sie sein möchte, aber denke daran: Am Ende stirbt jeder Ritter. Wenn er oder sie tot ist, wie werden sich seine Familie und die Nachwelt an ihn oder sie erinnern?

Lass dir mit diesem ersten Szenario Zeit. Lass die Spieler wissen, dass sie einigen Ereignissen beiwohnen werden, sich aber andere ändern können, je nachdem, was sie tun – alles ist Teil des Lernprozesses, um sich mit der Spielwelt, den Charakteren und den Spielmechaniken vertraut zu machen.

Eine letzte Anmerkung: Dies ist eines der wichtigsten Jahre in der Zeitlinie der Kampagne, und deshalb passieren viele Dinge. Nimm dir Zeit für die folgenden Ereignisse und geh davon aus, dass du mindestens zwei Spielsitzungen brauchst, um sie abzuschließen. (Die Pause zwischen **„Pikten in der Dunkelheit“** und **„Der König verteidigt seine Krone“** ist ein natürlicher Punkt, um die Handlung zu unterbrechen.)

Ankunft in Londinium

Es ist das Jahr 510, wenn auch nur gerade erst; der 9. Januar, um genau zu sein. Der kalte, graue, bleierne Winterhimmel spiegelt die Stimmung des Landes wider: Seit dem Tod König Uthers vor fünfzehn Jahren hat niemand mehr die Krone von Logres getragen. Der letzte Hochkönig von Britannien, Uthers Bruder Aurelius Ambrosius, starb vor 30 Jahren. Ganz Britannien leidet unter den Plünderungen räuberischer, ehrgeiziger Barone und opportunistischer Plünderer.

Die Ritter der Spieler versammeln sich in Londinium, um kurz nach Neujahr an einem großen Turnier teilzunehmen – dem ersten seiner Art. Jeder der vorgefertigten Charaktere in diesem *Starter-Set* hat einen Grund für sein Kommen, aber alle haben noch eine andere Motivation: Dies wird eines der größten Ereignisse ihres Lebens sein! Denn bei diesem Turnier soll ein neuer Hochkönig ernannt werden, so hat es der Hochadel gesagt.

Londinium ist bei weitem die größte Siedlung in ganz Britannien und der bemerkenswerteste Pfuhl von Schmutz und Ungerechtigkeit, die die jungen Ritter je gesehen haben. Die klaustrophobischen Gassen ertrinken in Dreck und Abfällen, und die Bürger und Gildenleute der Stadt scheinen wenig Respekt vor den Rittern oder ihrem Stand zu haben, diese ungehobelten Flegel!

Zu ihrem Glück lagern die Charaktere zusammen mit allen anderen Teilnehmern des großen Neujahrsturniers außerhalb der Stadtmauern. Händler und Diebe mischen sich unter das gemeine Volk in den Gassen der bunten Zeltstadt, wo die Banner der Grafen, Barone, Herzöge und Könige sich träge in der kühlen Brise wiegen. Die ungewaschenen Massen (und mehr als ein paar Ritter und Knappen) amüsieren sich mit Buhurten, Bärenhetzen und anderen martialischen Spielen, aber die meisten der anwesenden Fürsten haben den großen Preis im Auge. Der Gewinner des bevorstehenden Turniers wird Hochkönig von Britannien werden!

Die meisten Ritter empfinden Städte als merkwürdig und abstoßend, und manche meinen sogar, dass sie gegen die natürliche Ordnung der Dinge verstoßen.

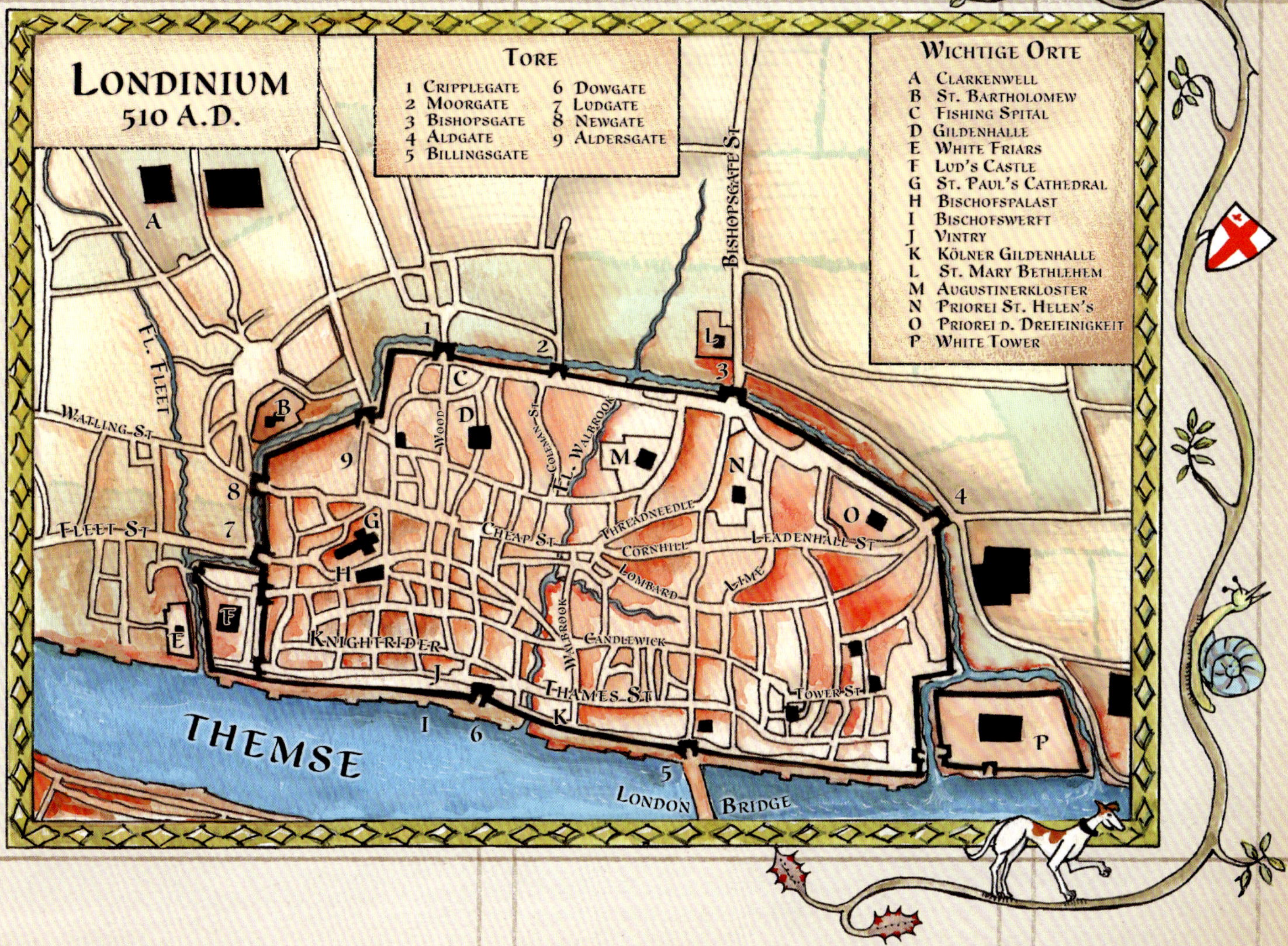

Londinium

Londinium ist die erste, größte und berühmteste Stadt in Britannien. Wie alle Schriftkundigen wissen, gründete Prinz Aeneas, ein Überlebender der Plünderung von Troja, den Stamm der Römer. Sein Urenkel Brutus führte trojanische Exilanten auf dem Seeweg nach Westen und ließ sich schließlich auf dieser Insel nieder. Die Eingeborenen nannten ihr Land Albion, aber die Eroberer änderten den Namen in Brutusland, das später in Britannien umbenannt wurde.

Brutus errichtete die Stadt Troia Nova oder Neu-Troja (später Trinovantum) als seine Hauptstadt. Laut Geoffrey von Monmouth geschah dies zur gleichen Zeit, als „der Priester Eli in Judäa regierte und die Bundeslade von den Philistern erbeutet wurde", also irgendwann zwischen 1115 und 1075 v. Chr.

Tausend Jahre später, kurz vor der Ankunft Julius Cäsars, ließ König Lud die Stadt befestigen und nannte sie Kaerlud, oder Fort von Lud. Als die Römer schließlich das Land eroberten, wandelte sich der Name zu Kaerlundein und schließlich zu Londinium – oder London (wie es manchmal abgekürzt wird).

Zu der ursprünglichen kymrischen Stadt fügten die Römer ihre eigenen typischen städtischen Gebäude hinzu: Ein Legionärslager, eine Basilika, Bäder und Tempel. Sie bauten auch die berühmte London Bridge, die einzige Brücke, die einen schiffbaren Teil der Themse überspannt. Viele dieser römischen Gebäude wurden später zu Kirchen, Rathäusern und Palästen umfunktioniert.

Zwei Burgen schützen Londinium. Am westlichen Ende befindet sich die Lud's Castle, das auf dem alten Gelände Kaerluds errichtet wurde. Am östlichen Rand der Stadt steht der White Tower, der ursprünglich vom römischen Kaiser erbaut wurde. Der gewaltige Bergfried und die Burg dienen als königliche Residenz und letzte Zuflucht in Zeiten des Krieges oder Aufstands.

Londinium ist groß und einflussreich genug, um eine eigenständige politische Macht zu sein. Ein Stadtsenat leitet die Stadt und bestimmt die internen Angelegenheiten, wie z. B. die Verurteilung der Bürgerinnen und Bürger durch das Stadtgericht – anstelle des Hofes eines Königs oder Adligen. Der Senat ernennt Anführer, Prätoren genannt, für bestimmte Aufgaben.

Die Stadt herrscht über ihr Umland, die Grafschaft Thamesmouth, und hat eine eigene stehende Garnison, die auch als Nachtwache und Feuerwehr dient. Obwohl es für die Bewachung der Mauern ausreicht, ist dieses stehende Heer von Fußsoldaten im Felde ungeeignet. Da Londinium keine Expansionsbestrebungen hat, hat sich seine relativ kleine Streitmacht in der Regel als ausreichend erwiesen.

Tore: Die Stadttore sind große, doppelt breite Tore, flankiert von Türmen, und Verteidigungsanlagen darüber und um sie herum. Die Wachen schließen und verriegeln sie jede Nacht bei Sonnenuntergang und öffnen sie für nichts und niemanden. In der Nähe der meisten Tore befinden sich kleine, leichter zu verteidigende Ausfalltore, durch die nach Einbruch der Dunkelheit manchmal Menschen hineinschleichen und vielleicht auch ihre Pferde hineinzwängen können.

Märkte: Auf der Innenseite der Mauer liegt im Schatten jedes Tors ein Markt. Die meisten dieser Märkte decken den täglichen Bedarf der Einwohner, einschließlich des Ankaufs von überschüssigen Ernten im Herbst. Der Markt am Watergate ist der internationale Markt, auf dem Händler Luxusgüter feilbieten.

Das Turnier selbst soll ein großes Gestampfe werden, eine Art Scheinschlacht, die mit stumpfen Waffen ausgetragen wird, was die einen loben, während die anderen abfällig darüber spotten. Wenn die Charaktere wollen, können sie am Tag vor dem großen Gestampfe die Stadt besichtigen oder auf einem der vielen Märkte in Londinium einkaufen gehen. Wer durch die Straßen Londiniums schlendert, landet unweigerlich bei dem großen Komplex von St. Paul's Cathedral, einer gewaltigen römischen Basilika. Der Innenhof bietet einen bemerkenswerten Anblick: Dort steht ein Schwert, das in einen eisernen Amboss getrieben wurde, der auf einem Felsen steht. Der Felsen trägt eine Inschrift, aber keiner der Ritter der Spieler vermag sie zu lesen. Ein erfolgreicher Intrigen-Wurf erinnert daran, dass dort etwas steht wie „Wer dieses Schwert aus dem Stein zieht, ist mit Recht König von ganz Britannien."

Nach Ermessen der Spielleitung sieht der Charakter mit dem höchsten Wert des Merkmals Fromm zu einer anderen Zeit und an einem anderen Ort in Londinium eine seltsame Gestalt, die sich durch die

Eine Fertigkeit wie Intrigen ist in Situationen wie diesen nützlich, um die Ritter der Spieler mit Informationen zu versorgen, auf die sie ansonsten keinen Zugriff hätten.

Menge bewegt. Ein alter, hager aussehender Mann in fließenden, zerschlissenen Gewändern, mit einem irren Funkeln in den Augen. Das muss doch der Zauberer Merlin sein! Was macht er hier?

Charaktere, die von Merlins Anwesenheit in der Stadt erfahren, dürfen einen Wurf gegen ihre Vertrauend/ Misstrauisch Merkmale mit einem reflexiven Modifikator von –5/+5 machen. Ein Ritter, der normalerweise einen Vertrauend-Wert von 12 und einen Misstrauisch-Wert von 8 hat, würfelt also gegen diese Merkmale, als ob Vertrauend 7 und Misstrauisch 13 wäre. Wenn der Modifikator dazu führt, dass ein Misstrauisches Merkmal den Wert 16 oder höher erreicht, muss er zuerst mit Misstrauisch würfeln; andernfalls würfelt er zuerst mit Vertrauen. Wenn das erste gewürfelte Merkmal erfolgreich ist, würfelst du das zweite nicht. Erhalte eine Probe für einen kritischen Erfolg. Denke auch daran, dass ein Patzer für ein Merkmal als kritischer Erfolg für das andere Merkmal zählt!

Wer mit seinem Vertrauend-Wurf Erfolg hat, hat gehört, dass Merlin der letzte der alten Druiden ist und dass er, obwohl seine Wege oft undurchschaubar sind, das Beste für Britannien im Sinn hat. Diejenigen, die mit Misstrauisch erfolgreich sind, haben gehört, dass er buchstäblich die Ausgeburt des Teufels ist und dass der gute König Uther durch seine Intrigen und Berechnungen ins Verderben geriet.

Solche Wanderungen durch die Stadt bergen auch zusätzliche Risiken. Jeder Ritter eines Spielers, der sich auf eigene Faust in die Stadt wagt, muss einmal auf *Tabelle 1.1: Ereignisse in Londinium* würfeln, um zu sehen, welcher Segen oder Fluch ihnen während des Ausflugs widerfahren ist. Nutze als Spielleitung die Gelegenheit, um die Charaktere zusammen zu bringen und ihnen die Möglichkeit zu geben, sich erstmalig vorzustellen.

Wenn die Charaktere sich an der Stadt satt gesehen haben, müssen sie sich in ihre Zelte auf dem Turniergelände zurückziehen und sich für die Ereignisse des nächsten Tages vorbereiten.

Das Turnier des Schwertes

Es ist der Morgen des Turniers. Das Feld für das Gestampfe ist abgesteckt und erstreckt sich über mehrere Hektar zwischen Newgate und Ludgate, wobei die Watling Street und die Fleet Street die nördliche bzw. südliche Grenze markieren (siehe die Karte von Londinium auf S. 7). Alle teilnehmenden Ritter werden in Mannschaften eingeteilt, die durch ein rotes oder blaues Tuch gekennzeichnet sind, das um den rechten Arm gebunden wird. Die Ritter der Spieler sind Teil der blauen Mannschaft und reiten mit König Leodegrance von Cameliard als Anführer.

Tabelle 1.1: Ereignisse in Londinium

1W20	Ergebnis
1–3	Du verirrst dich in den stinkenden Gassen und verschwendest den ganzen verdammten Tag
4	Dein bestes Pferd wird krank, und du kannst es eine Woche lang nicht reiten
5	Ein Dieb stiehlt dir die Tasche; du verlierst 2W6 Denarii.
6	Preisabzocke wegen des Turniers; alles kostet zehn Prozent mehr als üblich
7	Von Vogelkot bespritzt: –1W3 AUS, bis du dich säubern kannst
8	Von Husten gebeutelt: –1W3 KON, bis du die Umgebung von Londinium verlassen hast
9	Hunde zerreißen oder beflecken deine Kleidung: –1W3 Geselligkeit, bis du in der nächsten Winterphase zur Weihnachtszeit einen neue Satz erhältst
10	Ein betrunkener Mönch beleidigt dich: Mach einen Entscheidungswurf, wenn du Berühmt Stolz bist – wenn du Erfolg hast, schlägst du ihn; wenn du zuschlägst, würfelst du auf Nachsichtig und verlierst 1 Punkt Ehre, wenn du Erfolg hast.
11	Ein tobender Wilder verflucht dich; die Erinnerung daran verfolgt dich für den Rest des Turniers und bewirkt, dass du –1 auf alle Waffenfertigkeiten erleidest.
12	Jemand leert einen Nachttopf aus einem Fenster im zweiten Stock über dir aus: Wenn du einen GES-Wurf nicht bestehst, trifft dich der Inhalt und du erleidest –1W6 AUS, bis du dich vollständig umziehen und ein heißes Bad nehmen kannst.
13	Der Pöbel rempelt dich den ganzen Tag an; erleide 1W3 Punkte Schaden durch die Beulen und blauen Flecke.
14	Eine unordentliche Schar von Männern, die eine Art raues Ballspiel spielen, eilt an dir vorbei und trampelt dich fast nieder: Lege einen Wurf gegen deine Bewegungsrate ab; wenn du scheiterst, erleidest du 1W6+1 Punkte Schaden.
15	Du hast schlechtes Straßenessen zu dir genommen; –1W3 KON für den Rest des Tages, aber am Morgen wachst du völlig gesund auf
16	Du findest etwas Geld; gewinne 1W6 Denarii.
17	Die Sehenswürdigkeiten sind frei von Touristen, Pilgern und Gaffern; sehr erfreulich
18	Du hast eine unerwartet gute Mahlzeit zu dir genommen, die dir +5 auf deinen nächsten Wurf auf ein Merkmal oder eine Fertigkeit verleiht!
19	Eine Fremde bewirtet dich; kostenloses Essen und gute Laune für diesen Tag!
20	Guter Tag auf dem Markt; alle Artikel zehn Prozent günstiger

Das ist die Gelegenheit für die einzelnen Ritter der Spieler, die sich am Vortag noch nicht getroffen haben, ein wenig übereinander zu erfahren. Spätere Ereignisse werden sie noch näher zusammenbringen.

Normalerweise ist der Ablauf eines Turnier-Gestampfes im Großen und Ganzen derselbe wie bei einer regulären Massenschlacht, aber du solltest dich an die unten stehenden Richtlinien halten, um den Spielern den ersten Vorgeschmack auf eine Schlacht zu bieten.

Schlachten werden als eine Anzahl von einzelnen Begegnungen in Höhe der Schlachtzüge ausgetragen. Je länger die Schlacht dauert, desto mehr Begegnungen können die Ritter bestreiten. Obwohl die Charaktere es noch nicht wissen, wird diese „Schlacht" nur einen einzigen Zug dauern (also eine Begegnung).

Ob Schlacht oder Turnier, Ritter reiten und kämpfen in Einheiten, die man *Conrois* nennt und die aus 5–15 Rittern und ihren Knappen bestehen. König Leodegrance selbst führt den Conroi der Ritter der Spieler an, nur einer von vielen, aus denen die Blaue Mannschaft besteht. Bitte die Spieler, einen Moralwert für ihren Conroi zu generieren, indem sie eine Leidenschaft auswählen, für die ihr Ritter kämpft – das kann Ehre sein (wenn sie ihre Fähigkeiten unter Beweis stellen wollen), Treueschwur (wenn sie zum Dienst verpflichtet sind) oder sogar Minne (wenn die Geliebte des Ritters anwesend ist; Ermessen der Spielleitung) – denk daran, dass alle Leidenschaften derselben Tradition entspringen müssen (wenn ihr nach den Grundregeln erstellte Charaktere verwendet). Wenn du eine Leidenschaft für die Moral auswählst, schließt das nicht aus, dass du diese Leidenschaft später für die Inspiration verwendest!

Ermittle den Durchschnittswert der ausgewählten Leidenschaften. Wenn die Charaktere alle die gleiche Leidenschaft gewählt haben, addiere 5 zu dem Wert. Erkläre, dass die Moral des Conroi dazu beiträgt, zu bestimmen, wann die Mannschaft in weitere Kämpfe vorstoßen kann und wann sie sich zurückziehen muss, um sich neu zu gruppieren oder zu erholen. Je höher also die Moral des Conroi ist, desto mehr Zeit können die Ritter auf dem Feld verbringen, um Ruhm zu erringen und Gefangene zu machen. Da es sich hier um eine Schlacht mit nur einem Zug handelt, ist die Moral eigentlich irrelevant. Der Zweck dieses Werts ist es, die Spieler mit seiner Funktion und Bedeutung vertraut zu machen, wenn sie später im Szenario eine Schlacht in voller Länge erleben.

Und so reiten die beiden Seiten mit einer großen Fanfare von den Stadtmauern aus aufs Feld ...

Ablauf eines Gestampfes

Schlachten werden in Zügen ausgetragen, die etwa jeweils eine Stunde Zeit in Anspruch nehmen. In jedem Zug kämpft der Conroi eine einzelne Begegnung oder sieht sich möglicherweise einer besonderen Art Begegnung gegenüber, der sogenannten Gelegenheit. Diese werden auf den Schlachtkarten dargestellt, die diesem Set beiliegen. Nimm die Karten zur Hand und ziehe „Begegnung: Ritter von Lothian", „Begegnung: Ritter von Gorre" und „Gelegenheit: Kampf gegen feindlichen Anführer" heraus und lege sie beiseite.

Bei Schlachten und Turnierkämpfen bestimmt die Spielleitung oder das Szenario die Ausgangsbegegnung jedes Zuges. Im ersten und einzigen Zug dieses Turnierkampfes ist die Ausgangsbegegnung eine Gruppe von Rittern aus dem nördlichen Königreich Gorre.

Informiere die Spieler, dass sich in der Nähe ebenfalls eine große Gruppe von Rittern aus einem anderen nördlichen Königreich namens Lothian befindet. Kein Geringerer als der furchteinflößende König Lot selbst führt diese Gruppe von hartgesottenen Rittern an! Die Gefangennahme von Lot würde jedem Ritter, dem dieses verzweifelte Unterfangen gelingt, großen Ruhm und Reichtum einbringen, aber die Chancen dafür sind gering.

Lege die Karte „Begegnung: Ritter von Gorre" aus. Erkläre den Spielern, dass sie versuchen können, die Ausgangsbegegnung abzuändern, indem sie auf ihre Fertigkeit **Schlacht** würfeln. Wenn einer der Charaktere erfolgreich ist, sage der Gruppe, dass sie jetzt möglicherweise gegen die Ritter von Lothian kämpfen werden; lege die Karte „Begegnung: Ritter von Lothian" aus. Wenn der Ritter eines Spielers einen kritischen Erfolg würfelt, darf er seine Fertigkeit markieren und generiert eine so genannte Gelegenheit: In diesem Fall ist es die Chance, König Lot und seine Leibwache zu attackieren! Lege die Karte „Gelegenheit: Kampf gegen feindlichen Anführer" aus.

Die Fertigkeit Schlacht bietet Rittern der Spieler eine Chance, zu entscheiden, wen sie in welchem Zug bekämpfen möchten.

Wenn sich eine solche Gelegenheit bietet, wird sie automatisch zur Begegnung für diesen Zug. Andernfalls wählt die Spielleitung, welcher Begegnungskarte die Charaktere sich stellen: die Ritter von Gorre oder die Ritter von Lothian.

Wenn niemand den Schlacht-Wurf bestanden hat, stehen die Ritter der Spieler automatisch den

Bedenke, dass Leidenschaften nur einmal am Tag beschworen werden dürfen. Da der Bonus anhält, bis die Situation vorüber ist, verstreicht jeder Bonus durch Inspiration/Bewegt am Ende des Schlachtzuges, in dem sie beschworen wurde.

Rittern von Gorre gegenüber. Denke daran, dass die Charaktere nur bei einem kritischen Erfolg bei ihrem Schlacht-Wurf König Lot direkt angreifen dürfen, auch wenn sie es auf den Conroi der Lothianer abgesehen haben. (Beachte, dass dieses Verfahren leicht von den Standardregeln für Schlachten abweicht, da wir für den Moment die Intensität ignorieren.)

Nach der Begegnung gibt Leodegrance das Zeichen zum Angriff und jeder Ritter im Conroi gibt seinem Pferd die Sporen!

Erkläre der Gruppe, dass jeder Ritter normalerweise eine Haltung für den folgenden Schlachtzug wählen muss, aber wegen des Berittenen Sturmangriffs wählen sie automatisch die Tapfere Haltung, was bedeutet, dass sie zwei Kampfrunden lang kämpfen werden. Jeder prüft zu diesem Zeitpunkt sein Tapferes Merkmal, wenn er in den Kampf zieht.

Die Ritter der Spieler können zu diesem Zeitpunkt auch einen Wurf für die Leidenschaft Inspiration machen. Das funktioniert genauso wie die normale Inspiration: Der Charakter muss begründen, warum er für die Leidenschaft würfelt (und diejenigen mit Berühmten Leidenschaften müssen jetzt würfeln, wenn die Quelle ihrer Leidenschaft vorhanden ist), und sie wenden die üblichen Inspirationsboni von erfolgreichen Würfen an. Die einzige Einschränkung, die gilt, ist, dass ein Ritter eines Spielers nur einmal pro Schlacht auf eine Leidenschaft für Inspiration würfeln darf. Um die Dinge einfach zu halten, sollten Charaktere, die Wahnsinn oder Melancholie erleiden, die Auswirkungen nicht sofort zu spüren bekommen, sondern mindestens bis zum Ende der Ereignisse des Tages warten, damit der Charakter die Möglichkeit hat, alles zu erleben, was vor ihm liegt.

Jetzt kommt es zum Kampf! In einer regulären Begegnung muss ein Ritter mit der Tapferen Haltung zwei Kampfrunden lang kämpfen, bevor die Begegnung endet. Nur die erste Kampfrunde zählt als Berittener Sturmangriff. Wenn es in der zweiten Kampfrunde weniger Kontrahenten als aktive Charaktere gibt, können Charaktere zwei zu eins gegen ihre Kontrahenten antreten (oder umgekehrt!). Siehe **„Mehrere Kontrahenten“** auf S. 43 von *Buch II*, sollte ein Ritter eines Spielers oder ein Ritter der Spielleitung eine solche Heldentat versuchen wollen.

Vergiss nicht, dass Turnierwaffen nur halbierten Schaden verursachen! Erinnere die Spieler daran, dass das Ziel des Nahkampfes darin besteht, so viele Ritter und Pferde wie möglich zu erbeuten. Der Lord, der am Ende des Tages die meisten Gefangenen unter seinem Banner hat, ist der Sieger! Wenn sie gegen die Ritter von Gorre kämpfen, dämpfen diese Kontrahenten ihre Schläge und richten 2 Würfel weniger Schaden an; Charaktere, die das nicht ebenfalls tun, müssen auf Ehrlich würfeln und verlieren 1 Punkt Ehre, wenn sie erfolgreich sind. Die Ritter von Lothian dämpfen ihre Schläge unter keinen Umständen.

Wenn der Conroi es auf König Lot abgesehen hat, befolge die Anweisungen wie auf der Gelegenheitskarte beschrieben.

Ein Ritter, der sich ergibt, von seinem Pferd gestoßen oder bewusstlos geschlagen wird, gilt als gefangen; Ritter können auch ein reiterloses Pferd beanspruchen. Gefangene Ritter und Pferde müssen vom Ritter oder von seinem Knappen (mit einem erfolgreichen **Knappenwurf**) oder durch das Hinzurufen eines Bücklings (mit einem erfolgreichen **Schlacht**-Wurf) zurück ins Lager geführt werden.

Ein großer Aufruhr

Während die Charaktere ihren ersten Zug abschließen, bricht am Spielfeldrand eine Art Tumult aus. Erfolgreiche Aufmerksamkeit-Würfe lassen sie die Rufe eines jungen Knappen am Rande des Feldes in der Nähe der Fleet Street vernehmen. Ein kritischer Erfolg lässt sie die Worte verstehen: „Das Schwert! Er hat das Schwert aus dem Stein gezogen!“

Trompeten schmettern – das Gestampfe ist schon vorbei! Schon? Einigermaßen verwirrt halten die Reiter inne und schauen sich an. Der Knappe ruft abermals aus: „Das Schwert! Das Schwert!“

Jetzt können es alle hören und sehen, wie der Knappe hektisch zurück in Richtung St. Paul‘s gestikuliert. Einige begreifen, andere reagieren nur, überall wenden die Ritter ihre Pferde und strömen in die angegebene Richtung zurück in die Stadt. Der Kirchturm der Kathedrale ist deutlich über die alten römischen Mauern hinaus zu sehen.

Die Ritter der Spieler blicken zu ihrem stellvertretenden Kommandanten. „Lasst uns gehen“, sagt der alternde König, ohne zu zögern. Er wendet sein Pferd und spornt es an, die Fleet Street hinauf zu galoppieren. Lass die Spieler Würfe auf **Reitkunst** ablegen, um ihm zu folgen. Ein kritischer Erfolg bringt den jeweiligen Charakter an die Seite des Königs, ein Erfolg direkt hinter ihn. Bei einem Fehlschlag gerät der Ritter des Spielers unter die einander behindernden Pferde, die alle versuchen, den gleichen Weg zu gehen, während ein Patzer bedeutet, dass der Ritter im Gedränge fast zerquetscht wird und 1W6 Punkte Schaden nimmt.

Die Stadtmauern erheben sich vor der heranstürmenden Schar von Reitern. Eine erdrückende

Masse von Rittern versucht, gleichzeitig durch das Ludgate zu kommen, aber es sind einfach zu viele Reiter auf einmal.

Als die Ritter das Tor erreichen, kommen sie nur noch langsam voran. Betone den klaustrophobischen Engpass am Tor, das Geschrei und die aufgestaute Panik von Hunderten von Rittern, die schon vom Gestampfe aufgekratzt sind und verzweifelt versuchen, als Erste zu sehen, was vor sich geht.

Sobald sie es auf die Straßen der Stadt geschafft haben, gehen alle in den Galopp. Da, ein Pferd geht zu Boden! Dort wird ein Mann niedergeritten, aber die Ritter preschen weiter. Jetzt wird das Vorankommen leichter.

Der Weg führt direkt zur Kirche von St. Paul's, die sich voraus erhebt. Es sind nur ein paar Treppenstufen zum grasbewachsenen Innenhof nordöstlich der Kathedrale hinauf. Von hinten strömen weitere Ritter hinein und es beginnt ein Ringen um die Plätze.

Die Charaktere, die ihren Wurf auf **Reitkunst** mit einem kritischen Erfolg bestanden haben, gehören zu den ersten, die den Hof betreten und erhalten dafür 10 Punkte Ruhm. Diejenigen, die einen Erfolg hatten, folgen nicht weit dahinter. Die Nachzügler (die, deren Wurf fehlgeschlagen ist oder ein Patzer war) müssen sich einen Weg durch die Menge der Gemeinen bahnen, die sich bereits versammelt hat, denn einige Ritter drängen sich ohne ein Wort der Entschuldigung hoch zu Ross durch sie hindurch. Ritter von Spielern, denen ein **Stand**-Wurf gelingt, dürfen dies ebenfalls tun und erhalten eine Markierung für Stolz. Sie gelangen an der Seite von Leodegrance in die erste Reihe, um zu sehen, was passiert; die anderen müssen in ihren Sätteln stehen und ihre Hälse recken.

Ein Knappe auf der Schwelle zum Mannesalter, dessen Kinn die ersten spärlichen Barthaare zeigt, steht am Stein und beobachtet die Ritter, die sich um ihn herum versammeln. Das Schwert steckt im Amboss, wie immer. Es folgt ein Wurf auf **Identifikation** mit einem Bonus von +3. Bei einem Erfolg sieht der der Ritter eines Spielers, dass er das Wappen von Sir Ector, einem niederen Ritter aus den Hügeln von Cambria, trägt und dass Sir Ector selbst tatsächlich an der Seite des Jungen steht.

Ein erfolgreicher Wurf auf **Religion (Heidnisch)** identifiziert Merlin unter den Gemeinen, der ihn unter seinem Kapuzenmantel aufmerksam beobachtet. Ein erfolgreicher Wurf auf **Religion (Christlich)** offenbart Erzbischof Dubricus auf den Stufen der Kathedrale, sein Gesicht gefasst und ernst.

Die Menge ruft durcheinander und es herrscht ein einziges Stimmengewirr.

„Er hat das Schwert gezogen!“

„Wer hat es getan?“

„Der Junge dort.“

„Der? Unmöglich. Nur der König von Britannien kann das Schwert ziehen.“

König Lot von Lothian springt von seinem Pferd und stößt den Jungen zur Seite.

„Wenn sich dieses Ding bewegt, dann für mich!“, schreit er und legt seine Hand auf den Schwertgriff. Er zieht und zieht, bis seine Hände vom Schwert abrutschen und er rückwärts taumelt.

„Lasst es den Knaben versuchen“, ruft die Menge, und dann noch viele mehr: „Ja, lass es den Knaben versuchen!“

Sir Ector, der neben dem Knappen steht, nickt ihm zu, und der Junge legt eine Hand auf das Schwert und zieht es ohne jede Mühe aus dem Stein. Die Menge – Ritter und Gemeine gleichermaßen – schnappt nach Luft. Dann schiebt er es wieder an seinen Platz.

Ein anderer Ritter steigt ab und schiebt sich vor den Felsen. Es ist König Uriens von Gorre. Wie Lot vor ihm zerrt und zieht er und versucht dann, es mit purer Gewalt herauszureißen, aber das Schwert rührt sich nicht.

Als Uriens zurücktritt, zieht der Junge es abermals ohne Mühe heraus.

„Der König!“, schreit jemand. „Er ist der König!“

„Der Knabe hat das Schwert gezogen!“, schreit König Leodegrance. „Der Knabe ist der König!“ Was halten die Charaktere von all dem? Rufen sie an der Seite von Leodegrance zustimmend oder warten sie ab, wie sich alles entwickelt?

„Nicht solange ich lebe!“ schreit König Lot, der sein eigenes Schwert zieht und auf den Jungen zusteuert. Seine Wachen steigen ab und folgen ein paar Schritte hinter ihm. Die Ritter der Spieler, die es an die Spitze der Menge geschafft haben, sind in der Lage, diese erfahrenen und brutalen Ritter abzufangen – sie brauchen nur mit den Zügeln zu schnippen und ihre Pferde vorwärts zu lenken, um Lots Weg zu blockieren.

Was werden sie tun?

Wenn sie nicht eingreifen, wenn sie dazu in der Lage sind, gewähre ihnen Markierungen für Besonnen, während andere Ritter von Cameliard sich bewegen, um sie abzufangen. Bedenke, dass nur Charaktere in der ersten Reihe überhaupt die Möglichkeit haben, einzugreifen. König Lot ist zunächst überrascht, dann aber schnell empört, von den Rittern aufgehalten zu werden, und hackt ohne ein Wort mit seiner Schwert-Fertigkeit von 20 (+3) auf einen von ihnen ein. Jeder beteiligte Ritter eines Spielers genießt den Höhenvorteil von +5/–5, weil er beritten ist. Führe einen Vergleichswurf für die Attacke durch, um das Ergebnis zu bestimmen. Sein Gefolge rückt vor, um ihn zu unterstützen. Plötzlich hat sich die Situation zu einem Kampf gegen eine der härtesten Bande von Rittern Britanniens entwickelt! Zum Glück benutzen alle noch ihre stumpfen Turnierklingen.

Wenn du ausgedehnte Szenen wie diese beschreibst, denke daran, hin und wieder Pausen einzulegen und die Charaktere zu fragen, was sie von dem halten, was sich gerade vor ihnen abspielt. Belohne sie mit Markierungen für Merkmale oder Leidenschaften, wenn Ritter der Spieler besonders dramatisch reagieren.

Aufgrund der Höhe des Modifikators wird König Lots Schwert-Fertigkeit von 20+3 auf 18 reduziert!

Handle eine einzelne Kampfrunde mit den Attributen auf der Schlachtkarte „Ritter von Lothian“ ab, wobei die Waffen wie zuvor den halben Schaden verursachen. Beschreibe, wie im Chaos des Kampfes eine der königlichen Lothianer Wachen an den Charakteren vorbeischlüpft und sich auf den Jungen stürzt, der die Klinge aus dem Stein zieht und den Ritter mit einer einzigen geschmeidigen Bewegung totschlägt!

Jetzt schwärmen König Leodegrance und seine Ritter sowie ein halbes Dutzend anderer Könige und viele, viele Ritter los, um sich zwischen König Lot und den scheinbaren Erben zu stellen.

„Der Junge hat das Schwert herausgezogen!“, sagt König Leodegrance, „er ist von Rechts wegen der König!“

„Kein bartloser Knabe soll je mein König sein!“, schreit König Lot.

„Meiner auch nicht“, sagt jemand. „Meiner auch nicht!“, lassen sich weitere Stimmen vernehmen.

„Ich sage, er ist mein König“, sagt Leodegrance, und er kniet vor dem Knappen nieder, der sein angebotenes Schwert mit den Worten „Da ich König bin, nehme ich dein Angebot an“ akzeptiert.

Jetzt ist die Zeit für die Ritter der Spieler gekommen, zu handeln. Sie stehen dem Jungen am nächsten und haben die Chance, unter den ersten Rittern zu sein, die dem neuen König die Treue schwören. Wenn die Spieler unsicher sind, was sie tun sollen, können sie einen Wurf auf Ehre ablegen. Ein Erfolg zeigt an, dass der Ritter weiß, was zu tun ist. Sobald eine Person es tut, sollte die Spielleitung nachfragen, ob die anderen folgen. Dann kniet die gesamte Menge nieder. Das Fenster, um einer der Ersten zu sein, ist klein und schließt sich schnell!

Lot wirft sein „nutzloses“ Turnierschwert mit einem Klirren zu Boden. „Ich komme mit einem Schwert zurück, das mich nicht im Stich lässt“, sagt er und springt auf sein Pferd. Seine Wachen sind nur einen halben Schritt hinter ihm, und sie wanden und spornen ihre Rösser an, ohne Rücksicht auf diejenigen in der Menge, die sie beinahe niedertrampeln. Andere tun das Gleiche, und tadelnde Rufe ertönt aus der Menge, während sie abziehen.

„Lang lebe König Artus!“, schreit Sir Ector und reckt sein Schwert in die Höhe.

„Heil König Artus!“, schallt es durch die Menge, und noch einmal: „Heil König Artus!“ und noch einmal: „HEIL KÖNIG ARTUS!“

Schwertprotokoll

Ein Schwert als Statussymbol immer bei sich zu tragen ist das Recht und Privileg eines Ritters, auch bei Hofe. Sogar an einem fremden Hof darf der Ritter dies tun, obwohl die Gastgeber ihn manchmal bitten, sich zu entwaffnen, bevor er eine Kirche, einen Königssaal oder einen anderen besonderen Ort betritt. Wer eine Stadt besucht, muss sich normalerweise entwaffnen, aber Ritter sind davon ausgenommen. Dieses Privileg gilt nicht für andere Waffen, außer für ein Messer oder einen Dolch, die jeder bei sich tragen darf, da sie sowohl Werkzeug als auch Waffe sind.

Clarent, das Schwert des Friedens

Dies ist das Schwert, das König Artus aus dem Stein und dem Amboss zieht. Es ist nicht dasselbe wie das Schwert Excalibur! Nachdem er Excalibur erhalten hat, verwendet er Clarent für zeremonielle Zwecke, wie z. B. bei Ritterschlägen und beim dreimal jährlich stattfindenden Tragen der Krone.

- Gewährt dem Träger +5 Rüstungsschutz
- Veranlasst alle Vasallen des Trägers, ihre Treueschwur-Würfe mit einem Modifikator von +10 auszuführen
- Wandelt den Patzer eines schwertbewaffneten Kontrahenten von einer fallengelassenen Waffe in eine zerbrochene Waffe um

Pikten in der Dunkelheit

Als frühe Loyalisten, die Artus die Treue schwören, gehören die Charaktere zu den Auserwählten, die Clarent, das Schwert des Friedens, bewachen sollen, das auf dem Altar der Kathedrale von St. Paul‘s einen für alle sichtbaren Ehrenplatz erhält. (Hier, so glaubt man, am heiligsten Ort der Stadt, wird es niemand wagen, sich an dem Schwert zu schaffen zu machen, während am 2. Februar eine große Versammlung der Freiherren zu Lichtmess einberufen wird.) Insgesamt 24 Ritter halten hier in drei Acht-Stunden-Schichten zu je acht Rittern Wache. Dies ist größtenteils ein Ehrenamt, denn niemand erwartet, dass jemand tatsächlich die Kathedrale betritt und es stiehlt. Nichtsdestotrotz sind alle Wächter bereit, das Schwert mit ihrem Leben zu schützen. Neben den Rittern der Spieler sind genügend Spielleiter-Charaktere anwesend, um die Gesamtzahl der Wachen auf acht zu erhöhen. Diese bilden die Nachtwache, als die folgenden Ereignisse eintreten. (Verwende die Attribute der Schlachtkarte „Ritter von Cornwall“ für die verbündeten Spielleiter-Charaktere, falls nötig.) Die Ritter der Spieler sind alle im Inneren der Kathedrale postiert, während die anderen Wachen in der Nähe der Eingänge der Kathedrale stehen.

Einige große Bienenwachskerzen beleuchten die Kathedrale, aber nur sehr spärlich, so dass sich flackernde Schatten in den Gewölben und Nischen sammeln. Beachte, dass die Kirche, wie alle heiligen Stätten dieser Zeit, keine Kirchenbänke hat; es ist ein großer leerer, hallender Raum.

Die Kathedrale kann über drei Türen betreten werden. An der Westseite befinden sich mehrere Doppeltüren, durch die man in das nördliche und südliche Querschiff gelangt. An jedem Eingang ist ein einzelner Ritter postiert, um jeden zu befragen, der sie betritt, obwohl mitten in der Nacht niemand erwartet wird, weil in der Stadt eine strenge Ausgangssperre herrscht; jeder, der nach Einbruch der Dunkelheit unterwegs ist, gilt als Krimineller.

Fordere Würfe auf **Tatkräftig/Faul**. Charaktere mit Berühmten Werten in Tatkräftig oder Faul müssen ihr jeweiliges Berühmtes Merkmal zuerst würfeln; alle anderen Charaktere dürfen sich aussuchen, mit welchem sie beginnen wollen. Bedenke, dass, wenn der erste Wurf für ein Merkmal erfolgreich ist, der zweite Wurf für das Merkmal nicht durchgeführt wird. Ein kritischer Erfolg für Tatkräftig verleiht einen Bonus von +5 für den nächsten **Aufmerksamkeit**-Wurf. Ein verpatzter Tatkräftig- oder kritischer Faul-Wurf bedeutet, dass der Charakter im Stehen, auf seinen Speer gestützt, eingeschlafen ist und keinen Wurf auf Aufmerksamkeit ablegen darf. Ein erfolgreicher Faul-Wurf bedeutet, dass der Charakter nur döst und immer wieder einnickt, was einen Abzug von −5 auf den Aufmerksamkeit-Wurf bedeutet. Erlaube Erfahrungsmarkierungen für kritische Erfolge oder Patzer, je nachdem.

Dies nennt man einen Entscheidungswurf. Er wird auf S. 17 von Buch II *genauer erklärt.*

Jetzt fordere Aufmerksamkeit-Würfe von jedem, der noch wach ist oder döst. Ein Patzer oder Fehlschlag bedeutet, dass er oder sie nichts bemerkt. Erfolg bedeutet, dass der Ritter etwas gehört hat, aber nicht sicher ist, was. Ein kritischer Erfolg bedeutet, dass der Lauscher ein Gurgeln hört und das Geräusch eines gepanzerten Körpers, der sanft zu Boden sinkt. Jemand schleicht sich in die Kathedrale!

Denke daran, Erfahrungsmarkierungen für Aufmerksamkeit-Würfe zu vergeben, deren Ergebnisse kritische Erfolge oder Patzer waren.

Die Ritter der Spieler können darauf reagieren, wie sie möchten. Sie können Alarm schlagen und dorthin stürmen, woher das Geräusch kam. Wenn jemand einen kritischen Erfolg hatte, rennt er in eine Gruppe von Pikten: Zwei pro Ritter eines Spielers, die losgestürmt sind. Als das Klirren von Stahl im Inneren

Der Pikte führt die Aktion Zurück Ziehen aus.

des Gotteshauses ertönt, verschwindet der Rest der Diebesbande in der Nacht. Ansonsten ereignen sich die folgenden Ereignisse.

Für die Ritter, die auf der Hut sind und die Schatten nach den Eindringlingen absuchen, muss jeder einen Vergleichswurf mit **Aufmerksamkeit** gegen das Meiden der Pikten von 15 ablegen. Eine Niederlage jeglicher Art bedeutet, dass sie nichts bemerkt haben. Ein Sieg zeigt an, dass sie dunkle Gestalten sehen, die sich durch die Schatten der Kirche bewegen und sich hinter den Säulen und Türöffnungen der Kapellen verstecken.

Plötzlich springen halbnackte Männer, die mit seltsamen blauen Symbolen bedeckt sind, aus den Schatten und greifen die Ritter an. Pikten! Auf jeden Charakter kommen zwei Pikten. Denke daran, die Regeln für den Kampf gegen Mehrere Kontrahenten anzuwenden.

Wettlauf zum Schwert

Nach zwei Kampfrunden lassen die Pikten, die die Türwächter angegriffen haben, ihre stöhnenden Opfer zurück und eilen zum Altar. Das bedeutet, dass für jeden Spielleiter-Charakter ein zusätzlicher Pikte ins Gefecht kommt. Sie kreisen wie Wölfe und attackieren jeden ungebundenen Ritter eines Spielers, wenn möglich im Verhältnis 2:1. Sobald mindestens ein Pikte im Kampf nicht mehr gebunden ist (entweder weil Charaktere zu Boden gehen oder weil sie in der Überzahl sind), springt er über die niedrige Barriere, die den Altar vom Chorraum trennt.

Ein Ritter eines Spielers kann versuchen, den Dieb niederzustrecken. Wenn der Charakter noch gebunden ist, erinnere ihn daran, dass seine anderen Kontrahenten ohne Vergleichslose Attacken (also ohne Gegnwehr) gegen ihn durchführen werden. Setze nun die Aktion des Charakters gegen die Bewegungsrate der Pikte von 20 ein. Wenn der Pikte gewinnt, duckt er sich an der Verteidigung des Ritters vorbei und greift sich das Schwert mit einem Triumphschrei. Der Lärm lenkt die anderen Pikten so weit ab, dass sie in dieser Runde einen Abzug von –5 auf ihre Waffenfertigkeit erhalten. Der Pikte mit dem Schwert springt zurück aus der Chorschranke und rennt in Richtung der nächsten Tür davon.

Mindestens ein Ritter eines Spielers muss ihn verfolgen! Wenn niemand ungebunden ist, muss einer von ihnen dies mit der Aktion Zurück Ziehen erreichen (siehe S. 38 von *Buch II*). Wenn die Spieler nicht auf diese Idee kommen, kann jeder von ihnen einen Vergleichslosen Wurf auf Ehre ablegen, wobei der Gewinner erkennt, dass er die Verfolgung aufnehmen muss, um nicht das Schwert und 3 Punkte Ehre zu verlieren.

Der Dieb weicht jedem Ritter in Rüstung aus. Der Pikte will gerade entkommen, als einer der sterbenden Ritter der Spielleitung nach oben greift und ihn zu Fall bringt. Der Pikte stürzt kurz vor dem Tor und bleibt auf der Pforte des Querschiffs liegen, während das Schwert die Treppe hinunter scheppert. Er springt wieder auf, aber das ist genug Zeit für den schnellsten Ritter, um ihn zu erwischen. Er kann entweder den Pikten attackieren oder sich Clarent schnappen. Bei Letzterem erfährt er, zu was das Schwert in der Lage ist, während er auf den Pikten einhackt, der versucht, ihn anzuspringen.

Wird der Pikte erschlagen, verlieren die anderen am Altar rasch den Mut. So schnell wie sie aufgetaucht sind, verschwinden sie wieder in den Schatten und zerstreuen sich in den unzähligen Straßen und Gassen von Londinium.

Piktische Krieger

GRO	GES	STR	KON	AUS
11	11	8	13	13

Attacken

Waffe	Fertigkeit	Wert	Schaden
Speer (Einhand-)	Speer	11	6W6
Streitaxt	Schaftwaffe	14	4W6

Gesundheit

Attribut	Wert
Trefferpunkte	25
Niederschlag	11
Schwere Verwundung	13
Bewusstlos	7

Andere

Attribut	Wert
Bewegung	20
Rüstungspunkte	4
Ruhm-Belohnung	25
Heilungsrate	3

Rüstung: Tartsche-Schild
Merkmale: Tapfer 8, Waghalsig 14
Leidenschaften: Keine
Fertigkeiten: Meiden 15
Anmerkung: Die Pikten sind Meister im Rennen und Verstecken und haben daher eine besondere Meiden-Fertigkeit.

Folgen

Wenn es den Rittern der Spieler nicht gelingt, den Diebstahl aufzuhalten, dann tun es einige andere Ritter, die durch den Lärm geweckt wurden. Die Charaktere verlieren 3 Punkte Ehre und laden wegen ihres Fehltritts Schande auf sich. Ein Barbier-Chirurg mit der Ersten Hilfe-Fertigkeit 18 besucht alle verwundeten Ritter, dann beachtet sie niemand mehr, zugunsten desjenigen, der das Schwert zurückerobert hat.

Angenommen, sie haben den Diebstahl selbst vereitelt, erhalten sie großes Lob und werden in die Gegenwart von König Artus geführt, wo der Knabenkönig sie mit noch mehr Lob überhäuft und ihnen sehr dankt. Er schenkt ihnen ein Haus, in dem sie für den Rest ihrer Zeit in der Stadt leben können, mit Dienern, Mahlzeiten und anderen Annehmlichkeiten, die ihnen zur Verfügung stehen. Wer die Leidenschaft Loyalität (König) hat, darf diese markieren; wer noch keine solche Leidenschaft generiert hat, kann dies jetzt tun; der Anfangswert beträgt 1W6+6.

Die Ritter der Spieler können die gemeinsame Leidenschaft Loyalität (Gefährten) generieren, um ihre gemeinsame Erfahrung der Verbundenheit darzustellen. Der Anfangswert beträgt 1W6+6. Erstelle eine Liste der dadurch verbundenen Charaktere und addiere einen Punkt für jeden getöteten Piktischen Krieger und ziehe 5 Punkte ab, wenn es ihnen nicht gelungen ist, den Diebstahl Clarents aus St. Paul's zu vereiteln.

Am nächsten Morgen ist die ganze Stadt in Aufruhr wegen des versuchten Raubes. Jeder weiß, dass in Londinium keine Pikten leben. Wer hat das also geplant?

Die Charaktere können einen Wurf auf **Intrigen** ablegen, um herauszufinden, was sie in der Gerüchteküche hören. Bei einem Patzer erfährt der Ritter, dass die ritterfreundlichen Pikten aus Jagent (einer Grafschaft bei Cornwall) dies getan haben. Bei einem Fehlschlag wird gemunkelt, dass der König der Pikten dies geplant hat. Bei einem Erfolg ist man sich einig, dass es sich um Pikten aus den Bergen Kaledoniens handelt, während ein kritischer Erfolg offenbart, dass König Lot mehrere dieser piktischen Stämme unter seinem Befehl hat.

Alle Charaktere, die bei den Kämpfen nicht ernsthaft verwundet wurden, halten mit dem Rest der Ehrengarde drei Wochen lang bis Mariä Lichtmess Wache.

Der König verteidigt seine Krone

An Lichtmess wird Clarent mit dem Einverständnis der versammelten Barone wieder in den Stein eingesetzt, wo es sich erneut als unbeweglich erweist, bis Artus vortritt und es herauszieht. Viele Ritter und Edelleute schwören dem Knabenkönig endlich ihre Treue, darunter der junge Graf Salisbury und Herzog Ulfius, der alte römische Kriegsherr.

Danach kehren die Ritter der Spieler zu ihren jeweiligen Lords zurück; für Söldnerritter oder Knappen ohne Lord bieten die Gasthäuser von Londinium Wärme und Unterkunft, während der Winter

Für das Volk in Artus' Britannien ist Lichtmess ein wichtiger religiöser Feiertag, da es das Ende der Weihnachtszeit markiert. Wie der Name bereits andeutet, werden bei den Feierlichkeiten viele Kerzen verwendet, und viele Stadtgilden veranstalten kerzenbeleuchtete Paraden durch die dunklen Straßen.

Zeugen großer Ereignisse

In dieser oder einer anderen **Pendragon**-Kampagne können die Charaktere Zeuge eines großen Ereignisses werden. Manchmal haben sie die Möglichkeit, sich selbst einzubringen, aber manchmal – wie hier bei Artus' Krönung – sind sie nur Zeugen. Bei diesen Ereignissen erhalten sie oft Ruhm, nur weil sie ihnen beiwohnen.

Auch wenn wir diese Szenen sehr detailliert darstellen, ist nicht jede Gruppe daran interessiert, dass ihre Spielleitung eine Szene ausführlich erzählt. Andere genießen das Gefühl, bei zentralen Momenten der Artusüberlieferung „dabei zu sein" oder haben einfach Freude an einer guten Geschichte. Wenn du dir unsicher bist, probiere es einfach aus oder frage die Gruppe, was sie davon hält. Wenn du aber sicher bist, dass deine Spieler sich langweilen werden, kannst du die beschriebenen Ereignisse so zusammenfassen, wie es für deine Gruppe und ihre Aufmerksamkeitsspanne am besten ist.

widerwillig dem Frühling weicht. An Ostern erreicht sie die Nachricht, dass Artus das Schwert abermals aus dem Stein gezogen und damit die Schwüre weiterer Lords erhalten hat. Ein erfolgreicher Wurf auf **Intrigen** bringt das Gerücht hervor, dass König Lot einen Rat der nördlichen Könige zu seiner fernen Festung in Lothian jenseits des Walls einberufen hat.

Die Charaktere, die abgereist sind, kehren mit ihren Lords zu Pfingsten, einem der großen christlichen Feiertage des Jahres, nach Londinium zurück, wo Artus ein viertes und letztes Mal das Schwert zieht. Abgesehen von einigen mürrischen Lords verlangen die Bürger von Londinium lautstark nach einem neuen König und dulden keinen weiteren Aufschub. Und so sind die Ritter der Spieler bei der Krönung von König Artus anwesend. Diese findet in der Kathedrale statt, die mit Adligen, Prälaten, ausgewählten Rittern und wichtigen Londonern angefüllt ist.

Es herrscht großer Pomp und Zeremoniell, trotz der Eile aller Beteiligten, alles rasch über die Bühne zu bringen. Der Bischof von Londinium vollzieht den Ritus.

Die Ritter der Spieler können die Zeremonie aus der ersten Reihe verfolgen und vernehmen sogar Artus' Stimme und die Worte des Bischofs.

Der Bischof von Londinium: „Wollt Ihr feierlich versprechen und schwören, die Völker von Logres und seiner tributpflichtigen Gebiete und anderen Territorien nach ihren jeweiligen Gesetzen und Gebräuchen zu regieren?"

Der König: „Ich schwöre es."

Der Bischof von Londinium: „Wollt Ihr Eure Macht für die Sache des Rechts und der Gerechtigkeit einsetzen, in Barmherzigkeit, die in all Euren Urteilen ausgeführt werden soll?"

Der König: „Das werde ich."

Der Bischof salbt den König daraufhin mit dem heiligen Öl aus der Zeit Konstantins des Großen. Er zeichnet König Artus' Stirn, Hände und Füße mit dem Mal des Kreuzes. Ein besonderes Gewand wird Artus über die Schultern gelegt, dann die Krone des Königs von Logres auf sein Haupt gesetzt.

Bischof von Londinium: „Gott kröne Euch mit einer Krone der Herrlichkeit und der Gerechtigkeit, auf dass Ihr durch den rechten Glauben und die mannigfaltige Frucht guter Werke die Krone eines ewigen Reiches erlangt, durch die Gabe von Ihm, dessen Reich ewig währt."

Darauf antwortet die Versammlung mit gebeugten Häuptern: „Amen."

Es folgt ein Wurf auf **Religion (Christlich)**: Bei einem Patzer oder Fehlschlag scheint alles in Ordnung zu sein; bei einem Erfolg waren die Riten irgendwie nicht ganz korrekt; bei einem kritischen Erfolg zeigt sich, dass Erzbischof Dubricus von Britannien die Riten hätte beaufsichtigen sollen, nicht der Bischof von Londinium.

Die Adligen treten dann einer nach dem anderen vor und schwören dem König ihre Mannes- und Lehnstreue. Die Ritter der Spieler beobachten dies nur, können dabei aber die Leidenschaft Loyalität (König) mit einem Anfangswert von 1W6+6 generieren (oder nur 1W6, wenn sie Clarent nicht beschützt haben). Charaktere, die diese Leidenschaft bereits haben, können sie markieren.

Die Ritter der Spieler müssen nun einen Wurf auf **Identifikation** ablegen, während sie die Prozession beobachten. Bei einem Patzer sind sie sicher, dass jeder wichtige Adlige anwesend ist; bei einem Fehlschlag stellen sie fest, dass die Zahl der Adligen gering zu sein scheint. Bei einem Erfolg sind sie sicher, dass nur wenige Adlige anwesend sind; bei einem Kritischen Erfolg stellen sie fest, dass die Adligen des Nordens fehlen, wo König Lot und seine vielen Verbündeten Land und Lehen halten.

Der Hof zieht sich dann zu einem großen Bankett im White Tower zurück.

Das Abenteuer des Schwertturniers

Das Festmahl ist die beste Mahlzeit, die die Charaktere je gegessen haben, so dass es besonders schwierig ist, sich mit dem Genuss zurückzuhalten. Es wird guter Wein serviert, was ihre Mäßigung weiter erschwert. Wer möchte, kann jetzt einen Entscheidungswurf für **Maßvoll/Schwelgerisch** mit einem Modifikator von –5/+5 ablegen. Ein Patzer bei Maßvoll oder ein kritischer Erfolg bei Schwelgerisch bedeutet, dass der Ritter sich betrinkt und übermäßig schlemmt. Ritter von Spielern, die Berühmt Schwelgerisch sind, müssen sich vollstopfen, oder ansonsten mit Schwelgerisch scheitern und bei Maßvoll Erfolg haben (mit denselben Modifikatoren), um zu widerstehen. Wenn ein Ritter Berühmt Maßvoll ist und seinem Merkmal Schwelgerisch nachgibt, verliert er obendrein 1 Punkt Ehre.

Reise nach Carlion

Am nächsten Morgen erreicht die Charaktere die Ankündigung, dass der König mit einer Prozession zur Stadt Carlion reisen wird, wo der Erzbischof von Britannien residiert.

Alle Könige, Herzöge und Barone, die bei der Krönung anwesend waren, reiten in der Prozession mit, die sich meilenweit entlang der Straße erstreckt, sobald sie die Stadt verlassen hat. Der Zug kommt nur langsam voran. Die Ritter der Spieler reiten mit ihren jeweiligen Lords. Die Bauern säumen die Straße auf ihrer gesamten Länge. Sie sind gekommen, um dem König zuzujubeln, der die Anarchie beenden und ihnen endlich Frieden bringen wird.

Beschreibe den Spielern anhand der Karte die Route des Zuges und nenne dabei die einzelnen Stationen. Die Reise dauert vierzehn Tage.

Beginne in Londinium, reise den ganzen Tag nach Kingstown, am nächsten Tag nach Staines Castle, über die Themse in die kleine Stadt Egham; die Prozession braucht den ganzen Tag, um den Fluss über die einzige Brücke dort zu überqueren. Weiter nach Bagshot, einer weiteren großen Stadt, und dann nach fünf Tagen in die Stadt Silchester. Dort rastet der Zug zwei Tage lang, während Herzog Ulfius den König und seinen Hofstaat mit den herrlichsten Scherzen, Spielen und Schlemmereien unterhält. Am nächsten Tag erreichen sie Bucklebury. Dann geht es weiter nach Donington, das sie am neunten Tag erreichen, Wandborough am zehnten und die antike Stadt Corinium am elften Tag. Am nächsten Tag erreichen sie Miserden Castle und am zwölften Tag Glevum, dessen Herzog sich bei der Versorgung des königlichen Hofes verausgabt. Die Prozession verbringt einen Tag mit der Überquerung des Flusses Severn und rastet in Highnam, und am

Reisen in großen Gruppen sind dank der schwerfälligen Wagen und ihrer Zugtiere, ungeeigneten Straßen, Verzögerungen in Städten und Schlössern und einer Vielzahl weiterer Faktoren eine unerträglich langsame Angelegenheit.

vierzehnten Tag erreicht sie die Stadt Caerwent. Am fünfzehnten Tag ist es endlich soweit: Der König erreicht Carlion (auch Carlion-on-Usk genannt).

In Carlion rastet der Zug, während König Artus und Merlin sich mit Erzbischof Dubricus beraten. Viele der Lords von Cambria kommen, um den neuen König zu treffen, ebenso wie zwei Barone aus Cornwall. Das Oberste Kollegium tritt zusammen, um den neuen Hochkönig zu wählen, ein Amt, das seit vielen Jahren vakant ist. Ein großer Teil der Könige ist nicht anwesend, aber die Anwesenden sprechen sich alle für Artus aus. So wählen sie König Artus zum Kaiser und Cäsar von Britannia und zum Wledig (oder obersten Kriegsherrn) über die britischen Stämme. Diesen Titel hat er nicht verdient, denn es war weder ein volles Quorum der Kurfürsten, das ihn gewählt hat, noch hat er sie alle besiegt. Nichtsdestotrotz erhält er den Titel und damit ein neues Wappen: Drei goldene Kronen auf blauem Grund, was bedeutet, dass er König von Logres, Cambria und Cumbria ist.

Der Erzbischof krönt Artus sodann. Die Zeremonie ist weitgehend eine Wiederholung der ersten. Die Feierlichkeiten sind gewaltig, und niemand ist enttäuscht.

Inmitten der Feierlichkeiten erfährt Artus, dass sechs Fürsten aus dem Norden in der Stadt eingetroffen sind. Artus ist zunächst begeistert, weil er denkt, dass sie kommen, um ihm zu huldigen, aber als er sieht, dass sie sich in Schlachtordnung vor der Stadt aufstellen, bekommt er es mit der Angst.

Das riesige Heer erschreckt Artus, der befiehlt, die Tore zu schließen und sich auf eine Belagerung vorzubereiten. Die Rebellen plündern die äußeren Dörfer. Nach ein paar Tagen erkennt Artus, dass man keine Schlachten gewinnen kann, wenn man sich hinter Mauern versteckt, und so befiehlt er seiner Armee, sich zur Schlacht zu sammeln.

Die Schlacht von Carlion

Dies wird die erste Schlacht nicht nur für den Knabenkönig, sondern auch für die jungen Ritter der Spieler!

Ganz Carlion ist in Aufruhr, als sich das Heer von König Artus auf dem alten römischen Forum versammelt. Es herrscht totales Chaos und Unordnung, während die Ritter nach ihren Herren suchen oder in Ersatzeinheiten eingeteilt werden. Die Ritter der Spieler gehören zu denjenigen, die auf dem Forum umher bummeln und nicht wissen, wohin sie gehen sollen, als Artus mit dem Magier Merlin an seiner Seite erscheint.

„Ihr da!", sagt er. Sein Ton ist knapp, aber befehlend, sein Gesichtsausdruck entschlossen. „König Leodegrance braucht Ritter für sein Banner. Euer Conroi sollt heute unter seinem Kommando kämpfen, ist das klar?" Dann geht er in die Menge und ruft seinem Ziehbruder Sir Kay etwas wegen einiger logistischer Angelegenheiten zu.

Die Charaktere finden Leodegrance schnell, und der alte König heißt sie willkommen. Einer seiner Diener holt die Schlachtrösser für die Ritter der Spieler, die eifrigen Knappen nehmen letzte Anpassungen an Geschirr und Steigbügeln vor, und die Trompeten blasen den Marschbefehl. Die Truppen versammeln sich vor dem Osttor: Ein zusammengewürfelter Haufen von Rittern, berittenen Unteroffizieren, Bogenschützen und der Stadtwache.

Hinter dem Tor wartet das gewaltige Heer von König Lot und seinen verbündeten Königen aus dem Norden, das leicht doppelt so zahlreich ist wie die Truppen Logres'. Ein erfolgreicher Wurf auf **Schlacht** zeigt, dass große Teile der feindlichen Streitmacht aus leicht bewaffneten piktischen Plünderern bestehen, die einem Ritter im Einzelkampf kaum gewachsen, aber in großer Zahl tödlich sind.

Der Conroi der Ritter der Spieler ist Teil von König Artus' eigener Bataille, dem Herzstück der Hauptwachabteilung in der Mitte der Schlachtlinie. Leodegrances Augen blitzen vor Entschlossenheit. Er hat seine Treue geschworen und ist nun bereit, sein Leben für die Verteidigung seines neuen Lehnsherrn zu geben. Charaktere können zu diesem Zeitpunkt einen Wurf ablegen, um sich von ihrer Leidenschaften **Loyalität (König)** oder **Ehre** Inspirieren zu lassen, wobei alle Boni für den ersten Schlachtzug gelten.

Ritter der Spieler dürfen ihre Ehre hier beschwören, weil es ihre erste Gelegenheit ist, sich als der Ritterwürde würdig zu beweisen, erst recht unter den Augen so vieler hoher Lords!

Die Trompeten blasen noch einmal. Ein lautes Gebrüll erhebt sich aus dem piktischen Heer auf der anderen Seite des Feldes und jagt allen einen kalten Schauer über den Rücken. Pferde bekommen die Sporen und die Lanzen werden eingelegt. Die Schlacht von Carlion hat begonnen!

Gefangennahme

In anderen Rollenspielen wird die Gefangennahme des Charakters durch den Feind als Schicksal angesehen, das schlimmer ist als der Tod. Für Ritter in der Welt von **Pendragon** ist die Gefangennahme lediglich ein Berufsrisiko.

Bevor du in die Schlacht ziehst, nimm dir einen Moment Zeit, um mit deinen Spielern über Lösegeld und Gefangennahme zu sprechen. Erinnere sie daran, dass feindliche Ritter lebendig viel mehr wert sind als tot und dass sie nicht alle Kämpfe bis zum Äußersten verfolgen müssen. Erinnere sie auch daran, dass ihre eigenen Ritter eher Nachsicht erwarten können, wenn sie sich ehrenhaften, adligen Kontrahenten ergeben, und dass eine Gefangennahme nicht das Ende der Welt bedeutet.

Wenn du als Spielleitung einen oder mehrere Ritter der Spieler gefangen nimmst, gehe davon aus, dass der Geiselnehmer sie nach der Schlacht mit Lots Armee nach Norden bringt und dass ihr Lehnsherr oder König Artus ihr Lösegeld im Laufe der Winterphase bezahlt. Beschreibe, wie der Entführer, ein niederer lothianischer Adliger, den Charakter höflich als Gast behandelt, seine Verwundungen vom Hofchirurgen versorgen lässt und dafür sorgt, dass er sich wohl fühlt. Betone das Band des Ritterstands, das über bloße politische Streitigkeiten hinausgeht. Nutze vielleicht die Gelegenheit, eine neue Liebschaft oder einen freundschaftlichen Rivalen vorzustellen.

Was in **Pendragon** wie eine Umkehrung oder ein Hindernis in der Geschichte aussieht, führt oft zu lange nachwirkenden und denkwürdigen Wendungen in der sich entwickelnden Geschichte eines Charakters.

Ablauf der Schlacht

Lies die Regeln für Schlachten in **Anhang B**. Beachte, dass Leodegrance, der Kommandant des Conroi, eine Schlacht-Fertigkeit von 18 hat. Die Schlacht dauert 8 Züge, was bedeutet, dass die Charaktere bis zu acht Begegnungen oder Gelegenheiten haben können. In der Realität wird sich der Conroi mindestens einmal während der Schlacht nach hinten zurückziehen müssen, um seine Moral wieder aufzubauen und verletzten Rittern Heilung und Erholung zu ermöglichen.

Erkläre den Spielern das Konzept der Moral des Conroi und bitte sie zu wählen, welche Leidenschaft sie zur Moral beitragen wollen, so wie sie es beim Turniergestampfe getan haben. Eine mögliche Wahl wäre **Loyalität (König)** – „Wir kämpfen für den jungen König!“, Loyalität (Gefährten) – „Wir müssen uns in der Schlacht gegenseitig beschützen!“ und Ehre – „Das ist unsere erste Gelegenheit, unseren Wert als Ritter zu beweisen!“ Sag ihnen, dass sie einen Bonus von +5 auf die Moral erhalten, wenn sie alle dieselbe Leidenschaft wählen.

Wenn die Spieler ihre Wahl getroffen haben, berechne den Durchschnittswert und notiere ihn als Wert für die Moral auf einem Notizblatt.

> *Du hast zum Beispiel vier Charaktere, die sich alle für Loyalität (König) entscheiden. Ihre Werte betragen* 11, 9, 9 *und* 8. *Daraus ergibt sich ein Durchschnittswert von* 9. *Da die Spieler alle die gleiche Leidenschaft gewählt haben, wird der Wert um* 5 *Punkte erhöht, so dass die Moral am Ende* 14 *beträgt.*

Carlion ist eine „geskriptete Schlacht“. Der Gewinner und Verlierer, die Intensität und das Gesamtergebnis sind vorgegeben, ebenso wie bestimmte programmierte Ereignisse. Erinnere die Spieler daran, dass es bei ihrer Teilnahme letztlich darum geht, herauszufinden, wie sie sich individuell schlagen: Wer deckt sich mit Ruhm ein, wer bricht zusammen und rennt wie ein Feigling? Wer erleidet eine schwere Verletzung...und wer stirbt?

Da es sich um eine geskriptete Schlacht handelt, liegt die Intensität von Carlion bei 12.

Angenommen, der Conroi führt in der ersten Runde einen Berittenen Sturmangriff durch.

In den Runden 5, 6, 7 und 8 der Schlacht gibt es jeweils ein geskriptetes Ereignis. Wenn der Intensitätswurf in dieser Runde erfolgreich ist, können die Ritter der Spieler das Ereignis miterleben und Modifikatoren oder andere Spezialeffekte erhalten.

Schlachten sind blutige und chaotische Angelegenheiten. Sie bieten eine große Chance, Ruhm und Reichtum zu erlangen, aber sie bergen ein hohes Todesrisiko. Stell sicher, dass jeder in der Gruppe das versteht, wenn ihr sie beginnt. Für einen Ritter ist die Schlacht der ultimative Ausdruck seiner Pflicht, seine eigentliche Daseinsberechtigung.

Für manche ist die Schlacht auch ihr Ende.

Wenn der Ritter eines Spielers während eines Spiels stirbt, gib dem Spieler einen der anderen vorgefertigten Charaktere aus diesem Set und weiter geht's!

Schlachtkarten

Wähle die folgenden Begegnungen und Gelegenheiten aus den in diesem Set enthaltenen Schlachtkarten aus:

- Ritter von Lothian
- Ritter von Gorre
- Ritter von Cornwall
- Bretonische Söldnerritter
- Piktische Speerwerfer
- Sächsische Krieger
- Irische Kerns
- Erobert das Banner
- Zweikampf der Streiter
- Kampf gegen feindlichen Anführer
- Abteilung sammeln!
- Rettet gefangene Ritter

Ereignisse

Die Intensität bestimmt, ob Charaktere auf dem Feld sich an vorgegebenen Ereignissen beteiligen können

Wenn die Ritter der Spieler während eines der unten angegebenen Züge auf dem Feld sind und der Intensität-Wurf erfolgreich ist, nehmen sie an dem entsprechenden Ereignis teil.

- **Zug 5:** König Lot und seine Männer stürmen gegen Artus' Bataille, die furchtbare Schläge einstecken muss. Wenn die Ritter der Spieler an diesem Ereignis beteiligt sind, greifen die Ritter von Lothian sie automatisch an – würfle nicht für Begegnungen oder Gelegenheiten.
- **Zug 6:** König Artus zieht Clarent und reckt es in die Höhe. Ein Blitz magischer Kraft, der von der Klinge ausgeht (wofür Merlin verantwortlich ist), blendet die Gegner in der Nähe und überwältigt den Rest der Feinde und lässt sie zögern. Wenn die Charaktere an diesem Ereignis beteiligt sind, erhalten sie in dieser Runde einen Reflexiven Modifikator von +5/–5 auf ihre Waffenfertigkeiten und die ihrer Kontrahenten.
- **Zug 7:** Die Bürger von Carlion, die aus der Stadt strömen und mit Werkzeugen, Äxten und Dolchen bewaffnet sind, fallen über die rechte Flanke von König Lots Armee her. Wenn die Ritter der Spieler an diesem Ereignis beteiligt sind, erleiden alle ihre Kontrahenten einen Modifikator von –10, weil sie gegen Mehrere Kontrahent kämpfen müssen.
- **Zug 8:** König Lot gibt den Rückzugsbefehl und seine Armee zieht sich in geordneter Manier vom Feld zurück. Eine Verfolgung ist nicht möglich, da sie nicht brechen, aber Ritter der Spieler, die sich noch auf dem Feld befinden und an diesem Ereignis beteiligt sind, dürfen eine letzte Begegnung bestreiten, als die Nachhut angegriffen wird. Die verfügbaren Gelegenheiten in diesem Zug sind auf „Erobert das Banner" oder „Rettet gefangene Ritter" beschränkt.

Abschluss

Mit Hilfe von Merlin und dem Volk von Carlion gelang es dem Knabenkönig, Lots Armee Einhalt zu gebieten. Der König des Nordens zieht sich zurück, um seine Wunden zu lecken und seinen nächsten Schritt zu planen.

Aufgrund des unentschiedenen Ausgangs wird keine Beute eingesammelt oder verteilt. Ritter von Spielern, die Pferde oder Ritter als Lösegeld erbeutet haben, können natürlich die entsprechenden Belohnungen für ihre Eroberungen einheimsen. Natürlich ernten alle Ruhm.

Nach ihrer Rückkehr nach Carlion werden die Charaktere in eine der Stadtvillen gerufen, nachdem sie sich frisch gemacht haben. Als sie dort ankommen, finden sie das Banner von König Leodegrance über dem Eingang hängen. Drinnen, in der Nähe eines plätschernden Fischteichs, finden sie den alternden (aber immer noch rüstigen) König von Cameliard vor, der sich von seinem Gefolge bedienen lässt. Er ist bis auf die Hüfte entkleidet, damit einige kleinere Verwundungen an seinen Armen und seinem Oberkörper verbunden werden können. Ein Mundschenk steht an der Seite mit einem großen Weinkelch, aus dem er gelegentlich einen Schluck nimmt, um seinen Durst zu stillen.

„Da sind sie – die tapferen Ritter!" ruft er, als die Charaktere eintreten. „Ihr habt Euch heute gut geschlagen." Frage die Ritter der Spieler, wie sie auf dieses Lob reagieren, und vergib je nach Situation eine Markierung für Bescheidenheit oder Stolz – denke daran, dass du als Spielleitung Erfahrungsmarkierungen für Merkmale vergeben kannst, um das Verhalten der Charaktere widerzuspiegeln, ohne dass ein Wurf nötig ist (siehe **„Erfahrungsmarkierungen"** auf S. 12 von *Buch II*). Der König begegnet jeder Skepsis der Ritter der Spieler mit sanftem Tadel.

Feudale Heeresorganisation

Der Conroi ist die grundlegende ritterliche Einheit eines feudalen Heeres; 5–15 Ritter folgen normalerweise einem Bannerherrn. Alle Ritter von Spielern gehören zu einem Conroi (oder führen diesen an), und der Anführer des Conroi trifft taktische Entscheidungen für die ganze Gruppe.

Mehrere Conrois, die ihrem Freiherrn folgen, bilden eine Bataille (oder Bataillon). Die Anzahl der Bataillen in einem Heer variiert stark, je nach Größe der Schlacht und der Macht der Lords.

Ein Lord hat normalerweise drei Conrois unter seinem Befehl – eine einzige Bataille. Der Lord führt in der Regel einen der Conrois persönlich an und steht an vorderster Front der Kämpfe.

Ein mächtiger Graf teilt sein Heer in mehrere Bataillen auf und führt die besten Ritter selbst an, während seine Offiziere die anderen anführen.

Drei Abteilungen, die jeweils ein oder mehrere Bataillone umfassen, bilden ein Heer. Während eines Marsches nimmt die Vorhut, auch Vorausabteilung genannt, die Position an der Spitze der Kolonne ein und ist dafür verantwortlich, Späher auszusenden, um die feindliche Armee zu finden, Hinterhalte zu legen oder einfach nur einen Platz zu finden, an dem die Armee ihr Lager aufschlagen kann. Oft gehören auch Pioniere und Handwerker dazu, die die Straße von Hindernissen befreien, die den Nachschubzug behindern könnten. In der Mitte befindet sich die Hauptstreitmacht, in der der Heerführer und der Großteil der Truppen marschieren. Die Nachhut folgt der Hauptstreitmacht. Hinter der Hauptstreitmacht hat die Nachhut die Aufgabe, das marschierende Heer vor Angriffen von hinten zu schützen. Der Lagertross folgt der Nachhut, ungeschützt von der Armee, oder mischt sich unter den Versorgungszug.

Für den Kampf formieren sich die Truppen auf dem Schlachtfeld in der gleichen Reihenfolge wie die Abteilungen, wobei sich die Vorhut rechts von der Kampflinie, die Hauptstreitmacht in der Mitte und die Nachhut auf der linken Flanke versammelt. Der Nachschubzug und die Ausrüstung verbleiben zusammen mit dem Tross im Lager im hinteren Teil der Armee. Im Gegensatz zu den Conroi- und Bataille-Anführern nehmen die Abteilungskommandeure und der Heerführer (der in der Regel auch die Hauptstreitmacht befehligt) normalerweise eine Position hinter ihren Truppen ein. Dort bleiben sie mit ihren persönlichen Standarten, ihrem Leibwächter-Conroi und allen nicht gebundenen Conrois in Reserve, um einen Durchbruch zu verhindern oder einen besiegten Feind zu verfolgen.

„Ihr seid noch jung und träumt davon, vernichtende Siege zu erringen? Wisset, dass der Sieg heute daran gemessen wird, dass unsere Köpfe nicht gerade die Piken von Lots Pikten zieren!“ Er lacht bitter, dann winkt er die Bediensteten weg und legt wieder seinen Aketon an. „Kommt.“

Er führt die Charaktere ins Innere des Herrenhauses, wo es kühl und angenehm ist. Auf einer bescheidenen Tafel stehen Brot, Käse, Weintrauben und Krüge mit Wein. „Ich bin mir sicher, dass Ihr von Euren Strapazen ausgehungert seid. Esst.“

Nachdem sich alle satt gegessen haben, betritt ein junger Mann aus einem anderen Teil der Villa den Saal. Es ist kein anderer als Artus!

„Leodegrance hat heute gut von Eurem Dienst gesprochen. Ich brauche immer starke Arme, um mein Königreich zu verteidigen. Wollt Ihr Euch mir als Mitglieder meines Haushalts anschließen?“

Erkläre den Rittern der Spieler den Unterschied zwischen einem Söldner und einem Hausritter, wie er in **Anhang E: „Söldner- und Hausritter“** beschrieben wird, einschließlich der Vor – und Nachteile beider Ausrichtungen, und lass sie wählen. Wenn sie zustimmen, ist der König natürlich erfreut. Wenn sie sich weigern, ist er enttäuscht, aber er nimmt es ihnen nicht übel.

Natürlich müssen die Charaktere nicht als Kollektiv zustimmen. Wenn einige es vorziehen, ihr raues Leben als Söldner zu führen, steht es ihnen frei, dies zu tun, entweder im Sold von Artus, Leodegrance oder jemand anderem. Der Einfachheit halber wird in den übrigen Szenarien in diesem Buch davon ausgegangen, dass die Charaktere zum Haushalt des einen oder anderen Lords gehören, aber es sollte für die Söldnerritter kein Problem sein, sich in die folgenden Ereignisse einzumischen.

Um ein Hausritter zu werden, muss der Charakter eine Treueschwur (Lehnsherr)-Leidenschaft von 2W6+6 generieren. Ritter von Spielern, die bereits eine Leidenschaft Treueschwur (Lehnsherr) haben, können stattdessen Artus die Treue schwören, indem sie ebenfalls 2W6+6 würfeln, oder sie können ihren ehemaligen Lehnsherrn durch Artus ersetzen, indem sie ihren bestehenden Treueschwur-Wert beibehalten.

Wenn einer der Charaktere arm ist, ermöglicht Artus ihm einen für Ritter gewöhnlichen Lebensstandard und stattet ihn mit der üblichen 10-Punkte-Rüstung, einem Streitross, einem Runtzid und zwei Saumtieren aus. Jeder Ritter, der einen Knappen braucht, erhält einen. Wenn Cadwallon oder Lady Lynelle anwesend sind, kannst du ihren Spielern sagen, dass jetzt der perfekte Zeitpunkt wäre, um offiziell um eine Erhebung in den Ritterstand zu bitten. König Artus reagiert zunächst belustigt, und für eine kurze Sekunde scheint es, als wolle er den Charakter (oder die Charaktere) für ihre Unaufrichtigkeit verurteilen, aber dann lächelt er. „Schließlich", sagt er, „war es erst gestern, dass ich selbst noch Knappe war!" Er nimmt den Ritterschlag persönlich vor und verwendet dazu Clarent (siehe **„Kay verdient sich seine Sporen"** auf S. 28 von *Buch I* für ein Beispiel einer Ritterschlag-Zeremonie.)

Ritter von Spielern, die zu einem früheren Zeitpunkt im Szenario eine Leidenschaft Loyalität (König) generiert haben, dürfen diese behalten, da sie sich auf persönliche Gefühle und nicht auf formale Eide bezieht.

Ruhm

- Vergib 50 Ruhm für jeden Pikten, der bei der Attacke auf St. Paul's getötet oder kampfunfähig gemacht wurde.
- Wenn sie das Schwert gerettet haben, vergib 250 Ruhm als Gruppenauszeichnung, aufgeteilt unter denen, die gekämpft haben.
- Belohne jeden Charakter mit 100 Ruhm für die Teilnahme an Artus' Krönung in Londinium und je 100 für die Teilnahme an seiner Krönung in Carlion.
- Jeder Ritter erhält 30 Ruhm für seine Teilnahme an der Schlacht. Jeder Kontrahent, der in einer Begegnung besiegt wurde, bringt Ruhm, wie auf der jeweiligen Karte angegeben.
- Vergib 100 Ruhm an jeden Ritter der Spieler, der ein Hausritter von König Artus wird.
- Vergib 1.000 Ruhm an jeden Charakter, der zum Ritter geschlagen wird, plus 250 Ruhm für den Ritterschlag durch König Artus selbst!

Zur Winterphase

Zu diesem Zeitpunkt ist das Szenario beendet. Die Ritter der Spieler können eine positive und negative Bilanz der letzten Wochen ziehen und davon ausgehen, dass das Leben für sie nun wieder einigermaßen normal verläuft, wenn sie in ihre Heimatländer zurückkehren und ihre regulären Pflichten wieder aufnehmen.

Erinnere dich daran, dass man in **Pendragon** normalerweise ein Szenario pro Jahr spielt. Daher ist das Jahr (aus Sicht der Spieler) nun vorüber. Wenn in dieser Sitzung noch Zeit ist, führe die Charaktere durch den Ablauf der Winterphase, erkläre ihre Funktion im Spiel und leite sie durch jeden Schritt.

Wenn du keine Zeit mehr für die Winterphase hast, kannst du sie auch zu Beginn der nächsten Sitzung oder sogar zwischen den Sitzungen per Brief, Mail usw. abhandeln.

Das Abenteuer im Wald des Silberhirsches

Jahr 511

In diesem Szenario begeben sich die Ritter der Spieler auf eine dringende Mission an fremde Höfe, während der junge König Artus versucht, sich militärische Unterstützung gegen König Lot zu sichern, der in diesem Jahr mit einer noch größeren Streitmacht zurückkehren wird.

Der Lord eines Charakters kann ihn jederzeit dazu auffordern, als Diplomat und Abgesandter zu handeln. Normalerweise ist diese Aufgabe namhaften Rittern von hohem Rang vorbehalten, aber in diesem Fall will Artus Boten, die relativ inkognito reisen können.

Beachte, dass dies nicht bedeutet, dass die Ritter verkleidet oder mit verdeckter Heraldik reisen sollen. Gott bewahre! Egal wie groß die Gefahr ist, ein Ritter schreckt nicht vor seiner Pflicht zurück. (In den kommenden Jahren, wenn die Minne Ritter dazu bringt, im Namen der Liebe dumme Dinge zu tun, verkleiden sich manche Ritter oder verdecken ihre Waffen, aber das ist nur akzeptabel, wenn sie es auf Geheiß einer oder eines Geliebten tun.)

Die Verpflichtungen und Vorurteile, die einen Ritters ausmachen, wirken auf Leute, die andere Arten des Spiels gewohnt sind, zu Anfang vermutlich befremdlich. Sie werden bald herausfinden, dass ein Agieren innerhalb dieser komplexen gesellschaftlichen Dynamiken zu außerordentlich unterhaltsamem Rollenspiel führen können.

Dieses Szenario stellt das Pflichtbewusstsein der Ritter auf die Probe, sowie ihre Fähigkeit, auf eigene Faust zu handeln, weit jenseits des Einflusses und Schutzes ihres Herrn und ihrer Familien. Ein Fehlschlag ist durchaus möglich, ebenso wie ein gewisser Verlust an Ehre. Spielleitungen mit Gruppen, die es eher gewohnt sind, dass Charaktere ihre eigenen selbstsüchtigen Ziele auf Kosten des Allgemeinwohls verfolgen, sollten die Konsequenzen eines Fehlschlags oder eines Abweichens vom Pfad deutlich machen.

Auch Ritter von Spielern könnten von den scheinbar willkürlichen Aktionen von Männern wie König Nym oder Lord Hyfidd frustriert sein. Dieses Szenario bietet eine hervorragende Gelegenheit, die überragende Rolle der Gastfreundschaft in Britannien zu verdeutlichen und die Folgen eines Verstoßes gegen diese heiligen Gesetze zu demonstrieren. In **„Anhang D: Besuch an einem fremden Hof“** erhältst du dazu weitere Informationen.

Eine Audienz beim König

Wir schreiben das Jahr 511, und König Artus hält zu Pfingsten wieder einmal Hof in Carlion. Es ist nicht ungewöhnlich, dass Könige im Laufe des Jahres von Stadt zu Stadt ziehen, aber es ist klar, dass Artus eine besondere Vorliebe für diese Stadt hegt, denn er verbringt einen Großteil seiner Zeit hier. Jetzt, da das Wetter wärmer wird und der Beginn der Feldzugsaison bevorsteht, hat er seine Barone zu einer Ratssitzung einberufen, um die Herausforderungen für seine junge Herrschaft zu besprechen.

Beim ersten Abendmahl erhebt sich König Artus und hält eine außergewöhnliche Rede:

„Wir kommen aus vielen Ländern, aber der Ritterstand eint uns alle. Obwohl wir alle aus verschiedenen Königreichen stammen und verschiedene Sprachen sprechen, sind wir alle Anführer der Menschen und stehen anerkanntermaßen über denen, die unter uns sind. Wir haben die gleichen Rechte in unseren eigenen Ländern und wir haben mehr miteinander gemeinsam als mit den Gemeinen, die wir anführen.

Der Ritterstand ist eine heilige Institution. Nachdem Adam aus dem Garten Eden vertrieben worden war, verfielen die Menschen untereinander in Krieg. Deshalb wurde der Ritterstand von den Weisen gegründet, um die Menschheit zu führen und vor sich selbst und vor äußeren Feinden zu schützen. Seitdem haben die Väter ihre Söhne mit dieser Aufgabe betraut, und die Institution ward von der Zeit gesegnet.“

Selbst traditionelle Rivalen wie Herzog Ulfius und König Lak heißen diese Worte gut. Alle scheinen sich einig zu sein, dass der Ritterstand Bindungen schafft, die über kleinliche Politik hinausgehen.

Ritter der Spieler, die **Intrigen**-Würfe ablegen möchten, erfahren, dass die Pläne seiner Verbündeten Artus insgeheim zu schaffen machen. König Alain von Escavalon will sofort gegen die nördlichen Könige vorgehen und den Sachsen von Deira Hilfe schicken, um die Rebellen ebenfalls anzugreifen. Herzog Ulfius führt die Fraktion an, die einen Feldzug gegen die Sachsen im Süden befürwortet. Ältere Ritter wie Sir Ector und Sir Brastias raten zur Vorsicht und dazu, sich mehr Zeit zu nehmen, um das Heer in Form zu bringen.

Die Charaktere sind schon seit drei Tagen in Carlion, als König Artus sie in sein Schlafgemach ruft. Das ist der privateste Ort in der Burg, und dort hinzugehen bedeutet, dass etwas ganz Besonderes vor sich geht. Die Ritter müssen mehrere Wachposten passieren, an denen die Soldaten sie jeweils nach ihrem Namen und ihrem Ziel fragen. Nachdem sie die Fakten gehört haben, lassen die Wachen sie passieren.

Begegnung mit Merlin

Auch wenn sie ihn bei den Ereignissen des letzten Jahres schon einmal im Vorbeigehen gesehen haben, ist es das erste Mal, dass die Ritter der Spieler dem berühmtesten Magier Britanniens, dem Erzdruiden Merlin, so nahe kommen. Er ist auffallend unattraktiv, und selbst hier, in Gegenwart des Königs, ist er in ein Bettlergewand aus zerfetzten, verfilzten Roben gekleidet, die nach Ziegen und Körpergeruch stinken.

Christliche Ritter können auf **Intrigen** würfeln, wobei ein Erfolg an die Sage erinnert, dass ein „Dämon der Lüfte“ ihn mit einer Prinzessin von Estregales gezeugt hat und nur das rechtzeitige Eingreifen von Blaise, dem Beichtvater der Prinzessin, ihn vor der Verdammnis bewahrt hat. Heidnische Ritter, die mit einem Intrigen-Wurf Erfolg haben, erinnern sich an eine ähnliche Geschichte, auch wenn sie Merlin für einen Feenritter oder vielleicht sogar für einen der alten Götter halten.

Merlin ist beim König, sonst ist niemand dort.

König Artus sitzt in seinem Ornat auf der Bettkante und erklärt, dass er mehrere tapfere Ritter braucht, die möglichst heimlich feindliches Gebiet durchqueren und König Leodegrance von Cameliard und Sir Sanam, Graf von Bedegraine, eine Nachricht überbringen.

„Ich habe Euch für diese Aufgabe ausgewählt“, sagt König Artus. Das ist ein Befehl, keine Bitte. „Wir werden Euch einige der besten und schnellsten Pferde zur Verfügung stellen, die wir haben. Ihr sollt meine Nachricht überbringen und dann mit den Antworten, die der König und der Graf Euch geben, zu mir zurückkehren.“ (Wenn die Ritter im letzten Jahr nicht in Artus‘ Haushalt aufgenommen wurden, erklärt er, dass er sie für diese Aufgabe auswählt, weil es noch unwahrscheinlicher ist, dass jemand sie als in seinem Namen handelnd erkennt und verspricht ihnen eine große materielle Belohnung, wenn sie die Mission erfüllen.)

Natürlich sind die Ritter damit einverstanden. Merlin berät dann über die beste Route: Jeder Bergstamm in Cambria ist feindlich gesinnt, also kommt eine Durchquerung des Hinterlandes nicht in Frage. Der Wald von Dean in Ergyng ist viel zu dicht und viel zu gefährlich, um zu riskieren, ihn zu durchqueren. In der Zwischenzeit kann König Lot jederzeit seinen Marsch nach Süden antreten und wird die Hauptstraßen nehmen. Wenn sie den Weg von Lots Spähern kreuzen, besteht die Chance, dass sie die Ritter der Spieler als Agenten Artus‘ erkennen und sie gefangen nehmen – sie vielleicht sogar foltern und töten!

Die letzte gewählte Route ist die entlang der Flüsse, zuerst nach Glevum, dann das Flusstal des Severn hinauf und nach Galvoie. Erkläre, dass Cameliard, Bedegraine und Lambor alle an der nördlichen Grenze von Logres liegen, eines neben dem anderen.

Einmal in Galvoie angekommen, werden die Charaktere mit Rittern dieses Königreichs zusammentreffen, die sie zum König bringen. Sie sollen sagen, dass sie Geschenke von König von Artus bringen, der Frieden schließen will. Sie sollen sich nicht auf eine diplomatische Debatte einlassen, sondern nur die Geschenke überreichen und gut von König Artus und dem König von Galvoie sprechen.

Danach sollen sie weiter den Severn hinaufreisen, bis sie den Wald von Arden erreichen. Von dort aus werden sie durch den Wald nach Nordosten gehen und Cameliard betreten. Sie geben Leodegrance einige Geschenke und die Nachricht und ziehen dann weiter, bis sie auf den Fluss Trent treffen, überqueren ihn auf der Nordseite und begeben sich flussabwärts bis zum Fluss Derwent. Diesen fahren sie hinauf zum Schloss der Tauben in Duffield, wo der Graf versprochen hat, sie zu treffen. Sie sollen die Nachricht niemandem außer dem Grafen oder einem seiner wichtigsten Männer überbringen: dem Marschall, dem Burgvogt, dem

Auch wenn Ritter in kleinen Gruppen schneller reisen können als ein großer Zug oder ein Heer, müssen sie mit Verzögerungen rechnen, wenn sie auf andere Ritter jener Länder treffen, die sie passieren. Sie müssen Umwege machen, um sich den örtlichen Lords vorzustellen, damit man sie nicht für Feinde hält.

Seneschall oder dem Kämmerer. Anschließend müssen sie auf demselben Weg zurückkehren.

Sie alle erhalten die Nachricht und müssen sie auswendig lernen. Sie ist zu wichtig, um aufgeschrieben zu werden:

„Mein guter Herr, wir haben erfahren, dass König Lot und seine Verbündeten eilig aufmarschieren, um uns anzugreifen. Wenn Ihr Uns Eure Treue und Euch selbst beweisen wollt, dann bereitet Euch darauf vor, Uns in Lambor zu treffen, von wo aus Wir nach Norden marschieren, um Lots Armeen in der Schlacht zu stellen.“

Der König beabsichtigt, sein Heer in drei Wochen nach Lambor zu verlegen. Die Ritter der Spieler sollen sich so schnell wie möglich zu ihren Zielen begeben und ihre Botschaften überbringen, damit die potenziellen Verbündeten genug Zeit haben, ihre Truppen zu mustern und loszuziehen.

Jeder der folgenden Einträge gibt an, wie viel Zeit insgesamt auf dem Weg zum Ziel verstreicht. Behalte im Auge, wie viele Tage vergangen sind, während die Charaktere von Ort zu Ort ziehen. Wenn sie ihre Nachrichten nicht innerhalb von drei Wochen zugestellt haben, gilt die Mission als Fehlschlag und kostet jeden Ritter 3 Punkte Ehre.

Die Fertigkeit Identifikation kann verwendet werden, um sich an Einzelheiten zu politischen Bündnissen, berümten Rivalitäten und andere, weitgehend bekannte Fakten rund um den Adel zu erinnern.

Die Charaktere wissen inzwischen, dass ihnen die Treue von König Leodegrance so gut wie sicher ist. Ein erfolgreicher Wurf auf **Identifikation** erinnert daran, dass Graf Sanam einst König Uther von Logres treu war, inzwischen aber König Lot die Treue geschworen hat, um seinen Landbesitz während der Anarchie zu retten.

„Habt Ihr noch Fragen?“

Merlin wird sein Bestes tun, um sie zu beantworten. Er ist nicht wirklich allmächtig, auch wenn er so tut als ob. Wenn er eine Antwort nicht weiß, wird er seine Unwissenheit in geheimnisvolle Phrasen kleiden, wie zum Beispiel:

- „Ich könnte Euch das sagen, aber ich habe geschworen, das nie zu tun.“
- „Das ist eine zu große Bürde für einen anderen Menschen als mich.“
- „Manche Geheimnisse werden sogar vor Eurem König geheim gehalten.“

Das Schloss des Salzes

Drei Tage

Die Reise nach Glevum verläuft ohne Zwischenfälle und dauert einen Tag.

Hier übernehmen die Ritter der Spieler die Geschenke für König Nym von Galvoie, König Leodegrance und Graf Sanam. Die königlichen Geschenke sind ein goldener, juwelenbesetzter Kelch für Nym und eine illuminierte, vergoldete Bibel für Leodegrance, jeweils im Wert von £15. Graf Sanams Geschenk ist ein feines Gebiss und Zaumzeug aus Silber und verziertem Leder im Wert von £5. (Erinnere die Charaktere daran, dass ihr *jährlicher* Unterhalt £4 beträgt – dies sind wahrlich üppige Geschenke!)

Am nächsten Morgen machen sich die Ritter auf den Weg nach Norden, passieren Tewkesbury und überqueren den Fluss Avon, der sie über die Grenzen von Logres hinaus in das Königreich Galvoie führt. Nicht lange danach werden sie von einer Patrouille aus Rittern abgefangen.

Die Ritter der Spieler sind sich des Protokolls wohl bewusst: Dies ist keine martialische Herausforderung. Die Wachen müssen sie zu einer Audienz bei König Nym führen, bevor er ihnen die Erlaubnis erteilt, sich wieder auf den Weg zu machen.

Die Ritter von Galvoie sind ein misstrauischer und unangenehmer Haufen, aber sie führen die Charaktere weiter zur Burg des Salzes. Große Salzpfannen, in denen das Salzwasser in Salzkristalle verwandelt wird, säumen die Straße auf beiden Seiten und reflektieren das Sonnenlicht in einem schmerzhaften Glanz.

Eine Audienz beim König

Nach der Ankunft auf der Burg des Salzes bringen die Wachen die Ritter zusammen mit ihrem Geschenk für den König in die große Salzhalle, die auf einer großen Motte thront. Ihre Knappen bleiben mit ihren Pferden im inneren Burghof zurück.

Das Königreich des Salzes

Das Königreich von Galvoie wird auch das Königreich des Salzes genannt. Während verschiedene andere Orte im Landesinneren Salz für den Export produzieren, ist keiner so reich an Salz wie dieses Land. In Droitwich, auch Salzstadt genannt, speit ein mächtiger Salzgeysir regelmäßig mehrere hundert Gallonen dickflüssiges, salziges Wasser aus, das die Einheimischen einfangen und in großen Salzpfannen verdampfen, um ihre Ware herzustellen. Der Handel ist lukrativ, und das kleine Königreich ist dadurch reich geworden.

Worchester ist die größte Gemeinde des Königreichs, und dort befindet sich die renommierte Burg des Salzes. Sie besteht aus riesigen Salzbrocken, die in Form geschliffen wurden, um gewaltige Mauern zu errichten, die fast undurchlässig für schmelzende Regenfälle sind. Innerhalb der Mauern liegt die Salzhalle, von der aus König Nym das Reich regiert.

In der Halle treten die Ritter vor den König: Ein kleiner, dürrer Mann mit einer großen goldenen Krone. Er blinzelt von seinem Thron auf die Charaktere herab und streicht sich über seinen Ziegenbart.

„Warum seid Ihr hier?", bellt er knapp. Die Ritter der Spieler können ihr Geschenk von Artus überreichen, das er wortlos entgegennimmt.

„Will dieser Knabenkönig mir meine Ländereien wegnehmen? Mein Großvater hat für sie gekämpft, und wir werden sie behalten." Wenn man mit einem erfolgreichen Wurf auf **Höfische Sitten** antwortet, erhältst du eine Markierung bei der Fertigkeit und 10 Ruhm, aber das trägt wenig dazu bei, das Misstrauen des Königs zu zerstreuen.

„Sagt Eurem König, dass dieses Geschenk ein guter Anfang ist, aber ich erwarte mehr Reichtümer und vornehmere Boten, sie zu überbringen, bevor ich meine großartige und mächtige Armee aus meinen Ländereien führe. Morgen wird Euch mein Mann zurück in Euer Königreich bringen."

Wenn er erfährt, dass die Ritter weiter nach Norden ziehen wollen, vermutet er, dass sie andere Fürsten aufsuchen werden. Er lässt ihr Gepäck durchsuchen. Einige Zeit vergeht in unangenehmer Stille, bevor seine Männer mit den für die anderen bestimmten Geschenken aus dem Burghof zurückkehren.

„Die werde ich ebenfalls behalten", sagt König Nym. „Keiner der Herren da oben würde so armselige Geschenke annehmen. Sie werden sich eher beleidigt fühlen, ich habe Euch also einen Gefallen getan. Morgen werden Euch meine Männer zurück nach Logres begleiten."

Nicht alle Könige sind so gerecht und gnädig wie Artus. Sie können ihre Macht nutzen, um sich auf Kosten anderer zu bereichern.

Keine Würfe auf **Höfische Sitten** oder **Redekunst** werden den König von seinem Vorhaben abbringen, aber kritische Erfolge können bei ihm zumindest einen etwas günstigeren Eindruck von den Rittern hinterlassen (und eine Belohnung von 20 Ruhm einbringen). Nichtsdestotrotz eskortieren am nächsten Morgen mehrere berittene Soldaten die Ritter der Spieler zurück an die Ufer des Avon.

„Dort oben gibt es eine Furt", sagt der Führer. Dann wendet er sein Pferd und reitet davon. Die Charaktere sind in Galvoie nicht mehr willkommen.

Durch den Wald von Arden

Sieben oder acht Tage

Durch unbekanntes Gebiet zu reisen ist heikel. Keine Schilder weisen den Weg. Karten sind nicht genau, falls es sie überhaupt gibt. Kompasse sind noch nicht erfunden. Am besten fragt man die Leute, die man unterwegs trifft, und hofft, dass sie die Wahrheit sagen. (Lies dir jetzt **„Anhang C: Bewegung über Land"** durch, um mehr zu erfahren.)

Wenn ein Ritter eines Spielers vorschlägt, sofort nach Carlion zurückzukehren, muss jeder einen Wurf auf Ehre ablegen, um zu erkennen, dass es ihn Ehre kostet, nach einem derart geringfügigen Rückschlag kehrt zu machen, und das Vertrauen, das der König und sein Lord in ihn haben, schmälert. Wenn sie darauf bestehen, umzukehren, kehren sie nach Carlion zurück und berichten dem König von ihrem Misserfolg. Jeder Ritter verliert 5 Punkte Ehre, und alle werden in Ungnade fortgeschickt. Sie sind aus dem Spiel, und das diesjährige Szenario endet hier.

In der Annahme, dass die Charaktere weitermachen, bitte um je einen Wurf gegen **Aufmerksamkeit**, **Volksweisheit** und **Jagd**. Diese Würfe können von einem Ritter allein durchgeführt werden oder auf die Gruppe aufgeteilt werden, wie es die Spieler wünschen. Es darf jedoch nur je ein Charakter versuchen, auf jeweils eine Fertigkeit zu würfeln! Da viel auf dem Spiel steht, kann der Ritter des Spielers eine Leidenschaft beschwören, um sich Inspirieren zu lassen; geeignete Leidenschaften sind Ehre und Loyalität (König).

Zähle die Anzahl der Erfolge zusammen. Wenn alle drei Würfe erfolgreich sind, finden die Ritter ihren Weg durch den Wald von Arden ohne Zwischenfälle. Fahre mit **„Cameliard"** auf S. 31 fort.

Wenn zwei Würfe erfolgreich waren, fahre mit **„Piktischer Hinterhalt"** auf der nächsten Seite fort. Wenn ein Wurf gelungen ist, gehe zu „Überfall auf die Karawane" auf S. 31. Wenn kein Wurf gelungen ist, müssen die Ritter der Spieler wie oben beschrieben umkehren, nachdem sie sich nach einer Woche fruchtloser und anstrengender Überlandreise hoffnungslos verirrt haben. Da sie zumindest einen Versuch unternommen haben, ist der Verlust an Ehre bei einem Fehlschlag nicht so groß: Jeder Ritter verliert 3 Punkte Ehre, und dieses Jahr dürfen sie noch in der **„Schlacht von Bedegraine"** auf S. 38 kämpfen.

In Rüstung schlafen

Spieler können argumentieren, dass ihr Ritter immer in voller Rüstung schläft. Wenn dies der Fall ist, wende die folgende Regel an und bedenke dabei, dass die Ritter schon einige Nächte unterwegs sind, wenn die Pikten zuschlagen.

Das Schlafen in schwerer Rüstung ist möglich, aber die Unbequemlichkeit hat ihren Preis. Wenn man in einem Ringpanzer schläft, werden alle Fertigkeiten des Ritters für jede Nacht, die er darin verbringt, vorübergehend um –1 reduziert. Das ist ein temporärer Verlust. Eine gute, ununterbrochene Nachtruhe ohne Rüstung hebt den Abzug vollständig auf.

Piktischer Hinterhalt

Nach 1W3+1 Reisetagen sind die Ritter der Spieler auf den Pfaden und Wegen im Hinterland des Waldes von Arden gut vorangekommen und haben Grund zu der Annahme, dass sie sich den Grenzen Cameliards nähern. Sie haben ihr Lager auf einer Lichtung im Wald aufgeschlagen; der Mond ist nur ein Splitter, aber genug, um zumindest etwas zu sehen.

Bitte sie um Würfe auf **Tatkräftig**. Der Charakter, dem der beste Wurf gelingt, ist derjenige, der Wache hält. Wenn niemand erfolgreich ist, fordere **Knappenwürfe**, wobei jeder Erfolg bedeutet, dass ein Knappe die Wache übernimmt. Wenn auch diese Würfe fehlschlagen, gab es in dieser Nacht keine Wache! (Dies ist ein Beispiel dafür, wie Merkmale für besondere Arten von Entscheidungswürfen zwischen den Rittern der Spieler verwendet werden können.)

Piktenkrieger

GRO	GES	STR	KON	AUS
11	17	12	14	11

Attacken

Waffe	Fertigkeit	Wert	Schaden
Streitaxt	Schaftwaffe	14	4W6
Dolch	Handgemenge	14	2W6+4

Gesundheit

Attribut	Wert
Trefferpunkte	25
Niederschlag	11
Schwere Verwundung	14
Bewusstlos	6

Andere

Attribut	Wert
Bewegung	20
Rüstungspunkte	4
Ruhm-Belohnung	25
Heilungsrate	3

Rüstung: Tartsche-Schild
Merkmale: Waghalsig 14, Tapfer 8
Leidenschaften: Keine
Fertigkeiten: Meiden 15
Anmerkung: Die Pikten sind Meister im Rennen und Verstecken und haben daher eine besondere Fertigkeit in Meiden

Eine Schar Pikten schleicht durch den dunklen Wald, als Vorhut für König Lots Armee, die ihnen in einigen Tagen Abstand nachfolgt. Sie haben den Auftrag, einige einheimische Ritter zu finden, sie gefangen zu nehmen und zum Verhör zurückzubringen.

Die Pikten wollen Gefangene machen, nicht sie töten. Aber sie wissen, dass bloße Worte nicht ausreichen, während ein Angriff die Zahl der Verteidiger verringern und die Überlebenden überzeugen wird, sich friedlich zu ergeben. Solange sie einen Gefangenen machen, ist es einerlei, ob die anderen sterben.

Ist eine Kapitulation hier unehrenhaft?

Ja.

Ritter sind zwar Krieger, die durch das Schwert leben und sterben, aber es gibt nichts, was von ihnen verlangt, gegen eine überwältigende Übermacht weiterzukämpfen. Kapitulation ist besser als der Tod. Wenn es also so aussieht, als stünden die Chancen größtenteils gegen die Ritter, können sie sich dafür entscheiden, sich ehrenhaft zu ergeben. Auch Monster sind manchmal zu heftig für die Ritter, um sie zu bekämpfen. In solchen Fällen sollten sich die Ritter zurückziehen.

Aber dies sind nackte Pikten, die ohne Ehre kämpfen und keine Garantie für sicheres Geleit bieten. Außerdem sind sie einem Ritter nicht gewachsen! Sich hier zu ergeben, ist gleichbedeutend damit, sich von Bauern als Geiseln nehmen zu lassen!

Auf jeden Ritter eines Spielers kommen zwei Pikten, und sie greifen alle auf einmal an. Denke daran, während des Kampfes die Regeln für Mehrere Kontrahenten anzuwenden.

Würfle auf die **Aufmerksamkeit** des wachenden Ritters (oder die Fertigkeit des Knappen, wenn die Ritter schlafen) mit einem Modifikator von −10 aufgrund der Dunkelheit gegen die Fertigkeit Meiden der Pikten von 15. Wenn die Pikten gewinnen und der Wächter verliert, fallen sie über die schlafenden Ritter her und erhalten eine freie Kampfrunde, in der sie mit Vergleichslosen Würfen angreifen können. Wenn die Wache einen Teilerfolg erzielt hat, schlägt sie Alarm und weckt die Ritter, während die Pikten angreifen: Es bleibt genug Zeit, um sich eine Waffe zu greifen und die erste Runde mit einem Modifikator von −5 auf die Waffenfertigkeit zu kämpfen. Denke daran, dass die Ritter normalerweise nur in ihren Kettenhemden schlafen, ohne Ringpanzer, Helm oder Schild!

Wenn die Wache den Vergleichswurf gewonnen hat, schlägt sie Alarm, so dass die Ritter der Spieler genug Zeit haben, sich eine Waffe, einen Schild und einen Helm zu greifen, aber das Anlegen ihrer Rüstungen wird zu viel Zeit in Anspruch nehmen (bestenfalls 15 Kampfrunden), und es bleibt auch keine Zeit, ihre Pferde zu satteln und aufzusitzen.

Die Pikten fliehen, nachdem ein Drittel von ihnen getötet oder kampfunfähig ist. Wenn die Ritter Gefange nehmen wollen, geben diese im Tausch gegen ihr Leben bereitwillig alle Informationen über den Standort von Lots Armee preis. Wenn sie nach dem Verhör getötet werden, erhalten alle Anwesenden eine Markierung für Grausam und gegen **Gnädig** würfeln, wobei ein Erfolg den Verlust von 1 Punkt Ehre bedeutet. (Dies ist ein Beispiel dafür, wie Ehre verloren werden kann, wenn man die Grundsätze bestimmter Merkmale verletzt, wie unter **„Verlust von Ehre“** auf S. 30 in *Buch II* beschrieben.)

Wenn sich die Ritter von der Attacke erholt haben, fahre mit **„Cameliard“** unten fort.

Überfall auf die Karawane

Nachdem die Charaktere mehrere Tage lang Pfaden durch den Wald gefolgt sind, sehen sie eines Morgens eine Gruppe ärmlich gekleideter Gemeiner, die sich ihrem Lager nähert. Sie sind mit Schaufeln und Hacken, selbstgebauten Speeren und Bögen bewaffnet, einige tragen sogar schartige Schwerter und ramponierte Schilde.

Wenn sie herausgefordert werden, hebt einer von ihnen seine leeren Hände und sagt: „Oh nein, gute Ritter, wir sind nicht Eure Feinde! Seid vorsichtig mit dem Speer. Er will nicht das Blut vom Ollen Marley hier trinken! Der Olle Marley will nur mit den tapferen ausländischen Rittern sprechen!“

Der Alte Marley ist der Anführer dieser Bande, und er meint es ernst: Sie wollen nicht kämpfen und werden fliehen, wenn sie angegriffen werden. Sie suchen nach jemandem, der ihnen hilft, eine Karawane anzugreifen, die sich auf dem Weg nach Galvoie befindet. Sie erzählen von Reichtümern, von Gold, das gegen Salz getauscht wird, von exotischen Pelzen und Tüchern, die zum Handeln auf den Weg geschickt wurden. Den Rittern der Spielern muss auch klar sein, dass der Verlust dieser Karawane ein schwerer Schlag für die Schatzkammer von König Nym sein wird.

Die Bauern versprechen einen großzügigen Anteil am Schatz, wenn die Ritter helfen. Werden sie das tun? Ein erfolgreicher Wurf auf **Stand** erinnert die Ritter der Spieler daran, dass dies die Arbeit von Söldnern und Raubrittern ist, nicht geeignet für Ritter auf einer Mission für den König. Berühmt Selbstsüchtige oder Rachsüchtige Ritter, oder Spieler, die es auf Reichtümer abgesehen haben oder sich an König Nym rächen wollen, sollten **Selbstsüchtig** gegen **Ehre** würfeln, um diesen inneren Konflikt zu lösen (siehe **„Innerer Konflikt“** auf S. 33).

Wenn die Charaktere den Überfall durchführen, bringen sie große Reichtümer mit nach Hause: £3W6+2 pro überlebendem Ritter. Es braucht Zeit, um zum Ort des Hinterhalts zu gelangen, auf die Karawane zu warten, anzugreifen, die Beute aufzuteilen und sie dann zu verkaufen oder sicher in einer nahegelegenen Abtei zu verstauen – lange genug, um ihre Frist zu verpassen. Bis sie fertig sind, hat sich der Rest des Szenarios bereits abgespielt!

Dafür verlieren sie alle 3 Punkte Ehre und erhalten Erfahrungsmarkierungen für Selbstsüchtig.

Ritter von Spielern, die der Versuchung erfolgreich widerstanden haben, dürfen mit dem folgenden Abschnitt fortfahren.

Karawanenwächter

Die Karawane wird von zehn berittenen Feldwebeln bewacht.

GRO	GES	STR	KON	AUS
12	12	12	15	12

Attacken

Waffe	Fertigkeit	Wert	Schaden
Speer	Speer	13	4W6

Gesundheit

Attribut	Wert
Trefferpunkte	27
Niederschlag	12
Schwere Verwundung	15
Bewusstlos	7

Andere

Attribut	Wert
Bewegung	17
Rüstungspunkte	7+6
Ruhm-Belohnung	25
Heilungsrate	3

Merkmale: Besonnen 12, Tapfer 14

Leidenschaften: Keine

Fertigkeiten: Aufmerksamkeit 12

* Der Schild verursacht einen Abzug von −2 für alle Waffen, wenn beritten, außer Berittener Sturmangriff mit Speer oder Lanze; −10 Abzug für Fernattacken

Cameliard

Nach einer weiteren Reise durch die Wälder, die ausreicht, um die gesamte Reisezeit von fünf Tagen zu füllen, treffen die Ritter der Spieler in einem verlassenen Dorf auf einen alten Mann, der auf einem Schemel sitzt. Alle anderen sind vor der Ankunft der Charaktere geflohen, weil man sie für Raubritter hält. Was werden sie ihn fragen? Vielleicht gelingt es jemandem den Wurf auf Volksweisheit nicht zu verpatzen, was den alten Mann erschrecken würde.

Hier sind einige wahrscheinliche Fragen und Antworten, vorausgesetzt, es gelingt ihnen, den Mann nicht zu beleidigen …

F: „Wie heißt du, alter Knabe?“

A: „Nennt mich einfach alter Knabe, denke ich. Ich will doch nicht der Weisheit eines Ritters widersprechen, nicht wahr?“

F: „Wie kommen wir von hier zur Halle von König Leodegrance?“

A: „Kann ich nicht sagen. Ich war selbst noch nie dort."

F: „Was für ein Land ist dies?"

A: „Cameliard war es gestern, vielleicht heute auch. Manchmal sind wir Teil von Logres, Grafschaft Wu-Wu [Wuerensis] nennen wir es." Er lacht über seinen eigenen Witz. „Ich nenne diesen alten Ort Törichtberg, denn man muss schon wirklich verrückt sein, um hier zu leben." Er gluckst noch mehr.

F: „Wohin führt diese Straße?"

A: „Nach Norden. Sie windet sich um ein paar Hügel und endet an der Burg."

F: „Welche Burg?"

A: „Die Burg von Lord Hyfidd. Wir nennen es Karott'nscheiß." Er lacht wieder.

F: „Warum bist du nicht weggelaufen wie die anderen Dorfbewohner?"

A: „Oh, das wäre ich vielleicht, aber meine alten Füße sind nicht mehr so schnell, und Ihr Herrschaften habt mich einfach eingeholt."

F: „Gibt es hier jemanden, der uns zur Burg führen kann?"

A: „Ich könnte mir vorstellen, dass mein Enkel Arn das könnte; wenn die Bezahlung stimmt."

F: „Wie viel ist angemessen?"

A: „Oh, vielleicht zehn Pennys."

Die Ritter können das akzeptieren oder versuchen, mit einem weiteren Wurf auf **Volksweisheit** zu verhandeln (verstärkt durch ihre Stand-Leidenschaft, wenn der Spieler das möchte), aber er wird nicht unter fünf Denarii gehen und sogar versuchen, den Betrag zu erhöhen, wenn die Ritter zu aufdringlich sind (wenn sie zum Beispiel ihren Wurf nicht bestehen). Vergib Markierungen für Großzügig oder Selbstsüchtig, je nach dem.

Entweder verhandeln sie, um eine Einigung zu erzielen, oder die Ritter wandern die Straße hinauf und finden die Burg schließlich auf eigene Faust, wo sie viel kühler empfangen werden, als wenn sie einen Einheimischen mitgebracht hätten.

Wenn sie einen Führer einstellen, reist Arn zu Fuß.

Es sind etwa 25 Meilen bis zur Burg. Mit einem Führer dauert es wegen der Straßenführung zwei Tage; rechne einen zusätzlichen Tag ohne Führer ein, da die Ritter einige falsche Abzweigungen nehmen.

Abends machen die Knappen ein Feuer und kochen das Essen für ihre Ritter. Der Junge holt etwas Bauernkost hervor und isst sie schweigend. In der Dunkelheit lauern keine Gefahren, wenngleich die Charaktere das nicht wissen.

Fahre von hier mit **„Schloss Carohaise"** fort.

Volksweisheit ist zwingend notwendig für die Interaktion mit der Landbevölkerung, denn deren Bräuche sind seltsam und unergründlich!

Innerer Konflikt

Leidenschaften können in Vergleichswürfen genutzt werden, um innere Konflikte zu lösen, meistens zwischen einer Leidenschaft und einem Merkmal. Die Spielleitung kann diese Art der Auflösung von Gefühlskonflikten vorschreiben, oder der Spieler kann sie selbst wählen. Der Spieler würfelt mit beiden Attributen – das Wurfergebnis bestimmt die Aktion.

Schloss Carohaise

Zwei Tage

Dieser Abschnitt des Abenteuers fokussiert sich auf das Erzählerische mit ein paar wenigen Würfelwürfen, während des Aufenthalts. Das unmittelbare Ziel ist es, die Ritter der Spieler ins Schwitzen zu bringen, während die Stunden und Tage vergehen, während sie auf eine Audienz bei König Leodegrance warten, und ihnen eine andere Seite der Gastfreundschaft und Höflichkeit zu zeigen.

Endlich erreichen die Charaktere eine Burg mit einer Burgmauer. In Hörweite ruft ihnen eine Wache vom Wehrgang zu: „Wer seid Ihr, und was wollt Ihr hier?"

Wollen die Ritter einfach so ihren Auftrag herausschreien? Namen sind wahrscheinlich in Ordnung. Aber lass sie einen Wurf auf **Höfische Sitten** ablegen, bei dem ein Erfolg anzeigt, dass sie wissen, dass sie der Wache nicht mehr Informationen zu geben brauchen als diese.

Wenn Arn bei ihnen ist, tritt er vor: „Herr Ambrut, ich bin es, der kleine Arn. Lasst mich ein, um mit Lord Hyfidd zu sprechen." Der Ritter starrt eine Weile und versucht, den Namen mit dem Gesicht zusammenzubringen, dann winkt er den Jungen zu sich. Arn watet durch einen flachen Graben und schlüpft durch ein Ausfalltor neben der Zugbrücke.

Nach etwa einer halben Stunde senkt sich die Zugbrücke, und ein paar Wachen geleiten die Ritter in die Burg.

Wenn die Ritter ohne ihren Führer unterwegs sind, muss einer von ihnen einen Wurf auf **Redekunst** bestehen, um Sir Ambrut davon zu überzeugen, die Brücke herunterzulassen. Ein anderer Charakter darf es erneut versuchen, wenn der erste Wurf misslingt, und so weiter, bis alle Ritter einen Versuch unternommen haben. Wenn es keinem gelingt, schickt Sir Ambrut sie weg. („Es gibt Berichte über eine feindliche Armee auf dem Vormarsch, und wir können nicht einfach jeden fremden Ritter hereinlassen, der an unserer Tür betteln kommt!") Sir Ambrut wird ihnen zumindest eine Wegbeschreibung zur Burg der Tauben in Duffield geben, wenn sie danach fragen, aber die Mission in Leodegrance ist gescheitert.

Selbst wenn der Lord einer Burg anwensend ist, ist üblicherweise ein Kastelan vor Ort, um sich um die vielen Kleinigkeiten des Betriebs einer Burg zu kümmern.

Wenn die Mission um König Leodegrance misslingt, gehe davon aus, dass König Ban und seine Ritter auf anderem Wege zur Schlacht von Bedegraine stoßen.

Wenn die Ritter der Spieler Zutritt erhalten, werden sie von einigen Wachen in die Halle geführt, in der Sir Hyfidd, der Kastellan von Carohaise, sie erwartet. Er ist ein alter Ritter mit nur einer Hand. Er begrüßt sie, bietet ihnen seine Gastfreundschaft an, besteht darauf, das Geschäftliche nach dem Abendessen zu besprechen und lässt sie von einem Knappen zu einer Gästehütte im Burghof begleiten, damit sie sich vor dem Abendessen waschen und umziehen können.

Nach dem Essen ruft Sir Hyfidd die Charaktere nach vorne in die Halle, damit sie ihm ihr Anliegen erklären können. Aufmerksam hört er zu.

Was erzählen sie ihrem Gastgeber? Wie viele Informationen geben sie preis? Erinnern sie sich daran, hinzuzufügen, dass König Artus sie geschickt hat, um den König von Cameliard zu sprechen? Gib jedem Ritter, der sich dem Burgherrn freiwillig anvertraut, eine Markierung für Vertrauend. Er hört sich alles an und zieht sich dann für die Nacht zurück.

Am nächsten Tag dürfen sie mit dem Kastellan frühstücken, aber Sir Hyfidd erteilt keine Erlaubnis zum Aufbruch.

„Stattdessen bitte ich Euch, bei Eurem Glauben, drei Tage hier zu bleiben."

Bitte um Würfe auf **Gastfreundschaft**. Wer erfolgreich ist, kann seine Leidenschaft markieren, denn er erkennt, dass der Herr das Recht hat, darum zu bitten. Auch diejenigen, die scheitern, wissen, dass es ein Verstoß gegen die Regeln wäre, ohne die Erlaubnis des Fürsten zu gehen.

Der Rest des Tages wird mit der Jagd auf Großwild verbracht. Die Ritter der Spieler dürfen einen Wurf auf **Jagd** ablegen, und wenn sie erfolgreich sind, erhalten sie eine Markierung und 10 Ruhm; ein kritischer Erfolg bringt ihnen 20 Ruhm für die beste Jagdbeute ein.

Am zweiten Tag hält Lord Hyfidd Hof. Die Ritter der Spieler dürfen jeweils auf eine Höfische Fertigkeit ihrer Wahl würfeln. Zur Erinnerung: Die Höfischen Fertigkeiten sind: Komponieren, Höfische Sitten, Tanz, Falknerei, Mode, Liebelei, Spielen, Intrigen, Redekunst, Instrumentenspie (Instrument), Identifikation, Religion (beliebig) und Gesang. Die Charaktere können erzählen, was sie tun, um ihre Würfe zu rechtfertigen. Ein erfolgreicher Wurf bringt Ruhm in Höhe des AUS-Charakteristikums des Ritters, oder das Doppelte davon sowie eine Erfahrungsmarkierung im Falle eines kritischen Erfolgs.

Als sich am zweiten Tag das Abendessen nähert und die Sonne im Westen untergeht, ertönt ein Ruf aus dem Burghof.

„Öffnet das Tor; der König ist gekommen!"

Die Verwendung von Reitkunst an dieser Stelle ist ein Beispiel dafür, wie man Fertigkeiten nutzen kann, um Informationen darüber zu sammeln, was in einer Szene vor sich geht.

Es herrscht die übliche Betriebsamkeit für einen solchen Anlass: Stallknechte eilen hinaus, um die Pferde zu versorgen, Sir Hyfidd kommt herunter, um seinen Lehnsherrn zu begrüßen, der ebenfalls einen Kelch mit Getränken erhält, und so weiter. Drei weitere Ritter und Knappen sind mit dem König eingetroffen.

Wollen die Ritter der Spieler ihn sofort treffen und sich in sein Willkommensritual drängen oder warten sie im Hintergrund? Entscheidungswürfe auf **Bescheiden/Stolz** könnten angebracht sein. So oder so stellt Sir Hyfidd sie vor. Der König sieht grimmig und müde drein, aber er nickt anerkennend. Wenn sich einer der Ritter der Spieler während der Schlacht von Carlion ausgezeichnet hat, nennt er ihn beim Namen und scheint sich zu freuen, ihn zu sehen.

„Willkommen in Carohaise, Ritter von Artus. Ich vertraue darauf, dass Ihr während Eures Aufenthalts gut behandelt worden seid. Sir Hyfidd, kommt, wir ziehen uns in das Zimmer des Königs zurück", sagt er, und sie schreiten mit den anderen drei neuen Rittern davon.

Jeder sollte jetzt einen Wurf auf Reitkunst ablegen: Der Erfolg zeigt, dass die Pferde erschöpft sind, stark schwitzen und möglicherweise durch die Eile zuschanden geritten wurden. Der König ist hart und schnell geritten, um hierher zu kommen.

Lass die Charaktere sich in ihrem Quartier darüber austauschen, wenn sie möchten.

Bald trifft ein Knappe ein und lädt sie zum Essen ein. König Leodegrance ist der letzte, der den Saal betritt, während zwei Trompeter und Sir Hyfidd sein Erscheinen ankündigen. Sobald der König Platz genommen hat, setzen sich alle und beginnen mit dem Mahl.

Wie schon bei Sir Hyfidd ruft der König die Ritter der Spieler nach dem Essen nach vorne in den Saal und befragt sie. Er winkt jeden Versuch ab, sich für das fehlende Geschenk der Ritter zu entschuldigen, lacht aber, wenn man ihm erzählt, was sich auf der Salzburg zugetragen hat. Sie können ihm von der Nachricht erzählen, wenn sie sie nicht schon Sir Hyfidd gegenüber erwähnt haben. (Wenn sie es getan haben, lädt der König sie direkt in seine Privatgemächer ein.)

„Wie lautet diese Nachricht genau?", fragt er. Haben die Charaktere daran gedacht, ihn unter vier Augen zu treffen? Wenn sie darauf bestehen, protestiert König Leodegrance nicht. Er bittet sie, ihm zu folgen, während er sich in einen privaten Salon begibt. Bei ihm sind Sir Hyfidd und die drei Ritter.

Nachdem sie die Nachricht überbracht haben, dankt der König den Rittern der Spieler und sagt ihnen, sie sollen seine Entscheidung abwarten. Wenn er sich nicht schon in seine Privatgemächer zurückgezogen hat, tun er und sein Gefolge dies jetzt. Die Charaktere warten in der Halle mit den anderen Rittern des Hauses, die sie über die jüngsten Eroberungen in Norgales informieren.

Danach, während alle warten, fordern die Ritter von Cameliard die Ritter der Spieler auf, sie mit Neuigkeiten aus der Fremde oder mit Gesang oder Musik zu unterhalten. Jeder Charakter darf einen Wurf auf **Redekunst**, **Instrumentenspiel** oder **Gesang** ablegen und erhält dafür Ruhm auf der Grundlage seines AUS, wie weiter vorne beschrieben.

Nach etwa einer Stunde betritt der König wieder die Halle. Von seinem Podium aus ruft er die Besucher zusammen.

„Ihr könnt Eurem König sagen, dass ich, Leodegrance, König von Cameliard, mit meinen Männern in Lambor sein werde, um ihn zu empfangen."

Wenn einer der Charaktere bei seinem Wurf mit der Fertigkeit erfolgreich war, während er die anderen Ritter unterhielt, verlässt die Ernsthaftigkeit, die er seit seiner Ankunft an den Tag gelegt hat, das Gesicht des Königs und er wendet sich dem Ritter zu, der den besten Wurf erzielt hat.

„Meine Überlegungen wurden durch die Laute Eures Auftritts durch die Tür hindurch gestört", sagt er mit einem Blitzen in den Augen. „Jetzt bin ich in der Halle und kann richtig zuhören; lasst uns das noch einmal hören!"

Der Spieler soll noch einmal auf dieselbe Fertigkeit würfeln; alle Leidenschafts-Boni gelten weiterhin. Alle Ruhm-Belohnungen für einen erfolgreichen Wurf werden verdoppelt, da er vor einem so geschätzten Publikum auftritt.

Die Unterhaltung wird fortgesetzt, bis Leodegrance verkündet: „Draußen wird es dunkel, und am Morgen haben wir alle einen weiten Weg vor uns. Also schlaft gut, Ihr alle. Sagt Euren Knappen, sie sollen Eure Pferde sofort nach dem Fastenbrechen bereithalten. Ihr habt einen langen Ritt vor Euch."

Am nächsten Tag erhalten die Ritter etwas Wegzehrung, und der König begleitet sie in den Hof. Die Ritter der Spieler müssen nun ihre **Knappenwürfe** ablegen. Sind alle ihre Pferde bereit? Dies ist ein Moment, um zu zeigen, was für ein Lehrer einer der Ritter ist, wenn es einen Knappen gibt, der nicht bereit ist.

„Sir Ambrut wird Euch an die Grenze des Königreichs führen. Überquert sie, und Ihr werdet in der Grafschaft Bedegraine sein. Ich wünsche Euch viel Glück, und vergesst nicht, im Wald des Silberhirsches auf der Straße zu bleiben – weicht nicht vom Pfad ab. Einen guten Ritt!" Er wendet sich um und eilt davon, denn er muss eine Armee versammeln.

Bei der Erwähnung des Waldes des Silberhirsches darf jeder einen Wurf auf **Volksweisheit** versuchen. Bei einem Erfolg erinnern sie sich: „Es ist ein verwunschener Wald. Wir sollten besser tun, was uns geraten wurde."

Der Wald des Silberhirsches

Ein Tag

Sir Ambrut macht Halt am Fluss Trent, einer Furt an der Grenze, und deutet auf den weiteren Weg. „Bleibt auf der Straße, dann ist es nur noch ein halber Tag." Die Route folgt sieben Meilen einer gepflasterten Römerstraße.

Die Wälder sind so schön, wie die Ritter sie noch nie erlebt haben. Sie sind völlig wild und doch nicht völlig chaotisch, als würde ein wilder Gärtner sie hegen und pflegen.

Bitte alle um einen Wurf auf **Aufmerksamkeit**. Wer am besten abschneidet, sieht eine Gestalt auf der Straße vor sich. Es ist ein Mann – nein, ist es jetzt ein Wolf? Wenn niemand den Wurf besteht, sehen sie nur einen Wolf auf der Straße.

Wenn die Ritter den Mann entdeckt haben, dürfen sie jetzt auf **Volksweisheit** würfeln. Wenn sie Erfolg haben, erinnern sie sich an Geschichten über alte Clans, die angeblich die Gestalt von Tieren annehmen können und dass auch Magier wie Merlin diese Kraft besitzen. Was auch immer es ist, die Kreatur muss ziemlich mächtig sein!

Der riesige Wolf geht auf der Straße hin und her und beäugt die Gruppe.

Was werden die Ritter tun? In den Wald reiten, und das trotz der Warnungen? Wenn sie versuchen, auf der Straße vorbei zu reiten, stehen die Chancen gut, dass der Wolf ein Pferd und seinen Reiter niedermacht. Lass sie darüber diskutieren.

Die Pferde werden nervös und brauchen etwas Zuneigung und eine Stimme, die sie beruhigt. Fordere die Charaktere zu einem Wurf auf **Jagd** auf. Jeder, der erfolgreich ist, schaut in den Wald und sieht überall Wölfe!

Der Wolf auf der Straße voraus ist jetzt wieder ein Mensch und kommt zügigen Schrittes die Straße entlang auf die Reiter zu. Reagieren die Ritter? Selbst wenn er aufgefordert wird, stehen zu bleiben, ignoriert er es. Aufmerksam studiert er die Gesichter der Ritter.

Frage jeden nach seinem Wert im Merkmal **Ehrlich**. Der Wolfsmann wendet sich an den Ritter mit dem höchsten Wert.

„Ihr seid Fremde hier, aus dem fernen Süden." Er wartet nicht auf eine Antwort. „Du – erzähl mir von diesem Knabenkönig, der jetzt dort regiert." Gib dem Ritter des Spielers eine Markierung für Ehrlich, wenn er keine Details über Artus und seine bisherige Herrschaft verschweigt. Sobald er Merlin in irgendeiner Form erwähnen, unterbricht ihn der Wolfsmensch: „Merlin! Es stimmt also, dass Merlin den König unterstützt." Was auch immer der Ritter noch sagen will, der Wolfsmann winkt ab. „Das ist

alles, was ich wissen muss", sagt er. Er wendet sich den Büschen auf beiden Seiten der Straße zu und gibt einen wölfischen Laut von sich, woraufhin sich das Wolfsrudel dort zerstreuen.

„Du hast mir einen Gefallen getan", sagt er. „Ich sehe die Wahrheit in dir. Nimm das." Er greift in einen Beutel und holt eine handgeschnitzte Holzpfeife heraus. „Wenn du jemals in der Nähe bist und Hilfe brauchst, blas hier hinein. Es wirkt nur einmal."

Trotz seines bescheidenen Aussehens ist dies in der Tat ein großes Geschenk! Wenn die Charaktere nach der Identität des Wolfsmenschen fragen, antwortet er:

„Ich bin Bleiddwn, der Sohn von Gwydion und Gilvathwy, als sie noch Wölfe waren. Aber jetzt ist es Zeit für mich zu gehen. Die Jagd wartet auf mich." Vor den Augen der Ritter verwandelt er sich noch einmal in den größten Wolf, den sie je gesehen haben. Er fletscht einmal die Zähne und rennt ins Unterholz davon.

Wenn keiner der Charaktere Merlin erwähnt, wird die Miene des Mannes unruhig. „Ich muss mich selbst von diesem Knabenkönig überzeugen." Er ist einige Zeit in Gedanken versunken, bevor er die Ritter der Spieler wieder wahrnimmt. „Was, immer noch hier? Weg mit euch, damit ich meine Wölfe nicht auf euch hetze!"

Die Burg auf dem Taubenfeld

Dies ist eine Turmhügelfestung mit Vorburg, die während der Anarchie eilig errichtet wurde. Der Seneschall der Burg erwartet die Ritter in der Vorburg, als sie hineinreiten. Er ist ein Mann weniger Worte, älter und streng. Er möchte wissen, wer die Charaktere sind und wen sie suchen. Er hört zu, als sie es ihm erzählen, obwohl er bereits von ihrem Kommen zu wissen scheint.

Seneschall ist eine andere Bezeichnung für einen Verwalter und meint meist den Hauptverantwortlichen, der alle Bediensteten koordiniert.

„Mein Herr, Graf Sanam, lässt Euch grüßen und bedauert, dass er nicht persönlich hier sein kann, um Eure Botschaft zu empfangen. Er bittet mich, an seiner Stelle zu handeln. Ich versichere Euch, dass Ihr alles, was Ihr mir sagt, direkt zum Grafen sprecht. Was immer Ihr an Geschenken mitgebracht habt, könnt Ihr bei mir lassen."

Die Ritter der Spieler können an dieser Stelle einen Entscheidungswurf für **Vertrauend/Misstrauisch** abzulegen, obwohl sie gut daran tun, sich daran zu erinnern (was sie mit einem erfolgreichen **Vertrauend-Wurf** tun), dass König Artus ihnen die Erlaubnis erteilt hat, die Nachricht auch an gewisse Vertreter zu übermitteln.

So wird die geheime Botschaft also weitergegeben. Der Seneschall hebt eine Augenbraue, als er von dem Diebstahl der Geschenke des Grafen erfährt; ein erfolgreicher Wurf auf **Höfische Sitten** bestätigt,

Die verwunschenen Wälder

In der Grafschaft Bedegraine, zwischen den Flüssen Trent und Derwent, liegt ein helles Waldgebiet, das die Mächte seines Bewahrers, Hyddwn, des Silberhirsches des Weiten Waldes, verzaubert halten. Hyddwn ist das Kind von Gwydion, in der Gestalt eines Hirsches, und seiner Cousine Gilvaethwy, einer Hirschkuh. Sie wurden in diese Gestalten verwandelt, nachdem Gilvaethwy sich Goewin aufgedrängt hatte, der jungfräulichen Hüterin des heiligen Schemels für Math, den alten Götterfürsten. Hyddwn war eines von drei Kindern, die dem Paar geboren wurden. Math gab Hyddwn die Macht, die Gestalt von Menschen oder Hirschen anzunehmen. Enttäuscht von den Menschen, nachdem er einige Zeit unter ihnen verbracht hatte, zog er in diesen Wald, wo er seither lebt. Er hinterließ eine Familie, deren Nachkommen die magischen und schwer fassbaren Kelpies des Flusses Trent sind.

Hyddwn erscheint als silberfarbener Hirsch mit winzigen goldenen Glöckchen an seinem Geweih, deren Klang die Menschen in einen friedlichen Zustand einlullt. Er nähert sich den Menschen und gibt ihnen Anweisungen für eine bestimmte Aufgabe, die sie für ihn erledigen müssen, sonst werden die Auserwählten innerhalb eines Jahres, eines Monats, einer Woche und eines Tages sterben. Die Aufgaben bestehen oft darin, einen magischen Gegenstand zu finden und ihm zurückzugeben.

Er hat eine Frau namens Gwythia, die ihr Haus sauber und gastfreundlich hält. Es befindet sich in einem Hügel, in dem ihr Riesenbruder vor langer Zeit begraben wurde, als die ersten Menschen auf die Insel kamen und ungeschickt einen Weg fanden, sich mit dem Feenvolk zu vertragen. Sie heißt alle Besucher willkommen, die die Behausung finden, aber wenn sie ihr gegenüber unhöflich sind, wird ihr Bruder sie töten. Er kann den Hügel nicht verlassen, aber in seinem Innern ist er auch nicht tot.

Jenseits der Straße ist der Wald von innen größer als von außen. Ein Reiter mit einem guten Pferd kann ihn in zwei Tagen umrunden, aber wenn er versucht, ihn direkt zu durchqueren, würde er mindestens Wochen brauchen. Viele sind hineingegangen und nie wieder herausgekommen.

Wenn die Welt dunkel ist, leuchtet im Wald alles in einem diffusen silbernen Licht, dank des Vollmonds, der immer darüber steht.

dass dies König Artus' Sache schaden könnte, aber es gibt wenig, was man jetzt noch tun kann. Es ist eine seltsame Burg, ganz anders als Carohaise; hier gibt es nur wenig Personal und nur eine kleine Garnison. Nach dem Abendessen gibt es keine Unterhaltung. Es ist eindeutig, dass die Ritter eine Nacht ausruhen und dann am Morgen nach Süden aufbrechen sollten.

Carlion

Der Heimweg verläuft über die Hauptstraßen und geht schneller vonstatten. Im Idealfall kehren die Charaktere etwas mehr als zwei Wochen nach ihrer Abreise zurück.

Als sie Carlion erreichen, erkennen die Wachen am offenen Tor die Ritter der Spieler und winken sie hindurch. Die Knappen ziehen sich mit ihren erschöpften Rössern in die überfüllten Ställe zurück. Die Zitadelle bereitet sich wieder einmal auf den Krieg vor. Karren stehen in der Vorburg und werden von Dienern mit Speeren, Pfeilen oder Säcken mit getrockneten Erbsen und gesalzenem Fisch beladen. Ein Hufschmied müht sich an ihnen vorbei, eine Reihe junger Pferde hinter sich herziehend, denen all dies noch neu ist und bei jedem neuen Geräusch und Geruch mit den Augen rollen. Ein Trupp Infanteristen marschiert in die entgegengesetzte Richtung, trotz des Trommelschlags aus dem Takt, als hätten sie noch nie etwas von rechts und links gehört. Die Treppe zum Bergfried ist überfüllt mit Boten mit ihren Anliegen, grimmig dreinblickenden Hauptmännern mit klirrenden Ringpanzern und klappernden Sporen und besorgten Kaufleuten, die sich vorsichtig ihren Weg hindurch bahnen, da es kein Geländer gibt, an dem man sich abstützen könnte.

In der Halle fragen die Feldwebel an der Tür nach ihrem Begehr, teilen die Besucher in Gruppen ein und schicken sie zu dem Offizier, mit dem sie sprechen wollen. Der König sitzt auf seinem großen Thron auf dem Podium, die Füße berühren gerade den Boden, während zwei Männer sich ernst unterhalten und mit wedelnden Armen und winkenden Händen gestikulieren. Der König lässt sich nicht aus der Ruhe bringen. Sein Blick ist in weite Ferne gerichtet, als wäre er in Gedanken versunken.

König Artus schickt die Männer weg, als er die Ritter der Spieler auf der anderen Seite der Halle erblickt. Sein Gesicht hellt sich auf. Er bittet sie, zu ihm zu kommen und findet seine Konzentration wieder. Ein alter Soldat betritt den leeren Bereich vor Artus und macht ein finsteres Gesicht, als er vom König weggeschickt wird, während die jungen Ritter nähertreten. (Bitte um Würfe auf **Identifikation** mit einem Bonus von +9; bei einem Erfolg erkennen die Ritter, dass es sich um den alten Sir Brastias handelt, der einst die rechte Hand König Uthers selbst war!)

„Und, ist es Euch gelungen?", fragt der König. „Merlin sagte, er hoffe, dass Ihr wenigstens einen von ihnen erreichen konttet. Was haben sie gesagt?"

Die Ritter der Spieler können jetzt ihren Bericht über die Mission abgeben. Wenn sie kein totaler Fehlschlag war, antwortet Artus:

„Nun, gute Arbeit, Ihr alle. Marschall Brastias wird noch mit Euch sprechen wollen, aber ich muss jetzt hören, wie dieser Händler vor der Schlacht bezahlt werden will. Wir sehen uns beim Abendbrot. Wegtreten."

Bleiddwns Pfeife benutzen

Besonders aufmerksame Charaktere können fragen, ob die Schlacht von Bedegraine in der Nähe des Waldes des Silberhirsches stattfindet. Die Antwort lautet natürlich: Ja. Dann möchten sie vielleicht Bleiddwns Pfeife benutzen, um die Wölfe des Waldes herbeizurufen, damit sie Artus helfen. Wenn ja, gut gemacht!

Ein mächtiges Artefakt zu benutzen, um eine größere Sache zu unterstützen, bringt dem Ritter des Spielers, der hineinbläst, Markierungen für **Großzügig** und **Loyalität (König)** ein.

Das Blasen der Pfeife ruft ein Rudel Wölfe herbei, die von Bleiddwn in Wolfsgestalt angeführt werden und sich den Charakteren anschließen. Sie kommen im darauffolgenden Schlachtzug an, wenn die Pfeife geblasen wird. Wenn die Ritter der Spieler vor der Schlacht pfeifen, sind Bleiddwn und ihre Wölfe im der ersten Zug bereits vor Ort.

In dem Zug, in dem sie anwesend sind, müssen alle Kontrahenten, denen die Ritter der Spieler gegenüberstehen, zuerst einen **Tapfer**-Wurf bestehen, sonst fliehen sie vor Angst. Diejenigen, die übrig bleiben, erleiden einen Abzug von −10 für den Kampf gegen Mehrere Kontrahenten. Außerdem müssen berittene Kontrahenten in jeder Kampfrunde einen Wurf auf **Reitkunst** bestehen, um ihr panisches Reittier unter Kontrolle zu bringen, bevor sie kämpfen können; ein misslungener Wurf bedeutet, dass jede Attacke, die die Charaktere gegen sie ausführen, Vergleichslos ist. Zu guter Letzt steigt die Moral des Conroi sofort um +1W3+3.

Die Knappen, die die Pferde untergebracht und gefüttert haben, erscheinen wieder und stehen bereit, die Ritter zu entwaffnen, und alle begeben sich auf die Wehrgänge, um sich endlich etwas zu entspannen.

Die Schlacht von Bedegraine

Auch wenn die Ritter der Spieler mit einem Misserfolg heimgekehrt sind, sind sie bei dieser Schlacht dabei. König Artus bittet sie, noch einmal mit ihm als Teil seiner eigenen Bataille zu reiten. Sofern nicht anders angegeben, handelt er als ihr Anführer und hat eine Fertigkeit von 13 in der Schlacht.

Bedegraine liegt im Nordwesten Logres, am Fluss Trent. Nachdem er erfahren hat, dass König Lot eine noch größere Armee als im letzten Jahr anführt, hat König Artus seine Ritter versammelt und ist ihnen entgegen marschiert. Sein Heer lagert seit einer Woche in Lambor und wartet auf die Ankunft der Truppen aus Cameliard und Bedegraine. Späher melden jedoch, dass Lots Armee schnell nach Süden zieht, und Artus beschließt, ihm mit oder ohne seine versprochenen Verbündeten entgegenzuziehen.

In der Nähe von Schloss Bedegraine stoßen die Späher aufeinander. Die Heere lagern, die Soldaten schlafen unruhig, die Morgendämmerung graut.

Vor der Schlacht

König Lot ist dieses Mal auf den Kampf vorbereitet. Er hat Artus bei Carlion unterschätzt und ist nun entschlossen, den Ansprüchen des Emporkömmlings ein für alle Mal ein Ende zu setzen. Das soll eine riesige Schlacht werden (60 Ruhm pro Tag für die Teilnahme). Artus' Armee zählt fast 10.000 Mann, und die von Lot ist sogar noch größer, dank der Horden von beutegierigen Pikten, die er mitgebracht hat.

Auch hier können die Charaktere einen Wurf auf **Schlacht** ablegen, um ihre Chancen einzuschätzen. Ein Erfolg sagt ihnen, dass dies ein blutiger Kampf werden wird, während ein kritischer Erfolg ihnen wenig Hoffnung auf einen Sieg gegen eine so überwältigende Übermacht lässt. Entweder ein Erfolg oder ein kritischer Erfolg zeigt das Banner von Graf Sanam in den Reihen von Lots Truppen – er hat Artus' Angebot anscheinend nicht angenommen (und Leodegrance ist immer noch nirgends zu sehen). Ein Patzer hingegen bestärkt den Ritter darin, dass Artus eine geheime List in petto haben muss!

Dies ist eine zweitägige Schlacht. Behandle jeden Tag als eine separate Schlacht, um die Moral zu bestimmen, Leidenschaften zur Inspiration zu nutzen und so weiter.

Erfolgreiche Fertigkeitswürfe können gelegentlich unerfreuliche Neuigkeiten bereithalten!

Bevor du diese Schlacht leitest, ist es eine gute Idee, sich noch einmal die Regeln für verletzte Reittiere auf S. 54 von Buch II *anzuschauen.*

Wie bei Carlion handelt es sich auch hier um eine geskriptete Schlacht.

Die Intensität der Schlacht beträgt am ersten Tag 14 und am zweiten Tag 18.

Am zweiten Tag finden in fast jedem Zug geskriptete Ereignisse statt. Wenn der Wurf für die Intensität in dieser Runde erfolgreich ist, sind die Charaktere auf dem Feld in der Lage, das Ereignis mitzuerleben, und alle Modifikatoren oder andere besondere Hinweise gelten auch für sie.

Erster Tag

Die beiden Heere nehmen in einer Reihe Austellung und warten dann ab, da keines von ihnen den ersten Zug machen möchte. Am Nachmittag schickt König Lot nur seine piktische Infanterie vor. Sie rücken bis auf Sturmangriffsdistanz an den Feind heran und machen Halt. König Artus' Männer stürmen heran an und durchbrechen die feindliche Formation. Dabei erleiden sie schwere Verluste unter ihren Rössern durch die heimtückischen Messerkämpfer, die es immer auf die Reittiere abgesehen haben.

Die Spielleitung bei der Wahl des Kontrahenten für den Zug sollte an diesem Tag immer die Piktischen Messerkämpfer wählen.

Schlachtkarten

Wähle die folgenden Begegnungen und Gelegenheiten aus den Schlachtkarten, die diesem Set beiliegen:

- Piktische Speerwerfer
- Piktische Pikeniere
- Piktische Messerkämpfer
- Kampf der Streiter
- Abteilung sammeln!
- Rettet gefangene Ritter

Trotz des erfolgreichen Sturmangriffs befiehlt König Artus einen Halt und einen geordneten Rückzug – er weiß, dass König Lots Ritter hinter der Infanterie warten.

Die Schlacht an diesem Tag dauert fünf Züge. Spiele sie nach den Schlachtregeln durch.

Nach dem ersten Tag der Schlacht

Alle Ritter müssen die Kampffähigkeit ihres Reittiers prüfen. Es ist möglich, dass das Pferd zu verletzt ist, um zu kämpfen; wenn es mehr als die Hälfte seiner Trefferpunkte Schaden genommen hat, sollten sie es am nächsten Tag nicht mehr reiten. Auch Pferde mit weniger Verwundungen sind jetzt natürlich verwundbarer.

Im Lager gibt es zwar Hufschmiede, die verwundete Rösser behandeln können, aber die schiere Menge an verletzten Tieren setzt sie unter Druck. Jedes Pferd kann einen Wundverband erhalten, aber die effektive Fertigkeit des Hufschmieds ist auf 10 reduziert. Die Behandlung von Verwundungen bei Pferden funktioniert genau wie bei Menschen: Bei einem erfolgreichen Wurf wird eine Anzahl von Trefferpunkten in Höhe der Heilungsrate des Pferdes wiederhergestellt (3 Punkte für das typische Streitross), oder diesen Wert plus 3 Punkte bei einem kritischen Erfolg. Jede Verwundung darf nur eine einzige Behandlung erhalten.

Zweiter Tag

Artus' Reiter fügten den Pikten-Kriegern viele kleine Niederlagen zu. Er bildet Einheiten von Fußsoldaten und verteilt sie auf dem Hügel zwischen seinen berittenen Rittern.

Wenn die Mehrheit der Charaktere ihre Streitrösser verloren hat, kämpfen sie zu Fuß in einer dieser Einheiten. Der Ritter mit dem höchsten Ruhm fungiert als Conroi-Anführer.

Wenn die Mehrheit der Ritter der Spieler ihre Streitrösser behalten hat, kämpfen sie wie bisher beritten unter Artus; Ritter, die ihre Streitrösser verloren haben, müssen auf Runtziden reiten.

Aufgrund des Mangels an berittenen Rittern findet an diesem Tag *kein* Sturmangriff statt. Stattdessen befiehlt Artus seinem Heer, auf der Kammlinie eines Hügels Stellung zu beziehen und den Sturmangriff des Feindes zu empfangen.

König Lot schickt den größten Teil seiner Infanterie nach hinten und lässt nur Bogenschützen und Armbrustschützen zurück, die ähnlich wie Artus' Fußvolk verteilt stehen.

Schlachtkarten

Wähle die folgenden Begegnungen und Gelegenheiten aus den Schlachtkarten, die diesem Set beiliegen:

- Ritter von Lothian
- Ritter von Gorre
- Bretonische Söldner
- Nördliche Spießreiter
- Sächsische Krieger
- Irische Kerns
- Kymrische Bogenschützen (nur Runde 5)
- Piktische Pikeniere (nur in Runde 5)
- Erobert das Banner
- Zweikampf der Streiter
- Kampf gegen feindlichen Anführer
- Abteilung sammeln!
- Rettet gefangene Ritter

Ereignisse

- **Zug 1:** Schusswechsel der Bogenschützen. Wenn die Ritter der Spieler Teil dieses Ereignisses sind (also wenn der Intensitätswurf ein Erfolg ist), wählst du die Begegnung gegen die Bogenschützen automatisch aus, aber ohne die Chance, den Feind anzugreifen. (Der Kampf-Wurf des Conroi-Anführers bestimmt, wie viele Runden Pfeilbeschuss die Ritter ertragen müssen, unabhängig von der gewählten Haltung, wie unter **„Begegnungen mit Fernwaffen"** in den Kampfregeln in **Anhang B** beschrieben.)
- **Zug 2:** König Lots Kavallerie stürmt den Hügel hinauf und gleicht den Höhenvorteil der Fußtruppen mit ihren Pferden aus und greift an. Artus wird verwundet, weigert sich aber, sich zurückzuziehen. Wenn die Ritter der Spieler Teil dieses Ereignisses sind, sind die verfügbaren Begegnungen auf „Ritter von Lothian" und „Ritter von Gorre" beschränkt. Berittene Ritter können einen Konter-Sturmangriff durchführen, wenn der Conroi-Anführer einen Wurf auf **Schlacht** besteht; Ritter zu Fuß können die Aktion Speer pflanzen nutzen!
- **Zug 3:** Graf Sanam von Bedegraine ordnet angesichts des leichten Widerstands den Rückzug an und entblößt die rechte Flanke von Lots Armee. Charaktere, die an diesem Ereignis teilnehmen, können automatisch die Gelegenheiten „Erobert das Banner" oder „Kampf gegen feindlichen Anführer" wählen, wenn sie dies wünschen.
- **Zug 4:** An Artus' linker Flanke ertönt ein Ruf: „Ban und Leodegrance sind gekommen!" Ihre frischen Ritter brechen aus der Deckung der nahen Wälder hervor und greifen die ungeschützte rechte Flanke der Nordmänner an. Die Flanke bricht zusammen. Wenn die Ritter der Spieler Teil dieses Ereignisses sind, erleidet jeder Kontrahent, den sie in dieser Runde angreifen, einen Abzug von –5 für den Kampf gegen Mehrere Kontrahenten.
- **Zug 5:** König Lot befiehlt seinen Rittern, sich unter der Deckung der vielen Fernkampftruppen und der Infanterie, die ihren Schildwall aufrechterhält, zurückzuziehen. Die Mitte und die Linke ziehen sich abrupt, aber in guter Ordnung zurück. Eine Verfolgung ist nicht möglich. Ritter der Spieler, die an diesem Ereignis teilnehmen, können nur aus den Begegnungen „Kymrische Bogenschützen", „Nördliche Spießreiter" und „Piktische Pikeniere" sowie der Gelegenheit „Rettet gefangene Ritter" wählen.

Abschluss

Artus hat einen Sieg errungen, auch wenn es ihm wieder einmal nicht gelungen ist, Lots Armee zu zerschlagen. Es ist sicher, dass die Nordmänner zurückkehren werden.

Am Tag nach der Schlacht sammeln die Männer des Königs alle Beute vom Schlachtfeld und stapeln die Toten auf den Scheiterhaufen. Es geht das Gerücht um, dass König Artus die gesamte Beute des Schlachtfelds den fremden Rittern versprochen hat. Die Männer von Ganis, Bedegraine und Cameliard erhalten jeweils das Dreifache der normalen Beute.

Artus überwacht die Aufteilung der Beute und behält nichts für sich selbst. Trotzdem murren seine Ritter lautstark. Es ist nur wenig da, und sie bekommen nichts? Dass König Artus auch noch jede Beute verweigert, hat für die Männer, die gerade für ihn gekämpft haben, nur geringe Bedeutung.

Die Beschaffung des Römersilbers kann ein eigenes Mini-Abenteuer für die Ritter der Spieler sein, das die Gelegenheit bietet, Würfe auf Selbstsüchtig und Ehrlich abzulegen, wenn sie sich dem Schatzhort zum ersten Mal gegenübersehen. Spielleitungen müssen entscheiden, wie es weitergeht, wenn die Unehrlichkeit obsiegt. Denke auch daran, dass Merlin von fern zusieht!

Am nächsten Tag erscheint ein Karren mit einem Haufen Silbermünzen – Merlin hat verraten, wo ein verborgener Schatz vergraben liegt. Er schickte eine kleine Gruppe von Rittern aus, um ihn zu bergen, und sie fanden ein großes Versteck mit römischem Silber.

Nachdem er den Schatz erhalten hatte, verteilt König Artus ihn unter seinen Truppen. Jeder Ritter bekommt £20 in Silber. Die Ritter, die den Schatz geborgen haben, erhalten jeweils weitere £20 (vorausgesetzt, sie haben dem Drang widerstanden, sich ihre eigenen Taschen zu füllen!).

Nach der Schlacht von Bedegraine verstreut sich das Heer in die nähere Umgebung, um sich auf Schlössern, Burgen und in Städten auszuruhen. Artus bleibt mit vielen seiner Männer (einschließlich der Charaktere) auf Schloss Bedegraine, dem Sitz der Grafschaft.

König Artus empfängt Graf Sanam, der einen langen Bericht darüber abliefert, wie er König Lot gegen seinen Willen die Treue geschworen hatte; daher war sein Verrat in der Schlacht von Bedegraine nicht unehrenhaft. Zwei Bischöfe stimmen zu und erlegen ihm Buße auf. Er sitzt bei den Feierlichkeiten in der Nähe von König Artus.

Die Tochter des Grafen, Lyzianor, ist jung und im heiratsfähigen Alter. Tatsächlich ist sie fast so alt wie Artus. Sie bedient den König unablässig, und er lehnt ihre Aufmerksamkeit nicht ab. Der junge Artus ist nicht schüchtern, und sein angenehmer Umgang mit Frauen überrascht viele seiner Ritter auf positive Weise. Er versteckt ihre Freundschaft weder, noch preist er sie an, sondern verhält sich jeden Tag so anständig, wie es sich für einen König gehört, und jede Nacht so, wie man es sich von einem jungen Mann wünscht.

Ruhm und weitere Belohnungen

- Für den Kampf in der Schlacht von Bedegraine erhalten die Ritter der Spieler jeweils 60 Ruhm für jeden Tag, an dem sie teilgenommen haben.
- Wenn ein Charakter am zweiten Tag als Anführer des Conroi gehandelt hat, erhält er für diesen Tag stattdessen 90 Ruhm.
- Zusätzlich zum Ruhm für das Besiegen von Kontrahenten auf der Reise und in der Schlacht erhält jeder Ritter eines Spielers 50 Ruhm pro erfolgreich übermittelter Nachricht – bis zu 100 Ruhm, wenn beide Nachrichten überbracht wurden.
- Wenn Artus den Rittern eine große Belohnung versprochen hat, erhält jeder von ihnen zehn Jahre lang ein kleines Stück einträgliches Land mit einem Wert von £2 Ertrag pro Jahr.
- Wenn es aus irgendeinem Grund noch Personen in der Gruppe gibt, die zum Ritter geschlagen werden müssen, übernimmt König Leodegrance diese Ehre. Der Ritter erhält 1.000 Ruhm plus 150 für den Ritterschlag durch den König von Cameliard.

Das Abenteuer des Zerbrochenen Schwertes

Jahr 512

Im beginnenden Frühling hält König Artus Hof in der Stadt Oxford. Die Charaktere sind anwesend, egal, wem sie gerade dienen.

Das Stadtgespräch dreht sich um ein Ereignis, das sich erst vor ein paar Wochen ereignet hat, als Artus nach St. Albans pilgerte. Dort erzählte Königin Ygraine – die Witwe von König Uther Pendragon – die Geschichte, wie ein Mann in der Gestalt ihres ersten Mannes, des Herzogs von Cornwall, in der Nacht, in der er in der Schlacht starb, ein Kind mit ihr zeugte. Das Kind ward anschließend von Merlin mitgenommen worden, um eine Art Schuld zu begleichen. Merlin, der zusammen mit Artus dem Festmahl beiwohnte, bestätigte die Geschichte und – was am schockierendsten ist – behauptete, dass niemand anderes als Artus selbst das Kind ist, das Ygraine geboren hatte und das er Sir Ector als Mündel gab.

Ritter der Spieler generieren zu diesem Zeitpunkt ihre Ritterlichkeit-Leidenschaft (1W6+6), wenn sie wünschen, auch wenn sie sich bewusst sein sollten, dass sie sie nicht zur Inspiration nutzen können, bis sie das Ideal des Galanten Ritters erreicht haben, welches im vollwertigen Regelbuch des Spiels erklärt wird.

Wenn das stimmt, ist Artus der natürliche Sohn von König Uther und der neue Pendragon. Viele am Hof zerreißen sich noch immer das Maul über diese Entwicklungen (wenn der König nicht auf dem Thron sitzt).

In der Zwischenzeit hat Artus seine Vorstellungen vom den Ritterstand weiterentwickelt. Er hat ein neues Wort erfunden.

„Ritterstand ist wunderbar", sagt er, „aber Ritterlichkeit ist die Pflicht eines Ritters. Ich werde es noch einmal sagen: *Ritterlichkeit*. So wie die Ritter über den gewöhnlichen Menschenschlag gestellt sind, so sind die Ritterlichen über andere Ritter gestellt."

Nimm dir ein paar Minuten Zeit, um mit den Spielern über Ritterlichkeit zu sprechen. Frag sie, was ihre Charaktere von diesem neuen Ansatz des Ritterstandes halten und wie er sich von dem alten „Recht des Stärkeren"-Ansatz der Kriegsherren der Anarchie unterscheidet.

Der Ritter am Brunnen

Während sich die Ritter der Spieler unterhalten, trifft ein Knappe am Hof ein, ein erschöpftes Streitross am Zügel führend, über dem sein Herr geschunden liegt. Er erzählt die folgende Geschichte:

Kanonisch lautet der Name des Knappen Griflet und er sollte anwesend sein, sofern Sir Clarions Spieler keinen anderslautenden Namen angegeben hat. Verwende ansonsten den Namen, den der Spieler sich ausgesucht hat. Dies ist ein kleines Beispiel dafür, wie Spielleitung und Spieler ihre eigenen Charaktere mit den etablierten arturischen Geschichten verweben können.

An einem Brunnen im nahen Otmoor fordert ein seltsamer Ritter alle Vorbeireisenden zum Tjost heraus und lässt keinen ohne Kampf passieren. Obwohl sein Herr den Kampf vermieden hätte, wenn es möglich gewesen wäre, kämpfte er und wurde erschlagen.

„Wie entledigen wir uns dieser Bedrohung?", fragt der König.

Bevor irgendjemand etwas antworten kann, stürzt ein junger Knappe vor und wirft sich vor dem König auf die Knie. Wenn sich einer der Spieler für Sir Clarion entschieden hat, dann handelt es sich hierbei tatsächlich um seinen eigenen Knappen! Er bittet darum, gegen den fremden Ritter kämpfen zu dürfen und verlangt den Segen, den Artus ihm als sein Lord schuldet.

Obwohl König Artus zögert, willigt er ein, schlägt den Knappen zum Ritter und schickt ihn in den Kampf. (Beachte, dass Sir Clarion für den Rest des Szenarios ohne Knappe bleibt, aber die anderen Ritter von Spielern ihm bei Bedarf ihre Knappen „leihen" können.)

Werden die Charaktere die Herausforderung ebenfalls annehmen? Wenn ja, dann versucht der König, sie davon abzubringen.

„Das ist ein mächtiger Mann. Überdenkt dies noch einmal – Ihr könntet durch seine Hand sterben, und wem sollte das nützen?"

Wenn die Ritter der Spieler darauf bestehen, dann müssen sie losziehen und Lanze gegen Lanze gegen den Fremden kämpfen. Er ist offensichtlich sehr geschickt. Die Spielleitung sollte die Spieler daran erinnern: „Dein Charakter könnte hier sterben. Hast du eine Idee, welchen Ritter du als nächstes spielen wollen würdest?"

Wenn sie immer noch darauf bestehen, ist das eine gute Gelegenheit zu zeigen, wie unbarmherzig das Kampfsystem sein kann, wenn zwei ungleiche Kontrahenten aufeinandertreffen ...

Wenn einer gehen will, wollen wahrscheinlich alle Charaktere gehen. Sie können dies als Gruppe tun. Am Straßenrand finden sie einen alten Pavillon, der schon bessere Tage gesehen hat, nicht weit von einem Brunnen. Ein Knappe und drei weitere Personen stehen in der Nähe und beobachten das Geschehen mit trauriger Miene. Sir Clarions frisch zum Ritter geschlagener ehemaliger Knappe liegt im Zelt, besinnungslos aufgrund seiner Wunden – der fremde Ritter hat ihn mit einem einzigen Lanzenritt bezwungen!

Als die Spieler-Ritter eintreffen, bitte sie um einen Wurf gegen **Identifikation** +10:

- **Kritisch:** Dies ist ein renommierter Ritter, Sir Pellinore, der König von Gomeret in Cambria, der seit mehreren Jahren von seinem Königssitz abwesend ist.
- **Erfolg:** Dies ist ein renommierter Ritter, Sir Pellinore, und jeder Ritter mit weniger als 6.000 Ruhm kann die Herausforderung ohne Verlust von Ehre ablehnen. Andererseits muss jeder Ritter mit mehr als 6.000 Ruhm gegen ihn antreten oder er verliert 1 Punkt Ehre.
- **Fehlschlag:** Keine Ahnung, wer das ist, aber seiner Ausrüstung nach zu urteilen, muss er wohlhabend sein ...
- **Patzer:** Das ist ein Niemand, der sich verkleidet hat, um beeindruckender zu wirken, als er ist.

Der Ritter salutiert und spricht dann von hinter dem Visier seines Helms: „Ich warne Euch, ich stehe unter dem Fluch dieses Ortes, jeden zu bekämpfen, der hierher kommt. Ich würde viel lieber das gefürchtete Questentier Glatisant jagen, aber leider muss ich stattdessen an diesem verfluchten Ort verweilen."

Der Fluch lautet wie folgt: „Dass ein siegreicher Ritter an diesem Ort bleiben und mit jedem Ritter, der vorbeikommt, Lanze gegen Lanze kämpfen muss, bis zum ersten Blut; er darf nicht fortreisen, bis er gerecht geschlagen wird, und wenn er ungerecht geschlagen wird, sind alle, die auf ihn einschlagen, dazu verdammt, unter den gleichen Bedingungen hier zu bleiben." Der Fluch erlaubt es Sir Pellinore nicht, sich zu ergeben; er muss bewusstlos geschlagen oder getötet werden.

Deshalb besteht Sir Pellinore auf einem Kampf Mann gegen Mann. Außerdem verschont er jeden, der sich nach einem einzigen Schlag mit der Lanze ergibt (falls er überlebt). Wenn sich die ganze Gruppe auf ihn stürzt, kämpft er, um sie alle zu töten, wobei er sich jeweils auf einen Kontrahenten konzentriert und darauf abzielt, den größtmöglichen Schaden anzurichten (zu Pferd im Sturmangriff, zu Fuß beidhändig mit dem Speer). Er zögert auch nicht, gegen solche Hunde schmutzig zu kämpfen; seine Fertigkeit im Handgemenge von 15 und seine große Stärke und Größe erlauben es ihm, mit seinen Kontrahenten mit Leichtigkeit zu ringen und sie zu überwältigen.

Wenn ein Kontrahent Pellinore mit der Lanze aus dem Sattel hebt, aber kein Blut vergießt, fordert er ihn zum Kampf mit einem Schwert oder einer Waffe seiner Wahl zu Fuß heraus.

Sir Pellinore besiegen

Wenn ein Ritter eines Spielers Sir Pellinore niederschlägt, wird er das neue Opfer des Fluchs. Er darf nicht mehr an den Hof zurückkehren oder einen anderen Ort als den alten Pavillon am Straßenrand aufsuchen. Er übernimmt die Rolle, die Pellinore in den folgenden Abschnitten zugewiesen wird, und kämpft gegen König Artus (siehe **„Der König wird**

Dies ist ein weiteres, deutlich dramatischeres Beispiel dafür, wie Ritter von Spielern in kanonische Ereignisse verwickelt werden können!

vermisst!“). Informiere den Spieler darüber, dass sein Ritter vorerst aus dem Spiel ist und dass er vorübergehend zu einem Spielleiter-Charakter wird.

Sir Pellinore begibt sich an König Artus‘ Hof und erzählt von seiner Verfluchung und was er unter diesem Bann tat.

„Es sei Euch verziehen, Sir Pellinore. Bitte ruht Euch als mein Gast aus.“

„Nur eine Nacht, mein Herr“, sagt Pellinore. „Ich muss eine Bestie finden und erschlagen, bevor ich meine Waffen niederlegen kann.“

Pellinore siegt

Wenn Pellinore den herausfordernden Ritter besiegt, kommt ein Barbier-Chirurg aus der Nähe und leistet Erste Hilfe mit einem Fertigkeitswert von 20.

Es bleibt genügend Zeit, um mit den Toten und Verwundeten an den Hof des Königs zurückzukehren. Als der Hof von dieser weiteren Tragödie erfährt, stöhnen sie vor Trauer, und auch der König ist niedergeschlagen. Wenn keiner der Charaktere zum Brunnen gegangen ist, kehrt Sir Clarions ehemaliger Knappe an diesem Abend in sehr schlechter Verfassung zurück und erzeugt damit dieselbe Reaktion bei Hof und König.

Der König wird vermisst!

Am nächsten Morgen ist König Artus abwesend und nirgends zu finden. Auch Merlin ist verschwunden. Sir Kay ordnet an, die umliegenden Ländereien zu durchsuchen und schickt Gruppen in verschiedene Richtungen aus. Die Ritter der Spieler wollen sicher ebenfalls nach dem verschwundenen König suchen. Wenn sie sich nicht freiwillig melden, befiehlt Sir Kay ihnen, zum Brunnen zu gehen.

Sie treffen gerade noch rechtzeitig ein, um zu sehen, wie König Artus niedergestreckt wird!

In seiner Hand hält der König ein zerbrochenes Schwert. Um ihn herum liegen zerbrochene Lanzen. Es war eindeutig ein langer, harter Kampf, und Artus hat sich bis zu diesem letzten Schlag behauptet. Die Charaktere werden wahrscheinlich Sir Pellinore angreifen wollen (wenn natürlich einer von ihnen Pellinore am Vortag besiegt hat, ist er es, der den König niedergeschlagen hat!). Bevor sie handeln können, tritt Merlin selbst wie aus dem Nichts vor. „Beherrscht Euch“, sagt der Zauberer, „der König wird von diesem Duell profitieren.“

„Der König!“, ruft Sir Pellinore, als er das vernimmt. „Verzeih mir“, sagt er, doch dann hebt er sein Schwert, um auf den gefallenen König einzuschlagen, gezwungen durch seinen Fluch. Durch eine okkulte Geste Merlins wird er aufgehalten und bricht schlafend zusammen. Er fängt sogar an zu schnarchen.

König Pellinore de Gales

GRO	GES	STR	KON	AUS
17	16	18	17	17

Attacken

Waffe	Fertigkeit	Wert	Schaden
Lanze	Sturmangriff	20+10	6W6+2
Dolch	Handgemenge	15	2W6+8
Speer	Speer	20+10	6W6+2
Schwert	Schwert	20+10	6W6+2

Gesundheit

Attribut	Wert
Trefferpunkte	34
Niederschlag	17
Schwere Verwundung	17
Bewusstlos	9

Anderes

Attribut	Wert
Bewegung	20
Rüstungspunkte	12+6
Ruhm-Belohnung	200
Heilungsrate	3

Rüstung: Erweiterter Ringpanzer, Erweiterter Nasalhelm, Aketon, Mandelschild*
Merkmale: Keusch 2, Tatkräftig 18, Nachsichtig 13, Großzügig 17, Ehrlich 17, Gerecht 12, Gnädig 12, Bescheiden 3, Besonnen 6, Fromm 12, Maßvoll 10, Vertrauend 10, Tapfer 17
Zielgerichtete Merkmale: Misstrauisch (der Pendragon) +4, Misstrauisch (andere kymrische Könige) +9
Obsessionen: Habgier (Glatisant, das Questentier) +28
Leidenschaften: Ehre 17, Gastfreundschaft 15, Hass (Iren) 10, Liebe (Familie) 12, Stand 14
Fertigkeiten: Aufmerksamkeit 16, Höfische Sitten 10, Falknerei 8, Erste Hilfe 17, Liebelei 15, Volksweisheit 11, Reitkunst 20+10, Jagd 20+4, Intrigen 5, Redekunst 7, Instrumentenspiel 11, Identifikation 8, Religion (Heidnisch) 11
* Der Schild verursacht einen Abzug von –2 für alle Waffen, wenn beritten, außer Berittener Sturmangriff mit Speer oder Lanze; –10 Abzug für Fernattacken

„Euch fällt hier eine andere Aufgabe zu“, sagt Merlin und dreht sich zu den Charakteren um. „Zwischen uns und dem Ziel des Königs steht ein ganz übles Biest. Werdet Ihr ihm bei seiner Aufgabe helfen und es bekämpfen?“

Natürlich werden sie das.

„Dann folgt mir“, sagt der Zauberer. Er führt sie zu einem großen Teich. Irgendetwas am Rande des Teiches rührt sich, dann taucht daraus eine Gestalt hervor. Obwohl sie menschenähnlich ist, ist sie eindeutig kein Mensch, denn ihr ganzer Körper ist von einem kränklichen, durchscheinenden Grünton. Während es sich erhebt, formt sich sein linker Arm zu einem großen Schild, während sich an seiner rechten Seite Klumpen wie Tentakel aus dem Körper schieben und sich dann zu Armen mit Schwertern ausbilden. Es gibt ein Schwert für jeden Ritter eines Spielers. Als es sich weiter aus dem Wasser erhebt, können sie sehen, dass es auf einer pferdeartigen Gestalt sitzt, ohne dass eine Naht zwischen den beiden sichtbar wäre.

„Dies ist Eure Aufgabe“, sagt Merlin. „Erschlagt den Nuckalavee!“ Er tritt zurück und beobachtet sie aufmerksam.

Nuckalavee

Der Nuckalavee ist eine üble Feenkreatur. Da er im Wesentlichen eine einzige Kreatur ist, die sowohl einem Menschen als auch einem Pferd ähnelt, können nur zwei Reiter oder drei Kämpfer zu Fuß gleichzeitig den Nuckalavee angreifen. Er erhält einen Reflexiven Modifikator von +5/–5 gegen jeden, der zu Fuß kämpft.

Wenn er getötet wird, verliert er seine gesamte Gestalt, bricht zusammen und verschwindet inmitten des Schlicks am Teichufer.

Nachdem die Charaktere das Ungeheuer besiegt haben, setzt Merlin seine Magie ein, um jedem verwundeten Ritter 1W3+3 Trefferpunkte zurückzugeben und **Erste Hilfe** mit einem Fertigkeitswert von 20 (+4) auf jede Verwundung anzuwenden. Ritter, die unter Melancholie oder Wahnsinn leiden, heilt Merlin ebenfalls von diesen Leiden. Alle Ritter, die bei Bewusstsein sind, können einen Wurf auf **Aufmerksamkeit** versuchen, während sich der Zauberer um sie kümmert. Bei einem Erfolg stellen sie fest, dass Merlin anschließend ein wenig unsicher auf den Beinen zu sein scheint.

Nuckalavee

GRO	GES	STR	KON	AUS
40	12	20	15	-

Attacken

Waffe	Fertigkeit	Wert	Schaden
Schwert	Schwert	15	5W6

Gesundheit

Attribut	Wert
Trefferpunkte	55
Niederschlag	40
Schwere Verwundung	-*
Bewusstlos	10

Sonstiges

Attribut	Wert
Bewegung	16
Rüstungspunkte	5+6
Ruhm-Belohnung	250
Heilungsrate	3

Rüstung: Haut, Einfacher Schild**

Mehrfache Attacken: Ein Nuckalavee kann pro Runde eine beliebige Anzahl von Schwert-Attacken mit seinem unmodifizierten Fertigkeitswert ausführen. Er kann jede Attacke auf einen anderen Kontrahenten in Reichweite richten oder zwei Schwert-Attacken gegen denselben Kontrahenten ausführen. Ein Charakter, der von beiden angegriffen wird, muss sich getrennt gegen die beiden Attacken verteidigen, als würde er von zwei verschiedenen Kontrahenten angegriffen.

Der Nuckalavee kann seinen Schildschutz nur gegen einen einzigen Kontrahenten anwenden.

Feenflüche: Eisen- oder Stahlwaffen richten +1W6 Punkte Schaden an.

* Als Feenwesen kann er keine Schweren Verwundungen erleiden.

** Ein Einfacher Schild wird durch einen kritischen Erfolg des Kontrahenten zerbrochen.

Das Schwert im See

„Schaut her“, befiehlt der Zauberer mit einem grimmigen Funkeln in den Augen. Er geht zu der liegenden Gestalt des Königs und legt ihm sanft die Hände auf die Wunden. Der König setzt sich auf, zunächst benommen, aber er kommt schnell wieder zu sich. Er schaut auf sein zerbrochenes Schwert und wirft es wütend weg. Er beginnt zu fluchen.

„Mein Herr“, sagt Merlin, „beherrscht Euch, es ist eine Dame anwesend.“

König Artus und wahrscheinlich auch die Ritter schauen sich um, sehen aber keine Edelfrau.

„Folgt mir“, sagt Merlin sanft und hilft dem König auf die Beine. Artus sucht sich ab und tastet, wo die Verletzungen waren, dann merkt er offenbar, dass der Zauberer ihn geheilt hat.

„Dies schulde ich dir“, sagt er.

„Ich führe über solche Dinge kein Buch“, sagt der Zauberer. „Lang lebe der König. Nun kommt mit mir.“

Artus und Merlin gehen zu einem kleinen Boot am Rande des Teiches und steigen hinein. Ohne sichtbare Hilfsmittel setzt sich das Boot in Bewegung, hinaus auf den See.

In der Mitte des Sees erhebt sich eine Hand aus dem Wasser. Sie ist in hell leuchtendes weißes Samit gekleidet und hält ein Schwert umfasst. Merlin nickt knapp, und König Artus streckt die Hand danach aus. Der Knabenkönig nimmt es behutsam entgegen, und das Boot gleitet an das Ufer des Teiches zurück, wo die Ritter stehen und zusehen.

König Pellinore setzt sich müde auf, und als er den König sieht, wirft er sich ihm zu Füßen. „Mein Herr, hätte ich das nur gewusst ...“

„Erhebt Euch, mein guter Ritter. Alles ist vergeben.“

„Und der Bann ist gebrochen", sagt Merlin. „Von diesem Tag an wird seine Macht diesen Ort nicht mehr binden."

Abschluss

Die Ritter der Spieler bilden die Ehrengarde für König Artus' Rückkehr an den Hof. Dort enthüllt Merlin die Taten dieses Tages.

König Artus setzt die Charaktere an die hohe Tafel, um sie bei dieser Mahlzeit zu ehren. Viele Ritter sind beschämt und schwören insgeheim, dass ein Junge, selbst ein Knabenkönig, sie nicht übertreffen wird.

Artus enthüllt auch sein neues Schwert, sehr zum Beifall aller. An dieser Stelle erzählt Merlin die Geschichte dieses Schwertes und verrät, dass es kein anderes ist als Excalibur, das Schwert des Sieges, das König Uther und viele andere Berühmtheiten vor ihm einst trugen. „Und anders als das Schwert Clarent ist dies ein Schwert des Krieges ..."

Ruhm

- Wenn einer der Spieler-Ritter Sir Pellinore besiegt hat, erhält er 200 Ruhm für diese Tat und weitere 50 Ruhm dafür, dass er der Fluch-Träger wurde und anschließend gegen König Artus gekämpft hat.
- Vergib 150 Ruhm an jeden Ritter, der Zeuge war, wie Artus das Schwert erlangte.
- Verteile 250 Ruhm an alle, die an der Erschlagung des Nuckalavee beteiligt waren.

Epilog: Weitere Abenteuer

Glückwunsch zum Abschluss der *Kampagne des Schwertes*!

Jetzt solltest du und deine Gruppe einen guten Eindruck vom System und der Spielwelt von **Pendragon** gewonnen haben. Wenn du dir mehr Abenteuer und Spieloptionen wünschst, bieten dir die drei Grundregelbücher eine Vielzahl an Möglichkeiten, dein Spiel zu erweitern.

Es gibt auch die überarbeitete und aktualisierte Ausgabe des klassischen Abenteuers *Der Graue Ritter*, die im Jahr 513 ansetzt und ein perfektes Sprungbrett für weitere Abenteuer bietet.

Und natürlich kannst du die vorgefertigten Charaktere aus diesem *Starter-Set* zusammen mit den hier angegebenen Regeln und Spielwelt-Informationen verwenden, um deine eigene Vision der Artussage zu erschaffen, ergänzt durch eines der oben genannten Bücher oder ein anderes aus der **Pendragon**-Rollenspielreihe.

Wie auch immer du die Welt von **Pendragon** weiter erkunden möchtest, sei dir bewusst, dass du deine Reise gerade erst begonnen hast. Mögest du in den kommenden Jahren viele weitere Abenteuer erleben!

Anhang E: Söldner- und Hausritter

Die überwiegende Mehrheit der Ritter in Britannien gehört entweder der Gruppe der Söldner- oder der Hausritter an.

Söldnerritter schwören, wie der Name schon sagt, keinen Treueschwur auf ihren Herrn, sondern arbeiten für eine vertraglich festgelegte Zeit gegen Bezahlung. Was sie an persönlicher Freiheit gewinnen, verlieren sie an Sicherheit und institutioneller Unterstützung.

Hausritter sind der vertrauenswürdige „innere Kreis" eines ranghöheren Ritters oder Lords. Als Gegenleistung für ihre Treueschwur und ihre Dienste erhalten sie von ihrem Herrn materielle Unterstützung und Schutz. In den folgenden Abschnitten erfährst du mehr über die einzelnen Spielarten der Ritterschaft.

Weitere Informationen zu den Unterschieden zwischen Huldigung und Treue findest du in den gleichnamigen Leidenschaften unter **„Leidenschaften der Fidelitas"** ab S. 20 in *Buch II: Regeln*.

Die Ritter der Spieler in diesem *Starter-Set* sind alle entweder Söldnerritter oder Hausritter, die weit weg von ihren Herren sind und daher vorerst als fahrende Ritter unterwegs sind. Im Laufe der *Kampagne des Schwertes* finden sie Gelegenheiten, neuen Lords Treueschwüre zu leisten.

Der Söldnerritter

Ein Söldnerritter führt ein beschwerliches Leben. Der Söldner erlangte den Rang eines Ritters, trat aber in keine festen Dienste ein. Sie sind in der Regel die Zweitgeborenen, deren ältere Geschwister alles von ihrer Familie geerbt haben oder erben werden, oder der vierte oder fünfte Nachkomme eines Ritters, der wohlhabend genug war, um diesen Status zu verleihen.

Der Söldnerritter lebt ganz von seinem eigenen Verstand und verdient sein Geld als gedungener Mörder. Wenn ein Söldnerritter einen Diener hat, ist es in der Regel kein Knappe, weil er sich derartige Extravaganz nicht leisten kann. Wenn er es sich leisten kann, hat er vielleicht einen Stallknecht oder einen Lakaien, doch sind dies keine Gefolgsleute auf dem Schlachtfeld. Die Ausrüstung der Söldnerritter ist meist nicht von neuester Art, ihre Pferde sind kleiner und ihre Kleidung oft unmodern, wenn nicht sogar zerlumpt.

Vorteile

Der Söldnerritter ist völlig frei von Verpflichtungen, außer denen, die er freiwillig übernommen hat. So bleibt dem Ritter viel Zeit für Abenteuer.

Der Söldnerritter muss nicht für einen Knappen bezahlen, da er keinen hat. Er kann jederzeit einen Diener anstellen und wieder entlassen, indem er ihn aus eigener Tasche bezahlt.

Nachteile

Das größte Problem für den Söldnerritter ist seine unregelmäßige Beschäftigung und sein unsicheres Einkommen.

Ein Söldnerritter hat keine Garantie auf eine Anstellung und mag in mageren Jahren in Armut leben, möglicherweise seine Knappen oder sein Pferd verlieren oder sogar gezwungen sein, seine Rüstung zu verkaufen! Seine Hofkleidung verschlechtert sich pro Jahr um die Hälfte ihres Wertes.

Es kann sein, dass der Söldner seine Waffen und Rüstungen verpfänden muss, um Kost und Logis zu bezahlen. Der Betrag, den er für die Verpfändung des gesamten Geschirrs erhält, entspricht der Hälfte seines Preises, daher ist es nicht ungewöhnlich, Teile zu verpfänden. Er verliert das Pfand für immer, wenn er es nicht innerhalb eines Jahres auslöst.

Nur ein Knappe wird mit einem Ritter in die Schlacht ziehen, also fehlt einem Söldner ein äußerst wertvoller Helfer. Es ist möglich, einen professionellen Edelknecht anzuheuern, aber das kostet £1 pro Jahr (inklusive Pferd). Wenn der Edelknecht über mehrere Fertigkeiten verfügt, kostet das zusätzlich £1 pro Fertigkeit über 15. Da die Anstellung nicht dauerhaft und die Ergebenheit gegenüber dem Ritter fraglich ist, verwendet ein angeheuerter Edelknecht außerdem Alter −2W6 für seinen Knappenwurf (siehe S. 37 in *Buch II: Regeln*).

Ein Söldnerritter hat nicht die übliche Sicherheit eines Hausritters, wenn er in persönliche Schwierigkeiten gerät. Wenn ein Feind ihn gefangen nimmt, zahlt niemand das Lösegeld. Unter solchen Umständen schließt sich ein Söldner oft der Armee seines Geiselnehmers an und bleibt dort, bis er sein eigenes Lösegeld abbezahlt hat.

Söldnergelegenheiten

Arbeitslose Söldner haben kein Einkommen. Wenn sie für den Einsatz angeheuert werden, erhalten sie ein tägliches Gehalt, das ausreicht, um sie einen Tag lang zu ernähren. Sie erwarten, dass sie ihr richtiges Geld durch Beute machen.

Die Vorfeldzugsaison beginnt im Mai, wenn das Wetter gut ist. Dann werden Vorbereitungen getroffen – man belädt Karren mit Waffen und Lebensmitteln und wartet auf das Eintreffen der Söldner. Die eigentliche Feldzugsaison ist im Juni, Juli und August. Ende Oktober bezahlt der Autraggeber die Truppen und entlässt sie.

Die Bezahlung der Söldner erfolgt für die Monate, die sie im aktiven Dienst sind.

Tabelle E.1: Söldnerlohn

Lohnsatz	Fusssoldat	Berittener Bogenschütze	Kavallerie	Ritter
d. pro Tag	½	1	2	4
d. pro Monat	10	20	40	80
d. pro Saison	30	60	120	240
£ pro Jahr	½	1	2	4*

* Bewährte Ritter werden besser bezahlt als unbekannte und erhalten einen Bonus, der auf ihrem Ruhm basiert. Namhafte Ritter verdienen bis zu £1 pro Jahr zusätzlich, Renommierte Ritter £2. Wenn ein Söldnerritter die Stufe des Illustren Ritters erreicht, verdient er bis zu £4 zusätzlich und wird von seinem Herrn häufig eingeladen, ein Hausritter zu werden, wenn dieser es wünscht.

Der Hausritter

Die im *Starter-Set* enthaltenen Charaktere beginnen als herrenlose Söldner, steigen aber schließlich zu einem besonderen Rang auf, der „Hausritter“ genannt wird, und dienen sodann entweder König Artus oder König Leodegrance. Diese Art von Charakteren ist in den meisten **Pendragon**-Kampagnen die Standardvariante für den Spielanfang. Ein Hausritter schwört seinem Lord Loyalität und Lehnstreue, der ihm im Gegenzug Unterhalt auf Lebenszeit bietet.

Ein Hausritter ist in allen Belangen von seinem Herrn abhängig und hat Anspruch auf Unterkunft, Verpflegung, Ersatz für Pferde und Ausrüstung, die im Dienst verloren geht, ein neues Kleidungsstück zur Julzeit und allerlei andere Kleinigkeiten. Der Ritter lebt im Haushalt des Herrn und isst gemeinsam mit anderen Rittern und Dienern in einem großen Saal. Nachts schlafen sie in der großen Halle mit den anderen Hausrittern. Die persönliche Habe beschränkt sich auf eine Truhe mit persönlichen Gegenständen sowie eine Strohmatratze und eine Decke, die er tagsüber zusammenrollt und zur Seite legt.

Eine andere Bezeichnung für einen Hausritter ist Junggesellenritter (engl. „bachelor knight“, vom altfranzösischen *bas chevalier* – „niederer Ritter“), denn er darf erst heiraten, wenn er in den Augen seines Lords hoch genug aufgestiegen ist, um eine Frau zu verdienen. Wenn ein Junggeselle sich durch Taten bewährt, können sein Lord und seine Lady eine Gemahlin für ihn auswählen. Der neue Partner oder die neue Partnerin arbeitet weiterhin irgendwo im Haushalt, und wenn sie ein kleines Privatzimmer innerhalb der Burg erhalten, bleiben sie in der Obhut ihres Lords.

Herrscher können die besten unter ihren Rittern befördern und ihnen ein eigenes Gut zur Verfügung stellen; diese Ritter bleiben ihrem Lord unterstellt, sind aber als Lehnsritter für ihren eigenen Unterhalt verantwortlich.

Unterhalt

Der Unterhaltsvertrag gilt für den Ritters und seinen Lord auf Lebenszeit. Der Ritter erwartet keine Freizeit, obwohl er normalerweise welche erhält. Der Lebensstandard beträgt £4, ohne dass jemals eine Münze durch ihre Hände wandert, es sei denn, sie verdienen eine Prämie.

Größerer Ruhm bringt die üblichen Vorzüge. Ein Namhafter Ritter erhält £6, ein Renommierter Ritter £9. Ein Illustrer Ritter verlangt £10 oder mehr für den Unterhalt und hat das Recht, ein Lehnsritter zu werden, wenn der Lehnsherr neues Land erwirbt oder erobert (siehe Tabelle E.2: *Verteilung des Ruhms*, um zu sehen, wie die Werte des Ruhmes der Bedeutung entsprechen).

Ab der Stufe Respektiert (3.000–4.000 Ruhm) kann ein Hausritter um die Erlaubnis bitten, zu heiraten; diejenigen, die Erben oder Erbinnen heiraten, werden zu Lehnsrittern.

Tabelle E.2: Verteilung des Ruhms

Ruhm Wert	Prominenz	Ungefähre % aller Ritter
weniger als 2.000	Unerprobt	10
2.000–2.999	Erfahren	45
3.000–3.999	Respektiert	30
4.000–5.999	Namhaft	10
6,000–7.999	Renommiert	3
8,000–15.999	Illuster	2
16.000–31.999	Außergewöhnlich	Vernachlässigbar
32.000+	Legendär	Winzig

Vorteile

Ein Hausritter muss sich nie um Unterkunft, Verpflegung, Ausrüstung oder Pferde kümmern, da es die Pflicht des Lehnsherrn ist, diese zu stellen.

Ein Hausritter genießt Schutz und Sicherheit. Wenn ein Feind ihn gefangen nimmt, zahlt sein Lord rasch das Lösegeld.

Ein Hausritter hat gute Aufstiegschancen, denn er lebt unter den Augen seines Lords und hat viele Möglichkeiten, zusätzlichen Ruhm oder Einkommen zu erlangen. Dadurch erhält der Ritter weitreichende Erfahrung, da er zu den Rittern gehört, die für wichtige Aufgaben wie die Begleitung der Lady des Hauses oder eines Diplomaten außerhalb ihrer Heimat ausgewählt werden. Ein besonders heroischer Ritter kann für eine außergewöhnliche Tat ein jährliches Geld- oder Landgeschenk im Wert von £1 oder £2 erhalten, ohne dass er zum Dienst verpflichtet ist.

Nachteile

Ein Hausritter kann sich nicht ohne die Erlaubnis seines Herrn auf eine Queste begeben und schuldet seinem Herrn das übliche Drittel der Beute, die er macht. Sobald er jedoch die Erlaubnis erhalten hat, kann er den ganzen Sommer über auf Questen ausziehen, wenn er es wünscht.

ROESTOC
Fl. Aire
Doncaster
Conisbrough
PASE
Pase
Kingerby
SORESTAN
LINDEN
Der Gipfel
AMANS
Wald von Arroy
BEDEGRAINE
Lincoln
Wald von Lincoln
Wald von Bedegraine
Newark
Fl. Witham
Das Wash
Brancaster
CAMELIARD
Bedegraine
Sleaford
Nottingham
Belvoir
Lonazep
Fl. Trent
LONAZEP
LAMBOR
Stafford
Wald von Landoine
Wisbech
Die Fens
Fl. Ouse
Fl. Wensum
Waldgebiet von Caerwent
Venta
Leicester
Carohaise
Peterborough
Fl. Nene
Broadlands
Thetford
Mancetter
Rockingham
Wald von Arden
Lambor
HUNTLAND
ANGEL
Eye
Ansty
Geddington
GALVOIE
Der Rote Turm
Hügel von Landoine
Huntingdon
LOGRES
Warwick
WUERENSIS
Wilder Wald
Cambridge
Guinnon
Schloss des Salzes
Burg Tribruit
Farthingstone
Kineton
Bedford
Clare
TRIBRUIT
Fl. Stour
Sudbury
Banbury
HARTLAND
Wald von Quinqueroi
Tewkesbury
Brun
Camulodunum
Glevum
Winchcomb
RYDYCHAN
Tottenhoe
Hertford
Aylesbury
CLARENCE
Oxford
Berkhampstead
St. Albans
ESSEX
Writtle
Corinium
Fl. Lea
Rydychan
Wald von Campacorentin
Malmesbury
GENTIAN
Londinium
Themse
Wandborough
Reading
Windsor
Staines
THAMES-MOUTH
Rochester
Gentian
Donnington
Silchester (Calleva Atrebatum)
Wald von Windsor
BERROC
Bath
Devizes
Wald der Finsternis
Reigate
Fl. Medway
Wald von Perdue
Ludgershall
SILCHESTER
Astolat
Warminster
SALISBURY
Levcomagus
Farnham
KENT
Abtei Amesbury
Sarum
Fl. Avon
Camelot
HANTONNE
SUSSEX
Wald von Camelot
Romsey
DORSETTE
Southampton
Noviomagus
Pevensey Marsh
Wimborne
Burg Yarmouth

Was ist in dieser Box?

Grüße, tapferer Ritter! Mit dem Öffnen dieses Starter-Sets, unternehmt Ihr Eure ersten Schritte in die legendäre Welt von Greg Staffords Rollenspiel **Pendragon**!

Wie Ihr sehen könnt, ist das Starter-Set vollgepackt mit guten Dingen — genug, damit Ihr und Eure Spielrunde direkt losspielen und viele Spielsitzungen lang Abenteuer erleben könnt.

- **Buch I: Das Abenteuer um das Schwert im Stein:** Ein aufregendes SoloQuest®-Abenteuer, eigens dazu entworfen, um die Spielregeln zu vermitteln und den Spielern die legendäre Welt von **Pendragon** vorzustellen.
- **Buch II: Das Sagenhafte Reich:** Dieses Buch, das für Spielleitung und Spieler gleichermaßen gedacht ist, beschäftigt sich mit weiteren Einzelheiten der Spielwelt und Kernmechaniken. Hier findest du jede Menge Material, um dir den bestmöglichen Spieleinstieg zu ermöglichen!
- **Buch III: Die Kampagne des Schwertes:** Eine detaillierte, dreijährige Kampagne, die die Spieler-Ritter durch die wichtigsten, frühen Ereignisse der Herrschaft des Knabenkönigs führt. Schlachten, Festmahle, überlebensgroße Helden und seltsame Kreaturen – all das und noch viel mehr erwarten dich!
- **Fünf Anhänge:** Zusätzliche Regeln und Details der Spielwelt, an die du herangeführt wirst, während du die Kampagne des Schwertes durchspielst.
- **Vorgefertigte Charaktere:** Acht Ritter für Spieler, jeder frisch zum Ritter geschlagen (oder kurz davor) und bereit, auf Abenteuer auszuziehen.
- **Schlachtkarten:** Achtzehn Karten, die Gefechte und Gelegenheiten beschreiben, bei denen sich die Ritter der Spieler in der Schlacht beweisen können.
- **Würfel:** Um **Pendragon** zu spielen, brauchst du lediglich einen zwanzigseitigen und eine Handvoll sechsseitiger Würfel, die in diesem Set enthalten sind.

Nimm dir ein wenig Zeit, um dich mit dem Schachtelinhalt vertraut zu machen, dann nimm ein paar Würfel und einen Stift zur Hand und stürze dich direkt in *Buch I.* Dein Abenteuer hat schon begonnen!

„Lasst uns Ruhm für unseren König erringen, der uns mit Ehr und Land belohnen wird! Den Letzten beißen die Hunde!“

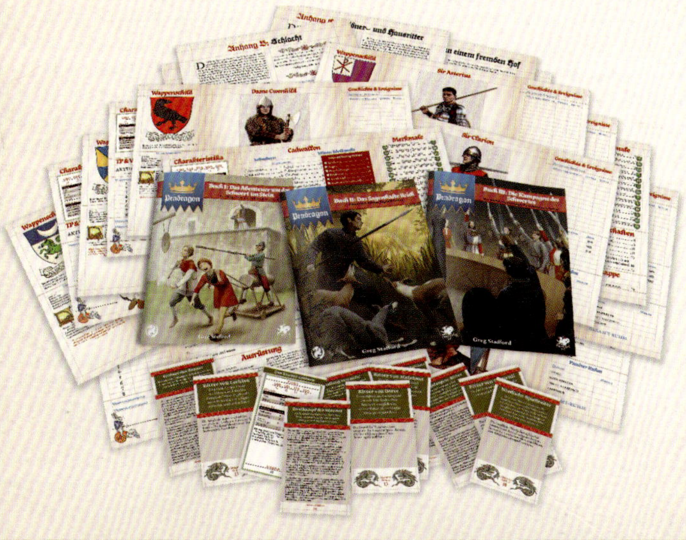

Pendragon: Regelwerk

Was für ein Ritter wirst du sein?

Wirst du kämpfen, um die Welt von Ungerechtigkeit zu befreien, oder wirst du Einfluss und Macht nutzen, um deine Untergebenen auszunutzen?

Pendragon spielt inmitten des Ruhms und der Pracht von König Artus' Britannien. Seine innovative Spielmechanik verstärkt die emotionale Wirkung des Spiels, während deine Charaktere nach Ruhm streben, Kämpfe auf Leben und Tod bestehen, die Klingen mit skrupellosen Feinden kreuzen und in einer brutalen Welt des mittelalterlichen Realismus für Liebe und Gerechtigkeit kämpfen.

Das **Pendragon**-Regelwerk ist dein Leitfaden für **Pendragon** und enthält alle Regeln, die du zum Spielen benötigst. Es ist ein eigenständiges Produkt, das mit anderen Büchern der Reihe kombiniert werden kann, um dein Spielerlebnis mit **Pendragon** zu erweitern..

ULISSES SPIELE

CHAOSIUM INC.

Sir Evrain

Geschichte & Ereignisse

Aktuelles Spieljahr

Wichtiges Ereignis	Datum	Ruhm

Ritterliches Ereignis	Jahr
GEBURT	486
ERN. ZUM KNAPPEN	500
RITTERSCHLAG	507
LEHEN EMPFANGEN	
TAFELRUNDE	
ADELSSTAND	
VERSTORBEN	

Passiver Ruhm

Quelle	Menge
IDEALE	
GUTES AUSSEHEN	
MERKM. & LEIDENSCH.	
LANDBESITZ	
GESAMT-RUHM	

Sir Evrain

Lehnsherr:

Klasse: Söldnerritter

Charakteristika

GRO	GES	STR	KON	AUS
11	13	10	15	15

Attacken

Waffe	Fertigkeit	Wert	Schaden
Lanze	*Sturmangriff*	*15*	*6W6*
Dolch	Handgemenge	10	2W6+4
Ritterschwert	Schwert	15	4W6
Speer (4)	Speer	10	4W6

Gesundheit

Abgel. Charak.	Wert
Trefferpunkte	26
Niederschlag	11
Schw. Verwundungen	15
Bewusstlos	7

Anderes

Abgel. Charak.	Wert
Bewegung	17
Rüstungspunkte	10+6
Aktueller Ruhm	2.075
Heilungsrate	3

TP & Verwundungen

AKTUELLE TP

Geschwächt? ☐

Verwundung	Schaden	Beschreibung
1		
2		
3		
4		
5		
6		
7		
8		

Verschlimmerung

Verschlechterung

Fertigkeiten

☐ Achtsamkeit 8	☐ Jagd 5
☐ Belesenheit 0	☐ Komponieren 5
☐ Erste Hilfe 6	☐ Liebelei 13
☐ Falknerei 5	☐ Mode 0
☐ Gesang 7	☐ Redekunst 10
☐ Heilkunst 0	☐ Religion (Heidnisch) 5
☐ Höfische Sitten 13	☐ Spielen 8
☐ Identifikation 8	☐ Tanz 7
☐ Instrumentenspiel 8	☐ Verwaltung 5
☐ Intrigen 10	☐ Volksweisheit 10

Kampffertigkeiten

☐ Armbrust	7
☐ Bogen	7
☐ Handgemenge	10
☐ Reitkunst	15
☐ Schaftwaffe	7
☐ Beidhand-Schaftwaffe	7
☐ Schlacht	5
☐ Schwert	15
☐ Speer	10
☐ Sturmangriff	15
☐ Wurfwaffe	7

Pferde

Schlachtross (Streitross)

RÜSTUNG	5 (Natürlich)	GRO	40
BEWEGUNG	16	GES	13
SCHADEN	6W6	STR	32
TP	55	KON	15

Sonstige Pferde

Runtzid & 2 Saumtiere

Turnierwertung

SIEGE		NIEDERLAGEN	

Notizen zu Pferden

Ausrüstung

Waffen: Ritterschwert, Lanze, 4 Speere, Dolch

Rüstung: Ringpanzer, Aketon, Nasalhelm + Mandelschild*

* *Der Mandelschild verursacht einen Malus von –2 auf die Waffenfertigkeit bei allen Attacken vom Pferd aus, außer bei Berittenen Sturmangriffen mit einer Lanze oder einem Speer.*

Holztruhe: Diese ist mit einem einfachen Schloss und einem Schlüssel ausgestattet; darin kannst du dein persönliche Habe aufbewahren.

Kleidung: Gewöhnliche Kleidung, feine Kleidung im Wert von £ 1 für besondere Anlässe, Mantel für schlechtes Wetter, Wollmantel für kaltes Wetter

Reiseausrüstung: Zwei Schlafdecken und Handtücher, Ess- und Kochutensilien, Utensilien zum Feuermachen, Verbandszeug, ein Paar Packtaschen, mehrere Beutel mit Kordelzügen, um alles zu verstauen, große Plane, Packgeschirr für Lastentier und Satteltaschen

Reitbedarf: Zwei Reitsättel und Zaumzeug, ein Kriegssattel und Zaumzeug, vier Pferdedecken, Futtersack, Striegel, Hobbel, Hufkratzer, Pferdetücher, Seil

Sonstiges: 180 Denarii

Sir Asterius

Geschichte & Ereignisse

Aktuelles Spieljahr

Wichtiges Ereignis	Datum	Ruhm

Ritterliches Ereignis	Jahr
GEBURT	489
ERN. ZUM KNAPPEN	503
RITTERSCHLAG	509
LEHEN EMPFANGEN	
TAFELRUNDE	
ADELSSTAND	
VERSTORBEN	

Passiver Ruhm

Quelle	Menge
IDEALE	
GUTES AUSSEHEN	
MERKM. & LEIDENSCH.	
LANDBESITZ	
GESAMT-RUHM	

Charakteristika

GRO	GES	STR	KON	AUS
11	13	12	14	15

Attacken

Waffe	Fertigkeit	Wert	Schaden
Kontos	*Sturmangriff*	*15*	*8W6*
Dolch	Handgemenge	10	2W6+4
Ritterschwert	Schwert	15	4W6

Gesundheit

Abgel. Charak.	Wert
Trefferpunkte	25
Niederschlag	11
Schw. Verwundungen	14
Bewusstlos	6

Anderes

Abgel. Charak.	Wert
Bewegung	18
Rüstungspunkte	10+6
Aktueller Ruhm	2.200
Heilungsrate	3

TP & Verwundungen

AKTUELLE TP

Geschwächt? ☐

Verwundung	Schaden	Beschreibung
1		
2		
3		
4		
5		
6		
7		
8		

Verschlimmerung

Verschlechterung

Sir Asterius

Lehnsherr: Imperator Anastasius   Klasse: Hausritter

Fertigkeiten

☐ Achtsamkeit	8	☐ Jagd	8
☐ Belesenheit	3	☐ Komponieren	5
☐ Erste Hilfe	7	☐ Liebelei	10
☐ Falknerei	5	☐ Mode	0
☐ Gesang	5	☐ Redekunst	12
☐ Heilkunst	0	☐ Religion (Christlich)	6
☐ Höfische Sitten	12	☐ Spielen	5
☐ Identifikation	5	☐ Tanz	7
☐ Instrumentenspiel	7	☐ Verwaltung	5
☐ Intrigen	13	☐ Volksweisheit	10

Kampffertigkeiten

☐ Armbrust	0
☐ Bogen	0
☐ Handgemenge	10
☐ Reitkunst	15
☐ Schaftwaffe	7
☐ Beidhand-Schaftwaffe	10
☐ Schlacht	8
☐ Schwert	15
☐ Speer	14
☐ Sturmangriff	15
☐ Wurfwaffe	0

Pferde

Schlachtross (Streitross)

Rüstung	5 (Natürlich)	GRO	40
Bewegung	16	GES	13
Schaden	6W6	STR	32
TP	55	KON	15

Sonstige Pferde

Renner (Araber) & 2 Lastentiere

Turnierwertung

Siege   Niederlagen

Notizen zu Pferden

Ausrüstung

Waffen: Ritterschwert, Kontos (Lanze), Dolch

Rüstung: Schuppenpanzer, Aketon, Nasalhelm + Tartsche

Holztruhe: Diese ist mit einem einfachen Schloss und einem Schlüssel ausgestattet; darin kannst du dein persönliche Habe aufbewahren.

Kleidung: Gewöhnliche Kleidung, feine Kleidung im Wert von 1 Pfund für besondere Anlässe, Mantel für schlechtes Wetter, Wollmantel für kaltes Wetter

Reiseausrüstung: Zwei Schlafdecken und Handtücher, Ess- und Kochutensilien, Utensilien zum Feuermachen, Verbandszeug, ein Paar Packtaschen, mehrere Beutel mit Kordelzügen, um alles zu verstauen, große Plane, Packgeschirr für Lastentier und Satteltaschen

Reitbedarf: Zwei Reitsättel und Zaumzeug, ein Kriegssattel und Zaumzeug, vier Pferdedecken, Futtersack, Striegel, Hobbel, Hufkratzer, Pferdetücher, Seil

Sonstiges: £ 1W6 in römischem Gold

Kontos (Beidhand-Lanze)

Waffen-fertigkeit	Beritten/Unberitten	Schaden	Vorteil	Nachteil
Sturmangriff	Beritten	Pferd +2W6	Erhalte einen Bonus von +5 gegen jeden, der nicht mit Kontos bewaffnet ist (einschließlich aller anderen Lanzen!).	Erfordert zwei Hände; bricht bei jedem ungeraden Schadenswurf; der Kontos ist nutzlos gegen jede Nahkampfaktion, die näher als auf lange Distanz ausgeführt wird, sodass der Gegner einen Wurf ohne Gegenwehr ausführen kann.

Sir Avalloc

Geschichte & Ereignisse

Aktuelles Spieljahr

Wichtiges Ereignis	Datum	Ruhm

Ritterliches Ereignis	Jahr
GEBURT	489
ERN. ZUM KNAPPEN	503
RITTERSCHLAG	509
LEHEN EMPFANGEN	
TAFELRUNDE	
ADELSSTAND	
VERSTORBEN	

Passiver Ruhm

Quelle	Menge
IDEALE	
GUTES AUSSEHEN	
MERKM. & LEIDENSCH.	
LANDBESITZ	
GESAMT-RUHM	

Sir Avalloc

Lehnsherr: Hauptmann der Wache von Carlion   Klasse: Hausritter

Charakteristika

GRO	GES	STR	KON	AUS
12	12	12	16	11

Attacken

Waffe	Fertigkeit	Wert	Schaden
Lanze	*Sturmangriff*	*12*	*6W6*
Dolch	Handgemenge	10	2W6+4
Ritterschwert	Schwert	15	4W6
Speer (4)	Speer	10	4W6
Axt	Schaftwaffe	10	4W6

Gesundheit

Abgel. Charak.	Wert
Trefferpunkte	28
Niederschlag	12
Schw. Verwundungen	16
Bewusstlos	7

Andere

Abgel. Charak.	Wert
Bewegung	17
Rüstungspunkte	10+6
Aktueller Ruhm	2.190
Heilungsrate	3

TP & Verwundungen

AKTUELLE TP

Geschwächt? ☐

Verwundung	Schaden	Beschreibung
1		
2		
3		
4		
5		
6		
7		
8		

Verschlimmerung

Verschlechterung

Fertigkeiten

☐ Achtsamkeit	10	☐ Jagd	5
☐ Belesenheit	3	☐ Komponieren	5
☐ Erste Hilfe	6	☐ Mode	0
☐ Falknerei	5	☐ Liebelei	6
☐ Gesang	7	☐ Redekunst	12
☐ Heilkunst	0	☐ Religion (Christlich)	5
☐ Höfische Sitten	6	☐ Spielen	5
☐ Identifikation	8	☐ Tanz	6
☐ Instrumentenspiel	6	☐ Verwaltung	5
☐ Intrigen	8	☐ Volksweisheit	6

Kampffertigkeiten

☐ Armbrust	6
☐ Bogen	6
☐ Handgemenge	10
☐ Reitkunst	15
☐ Schaftwaffe	10
☐ Beidhand-Schaftwaffe	6
☐ Schlacht	5
☐ Schwert	15
☐ Speer	10
☐ Sturmangriff	12
☐ Wurfwaffe	6

Pferde

Schlachtross (Streitross)

RÜSTUNG	5 (Natürlich)	GRO	40
BEWEGUNG	16	GES	13
SCHADEN	6W6	STR	32
TP	55	KON	15

Sonstige Pferde

Runtzid & 2 Saumtiere

Turnierwertung

SIEGE		NIEDERLAGEN	

Notizen zu Pferden

Ausrüstung

Waffen: Ritterschwert, Lanze, 4 Speere, Axt, Dolch

Rüstung: Ringpanzer, Aketon, Nasalhelm + Mandelschild*

* *Der Mandelschild führt zu einem Malus von –2 auf die Waffenfertigkeit bei allen Attacken vom Pferd aus, außer bei Berittenen Sturmangriffen mit einer Lanze oder einem Speer.*

Ausrüstung:

Holztruhe: Diese ist mit einem einfachen Schloss und einem Schlüssel ausgestattet; darin kannst du dein persönliche Habe aufbewahren.

Kleidung: Gewöhnliche Kleidung, feine Kleidung im Wert von £ 1 für besondere Anlässe, Mantel für schlechtes Wetter, Wollmantel für kaltes Wetter

Reiseausrüstung: Zwei Schlafdecken und Handtücher, Ess- und Kochutensilien, Utensilien zum Feuermachen, Verbandszeug, ein Paar Packtaschen, mehrere Beutel mit Kordelzügen, um alles zu verstauen, große Plane, Packgeschirr für Lastentier und Satteltaschen

Reitbedarf: Zwei Reitsättel und Zaumzeug, ein Kriegssattel und Zaumzeug, vier Pferdedecken, Futtersack, Striegel, Hobbel, Hufkratzer, Pferdetücher, Seil

Sonstiges: 2W6+6 Denarii, Familienerbstück (Wertvoller Mantel aus Rom: im Wert von £ 1)

Merkmale

13	☐ **Bescheiden**	Stolz ☐	7
8	☐ Besonnen	Waghalsig ☐	12
12	☐ Ehrlich	Falsch ☐	8
13	☐ **Fromm**	Weltlich ☐	7
8	☐ Gerecht	Willkürlich ☐	12
13	☐ **Gnädig**	Grausam ☐	7
10	☐ Großzügig	Selbstsüchtig ☐	10
13	☐ **Keusch**	Lüstern ☐	7
4	☐ **Maßvoll**	Schwelgerisch ☐	16
13	☐ **Nachsichtig**	Rachsüchtig ☐	7
15	☐ Tapfer	Feige ☐	5
10	☐ Tatkräftig	Faul ☐	10
10	☐ Vertrauend	Misstrauisch ☐	10

Leidenschaften

- ☐ Ehre 15
- ☐ Ergebenheit (Gott) 5
- ☐ Gastfreundschaft 10
- ☐ Liebe (Familie) 10
- ☐ Stand 15
- ☐ Treueschwur (Lehnsherr) 10

Knappe

NAME			
ALTER		FERTIGKEIT	14

Ruhm/ Spielsitzung	

Wappenschild

Blasonierung: Blaues Feld unter rotem Schildhaupt, darin ein goldener Wolfskopf
Motto: *Plaudite, cives*

Sir Avalloc

Alter: 21
Kultur: Römisch Kymrisch
Religion: Christlich
Heimatland: Carlion
Besondere Merkmale: Fließendes Haar, schallendes Lachen
Familienattribut: Wortgewandt

Du bist in der Stadt Carlion aufgewachsen und hast die alten Traditionen Roms geerbt. Du dienst in der Eliteeinheit der Stadtmiliz, die geschworen hat, die Bürger von Carlion vor den Fluten der Anarchie zu schützen, die gegen die Mauern der Stadt branden. Du nimmst deine Pflicht ernst, fühlst dich aber durch die strengen Traditionen deiner Familie und deiner Standesgenossen eingeengt. Deine Rebellion äußert sich in einem ständigen Schwall von Witzen und ironischen Bemerkungen, mit denen du die deiner Meinung nach spießigen Traditionen des Hofes aufziehst.

Wähle diesen Ritter, wenn dir die Vorstellung gefällt, einen flachsenden Ritter zu spielen, der zu schlau ist, als gut für ihn ist.

Dame Tamura

Geschichte & Ereignisse

Aktuelles Spieljahr

Wichtiges Ereignis	Datum	Ruhm

Ritterliches Ereignis	Jahr
GEBURT	489
ERN. ZUM KNAPPEN	503
RITTERSCHLAG	510
LEHEN EMPFANGEN	
TAFELRUNDE	
ADELSSTAND	
VERSTORBEN	

Passiver Ruhm

Quelle	Menge
IDEALE	
GUTES AUSSEHEN	
MERKM. & LEIDENSCH.	
LANDBESITZ	
GESAMT-RUHM	

Charakteristika

GRO	GES	STR	KON	AUS
14	12	14	15	10

Attacken

Waffe	Fertigkeit	Wert	Schaden
Lanze	*Sturmangriff*	*12*	*6W6*
Einfacher Bogen	Bogen	15	3W6
Dolch	Handgemenge	10	2W6+5
Ritterschwert	Schwert	15	5W6
Speer (4)	Speer	10	5W6

Gesundheit

Abgel. Charak.	Wert
Trefferpunkte	29
Niederschlag	14
Schw. Verwundungen	15
Bewusstlos	7

Sonstiges

Abgel. Charak.	Wert
Bewegung	18
Rüstungspunkte	10+6
Aktueller Ruhm	1.950
Heilungsrate	3

TP & Verwundungen

AKTUELLE TP

Geschwächt? ☐

Verwundung	Schaden	Beschreibung
1		
2		
3		
4		
5		
6		
7		
8		

Verschlimmerung

Verschlechterung

Dame Tamura

Lehnsherrin: Lady Viviane   Klasse: Hausritter

Fertigkeiten

☐ Achtsamkeit	10	☐ Mode	0
☐ Belesenheit	0	☐ Tanz	8
☐ Erste Hilfe	8	☐ Volksweisheit	7
☐ Falknerei	8	☐ Spielen	5
☐ Gesang	7	☐ Jagd	10
☐ Heilkunst	0	☐ Redekunst	7
☐ Höfische Sitten	7	☐ Instrumentenspiel	8
☐ Intrigen	7	☐ Identifikation	7
☐ Komponieren	5	☐ Religion (Heidnisch)	8
☐ Liebelei	7	☐ Verwaltung	5

Kampffertigkeiten

☐ Armbrust	6
☐ Bogen	15
☐ Handgemenge	10
☐ Reitkunst	15
☐ Schaftwaffe	10
☐ Beidhand-Schaftwaffe	8
☐ Schlacht	8
☐ Schwert	15
☐ Speer	10
☐ Sturmangriff	12
☐ Wurfwaffe	6

Pferde

Schlachtross (Streitross)

Rüstung	5 (Natürlich)	GRO	40
Bewegung	16	GES	13
Schaden	6W6	STR	32
TP	55	KON	15

Sonstige Pferde

Runtzid & 2 Lastentiere

Turnierwertung

Siege		Niederlagen	

Notizen zu Pferden

Ausrüstung

Waffen: Ritterschwert, Einfacher Bogen, Lanze, 4 Speere, Dolch

Rüstung: Ringpanzer, Aketon, Nasalhelm + Mandelschild*

* *Der Mandelschild verursacht einen Malus von −2 auf die Waffenfertigkeit bei allen Attacken vom Pferd aus, außer bei Berittenen Sturmangriffen mit einer Lanze oder einem Speer.*

Holztruhe: Diese ist mit einem einfachen Schloss und einem Schlüssel ausgestattet; darin kannst du dein persönliche Habe aufbewahren.

Kleidung: Gewöhnliche Kleidung, feine Kleidung im Wert von £1 für besondere Anlässe, Mantel für schlechtes Wetter, Wollmantel für kaltes Wetter

Reiseausrüstung: Zwei Schlafdecken und Handtücher, Ess- und Kochutensilien, Utensilien zum Feuermachen, Verbandszeug, ein Paar Packtaschen, mehrere Beutel mit Kordelzügen, um alles zu verstauen, große Plane, Packgeschirr für Lastentier und Satteltaschen

Reitbedarf: Zwei Reitsättel und Zaumzeug, ein Kriegssattel und Zaumzeug, vier Pferdedecken, Futtersack, Striegel, Hobbel, Hufkratzer, Pferdetücher, Seil

Sonstiges: 2W6+6 Denarii, Heidnisches Familienerbstück (Ein geschnitzter Holzfetisch, der um den Hals getragen wird, wenn du darüber meditierst, erhältst du jedes Jahr eine Markierung für Fromm.)

Merkmale

4	☐ Bescheiden	**Stolz**	☐	16
5	☐ Besonnen	Waghalsig	☐	15
15	☐ **Ehrlich**	Falsch	☐	5
16	☐ **Fromm**	Weltlich	☐	4
10	☐ Gerecht	Willkürlich	☐	10
10	☐ Gnädig	Grausam	☐	10
13	☐ **Grosszügig**	Selbstsüchtig	☐	7
7	☐ Keusch	**Lüstern**	☐	13
10	☐ Massvoll	Schwelgerisch	☐	10
10	☐ Nachsichtig	Rachsüchtig	☐	10
16	☐ Tapfer	Feige	☐	4
15	☐ **Tatkräftig**	Faul	☐	5
10	☐ Vertrauend	Misstrauisch	☐	10

Leidenschaften

- ☐ Ehre 15
- ☐ Ergebenheit (Diana) 10
- ☐ Gastfreundschaft 5
- ☐ Liebe (Familie) 15
- ☐ Stand 5
- ☐ Treueschwur (Lehnsherrin) 15

Knappe

NAME			
ALTER		FERTIGKEIT	14

RUHM/
SPIELSITZUNG

Wappenschild

Blasonierung: In Silber ein steigendes Pferd in Grün unter blauem Schildhaupt, darin ein silberner Halbmond.
Motto: *Beweise durch Taten, nicht durch Worte*

Dame Tamura

Alter: 21
Kultur: Alan
Religion: Heidnisch
Heimatland: Bretagne
Besondere Merkmale: Anmutige Statur, grüne Augen.
Familienattribut: Pferdefreund

Du bist die Enkelin einer sarmatischen berittenen Bogenschützin, dir im Dienste der Römer nach Westen kam. Du hast sogar einen Teil der alten Ausrüstung deiner Großmutter geerbt, von der deine Standesgenossen sagen, dass sie einst einer Amazonenkriegerin gehörte. Das mag ja sein, aber du hast dein ganzes Leben als Ritter im Dienste von Viviane du Lac, der Lady von Brocéliande, trainiert.

Als frisch gebackener Ritter hat dich Lady Viviane nach Londinium geschickt, nachdem sie die Prophezeiungen von Merlin vernommen hatte. Sie sagt, dass sich die Welt verändern wird, und meint, du solltest es mit eigenen Augen sehen ...

Wähle diesen Ritter, wenn du einen Ritter spielen möchtest, der gut mit Pfeil und Bogen umgehen kann, oder wenn du einen Hauch von Fremdartigkeit und Mystik an deinen Charakteren magst.

Cadwallon

Geschichte & Ereignisse

Aktuelles Spieljahr

Wichtiges Ereignis	Datum	Ruhm

Ritterliches Ereignis	Jahr
GEBURT	489
ERN. ZUM KNAPPEN	503
RITTERSCHLAG	
LEHEN EMPFANGEN	
TAFELRUNDE	
ADELSSTAND	
VERSTORBEN	

Passiver Ruhm

Quelle	Menge
IDEALE	
GUTES AUSSEHEN	
MERKM. & LEIDENSCH.	
LANDBESITZ	
GESAMT-RUHM	

Charakteristika

GRO	GES	STR	KON	AUS
12	12	12	15	12

Attacken

Waffe	Fertigkeit	Wert	Schaden
Lanze	*Sturmangriff*	*15*	*5W6*
Dolch	Handgemenge	10	2W6+4
Ritterschwert	Schwert	13	4W6
Speer (beliebig)	Speer	15	4W6

Gesundheit

Abgel. Charak.	Wert
Trefferpunkte	12
Niederschlag	12
Schw. Verwundungen	15
Bewusstlos	6

Sonstiges

Abgel. Charak.	Wert
Bewegung	17
Rüstungspunkte	7+6
Aktueller Ruhm	225
Heilungsrate	3

TP & Verwundungen

AKTUELLE TP

Geschwächt? ☐

Verwundung	Schaden	Beschreibung
1		
2		
3		
4		
5		
6		
7		
8		

Verschlimmerung

Verschlechterung

Cadwallon

Lehnsherr:

Klasse: Edelknecht

Fertigkeiten

☐ Achtsamkeit	7	☐ Jagd	8
☐ Belesenheit	0	☐ Komponieren	5
☐ Heilkunst	0	☐ Liebelei	7
☐ Erste Hilfe	8	☐ Mode	0
☐ Falknerei	5	☐ Redekunst	7
☐ Gesang	5	☐ Religion (Christlich)	5
☐ Höfische Sitten	10	☐ Spielen	5
☐ Identifikation	5	☐ Tanz	6
☐ Instrumentenspiel	6	☐ Verwaltung	8
☐ Intrigen	7	☐ Volksweisheit	10

Kampffertigkeiten

☐ Armbrust	6
☐ Bogen	6
☐ Handgemenge	10
☐ Reitkunst	15
☐ Schaftwaffe	9
☐ Beidhand-Schaftwaffe	6
☐ Schlacht	5
☐ Schwert	13
☐ Speer	15
☐ Sturmangriff	15
☐ Wurfwaffe	6

Pferde

Schlachtross (Grosses Streitross)

Rüstung	4 (Natürlich)	GRO	32
Bewegung	15	GES	13
Schaden	5W6	STR	30
TP	44	KON	12

Sonstige Pferde

Hobby-Pferd & Lastentier

Turnierwertung

Siege		Niederlagen	

Notizen zu Pferden

Ausrüstung

Waffen: Ritterschwert, Saufeder (Speer), Lanze, 4 Speere, Dolch

Rüstung: Brünne, Aketon, Offener Helm + Mandel- Schild*

* *Der Mandelschild führt zu einem Malus von –2 auf die Waffenfertigkeit bei allen Attacken vom Pferd aus, außer bei Berittenen Sturmangriffen mit einer Lanze oder einem Speer.*

Holztruhe: Diese ist mit einem einfachen Schloss und einem Schlüssel ausgestattet; darin kannst du dein persönliche Habe aufbewahren.

Kleidung: Gewöhnliche Kleidung, feine Kleidung im Wert von £ 1 für besondere Anlässe, Mantel für schlechtes Wetter, Wollmantel für kaltes Wetter

Reiseausrüstung: Zwei Schlafdecken und Handtücher, Ess- und Kochutensilien, Utensilien zum Feuermachen, Verbandszeug, ein Paar Packtaschen, mehrere Beutel mit Kordelzügen, um alles zu verstauen, große Plane, Packgeschirr für Lastentier und Satteltaschen

Reitbedarf: Zwei Reitsättel und Zaumzeug, ein Kriegssattel und Zaumzeug, vier Pferdedecken, Futtersack, Striegel, Hobbel, Hufkratzer, Pferdetücher, Seil

Sonstiges: 2W6+6 Denarii, Christliches Familienerbstück: (Eine Reliquie, die Tränen eines Heiligen, wird in einer Glasphiole um den Hals getragen. Die Betrachtung der Reliquie gewährt jedes Jahr eine Probe auf Fromm.)

Merkmale

13	☐ **Bescheiden**		Stolz	☐	7
10	☐ Besonnen		Waghalsig	☐	10
10	☐ Ehrlich		Falsch	☐	10
13	☐ **Fromm**		Weltlich	☐	7
13	☐ Gerecht		Willkürlich	☐	7
16	☐ **Gnädig**		Grausam	☐	4
10	☐ Grosszügig		Selbstsüchtig	☐	10
13	☐ **Keusch**		Lüstern	☐	7
13	☐ **Massvoll**		Schwelgerisch	☐	7
13	☐ **Nachsichtig**		Rachsüchtig	☐	7
16	☐ Tapfer		Feige	☐	4
10	☐ Tatkräftig		Faul	☐	10
12	☐ Vertrauend		Misstrauisch	☐	8

Leidenschaften

- ☐ Ehre 15
- ☐ Ergebenheit (Gott) 5
- ☐ Gastfreundschaft 15
- ☐ Hass (Sachsen) 5
- ☐ Liebe (Familie) 15
- ☐ Mannestreue 10
- ☐ Stand 10

Knappe

NAME			
ALTER		FERTIGKEIT	14
Ruhm/ Spielsitzung			

Wappenschild

Blasonierung: Blau und Gold achtfach zur Mitte geständert
Motto: *Glaube und Nächstenliebe*

Cadwallon

Alter: 21
Kultur: Kymrisch
Religion: Christlich
Herkunft: Salisbury
Besondere Merkmale: Breitbrüstig, bäuerlicher Akzent
Familienattribut: Scharrhans

Du bist der Sohn eines Feldwebels, der vor der Anarchie dem Grafen Roderick von Salisbury diente. Obwohl du nicht von adligem Blut bist, hast du lange davon geträumt, eines Tages ein Ritter zu werden, und hast es geschafft, einem Ritter von Sarum als Knappe zu dienen. Jetzt bist du ein junger Edelknecht auf der Suche nach einem Herrn und ziehst in der alten Rüstung deines Vaters aus, um dir einen Namen zu machen und deine Sporen zu verdienen.

Wähle diesen Ritter, wenn du einen Charakter spielen willst, der nichts zu verlieren und alles zu gewinnen hat, jemanden, der aus den bescheidensten Verhältnissen kommt, um sich zu den größten Rittern des Landes zu gesellen.

Dame Lynelle

Geschichte & Ereignisse

Aktuelles Spieljahr

Wichtiges Ereignis	Datum	Ruhm

Ritterliches Ereignis	Jahr
GEBURT	489
ERN. ZUM KNAPPEN	505
RITTERSCHLAG	
LEHEN EMPFANGEN	
TAFELRUNDE	
ADELSSTAND	
VERSTORBEN	

Passiver Ruhm

Quelle	Menge
IDEALE	
GUTES AUSSEHEN	
MERKM. & LEIDENSCH.	
LANDBESITZ	
GESAMT-RUHM	

Charakteristika

GRO	GES	STR	KON	AUS
10	12	11	19	14

Attacken

Waffe	Fertigkeit	Wert	Schaden
Lanze	*Sturmangriff*	*15*	*6W6*
Dolch	Handgemenge	10	2W6+4
Ritterschwert	Schwert	15	4W6
Speer (4)	Speer	9	4W6

Gesundheit

Abgel. Charak.	Wert
Trefferpunkte	28
Niederschlag	10
Schw. Verwundungen	19
Bewusstlos	7

Sonstiges

Abgel. Charak.	Wert
Bewegung	17
Rüstungspunkte	12+6
Aktueller Ruhm	975†
Heilungsrate	3

TP & Verwundungen

AKTUELLE TP

Geschwächt? ☐

Verwundung	Schaden	Beschreibung
1		
2		
3		
4		
5		
6		
7		
8		

Verschlimmerung

Verschlechterung

Dame Lynelle

Lehnsherr:

Klasse: Söldnerritter

Fertigkeiten

☐ Achtsamkeit 8	☐ Jagd 5
☐ Belesenheit 3	☐ Komponieren 5
☐ Heilkunst 0	☐ Liebelei 9
☐ Erste Hilfe 9	☐ Mode 0
☐ Falknerei 5	☐ Redekunst 9
☐ Gesang 8	☐ Religion (beliebig) 5
☐ Höfische Sitten 10	☐ Spielen 5
☐ Identifikation 8	☐ Tanz 6
☐ Instrumentenspiel 6	☐ Verwaltung 5
☐ Intrigen 9	☐ Volksweisheit 12

Kampffertigkeiten

- ☐ Armbrust 6
- ☐ Bogen 6
- ☐ Handgemenge 10
- ☐ Reitkunst 15
- ☐ Schaftwaffe 6
- ☐ Beidhand-Schaftwaffe 9
- ☐ Schlacht 5
- ☐ Schwert 15
- ☐ Speer 9
- ☐ Sturmangriff 15
- ☐ Wurfwaffe 6

Pferde

Schlachtross (Streitross)

RÜSTUNG	5 (Natürlich)	GRO	40
BEWEGUNG	16	GES	13
SCHADEN	6W6	STR	32
TP	55	KON	15

Sonstige Pferde

Renner & 2 Lastentiere

Turnierwertung

SIEGE		NIEDERLAGEN	

Notizen zu Pferden

Ausrüstung

Waffen: Ritterschwert, Lanze, 4 Speere, Dolch

Rüstung: Erweiterter Ringpanzer, Aketon, Erweiterter Nasalhelm + Mandelschild*

* *Der Mandelschild führt zu einem Malus von −2 auf die Waffenfertigkeit bei allen Attacken vom Pferd aus, außer bei Berittenen Sturmangriffen mit einer Lanze oder einem Speer.*

Holztruhe: Diese ist mit einem einfachen Schloss und einem Schlüssel ausgestattet; darin kannst du dein persönliche Habe aufbewahren.

Kleidung: Gewöhnliche Kleidung, feine Kleidung im Wert von £ 1 für besondere Anlässe, Mantel für schlechtes Wetter, Wollmantel für kaltes Wetter

Reiseausrüstung: Zwei Schlafdecken und Handtücher, Ess- und Kochutensilien, Utensilien zum Feuermachen, Verbandszeug, ein Paar Packtaschen, mehrere Beutel mit Kordelzügen, um alles zu verstauen, große Plane, Packgeschirr für Lastentier und Satteltaschen

Reitbedarf: Zwei Reitsättel und Zaumzeug, ein Kriegssattel und Zaumzeug, vier Pferdedecken, Futtersack, Striegel, Hobbel, Hufkratzer, Pferdetücher, Seil

Sonstiges: 2W6+6 Denarii

† *Beachte, dass dein „Anfangs-"Ruhm den geerbten Ruhm deines Vaters darstellt und nur für diejenigen gilt, die von deinem wahren Erbe wissen. Für alle anderen ist dein Ruhm praktisch gleich Null, bis du ihn dir selbst verdienst! Sobald deine Vergangenheit bekannt wird, kannst du deinen geerbten Ruhm zu deinem Gesamtwert hinzufügen.*

Wappenschild

Blasonierung: In Gold und Silber gespalten, darauf ein Adler in verwechselten Farben
Motto: *Rache*

Dame Lynelle

Alter: 21
Kultur: Irisch
Religion: Christlich
Heimatland: Estregales
Besondere Merkmale: Goldblondes Haar, funkelnde Augen
Familienattribut: Schriftkundig

Du stammst aus dem irischen Königreich Estregales im Westen von Cambria. Du wurdest als Edelfrau erzogen, als Tochter eines Bannerherrn, für die Ehe mit einem großen Fürsten bestimmt.

All das änderte sich, als deine Eltern und Geschwister durch piktische Räuber aus dem Norden umkamen. Mit dem treuen Edelknecht deines Vaters, Booth, entkamst du und schworst Rache. Du hast die letzten Jahre damit verbracht, unter Booths fachkundiger Anleitung in den Hügeln von Cambria zu trainieren. Soweit irgendjemand weiß, bist du mit deiner Familie gestorben. Jetzt, da du deine Ausbildung abgeschlossen hast, hast du die Rüstung deines Vaters angelegt, um dein Glück zu suchen ... und Rache an denen zu nehmen, die dir Unrecht getan haben. Deine Ausbildung in der Kunst des Krieges hat sich als blutig und schmerzhaft erwiesen, aber du lernst schnell und kannst dich in der Schlacht gut behaupten.

Wenngleich du das Wappen eines Ritters trägst, bist du noch nicht formell zum Ritter geschlagen worden. Bisher konntest du dich in der Kriegerbruderschaft bewegen, indem du deine wahre Identität verheimlicht hast, eine Lüge, die dich dazu gezwungen hat, ständig umherzureisen. Dein sehnlichster Wunsch ist es, offiziell zum Ritter geschlagen zu werden, um nicht länger eine Lüge leben zu müssen.

Wähle diesen Ritter, wenn du einen Ritter mit ungewöhnlichen Fertigkeiten, einer dramatischen Hintergrundgeschichte und tiefen Geheimnissen spielen möchtest.

Merkmale

13	☐	**Bescheiden**	Stolz	☐	7
10	☐	Besonnen	Waghalsig	☐	10
6	☐	Ehrlich	Falsch	☐	14
13	☐	**Fromm**	Weltlich	☐	7
10	☐	Gerecht	Willkürlich	☐	10
13	☐	**Gnädig**	Grausam	☐	7
10	☐	Grosszügig	Selbstsüchtig	☐	10
13	☐	**Keusch**	Lüstern	☐	7
15	☐	**Massvoll**	Schwelgerisch	☐	5
4	☐	**Nachsichtig**	Rachsüchtig	☐	16
15	☐	Tapfer	Feige	☐	5
10	☐	Tatkräftig	Faul	☐	10
10	☐	Vertrauend	Misstrauisch	☐	10

Leidenschaften

- ☐ Ehre 15
- ☐ Ergebenheit (Gott) 5
- ☐ Gastfreundschaft 10
- ☐ Hass (Pikten) 15
- ☐ Liebe (Familie) 10
- ☐ Mannestreue (Lynelle ist derzeit keinem Lehnsherrn verpflichtet). 10
- ☐ Stand 15

Knappe

Name			
Alter		Fertigkeit	14
Ruhm/Spielsitzung			

Sir Clarion

Geschichte & Ereignisse

Aktuelles Spieljahr

Wichtiges Ereignis	Datum	Ruhm

Ritterliches Ereignis	Jahr
GEBURT	489
ERN. ZUM KNAPPEN	503
RITTERSCHLAG	508
LEHEN EMPFANGEN	
TAFELRUNDE	
ADELSSTAND	
VERSTORBEN	

Passiver Ruhm

Quelle	Menge
IDEALE	
GUTES AUSSEHEN	
MERKM. & LEIDENSCH.	
LANDBESITZ	
GESAMT-RUHM	

Charakteristika

GRO	GES	STR	KON	AUS
14	12	14	15	10

Attacken

Waffe	Fertigkeit	Wert	Schaden
Lanze	*Sturmangriff*	*15*	*6W6*
Dolch	Handgemenge	10	2W6+5
Ritterschwert	Schwert	15	5W6
Speer (4)	Speer	9	5W6
Streitkolben	Schaftwaffe	10	5W6

Gesundheit

Abgel. Charak.	Wert
Trefferpunkte	29
Niederschlag	14
Schw. Verwundungen	15
Bewusstlos	7

Andere

Abgel. Charak.	Wert
Bewegung	18
Rüstungspunkte	10+6
Aktueller Ruhm	2.205
Heilungsrate	3

TP & Verwundungen

AKTUELLE TP

Geschwächt? ☐

Verwundung	Schaden	Beschreibung
1		
2		
3		
4		
5		
6		
7		
8		

Verschlimmerung

Verschlechterung

Sir Clarion

Lehnsherr:

Klasse: Söldnerritter

Fertigkeiten

- ☐ Aufmerksamkeit 5
- ☐ Belesenheit 0
- ☐ Erste Hilfe 7
- ☐ Falknerei 10
- ☐ Gesang 5
- ☐ Heilkunst 0
- ☐ Identifikation 8
- ☐ Instrumentenspiel 6
- ☐ Intrigen 5
- ☐ Jagd 5
- ☐ Höfische Sitten 11
- ☐ Komponieren 5
- ☐ Liebelei 5
- ☐ Mode 0
- ☐ Redekunst 5
- ☐ Religion (Christlich) .. 5
- ☐ Spielen 5
- ☐ Tanz 6
- ☐ Verwaltung 5
- ☐ Volksweisheit 5

Kampffertigkeiten

- ☐ Armbrust 6
- ☐ Bogen 6
- ☐ Handgemenge 10
- ☐ Reitkunst 15
- ☐ Schaftwaffe 10
- ☐ Beidhand-Schaftwaffe 6
- ☐ Schlacht 5
- ☐ Schwert 15
- ☐ Speer 9
- ☐ Sturmangriff 15
- ☐ Wurfwaffe 6

Pferde

Schlachtross (Streitross)

Rüstung	5 (Natürlich)	GRO	40
Bewegung	16	GES	13
Schaden	6W6	STR	32
TP	55	KON	15

Sonstige Pferde

Runtzid & 2 Lastentiere

Turnierwertung

Siege		Niederlagen	

Notizen zu Pferden

Ausrüstung

Waffen: Ritterschwert, Lanze, 4 Speere, Streitkolben, Dolch

Rüstung: Ringpanzer, Aketon, Nasalhelm + Mandelschild*

** Der Mandelschild führt zu einem Malus von −2 auf die Waffenfertigkeit bei allen Attacken vom Pferd aus, außer bei Berittenen Sturmangriffen mit einer Lanze oder einem Speer.*

Holztruhe: Diese ist mit einem einfachen Schloss und einem Schlüssel ausgestattet; darin kannst du dein persönliche Habe aufbewahren.

Kleidung: Gewöhnliche Kleidung, feine Kleidung im Wert von £1 für besondere Anlässe, Mantel für schlechtes Wetter, Wollmantel für kaltes Wetter

Reiseausrüstung: Zwei Schlafdecken und Handtücher, Ess- und Kochutensilien, Utensilien zum Feuermachen, Verbandszeug, ein Paar Packtaschen, mehrere Beutel mit Kordelzügen, um alles zu verstauen, große Plane, Packgeschirr für Lastentier und Satteltaschen

Reitbedarf: Zwei Reitsättel und Zaumzeug, ein Kriegssattel und Zaumzeug, vier Pferdedecken, Futtersack, Striegel, Hobbel, Hufkratzer, Pferdetücher, Seil

Sonstiges: 2W6+6 Denarii, Familienerbstück (Gravierter Ring: Gold, Wert £2)

Wappenschild

Blasonierung: Rot mit silbernem Bord
Motto: *Für Gott und den Heiligen Georg*

Sir Clarion

Alter: 21
Kultur: Kymrisch
Religion: Christlich
Heimatland: Rydychan
Besondere Merkmale: Ausgeprägtes Kinn, hochmütiger Ausdruck
Familienattribut: Wohlerzogen

Als entfernter Verwandter des legendären Herzogs Vortimer, bist du ein Ritter von Logres. Du wünschst dir nichts sehnlicher, als dich seines Erbes würdig zu erweisen und Britannien wieder hinter einem Hochkönig vereint zu sehen. Vorerst durchstreifst du das Land auf der Suche nach einem würdigen Herrn, dem du dein Vertrauen und dein Schwert schenken kannst.

Dieses Jahr kämpfst du unter dem Banner von König Leodegrance von Cameliard – einem ehrenhaften und gerechten König.

Wähle diesen Ritter, wenn du einen Ritter spielen möchtest, der die Ideale seiner Klasse verkörpert und die Lehren der Ritterlichkeit eifrig aufgreift.

Merkmale

13	☐ **Bescheiden**	Stolz	☐	7
10	☐ Besonnen	Waghalsig	☐	10
10	☐ Ehrlich	Falsch	☐	10
13	☐ **Fromm**	Weltlich	☐	7
16	☐ Gerecht	Willkürlich	☐	4
13	☐ **Gnädig**	Grausam	☐	7
10	☐ Grosszügig	Selbstsüchtig	☐	10
13	☐ **Keusch**	Lüstern	☐	7
12	☐ **Massvoll**	Schwelgerisch	☐	8
13	☐ **Nachsichtig**	Rachsüchtig	☐	7
16	☐ Tapfer	Feige	☐	4
15	☐ Tatkräftig	Faul	☐	5
10	☐ Vertrauend	Misstrauisch	☐	10

Leidenschaften

- ☐ Ehre 15
- ☐ Mannestreue (König Leodegrance).. 15
- ☐ Liebe (Familie) 10
- ☐ Ergebenheit (Gott) 5
- ☐ Stand 15
- ☐ Gastfreundschaft 10
- ☐ Ritterlichkeit 5

Knappe

Name			
Alter		Fertigkeit	14
Ruhm/ Spielsitzung			

Dame Cwenhild

Geschichte & Ereignisse

Aktuelles Spieljahr

Wichtiges Ereignis	Datum	Ruhm

Ritterliches Ereignis	Jahr
GEBURT	489
ERN. ZUM KNAPPEN	503
RITTERSCHLAG	510
LEHEN EMPFANGEN	
TAFELRUNDE	
ADELSSTAND	
VERSTORBEN	

Passiver Ruhm

Quelle	Menge
IDEALE	
GUTES AUSSEHEN	
MERKM. & LEIDENSCH.	
LANDBESITZ	
GESAMT-RUHM	

Charakteristika

GRO	GES	STR	KON	AUS
15	10	15	15	10

Attacken

Waffe	Fertigkeit	Wert	Schaden
Lanze	*Sturmangriff*	*12*	*7W6*
Sachs	Handgemenge	12	2W6+5
Ritterschwert	Schwert	12	5W6
Speer (4)	Speer	8	5W6
Großaxt	2H-Schaftwaffe	15	7W6

Gesundheit

Abgel. Charak.	Wert
Trefferpunkte	30
Niederschlag	15
Schw. Verwundungen	15
Bewusstlos	8

Sonstiges

Abgel. Charak.	Wert
Bewegung	18
Rüstungspunkte	10+6
Aktueller Ruhm	2.040
Heilungsrate	3

TP & Verwundungen

AKTUELLE TP

Geschwächt? ☐

Verwundung	Schaden	Beschreibung
1		
2		
3		
4		
5		
6		
7		
8		

Verschlimmerung

Verschlechterung

Dame Cwenhild

Lehnsherr: Sheriff von Londinium Klasse: Hausritter

Fertigkeiten

☐ Achtsamkeit ... 5	☐ Jagd ... 7
☐ Belesenheit ... 0	☐ Komponieren ... 8
☐ Erste Hilfe ... 5	☐ Liebelei ... 5
☐ Falknerei ... 5	☐ Mode ... 0
☐ Gesang ... 8	☐ Redekunst ... 5
☐ Heilkunst ... 0	☐ Religion (Wotanismus) .. 5
☐ Höfische Sitten ... 9	☐ Spielen ... 10
☐ Identifikation ... 6	☐ Tanz ... 5
☐ Instrumentenspiel ... 5	☐ Verwaltung ... 5
☐ Intrigen ... 5	☐ Volksweisheit ... 7

Kampffertigkeiten

- ☐ Armbrust ... 5
- ☐ Bogen ... 5
- ☐ Handgemenge ... 12
- ☐ Reitkunst ... 12
- ☐ Schaftwaffe ... 5
- ☐ Beidhand-Schaftwaffe ... 15
- ☐ Schlacht ... 5
- ☐ Schwert ... 12
- ☐ Speer ... 8
- ☐ Sturmangriff ... 12
- ☐ Wurfwaffe ... 5

Pferde

Schlachtross (Grosses Streitross)

RÜSTUNG	6 (Natürlich)	GRO	43
BEWEGUNG	17	GES	13
SCHADEN	7W6	STR	35
TP	58	KON	15

Sonstige Pferde

Kleiner Runtzid & 2 Lastentiere

Turnierwertung

SIEGE		NIEDERLAGEN	

Notizen zu Pferden

Große Streitrösser sind selten

Ausrüstung

Waffen: Ritterschwert, Lanze, Großaxt, Sachs

Rüstung: Ringpanzer, Aketon, Nasalhelm + Mandelschild*

* *Der Mandelschild verursacht einen Abzug von –2 auf die Waffenfertigkeit bei allen Attacken, wenn beritten, außer bei Berittenen Sturmangriffen mit Speer oder Lanze*

Holztruhe: Diese ist mit einem einfachen Schloss und einem Schlüssel ausgestattet; darin kannst du dein persönliche Habe aufbewahren.

Kleidung: Gewöhnliche Kleidung, feine Kleidung im Wert von £ 1 für besondere Anlässe, Mantel für schlechtes Wetter, Wollmantel für kaltes Wetter

Reiseausrüstung: Zwei Schlafdecken und Handtücher, Ess- und Kochutensilien, Utensilien zum Feuermachen, Verbandszeug, ein Paar Packtaschen, mehrere Beutel mit Kordelzügen, um alles zu verstauen, große Plane, Packgeschirr für Lastentier und Satteltaschen

Reitbedarf: Zwei Reitsättel und Zaumzeug, ein Kriegssattel und Zaumzeug, vier Pferdedecken, Futtersack, Striegel, Hobbel, Hufkratzer, Pferdetücher, Seil

Sonstiges: 2W6+6 Denarii, Familienerbstück (silberner Armring, im Wert von £1)

Wappenschild

Blasonierung: In Purpur, oben ein Chi-Ro in Rot auf silbernem Viertel
Motto: *Der Adler und das Lamm*

Sir Asterius

Alter: 21
Kultur: Griechisch
Religion: Christlich
Herkunft: Syrien
Besondere Merkmale: Charmanter Akzent, dunkle Augen, glatt rasiert
Familienattribut: Wohlerzogen

In der Stadt Aleppo geboren, hast du deine Ernennung zum Knappen an den goldenen Höfen von Konstantinopel erhalten, wo du die Welt kennengelernt hast. Nachdem du den Ritterstand erlangt hattest, schickte dich der Kaiser ins ferne Britannien mit dem Auftrag, die Menschen dort zu beobachten und über sie zu berichten. Nun da du in diesem trostlosen, vom Krieg zerrissenen Land angekommen bist, hast du den Verdacht, dass dies eher eine Bestrafung für eine eingebildete Kränkung war, als der geruhsame Auftrag, für den du es anfangs gehalten hast …

Wähle diesen Ritter, wenn du gerne einen Fremden in einem fremden Land spielen möchtest.

Merkmale

13	☐ **Bescheiden**	Stolz	☐	7
16	☐ Besonnen	Waghalsig	☐	4
10	☐ Ehrlich	Falsch	☐	10
13	☐ **Fromm**	Weltlich	☐	7
13	☐ Gerecht	Willkürlich	☐	7
13	☐ **Gnädig**	Grausam	☐	7
13	☐ **Grosszügig**	Selbstsüchtig	☐	7
13	☐ **Keusch**	Lüstern	☐	7
10	☐ **Massvoll**	Schwelgerisch	☐	10
10	☐ Nachsichtig	Rachsüchtig	☐	10
16	☐ Tapfer	Feige	☐	4
15	☐ Tatkräftig	Faul	☐	5
7	☐ Vertrauend	Misstrauisch	☐	13

Leidenschaften

☐ Ehre 15
☐ Ergebenheit (Gott) 10
☐ Gastfreundschaft 10
☐ Liebe (Familie) 10
☐ Stand 15
☐ Treueschwur (Lehnsherr) 15

Knappe

NAME			
ALTER		FERTIGKEIT	14
RUHM/ SPIELSITZUNG			

Merkmale

6	☐ Bescheiden		**Stolz** ☐	14
5	☐ Besonnen		**Waghalsig** ☐	15
10	☐ Ehrlich		Falsch ☐	10
7	☐ Fromm		**Weltlich** ☐	13
10	☐ Gerecht		Willkürlich ☐	10
10	☐ Gnädig		Grausam ☐	10
13	☐ **Grosszügig**		Selbstsüchtig ☐	7
10	☐ Keusch		Lüstern ☐	10
5	☐ Massvoll		**Schwelgerisch** ☐	15
7	☐ Nachsichtig		**Rachsüchtig** ☐	13
16	☐ **Tapfer**		Feige ☐	4
16	☐ Tatkräftig		Faul ☐	4
10	☐ Vertrauend		Misstrauisch ☐	10

Leidenschaften

- ☐ Ehre 15
- ☐ Ergebenheit (Wotanismus) 5
- ☐ Gastfreundschaft 15
- ☐ Liebe (Familie) 15
- ☐ Stand 10
- ☐ Treueschwur (Lehnsherr) 15

Knappe

NAME			
ALTER		FERTIGKEIT	14

Ruhm/ Spielsitzung	

Wappenschild

Blasonierung: In Rot, ein rückgewendeter schwarzer Rabe
Motto: *Der White Tower wird nicht fallen*

Dame Cwenhild

Alter: 21
Kultur: Sächsisch
Religion: Wotanismus
Heimatland: Berroc
Besondere Merkmale: Statuenhaft, großmäulig
Familienattribut: Poetisch

Du wurdest in eine Familie aus der Grafschaft Berroc hineingeboren, die Teil der ansässigen sächsischen Bevölkerung ist, die die kymrischen Herren von Logres unterstützt. Dein Vater hat König Uther die Treue geschworen, und du gehörst zu einer rein sächsischen Leibwache, die vom Sheriff von Londinium unterhalten wird, dessen Herrschaftsgebiet sich über die Grafschaften Thamesmouth und Berroc erstreckt. Obwohl viele deiner Verwandten zum Christentum übergetreten sind, folgst du immer noch den alten Bräuchen.

Wähle diesen Ritter, wenn du mit lauter Stimme sprechen und eine Großaxt tragen willst!

Anhang B: Schlacht

Die Pflicht eines Ritters ist es, den Pfad entlang des glorreichen und tragischen Chaos der Schlacht einzuschlagen. Wenn eine große Anzahl von Kriegern zum Kampf zusammenkommt, ist das nicht nur ein Ereignis, sondern ein Abenteuer für die Ritter der Spieler, eine Chance, an dem Durcheinander, der Furcht und den Heldentaten des Massenkampfes teilzuhaben. Unabhängig vom Ausgang der Schlacht liegt der Fokus hier auf dem Zufall und den Entscheidungen, die bestimmen, ob ihre persönlichen Erlebnisse episch, tragisch oder beides sind. Die Schlachten, die ein regulärer Teil des Lebens eines Ritters darstellen, können den Rittern eine große Menge an Ruhm einbringen – oder sie tot auf dem Feld zurücklassen.

Dieses System simuliert Gefechte zwischen größeren Gruppen von Kontrahenten, die über das hinausgehen, was die einfache Anwendung der Standardkampfregeln bewältigen kann. Die Größe des Gefechts reicht von ein paar Rittern auf dem Feld bis hin zu Zehntausenden von Kämpfern. Diese Regeln helfen auch dabei, längere Turnierkämpfe abzuhandeln (siehe **Anhang A**).

Stundenlange Nahkämpfe werden in Schlachtzügen zusammengefasst, und obwohl die Charaktere nur ein kleiner Teil der Armeen sind, hat jeder Kämpfer die Chance, die Schlacht durch außergewöhnliche heroische Taten entscheidend zu beeinflussen.

Eine Schlacht leiten

Jede Schlacht, von der kleinsten Auseinandersetzung zwischen einer Handvoll Rittern bis hin zu den größten Zusammenstößen ganzer Heere, ist um die Begegnungen herum aufgebaut. Je größer die Schlacht, desto mehr Begegnungen gilt es zu bestreiten. Betrachte diese Begegnungen als Vignetten innerhalb der größeren Schlacht, als aufregende Höhepunkte zwischen den Phasen des amorphen Chaos, der namenlosen Furcht und der stumpfsinnigen Langeweile.

Die Begegnungen werden mit Hilfe von Karten (oder einer Liste) von der Spielleitung organisiert. Sie werden entweder von den Spielern oder der Spielleitung ausgewählt, je nach Intensität und Ergebnis des Schlacht-Wurfs. Die Szenarien in diesem Starter-Set geben vor, welche Begegnungs- und Gelegenheitskarten für jede Schlacht verfügbar sind.

Begegnungskarten stellen verschiedene Arten von feindlichen Kämpfern dar, denen die Ritter der Spieler in einer Schlacht mehrfach begegnen können.Gelegenheitskarten hingegen kommen nur selten vor und erscheinen durch kritische Erfolge oder Patzer. Gelegenheiten sind eine Chance, die Schlacht entscheidend zu beeinflussen: Indem du zum Beispiel eine gegnerische Standarte eroberst oder einen gegnerischen Kommandanten tötest. Nachdem du eine Gelegenheit gespielt hast, darfst du sie an diesem Tag der Schlacht nicht noch einmal wählen.

Die Spieler und die Spielleitung können in jedem Schlachtzug eine Reihe von möglichen Begegnungen wählen, aber sie spielen nur eine davon durch.

Da rüstete König Arthur sein Heer in zehn Bataillonen. Und Nero war in dem Feld vor dem Schloss Terrabil mit einem großen Heer gerüstet, und er hatte zehn Bataillonen und darin viel mehr Leute, als Arthur hatte. Nun hatte Nero mit dem größten Teil seiner Leute die Vorhut …

—Malory, ***König Arthur und die Ritter der Tafelrunde****,*
Zweites Buch, X. Kapitel

Der Conroi der Charaktere

Die grundlegendste Ebene der Schlachtfeldorganisation und die einzige, die einen direkten Einfluss auf die Ritter der Spieler hat, ist der Conroi (oder die Schwadron), der aus etwa zehn Rittern und ihren Knappen besteht. Sie haben im Idealfall gemeinsam trainiert und gekämpft und versuchen, durch dick und dünn an ihrer Seite zu bleiben.

Jeder Conroi hat einen Anführer. Dabei handelt es sich normalerweise um den Ritter mit dem höchsten Adelsrang. Die Ritter der Spieler können bereits einen Conroi und einen Anführer haben oder sie werden am Tag der Schlacht einem zugewiesen.

Wenn der Conroi-Anführer ein Spielleiter-Charakter ist, sollte der Spieler mit dem ranghöchsten Ritter oder dem höchsten Ruhm (oder vielleicht derjenige, der die Pizza zum Spiel mitgebracht hat) die Rolle dieses Charakters übernehmen, um Schlacht-Würfe zu übernehmen und zu entscheiden, wann die Zeit dafür ist, zurückzufallen. Er kämpft immer noch seine eigene Schlacht, entlastet aber auch die Spielleitung.

Moral

Der Conroi wird von einer gemeinsamen Leidenschaft oder einer Reihe von Leidenschaften geleitet, die die Ritter motiviert, weiter zu kämpfen und sie im Namen ihrer gemeinsamen Sache über das normale menschliche Maß hinaus antreibt. Diese gemeinsame Sache ist der Moralwert des Conroi.

Die Moral sinkt schnell, wenn die Ritter gegen ihre Feinde kämpfen, was ihre körperliche und geistige Erschöpfung und Zerrüttung widerspiegelt. Jedes Begegnung hat einen Mindest-Moralwert, den der Conroi erreichen muss, um sich ihr stellen zu können, andernfalls muss er zurückfallen (weitere Einzelheiten dazu findest du weiter hinten in diesen Regeln). Die Moral steigt, wenn du deine Feinde besiegst, wenn du dich waghalsig in den Kampf stürzt, um deinen Kameraden ein Vorbild zu sein, und wenn du dich zurückfallen lässt, wo die Ritter versorgt werden, sich neu ausrüsten und sich eine Weile erholen können, bevor sie erneut in den Kampf ziehen.

Wende das folgende Verfahren an, um die Moral des Conroi zu bestimmen:

- Die Leidenschaft muss entweder eine sein, die alle Ritter der Spieler im Conroi gemeinsam haben, oder es müssen verschiedene Leidenschaften derselben Tradition sein. (Die Traditionen der Leidenschaften werden im Regelbuch erklärt und sind nicht Teil dieses Starter-Sets. Nur so viel: Meistens handelt es sich hier um Leidenschaften, die der Tradition der Fidelitas verpflichtet sind – Treueschwur, Loyalität, Mannestreue und Pflicht –, es kann sich aber auch um andere gemeinsame Leidenschaften handeln. Ähnlich wie bei den einzelnen Leidenschaften müssen die Spieler hier ihre Wahl mit den Umständen der Schlacht begründen, und die Spielleitung hat das letzte Wort.
- Ermittle anschließend den Durchschnittswert der einzelnen Leidenschaften, um den tatsächlichen Moralwert zu bestimmen. Wenn die Ritter der Spieler alle dieselbe Leidenschaft für die Moral des Conroi wählen, addiere +5 zu dem Wert.
- Der Anführer des Conroi behält diesen Wert im Auge, da er sich im Laufe der Schlacht verändert. Er kann jedoch nie über seinen Anfangswert steigen.

Befehlsverweigerung

Die Befehle deines Conroi-Anführers zu missachten (sich zurückziehen, der Schlacht fernbleiben, usw.) ist ein schweres Vergehen. Charaktere, die sich weigern zu gehorchen, sollten mindestens je einen Punkt Stand und Treueschwur verlieren; auch Markierungen für Stolz, Waghalsig oder Feige können angemessen sein. Angenommen, der Anführer des Conroi überlebt, kann es zusätzliche Strafen geben, wie zum Beispiel ein Misstrauen (Ritter des Spielers) als Zielgerichtetes Merkmal oder sogar eine Hass-Leidenschaft!

Befehlsverweigerung führt außerdem automatisch dazu, dass der Ritter des Spielers allein auf dem Feld steht, es sei denn, der Ritter zieht sich zurück. Wenn mehrere Charaktere den Conroi verlassen, wird jeder von ihnen als allein auf dem Feld gezählt – sie können keinen eigenen Conroi bilden.

Heroische Taten können die gesellschaftlichen Folgen abmildern, aber der Ritter erleidet trotzdem Stand- und Treueschwur-Verluste. Seine Pflicht ist es, zu gehorchen und nicht auf eigene Faust loszuziehen, unabhängig von seinen eigenen Überzeugungen und der Rechtschaffenheit seiner Sache.

Die Schlacht austragen

Schlachten bestehen aus einer Anzahl von Schlachtzügen; normalerweise bestimmt das Szenario oder die Größe der Schlacht die genaue Anzahl. Diese Zahl gibt die maximale Anzahl der Begegnungen an, die die Ritter der Spieler bestreiten können. Jede Begegnung wiederum stellt den „kritischen Moment" des jeweiligen Schlachtzuges dar – wenn Leben in der größten Gefahr schweben und wenn Sieg und Niederlage auf dem Spiel stehen.

Begegnungen & Intensität

Zu Beginn einer Schlacht stellt die Spielleitung alle möglichen Begegnungen vor, indem sie einfach die Namen der Karten vorliest und sie auf den Tisch legt, damit die Spieler sie sehen können.

Die Spielleitung gibt auch die Intensität der Schlacht bekannt, eine Zahl, die die ungefähren Chancen der Ritter der Spieler darstellt, ihr eigenes Schicksal auf dem Schlachtfeld zu lenken – je höher die Intensität, desto größer und blutiger ist die Schlacht und desto größer ist die Wahrscheinlichkeit, dass die Charaktere auf Ereignisse reagieren müssen.

Ablauf des Schlachtzugs

Die Begegnung festlegen: Die Spielleitung legt die Ausgangsbegegnung für diesen Schlachtzug fest.

Intensität-Wurf: Die Spielleitung würfelt einen Vergleichslosen Wurf gegen den Intensitätswert der Schlacht. Ist der Wurf erfolgreich, steht die gewählte Begegnung fest. Wenn der Wurf misslingt, haben die Ritter der Spieler die Möglichkeit, eine andere Begegnung zu wählen. Ein Patzer führt zu einer Gelegenheit nach Wahl der Spielleitung.

Der Schlacht-Wurf: Alle Spieler, die Änderungen vornehmen wollen, um eine andere Begegnung oder Gelegenheit zu wählen, würfeln auf **Schlacht**. Spieler, die beim Vergleichslosen Schlacht-Wurf erfolgreich sind, wählen jeweils eine Begegnung. Spieler, die einen kritischen Erfolg gewürfelt haben, können stattdessen eine Gelegenheit wählen, wenn sie möchten.

Begegnung wählen: Der Anführer des Conroi wählt die Begegnung aus, wenn es mehr als eine zur Auswahl gibt. Wenn es eine Gelegenheit gibt, muss diese gespielt werden. Wenn der Conroi nicht über die erforderliche Moral verfügt, um die gewählte Begegnung oder Gelegenheit zu bestreiten, lässt er sich stattdessen zurückfallen.

Moral senken: Die Moral sinkt um den für die Begegnung oder Gelegenheit angegebenen Wert.

Haltung wählen: Ritter der Spieler wählen Haltungen und beschwören Leidenschaften (wenn sie dies wünschen).

Begegnung bestreiten: Jede Begegnung wird über eine Anzahl von Kampfrunden ausgetragen. Charaktere kämpfen die Anzahl der Kampfrunden, die ihre Haltung diktiert.

Sie erhalten außerdem Ruhm für das Besiegen von Kontrahenten.

Der Knappenwurf: Ritter von Spielern können einen Wurf auf die Fertigkeit Knappe ablegen, um verlorene Waffen oder Pferde zu ersetzen, einen Gefangenen vom Feld zu eskortieren oder einen bewusstlosen Charakter zu entfernen.

Die Begegnung festlegen

Die Spielleitung beginnt jeden Schlachtzug, indem sie den Namen der vorgegebenen Begegnung ankündigt und ein paar Details über die Gruppe erzählt, während sie die gewählte Karte hochhält: „In der Nähe befindet sich eine Gruppe von Rittern von Gorre. Das sind zähe Nordmänner, schwer bewaffnet und auf Streitrössern reitend."

Wie in den Szenarien erwähnt, gibt es in den Schlachten Ereignisse, die an bestimmte Spielrunden gebunden sind. Wenn die Ritter der Spieler auf dem Feld sind (sprich, sich nicht zurückgezogen oder anderweitig das Spielfeld verlassen haben), gelten die Modifikatoren und besonderen Bedingungen des Ereignisses für sie in diesem Zug.

Der Conroi-Anführer muss nun einen Wurf auf seine Fertigkeit Schlacht ablegen, um zu prüfen, ob ein Berittener Sturmangriff möglich ist (siehe Tabelle B.1: Gelegenheiten für Berittene Sturmangriffe). (Die Ausnahme von dieser Regel gilt für den ersten Schlachtzug, wie unten beschrieben.)

Wenn „Feindliche Ritter stürmen heran!" erscheint, muss der Kontrahent ein berittener Ritter irgendeiner Art sein. Wenn es in der gegnerischen Armee keine berittenen Ritter gibt, behandle dieses Ergebnis als einen einfachen misslungenen Wurf. Andernfalls müssen die Ritter der Spieler einen Sturmangriff des Feindes über sich ergehen lassen und dürfen keinen Konter-Sturmangriff durchführen oder eine andere Begegnung wählen.

Tabelle B.1: Gelegenheiten für Berittene Sturmangriffe

Ergebnis des Schlacht-Wurfs	Im vorigen Zug gebunden	Im vorigen Zug nicht gebunden
Kritischer Erfolg	Darf Sturmangriff ausführen	Darf Sturmangriff ausführen (+5 Sturmangriff-Bonus)
Erfolg	Darf keinen Sturmangriff ausführen	Darf Sturmangriff ausführen
Fehlschlag	Darf keinen Sturmangriff ausführen	Darf keinen Sturmangriff ausführen
Patzer	Feindliche Ritter stürmen heran!	Feindliche Ritter stürmen heran!

Erster Sturmangriff

Wenn nicht anders in der Kampfbeschreibung vermerkt, ist der erste Schlachtzug immer ein Berittener Sturmangriff! Jeder muss den Berittenen Sturmangriff als Kampfaktion für die erste Kampfrunde der Begegnung wählen, und die Charaktere dürfen nur die Waghalsige oder Tapfere Haltung wählen. Es wird natürlich kein Wurf für Gelegenheiten für Sturmangriffe durchgeführt.

Die Intensitäts- und Schlacht-Würfe

Nachdem die Ausgangsbegegnung festgelegt wurde, macht die Spielleitung einen Wurf gegen den Intensitätswert der Schlacht. Wenn das Ergebnis ein Erfolg ist, findet diese Begegnung nun statt.

Beschreibungen der Schlachtkarten

Die in diesem Set enthaltenen Schlachtkarten sind doppelseitige Karten in Tarotgröße, die entweder eine Begegnung oder Gelegenheit darstellen. Sie enthalten die folgenden Informationen.

Name: Die Art des Feindes oder der Gelegenheit.

Ruhm: Die Menge an Ruhm, die ein Charakter für jeden besiegten Feind erhält.

Mindest-Moral: Die Moral des Conrois muss diesen Wert erreichen oder überschreiten, andernfalls tritt er den Rückzug an.

Moralverlust: Kämpfe fordern ihren Tribut. Sobald eine Begegnung feststeht, wirfst du die aufgeführten Würfel und reduzierst die Moral um den gewürfelten Betrag.

Feindbeschreibung: Gegen wen oder was du kämpfst.

Besondere Regeln: Wie viele Kontrahenten es pro Ritter eines Spielers gibt, besondere Waffenregeln, die beachtet werden müssen, oder andere Hinweise, die die Begegnung ausmachen.

Einheitsattribute: Attribute, Rüstung, Waffen und besondere Fertigkeiten oder Leidenschaften der Kontrahenten.

Lösegeld: Lösegeld gibt es nur, wenn der Charakter in der Lage ist, den Kontrahenten vom Schlachtfeld zu entfernen (siehe an anderer Stelle in diesem Anhang).

RW (Ritterwert): Diese Zahl gibt einen Hinweis darauf, wie stark ein bestimmter Kontrahent gegen einen einzelnen Ritter ist. Ein RW entspricht einem einzelnen berittenen Ritter und seinem Knappen. Die Moral des Conroi steigt um +1 für je 1 RW der im Kampf besiegten Kontrahenten.

Ein kritischer Erfolg verdoppelt die Anzahl der Kontrahenten in der Begegnung, während ein Patzer stattdessen eine Gelegenheit nach Wahl der Spielleitung erzeugt.

Wenn der Intensität-Wurf fehlschlägt, darf jeder Charakter einen Wurf auf seine Fertigkeit Schlacht ablegen, der sein Auge für die Schlacht und taktische Möglichkeiten symbolisiert. Ein erfolgreicher Schlacht-Wurf erlaubt es dem Spieler, den Verlauf der Schlacht zu bestimmen, indem er eine der möglichen Begegnungen auswählt, die zu Beginn der Schlacht ausgelegt wurden, abgesehen von derjenigen, die die Spielleitung gewählt hat. Es steht ihm frei, die Spielleitung zu bitten, den Titel einer Begegnung zu erläutern. Die Spielleitung sollte eine Beschreibung der Begegnung oder der Gelegenheit liefern, aber möglichst keine mechanischen Details verraten. Stattdessen kann sie Details geschickt umschreiben und beispielsweise eine Begegnung mit hohen Moralkosten als „grimmig dreinblickende Krieger, die bereit sind, ihr Leben teuer zu verkaufen" oder Ähnliches beschreiben.

Schlachtfeldposition

Gebunden oder Auf dem Feld: Der Ritter oder der Conroi wählen aktiv Begegnungen und kämpfen im Schlachtzug.

Zurückfallen: Eine Aktion, die den Ritter oder den Conroi von „Auf dem Feld" nach „Außerhalb der Schlacht" bewegt.

Außerhalb der Schlacht: Der Ritter befindet sich hinter den Linien, bekommt Erste Hilfe und erholt sich.

Feld verlassen: Der Ritter oder Conroi ist nicht mehr Teil der Schlacht – sie geht ohne ihn weiter.

Ein kritischer Erfolg beim Schlacht-Wurf erlaubt es dem Spieler, stattdessen eine Gelegenheit zu wählen.

Beachte, dass verschiedene erfolgreiche Spieler verschiedene Begegnungen wählen können, und wenn mehr als ein Spieler einen kritischen Erfolg erzielt, können sie verschiedene Gelegenheiten wählen (falls verfügbar). In einem solchen Fall wählt der Conroi-Anführer (wenn er der Ritter eines Spielers ist) aus den ausgesuchten Gelegenheiten aus; andernfalls wird die Auswahl zufällig getroffen.

Sobald eine Begegnung oder Gelegenheit ausgewählt wurde, müssen alle Charaktere desselben Conroi diese Begegnung oder diese Gelegenheit als Auswahl akzeptieren. Die anderen Wahlmöglichkeiten werden für diesen Zug ignoriert, sind aber für spätere Züge noch verfügbar. Die Spieler dürfen dieselbe Begegnung mehr als einmal spielen, aber sie dürfen nicht dieselbe Gelegenheit wählen, sobald sie sie einmal bestritten haben.

Es gibt immer einen Mindestwert für die Moral, um eine Begegnung antreten zu können; wenn der Conroi nicht genug Moralpunkte übrig hat, um sich der Begegnung zu stellen, müssen sie sich stattdessen lösen und zurückfallen. Das bedeutet, dass der Conroi nicht die nötige Energie oder Inbrunst aufbringen konnte, um diesen Feind anzugreifen, und sich zurückziehen muss, um sich zu erfrischen und seine Leidenschaft wieder aufzubauen, bevor er das Feld wieder betritt.

Moral reduzieren

Nach der Wahl der Begegnung oder der Gelegenheit, würfelt die Spielleitung den Moralverlust aus, wie er für die Begegnung angegeben ist, und zieht das Ergebnis vom aktuellen Moralwert des Conroi ab, was den Tribut darstellt, den dieser Schlachtzug den Rittern allein durch Kampfesmüdigkeit, nachlassenden Elan und strapazierte Nerven abverlangt.

Haltung wählen

Nachdem eine Begegnung festgelegt wurde, wählen die Charaktere ihre Haltung für diesen Schlachtzug. Die Haltung bestimmt die Anzahl der Kampfrunden, die sie in diesem Zug bestreiten müssen (siehe unten, unter **„Kampf!"**), und kann sogar die Auswahl der Kampfaktionen begrenzen.

Tapfer

Bestreite die Begegnung zwei Kampfrunden lang wie gewohnt. Markiere Tapfer.

Waghalsig

Bestreite die Begegnung drei Kampfrunden lang wie gewohnt. Markiere Waghalsig und addiere sofort +1W3 zur Moral deines Conroi. Wenn du nicht Teil eines Berittenen Sturmangriffs bist, musst du die Waghalsige Attacke (siehe Buch II unter **„Kampfaktionen"** auf S. 36) für mindestens die erste Kampfrunde der Begegnung wählen.

Besonnen

Bestreite die Begegnung eine Kampfrunde lang wie gewohnt. Markiere Besonnen und reduziere sofort die Moral deines Conroi um –1W3. Du musst die Aktion Verteidigen wählen (siehe Buch II unter **„Kampfaktionen"** auf S. 36).

Feige

Nimm nicht an der Begegnung teil. Du musst sofort zurückfallen, verlierst 1 Punkt Ehre und kostest deinen Conroi –1W6 Punkte Moral, wenn deine Trefferpunkte mehr als die Hälfte deines Gesamt-Trefferpunktwertes betragen.

Die Begegnung bestreiten

Das Herzstück einer jeden Schlacht ist natürlich das Kreuzen der Klingen mit einer Vielzahl von Kontrahenten.

Leidenschaften in der Schlacht

Da Ritter der Spieler Leidenschaften nur einmal am Tag beschwören können, dürfen sie eine Leidenschaft in der Regel nur einmal während einer Schlacht einsetzen (die Ausnahme sind wirklich monumentale, mehrtägige Gefechte). Die Wirkung der Leidenschaft, ob gut oder schlecht, hält für eine einzige Schlachtzug an. Wie immer muss die Spielleitung die Verwendung der Leidenschaft genehmigen.

Kampf!

Handle die Begegnung wie einen normalen Nahkampf ab. Jeder Ritter eines Spielers steht einem oder mehreren Kontrahenten gegenüber (je nach Haltung und Begegnung). Wenn sie an einem Sturmangriff teilnehmen, müssen alle Ritter im Conroi den Berittenen Sturmangriff als erste Aktion wählen. Danach können sie zu anderen Aktionen wechseln oder weitere Berittene Sturmangriffe ausführen, wenn sie gegen andere berittene Ritter kämpfen. Charaktere dürfen einen Verbündeten nicht unterstützen, ohne vorher eine erfolgreiche Zurück Ziehen-Aktion gegen ihren eigenen Kontrahenten ausgeführt zu haben.

Bestreite reguläre Kampfrunden und wende dabei alle Sonderbedingungen aus der aktuellen Begegnung an. Alle Ritter, die nicht Feige sind, kämpfen mindestens eine Kampfrunde. Diejenigen, die Tapfer als Haltung gewählt haben, kämpfen zwei Runden lang, während diejenigen, die Waghalsig gewählt haben, drei Runden lang kämpfen.

Wenn dein Charakter seinen Kontrahenten vor der durch seine Haltung festgelegten Mindestanzahl an Kampfrunden besiegt, muss er gegen einen neuen Kontrahenten kämpfen. Bei jeder Begegnung wird die Anzahl der verfügbaren Kontrahenten angegeben; wenn alle verfügbaren Kontrahenten gebunden sind, können sich die Charaktere gegen einen Gegner zusammenrotten, wodurch dieser gezwungen ist, den Abzug für Mehrere Kontrahenten hinzunehmen.

Der Schlachtzug endet für den Conroi automatisch, wenn alle verfügbaren Kontrahenten besiegt sind (gefangen genommen, getötet oder durch Schwere Verwundungen oder Bewusstlosigkeit kampfunfähig gemacht). Wenn ein Ritter eines Spielers noch Kontrahenten hat, kann er eine weitere Runde kämpfen, indem er zuerst einen Wurf jeweils auf **Tatkräftig** und **Tapfer** besteht.

Gelegenheiten setzen die obige Reihenfolge oft außer Kraft.

Nach dem Ende einer Begegnung erhalten die teilnehmenden Ritter der Spieler jeweils die angegebene Menge an Ruhm, wenn sie ihren Kontrahenten besiegt (getötet, gefangen oder kampfunfähig gemacht) haben. Wenn sie mehr als einen Kontrahenten besiegt haben, erhalten die Charaktere Ruhm für jeden Kontrahenten.

Schließlich erhöhst du die Moral des Conrois um einen Betrag, der der Summe des RW aller besiegten Kontrahenten entspricht (runde Brüche wie üblich). Wenn du z. B. drei berittene Ritter (je 1 RW) besiegst, erhöht sich deine Moral um +3, während du drei piktische Pikeniere (je 1/8 RW) besiegst, ohne dass sich deine Moral erhöht (besiegst du jedoch vier solcher Kontrahenten, rundest du auf 1 RW auf und erhältst somit +1 Moral).

Ritter von Spielern können ihr Glück herausfordern, indem sie eine ganze Reihe von Kontrahenten angreifen, um ihre Moral zu erhöhen (oder Ruhm zu sammeln), aber denke daran, dass die Moral nie über ihren Anfangswert steigen kann.

Charaktere können jederzeit versuchen, sich mit einer erfolgreichen Zurück Ziehen-Aktion freiwillig zurückzuziehen. Wenn sie dies tun, bevor sie ihre durch die Haltung vorgegebene Mindestanzahl an Kampfrunden gekämpft haben, müssen sie im nächsten Schlachtzug die Haltung Feige wählen.

Der Anführer des Conroi kann die Begegnung auch jederzeit abbrechen; die Spielleitung kann ihm dann eine Markierung für **Feige** und einen Verlust an Ehre angedeihen lassen, wenn er sich angesichts schwachen Widerstands zurückzieht, allerdings werden die Ritter der Spieler in diesem Fall nicht für die Entscheidung des Anführers bestraft.

Begegnungen mit Fernwaffen

Wenn der Conroi einen mit Fernkampfwaffen ausgestatteten Kontrahenten (Bogenschützen, Speerwerfer, usw.) attackiert, gerät der Conroi für eine gewisse Zeit unter Fernkampfwaffenbeschuss, bevor er die Bogenschützen erreicht.

Der Anführer des Conroi muss einen Wurf auf **Schlacht** ablegen, um zu bestimmen, wie viele Kampfrunden unter Fernwaffenbeschuss der Conroi aushalten muss, bevor er zu den Bogenschützen aufschließen kann:

- ✠ **Kritischer Erfolg:** Sofortiger Kontakt
- ✠ **Erfolg:** Eine Runde
- ✠ **Fehlschlag:** Zwei Runden
- ✠ **Patzer:** Drei Runden

Von Charakteren mit Schilden erleiden die Schützen den Fernkampf-Modifikator des Schilds.

Die Ritter der Spieler dürfen die Aktion Haken schlagen nutzen (siehe Buch II: **„Kampfaktionen"** auf S. 36), um den Beschuss zu erschweren; es sei denn, sie führen einen Sturmangriff durch.

Wirf für jede Runde Fernwaffenbeschuss 1W6, um zu sehen, ob eine Attacke den Ritter oder sein Pferd getroffen hat:

1-4: Das Reittier
5-6: Der Reiter

Alle Ritter, die den Beschuss überleben, dürfen die Bogenschützen im Nahkampf attackieren. Wenn die Anzahl der Runden des Fernkampfwaffenbeschusses der Mindestanzahl an Kampfrunden des Ritters aufgrund seiner Haltung entspricht, zwingt der Beschuss ihn zur Umkehr, ohne ihm die Chance zu geben, anzugreifen.

In einem Conroi aus vier Charakteren hat in diesem Schlachtzug zum Beispiel einer Besonnen, zwei Tapfer und einer Waghalsig gewählt. Beim Sturmangriff auf eine Gruppe Bogenschützen misslingt dem Anführer der Schlacht-Wurf. Der Besonnene Ritter übersteht eine einzige Kampfrunde des Fernwaffenbeschusses, bevor er sich zurückzieht; die Tapferen Ritter und der Waghalsige Ritter überstehen jeweils zwei Kampfrunden Fernwaffenbeschuss, aber nur der Waghalsige Ritter ist in der Lage, seinen Angriff zu Ende zu führen und die Bogenschützen für eine einzige Runde (seine dritte) zu bekämpfen, bevor sich die Bogenschützen zurückziehen.

Der Knappenwurf

Am Ende des Schlachtzugs, wenn sich der Conroi nicht zurückzieht, darf jeder Ritter eines Spielers einen Knappenwurf ablegen. Dieser Wurf ist nie verpflichtend, da er ein geringes Risiko des vorübergehenden Verlustes des Knappen birgt.

Führe einen Vergleichslosen Wurf gegen die Knappenfertigkeit aus.

Ein Erfolg zeigt an, dass der Knappe dem Ruf folgt. Ein Fehlschlag bedeutet, dass der Knappe dir in dieser Runde nicht helfen kann, während ein Patzer bedeutet, dass der Knappe im Getümmel der Schlacht verschwunden ist und erst wieder auftaucht, nachdem die Feindseligkeiten beendet sind!

Knappen, die deinem Ruf folgen, können eine der folgenden Aufgaben erledigen:

- ✠ eine zerbrochene Lanze ersetzen (bis zu zwei Mal, bevor du zurückfällst, um neue aufzunehmen);
- ✠ sein Pferd einem abgesessenen Ritter anbieten (der Knappe muss daraufhin zurückfallen, aber ein kritischer Erfolg beim Knappenwurf bedeutet, dass der Knappe ein reiterloses Streitross gefunden hat, das er dem Ritter des Spielers stattdessen gibt!);
- ✠ einen Gefangenen vom dem Feld führen – Knappe muss zurückfallen;
- ✠ einen bewusstlosen Charakter vom Feld schaffen – Knappe muss zurückfallen

Gefangennahme & Lösegeld

Ritter von Spielern sollten stets bedenken, dass die Gefangennahme adliger Kontrahenten eine große Belohnung in Form von Lösegeld verspricht.

Wenn der Charakter es wünscht, kann er einen beliebigen bewusstlosen feindlichen Ritter gefangen nehmen. Denk daran, dass du auch die Fertigkeit Handgemenge einsetzen oder deine Schläge dämpfen kannst, um deine Kontrahenten gefangen zu nehmen, ohne sie zu töten.

Nimmt er einen Gegner gefangen, muss der Ritter des Spielers dafür sorgen, dass jemand diesen hinter die Linien in Sicherheit bringt. Der Charakter kann sich entscheiden, dies persönlich zu tun oder seinen Knappen dazu anzuweisen. Wer die Kapitulation eines Feindes annimmt und ihn dann absichtlich oder aus Nachlässigkeit einer Gefahr aussetzt, verliert 1 Punkt Ehre.

Wenn der Ritter des Spielers seinen Gefangenen eskortiert, markiert er Ehre und setzt den nächsten Schlachtzug aus. Er kann entweder warten, bis sich seine Kameraden auch nach hinten zurückziehen, und sich dann automatisch anschließen, oder er kann sich zurück aufs Feld wagen, wo er als Allein auf dem Feld gilt (siehe nächste Seite), aber er kann versuchen, seine Kameraden am Ende des Schlachtzuges mit einem Vergleichslosen Wurf auf Identifikation zu finden.

Wenn der Knappe den Gefangenen eskortiert, bleibt der Knappe so lange Außerhalb der Schlacht, bis sich der Ritter des Spielers ebenfalls nach hinten zurückzieht.

In beiden Fällen legst du einen Wurf auf Reitkunst (für die Eskorte durch einen Charakter) oder die Fertigkeit des Knappen –10 (für die Eskorte durch einen Knappen) gegen die Intensität der Schlacht ab. Bei einer Niederlage muss sich der Ritter des Spielers durch eine zufällige Begegnung kämpfen, bevor er die Nachhut erreicht; ein Knappe, der den Wurf verliert, wird automatisch gefangen genommen, und der gefangene Ritter kehrt in seine eigenen Reihen zurück, um erneut zu kämpfen.

Zurückfallen

Zu bestimmten Zeitpunkten in der Schlacht kann sich ein Conroi-Anführer entscheiden oder durch die Umstände gezwungen werden, in den hinteren Teil der Schlacht zurückzufallen, um sich auszuruhen und zu erholen.

Der Conroi muss sofort zurückfallen, sobald sein Moral-Wert auf Null sinkt oder wenn die Moral des Conroi zu gering ist, um die gewählte Begegnung zu bestreiten; er schlägt keinen Kampf und erlangt keinen Ruhm.

Ansonsten liegt die Entscheidung, zurückzufallen, immer beim Anführer des Conroi. Nach Ermessen der Spielleitung und abhängig vom Gesamtzustand der Einheit kann eine solche Entscheidung eine Markierung für Besonnen oder Feige nach sich ziehen.

Die Entscheidung zurückzufallen kann jederzeit während des Schlachtzugs getroffen werden. Wenn die Aufforderung zurückzufallen mitten im Kampf erfolgt, muss jeder Ritter eines Spielers eine Zurück Ziehen-Aktion ausführen, oder er muss seinen aktuellen Kampf beenden, bevor er seiner Einheit folgen kann.

Ritter & Kapitulation

Ritter und Adlige kapitulieren eher, als dass sie bis zum Tod kämpfen, wenn sie in einer schwierigen Lage sind.

Spielleiter-Charaktere, die auf die Hälfte ihrer Trefferpunkte oder weniger reduziert werden, müssen einen einzigen Vergleichslosen Tapfer-Wurf ablegen .

Wenn der Kontrahent zu Fuß gegen einen berittenen Spieler-Ritter antritt, legt er den Wurf mit einem Modifikator von –5 auf Tapfer ab. (Kontrahenten ohne einen aufgeführten Tapfer-Wert fliehen automatisch.)

- Kritischer Erfolg: Kämpft weiter, bis er tot oder bewusstlos ist
- Erfolg: Kämpft eine weitere Kampfrunde und würfelt dann erneut
- Fehlschlag: Fluchtversuch
- Patzer: Sofortige Kapitulation

Fluchtversuche werden je nachdem, ob der Ritter des Spielers und/oder der Kontrahent beritten sind, wie folgt abgehandelt:

- Wenn beide Charaktere beritten sind, wird gegen Reitkunst, gewürfelt, um zu fliehen.
- Wenn beide Charaktere zu Fuß sind, wird gegen GES gewürfelt, um erfolgreich zu fliehen.
- Wenn der fliehende Charakter beritten und der Kontrahent zu Fuß ist, flieht er.
- Wenn der fliehende Charakter zu Fuß und der Kontrahent beritten ist, kann der Charakter nur entkommen, wenn der Kontrahent ihn gewähren lässt; andernfalls wird er gefangengenommen.

Ritter von Spielern können immer entscheiden, wie lange sie weiterkämpfen wollen, solange sie dazu in der Lage sind. Wer versucht zu fliehen und gefangengenommen wird, kann wählen, ob er sich sofort ergibt oder weiterkämpft. In letzterem Fall kann der Versuch, sich in einer späteren Runde zu ergeben, einen **Gnädig**-Wurf des Kontrahenten erfordern.

Spielleiter-Charaktere, die versuchen zu fliehen und mit einem Vergleichswurf auf Reitkunst oder GES scheitern, kämpfen weiter, bis sie bewusstlos sind oder sterben. Wer beim Fluchtversuch scheitert, ohne dass ein Wurf nötig ist, ergibt sich sofort.

zurückzufallen nimmt den Conroi für mindestens einen ganzen Zug aus der Schlacht und stellt sofort +1W6 Punkte Moral des Conroi wieder her. Charaktere können ihre Verwundungen auch von erfahrenen Chirurgen, Gemahlen/Gemahlinnen oder anderen Begleitern versorgen lassen. Da davon ausgegangen wird, dass die Verwundungen jedes Ritters von einer anderen Person behandelt werden, würfle einen zufälligen Fertigkeitwert von 14+1W6 für Erste Hilfe für jeden behandelten Ritter. Die Charaktere können natürlich auch beschließen, gegenseitig ihre Verwundungen zu behandeln, oder ihre Knappen dies übernehmen lassen.

Der Anführer des Conroi kann sich so viele Schlachtzüge lang zurückziehen, wie er möchte, und erhält pro Runde +1W6 Moralpunkte, bis die Moral ihren Ausgangswert erreicht hat. Dann muss er sich im nächsten Schlachtzug wieder dem Kampf anschließen, oder er erklärt, dass der gesamte Conroi das Feld verlassen hat.

Allein auf dem Feld

Es gibt Umstände, die dazu führen können, dass Ritter von Spielern allein auf dem Feld enden: Wenn sie ihre Einheit freiwillig verlassen, unter durch eine Leidenschaft ausgelöstem Wahnsinn leiden oder während des Kampfes vom Pferd stürzen und ihr Knappen-Fertigkeitswurf scheitert, um ein Ersatzross zu bekommen.

Zu Beginn des nächsten Schlachtzuges agiert der Ritter des Spielers als sein eigener Conroi-Anführer und führt den Schlacht-Wurf mit einem Modifikator von −10 aus. Er muss sich an die Ergebnisse halten und einen Kampf alleine bestreiten; außer im Fall von Wahnsinn verwendet der Charakters weiterhin den aktuellen Moralwert des Conroi und zieht den Moralverlust seiner eigenen Begegnung ebenfalls von der Gesamtsumme ab. (Beachte, dass dies bedeutet, dass Conrois, die über das Schlachtfeld verstreut sind, ihre Moral viel schneller verlieren!)

Für wahnsinnige Charakatere nimmst du eine persönliche Moral in Höhe von 1W6 plus dem Wert der Leidenschaft, die den Ritter ursprünglich wahnsinnig gemacht hat. Wenn diese persönliche Moral auf Null gesunken ist, verschwindet der Ritter im Nebel des Krieges und ist aus dem Spiel, bis die Spielleitung es für angebracht hält, ihn zurückzuholen.

Nach der Begegnung kann der Ritter des Spielers wählen, ob er im nächsten Zug alleine auf dem Feld agiert (im Falle von Wahnsinn ist dies automatisch der Fall), seinen ehemaligen Conroi sucht, versucht, einen neuen Conroi zu versammeln, oder Zurückfällt.

- Um seine ehemaligen Kameraden zu suchen, muss der Ritter des Spielers einen Vergleichslosen Wurf auf Identifikation bestehen. Ein Erfolg zeigt an, dass er seine Leute gefunden hat und in den folgenden Zügen wie gewohnt mit ihnen kämpfen kann, während ein Fehlschlag bedeutet, dass er im nächsten Zug Allein auf dem Feld kämpfen muss.
- Der Charakter kann mit einem Wurf auf Ruhm versuchen, einen neuen Conroi zu versammeln. Bei einem Erfolg bildet er einen neuen Conroi mit einem Moralwert von 2W6+3 (oder 2W6+6 im Falle eines kritischen Erfolgs). Die Leidenschaften, aus denen sich dieser Moralwert zusammensetzt, müssen nicht die gleichen sein wie die des alten Conrois des Ritters. Der neue Conroi des Charakters agiert für den Rest der Schlacht als eigenständige Einheit, die ihre eigene Moral verwaltet und Begegnungen ohne die Unterstützung oder den Einfluss der anderen Ritter von Spielern austrägt. Allerdings würfelt der Charakter seine Schlacht-Fertigkeit für den Rest der Schlacht mit einem Modifikator von −5, um den spontanen Charakter seines Conrois widerzuspiegeln.
- Ritter von Spielern, die zurückfallen wollen, können dies ohne Abzug tun. Sie bleiben Außerhalb der Schlacht, bis sich ihr ursprünglicher Conroi ebenfalls zurückzieht. Ritter von Spielern mit einem Tapfer-Merkmal von 16+ müssen Feige markieren, wenn sie diese Option wählen, es sei denn, sie sind Geschwächt.

Nach der Schlacht

Die Schlacht endet, sobald die maximale Anzahl von Schlachtzügen verstrichen ist. Vor allem in größeren Schlachten wird der Conroi mit ziemlicher Sicherheit weniger Begegnungen bestreiten als die Anzahl der Gesamtmenge der Runden, weil er sich ein oder mehrere Male zurückzieht.

In großen Schlachten entscheidet die Kampagnenerzählung im Voraus über den Ausgang; für die Ritter der Spieler ist die Frage am wichtigsten, was sie aus ihren individuellen Erfahrungen vor dem größeren Hintergrund des umgebenden Mahlstroms machen.

Ruhm

Für Ritter bedeutet die Schlacht Ruhm.

Jeder Charakter, der dem Ruf folgt und mindestens an der ersten Begegnung der Schlacht teilnimmt, erhält eine pauschale Ruhm-Belohnung für seine Teilnahme. Er kann auch Bonusruhm für den Ausgang der Schlacht erhalten (ein Sieg bringt größeren Ruhm) oder wenn er Truppen in der Schlacht anführt. Diese Auszeichnungen finden sich in den Schlacht-Details des Szenarios.

Diese Belohnungen werden zu dem Ruhm hinzu addiert, der durch das Besiegen von Kontrahenten verdient wird, wie in den Begegnungen angegeben.

Lösegeld & Beute

Ritter von Spielern können möglicherweise durch gefangene Feinde und Belohnungen des Heerführers persönliche Beute machen, wie in den entsprechenden Begegnungen und Gelegenheiten beschrieben. Bei diesen Summen werden externe Faktoren wie der Anteil des Lords, der Wert der erbeuteten Ausrüstung (Rüstung, Waffen und Ausrüstung) usw. bereits berücksichtigt. Jeder Teilnehmer an einer Schlacht erhält auch einen Anteil an der Gesamtbeute, wenn das Ergebnis ein Sieg oder ein Entscheidender Sieg ist; diese Werte werden im jeweiligen Szenario angegeben.

Referenz: Das Schlachtsystem

Waghalsige Haltung	Tapfere Haltung	Unsichere Haltung	Furchtsame Haltung
✠ markiere Waghalsig ✠ kämpft Begegnung für drei Kampfrunden ✠ Muss Waghalsige Attacke für die erste Kampfrunde wählen ✠ +1W3 Moral	✠ markiere Tapfer ✠ kämpft Begegnung für zwei Kampfrunden	✠ markiere Besonnen ✠ kämpft Begegnung für eine Kampfrunde ✠ Muss Aktion Verteidigen wählen ✠ –1W3 Moral	✠ –1 Ehre ✠ keine Begegnung, muss zurückfallen ✠ –1W3 Moral, wenn Trefferpunkte über die Hälfte der Gesamt-TP

Allein auf dem Feld	Zurückfallen	Knappenwurf
✠ Schlacht-Fertigkeit –10 ✠ kämpft separate Begegnung	✠ Moral +1W6 je Schlachtzug ✠ für jeden Ritter ein Wurf auf Erste Hilfe gegen 14+1W6	✠ Neu ausrüsten mit Lanzen, Waffen, Pferden mit einem Knappen-Fertigkeitswurf

Anhang D: Besuch an einem fremden Hof

Der Besuch eines fremden Hofes (jeder Hof, der nicht der des Lehnsherrn des eigenen Charakters ist) ist ein übliches Ereignis für einen Ritter. Es kann sein, dass er als Wache für ihren reisenden Lehnsherrn oder seine Lady fungiert oder mit anderen Rittern auf ein Abenteuer auszieht. Es gibt bestimmte Protokolle, an die sich Ritter halten sollten, es sei denn, es liegen wirklich außergewöhnliche Umstände vor.

Begegnung mit fremden Rittern auf Patrouille

Die Ritter der Spieler können gelegentlich in andere Grafschaften oder Königreiche reisen. Die meisten Ritter (auch die Ritter von Spielern) müssen im Rahmen ihrer Pflichten an den Grenzen ihrer Grafschaft patrouillieren; alle kennen die Konventionen, die gelten, wenn sie einer Patrouille begegnen.

Ein Treffen mit einer Patrouille wird mit ziemlicher Sicherheit kurz nach dem Übertritt in eine andere Grafschaft oder ein anderes Königreich erfolgen. Hier kommen die Fertigkeiten Höfische Sitten und Identifikation ins Spiel. Ein erfolgreicher Wurf auf Höfische Sitten stellt sicher, dass dein Charakter einen guten Eindruck auf die Patrouille macht und die Beziehungen verbessert. Ein erfolgreicher Wurf auf Identifikation ermöglicht es Rittern von Spielern, etwas über die fremden Ritter zu erfahren, insbesondere über ihre berühmten (Kampf-)Fertigkeiten und darüber, welchem Lord sie dienen, was wichtige Informationen liefert und soziale Intrigen oder Schmeicheleien ermöglicht.

Wenn der fremde Lord oder die fremde Lady die Ankunft der Charaktere erwartet, begrüßt einer der einheimischen Ritter sie und lädt sie auf die Burg des Lords ein und begleitet sie dorthin. Der Ritter schickt auch einen Boten, um Lord oder Lady eilig zu informieren, damit die Burg oder der Saal für die Gäste vorbereitet werden kann.

Erwartet der Lord oder die Lady die Ritter der Spieler nicht, dann verlangen die patrouillierenden Ritter, ihr Anliegen zu erfahren, und erwarten, dass sie ihre Absichten bekannt geben. Die Charaktere wissen, dass eine friedliche Geste von ihnen erwartet wird und sie ihr Anliegen mitteilen oder einfach sagen sollten, dass sie sich „auf der Durchreise" befinden. Die Patrouille kann die Ritter der Spieler passieren lassen (vor allem, wenn ihre jeweiligen Herren einander freundlich gesinnt sind), oder aber sie stattdessen zum Verhör in die Burg ihres Herren bringen.

Die Charaktere wissen, dass Widerstand zu Feindseligkeiten führt. Wenn die Ritter der Spieler sich weigern, Auskunft zu geben, werden die Wachen wahrscheinlich misstrauisch. Die Spielleitung kann im Namen der Patrouille einen Modifikator zu einem Misstrauisch-Wurf hinzufügen, dessen Erfolg dazu führt, dass die Patrouille die Weigerung der Spieler als feindliche Handlung interpretiert. Wenn die Patrouille den Charakteren zahlenmäßig überlegen ist, kann sie angreifen, wobei ein feindlicher Knappe oder Bote mit dieser üblen Nachricht zur Burg galoppiert, sobald der Kampf beginnt. Der Lord wird wahrscheinlich seine Hausritter versammeln, sich bewaffnen und zu dem Ort eilen, an dem der Kampf stattfindet (wenn die Burg in der Nähe ist) oder stattgefunden hat (wenn er weiter entfernt ist). Ein Kampf mit der einheimischen Patrouille macht die Ritter der Spieler zu Feinde, und der Lord muss gegenüber Fremden keine Gnade walten lassen.

Am Tor einer fremden Burg

Wenn keine Patrouille die Ritter der Spieler abfängt, finden sie vielleicht ein Burgtor, das tagsüber für den örtlichen Verkehr geöffnet ist. Eine Handvoll Wachen steht immer am Tor, um die Identität und die Absichten aller Eintretenden zu überprüfen, vor allem von bewaffneten und berittenen Rittern.

Wenn das Tor geschlossen ist, reitet man normalerweise heran und klopft, bläst ins Horn, läutet eine Glocke oder schreit einfach, bis jemand erscheint und einem zuhört. Diese Person wird normalerweise Pförtner genannt, weil es ihre Aufgabe ist, die Pforte oder das Tor zu hüten. Ein Pförtner zu sein ist ein angesehener Posten auf jeder Burg, denn er entscheidet darüber, wer sofort oder später eintritt. Ein erfolgreicher Wurf auf Höfische Sitten kann den Spielern helfen, wenn sie unerwartet erscheinen. Der Pförtner kann sich entscheiden, den Eintritt sofort zu gestatten, aber es ist wahrscheinlicher, dass er eine Nachricht an seinen Lord schickt. Die Charaktere müssen geduldig vor dem Tor warten, auch wenn das Wetter klamm ist.

Irgendwann taucht ein Kastellan, ein Verwalter oder ein anderer Beamter auf und heißt die Ritter am Hof willkommen. Die Gastfreundschaft muss vom Burgherrn gewährt und von den Besuchern angenommen werden, wie in der Leidenschaft Gastfreundschaft auf S. 22 in *Buch II* beschrieben.

Der Innenhof

Beim Durschschreiten der Tore kommen den Besuchern Stallknechte und Vögte entgegen und bieten ihnen an, ihre Pferde zu übernehmen. Ritter sollten ihren Knappen ohnehin befehlen, sich um ihre Pferde zu kümmern, wobei ihnen die Stallknechte helfen. Es ist wahrscheinlich, dass die Knappen in oder bei den Ställen bleiben, bis sie am nächsten Tag gerufen werden, denn es ist ihre Pflicht, auf die Pferde und das Hab und Gut ihrer Ritter aufzupassen. Einem Ritter eines Spielers steht es jedoch frei, seinen Knappen als Leibdiener und Boten einzusetzen, wenn es nötig ist. Die Knappen erhalten Essen und können ein Bett im Heu der Ställe finden.

Vorstellung zu Hofe

Diener geleiten die Besucher zum Lord oder zur Lady, die sich vielleicht auf ihrem hohen Sitz, in ihrem Schlafgemach (es ist nicht ungewöhnlich, dass Herrscher Gäste von ihrem Bett aus empfangen) befinden oder mit einer anderen Pflicht beschäftigt sind. Sie begrüßen die Ritter und erkundigen sich nach ihren Namen, wenn sie sie nicht kennen. Der Charakter mit dem höchsten Ruhm sollte für alle sprechen und einen Wurf auf Höfische Sitten ablegen, dessen Ergebnis den Ton der Begegnung bestimmen kann. Der Lord kann nach ihren Geschäften fragen oder sich nach ihrem Ziel erkundigen, ist aber nicht dazu verpflichtet, denn es ist alter kymrischer Brauch, zuerst Gastfreundschaft zu zeigen. Nach der Begrüßung sind die Ritter der Gnade ihres Gastgebers ausgeliefert, der sie normalerweise einlädt, so lange zu bleiben, wie sie es wünschen. Dann werden die Ritter aus der Gegenwart des Lords weggeführt. Der Lord ist nicht verpflichtet, sie wiederzusehen. Ein erfolgreicher Wurf auf Höfische Sitten kann eine Einladung zum Essen mit der Familie des Lords nach sich ziehen.

Ein Führer, vielleicht ein Kämmerer oder Seneschall oder vielleicht einer der Pagen oder Knappen des Hofes, bringt die Ritter zu ihrem Quartier. Je nach Epoche und Reichtum des Herrschers kann das ein möbliertes Turmzimmer sein, das sich die Charaktere teilen, oder aber auch ein Haufen sauberes Stroh in der Halle. Der eigentliche Bewohner des Zimmers (oder des Bodenbereichs) zieht aus, um Platz für die Gäste zu schaffen. Ein separates Gästehaus (falls vorhanden) ist normalerweise für sehr wichtige Besucher, wie Diplomaten oder Agenten des Königs, reserviert. Ein erfolgreicher Wurf auf Höfische Sitten kann selbst dem niedrigsten Ritter dessen Tür öffnen.

Die Charaktere erhalten Utensilien, um den Schmutz der Straße abzuwaschen: Eimer mit Wasser, Seife und Handtücher sind vorhanden. Wenn der Anführer einen hohen Rang hat, wird ihm auch ein Bad zur Verfügung gestellt, das andere Ritter nach ihm benutzen können – das Wasser wird normalerweise nicht gewechselt.

Wenn die Ritter eine Einladung zum Essen mit der Familie des Fürsten erhalten, wird von ihnen erwartet, dass sie ihre beste Kleidung anlegen. Wenn ihre Manieren die Gastgeber sehr beeindrucken oder die Gastgeber besonders großzügig sind, können sie den Besuchern auch teure Gewänder anbieten, die sie während ihres Aufenthalts tragen dürfen.

Während ihres Aufenthalts gewährt der Lord oder die Lady den Rittern eine begrenzte Erlaubnis zum Erkunden der Burg. Einer der Hofdiener begleitet sie immer und versucht geschickt, sie von den Dingen fernzuhalten, von denen der Lord nicht will, dass sie sie sehen oder über sie sprechen. Wenn es sich bei dem Diener um einen Gemeinen handelt, kann ein erfolgreicher Wurf auf Volksweisheit ihn beruhigen, und ein erfolgreicher Wurf auf Intrigen kann es einem Charakter ermöglichen, etwas über das Treiben auf der Burg zu erfahren und vielleicht zu hören, ob etwas Ungewöhnliches vor sich geht.

Sobald sie Gastfreundschaft genießen, sollten Ritter von Spielern die Burg nicht ohne die Erlaubnis des Burgherrn verlassen. Das nennt man „um Erlaubnis bitten, sich zu entfernen“ und ist ein wichtiger Bestandteil der Gastfreundschaft. Wenn du die Burg verlässt, ohne um Erlaubnis zu bitten, kostet dich das einen Punkt Gastfreundschaft. Wenn die Zeit angemessen ist, kann der Lord oder die Lady ihnen etwas zu essen für den Weg schenken, Anweisungen, wie sie zum nächsten Ziel kommen, und vielleicht auch einen Führer für die nächste Etappe der Reise zur Seite stellen. Es kann auch sein, dass sie zum Abschied einen Scheidebecher mit Wein anbieten und die Ritter sogar bitten, Botschaften oder Nachrichten an andere Höfe zu überbringen, wenn der Lord oder die Lady sie schätzt.

Speisen an der Tafel des Lords oder der Lady

Wenn das Abendmahl näher rückt, bringt ein Diener die Ritter der Spieler in den großen Saal und weist ihnen ihrem Stand entsprechenden Plätze zu, indem er die Bewohner umsetzt, um Platz zu schaffen. Namhaften oder renommierten Rittern kann ein Platz an der hohen Tafel angeboten werden, möglicherweise neben dem Lord oder der Lady.

Die Tischgespräche sind für Prahlerei, gute Laune und Belanglosigkeiten gedacht. Wenn der Lord an der alten kymrischen Tradition der Gastfreundschaft festhält, fragt er die Charaktere erst nach dem letzten Gang nach ihrem Anliegen. Eine Bitte um Nachrichten von der Außenwelt kann dieser Bitte vorausgehen oder folgen und könnte eine Gelegenheit für Ritter der Spieler sein, Redekunst-Würfe zu absolvieren.

Unterhaltung

Der Fürst bietet den Charakteren während ihres Aufenthalts Vergnügungen an. Es kann sein, dass der Fürst einfach nur mit seinem Reichtum und seiner Großzügigkeit angeben möchte, oder er mag die Ritter der Spieler und genießt ihre Gesellschaft, oder er möchte Ablenkungen anbieten, um ein gezieltes Treffen mit den Charakteren aus politischen oder diplomatischen Gründen zu verzögern.

Abends, meist nach dem Essen, ruft der Fürst Unterhalter in die Haupthalle. Darunter sind Musiker aller Art, wie Sänger, Harfenspieler, Lautenisten, Flötisten und Trommler. Jongleure, Pantomimen und Narren werden mit lustigen und aufregenden Zurschaustellungen körperlicher Geschicklichkeit oder des Humors verblüffen. Zur Unterhaltung können auch Gedichtrezitationen und Musik von einem renommierten Barden gehören, wenn der Hof besonders wohlhabend oder berühmt ist. Ritter der Spieler können sich anbieten, zur Belustigung des Hofes aufzutreten, oder sie können dazu aufgefordert werden. Sie können Würfe auf ihre Fertigkeiten in den Bereichen Komposition, Redekunst, Instrumentenspiel und Gesang versuchen, um ihre edlen Gastgeber zu beeindrucken (oder auch nicht). Die Spielleitung sollte ihre Spieler dazu ermutigen, diese Ereignisse auszuspielen.

Ein Tanz ist ebenfalls ein übliches Vergnügen, und Charaktere haben die Chance, mit erfolgreichen Tanz-Würfen zu zeigen, was sie können, um sich bei Hofe und bei allen, mit denen sie gerade Liebeleien hegen, beliebt zu machen.

Gelegentlich nehmen Gäste auch an Glücks- oder Geschicklichkeitsspielen teil. Glücksspiele sind ein weit verbreiteter Zeitvertreib für Adlige, und Ritter von Spielern haben die Möglichkeit, je nach ihren Spielen-Würfen einige Denarii am Tisch zu gewinnen oder zu verlieren.

In den kommenden Tagen kann ihr Gastgeber die Charaktere auffordern, an einer Jagd teilzunehmen und ihre Jagd-Fertigkeit zu üben oder ihr Können in der Falknerei zu demonstrieren. Ein Diener wird sie immer begleiten und entweder besorgen, was die Gäste wollen, oder sie darüber aufklären, warum sie es nicht bekommen können. Außerhalb ihres Quartiers ist es schwer, Zeit zu finden, um ohne Eskorte mit jemandem allein zu sein.

Clarion, der Diplomat

Sir Clarion wurde auserwählt, im Namen seines Herrn Frieden mit einem benachbarten Baron auszuhandeln. Zu seinen Zielen gehören die folgenden: (1) freier Zugang zu den Handelsstraßen der Baronie; (2) Verzicht auf die Jagdrechte im Bedegraine-Wald; (3) Mautrechte an der Hochwasserbrücke.

Sein Herr, König Leodegrance, gibt Sir Clarion £10 in römischem Silber, um die Räder schmieren zu können. Im Laufe des Szenarios verteilt Sir Clarion £4 an „Geschenken" und führt drei Würfe auf Höfische Sitten (zu Zwecken der Diplomatie) gegen Höflinge und den rivalisierenden Baron selbst durch.

Er gewinnt zwei und erhält die Konzession des Barons für die Handelsstraßen und die Jagdrechte im Bedegraine-Wald. Der Baron ist jedoch nicht bereit, auf die Mautrechte zu verzichten.

Sir Clarion sitzt auf und reitet nach Hause, um König Leodegrance die gemischten Nachrichten zu überbringen.

Diplomatie bei Hofe

die Charaktere sind vielleicht in diplomatischer Mission für ihre Lehnsherren unterwegs oder wollen die hohe Kunst der Diplomatie zum eigenen Vorteil nutzen. Die einfache Version der Diplomatie besteht darin, dass sich der Ritter der Spieler unter vier Augen mit dem Lord oder der Lady (und vielleicht ihren Ratsmitgliedern, Schreibern und Priestern) trifft und erklärt, was sie zu erreichen wünschen. Dann überreichen sie £1W6+3 in Form von Geschenken; wer diese Mindestvoraussetzungen für den Wert der Geschenke nicht erfüllt, erleidet zumindest einen Abzug von –5 auf alle Höfischen Fertigkeiten in Betzug auf Diplomatie. Hochmütige oder selbstsüchtige Herren können die Ritter der Spieler wegschicken oder ihre Güter beschlagnahmen!

Das diplomatische Gegenüber könnte der Lord oder die Lady oder einer ihrer Vertreter sein. Die Spielleitung bestimmt die Höfische Sitten-Fähigkeiten des gegnerischen Diplomaten jeweils mit einem Wurf von 3W6+4. Es ist durchaus möglich, dass der Verhandlungspartner für seine diplomatischen Fertigkeiten berühmt ist.

Ein Widerstandswurf auf Höfische Sitten zwischen Diplomaten bestimmt den Gewinner, sprich wer seine Wünsche erfüllt bekommt. Das gesamte Szenario kann mit einem Wurf auf Höfische Sitten abgehandelt werden oder über mehrere Verhandlungstage verlaufen. Für besonders schwierige Fälle kann die Spielleiterin einen Reflexiven Modifikator von –5/+5 oder sogar –10/+10 auferlegen.

Spionieren am Hof

Charaktere müssen vielleicht jemanden für ihren Lehnsherrn ausspionieren, während sie sich an einem fremden Hof aufhalten. Spionieren bedeutet, Informationen von jemandem einzuholen, der sie für sich behalten will. Das ist ein verräterisches Unterfangen. Wie bereits erwähnt, ist es für Charaktere schwierig, Zeit zu finden, um mit jemand anderem als der zugewiesenen Eskorte allein zu sein; sie können die Eskorte nach Informationen aushorchen, die ebenfalls ausgebildet worden sein könnte, mit ihrer eigenen Fertigkeit Intrigen zu widerstehen.

Der Ritter eines Spielers muss zuerst einen Informanten auswählen. Innerhalb eines vernünftigen Rahmens kommt jeder am Hof als Informant in Frage, einschließlich Beamten des Hofes, Ladys, Mägde, Lords, Höflinge und Knappen. Alle Bediensteten, auch die adligen, können bestechlich sein und aus persönlichem Interesse handeln.

Wenn ein Informant ausgewählt ist, muss der Charakter zuerst eine gemeinsame Grundlage finden und ihn (oder sie) zum Reden bringen. Das kann durch Minne, Verführung (siehe oben) oder durch den Einsatz einer Fertigkeit geschehen, mit der du dein Wissen über ein gemeinsames Interesse demonstrierst (wie Falknerei, Jagd, Heraldik, Spielen usw.), ein Geschenk (dessen Wert in £ gemessen wird), eine Gefälligkeit, eine gemeinsame Jagd oder Beize, ein kurzes Abenteuer und unzählige andere Möglichkeiten, um eine Beziehung aufzubauen.

Schließlich entscheidet ein Widerstandswurf zwischen der Intrigen-Fertigkeit des Charakters und der des Informanten über den Erfolg des Anwerbens. Da der Informant weiß, dass er bestimmte Arten von Informationen nicht an Personen außerhalb des Hofes weitergeben darf, kann er seine Fertigkeit mit einer Leidenschaft, wie z. B. Mannestreue oder Loyalität, modifizieren oder verstärken.

Unterkünfte

Wenn sie durch fremde Länder reisen, übernachten Ritter normalerweise in einer Burg, einem Herrenhaus, einem Kloster oder einer anderen Siedlung, der sie auf ihrem Weg begegnen. Gastfreundschaft ist eine ehrwürdige Tradition, und es ist üblich, jedem Reisenden standesgemäß zu helfen.

Die meisten Menschen reisen sehr wenig und sind wahrscheinlich ausgehungert nach Informationen und Klatsch über die Außenwelt. Daher sind Fremde, von denen man weiß, dass sie keine Feinde sind, willkommen, und wenn sie unterhaltsam sind, sind sie umso willkommener. Wenn es sich um einen Feind handelt, der versehentlich an die Tür gekommen ist, schindet der Pförtner einfach etwas Zeit und wechselt vielleicht ein paar bittere oder beleidigende Worte mit den Reisenden, während die Ritter zu den Waffen greifen und sich darauf vorbereiten, hinauszueilen und den Feind zu ergreifen.

Weitere Informationen zu den Regeln der Gastfreundschaft und dem Besuch eines Hofes findest du in den vorherigen Teilen dieses Abschnitts.

Klöster heißen alle Gäste willkommen. Stallknechte kümmern sich um die Pferde, und die Gäste haben einen Platz, um sich frisch zu machen und auszuruhen. In der Regel gibt es getrennte Quartiere für verschiedene soziale Ränge, um den Adel von den einfachen Leuten fernzuhalten. Der Abt kann sein Quartier sogar Baronen und Rittern der Tafelrunde zur Verfügung stellen. Gemeine erhalten die typische strenge Mönchskost, aber Ritter und Adlige speisen mit dem Abt üppigere Speisen.

Wo es keine anständigen Unterkünfte gibt, suchen die Ritter in bäuerlichen Behausungen Unterkunft. Gewöhnliche Bürgerinnen und Bürger lassen mächtige Fremde meist nur ungern in ihre Häuser und empfehlen vielleicht jemanden in der Stadt, der weniger misstrauisch ist. Ein potenziell angenehmer Gastgeber stimmt zögernd zu, beklagt sich aber meist, dass er arm ist und nichts zu entbehren hat und deutet an, dass er irgendwie entschädigt werden muss. Sie feilschen um den Preis, bis eine Einigung erzielt wird. Nichts ist garantiert, außer dem, worauf sich beide Parteien im Voraus einigen.

Öffentliche Gasthäuser entwickeln sich erst spät in König Artus' Regierungszeit und zunächst nur in Städten und Marktstädten. Zunächst sind die Gasthäuser von schlechter Qualität. Es ist unwahrscheinlich, dass sie private Unterkünfte, eine Speisekarte zur Auswahl oder anderes Essen als die übliche Bauernkost haben. Das Gebäude beherbergt wahrscheinlich alle Gäste in einem großen Gemeinschaftsraum mit einer einzigen Feuerstelle.

Wenn keine Unterkünfte zur Verfügung stehen, kampieren die Ritter letztendlich auf dem kalten, harten Boden. Diejenigen, die mit Pavillonzelten reisen, werden diese Erfahrung etwas erträglicher finden.

Anhang E: Söldner- und Hausritter

Die überwiegende Mehrheit der Ritter in Britannien gehört entweder der Gruppe der Söldner- oder der Hausritter an. Söldnerritter schwören, wie der Name schon sagt, keinen Treueschwur auf ihren Herrn, sondern arbeiten für eine vertraglich festgelegte Zeit gegen Bezahlung. Was sie an persönlicher Freiheit gewinnen, verlieren sie an Sicherheit und institutioneller Unterstützung.

Hausritter sind der vertrauenswürdige „innere Kreis" eines ranghöheren Ritters oder Lords. Als Gegenleistung für ihre Treueschwur und ihre Dienste erhalten sie von ihrem Herrn materielle Unterstützung und Schutz. In den folgenden Abschnitten erfährst du mehr über die einzelnen Spielarten der Ritterschaft.

Weitere Informationen zu den Unterschieden zwischen Huldigung und Treue findest du in den gleichnamigen Leidenschaften unter **„Leidenschaften der Fidelitas"** ab S. 20 in *Buch II: Regeln*.

Die Ritter der Spieler in diesem *Starter-Set* sind alle entweder Söldnerritter oder Hausritter, die weit weg von ihren Herren sind und daher vorerst als fahrende Ritter unterwegs sind. Im Laufe der *Kampagne des Schwertes* finden sie Gelegenheiten, neuen Lords Treueschwüre zu leisten.

Der Söldnerritter

Ein Söldnerritter führt ein beschwerliches Leben. Der Söldner erlangte den Rang eines Ritters, trat aber in keine festen Dienste ein. Sie sind in der Regel die Zweitgeborenen, deren ältere Geschwister alles von ihrer Familie geerbt haben oder erben werden, oder der vierte oder fünfte Nachkomme eines Ritters, der wohlhabend genug war, um diesen Status zu verleihen.

Der Söldnerritter lebt ganz von seinem eigenen Verstand und verdient sein Geld als gedungener Mörder. Wenn ein Söldnerritter einen Diener hat, ist es in der Regel kein Knappe, weil er sich derartige Extravaganz nicht leisten kann. Wenn er es sich leisten kann, hat er vielleicht einen Stallknecht oder einen Lakaien, doch sind dies keine Gefolgsleute auf dem Schlachtfeld. Die Ausrüstung der Söldnerritter ist meist nicht von neuester Art, ihre Pferde sind kleiner und ihre Kleidung oft unmodern, wenn nicht sogar zerlumpt.

Vorteile

Der Söldnerritter ist völlig frei von Verpflichtungen, außer denen, die er freiwillig übernommen hat. So bleibt dem Ritter viel Zeit für Abenteuer.

Der Söldnerritter muss nicht für einen Knappen bezahlen, da er keinen hat. Er kann jederzeit einen Diener anstellen und wieder entlassen, indem er ihn aus eigener Tasche bezahlt.

Nachteile

Das größte Problem für den Söldnerritter ist seine unregelmäßige Beschäftigung und sein unsicheres Einkommen.

Ein Söldnerritter hat keine Garantie auf eine Anstellung und mag in mageren Jahren in Armut leben, möglicherweise seine Knappen oder sein Pferd verlieren oder sogar gezwungen sein, seine Rüstung zu verkaufen! Seine Hofkleidung verschlechtert sich pro Jahr um die Hälfte ihres Wertes.

Es kann sein, dass der Söldner seine Waffen und Rüstungen verpfänden muss, um Kost und Logis zu bezahlen. Der Betrag, den er für die Verpfändung des gesamten Geschirrs erhält, entspricht der Hälfte seines Preises, daher ist es nicht ungewöhnlich, Teile zu verpfänden. Er verliert das Pfand für immer, wenn er es nicht innerhalb eines Jahres auslöst.

Nur ein Knappe wird mit einem Ritter in die Schlacht ziehen, also fehlt einem Söldner ein äußerst wertvoller Helfer. Es ist möglich, einen professionellen Edelknecht anzuheuern, aber das kostet £1 pro Jahr (inklusive Pferd). Wenn der Edelknecht über mehrere Fertigkeiten verfügt, kostet das zusätzlich £1 pro Fertigkeit über 15. Da die Anstellung nicht dauerhaft und die Ergebenheit gegenüber dem Ritter fraglich ist, verwendet ein angeheuerter Edelknecht außerdem Alter −2W6 für seinen Knappenwurf (siehe S. 37 in *Buch II: Regeln*).

Ein Söldnerritter hat nicht die übliche Sicherheit eines Hausritters, wenn er in persönliche Schwierigkeiten gerät. Wenn ein Feind ihn gefangen nimmt, zahlt niemand das Lösegeld. Unter solchen Umständen schließt sich ein Söldner oft der Armee seines Geiselnehmers an und bleibt dort, bis er sein eigenes Lösegeld abbezahlt hat.

Söldnergelegenheiten

Arbeitslose Söldner haben kein Einkommen. Wenn sie für den Einsatz angeheuert werden, erhalten sie ein tägliches Gehalt, das ausreicht, um sie einen Tag lang zu ernähren. Sie erwarten, dass sie ihr richtiges Geld durch Beute machen.

Die Vorfeldzugsaison beginnt im Mai, wenn das Wetter gut ist. Dann werden Vorbereitungen getroffen – man belädt Karren mit Waffen und Lebensmitteln und wartet auf das Eintreffen der Söldner. Die eigentliche Feldzugsaison ist im Juni, Juli und August. Ende Oktober bezahlt der Autraggeber die Truppen und entlässt sie.

Die Bezahlung der Söldner erfolgt für die Monate, die sie im aktiven Dienst sind.

Tabelle E.1: Söldnerlohn

Lohnsatz	Fusssoldat	Berittener Bogenschütze	Kavallerie	Ritter
d. pro Tag	½	1	2	4
d. pro Monat	10	20	40	80
d. pro Saison	30	60	120	240
£ pro Jahr	½	1	2	4*

* Bewährte Ritter werden besser bezahlt als unbekannte und erhalten einen Bonus, der auf ihrem Ruhm basiert. Namhafte Ritter verdienen bis zu £1 pro Jahr zusätzlich, Renommierte Ritter £2. Wenn ein Söldnerritter die Stufe des Illustren Ritters erreicht, verdient er bis zu £4 zusätzlich und wird von seinem Herrn häufig eingeladen, ein Hausritter zu werden, wenn dieser es wünscht.

Der Hausritter

Die im *Starter-Set* enthaltenen Charaktere beginnen als herrenlose Söldner, steigen aber schließlich zu einem besonderen Rang auf, der „Hausritter“ genannt wird, und dienen sodann entweder König Artus oder König Leodegrance. Diese Art von Charakteren ist in den meisten **Pendragon**-Kampagnen die Standardvariante für den Spielanfang. Ein Hausritter schwört seinem Lord Loyalität und Lehnstreue, der ihm im Gegenzug Unterhalt auf Lebenszeit bietet.

Ein Hausritter ist in allen Belangen von seinem Herrn abhängig und hat Anspruch auf Unterkunft, Verpflegung, Ersatz für Pferde und Ausrüstung, die im Dienst verloren geht, ein neues Kleidungsstück zur Julzeit und allerlei andere Kleinigkeiten. Der Ritter lebt im Haushalt des Herrn und isst gemeinsam mit anderen Rittern und Dienern in einem großen Saal. Nachts schlafen sie in der großen Halle mit den anderen Hausrittern. Die persönliche Habe beschränkt sich auf eine Truhe mit persönlichen Gegenständen sowie eine Strohmatratze und eine Decke, die er tagsüber zusammenrollt und zur Seite legt.

Eine andere Bezeichnung für einen Hausritter ist Junggesellenritter (engl. „bachelor knight“, vom altfranzösischen *bas chevalier* – „niederer Ritter“), denn er darf erst heiraten, wenn er in den Augen seines Lords hoch genug aufgestiegen ist, um eine Frau zu verdienen. Wenn ein Junggeselle sich durch Taten bewährt, können sein Lord und seine Lady eine Gemahlin für ihn auswählen. Der neue Partner oder die neue Partnerin arbeitet weiterhin irgendwo im Haushalt, und wenn sie ein kleines Privatzimmer innerhalb der Burg erhalten, bleiben sie in der Obhut ihres Lords.

Herrscher können die besten unter ihren Rittern befördern und ihnen ein eigenes Gut zur Verfügung stellen; diese Ritter bleiben ihrem Lord unterstellt, sind aber als Lehnsritter für ihren eigenen Unterhalt verantwortlich.

Unterhalt

Der Unterhaltsvertrag gilt für den Ritters und seinen Lord auf Lebenszeit. Der Ritter erwartet keine Freizeit, obwohl er normalerweise welche erhält. Der Lebensstandard beträgt £4, ohne dass jemals eine Münze durch ihre Hände wandert, es sei denn, sie verdienen eine Prämie.

Größerer Ruhm bringt die üblichen Vorzüge. Ein Namhafter Ritter erhält £6, ein Renommierter Ritter £9. Ein Illustrer Ritter verlangt £10 oder mehr für den Unterhalt und hat das Recht, ein Lehnsritter zu werden, wenn der Lehnsherr neues Land erwirbt oder erobert (siehe Tabelle E.2: *Verteilung des Ruhms*, um zu sehen, wie die Werte des Ruhmes der Bedeutung entsprechen).

Ab der Stufe Respektiert (3.000–4.000 Ruhm) kann ein Hausritter um die Erlaubnis bitten, zu heiraten; diejenigen, die Erben oder Erbinnen heiraten, werden zu Lehnsrittern.

Tabelle E.2: Verteilung des Ruhms

Ruhm Wert	Prominenz	Ungefähre % aller Ritter
weniger als 2.000	Unerprobt	10
2.000–2.999	Erfahren	45
3.000–3.999	Respektiert	30
4.000–5.999	Namhaft	10
6,000–7.999	Renommiert	3
8,000–15.999	Illuster	2
16.000–31.999	Außergewöhnlich	Vernachlässigbar
32.000+	Legendär	Winzig

Vorteile

Ein Hausritter muss sich nie um Unterkunft, Verpflegung, Ausrüstung oder Pferde kümmern, da es die Pflicht des Lehnsherrn ist, diese zu stellen.

Ein Hausritter genießt Schutz und Sicherheit. Wenn ein Feind ihn gefangen nimmt, zahlt sein Lord rasch das Lösegeld.

Ein Hausritter hat gute Aufstiegschancen, denn er lebt unter den Augen seines Lords und hat viele Möglichkeiten, zusätzlichen Ruhm oder Einkommen zu erlangen. Dadurch erhält der Ritter weitreichende Erfahrung, da er zu den Rittern gehört, die für wichtige Aufgaben wie die Begleitung der Lady des Hauses oder eines Diplomaten außerhalb ihrer Heimat ausgewählt werden. Ein besonders heroischer Ritter kann für eine außergewöhnliche Tat ein jährliches Geld- oder Landgeschenk im Wert von £1 oder £2 erhalten, ohne dass er zum Dienst verpflichtet ist.

Nachteile

Ein Hausritter kann sich nicht ohne die Erlaubnis seines Herrn auf eine Queste begeben und schuldet seinem Herrn das übliche Drittel der Beute, die er macht. Sobald er jedoch die Erlaubnis erhalten hat, kann er den ganzen Sommer über auf Questen ausziehen, wenn er es wünscht.

Anhang A: Turniere

Turniere sind ein aufregendes neues Sportereignis, bei dem Gruppen von Rittern, die mit stumpfen Waffen kämpfen, versuchen, sich gegenseitig von ihren Pferden zu stoßen. Turniere, die ursprünglich *Hastiludes* („Lanzenspiel") genannt wurden, beginnen als Schlachtfeldübungen für Ritter und Knappen. Mit der Zeit wurden die Übungen zu Schauereignissen, die Scharen von Menschen anzogen.

Adlige Familien, der Klerus und ihre Gefolgsleute besuchen die Turniere, ebenso wie Händler, die Marktstände aufbauen, und verschiedene Künstler, die ihre verschiedenen Kunsthandwerke ausüben. Auch das gemeine Volk schaut sich das Spektakel an, zapft Bier, feuert seine Lieblingsritter an und tanzt zur Musik. So kann ein einziges Turnier ein Abenteuer für sich sein, denn es gibt viele Gelegenheiten für Rollenspiel, und man weiß nie, wer dort auftauchen wird. Die Anwesenheit wichtiger Lords wie Bannerherren, Grafen, Herzöge und Fürsten bietet einem teilnehmenden Ritter eine gute Gelegenheit, auf sich oder seine Sache aufmerksam zu machen.

Jeder angehende Teilnehmer muss die folgenden Voraussetzungen erfüllen, um an einem Turnier teilnehmen zu können:

- Nur Ritter dürfen an Turnieren teilnehmen. Ob Lehns-, Haus- oder Söldnerritter spielt keine Rolle, aber Knappen und Kavallerie dürfen nur an speziellen Veranstaltungen für sie teilnehmen.
- Ritter ohne Ehre oder mit schlechtem Leumund dürfen nicht teilnehmen.
- Die Regeln erlauben die Teilnahme in Verkleidung.
- Teilnehmer müssen manchmal eine Gebühr zahlen.

Die Invokation

Am Morgen des Turniers hält der Sponsor (normalerweise ein hochrangiger Adliger) eine Rede, die Invokation genannt wird. Die ritterlichen Wettkämpfer ziehen in einem aufwändigen Festzug vor den Schiedsrichtern (die sowohl Ritter als auch Damen sein können) und den Schaulustigen her. Die Herolde präsentieren dann die Lady des Turniers, die die Frau des Sponsors oder eine heiratsfähige Edelfrau sein kann, deren Hand dem Sieger angeboten werden kann. Der Sponsor stellt dann den Großmarschall vor, der für den Ablauf der Veranstaltung verantwortlich ist, die Schiedsrichter, die in der Regel bekannte Veteranen, Lords und Ladys sind, und die vielen Herolde, die auf dem Feld des Gestampfes für Fairness sorgen und die Details überwachen. Der Sponsor zeigt auch den oder die Preise vor, die er vergeben wird, und legt die Bedingungen für die Gefangennahme und die Lösegelder fest, die die Schiedsrichter während des Gestampfes durchsetzen werden.

Das große Gestampfe

Das große Gestampfe ist eine simulierte Schlacht. Zum Zeitpunkt dieser Szenarien ist es das Hauptereignis des Turniers. Das Feld des Gestampfes ist mehrere Quadratmeilen groß und hat vage Grenzen, in der Regel zwischen zwei Dörfern, in denen die gegnerischen Mannschaften lagern. An jedem Ende ist ein *Recet* (oder Rückzugsgebiet) abgesteckt; dies sind die „hinteren Bereiche" für jede Mannschaft. Das Recet ist von bewaffneten Lakaien umgeben, deren Aufgabe es ist, gegnerische Ritter abzuwehren, die versuchen könnten, einzudringen. Die Lords bringen oft eine große Anzahl ihrer Gefolgsleute mit, um bei der Verteidigung zu helfen.

Ein großes Gestampfe kann je nach Größe und Sponsor zwischen einem halben und mehreren Tagen dauern.

Die Teilnehmer teilen sich in zwei ungefähr gleich große Seiten auf und stürmen auf ein Signal hin mit Lanzen aufeinander los. Die Mannschaften sind in Conrois unterteilt, die sich gegenseitig unterstützen und sich die gesammelte Beute und das Lösegeld für die Gefangenen teilen können.

Es ist möglich, dass Freunde einen Gefangenen befreien, bevor er als gefangener Ritter in das Recet kommt. Die Gehilfen der Ritter sind ihre Knappen und Bücklinge, deren Aufgabe es ist, Gefangene vom Feld in das Recet zu führen oder, wenn nötig, zu schleppen, wo sie festgehalten werden. Manchmal erlauben die Richter sogar Kontingente von Lakaien auf dem Feld, um ihren Herren zu helfen. Während des Kampfes können sich die Ritter in ihr eigenes Recet zurückziehen, um Erste Hilfe zu erhalten, sich auszuruhen oder etwas zu trinken und zu essen, aber sie stürzen sich auch wieder in den Kampf, wenn sie sehen, dass ihre Seite das Nachsehen hat.

Schiedsrichter wachen über das Spielfeld, und Herolde weisen die Zuschauer auf spannende Kämpfe hin. Am Ende des Tages bestimmen die Richter den besten Kämpfer, der mit einem Preis ausgezeichnet wird. Ein großes Gestampfe kann am nächsten Tag oder an mehreren Tagen fortgesetzt werden. In der Regel vergeben die Richter jeden Tag einen Preis.

Am Ende des Tages findet ein Fest mit Musik, Tänzen, Gauklern, Barden und Troubadouren statt, die bis spät in die Nacht unterhalten. Ähnliche Feierlichkeiten finden in jeder Nacht der Veranstaltung statt.

Nach der letzten Veranstaltung oder am letzten Tag benennt der Sponsor die Gewinner der Veranstaltungen und übergibt ihnen ihre Preise, und dann wird der Sieger von allen als Ehrenritter (*chevalier d'honneur*) gekürt. Alle Kämpfer, unbewaffnet und ungepanzert, treffen sich vor den Zuschauern und umarmen sich in Freundschaft, um zu beweisen, dass sie keinen Groll aufeinander hegen.

Ein abschließendes Festmahl findet statt; danach trennen sich die Ritter. Diejenigen, die zu verwundet sind, um zu reisen, bleiben als Gäste bei ihrem Gastgeber, bis sie wieder reisefähig sind.

Turnierwaffenschaden

Eine Turnierwaffe ist nicht scharf und daher weniger tödlich – die Betonung liegt auf weniger. Turnierwaffen können trotzdem tödlich sein! Unabhängig davon, ob die Kanten abgestumpft, die Spitzen entfernt oder ähnliche Sicherheitsmaßnahmen getroffen wurden, wendet der Charakter bei einer erfolgreichen Kampfaktion die Hälfte des gewürfelten Schadens an. Ein kritischer Treffer fügt wie üblich +4W6 hinzu, bevor der Schaden halbiert wird.

Danke daran, dass du für die Bestimmung des Niederschlags immer den vollen gewürfelten Schaden betrachtest.

Charaktere können sich dafür entscheiden, auch mit einer Turnierwaffe Gedämpfte Schläge auszuführen (siehe Buch II, S. 40). In diesem Fall wirfst du die reduzierte Anzahl von Würfeln der Aktion Gedämpfte Schläge, berechnest den Niederschlag und halbierst ihn dann für den Turnierwaffenschaden.

Ablauf eines Turnier-Gestampfes

Im Gestampfe treten zwei Mannschaften gegeneinander an. Die Spieler-Ritter müssen sich vor Beginn der Schlacht für eine Mannschaft entscheiden, dem sie zusammen mit einem Conroi-Anführer beitreten und nach allen Regeln kämpfen, die im Schlachtsystem in **Anhang B** beschrieben sind, denn genau das ist ein Turnier-Gestampfe – eine Scheinschlacht. Die Spielleiterin muss eine Liste von Begegnungen zusammenstellen, die für ein Turnier geeignet sind (d. h. ausschließlich Ritter). Die Größe des Gestampfes entspricht den regulären Größen der Schlacht, aber die Intensität ist nur halb so hoch.

Einzelne Ruhm-Auszeichnungen können wie immer für das Besiegen von Gegnern errungen werden, aber da Turnierwaffen verwendet werden, beträgt der erhaltene Ruhm nur ein Zehntel des normalen Betrages, den die Begegnung anzeigt.

Herolde und Schiedsrichter halten die Taten fest, und der große Preis des Turniers geht an denjenigen, der nach ihrer Meinung im Gestampfe am tapfersten, am schneidigsten und am effektivsten war (im Spiel basiert das normalerweise auf dem gewonnenen Ruhm).

Die Regeln für den Turnier-Nahkampf sind einfach und kurz:

- Lanzen und scharfe Waffen werden für das Turnier abgestumpft.
- Ein Ritter ist besiegt, wenn er vom Pferd geholt, bewusstlos geschlagen, getötet wird (natürlich aus Versehen) oder sich ergibt.
- Wenn ein Gegner besiegt wird, kann sein Ross genommen werden und wird zum Preis des Siegers, wenn der Ritter oder seine Knappen es in den sicheren Bereich bringen und dort halten kann.
- Von Rittern in derselben Mannschaft und vor allem im selben Conroi wird erwartet, dass sie sich gegenseitig helfen.
- Mehrere Kontrahenten können einen einzelnen Ritter angreifen.

Peripherie-Turnierereignisse

Turniere sind voller Gelegenheiten, um auf Merkmale und Leidenschaften zu würfeln. Die Ritter der Spieler können jeder Leidenschaft oder jedem Merkmal nach Wunsch des Spielers nachgehen. Bevor die Wettkämpfe beginnen, findet ein großes Festmahl statt, gefolgt von einem Gottesdienst am nächsten Morgen. Charaktere, die schlemmen wollen, markieren Schwelgerisch, während diejenigen, die sich zurückhalten, Maßvoll markieren. Auch die Entscheidung, die Kirche zu besuchen oder nicht, verleiht eine Probe auf entweder Fromm oder Weltlich. Das Vorhandensein so vieler möglicher Partner bietet die Gelegenheit für eine Markierung für Lüstern oder, wenn man widersteht, für Keusch.

Ritter haben die Möglichkeit, an gesellschaftlichen Wettbewerben teilzunehmen, wenn sie es wünschen. Dabei handelt es sich um Vergleichswürfe auf die Fertigkeit Höfische Sitten aller Teilnehmer, um einen Gewinner zu ermitteln. Alle Ritter der Spieler würfeln gleichzeitig, und schlechtere Würfe werden eliminiert. Gibt es einen Gleichstand für den besten Wurf, müssen die Teilnehmer so lange würfeln, bis einer von ihnen gewinnt.

Was ist mit dem Tjost?

Der moderne Leser verbindet Turniere zweifellos mit dem Tjost, oder Lanzenstechen, und im Laufe der Herrschaft von König Arthur wird dieser Sport tatsächlich immer beliebter und verdrängt schließlich das große Gestampfe und ersetzt es sogar.

In der Zeit, die das *Starter-Set* abdeckt, sind Turniere jedoch noch ein brandneues Phänomen; die formalen Regeln für den Tjost (das *joust a plaisance*) müssen erst noch entwickelt, geschweige denn auf dem Spielfeld umgesetzt werden.

Tjoste sind auch nicht das Einzige, was in späteren Turnieren aufkommt. Das Zurschaustellen von Helmen und Schilden, formelle Herausforderungen und der allgemeine Prunk, den Ritter und Adel gleichermaßen aufführen, machen das Turnier zu einem echten Spektakel. Mit der Zeit werden für Turniere Eintrittsgelder und sogar Wetten auf Pferd und Geschirr verlangt, was die Veranstaltung zu einer potenziell lukrativen Einnahmequelle für erfahrene Ritter macht.

Aber das ist eine Geschichte für einen anderen Tag …

Sir Asterius reitet!

Sir Asterius muss hart reiten, um seine wahre Liebe zu retten. Er beschließt, einen Gewaltmarsch zu unternehmen. Sein bestes Reitpferd, ein Streitross namens Zephyrus, ist verfügbar. Er nimmt ein anderes Pferd, ein ungewöhnlich robustes Runtzid, als Verstärkung mit. Die Reise führt ausschließlich über eine Handelsstraße, die Sir Asterius gut kennt, und da das Wetter gut ist, wird er gut vorankommen.

Sir Asterius und sein Knappe (der den besonderen Runtzid seines Herrn führt und auf seinem eigenen Runtzid reitet) brechen im Morgengrauen auf. Sir Asterius' Dame wird in einer etwa 25 Meilen entfernten Burg gefangengehalten; ein einziger Tag Gewaltmarsch sollte genügen.

Zephyrus hat eine Bewegungsrate von 16 und eine KON von 13. Sir Asterius' Spieler legt einen erfolgreichen KON-Wurf für Zephyrus ab, woraufhin die Reise ohne Zwischenfälle verläuft. Die Spielleiterin würfelt auch für die beiden anderen Pferde. Der besondere Runtzid schafft seinen Wurf, aber das Reittier des Knappen versagt. Im Laufe des Tages fällt der Knappe allmählich hinter Sir Asterius zurück, der sich entscheidet, weiter zu reiten.

Sir Asterius legt die 25 Meilen an einem Tag zurück und erreicht die Burg allein vor Sonnenuntergang. Glücklicherweise besiegt er den Oger, der dort haust, und rettet seine Dame, bevor der Menschenfresser sie zu seinem Abendessen machen kann. Für seine rechtzeitige und eigenhändige Rettung erhält er von der Spielleitung eine Markierung für seine Minne-Leidenschaft.

Am nächsten Tag trifft der Knappe mit seinem erschöpften Pferd an der Burg an, nachdem er am ersten Tag nur 15 Meilen zurückgelegt hat.

Arten von Reisen

- **Auskundschaftend:** Bewusst langsames Gehen; angespannt, Geräusche minimierend, auf der Hut vor Gefahren oder Überraschungen.
- **Gemächlich:** Bewusst langsames Gehen; es ruhig angehen lassen, eine Laute zupfen, die Landschaft betrachten, singen. Üblich für Damen, Belagerungszüge, Kaufleute, Mönche auf Eseln und besonders verletzte Personen, die Heilkunst benötigen.
- **Normal:** Intervalle von Trab, Schritt und Kanter, mit der Absicht, sein Ziel in einer angemessenen Zeit zu erreichen. Übliche Reisegeschwindigkeit für Ritter.
- **Eil- oder Gewaltmarsch:** Schnelles Tempo; gefährlich für Pferde. Alle Berittenen legen KON-Würfe ab, um die Strecke zurückzulegen. Ein Fehlschlag bedeutet, dass sie sich nur mit Normalem Tempo bewegen dürfen. Ein Patzer bringt das arme Tier um!

Ein Hinweis zu Landkarten

Landkarten sind äußerst selten. Diejenigen, die es gibt, sind schlechte Kopien römischer Tabulae, die wichtige Straßen und Flussüberquerungen zeigen, aber bei weitem nicht so genau sind wie moderne Karten. Der übliche Ersatz für eine Karte ist eine schriftliche Auflistung der Haltestellen entlang des Weges und, wenn sie von besserer Qualität sind, ein Hinweis darauf, ob es sich bei der Haltestelle um ein Herrenhaus, eine Burg, ein Kloster, eine Stadt oder eine andere Sehenswürdigkeit handelt. In Ermangelung von Belesenheit können die Orte auch mit einem Wappen des Grundbesitzers gekennzeichnet sein.

Fahrzeuge und Fracht

Die Straßen und Wege in Britannien werden kreuz und quer von einer Vielzahl von Kutschen befahren, die wertvolle Fracht von einem Markt zum nächsten bringen.

Ein Karren ist zweirädrig und wird von einem oder zwei Pferden, Ochsen oder Maultieren gezogen. Er wird für den Transport von Waren verwendet und ist unter Bauern weit verbreitet. Er kann eine Frachtladung tragen (siehe unten).

Ein Wagen hat vier Räder und wird als Allzweckfahrzeug verwendet, um Getreide und andere Waren über weite Strecken zu transportieren. Auch er kann von Ochsen, Maultieren oder Eseln gezogen werden. Er kann zwei Frachtladung transportieren.

Eine Kutsche ist ein von Pferden gezogenes Fahrzeug, das vor allem von Adligen benutzt wird, insbesondere von denen, die nicht reiten können oder wollen. Sie ist in der Regel vierrädrig, hat eine schwenkbare Vorderachse und ein geschlossenes Verdeck zum Schutz der Passagiere. Zwei oder mehr Pferde ziehen sie, wobei mehr Pferde als prestigeträchtiger angesehen werden. Der Innenraum ist so bequem wie möglich, mit Bänken mit Rückenlehne und Kissen, Vorrichtungen zur Aufbewahrung von Essen und Getränken und Decken für die kalte Jahreszeit. Die ersten Modelle haben keine Federung, was die Fahrt über die typischen unbefestigten Straßen holprig und unbequem macht. Gegen Ende von Artus' Regierungszeit verbreiteten sich gefederte Kutschen, die sich durch ein grobes Federungssystem mit Ketten auszeichneten.

Die Frachtladung

Die Frachtladung ist ein abstraktes Maß für Waren, das alles sein kann, was transportiert wird, von Getreidesäcken bis zu Fässern mit Schätzen. Eine Frachtladung wird nach ihrem Wert in Libra und nach der Art des transportirten Guts bemessen.

1 Frachtladung = £2 Getreide = £15 herkömmliche Güter = £50 Sperrige Schätze (Möbel, Wandteppiche usw.) = £100 Schatz (Gold, Münzgeld)

Anhang C: Bewegung über Land

Wenn die Charaktere über Land reisen, gibt die Spielleitung die Zeit in Tagen oder Wochen an, entweder erzählerisch oder durch Verweise auf Orientierungspunkte auf der Karte. Manchmal ist die Reise das Abenteuer, wie bei einer langen Pilgerreise, bei der jeder Tag ein neues Szenario bringen kann.

Die übliche Art, sich in fremden Gegenden zurechtzufinden, besteht darin, eine allgemeine Vorstellung von der Richtung zu haben und nach genaueren Angaben zu fragen, sobald man unterwegs jemanden trifft. Da die meisten Menschen, denen man begegnet, aus der Gegend stammen, haben sie eine ziemlich gute Vorstellung von ihrer unmitelbaren Umgebung, was im Fall von Bauern nur einen Radius von etwa fünf Meilen um ihr Dorf herum umfasst, oder im Fall von Rittern die Ausdehnung des Herrschaftsgebiets ihres Lords. Die Menschen haben nur vage und oft falsche Informationen über Gebiete außerhalb ihres Heimatgebiets. Sie geben Richtungen und Entfernungen normalerweise nicht in Meilen an, sondern eher in vagen Reisezeiten, wie „eine lange Zeit" oder „bis Mittag" oder „eine kleine Weile". Orientierungspunkte zu verwenden ist genauer und kann spezifisch sein, wie „die Furt mit dem stehenden Stein", kann aber auch verwirrend sein; etwa, „der große Baum", oder „wo die Felsen heruntergefallen sind", oder „die Ruine". Es kann sein, dass die Leute es nicht wirklich wissen, aber trotzdem schlechte Wegbeschreibungen geben, aus Furcht oder Unfug. Informationen über gefährliche Gebiete sind besonders unvollständig. Weite Teile der Wälder in Britannien sind keinem Sterblichen bekannt.

Mäßig besiedelte Gebiete können den Menschen in der Umgebung unbekannt sein, wenn eine Gruppe von Wegelagerern die Straßen und Wege zu dem Ort abschneidet. Eine bescheidene Aufgabe für eine Gruppe junger Ritter könnte darin bestehen, in ein Gebiet zu reisen, das auf diese Weise verloren gegangen ist, und mit einer genauen Beschreibung von Landmarken und so weiter zurückzukehren. Es ist üblich, sich zu verlaufen und zum letzten bekannten Ort zurückzukehren.

Ritter von Spielern kennen sich in ihrer eigenen Grafschaft gut aus und haben in ihrer Zeit als Knappen den größten Teil der Grafschaft bereist. Sie haben auch die wichtigsten Orte in der Nähe besucht und haben eine ungefähre Vorstellung von weiter entfernten Orten.

Wenn sie weite Strecken auf den Straßen des Königs reisen, legen sie sowohl zu Pferd als auch zu Fuß etwa zwanzig Meilen pro Tag zurück. Burgen und Marktstädte liegen also in der Regel etwa zwanzig Meilen auseinander. Das setzt voraus, dass die Reisenden den Weg kennen oder einen Ortskundigen haben, dass sie ausreichend Nahrung mit sich führen oder unterwegs beschaffen können, dass das Wetter geeignet ist, dass die Straßen in vernünftigem Zustand gehalten werden und dass nichts Ungewöhnliches passiert. Die unterschiedlichen Bewegungsraten von Pferden und Menschen sind für gemächliches Reisen nicht relevant, da sich eine Gruppe mit der Geschwindigkeit des langsamsten Mitglieds bewegt.

Berittene Charaktere können sicherlich schneller reisen, aber nur auf die Gefahr hin, ein gutes Pferd durch Überanstrengung zu verlieren. Wenn ein Pferd kaputt geritten ist, erholt es sich nie wieder. Das übliche Tempo, um eine lange Strecke schnell zurückzulegen, ist Trab, wieder Trab und dann Kanter in 15-minütigen Abständen. Wie die Regeln für Gewaltmärsche funktionieren, findest du auf der nächsten Seite.

Tabelle C.1: Tagesraten für Überlandritte gibt Auskunft über die Reisegeschwindigkeit, aufgeschlüsselt nach Wetter, Straße und Transportmittel. Alle Entfernungen werden in Meilen pro Tag angegeben, wenn man ohne Führer oder Vorwissen reist und davon ausgeht, dass die Gruppe keinen Wagen oder Karren hat. Wenn man mit Wagen oder Karren unterwegs ist, kann das Tempo nie schneller als Gemächlich sein.

Arten von Wetter

- **Gut:** Warm, entweder sonnenbeschienen oder bewölkt, aber mit nicht mehr als leichtem Regen
- **Schlecht:** Mäßige bis starke Regenfälle, schlammige Straßen, starker Wind, überflutete Furten
- **Furchtbar:** Schneewehen, vereiste Straßen, starker Wind, gefrorene Straßen mit unbestimmter Eisdicke

Arten von Strassen

- **Römerstraße:** Eine antike, gepflasterte Straße, die vor Generationen von den Römern gebaut wurde. Obwohl sie normalerweise nicht instand gehalten wurde, ist sie immer noch sehr brauchbar.
- **Handelsstraße:** Eine erhöhte Erd- oder Schotterstraße, die regelmäßig repariert wird
- **Landstraße:** Ein gewöhnlicher, nicht entwässerter, schlecht reparierter Feldweg
- **Pfad:** Ein schmaler, markierter Pfad durch Wälder oder Felder

Tabelle C.1: Tagesraten für Überlandritte*

Wetter- und Straßenbedingungen	Auskundschaftend	Gemächlich	Normal	Eil- oder Gewaltmarsch
Gutes Wetter auf einer Handelsstraße, oder Schlechtes Wetter auf einer Römerstraße	5	15	20	30
Gutes Wetter auf einer Landstraße, oder Schlechtes Wetter auf einer Handelsstraße, oder Furchtbares Wetter auf einer Römerstraße	4	10	15	25
Gutes Wetter auf einem Pfad	2	5	8	12
Schlechtes Wetter auf einer Landstraße	4	10	15	25
Schlechtes Wetter auf einem Pfad	3	7½	10	15
Furchtbares Wetter auf einer Handelsstraße	1	2	3	5
Furchtbares Wetter auf einer Landstraße	3	7½	10	15
Furchtbares Wetter auf einem Pfad	1	4	5	7½
Furchtbares Wetter auf einem Pfad	½	1	1½	2

* Alle Entfernungsangaben in Meilen